BIBLIOTHEK DEUTSCHER KLASSIKER

SEUME

BIBLIOTHEK DEUTSCHER KLASSIKER

BDK

HERAUSGEGEBEN VON DEN
NATIONALEN FORSCHUNGS- UND GEDENKSTÄTTEN
DER KLASSISCHEN DEUTSCHEN LITERATUR
IN WEIMAR

SEUMES WERKE

IN ZWEI BÄNDEN

ERSTER BAND

Mein Leben · Gedichte · Spaziergang nach Syrakus

Aufbau-Verlag Berlin und Weimar
1990

Ausgewählt und eingeleitet
von Anneliese und Karl-Heinz Klingenberg

Seume, Werke 1–2 BDK
ISBN 3-351-00749-3
Bd. 1
ISBN 3-351-00850-3

5. Auflage 1990

Einbandgestaltung Horst Erich Wolter
Lichtsatz Karl-Marx-Werk, Graphischer Großbetrieb, Pößneck V 15/30
Druck und Binden LVZ-Druckerei „Hermann Duncker", Leipzig III/18/138
Printed in the German Democratic Republic
Lizenznummer 301. 120
Bestellnummer 611 301 9

Johann Gottfried Seume (1763–1810)

Stich von A. W. Böhm
nach einem Gemälde von Schnorr von Carolsfeld (1809)

EINLEITUNG

> Eine gute Tat, wenn sie wirklich die Probe hält, ist besser als Millionen guter Worte; aber manchmal ist das Wort die Tat selbst, und dann hat es hohen Wert.
>
> *J. G. Seume: „Apokryphen"*

Weil er in seiner Zeit keinen Raum zu „ehrenvollem Handeln" fand, wurde Johann Gottfried Seume zum Schriftsteller. Niemals sonst hätte er sich allein auf Lektüre und schriftstellerische Tätigkeit eingelassen, schrieb er am 1. Januar 1808 im Rückblick auf sein Leben, „aber das ist schon der Geist oder vielmehr der böse Dämon unseres Jahrhunderts, daß für den rechtschaffenen und wahrheitsvollen Mann kein Trost außer den Wissenschaften übrigbleibt", und auch der nur, wenn er kühn auf alles Äußerste gefaßt sei.

Auch Seume wäre, wie Engels von Schiller sagte, „verzweifelt ohne den Ausweg, den die Wissenschaft, und vornehmlich die große Geschichte des alten Griechenlands und Roms, ihm bot". Sein ganzes Leben lang litt er unter dem Zwiespalt von Denken und Tun: „Praktisch tätig sein ist besser, als tote Buchstaben schreiben", urteilte er, doch gibt es Zeiten, „wo zwar viel geschieht, aber nichts getan wird, die begebenheitsreich, aber tatenarm sind: und in diesen ersetzt vielleicht das Wort die Handlung, damit der Funke, der Same besserer Frucht nicht gänzlich in der Sumpfluft der Alltäglichkeit ersticke."

Johann Gottfried Seume gehört zu jener Generation deutscher Schriftsteller, deren Weltbild vom Zusammenbruch der alten Ordnung, von den Revolutionen und Revolutionskriegen im letzten Drittel des achtzehnten Jahrhunderts und ihren Wortführern, den englischen und französischen Aufklärern, bestimmt wurde. Sein lauterer, unbeugsamer Charakter, seine bitteren Lebenserfahrungen ließen ihn zum politischen Schriftsteller werden, der die brennenden Fragen seiner Zeit, die Befreiung der Bauern und die Einigung der Nation in einer demokratischen Republik, mit bewundernswerter Hellsicht erkannte. „Wenn man mir vorwirft, daß dieses Buch zu politisch ist", schrieb er am 3. Januar 1806 in der Vorrede zu seinem Reisetagebuch „Mein Sommer 1805", „so ist meine Antwort, daß ich glaube, jedes gute Buch müsse näher oder entfernter politisch sein. Ein Buch, das dieses nicht ist, ist sehr überflüssig oder gar schlecht." „Politisch ist, was zu dem allgemeinen Wohl etwas beiträgt oder beitragen soll ..."

Seume wurde am 29. Januar des Jahres 1763 als Sohn eines Landwirts in dem Dörfchen Poserna unweit von Weißenfels geboren. Johann Gottfried nannten ihn die Eltern in der Freude darüber, daß der Erstgeborene im Frieden zur Welt kam, denn der Siebenjährige Krieg war endlich mit dem Vertrag von Hubertusburg beendet worden. Friedlich und von unbeschwertem Glück blieb nur die Kindheit in bescheidenem Wohlstand und inniger Verbundenheit mit der Natur. Der Vater, Andreas Seume, war als wandernder Böttcher aus dem Thüringischen nach Sachsen gekommen und hatte mit zweiundzwanzig Jahren die begüterte Bauerntochter Regine Liebing geheiratet. Er wurde Bauer, bewahrte sich aber seinen rechtlichen Unabhängigkeitssinn und war nicht bereit, sich stumpf allen Schikanen der adligen Grundherren zu fügen. Er hatte – wie später sein Sohn – die Krankheit, keine Ungerechtigkeit sehen zu können, ohne mit Unwillen und nicht selten mit Bitterkeit darüber zu urteilen. Einen unruhigen Kopf, den man unterdrücken müsse, nannten ihn die Edelleute.

Die Zusammenstöße seines Vaters mit der Geistlichkeit und den Gutsherren prägten sich dem Knaben unauslöschlich ein. Ein Urgroßvater stand im „Geruch der Ketzerei", weil er dem „pfäffischen Bonzenwesen" nicht zustimmte und Zweifel an der Richtigkeit einiger Abgaben für die Kirche hegte. Als der Pfarrer die Beerdigung zu einer „wahren Galgenpredigt" gegen den „Gottlosen" mißbrauchte, verbat sich Andreas Seume die Beleidigung des Toten: „Er wollte ihre weiten, unersättlichen Ärmel nicht füllen. Das war seine ganze Gottlosigkeit." Der Gutsamtmann von Poserna drohte dem Vater, daß er für seine „Ungebührlichkeiten" noch ins „Hundeloch" käme. „Ungebührlichkeiten nennt man aber alles, was irgendeinen alten Unfug antastet", erläuterte Seume in seiner Lebensbeschreibung, und das feine Wort für Gefängnis charakterisiere hinlänglich die damalige Gerichtsbarkeit.

„Ich will doch dem Teufel und seiner Hölle entlaufen", sagte Andreas Seume und verkaufte 1770 seinen Besitz, um in Knautkleeberg bei Leipzig einen Gasthof mit Landwirtschaft zu pachten. Nach den Mißernten von 1770 und 1771, als ganz Mitteldeutschland und vor allem Kursachsen von einer furchtbaren Hungersnot heimgesucht wurde, verlor die Familie ihr bescheidenes Vermögen, da der bürgerliche Besitzer, ein Leipziger Stadtrat, die Pacht auf Heller und Pfennig forderte. Ein wesentlich kleineres Anwesen mußte Andreas Seume nach Ablauf des Pachtvertrages erwerben. 16 Acker Feld kaufte er mit der Verpflichtung, Fronarbeit dafür zu leisten. Doch eine langwierige, schmerzhafte Krankheit machte ihm die Arbeit zur unerträglichen Qual. Der dreizehnjährige Gottfried wurde Zeuge, wie der Vogt noch den Todkranken verhöhnte, weil er die Arbeit nicht mehr schaffen konnte. „Dieser Vorfall vorzüglich", bekennt Seume drei Jahrzehnte danach, „ist mit Ursache meiner folgenden tief konzentrierten, nicht selten finster mürrischen Sinnesweise. Ich habe die Katastrophe nie loswerden können."

Siebenunddreißig Jahre war Andreas Seume, als er 1776 starb. Seiner Witwe und den fünf Kindern blieb ein Vermögen von zweihundert Talern, die gerade zum Kauf eines kleinen Häuschens reichten. Die Familie war gänzlich auf die Unterstützung der Gemeinde angewiesen. Im Sinne ihres Mannes suchte die Mutter die Erziehung der Kinder weiterzuführen: jede solide Richtung seines Charakters habe er ihr zu danken, schreibt Seume später. Das Vorbild seiner Eltern, die lautere Atmosphäre ihres Hauses legten den Grund für seinen trotzigen Rechtssinn, sein stolzes Unabhängigkeitsstreben.

In der Dorfschule, die ihm eine bescheidene Bildung vermittelte – die Bibel und Hübners „Biblische Historien" waren der wichtigste Unterrichtsgegenstand –, wurde der Pfarrer auf den begabten Knaben aufmerksam. Er empfahl ihn dem Grafen von Hohenthal, einem der reichsten Gutsbesitzer im Leipziger Gebiet und Grundherrn von Knauthain, der sich seiner annahm und den weiteren Lebensweg bestimmte.

Auf der Lateinschule des Rektors Korbinsky in Borna verlebte Seume glückliche Jahre. Korbinsky und seine Frau nahmen den vaterlosen Knaben freundlich auf und spornten durch ihre warmherzige Fürsorge und kluge Leitung seinen Arbeitseifer an. Gleich Lessing lernte Seume „wie ein Pferd, das doppeltes Futter braucht"; sehr schnell wurde er der lateinischen und griechischen Sprache so weit mächtig, daß er ihre besten Autoren im Original lesen konnte. Mit Begeisterung sammelte er lateinische Sprichwörter, in denen sich Charakterstärke, Mut und Vaterlandsliebe aussprechen. „Perfer et obdura" (Ertrage und harre aus) und das „Tu ne cede malis, sed contra audentior ito" des Vergil (Weiche dem Unglück nicht aus, sondern gehe ihm mutig entgegen) wählte er sich zu Leitsprüchen seines Lebens. Nach zwei Jahren war Seume der Erste der Schüler, und nur die Scheu des Rektors, dem mittellosen Bauernsohn seinen ersten Platz auch in der offiziellen strengen Sitzordnung in der Klasse und an der Tafel zuzugestehen, warf einen Schatten auf die Bornaer Jahre.

Nach dem Seume mit fünfzehn Jahren dem Unterricht der Lateinschule entwachsen war, gab ihn der Graf im Juni 1779 für ein Schulgeld von sechzehn Groschen im Vierteljahr in die Nikolaischule zu Leipzig. Das Ziel seiner Ausbildung verriet er dem Schützling nicht, und nur der Unterricht, der ihm erteilt wurde, ließ vermuten, daß er zum Pfarrer und nicht zum Lehrer bestimmt war, denn zu diesen beiden Berufen ließen adlige Gönner die Kinder armer Bürger und Bauern gewöhnlich heranbilden.

Ungern lebte Seume in der Nikolaischule. Die düstere, mürrische Sinnesart des Rektors Martini, seine geizige Bewirtung mißfielen ihm nach der freundlichen Atmosphäre im Hause Korbinskys und wiesen ihn ganz auf die Bücher. Immer weiter drang er in die Welt der römischen und griechischen Schriftsteller und Historiker ein und studierte die neue Geschichte seit der Reformation. Freiheitssinn, republikanischer Geist und Patriotismus machten ihm die antiken Schriftsteller teuer und bestärkten ihn in seiner freiheitlichen Gesinnung: „Oft pflegte ich und pflege noch jetzt, halb im Scherz, halb im Ernste, zu sagen, was ich Gutes an und in mir habe, verdanke ich meiner Mutter und dem Griechischen."

Seumes auf die Wirklichkeit, das Nützliche, das allgemeine Wohl gerichtete Gesinnung ging an der zeitgenössischen Literatur vorüber. Den ersten Roman, den er mit sechzehn Jahren las, es war Millers sentimentale „Werther"-Nachahmung „Siegwart, eine Klostergeschichte", empfand er als Spielwerk und Tändelei der Einbildungskraft, die seine Zeit ohne Nutzen beanspruchten. Nur Goethes „Werther" erregte ihn, „destomehr, da alles dort der Geschichte so gleich ist und vielleicht meistens Geschichte ist". „Ohne eben Neigung zum Soldatenstande zu haben, las und studierte ich doch schon unwillkürlich solche Bücher, wo der Riesenkampf der menschlichen Natur hell und lebhaft geschildert war. Und das fand ich mehr bei den Alten als bei den Neuern und finde es noch", schrieb er über seine Vorliebe für die antiken Historiker. Zwei Jahre Unterricht bei Martini gaben Seume die Überzeugung, hier nichts mehr lernen zu können, und so bat er den Grafen, ihn auf eine andere Schule zu schicken. Dieser ließ den Antragsteller von zwei Professoren prüfen, die dem Siebzehnjährigen überraschend die Universitätsreife zuerkannten, und so war der Dorfjunge in knapp vier Jahren zu einem Leipziger Studenten geworden.

Der Graf ordnete das Theologiestudium an. Er bezahlte die Studiengebühren und setzte dem jungen Studenten monatlich fünf Taler aus, die bei strengster Sparsamkeit zum Leben reichten. Goethes Vater hatte seinem Sohn fünfundzwanzig Taler im Monat geschickt. Für jede Anschaffung mußte sich Seume das Geld besonders erbitten: „Jetzt, gnädiger Herr, Sie werden es verzeihen, muß ich mich der Erlaubnis bedienen, die Sie mir oft gegeben haben, Ihnen mit Ehrerbietung darzulegen, daß mir gegenwärtig Ihre Güte nötiger ist als jemals. Darum wage ich, Sie ganz ergebenst zu bitten, mich zu unterstützen", schrieb Seume in einem französischen Brief an den Grafen, als er Lehrbücher für seine Studien kaufen mußte.

Die Leipziger Universität wurde damals von vielen reichen jungen Bürgern und Adligen, auch Ausländern, besucht, die das Leben der Stadt mit ihren 27 000 Einwohnern mitbestimmten. Die Weltoffenheit Leipzigs stand im Gegensatz zu der engherzigen, dogmatischen Glaubenslehre der theologischen Fakultät, die Seume abstieß und ihn die Vorlesungen über Geschichte, Philosophie und die Antike suchen ließ. In dieser Zeit fielen ihm die Werke der englischen Aufklärer Bolingbroke und Shaftesbury und des Franzosen Bayle in die Hände oder, wie Seume sich ausdrückt, „er ihnen". Er las die Werke Voltaires, Rousseaus, Merciers und die von Lessing herausgegebenen „Wolfenbütteler Fragmente". „Die Kirchenformel und meine ehemalige echt orthodoxe Exegese hielten mich nur noch an sehr schwachen Fäden. Ich glaubte nur, was ich begriff, und ich begriff von den Kirchendogmen nur sehr wenige." Noch wagte Seume nicht, seine Zweifel laut werden zu lassen, hatte doch schon das Gerücht, daß er im Freien bade und wenig in die Kirche gehe, den Unwillen des Pfarrers und des Grafen erregt. „Es fing nun an, furchtbar in mir zu gären. Ich begriff, daß ich als ehrlicher Mann nicht auf dem Wege fortwandeln konnte." Heuchelei war Seume unerträglich. Da es ihm gleich unmöglich schien, mit solchen Gesinnungen Theologe zu werden wie den Grafen zu einer Änderung des Ausbildungszieles zu bewegen, beschloß er, seinen weiteren Weg aus eigener Kraft zu gehen. In Paris, dem Zentrum der europäischen Aufklärung, oder in der Artillerieschule zu Metz hoffte er, eine Aufgabe zu finden.

Am 28. Juni 1781 verließ Seume Leipzig. Und während er, mit dem Tornister auf dem Rücken und neun Talern in der Tasche, seine Wanderschaft begann, suchte man in Leipzig sein plötzliches Verschwinden zu erklären. „Es ist am 28-sten oder 30-sten Juni dieses Jahres ein Student aus Leipzig unter dem Vorgeben, seine Anverwandten zu besuchen, verreiset", meldete die „Leipziger Zeitung", „und zur Zeit weder zu seinen Verwandten noch nach Leipzig zurückgekommen. Er war 18 bis 19 Jahr alt, mittler Statur, trug sein schwarzbraun Haar, welches ein wenig tief in die Stirn gewachsen war, in einem steifen Zopfe und hat sehr starke schwarze Augenbrauen. Bei seiner Abreise trug er ein braunes Kleid von feinem Tuche mit Stahlknöpfen, eine grüne gewirkte Weste, schwarze Beinkleider und Stiefeln. Seine Degenscheide war mit Schlangenhaut überzogen und seine Wäsche mit J.G.S. bezeichnet." Schon am dritten Tag seiner Wanderung fiel Seume bei Vacha in der Rhön hessischen Werbern in die Hände. Am eigenen Leibe erlebte er, was der Kammerdiener in Schillers „Kabale und Liebe" der Lady Milford berichtet: Er wurde nach Amerika verkauft. 17 000 Soldaten überließ der Landgraf von Hessen-Kassel für 21 Millionen Taler den Engländern zum Kampf gegen die aufbegehrenden Kolonisten in Nordamerika. Seine Erlebnisse als Soldat schildert Seume in einem „Schreiben aus Amerika nach Deutschland", mit dem er 1789 seine Laufbahn als Schriftsteller begann. Bereits in Ziegenhain suchten die Zwangssöldner aus der Festung auszubrechen, „weil es niemandem behagen wollte, sich so ohne sein gegebenes Gutachten mit den armen Teufeln von Amerikanern zu schlagen, denen wir alle herzlich gut waren und alles mögliche Glück wünschten". Doch der Plan wurde verraten, die Anführer hingerichtet. Im Juni 1782 übernahmen englische Transportschiffe in Bremerhaven die Menschenfracht. Zweiundzwanzig Wochen dauerte die Überfahrt, die an Grönland vorbei nach Halifax in Kanada führte. Die Schiffsräume, unerträglich eng, starrten vor Schmutz. Die Nahrung war verdorben, das Wasser verfault.

Seume erlebte, wie ein ehemaliger Mönch jeden Widerstand gegen die Erniedrigung aufgab, wie sein Leben mit seiner Menschenwürde erlosch. Seume suchte seine Zuflucht bei den Historikern und Dichtern der Antike, bei Xenophon, Homer, Cäsar, Horaz, Virgil und Plutarch. Um Mensch bleiben zu können, wählte sich der Neunzehnjährige die republikanischen Heldengestalten Spartas, Athens und Roms zum Vorbild. Der Schiffskapitän öffnete ihm seine kleine Reisebibliothek. Im Mastkorb las Seume die „Äneis" und verglich Vergils Schilderung eines Sturmes mit seinem eigenen Erleben.

Gemeinsam mit einem Freund plante Seume, beim ersten Zusammenstoß zu den Republikanern überzugehen, „ein sehr natürlicher, verzeihlicher Gedanke für junge Leute, die mehr mit Plutarch als mit Hobbes lebten", doch die Truppen wurden nicht mehr zum Kampf eingesetzt. Der Krieg war bereits entschieden, als der Transport landete. Einzig die Freundschaft eines jungen Offiziers, den er in die Welt der Literatur einführte, und seine antiken Klassiker machten ihm die Öde und den Stumpfsinn des Lagerlebens erträglich. In der Begegnung mit den Bewohnern Amerikas fand er den Stoff für sein Gedicht „Der Wilde", in dem er mit naivem Rousseauismus die schlichte Menschlichkeit des Indianers der „übertünchten Fäulnis Europas" gegenüberstellte.

Im September 1783 kehrten die deutschen Söldner in die Heimat zurück. Nur zweiundzwanzig Tage dauerte diesmal die Überfahrt, aber die Rechtlosen konnten sich der Heimkehr nicht freuen, wurden sie doch von der Besorgnis gequält, in Minden erneut, diesmal an die Preußen, verkauft zu werden. „Das Gespenst der Preußen saß mir fest im Gehirn", schreibt Seume. Er desertierte in Bremen. Die Flucht glückte, doch, durch die Uniform als hessischer Deserteur kenntlich, wurde er von preußischen Werbern ergriffen und in Emden erneut zum Militärdienst gepreßt. Vom Oktober 1783 bis zum Mai 1787 durchlebte er die bitterste Zeit seines Lebens, die er nur unter Aufbietung all seiner Kräfte überstand. Selbst das Wohlwollen des Vorgesetzten, er erteilte den Kindern seines Generals Sprachunterricht, konnte ihm sein Los nicht erleichtern. Zweimal entfloh er, obgleich er die barbarische Strafe kannte, die über Deserteure verhängt wurde, zweimal wurde er gestellt. Ein lateinischer Hexameter, den er an seine Zellentür schrieb, rettete ihn beim erstenmal: aus der Gerichtsverhandlung wurde ein Disput über Versfüße. „Welch eine Zukunft!" klagte er seinem Schulfreund Korbinsky am 13. Oktober 1786, „wie schwarz! Und wenn ich jetzt frei wäre, was dann? Was anfangen, stipulieren [sich verdingen], bücken und antichambern [im Vorzimmer stehen]." – „Warum wurde der Funke geschlagen, daß er zündete, – und konnte nicht ausspringen?" Am 3. Januar 1787 deutete er dem Freund einen neuen Fluchtplan an: „Es ist ein reifer Entschluß. Mag ihn die Kriegsdogmatik verdammen, gilt mir gleich. Das Naturrecht verteidigt ihn ..."

Das Naturrecht, die Lehre von den unveräußerlichen Rechten des Menschen, war das Fanal, unter dem die Bürger und Bauern gegen die Vorrechte des Adels ankämpften. „Folgende Wahrheiten erachten wir als selbstverständlich", hieß es in der Unabhängigkeitserklärung der Vereinigten Staaten von Amerika vom 4. Juli 1776, „daß alle Menschen gleich geschaffen sind, daß sie von ihrem Schöpfer mit gewissen unveräußerlichen Rechten ausgestattet sind, daß dazu Leben, Freiheit und das Streben nach Glück gehören ..."

Plötzlich einsetzendes Tauwetter, es war Januar 1787, trieb Seume auch diesmal in die Arme der Verfolger. Das Kriegsgericht verurteilte ihn zu zwölfmaligem Spießrutenlaufen. Dreihundert Mann bildeten eine schmale Gasse, so schildert ein Zeitgenosse diesen Strafvollzug, „jeder Soldat hatte das Gewehr bei Fuß mit der linken Hand, in der rechten aber eine Spießrute." Lärmende Musik übertönte das Geschrei des Unglücklichen. Mit nacktem Oberkörper, eine Bleikugel zwischen den Zähnen, ein Unteroffizier mit blankem Säbel vor ihm, ein anderer hinter ihm – sie sollten den Verurteilten hindern, schnell zu laufen oder zu entweichen –, mußte der Verurteilte „jedesmal von jedem Soldaten einen Hieb mit der Spießrute auf den nackten Rücken aushalten, wovon er so zerfleischt und zerfetzt wurde, daß die blutigen Fleischstücke auf dem Boden herumlagen." Vor der Gasse der angetretenen Söldner wurde Seume zu einem sechswöchigen Arrest begnadigt, da die

Kinder des Generals für ihn baten. Wie viele Exekutionen der weniger Glücklichen mochte er erlebt haben!

Schließlich lieh ihm ein Emdener Bürger 80 Taler, die er, um Urlaub zu erhalten, hinterlegen mußte. Wie ein Sklave wurde er freigekauft. Im Sommer 1787 kehrte er zu seiner Mutter nach Knautkleeberg zurück. Niemals aber konnte er seine Erlebnisse als hessischer und preußischer Söldner vergessen. Hier wurzelt der leidenschaftliche Protest seiner Werke gegen Leibeigenschaft und Sklaverei: kein Mensch ist des anderen Sklave, keiner darf sich den anderen untertan machen.

In Leipzig schloß Seume sein gewaltsam unterbrochenes Studium ab. Er wählte die Rechtswissenschaft und Philologie. Der Graf von Hohenthal und Freunde unterstützten ihn mit einem Darlehen, das er von seinem ersten Verdienst zurückzahlte. Christian Felix Weiße, der Verfasser beliebter Singspiele und erfolgreicher Kinderbücher, nahm sich seiner an. Er machte ihn mit dem Verleger Göschen bekannt und beauftragte ihn mit einer Übersetzung aus dem Englischen. Dieses Honorar schickte Seume an den Emdener Kaufmann, der ihm seine Heimkehr ermöglicht hatte. Sprachunterricht gewann ihm einen bescheidenen Lebensunterhalt. Durch Weißes Fürsprache wurde er Erzieher eines sechzehnjährigen livländischen Adligen, des Grafen von Igelström. Das war die erste Tätigkeit für die meisten unbemittelten Akademiker. „Hofmeister“ wurden diese jungen Hauslehrer genannt, die oft in einer unerquicklichen Mittelstellung zwischen Bedientem und Freund des Hauses mancherlei Demütigung erdulden mußten. Ende 1791 promovierte Seume mit einer Arbeit „Die Waffen der Alten verglichen mit den Waffen der Neuen“, bei der er seine Vorliebe für die Antike mit den Erfahrungen seines Soldatenlebens verbinden konnte, zum Magister der Philosophie.

Als der Vater seines Zöglings ihn einlud, nach Rußland zu kommen, und ihm Förderung durch seinen Bruder, einen russischen General, versprach, wählte Seume ohne Zögern diesen Weg, den vor ihm schon viele Deutsche – so Friedrich Maximilian Klinger – gegangen waren, für die sich in Deutschland kein Platz fand. Er verließ Leipzig im August 1792.

Hatte Seume als englischer Söldner in Nordamerika die letzte Phase der amerikanischen Revolution erlebt, so kam er jetzt in einen Brennpunkt der europäischen Politik, nach Polen. Er lernte die dritte europäische Großmacht, das zaristische Rußland unter Katharina II., aus eigener Anschauung kennen. Die „aufgeklärte Kaiserin“ wußte lange den Anschein zu erwecken, als wäre es ihr Ernst mit der Befreiung der Bauern und der Förderung der Aufklärung, und auch Seume hegte diese Illusion. Einer Anstellung als Lehrer oder Pfarrer in Pleskow, dem Hauptquartier des russischen Generalgouverneurs für die besetzten polnischen Gebiete, Otto Heinrich von Igelström, zog er die Tätigkeit als dessen Geheimsekretär im Range eines russischen Leutnants vor. Er hoffte, als Soldat vor den Gewissenskonflikten des Theologen bewahrt zu bleiben.

Im Januar 1793 übersiedelte er mit dem General nach Warschau. Daß er seine Anstellung durch eine Bittschrift mit falschen Angaben erreichte, die ihm Igelström diktiert hatte, führte ihn sogleich in die Praktiken der zaristischen Politik ein. In einem konfliktreichen Moment war Seume nach Polen gekommen. Rußland und Preußen bereiteten die zweite Teilung des Landes vor. Auf Seumes Schreibtisch liefen die diplomatischen Fäden zusammen: er führte die gesamte deutsche und französische Korrespondenz des Generals.

Als am 3. Mai 1791 der Sejm, der polnische Reichstag, eine Verfassung angenommen hatte, die die freie Königswahl, einen Anlaß für die Rivalität des Hochadels und die nationale Zersplitterung, aufhob, schien der Weg zur Festigung des polnischen Staates geöffnet zu sein. Aber die Magnaten, die Angehörigen des hohen Adels, erhoben sich gegen die Verfassung, durch die eine starke Zentralgewalt über sie gesetzt werden sollte, und riefen Katharina II. zu Hilfe. Diese nutzte ihre Garantieerklärung für die alte polnische Verfassung und sandte ein Heer von hunderttausend Mann gegen die dreißigtausend Mann zählende polnische Armee. Im Januar 1793 teilten Rußland und Preußen zum zweitenmal polnisches Land unter sich, die erste Teilung war 1772 unter Beteiligung Österreichs erfolgt. Im Juli und September 1793 stimmte der polnische Reichstag in Grodno der Teilungsakte zu, ja, gemeinsam mit den Russen mußten die Polen in Warschau – „weiß der Himmel mit welcher Mischung von Gefühlen“, schreibt Seume darüber an Schiller – den Vollzug der Teilung feiern. Im „fürchterlichen Schweigen“ der Polen spürte Seume die kommende Erhebung. An einem dieser Festabende entstand sein Gedicht „Elegie auf einem

Feste zu Warschau", das er mit der Bitte, es in der „Thalia" ohne Angabe seines Namens abzudrucken, an Schiller sandte. „Denn wenn Sie es unter meinem Namen in die Welt schickten, so wäre es doch möglich, daß sie mich sogleich mit nach Sibirien schickten." Schiller zog es vor, die Elegie nicht abzudrucken, er veröffentlichte lediglich das Gedicht „Der Wilde". Während eines Urlaubs im Frühjahr 1793 wurde Seume mit dem Leipziger Maler Veit Hans Friedrich Schnorr von Carolsfeld bekannt, dem er zeit seines Lebens in herzlicher Freundschaft verbunden blieb.

Nach seiner Rückkehr in das russische Hauptquartier erlebte er die Vorbereitungen fortschrittlicher polnischer Adliger und Bürger zum Aufstand. Katharina II. versuchte, der wachsenden Empörung Herr zu werden, und befahl eine Verringerung des polnischen Heeres. Später äußerte Seume den Verdacht, die Zarin habe den Aufstand bewußt provoziert, um einen Vorwand für die gänzliche Aufteilung des Landes zu gewinnen. Rußlands offene Einmischung entzündete den Funken. In Krakau brach am 12. März 1794 der Aufstand aus. General Kościuszko, der als Freiwilliger im amerikanischen Unabhängigkeitskrieg gekämpft hatte, zog die polnische Armee zusammen. Am Morgen des 17. April 1794 wurde Seume in Warschau vom Donner der Geschütze geweckt. Beide Seiten führten den Straßenkampf mit großer Erbitterung. Als General Igelström am zweiten Tage mit dem Rest seiner Truppen aus Warschau ausbrach, da er sich gegen den Ansturm der polnischen Soldaten und der Bürger Warschaus nicht halten konnte, geriet Seume in polnische Gefangenschaft. Er wurde im November 1794, als eine russische Interventionsarmee unter Suworow Warschau erneut unterwarf, befreit.

Die Uneinigkeit des polnischen Adels hatte den Russen die Eroberung erleichtert. Während Kościuszko die Bauern, die als Sensenträger in seinem Heer fochten, durch Landzuteilung und demokratische Reformen für den Unabhängigkeitskampf gewinnen wollte, verweigerte ihnen der größte Teil des Adels das Land, zwang sie weiterhin zu Frondiensten und stieß sie so von der Revolution zurück. 1795 wurde mit der dritten Teilung der polnische Staat für lange Zeit vernichtet.

Von denen, die mit blutiger Grausamkeit Polen zurückeroberten, um es in dauernde Knechtschaft zu führen, mußte Seume sich befreien lassen. Der Stoiker und Moralist hatte sich im Kreis der adligen Offiziere bei den glänzenden Gesellschaften in seinem schlichten Rock seltsam ausgenommen. Sein Vorgesetzter schätzte ihn wegen seiner pflichttreuen Tüchtigkeit. Den Offizieren aus dem livländischen und russischen Adel sagte er unverhohlen seine Meinung. Als General Igelström Richtlinien ausarbeitete, wie die polnische Ständevertretung durch Winkelzüge und Betrug für Rußland am günstigsten zusammengesetzt werden konnte, gab er sie Seume zum Überarbeiten. In seiner Darstellung des polnischen Aufstandes, so vor allem in dem Bericht „Einige Nachrichten über die Vorfälle in Polen im Jahre 1794", bemühte sich Seume um Objektivität, jede „Heftigkeit und Einseitigkeit" liege außer seinem Charakter. Er achtete Kościuszko als einen der bravsten Polen: „Bei allem dem bleibt Kościuszko immer ein Mann, der Achtung verdient, ein ehrlicher, rechtschaffener, braver Mann, den nur Not, heißer Patriotismus und falsche, aber doch noch wahrscheinliche Hoffnungen zu einem Schritt brachten, der seiner Nation letal wurde." Seume legt in dieser Schrift seine Ansicht dar, daß „die Prinzipien der Politik und der Völkerverhältnisse ganz verschieden sind von den Prinzipien der innerlichen bürgerlichen Gerechtigkeit". Dieser Grundsatz und ein formaler Pflichtbegriff waren der einzige Weg, mit dem er sich seine Aufgabe als Sekretär des russischen Oberkommandierenden erträglich machen konnte. „Ich tat damals als russischer Offizier meine Schuldigkeit und dachte sodann über die Sache nach meiner Weise", schrieb er an Johann Wilhelm von Archenholtz. Seine Erfahrungen lehrten ihn bald, wie gefährlich und unhaltbar eine solche Trennung ist. Als er sein Auge und Herz immer mehr der Französischen Revolution zuwandte, sah er die Möglichkeit, auch die Beziehung der Völker auf Gerechtigkeit und gegenseitige Achtung zu gründen.

Während eines Urlaubs im Jahre 1796 erreichten ihn in Leipzig die Nachricht vom Tode Katharinas II. und ein Befehl des neuen Zaren, Pauls I., der alle russischen Offiziere in ihre Garnison zurückrief. Da die Frist, die der Befehl setzte, bereits verstrichen war, als Seume ihn erhielt, wurde er ohne offiziellen Abschied und ohne Pension aus den Listen gestrichen.

So blieb Seume wieder in Deutschland. Als freier Schriftsteller, Privatlehrer und Korrektor arbeitete er in Leipzig und Grimma und unterbrach seinen Aufenthalt nur durch kleinere oder größere Reisen.

In Leipzig lernte er die schöne und reiche Wilhelmine Röder kennen. Sie schien seine Liebe zu erwidern, löste aber schließlich das Verhältnis, da ihr der Mut fehlte, die Geborgenheit ihres Elternhauses zu verlassen, um einen armen, unbekannten Schriftsteller zu heiraten.

In Reval war Seume mit dem livländischen Publizisten Garlieb Merkel bekannt geworden, den er jetzt in Jena besuchte, wo er auch Schiller das erstemal gegenübertrat. In seinem Buch „Die Letten, vorzüglich in Livland am Ende des philosophischen Jahrhunderts" schilderte Merkel das Elend der lettischen Bauern und forderte die Aufhebung der Leibeigenschaft. Seume teilte seine Überzeugung. Auch er hatte das Elend der livländischen Bauern erlebt, und so veröffentlichte er 1796 im Anhang dieses Buches seine „Elegie auf dem Feste zu Warschau", die bisher niemand zu drucken gewagt hatte.

Seine Erlebnisse und Erfahrungen in Rußland und Polen legte Seume 1797 in zwei Aufsätzen, „Über das Leben und den Charakter der Kaiserin von Rußland Katharina II." und „Zwei Briefe über die neuesten Veränderungen in Rußland seit der Thronbesteigung Pauls des Ersten", nieder. Beide Schriften erschienen mit fingierten Verlagsangaben. „Rußland ist das Land der Möglichkeiten, sagt ein neuer fremder Schriftsteller und will damit sagen, daß große, sonst ungewöhnliche, unerwartete Veränderungen mit Sachen und Personen in diesem Reiche nichts Ungewöhnliches sind", schrieb Seume. Hellsichtige Einblicke stehen in den „Briefen" neben aufklärerischen Illusionen. Katharinas Regierungszeit erschien ihm, wenn auch nicht als musterhaft, so doch als „herrlicher Anfang zum kühnen Fortschreiten in jedem Felde der Humanität", während er die auf die weitere Stärkung des Adels gerichteten reaktionären Maßnahmen Pauls verurteilte.

Seume wußte, daß die Sklaverei kein dauerndes Fundament eines Staates sein kann. Alles Elend rührte seiner Überzeugung nach von der Leibeigenschaft her. „Rußland hat nicht den vierten Teil der intensiven Kraft", schrieb er, die es haben könnte, „wenn seine Einwohner freie Leute wären." Eine hohe Meinung hegte er vom russischen Volk; es war für ihn entschieden, daß „keine Nation mehr persönlichen Mut, mehr ausdauernde Kraft, mehr guten Willen und mehr Gehorsam hat als die russische". Aufmerksam verfolgte er das Wachstum der russischen Literatur, der Lomonossow die Bahn gebrochen hatte, und urteilte, daß er nach der griechischen keine Sprache kenne, die mehr Bestimmtheit und sonorischen Wohlklang hätte als die russische.

Die Erlebnisse in Rußland, er sah vor allem die ausgebluteten polnischen und baltischen Provinzen, öffneten Seume die Augen über das Revolutionsgeschehen in Frankreich. Seine Überzeugung von der Sinnlosigkeit einer Zensur, wie sie Paul I. mit aller Strenge einführte, gründete er auf die Erfahrung: „Man tut, glaub ich, den Büchern und Bücherschreibern zu viel Ehre, wenn man so große kosmische Wirkungen auf ihre Rechnung setzt ..." Das meiste Gute und Böse sei ohne Bücher geschehen, „und das mit Recht; denn es geschah aus der menschlichen Natur nach Ursachen, die tiefer liegen als auf Papier und Pergament". Nicht die Aufklärer haben die Revolution gemacht, sondern die Mißwirtschaft von Regierung, Adel und Geistlichkeit: „Weder Rousseau noch Voltaire noch Mercier haben die französische Revolution bewirkt, wenigstens ist ihre Mitwirkung wie ein Regentropfen, der in den Ozean fällt."

Die unheilvolle Rolle des Deutschritterordens bei der Eroberung der estländischen, livländischen und kurländischen Gebiete verurteilte er wie wenige seiner Zeitgenossen als eine „Geschichte, die der deutschen Nation auch nicht sehr zur Ehre gereicht".

1796 und 1798 veröffentlichte Seume zwei Bändchen kleinerer Arbeiten, die er Obolen (von obolus, einer griechischen Münze von geringem Wert, kleine Beiträge) nannte. Unter ihnen fiel vor allem die „Rhapsodie über Atheismus" auf. Hier verteidigte Seume, ohne sich selbst zum Atheismus zu bekennen, die Gottesleugner mit den gleichen Argumenten wie Pierre Bayle, indem er nachwies, daß ein konsequenter Atheist notwendig – aus dem wohlverstandenen eigenen Interesse – ein guter Staatsbürger und Mensch sein müsse. „Die beste Religion ist diejenige", erklärte er mit unverkennbarer Kritik am Jenseitsglauben des Christentums, „welche den Menschen hier am glücklichsten macht." Glück und Tugend seien auf der Welt nur möglich durch allgemeine Gerechtigkeit und die Achtung vor der natürlichen Gleichheit der Menschen. Von dieser Naturrechtstheorie aus sieht Seume jetzt auch die Antike mit neuem Blick: die Geschichte der Griechen und Römer ist voll von „Schauspielern, die jetzt das ganz gewöhnliche Menschengefühl empören würden", so daß der Menschenfreund „in Versuchung gerät, den Spartakus für den ehrenvollsten Feldherrn der alten Menschenkunde zu halten".

Nur dann könne der herrliche Traum Kants vom ewigen Frieden vielleicht einst in Wirklichkeit übergehen, wenn die „Begriffe von Bürgerfreiheit und allgemeiner Gerechtigkeit" die „innerlichen und äußerlichen Verhältnisse der Staaten" bestimmen.

Für Seumes weltweiten Blick zeugte ein Urteil über die großen Gestalten der Weltgeschichte. Nach ihrem Wirkungskreis unterschied er Männer des Landes, so Lykurg und Solon, Männer der Nation, so Hermann den Cherusker, Heinrich IV. und Gustav Wasa, und Männer der Erde, so Sokrates, Christus, Rousseau und „vielleicht Peter I. von Rußland". Zu den Männern der Welt zählte er einzig den großen englischen Physiker Newton.

Im Oktober 1797 wurde Seume Korrektor im Verlag Georg Joachim Göschens, der durch vorbildliche Ausgaben der Werke Goethes, Schillers und Wielands bekannt geworden war. Das Geschäft eines Korrektors „war damals in Leipzig geachtet, man trug es nur Gelehrten auf von dem Fache, zu dem die in Druck stehende Schrift gehörte. Sie trieben es mit oft ängstlicher Gewissenhaftigkeit …" Seume erhielt Wohnung und ein jährliches Korrekturhonorar von drei- bis vierhundert Talern. Seine wichtigste Arbeit war die Betreuung einer Ausgabe der Werke Klopstocks. Bis zum Dezember 1801 lebte er in Grimma, der Familie des Verlegers Göschen auf dem benachbarten Gute Hohenstädt freundschaftlich verbunden. Göschen hatte seine Druckerei in das kleine Muldestädtchen verlegen müssen, da die Schranken der Leipziger Zunftgesetze ihm nur den Druck bestimmter Bücher mit einer Letternart gestatteten. „Wenn Sie zu uns kämen", schreibt Seume an Gleim, „Sie würden ein wahrhaft kleines Elysium finden, das uns die Natur an der Mulde gegeben hat. Man wallfahrtet aus Leipzig zu uns, wenn man sich wenigstens eine Idee von der Schönheit der Natur verschaffen will, und der sanfte Melanchthon wollte einst nur hier leben …"

Doch bald empfand Seume das Korrekturlesen als Handlangerei und eine „sehr undankbare Arbeit, bei der man weder vom Verleger noch Autor noch Publikum etwas verdient", wie er an Gleim schrieb. Als die Arbeit an der Klopstock-Ausgabe ihrem Ende zuging, begann er, Vorbereitungen zu einer Fußreise nach Italien zu treffen.

Um vor dieser gefahrvollen Reise „noch etwas seines Stempels zu hinterlassen", sammelte er seine bis dahin verstreut erschienenen Gedichte und veröffentlichte sie im Februar 1801 in Rudolstadt. Sie konnten bei Göschen nicht gedruckt werden, da „in Sachsen die Zensur zu engbrüstig" war. Nach einem Abstecher nach Weimar, bei dem er Goethe, Schiller, Wieland, Böttiger und Kotzebue aufsuchte, brach er am 7. Dezember 1801 zusammen mit Schnorr nach Italien auf.

Aus den Briefen der letzten beiden Jahre erfahren wir die Gründe, die Seume zu seiner Reise nach Syrakus trieben. Schon länger hatte er sich nach einer neuen Beschäftigung umgesehen. „Es ist wahrhaftig ziemlich mein Ernst, wieder Soldat zu werden", hatte er am 20. Juli 1799 an August Böttiger geschrieben. „Göschen braucht mich nicht mehr, wenigstens nicht lange mehr. Sie sehen wohl ein, daß es meinem Gefühl eine unerträgliche Last sein würde, irgend jemand lästig zu werden, geschweige denn einem Freunde, der seine Familienrücksichten nicht vergessen darf. Ich habe nichts gelernt, worauf ich mich verlassen könnte, für mein bißchen Griechisch gibt mir niemand ein Dreierbrot." Und neun Tage später ergänzt er: „Am liebsten bliebe ich freilich in einer leidlichen und anständigen Lage in meinem Vaterlande; es ist aber nicht wohl möglich, so viel ich mich umgesehen habe. Ein entschiedener Streich würde sein, hinzugehen und gegen Suworow zu schlagen. Ich verehre den Mann unendlich, aber ich hasse das System seiner Nation ... Das französische Benehmen ist oft ebenso traurig als das ihrer Feinde, aber ihr System hat Humanität, sehr schlimm, wenn es inhuman befolgt wird. Auf alle Fälle also nicht zu den Österreichern und Russen."

Schon im Mai 1798 hatte Seume seinen väterlichen Freund Gleim gebeten, ihm eine Offiziersstelle im Preußischen Heer zu verschaffen, doch nur Adligen öffnete sich in Preußen die Offizierslaufbahn. Als auch Seumes Eingabe im Herbst 1799 unbeantwortet blieb, schwand seine letzte Hoffnung auf eine feste Anstellung. So mußte er, wollte er jemals nach Italien kommen, das Geld nutzen, das er bei Göschen verdient hatte. „Mein Vaterland verliert", so äußert er am 3. Mai 1800 zu Böttiger, „wie ich merke, nichts, wenn mich auch ein Banditendolchstich dahinfördern sollte; und ich will doch einmal in den Ätna gucken und auf der Syrakuser Landspitze eine griechische Idylle lesen."

In einem Brief an Göschen schildert Seume das „Inventarium", mit dem er seine Reise antrat: „Was ich zur Bedeckung meiner huronischen Haut trage: 1. meinen blauen Frack, 2. zwei Westen, 3. zwei Paar Beinkleider, 4. ein Paar baumwollene und ein Paar wollene Strümpfe, 5. zwei schwarze und zwei weiße Halstücher, 6. zwei Schnupftücher, 7. ein Paar Schuhe mit Schnallen, 8. ein Paar Pantoffeln (Nachtmütze vacat). Nun kommt 9. die Bibliothek als a) ein alter Homer, b) ein abgenutzter Theokrit, c) ein funkelnagelneuer Anakreon, d) ein alter Plautus, e) ein Horaz, f) ein Virgil, g) ein Tacitus, h) ein Sueton, i) ein Terenz, k) ein Tibull, Catull und Properz in minima und endlich zwei Schmieralienbücher ... Noch ist nicht zu vergessen ein Flickbeutel mit allen Requisiten ..." So ausgerüstet, wanderte er in neun Monaten über Dresden, Prag, Wien, Laibach, das heutige Ljubljana, Triest, Venedig, Rom, Neapel nach Syrakus und über Mailand, Zürich, Paris und Frankfurt am Main zurück, quer durch die von den napoleonischen Kriegen erschütterten Länder.

Der erste Krieg Österreichs mit Frankreich wurde 1797 durch den Frieden von Campo Formio beendet, Preußen war wegen seiner polnischen Interessen schon 1795 aus der Koalition ausgeschieden. Im gleichen Jahr war der General Napoleon Bonaparte Oberbefehlshaber der französischen Truppen in Italien geworden. Die Italiener, unzufrieden mit der mittelalterlichen Sozialordnung, hatten ihn als Befreier empfangen, doch Napoleon zog hohe Kontributionen ein, plünderte das Land aus und raubte, was sich an Kunstschätzen fortführen ließ. Er gründete die Römische, Ligurische, die Helvetische und die Zisalpinische Republik und verließ nach dem Friedensschluß mit Österreich Italien, um nun gegen Frankreichs stärksten Gegner, England, anzugehen, dem er die indischen Kolonien entreißen wollte. Als Stützpunkt auf dem Wege nach Indien sollte zunächst Ägypten erobert werden. Der Feldzug, von Napoleon grausam geführt, scheiterte jedoch an dem gemeinsamen Widerstand der Ägypter, Türken und Engländer. Inzwischen hatte Rußland in den Krieg eingegriffen und eine Armee unter Suworow nach Italien geschickt. Napoleon mußte nach Europa zurückkehren, wenn er die französische Oberherrschaft über Italien sichern wollte. Der Staatsstreich des Großbürgertums machte ihn am 9. November 1799 zum Ersten Konsul der französischen Republik. Er zog nach Italien – Rußland hatte inzwischen die

Kampfhandlungen gegen Frankreich eingestellt – und nahm den Krieg mit Österreich wieder auf, das er 1800 bei Marengo schlug und zum endgültigen Verzicht auf Oberitalien zwang.

In dieser Zeit wagte Seume seine Wanderung, auf der er überall den Wunden des Krieges begegnete. Den größten Teil des Weges legte er zu Fuß zurück, denn er hielt das Gehen für das „Selbständigste am Manne", der sich, sobald er im Wagen fahre, sogleich um „einige Grade von der ursprünglichen Humanität" entferne.

Seume durchwanderte Italien nicht als Künstler, wie Goethe das fünfzehn Jahre früher getan hatte. Wie acht Jahre zuvor der russische Schriftsteller Alexander Radischtschew seine „Reise von Petersburg nach Moskau" schrieb und das elende Leben der russischen Bauern enthüllte, so fragte Seume auf seiner Reise nach den Menschen, die das Italien seiner Gegenwart bewohnten.

Chaotische Zustände herrschten in Italien. Das Lehnssystem hatte die Landwirtschaft zerrüttet, im fruchtbarsten Lande Europas starben jährlich Zehntausende Hungers, in Sizilien wurde kaum ein Drittel des Landes bebaut. Täglich war Seume von Scharen von Bettelnden umringt, denen er mit seinem bescheidenen Geldbeutel nicht helfen konnte. „Ist das nicht eine Blasphemie in Sizilien, das ehemals eine Brotkammer für die Stadt Rom war?" Dabei spotteten kirchliche und weltliche Fürsten mit unvorstellbarer Verschwendung der Not des Volkes. „Nie habe ich eine solche Armut gesehen, und nie habe ich mir sie nur so entsetzlich denken können. Die Insel sieht im Innern furchtbar aus."

Voller Empörung berichtet Seume, wie Mönche mit einem Mittagsmahl von zehn Gängen „fasteten", zur gleichen Zeit, da er Menschen auf der Straße Hungers sterben sah. Das Elend des Volkes wurde durch die Unsicherheit der Rechtsverhältnisse verstärkt. Die Ausplünderung Italiens durch die Soldaten der Republik hatte viele ihrer Anhänger abgestoßen, doch seit dem Abzug der Franzosen herrschte schlimmste Anarchie. Der Grausamkeit des Adels und der Kirche gegen die Freunde der Republik entsprach die Bestechlichkeit der Beamten, die Unzuverlässigkeit der Polizei: Sicherheitstruppen waren nicht von Räuberbanden zu unterscheiden. „Die Klöster nehmen alle ihre Güter mit Strenge wieder in Besitz, die eingezogenen Kirchen werden wieder geheiligt", schreibt Seume in seinem Reisebericht. „Das Volk hungert und stirbt oder flucht und raubt, nachdem es mehr Energie oder mehr fromme

Eselsgeduld hat." – „Die Mönche haben den dritten Teil der Güter in den Händen." „Das Kloster hat 80 000 Scudi Einkünfte und steht in Kredit, daß es damit viel Gutes tut, das heißt aber wohl weiter nichts, als fünfzig Faulenzer ernähren hundert Bettler, dadurch werden beide dem Staat unnütz und verderblich. So jemand nicht will arbeiten, der soll auch nicht essen, sagt unser alter Sirach; und ich finde den Ausspruch ganz vernünftig, auch wenn er mir selbst das Todesurteil schriebe."

Blutenden Herzens verglich Seume in dem Gedicht „Klage der Ceres", der Schutzgöttin Siziliens, das Elend Italiens mit seiner einstigen Größe:

Meine Wiege, wie bist du verödet, du liebliches Eiland,
Ach, wie bist du verödet, du herrlicher Garten der Erde,
Wo die Götter mit Sterblichen einst den Olympus vergaßen!
Zeus Kronion, du Retter, o rette Trinakriens Schöne,
Daß sie nicht endlich ganz mit der letzten Trümmer vergehe!
Glühend rinnt mir die Träne, wie sie Unsterblichen rinnet,
Rinnt mir schmerzlich die Träne vom Aug beim Jammer des
Anblicks.

In vielen Teilen Italiens gab es keine öffentlichen Schulen und in Rom nur sehr schlechte. Doch trotz des Elends, in dem Seume das italienische Volk erblickte, hielt er den Italiener für einen „edlen, herrlichen Menschen", aber seine Regenten seien Mönche oder Mönchsknechte.

Voll Bitternis folgte Seume den Spuren Napoleons, der „die Freiheit schon wieder zu Grabe zu tragen" beginnt. Bereits drei Jahre zuvor, am 9. Juni 1798, hatte er in einem Brief an Gleim seine Haltung zur Französischen Revolution ausgesprochen: „Die Franzosen haben sehr gute Grundsätze, die Ausführung ist meistens schlecht und die Anwendung das Gegenteil. Indessen hat doch ihre Wahrheit schon so viel tiefe Wurzeln, daß sie schwerlich werden ausgerottet werden. Sie beruhen auf Vernunft, und nur gänzliche Anarchie könnte sie wieder austilgen. Es ist mehr als Masaniello und Cromwell, mehr als Athen und Rom, deswegen war der Prodrom (Vorbote) so furchtbar. Nicht ihre Waffen, sondern ihr Geist hat uns geschlagen ... Die französischen Geschichten haben Greuel ohne Beispiel; aber diese heben das Gute nicht auf. Warum könnte, sollte man nicht dieses nützen, eben um jene zu verhüten? Ohne Humanität und ein Prototyp von allgemeiner Gerechtigkeit wird keine Staatsverfassung feststehen, und erlauben Sie mir ein offenherziges Geständnis, ich finde von beiden in Deutschland sehr wenig."

Am 14. Juli sah er Napoleon in Paris bei den Feierlichkeiten zum Jahrestag der Revolution. „Das Schicksal hatte ihm die Macht in die Hände gelegt, der größte Mann der Weltgeschichte zu werden, er hatte aber dazu nicht Erhabenheit genug ... Seitdem Bonaparte die Freiheit entschieden wieder zu Grabe zu tragen droht, ist mir's, als ob ich erst Republikaner geworden wäre ... Ich halte dafür, daß in einer wohlgeordneten Republik am meisten Menschenwürde, Menschenwert, allgemeine Gerechtigkeit und allgemeine Glückseligkeit möglich ist." Und dann spricht Seume den Satz aus, aus dem all die bittere Erfahrung seines Lebens klingt: „Wo nicht der Knabe, der diesen Abend in der letzten Strohhütte geboren wurde, einst rechtlich die erste Magistratur seines Vaterlandes verwalten kann, ist es Unsinn, von einer vernünftigen Republik zu sprechen."

Im Oktober 1802 traf Seume in Leipzig ein, wo er sein Leben als freier Schriftsteller und Privatlehrer wieder aufnahm. Aus Briefen und Tagebuchnotizen, die zum Teil noch während der Reise in Wielands „Neuem Teutschen Merkur" gedruckt worden waren, arbeitete er seinen Reisebericht aus, den er im Kontrast zu den überstandenen Gefahren der beschwerlichen Reise „Spaziergang nach Syrakus" nannte. Das Buch erschien 1803. Keinen objektiv-sachlichen Reisebericht wollte Seume geben. Er ließ den Leser an seinen Erlebnissen und Empfindungen teilhaben und berichtete ihm darüber wie einem guten Freunde. Bereits in seinen ersten Veröffentlichungen kleidete Seume seine Berichte in die Form von Briefen an einen Freund, durch die er ein unmittelbares, persönliches Verhältnis zum Leser gewann und sich von strengeren Forderungen an den Aufbau und die Gestaltung des Berichtes entband. Das „Polieren" an Sprache und Form sei nie seine Sache gewesen, schrieb er 1801 in der Vorrede zur ersten Ausgabe seiner Gedichte.

Der Wagemut des Autors, die lebendige Schilderung seiner Reise, seine humanistische Gesinnung und unbestechliche Wahrheitsliebe gewannen dem Buch schnell viele Freunde. Zahlreiche Berichte über Italienreisen waren in den letzten Jahren in Deutschland erschienen, aber keiner, so bemerkte eine zeitgenössische Kritik des „Spaziergangs“, hatte bisher gefragt, wie die klassische Epoche Italiens für die Bewohner der Gegenwart fruchtbar geworden sei. Allerdings kritisiere der Autor zu scharf und male die katholische Kirche mit zu schwarzen Farben. Da die späteren bedeutenden Arbeiten Seumes von der Zensur verstümmelt oder gänzlich unterdrückt wurden, war Seume einem größeren Publikum lange nur als der „Spaziergänger nach Syrakus“ bekannt.

Bis zum April 1805 beschäftigten Seume kleinere Arbeiten. Einer Übersetzung von Robert Percival's „Beschreibung des Vorgebirgs der guten Hoffnung“ gab er eine Vorrede mit, in der er die Sklaverei in den englischen Kolonien anprangerte und mit Bitterkeit feststellte, daß seine Voraussagen über Napoleons Alleinherrschaft eingetroffen waren. Angebote, an Zeitschriften mitzuarbeiten, so an Kotzebues „Freimütigem“, lehnte er ab, um seine Unabhängigkeit zu bewahren. Auch wollte er der Tochter eines Freundes nahe bleiben, für die er seit seiner Rückkehr aus Syrakus eine tiefe Liebe empfand. Johanna Loth, fast zwanzig Jahre jünger als Seume, war schön und vermögend. Drei Jahre verkehrte Seume – er unterrichtete sie im Italienischen – in ihrem Elternhaus, wagte aber keine Werbung, bis ihre Verlobung mit einem jungen Kaufmann ihn in tiefe Verzweiflung stürzte. Nur die Liebe zu seiner Mutter hielt ihn vom Selbstmord zurück. „Ich bin zur Verwaisung geboren und bezahle meine höhere Bildung etwas teuer“, schrieb er an Johannas Vater. Im April 1805 brach er zu seiner nordischen Reise auf.

Über Dresden, Bautzen, Breslau, Warschau, Grodno, Riga, Dorpat, Reval, Petersburg wanderte Seume nach Moskau; über Finnland, Schweden, Dänemark, Hamburg und Halberstadt führte ihn sein Weg nach Leipzig zurück, wo er am 18. September wieder eintraf. Nur den kleineren Teil der Strecke konnte er diesmal zu Fuß zurücklegen. Die deutschen Wissenschaftler in Dorpat, Moskau und Petersburg nahmen ihn freundlich auf, auch hier war der „Spaziergang“ bekanntgeworden: so Friedrich Maximilian Klinger, der ihm die Nachricht von Schillers Tod überbrachte, Ludwig Heinrich von Nicolay, der Direktor, und Heinrich Friedrich Storch, der Vizepräsident der Russischen Akademie der Wissenschaften. Eine Offiziersstelle, die Klinger ihm im russischen Heer vermitteln wollte, lehnte Seume ebenso ab wie eine Professur an der Universität in Dorpat. Im Rußland der Leibeigenschaft war kein Platz für ihn; denn „die Frage ist nicht, was einzelne Gute tun, sondern was viele Schlimme taten und aller Menschlichkeit zum Trotz kraft ihrer unseligen, ungeheuren sogenannten Rechte noch tun". Überall mußte Seume sehen, daß in dem Jahrzehnt seit seinem Aufenthalt in Polen und Rußland das Volk nur noch elender und unglücklicher geworden war. „Ein Sklave muß freilich schlecht sein, ich begreife gar nicht, wie er gut sein könnte. Herabwürdigung erstickt alles Edlere und Bessere." Auf die Beschwerde der Herren Livlands, „daß die Bauern so unerträglich faul seien", antwortete Seume, er wundere sich, daß sie überhaupt noch so viel arbeiteten, denn keiner gebe ihnen die Sicherheit ihres Gewinns. Voll Empörung berichtete er: „Man hat nie einen Menschen verkaufen sollen und verschachert sie noch jetzt auf allen Märkten schändlich für Jagdhunde; und sogar die Zeitungsblätter auch noch unter dem freundlichen Alexander sind voll von dergleichen Menschenfeilbietungen."

Seumes eigene Jugenderfahrungen sind es, die ihm den Blick geschärft haben. So bezeichnete er die neuen Bauerngerichte als ein Mittel, mit dem der Edelmann gerade nur so viel Ordnung unter seinen Leibeigenen hält, wie er für seine Zwecke braucht. Wo der Gutsherr zugleich Gerichtsherr ist und seine Beisitzer wählen und absetzen kann, gibt es keine Gerechtigkeit.

Auf der Rückreise begegnete Seume in Deutschland den Heeren Napoleons, und er sah eine Zeit der Not und Erniedrigung für sein Vaterland kommen. Die Erlebnisse dieses Sommers bilden die Grundlage seiner reifsten Werke, in denen er wie kaum ein anderer der Zeitgenossen die Ursachen und den Zusammenhang des nationalen und sozialen Elends der Deutschen begreift. Seume stellt seinen Landsleuten nicht nur das Wunschbild idealer Humanität vor, sondern deckt auch die Übel auf, die seiner Verwirklichung entgegenstehen. Nach der Rückkehr nach Leipzig schrieb er rasch hintereinander seine bedeutendsten Werke: den Bericht über die nordische Reise, „Mein Sommer 1805", die „Apokryphen" und die Plutarch-Vorrede.

Im Dezember ging das Manuskript des Reiseberichts an den Verleger. Als das Buch Ostern 1806 mit Seumes Namen, aber ohne Verlagsangabe, erschien, kündigte es nur eine einzige Zeitung an. Im französisch besetzten Süddeutschland, in Österreich und Rußland wurde es sofort verboten. Das Vorwort, in dem Seume mit unerhörter Schärfe die politische Lage seines Vaterlandes beurteilte, ließ viele Freunde für seine Sicherheit fürchten.

Nach der Schlacht bei Jena wurde Leipzig am 18. Oktober 1806 von französischen Truppen besetzt. Seume führte in diesen Jahren – 1806 bis 1807 – Tagebücher, angeregt von Klingers „Betrachtungen und Gedanken über verschiedene Gegenstände der Welt und der Literatur", die er 1803 rezensiert hatte. Seine Notizen wollte er unter dem unverbindlichen Titel „Apokryphen" herausgeben. Da der Zensor die Druckgenehmigung dafür verweigerte, schrieb Seume Anmerkungen zu den Werken Plutarchs, denen er eine lateinische Vorrede voranstellte. So wollte er seinem Urteil über die deutschen Zustände als gelehrter lateinischer Abhandlung einen Weg in die Öffentlichkeit bahnen. „Ich habe jetzt eine Arbeit, die mir leicht den Tod bringen kann, denn kühnere Wahrheit kann am wenigsten unsere Zeit vertragen", äußerte er im Dezember 1807 in einem Brief an Johanna Loth.

Als auch diese lateinisch geschriebene Abhandlung nicht erscheinen durfte, suchte Seume sein politisches Bekenntnis in einem Drama über den griechischen Helden Miltiades auszusprechen. 1808 wurde das Drama veröffentlicht, aber die Absicht Seumes, seinen Zeitgenossen die unerschütterliche Vaterlandsliebe des Miltiades, des Helden von Marathon, als Vorbild darzustellen, blieb unerfüllt, da es ihm versagt war, seiner großen Idee eine angemessene künstlerische Gestalt zu geben.

In der Antike, der europäischen Aufklärung und den Beobachtungen auf seinen Wanderungen fand Seume die wichtigsten Quellen seiner Weltanschauung. Aufklärung betrachtete er als „richtige, volle, bestimmte Einsicht in unsere Natur, unsere Fähigkeiten und Verhältnisse, hellen Begriff über unsere Rechte und Pflichten und ihren gegenseitigen Zusammenhang". Besonders die Gedanken über Volkssouveränität und die Forderung nach den Menschenrechten übernahm er aus den Werken Rousseaus und Voltaires. Den „Contrat social" und Voltaires kleines Gedicht „Das Naturrecht" hielt er für „vielleicht das Größte, was die französische oder irgendeine andere Literatur hervorgebracht hat". Die Naturrechtsidee und der Gedanke vom Gesellschaftsvertrag bildeten den Kern seiner Weltanschauung. Sie gaben ihm – wie den amerikanischen und französischen Revolutionären – die theoretische Grundlage für seinen Kampf gegen Leibeigenschaft und Adelsprivilegien.

Noch nachdem Napoleon die Revolution verraten hatte, trat Seume für sie ein: „Ohne Vertrag ist nichts; und ein Vertrag, der die Personalität und die ganze bessere Menschennatur zerstört, ist aus vielen Rechtsgründen ewig null. Es ist also ein heiliger Beschluß der ehemaligen französischen Nation: ‚Die Rechte der Menschen sind unveräußerlich und unverjährbar'." Angesichts der russischen Leibeigenschaft schrieb er: „Man wende ja nicht die Griechen und Römer ein: Gott bewahre mich vor ihrer schändlichen Freiheit, dagegen ist selbst der Unsinn des Lehnssystems noch Vernunft, und Spartakus hat darüber einen furchtbaren Kommentar gegeben." In der Plutarch-Vorrede faßte Seume sein Verhältnis zur Antike zusammen. Nicht mehr der Tyrannenmörder Brutus gilt ihm als Held, sondern Spartakus, der Führer des großen Sklavenaufstandes, denn „freie Männer schlugen immer die Halbknechte. Auch Spartakus war ein freier Mann, solange er schlug."

Unteilbar waren für Seume die Forderungen nach Freiheit, Gleichheit und Gerechtigkeit. Gleichheit sei immer der Probestein der Gerechtigkeit und erst beide zusammen machten das Wesen der Freiheit, bekannte er in den „Apokryphen". „Die Freiheit ist die Gleichheit der Bürger im Staate, die Gleichberechtigung für Ehrenstellen", hieß es in der Plutarch-Vorrede. Ja, Seume ging über den Begriff einer formalen Gerechtigkeit hinaus und legte dar, wie wahre Gerechtigkeit und Gleichheit ihre Forderungen an die Staatsbürger nach den Verhältnissen ihres Vermögens abstimmen müßten.

Er wurde nicht müde, auf die Verderblichkeit der Privilegien für den Bestand der Nation hinzuweisen, denn eine Ausnahme vom Gesetz für einzelne sei eine Beleidigung des gesamten Volkes. Im „Spaziergang nach Syrakus", der Vorrede zu „Mein Sommer 1805", den „Apokryphen" und der Plutarch-Vorrede finden sich zahlreiche Bemerkungen über den Widersinn der Privilegien: „Wenn ich nur noch zwei Sekunden zu leben habe, will ich noch mit meinem letzten Atemzuge rufen: ‚Wollt Ihr Euch retten, so rottet die Privilegien aus!'"

In dieser Überzeugung blieb Seume den Ideen der Revolution treu, die er als einen Versuch zur Erziehung des Menschengeschlechts im Sinne Lessings betrachtete. „Die Französische Revolution hat den Vorteil, die ersten Republikaner gestellt zu haben. Ihre Pflanzung wird wachsen, wenn sie auch jetzt vom Unkraut erstickt wurde.“ Der Französischen Revolution sprach er das Verdienst zu, zuerst Grundsätze der Vernunft in das Staatsrecht getragen zu haben.

Ausführlich legte Seume in den Vorreden zu „Mein Sommer 1805“ und den Plutarch-Anmerkungen dar, daß es die Bauernbefreiung und die Vernichtung der Privilegien waren, die die Revolutionsarmee unbesiegbar machten; trotz des Jakobinerterrors bekannte er sich zu den „guten Grundsätzen“ der Revolution. In Seume stritt der Gelehrte der Aufklärungszeit, der die Welt durch Erziehung der regierenden Fürsten verbessern und dem Volk das Recht auf Selbsthilfe wehren wollte, mit dem Bauernsohn, der sehr wohl wußte, daß die Machthabenden noch niemals die Macht freiwillig aus den Händen gegeben haben: „Man lärmt so viel über die Französische Revolution und ihre Greuel. Sulla hat bei seinem Einzuge in Rom in einem Tage mehr gewütet als in der ganzen Revolution geschehen ist.“

Den Aufstieg Napoleons verglich Seume mit den Taten seiner Helden aus dem Xenophon, Thukydides und Plutarch und verehrte ihn, solange er als Erbe der Revolution handelte, doch bereits den Ägyptenfeldzug betrachtete er als eine Aktion, die den Interessen der Revolution entgegenstand, und auf der Italienreise gab es für ihn keine Zweifel mehr, daß Napoleon sich zum Diktator aufschwingen und eine neue Aristokratie schaffen würde. Kurz nach der Rückkehr aus dem Norden, noch im September 1805, sagte er im Gespräch mit zwei preußischen Offizieren die Eroberung ganz Deutschlands durch Napoleon voraus.

Das große Beispiel der französischen Nation, der unaufhaltsame Aufstieg Rußlands zur europäischen Großmacht ließen Seume die schmachvolle Ohnmacht seines Vaterlandes nur noch herber empfinden. Nach der Niederlage Preußens verrieten fast alle deutschen Fürsten die Interessen ihres Volkes und wurden, um ihre Privilegien zu erhalten, Vasallen Napoleons. Mit bissiger Ironie kommentierte Seume die Verbeugungen Sachsens vor Napoleon, der das Kurfürstentum für seine neutrale Stellung während des Krieges auf Kosten Preußens und Polens zum Königtum erhoben hatte. „Meine Zeit fiel in die Schande meines Volks. Alles, was ich Empörendes und Erniedrigendes sehe, halte ich für die Folge der Privilegien“, schrieb er voll Bitterkeit.

Seumes Werke und Briefe aus dem ersten Jahrzehnt des neunzehnten Jahrhunderts sind ein einziger Aufschrei gegen die Erniedrigung seines Volkes durch den Adel und die Duodezfürsten. Als Böttiger sich mit der Bitte an Seume wandte, patriotische Gesänge und Kriegslieder zu schreiben, durch die er den Nationalgeist der Deutschen zu stärken hoffte, antwortete Seume im November 1805: „Wir sind nun einmal keine Nation in dem höheren politischen Sinne des Wortes, haben vielleicht nicht Ursache zu wünschen, es je zu werden; und in unsern alten halb politischen, halb barbarischen Einrichtungen ist so wenig von dem, was ich mir unter Gerechtigkeit und Freiheit denke, daß wenigstens ein Mensch, wie ich bin, keinen Enthusiasmus für eine Sache haben kann, die seiner Seele fremd ist. Die Franzosen schlagen uns noch mit dem Guten, das die Revolution zutage gefördert hat. Ihr Geist besiegt den unsrigen, weil, so sehr sie auch von der eigenen, mächtigen Willkür eines Usurpators leiden, doch mehr Gerechtigkeit und Vernunft im Staate und folglich auch mehr Gemeingeist bei ihnen ist." – „Der Landmann soll nun fechten. Für wen denn? Schlägt er für sich? Wird ihm der Sieger nicht noch mehr aufbürden? Ein Grenadier soll sich in die Bajonette stürzen, dessen Schwester oder Geliebte zu Hause bei dem gnädigen Krautjunker jährlich für acht Gulden zu Zwange dient, dessen Mutter oder alte Muhme, die selten satt Brot und Salz hat, ihre halbblinden Augen noch damit verderben muß, daß sie zur Frone für den Hof ihre nicht kleine Quantität Garn abspinnt, dessen kleiner Bruder für einen Groschen von der Herrschaft wöchentlich einige Male Boten gejagt wird? ... Wo man den Landmann als Halbsklaven und den kleinen Bürger als Lasttier ansieht und behandelt", da habe er weder zu sprechen noch zu singen. Nur durch Zerstörung ihrer augenblicklichen Verhältnisse sah Seume Hoffnung für die Deutschen, denn von innen, nicht von außen kamen ihre Leiden. Auch die christlichen Forderungen der Gnade, der Demut und Geduld und die Hoffnung auf ein besseres Jenseits als Belohnung für irdisches Elend zählte er zu den Leiden von innen. „Demut", so hieß es bereits im zweiten Bande des „Spaziergangs nach Syrakus", „ist nach der Etymologie: Mut zu dienen und die zweideutigste aller Tugenden." „Es ist freilich auch philosophisch besser, Unrecht leiden als Unrecht tun, aber es gibt ein Drittes, das vernünftiger und edler ist als beides: mit Mut und Kraft verhindern, daß durchaus kein Unrecht geschehe ... Freilich, wenn man den Gekreuzigten nicht an allen Feldwegen zeigte, könnte es doch wohl der Menge einfallen, ihre Urbefugnisse etwas näher zu untersuchen und zu finden, daß keine Konsequenz darin ist, sich durch den Druck des Feudalsystems und durch das Privilegienwesen ohne Aufhören kreuzigen zu lassen."

So war für Seume die nationale Auffassung untrennbar mit der sozialen, der Beseitigung der Adelsherrschaft, verbunden. Eine Nation, so erläuterte er in den „Apokryphen", ist eine große Volksmasse, die durch ihre freien Abgeordneten gesetzlichen Anteil an ihren öffentlichen Verhandlungen hat. Und in dem Brief an Böttiger hieß es: „Niemand begreift, daß nur Freiheit und Gerechtigkeit Nationalkraft geben können."

All die Empörung und Bitterkeit in den Schriften und Briefen der letzten Jahre entsprangen der Liebe Seumes zu seinem Land, das er groß und frei, als Heimstätte der Freiheit, der Gerechtigkeit, Humanität und Kultur sehen wollte. Durch den Mund des Miltiades beschwor er die Deutschen, einig zu sein:

Nur Zwist
Und blinde Selbstsucht gräbt der Freiheit Grab,
Des Ruhms, der Ehre und des bessern Sinns.
Ein Volk, das fällt, fällt immer nur durch sich.
Gerechtigkeit und Freiheit sind der Grund,
Nur sie allein, zu festem, stetem Wohl.

Mein Vaterland! Des Herzens letzter Puls
Schlägt bei dem teuern Namen hoch und heiß.
Mit tiefer Wehmut denk ich nur an dich,
An dich, an dich allein, mein Vaterland!
Der Gott des Lichts, der unsern Geist durchschaut,
Sah, was ich dachte, als ich meine Kraft
Erhöht und ganz und rein dem Staate gab.

Die nationale Befreiungsbewegung erlebte Seume nicht mehr, und es blieb ihm erspart, die Nacht der Restauration zu erdulden.

Dem Geschichtsbild Seumes war der Entwicklungsgedanke, wie ihn seine Zeitgenossen Herder, Goethe und Hegel formuliert hatten, fremd. Ihm galt die Geschichte im Gegenteil als eine Schande des Menschengeschlechts, die fast zu bürgen schien, daß die Menschen keine Vernunft haben. Die geschichtsbildende Kraft der Volksmassen erschloß sich ihm nicht, und nur durch Aufklärung, Bildung und Erziehung hoffte er die historische Entwicklung zu fördern. Besserung erwartete er von den Taten einzelner und überschätzte, vor allem bei der Beurteilung Napoleons und Katharinas II., die Rolle der Persönlichkeit in der Geschichte. So führte Napoleons Abkehr von den Idealen der Revolution Seume zu tiefem Pessimismus, und er sah das Zeitalter der Gerechtigkeit in sehr ferner Zukunft: „einige platonische Jahre“ (ein Zeitraum von 26 000 Jahren) würden wohl noch vergehen, ehe sich die öffentliche Gerechtigkeit bessern werde.

Im Juni 1808 warf ein Gichtanfall, der Beginn einer Nieren- und Blasenschwindsucht, den bisher kerngesunden Seume aufs Krankenbett. Von kurzen Wochen scheinbarer Genesung unterbrochen, in denen er seine Selbstbiographie zu schreiben begann, vergingen die letzten beiden Jahre seines Lebens unter qualvollen Schmerzen. Unfähig zu arbeiten und ohne Einkommen, war er auf die Hilfe seiner Freunde angewiesen. Einer seiner ehemaligen Schüler nahm ihn in sein Haus auf, sein Arzt behandelte ihn unentgeltlich. Schnorr und Göschen versuchten zu helfen. In seiner höchsten Not wandte er sich an den russischen Zaren und suchte um die ihm zukommende Pension als ehemaliger russischer Offizier nach. Der Brief an Klinger vom Juni 1809 ist ein erschütterndes Dokument vom Elend eines patriotischen Schriftstellers: „Wenn ich von Petersburg nichts erhalte und dieser Sommer meine Gesundheit nicht einigermaßen herstellt, wozu bis jetzt kein Anschein ist, so bin ich ein Mann des Todes, denn ich fühle keinen Beruf, unter dem Dach der Jammertugend Geduld ein Gegenstand des Mitleids zu werden.“

Durch die Vermittlung Wielands und des Weimarer Hofes wurde ihm endlich die Pension gewährt, aber sie kam zu spät. Am 13. Juni 1810 starb Seume in Teplitz, wo er Linderung seiner schmerzhaften Leiden gesucht hatte.

Schlecht vergalten Adel und Bürgertum dem Dichter seine Sorge um den Bestand der Nation. Die Privilegierten unterdrückten die Werke des Dichters, der die Privilegien mit der Wurzel hatte ausrotten wollen. Erst die Gesamtausgabe der Werke Seumes aus dem Jahre 1870 brachte die „Apokryphen“ ohne die Streichungen der Zensur und die Plutarch-Vorrede in deutscher Übersetzung, und seitdem wurden die bedeutenden Werke der Reifezeit kaum gedruckt. Nur der „Spaziergang nach Syrakus" erlebte Neuauflagen und hielt den Namen Johann Gottfried Seumes im deutschen Volke lebendig.

„Ich bin niemals Dichter gewesen", schrieb Seume im Dezember 1804, „alles, was ich gesagt habe, ist immer Wahrheit gewesen, und dadurch haben meine Werke einiges Verdienst." Seume war kein Lyriker, und er war kein Dramatiker. Von seinen Gedichten blieben einige sangbare Lieder im Volkston lebendig und wenige Weltanschauungsgedichte in der Nachfolge Schillers, die mehr durch ihren Gehalt als durch die Verskunst bedeutsam sind. Stoffwahl und die Lauterkeit der Gesinnung machen den Wert seines Dramas „Miltiades" und der Verserzählung „Das polnische Mädchen" aus. Seine eigentliche Größe aber erreichte Seume in den Prosawerken und den „Apokryphen". Er war ein politischer Publizist und Historiker der Zeitgeschichte von hohem Rang.

Unerschüttert blieb Seumes Glaube an die Zukunft der Menschheit, an den endlichen Sieg der Humanität, „und wenn in einer guten Sache tausend Versuche fehlschlagen, so verzweifle ich doch nicht an dem endlichen Gelingen". Er hörte nicht auf, „für die Menschheit, für Licht und Recht und endliche Vernunft zu hoffen und zu sprechen und zu arbeiten".

Weimar 1961

MEIN LEBEN

Veritatem sequi et colere, tueri justitiam,
omnibus aeque bene velle ac facere,
nil extimescere.

Das Mißliche einer Selbstbiographie kenne ich so gut als sonst irgend jemand, und ich halte mich für nicht wichtig genug, daß überhaupt mein Leben beschrieben werde. Wenigstens wäre es nach vierzig Jahren noch Zeit genug. Ein angesehener Buchhändler bot mir vor einigen Jahren, als die Aspekten am literarischen Himmel noch besser standen, eine beträchtliche Summe, wenn ich ihm die psychologische Geschichte meiner Bildung schreiben wollte. Ich gebe mich aber nicht gern zu dergleichen Spekulationen her, und es geht etwas wider mein Wesen, auf meine Kosten, vielleicht etwas eigentümlich, einige allgemeinen Wahrheiten zu sagen, die die eine Hälfte längst weiß und die andere Hälfte nicht wissen will. Folgendes hat mich indessen bestimmt, etwas über mich selbst zu sagen. Schon Herder, Gleim, Schiller und Weiße und mehrere noch Lebenden haben mich aufgemuntert, nach meiner Weise die Umstände meines Lebens, das sie wohl für wichtiger hielten, als es war, schriftlich niederzulegen. Ich glaubte, das wäre im achtzigsten Jahre noch frühe genug; aber meine jetzigen Gesundheitsumstände erinnern mich, es nicht zu verschieben, wenn es geschehen soll. Mehrere meiner Freunde drohen mir, wahrscheinlich genug, daß ich auf alle Fälle einem Biographen doch nicht entgehen würde; und da fürchte ich denn, einem Sudler oder Hyperkritiker oder gar einem schalen, geschmacklosen Lobpreiser in die Hände zu fallen. Niemand kann doch besser wissen, was an und in ihm ist als der Mann selbst, wenn er nur redliche Unbefangenheit und Kraft genug hat, sich zu zeigen, wie er ist. Ich überlasse es jedem, der etwas von mir weiß, zu urteilen, ob das, was er von mir weiß, das Gepräge dieser Unbefangenheit und dieser Kraft trägt. Ich erzähle also ehrlich offen, ohne mich zu schonen, und nicht selten mit dem Selbstgefühl inneren Werts, und ohne den Vorwurf der Anmaßlichkeit oder die Krittler weiter zu fürchten, die vielleicht sodann über mich nur Totengericht halten. Torheiten werde ich wohl nicht wenige und nicht geringe zu beichten haben; aber, soviel ich mir bewußt bin, keine Schlechtheit. Wenn die Erzählung unterhält und vielleicht hier und da die Jugend belehrt und in guten Grundsätzen befestiget, so habe ich nicht umsonst gelebt und geschrieben.

Mein Vater Andreas war ein ehrlicher, ziemlich wohlhabender Landmann, der, wie ich, die Krankheit hatte, keine Ungerechtigkeit sehen zu können, ohne sich mit Unwillen und nicht selten mit Bitterkeit darüber zu äußern. Seine Bekannten nannten ihn also einen hitzigen Kopf und einige Edelleute einen unruhigen Kopf, den man unterdrücken müsse; das war natürlich und mußte auch gelingen. Nur ein einziges Beispiel seiner Heftigkeit! Ich habe keines von meinen Großeltern gekannt, wohl aber einen Großgroßvater von seiten des Vaters, einen Mann von mehr als neunzig Jahren, den man nur den alten Jobst nannte und der mir, als kleinem Urenkel, fast eine Stunde Wegs immer einen Kober voll Frühkirschen brachte. Dieser war etwas im Geruch der Ketzerei, weil er nicht das ganze Bonzenwesen des Pfarrers mit gehöriger Gefangennehmung seiner Vernunft gläubig aufnahm, besonders einige Zweifel über die Richtigkeit einiger Dezemforderungen hegte. Der alte Jobst stand bei der Gemeine für den Riß in Kollisionsfällen. Als er starb, überließ die Familie mit Bescheidenheit dem Pfarrer die Anordnung des Leichenbegräbnisses, ohne Text und Lieder selbst zu wählen. Der Pfarrer ließ lauter Straflieder singen, unter welchen auch das bekannte „O Ewigkeit, du Donnerwort" war, und hielt zur Erbauung und Abschrekkung eine wahre Galgenpredigt. Mein Vater unter den Leidtragenden nahm in der ersten Wirkung des Sermons einem alten Verwandten das spanische Rohr weg, eilte damit vor die Sakristei und hätte gewiß dem Strafredner eine sehr fühlbare Replik beigebracht, wenn man ihm nicht in die Arme gefallen wäre. „Herr“, sagte er mit starker Stimme, „wenn nur Sie und Ihre Familie so ehrliche, gute Leute sind wie der Verstorbene und seine Familie, so können Sie zufrieden sein. Er konnte und wollte Ihre weiten, unersättlichen Ärmel nicht füllen; das war seine ganze Gottlosigkeit.“ Es entstand daraus ein Konsistorialprozeß, der meinem Vater viel Geld kostete. Der Verweis, den der Pfarrer erhielt, war leicht eingesteckt; aber das Geld, was es meinem Vater kostete, war nicht so leicht ausgezahlt. Der handfeste Köhlerglaube scheint also die Sache meiner Familie väterlicher Seite nicht gewesen zu sein; weswegen der ehrwürdige Herr zu Frankfurt am Main unseres Namens, der einen gelehrten tractatum de SS trinitate zu Anfange des vorigen Jahrhunderts geschrieben hat, wohl schwerlich zu uns gehört. Daß meine Mutter mich gern als einen Mann Gottes auf der Kanzel gesehen hätte, ist eine gewöhnliche Schwachheit des Geschlechts: sie kam aber bald davon zurück, als sie meine entschiedene Abneigung und verschiedene schlechten Geistlichen in der Nachbarschaft sah. Ich habe oft gehört, daß meine Mutter, Regine Liebich, in ihrer Jugend für ein schönes Mädchen gehalten worden ist. Mein Geburtsort ist Posern, ein Dörfchen eine Viertelstunde von Rippach, wo die Poststation war, wo die Vorfahren meiner Mutter seit dem Dreißigjährigen Kriege ein Grundstück mit Brauerei, Brennerei und Schenkrecht besaßen, das sie, laut Dokumenten, als Appertinenz vom Rittergut damals mit neunzig Talern an sich gekauft hatten und für das man 1803 zwölfhundert bot. Mein Geburtstag fiel, laut der alten Familienbibel, die durch eingebundenes weißes Papier zugleich die Familienchronik war, den 29. Januar 1763 in einer entsetzlich kalten Periode, woraus die Gevattern und Basen nach ihrer Weise allerlei prophezeiten. Ohne eben mit Sterne weitläufig gelehrt über den Einfluß äußerer Umstände bei dem ersten Eintritt in die Existenz zu spintisieren, habe ich doch oft gedacht, daß ich, nach der gewöhnlichen Rechnung ein Produkt der Walpurgisnacht und als Erzeugnis zweier schönen, sehr lebendigen Menschenwesen, weit freundlicherer Natur und weit merkurialischer sein sollte. Vielleicht hat folgender Umstand Einfluß. Da meine Mutter durch eine gewöhnliche Vernachlässigung nach meiner Geburt an der Brust litt und eine Amme damals in der Gegend etwas Ungewöhnliches war, wurde ich mit Kuhmilch aufgezogen. Ich kam mit dem Hubertusburger Frieden an; man nannte mich also Gottfried, und Johann wurde vorgesetzt, weil es ein alter Vetter, auf den man in der Familie etwas hielt, durchaus haben wollte. Meine Erinnerung geht nicht so weit zurück, daß ich mich besinnen könnte, wie ich lesen und schreiben gelernt habe. Der alte Schulmeister Held, dessen Tochter meine Pate war und der mich daher mit viel Vorliebe und Strenge echt altpädagogisch behandelte, brachte mir diese Fertigkeiten bei, so früh, daß sich die Zeit aus dem Gedächtnisse gewischt hat. Ich genoß manches kleine Privilegium zur Zeit der Erdbeeren und Johannisbeeren und Pflaumen und wenn der Honig geschnitten wurde; aber übrigens wurde mir der Bakel sehr reichlich zuteil: nicht wegen der Lektion; denn diese ging immer leidlich genug, sondern wegen mancher Unordnungen, die ich nach meinem damaligen Bedünken für gar kluge Streiche hielt. Meine früheste deutliche Erinnerung ist folgende: Ich hatte einen Vetter von gleichen Jahren, mit dem ich mich oft wacker raufte, weil wir die besten Freunde waren. Er ist nachher, wie ich höre, als Dragoner gestorben. Die Schule lag auf einer kleinen Anhöhe, und vor derselben unten war ein grüner Rasenplatz, über den der Abfluß einer herrlichen Quelle, die Heilige, nach dem dortigen Dialekt die Heleke genannt, sich schlängelte. Ein herrlicher Platz zum Balgen und Raufen, wenn er nur nicht unter dem Fenster des Schulmeisters gewesen wäre! Wir zwei jungen Streithähne hatten schon in der Schule Zwist gehabt, den der Bakel beschwichtigt, aber nicht geschlichtet hatte. Nun waren wir nicht länger zu halten; die Erörterung fuhr in die Finger, die Bücher wurden weggeschleudert, und das Knuffen und Beinstellen und Raufen ging an. Die Größeren schlossen teilnehmend einen Kreis und lachten, wie rüstig die kleinen Kämpfer sich tummelten. Der Herr Pate Schulmeister rief und drohete mit dem Haselstock aus dem Fenster zum Berge herab. Niemand sah und hörte; das Boxen ging fort, und bald lag Jakob oben, bald Gottfried, und die kleinen Finger waren voll Gras und Haare. Plötzlich trennte sich der Kreis, und der alte Herr Pate Held bearbeitete jugendlich rasch mit dem Haselinstrument unsere Beinkleider und Schulterblätter. Das versöhnte schnell wie der Blitz die Streitenden; wir sprangen auf, rafften die Bücher zusammen: der Kreis zog fort und wir gegeißelt hinterher. Der Kreis lachte, die Pferdebändiger vor der Schmiede und Schenke lachten laut, wir stimmten ein; und lächelnd zog der alte Schulmonarch, den Friedensstifter des Haselbusches drohend noch in der Hand schwingend, nach seinem Berge zurück. Die Sache machte Lärm im Dorfe, und alles vom Schulzen bis zum Nachtwächter lachte noch laut nach; nur mein Vater tat es verstohlen, um den Buben nicht in seinen Streichen zu bestärken. Noch einige Jahre früher, und früher als meine Erinnerung reicht, hätte ein Zufall fast meiner Existenz ein Ende gemacht. Hinter dem Garten meines Vaters floß der kleine Bach Rippach, der ungefähr eine Stunde von Posern in die Saale fällt. Der Garten war mein Lieblingstummelplatz; nur fürchtete man für den kleinen Buben das Wasser. Es wurden eben alte Bäume ausgerottet und junge gesetzt; ich wurde also dem alten Jakob, der mit einigen anderen arbeitete, zur Aufsicht übergeben, damit ich mich nicht dem Bache nähern sollte. Das hielt man gewissenhaft, beachtete aber nicht so sehr die Nähe. Ich springe und jage dort herum, und plötzlich fällt der alte Apfelbaum, an dem man arbeitete, faßt mich und schlägt mich zu Boden. Die erschrockenen Alten wenden und kehren mich nach allen Seiten; ich bin augenblicklich tot; Jakob nimmt mich auf den Arm und trägt die vermeintliche Leiche hinein in den Hof, wo mein Vater eben mit der Mutter an der Wäsche über Hausangelegenheiten sprach. Man stelle sich die Botschaft vor; meine Eltern liebten uns ohne lächerliche Schwachheit mit wahrem, tiefem Gefühle. „Herr, hier bringe ich den Jungen“, sagte der Alte, indem er mich auf den Waschtisch legte, „er ist tot. Gott im Himmel weiß, ich bin unschuldig; ich wollte, der Stamm hätte mich getroffen.“ Unter lautem Wehklagen suchte und schickte man nach Hülfe. Der Barbier wandte alle seine Weisheit an, der Arzt kam; alle Mittel waren umsonst; kein Zeichen des Lebens erschien. Zwölf Stunden und darüber war man so traurig vergeblich beschäftigt und eben im Begriff zu enden und an die Beerdigungsanstalten zu denken, als ich das linke, sehr verletzte Auge aufschlug. Man fing die Versuche wieder an und brachte mich ins Leben zurück. Es hatte mich nicht der Stamm, sondern nur einige starken Äste mit den Zweigen getroffen und die tiefe Betäubung bewirkt. Damals mochte ich ungefähr drei Jahre alt sein. Von den Quetschungen blieb wenig zu sehen außer dem Flecken im erwähnten linken Auge, den man im zwanzigsten Jahre noch wahrnehmen konnte. Ein etwas späterer Vorfall hätte mich auch bald in jene Welt getragen. Mein Vater war damals schon in einer Pachtung als Gastwirt bei Leipzig. Das größte Vergnügen für mich war, die Pferde in die Schwemme und auf die Weide zu reiten, wozu ich jedoch nur selten die Erlaubnis bekam. Reiten hieß bei mir jagen, daß die Mähnen flogen und die Haare sausten. So ritt ich einmal gegen die Ordonnanz mit in die Schwemme. Das Tier liebte den Strom ebensosehr als ich das Reiten, scharrte, stampfte und brauste; meine Hand war zu schwach, es zu halten: es legte und wälzte sich mit gewaltigem Wohlbehagen. Ich kam unter das Pferd, verlor die Besinnung, und der Strom führte mich weit, weit mit sich fort. Indessen hier erholte ich mich, als ich herausgezogen wurde, nach einigen Minuten Versuchen sogleich wieder, und lange Zeit blieb dem jungen Zentauren die Reiterei untersagt. Endlich kam mein Vater einmal von der Messe und hatte Pferde gekauft. „Junge, ich habe auch eins für dich mitgebracht“, sagte er, indem er sich zu mir wendete, und es wurde ein kleiner, dürrer Rotschimmel vorgeführt, der nur vierthalb Füße hatte. Die Bestie hinkte und wieherte komisch, und alle lachten über meinen Vater, mich und den Schimmel. „Wir haben wohl recht viel Geld wegzuwerfen“, sagte meine Mutter halb ärgerlich, „daß du noch dergleichen Fresser ins Haus bringst.“ – „Frau, verdirb mir den Spaß nicht!“ sagte er launig selbstzufrieden. „Ich habe es zur Zugabe, habe wahrscheinlich dem armen Tier das Leben gerettet: denn der Roßtäuscher sprach vom Schinder und Totstechen. Wir haben heuer viel Heu, die Weide ist hoch; es kann doch wohl noch etwas tun, und da der Junge mit des Teufels Gewalt zu Pferd will, so mag er reiten.“ Ich kratzte mich mürrisch hinter den Ohren und bekümmerte mich wenig darum, was man mit meinem stattlichen Reitpferde machte. Aber der Schimmel machte sich gut und gewann durch seine Streiche Zelebrität in der ganzen Gegend. Zuerst wurden wir aufmerksam, als wir ihn galoppieren sahen, womit er jedermann in Erstaunen setzte. Er hatte, wie gesagt, drei gesunde Hufe; der vierte war eine Art von krummem Klumpfuß; so daß vorn statt des Eisens nur eine Platte von der Größe eines Guldens lag. Der Schritt ging also jämmerlich und der Trott jämmerlicher; aber Galopp und Karriere wie bei dem besten Renner; da brauchte der kranke Fuß kaum den Boden zu berühren und wurde von den übrigen mit durchgetragen, welches im Schritt und Trott nicht möglich war, weil da jeder Fuß gleichmäßig seine Dienste tun mußte. Da ich mich um Schritt und Trott wenig kümmerte, war mir der Schimmel schon recht, und ich gewann nicht selten die Wette über die flüchtigsten Rosinanten. Er ward rund wie ein Apfel und war klug wie die Rosse des Peliden. Von seinem Stammbaum habe ich nichts erfahren; aber es war ein satirischer, origineller Gaul, der ein Menge Eigentümlichkeiten besaß. Zu Wagen und Pfluge konnte er nicht gehen; aber eine leichte Egge auf leichtem Boden zog er possierlich genug. Er schwamm vorzüglich gern durch die Flüsse und dezimierte den Klee auf fremden Wiesen, und dann waren Dutzende von handfesten, flinken Kerlen nicht imstande, ihn zu fangen oder einzutreiben. Er setzte echt strategisch auf dem besten Punkte allemal durch und erreichte seine eigene Krippe. Nach dem Tode meines Vaters verkaufte ihn meine Mutter in die Nachbarschaft für eilf Taler, wo er hart mitgenommen wurde. Einige Zeit nachher sah ich ihn fast wieder in seinem ursprünglichen Elend, wie ihn mein Vater nach Hause brachte, auf einer fremden mageren Weide, einen Sack um den Kopf, damit das arme Tier nicht von seinen Wanderungstalenten Gebrauch machen könnte. Als er meine Stimme hörte, kam er auf mich zu, und ich glaubte in seinem Wiehern Liebkosen und Wehmut zu finden. Auch meine Mutter war bei meiner Erzählung, welche von andern bestätigt wurde, so gerührt, daß sie fast die Schwachheit gehabt hätte, die heimische Kreatur wieder ins Haus zu nehmen.

Mein Vater war zwar ein heftiger, moralisch-strenger, aber kein harter Mann. Im Gegenteil, seine Heftigkeit kam meistens aus schneller, tiefer moralischer Empfindung her. Das Zuchtmeisteramt im Hause überließ er fast immer meiner Mutter; und diese hatte bei ernsthaften Gelegenheiten mit einigen Worten nur nötig, den Namen des Vaters zu nennen, um alles in gutem Gleise zu erhalten. Der Vater wurde dadurch nicht als Popanz gebraucht, sondern sein strenger Ernst in ernsthaften Dingen zum gehörigen Zwecke ins gehörige Licht gestellt. Meine Geschwister haben vielleicht nie von meinem Vater einen Schlag bekommen: nur ich erinnere mich, daß ich von ihm einmal tätlich gezüchtigt worden bin auf eine schreckliche Weise, die ihn gewiß noch mehr angriff als mich; und zwar waren beide, er und ich, im ganzen unschuldig. Er war mit meiner Mutter weg, ich glaube nach Weißenfels, gefahren und hatte uns mit einer Magd und unsern Spielgesellen allein im Hause gelassen. Unterwegs besinnt er sich, daß er den Schlüssel an einer Oberstube hat stecken lassen, auf welcher ein Tisch mit gezähltem Gelde stand, meistens in groben, harten Münzsorten. Es war zu spät umzukehren; er eilte aber desto eher nach Hause. Unterdessen waren wir in dem ganzen Hause herumgepoltert, ich mit einem halben Dutzend meiner Spießgesellen, und auch in das Zimmer, wo der Tisch mit dem Gelde stand. So viel Besinnung hatte ich doch schon als ein Bube von sechs Jahren, daß ich sagte, es sei hier für uns kein Spielplatz, auf Entfernung drang, den Schlüssel abzog und in die Tasche steckte. Ich glaubte der erste und letzte im Zimmer gewesen zu sein und hatte niemand in der Nähe des Tisches gesehen. Mein Vater kam, ging hinauf, fand den Schlüssel nicht, kam herab: „Junge, wo ist der Schlüssel zur Oberstube?" Ich zog ihn hervor; er ging wieder hinauf und zählte nach: es fehlte an der Ecke ein Guldenstück. Mit sichtbarer Verwirrung und Angst kam er wieder herunter: „Junge, wer ist im Zimmer gewesen?" – „Wir alle, Vater, Jakob, Christian und die andern; da ich aber sah, daß Geld aufgezählt war, gingen wir sogleich wieder hinaus, und ich nahm den Schlüssel." – „Wer ist an den Tisch gekommen?" – „Niemand als ich, um die andern abzuhalten." – „Du hast ihn also genommen!" fing er an schwach zu sprechen und zu zittern. „Ich habe nichts genommen", antwortete ich zitternd, halb weinend. Der Worte waren wenig; er ward heftiger, ich leugnete fest und laut weinend. Er faßte mich konvulsivisch mit den Fäusten und mißhandelte mich bis zur Grausamkeit, daß auf das Geschrei meiner Mutter die Hausleute und Nachbarn herbeistürzten und mich aus seinen Händen retteten. „Andreas, lieber Andreas", sagte der alte sanfte Gevatter Schulmeister Held, „Ihr seid ja außer Euch; Ihr tötet ja den Knaben; kommt doch zu Euch selbst!" – „Ach Gott!" seufzte mein Vater halb weinend, warf sich in den großen Stuhl und verhüllte das Gesicht, ohne weiter ein Wort zu sagen. Die

Szene ist oft nachher wieder erzählt worden und mir deswegen so lebendig geblieben. Das Fürchterliche seiner Lage in diesem Momente habe ich aus meinem eigenen Gefühl seitdem mir oft vorgestellt. Er liebte seine Kinder mit der ganzen Zärtlichkeit eines Vaters und der ganzen Heftigkeit seiner Natur; ich war sein Erstgeborner: die Nachbarschaft hielt etwas auf mich, vom Schulmeister bis zum Nachtwächter; man wird ihm also verzeihen, daß er es auch tat. Nun denke man sich einen Vater, einen ehrlichen, feinfühlenden, heftigen Mann, der seinen Liebling in einer solchen Enormität ergriffen glaubt, vor dem die schönen Hoffnungen, an denen sein besseres Wesen hängt, auf einmal verschwinden. Man nahm mich nun gütlich vor und ermahnte mich, ich sollte nur bekennen; ich hatte nichts zu bekennen. Es ist mir noch jetzt rührend, wie urväterlich der alte Schulmeister um uns besorgt war. „Lieber Pate", sagte er, „du hast dich geirrt, du willst nur mit dem Gulden spielen. Sage es nur, so ist es gut; du wirst schon einsehen lernen, was das zu bedeuten hat." – „Das sehe ich schon jetzt ein", sprach ich, „und habe nichts getan." Dabei blieb es. Mein Vater war von dem Tage an still in sich gekehrt, berührte die Sache nicht mehr, sah mich zuweilen halb zornig, halb wehmütig an und verbat sich alles Einreden; sprach nichts Ermahnendes, nichts Abschreckendes, sagte keines seiner Sprichwörter und war wie ein Wesen, dessen beste Kraft gelähmt ist, so daß auch meine Mutter sichtbar dabei litt: die Unruhe saß in beider Seelen. Ungefähr nach drei Wochen klärte sich's auf. Nachbars Samuelchen – ich habe seitdem den Namen weder in der Bibel noch außer der Bibel recht leiden können – wurde von seinem Vater zum Krämer geschickt, um eine Dose voll Schnupftabak zu holen. Er erhielt einen Gulden, um ihn wechseln zu lassen. Der Krämer hatte von ungefähr nicht so viel kleines Geld und sagte, er wolle anschreiben, er möchte den Gulden nur wieder mitnehmen und es dem Vater sagen. Sei es nun unwillkürlicher Irrtum oder lachte der neue Gulden den Buben besser an als der vergriffene gestohlene; er gab den falschen Gulden zurück. „Halunke", fuhr ihn der Vater an, „das ist gewiß der Gulden, der dort drüben so viel Unheil angerichtet hat." Samuelchen bekannte und leugnete nicht und erhielt in bester Ordnung von seinem etwas härteren Vater die Peitsche in zehnfachem Maße. Meinem Vater fiel bei der Aufklärung der Sache ein schwerer Stein vom Herzen. Wer lügt, der stiehlt, war sein Sprichwort, und wer stiehlt, gehört an den Galgen. Er ward zusehends wieder heiter und suchte durch mancherlei versteckte Liebkosungen wieder Ersatz zu geben; denn öffentlich durfte das Ansehen nicht leiden.

Viele Neckereien bewogen meinen Vater, seine Grundstücke dort zu verkaufen und eine Pachtung eines Wirtshauses mit beträchtlicher Ökonomie in Knautkleeberg, nicht weit von Leipzig, einzugehen. Da spielte ihm denn das heiße Blut hier und dort schlimme Streiche. Der Justitiarius von Posern hatte bei einer Rügensache, wo sich mein Vater fast wie Weißens Kunze mit dem Dintenfasse benommen hatte, gedroht, er müsse kein Advokat und sein Prinzipal kein Edelmann sein, wenn nicht die Sache so weit gedeihen sollte, daß der Andreas Seume noch ins Hundeloch käme für seine Ungebührlichkeiten. Ungebührlichkeiten nennt man aber alles, was irgendeinen alten Unfug antastet; und schon das feine Wort für Gefängnis zeigt hinlänglich die Natur der damaligen Patrimonialjustiz. „Ich will doch dem Teufel und seiner Hölle entlaufen", sagte mein Vater, „und sollte ich in einer Kneipe Schuhzwecken schnitzen und Schwefelhölzchen machen mein Leben lang"; und so packte er seine Familie auf einige Wagen und pilgerte fürbaß an die Elster in der Gegend von Leipzig. Er hatte in seiner Jugend das Böttcherhandwerk gelernt, war auch mit dem Felleisen über Naumburg nach Gera und Saalfeld gewandert; da ergriff ihn aber, wie man ihm scherzhaft vorwarf, die Sehnsucht nach der Geliebten, und er eilte über Altenburg und Lucka nach Hause an der Rippach, ward Meister in der Innung und heiratete mit seinem zweiundzwanzigsten Jahre stracks ohne weiteres Bedenken. Hätte er nicht etwas Vermögen gehabt und wäre genötigt gewesen, sich in der Fremde etwas umzusehen, so hätten vielleicht einige Jahre Umschauen den Feuerkopf etwas kühler gemacht; doch vielleicht hätte sich das Gefühl auch noch tiefer gesetzt und wäre nur desto bitterer geworden, wie es bei etwas mehr Bildung mir selbst gegangen ist. Der Antritt der Pachtung fiel in eine sehr unglückliche Periode, in die Hungerjahre 70 und 71. Der Besitzer des Gutes Lauer, zu dem das Dorf Knautkleeberg gehört, war der damalige Stadtrichter, Dr. Teller, ein Bruder der bekannten Teller in Zeitz und Berlin, ein harter, unerbittlicher Mann, der von dem Buchstaben nichts nachließ und alles Unglück sehr klug dem Pächter zugestellt hatte. Vielleicht machte ihn auch das Mißliche seiner eigenen Geschäfte und auch sein exzentrischer Ideengang noch mißmutiger und bitterer. Man sagte damals, er sei an der Ministerkrankheit gestorben, weil ihn die Hoffnung täuschte, die Stelle als Prinzenhofmeister zu erhalten, durch welche der wackere, rechtschaffene Gutschmidt für sich und das Land eine so rühmliche Laufbahn machte. Die Eigenheiten der Brüder sind bekannt genug: der Berliner, als der vorzüglichste von ihnen, hatte am wenigsten. Mein Vater, anstatt hundert Scheffel in der neuen Pachtung jährlich zu verkaufen, mußte zur Unterhaltung der weitläufigen Wirtschaft über funfzig dazukaufen, und ich kann mich noch recht wohl erinnern, daß er den letzten Scheffel mit funfzehn Talern bezahlte. Die Hungersnot der damaligen zwei Jahre ist in Sachsen als Landeselend bekannt. Hunger haben wir nicht gelitten, aber meines Vaters Vermögen zusammen so ziemlich verzehrt. „Solange ich noch eine Metze Korn mit dem letzten Taler kaufen kann", sagte der wackere Mann, „muß niemand in meinem Hause ungesättigt vom Tische aufstehen." Es war, als ob die furchtbare Teuerung doppelten Hunger erzeugt hätte; denn jedermann aß, wie man bemerken wollte, fast noch einmal so viel als gewöhnlich. Ich galt damals im Dorfe für einen sehr glücklichen Prinzen, daß ich, so viel ich wollte, herrliches Butterbrot hatte, da mancher arme Teufel hungrig halb neidisch vorüberschlich. Da gab ich denn manchen Schnitt weg und tauschte irgendein Spielwerk oder einen Vogel dafür ein. „Junge, wirst du ewig nicht satt?“ sagte einmal meine Mutter halb froh, halb traurig, als sie mir ein frisches Butterbrot schneiden mußte; „es ist doch, als ob der Himmel seinen Segen genommen hätte auch von dem, was noch da ist.“ Da es sich aber ergab, daß ich meine vorige ziemlich starke Portion für einen Hänfling weggegeben hatte, fing sie an, eine strenge Zuchtmeistermiene anzunehmen, und ich glaube wirklich, sie würde zu Birkengottfriedchen gegriffen haben, wäre nicht mein Vater dazugekommen. Der meinte nun, es sei wohl ganz gut, daß ich mein Butterbrot verteile, nur nicht, daß ich Hänflinge, Peitschen und Platzbüchsen dafür nehme und dann komme und mir ein anderes erlüge: er könne übrigens jetzt nicht alle Hungrigen speisen und sei froh, wenn er nur seinen Haushalt leidlich gesättigt habe. „Wenn du nun selbst traurig, hungrig nach dem Butterbrot der andern sehen müßtest? Junge, wer zu dir kommt, den weise an mich oder die Mutter! Hunger tut weh, Junge, sagt man: das haben wir noch nicht erfahren; weiß der Himmel, ob es nicht noch kommt! hörst du, Junge, Hunger tut weh.“ Dabei wischte er sich heimlich einige Tropfen aus den Augenwinkeln und ging und schnitt tief in ein großes Brot, um einige Zeit Sonnenschein auf finstere, niedergeschlagene Gesichter zu bringen. „Helfe euch Gott!“ sagte er mit Rührung; „bald können wir nicht mehr helfen.“

Bei meinem Herr Paten, dem Schulmeister in Posern, hatte ich für einen Phönix im Lernen gegolten; hier bei dem Herrn Weyhrauch in Knauthain galt ich für einen ausgemachten Dummkopf. Weiß der Himmel, woher es kam: ob mir das Umsetzen wie einem jungen Baume nicht bekommen wollte oder was sonst die Ursache war, ich hieß nur der dumme Junge von Thüringen einige Jahre lang.

Herr Weyhrauch nahm es mit der Geographie nicht sehr genau; denn Posern liegt noch zwei Stunden diesseits der Saale: ich aber habe mich seit der Zeit oft allen Ernstes für einen Thüringer gehalten, zumal da ich jenseit des Stroms verschiedene Verwandte hatte und hier nie so recht einmeißnern konnte. Ich schrieb von Posern aus in meinem sechsten Jahre schon eine ziemlich leserliche Hand; aber Herr Weyhrauch fand darin weder ductum noch fructum, und ich mußte durchaus ganz von neuem seine Hopfenstangen von Buchstaben nachmalen, worin ich sehr unglücklich war, da ich zum Zeichnen fast gar kein Talent besitze. Herr Adam Weyhrauch war ein ehrlicher, wohlmeinender, braver Mann, der eine gewaltige Zeit in Halle und Leipzig hatte studieren helfen, weil ihn sein Vater Weyhrauch, ludimagister ejusdem loci, quo postea filius, mit aller Gewalt wenigstens zum Kirchenrat machen wollte. Der Tod überraschte ihn aber im sechsten Universitätsjahre des Herrn Sohnes, und er hatte noch eben Kredit beim Patron genug, da er der höheren Klerisei nicht recht trauen wollte, sich denselben zum Nachfolger auszumitteln. Der Musensohn versorgte sich stracks in Leipzig mit einem hübschen Bürgermädchen zu Tisch und Bette und fing nun an, mit allem Fleiß am Weinberge Zions zu arbeiten. Schade, daß er keine Kinder hatte, um das Geschlecht der Weyhrauche in der Schulmeisterei zu Knauthain rühmlichst fortzupflanzen. Die Bauern meinten, sein Mangel an Produktivität dieser Art rühre von seinem großen Fleiße in Leipzig und Halle her; doch sagten sie dieses nur ganz leise, damit sein Ansehen bei der lieben Jugend nicht in Zweifel geriet. Er hatte seine liebe Not mit mir, und ich mit ihm. Ich glaubte zwar seiner Aburteilung über meine Dummheit nicht ganz, war aber doch ganz verblüfft, daß ich dem Manne durchaus gar nichts zu Danke machen konnte. Lange Zeit war ich so im vermeintlichen moralischen Hinbrüten, bis sich endlich, ich weiß nicht wodurch, der Knoten löste und täglich irgend etwas Besseres zum Vorschein kam. Niemand war darüber froher als mein Vater, der schon einige Mal traurig das Verdammungsurteil über meinen Geist gehört hatte. Wer zuerst etwas Ätherisches in mir entdeckte, war der Pfarrer, Magister Schmidt, ein rechtlicher, jovialer, ziemlich gebildeter und ziemlich orthodoxer Mann, in dessen Charakter aber der Grundzug freundliches Wohlwollen und Güte des Herzens war. Er schloß aus meinen oft sonderbaren Antworten in den öffentlichen Kirchenprüfungen auf meinen eigenen, zuweilen sehr barocken Ideengang, unterhielt sich viel mit mir und berichtigte meine Gedanken. Er besaß darin so viel Geschicklichkeit, als ob er in dem sokratischen geistigen Hebammeninstitut zur Lehre gegangen wäre. Nun sprach er mit dem Schulmeister, Herrn Weyhrauch, über die Methode des Unterrichts bei einem solchen Kopfe; die Einwendungen des Schulmeisters wurden gehoben; der Pfarrer zeigte ihm, daß ich kein Mechaniker und kein Schönschreiber werden und mich schwerlich mit Nachbeten begnügen würde. Man beschränkte sich nun auf die Negative und überließ die Positive mir selbst. Von nun an nahm man wenig Notiz mehr von meinen krummen und schiefen Linien auf dem Papier und meinen Stelzfüßen und Buchstaben, sondern nur von meinen Ideen, womit ich den Schulmeister und auch wohl zuweilen den Pfarrer in einige Verlegenheit setzte. In kurzer Zeit übersprang ich alle Matadorjungen des Dorfs in der Schule und war bald der Erste und Statthalter des Herrn Weyhrauch bei dessen Abwesenheit als Bienenvater und Spargelgärtner. Die Umstände und die Gesundheit meines Vaters waren unterdessen sehr gesunken, so daß man meine bessere Anstelligkeit nicht den Gratialen und der Gunst von Hause aus zuschreiben konnte. Ich mochte ungefähr zehn Jahre alt sein, als ich schon an der Spitze der Dorfschuljugend stand, unter denen doch wohl einige ihr vierzehntes geschlossen hatten. Mein Regiment galt für sehr strenge, aber nie für ungerecht; und ich war damals der Dorfklerisei erster Minister bei der Einführung der neuen Schulordnung, die zu derselben Zeit etwas strenge gehandhabt wurde. Ich erinnere mich aus dieser Periode bei eben dieser Gelegenheit eines Vorfalls, wie ich ein Märtyrer meiner Überzeugung ward. Es war befohlen, die Kinder sollten ordentlich nach Rang und Alter in der Schule paarweise nach Hause gehen, um das wilde Herumschwärmen zu verhüten. Ich gehörte zu dem Nebendorfe Knautkleeberg und hatte die Aufsicht über meine Kolonne. Die meiste Not machte mir ein fast funfzehnjähriges großgewachsenes Mädchen, das sich in der Schule durch Langsamkeit im Lernen und außer derselben durch vorschnelle, laute Unbändigkeit auszeichnete. Beständig war sie bald rechts, bald links aus der Reihe, bald im Grase, bald im Schotenfelde und schien des kleinen, ohnmächtigen Wichtes von Führer nur zu spotten. Es dem Herrn Weyhrauch zu sagen, schien mir unter meiner Würde, zumal da er ihrer Eltern wegen viele Nachsicht gegen sie zu zeigen schien, denn sie war die Tochter des Müllers. Als ich ihr eines Tages einige Mal ohne Erfolg Ordnung geboten hatte, ergriff mich mächtig schnell der Amtseifer, daß ich hinsprang, um sie aus einem Haferfelde in Reihe und Glied zu bringen. Sie lachte und verließ sich auf ihre Gewalt; aber der Himmel weiß, wo in dem Augenblick meine Stärke herkam; ich fasse das Weibsstück beim Kragen, um sie in die Ordnung zu ziehen, schleudere sie aber aus dem Haferfelde unglücklicherweise den Berg hinab in die Sandgrube, wo sie denn gar unsanfte Purzelbäume schoß und sich wenigstens Hände und Gesicht empfindlich an den Steinen zerstieß, so daß reichliches Blut quoll. Nun ging alles schüchtern nach Hause. Den Nachmittag war die liebe Mama schon klagbar eingekommen; Herr Weyhrauch mit dem Haselzepter zitierte den jungen Primus vor zum Verhör und Standrecht. Ich erzählte die Sache und bestand auf meinem Recht; nur bedauerte ich den Sturz in die Sandgrube, der nicht in meiner Absicht gelegen hatte. Der Schulmeister wollte seinem Vikar doch so viel ausübende Justizgewalt nicht zugestanden wissen und meinte, Weisung und Meldung sei mein Amt. Ich behauptete im Gegenteil, daß ich damit nicht auskommen könnte. Herr Weyhrauch glühte auf, und ich war eben nicht sehr nachgiebig; er brachte mir im Amtseifer gehörigen Orts einen tüchtigen Schilling bei. Diese Schillingsmethode war bei ihm folgende: der pädagogische Vollstrecker faßte Delinquenten mit der linken Hand beim Haarschopf und brachte den Kopf zwischen die Schenkel des Orbilius, wo er ihn an Nakken und Ohren festklemmte und mit eben dieser linken Hand schnell den Hosengurt des kleinen Sünders ergriff, woraus eine Art von Schweben entstand; sodann bearbeitete er mit der rechten, in welcher der Haselstock war, das Örtchen, auf welchem man sonst ruhig sitzen soll, quantum satis, und wohl auch ein wenig mehr. Dieser Prozeß wurde auch an mir vollzogen, und ich hatte meine Abfertigung. Beim Abmarsch nach meinem Sitze verwahrte ich mich noch mit dem Protest, ich habe doch recht getan. „Hast du?“ rief Herr Weyhrauch und fing mit neuem Eifer die Exekution von vorn an. Nun schritt ich rasch an meine Tafel, hielt die Hand, wo die Kallipyge die Augen hindreht und stieß trotzig durch die Zähne: „Ich habe doch recht getan.“ Die Nachbarn lachten, und der Schulmonarch fragte despotisch, was da wäre. „Er habe doch recht getan, meint er“, sagten sie; und die Zitation begann peremtorisch von frischem. Ohne weitere Erörterung fing die Bearbeitung noch exemplarischer zum dritten Male an, und nun erst überlegten beide Parteien, Exekutor und Inkulpat, ernsthaft still, ob sie recht getan hätten. Man kann wohl denken, daß die drei Schillinge mit eine ewig frische, denkwürdige Münze sind, da sie zumal in einer Lebensperiode ausgezahlt wurden, wo jede Art Gefühl sehr lebhaft in dem treuen Gedächtnisse bleibt. Mein Vater, der den Vorfall hörte, sagte weiter nichts als sein bedenkliches Hm, und ich habe nie seine Meinung über den streitigen Punkt erfahren. Daß man, wenn man recht habe, dennoch demütig vor dem Ansehen schweigen müsse, gehörte, wie ich wußte, nicht unter seine

Glaubensartikel; aber noch weniger gehörte es darunter, das nötige Ansehen des Lehrers wegen einiger Schwielen zu kompromittieren. Herr Weyhrauch mochte das Harte seiner Züchtigung meiner kleinen Hartnäckigkeit fühlen; denn er suchte es durch allerhand freundliche Aufträge, wofür mir gewöhnlich eine Belohnung von herrlichem Brot mit dem besten Honig ward, wieder in das alte Gleis zu setzen.

Um diese Periode, ich glaube, es war 1775 im Sommer, starb mein Vater. Die Geschichte seiner Krankheit und seines Todes ist mir zu wichtig, als daß ich nicht einiges darüber sagen sollte. Seine Pachtung war, wie erwähnt, sehr unglücklich, und der größte Teil seines Vermögens war daraufgegangen. Das lähmte aber nicht sein Kraftgefühl und störte seinen guten Mut nicht. Einst hatte er seine letzten hundert Taler nach Leipzig getragen zu Dr. Teller, um den letzten Termin zu entrichten. Das Wetter war schneidend kalt; das Geschäft mochte nicht angenehm gewesen sein. Gegen die Kälte und den Verdruß hatte er, wider seine Gewohnheit, ein Glas Wein getrunken und hatte sich so aufs Pferd gesetzt, kam aber bis zur Erstarrung gefroren zu Hause an, so daß ihm der Knecht vom Pferde helfen mußte, da er sonst der behendeste Mann war. Nun bestellte er sich Kaffee, den meine Mutter selbst in der Küche besorgte. Als sie damit ins Zimmer tritt, findet sie, daß er seinen großen Stuhl verlassen und sich auf ein Bett geworfen hat, wo er tief in den Federn liegt und schläft. Sie denkt, Schlaf ist besser als alle Arznei, und läßt ihn liegen. Den Tag darauf klagt er über Schwere in den Gliedern und den folgenden Tag über Schmerzen im Unterleibe. Es scheint, die Bettwärme hatte die Kälte, die sich nicht wieder mit dem übrigen Körper in Temperatur setzen konnte, zurückgetrieben, und es entstand daraus eine Blasenkrankheit, die ihn einige Jahre mit unsäglichen Schmerzen quälte und ihn am Ende des dritten durch eine Apoplexie tötete. Man kann denken, wie sehr seine Haushaltung bei dieser traurigen Existenz leiden mußte, und doch verlor er bis an sein Ende niemals einen gewissen Grund von Heiterkeit und Frohsinn; nur hatten ihn seine Erfahrungen etwas bitter gemacht, so daß sich seine wahre Meinung oft sprichwörtlich ziemlich sarkastisch äußerte. Das Minimum von allem Guten, wodurch die Welt regiert wird, war einer seiner gewöhnlichen Gedanken; nur konnte er ihn nicht so dichterisch schön einkleiden, wie wir hier und da in Wielands Schriften finden. „Junge", pflegte er mir oft mit skoptischem Gesicht zu sagen, „wenn man dir von oben her zuruft, das Wasser läuft den Berg hinauf, so mußt du gleich antworten: Gnädiger Herr, soeben ist es oben." Ärzte wurden angenommen und gewechselt, ohne Erfolg, und ich erinnere mich gehört zu haben, man habe mehr als zweihundert Taler umsonst verdoktert. Als er in seinem siebenunddreißigsten Jahre starb, ließ er seine Geschäfte in der mißlichsten Lage und meine Mutter als Witwe mit fünf Kindern, wovon ich als der älteste ungefähr zwölf Jahr war. Es entstand eine Art von Konkurs, wobei aber durchaus niemand einen Heller verlor; nur blieb meiner Mutter nichts als die winzige Summe von zweihundert Talern, wofür ihr ein kleines Häuschen gekauft wurde. Alle nahmen sich unser mit Rat und Tat sehr freundlich an, und es fehlte uns wenigstens nie an dem Notdürftigsten. Der brave Justitiarius Laurentius der Hohenthalischen Güter vorzüglich suchte die unglückliche Familie so sicher als möglich zu stellen und nahm für seine vielen Bemühungen in unserer Sache nicht allein nichts, sondern ließ uns auf eine feine, humane Weise noch manchen kleinen Vorteil zufließen. Mein Vater hatte kurz vor seinem Tode am Ende der Pachtung eine kleine Ökonomie mit etwa sechzehn Ackern Feld gekauft. Das Drückendste für ihn an Körper und Geist war die Frone, die er selbst verrichten mußte, wenn nicht sogleich alles zugrunde gehen sollte. Die Sense war seinem jetzt schwachen Arme zu schwer, er mußte einige Mal die große Wiese verlassen. Ich erinnere mich, daß einige entmenschten Seelen, wie es deren überall gibt, unter anderen der zeitige Vogt, ihre bitter groben Bemerkungen darüber machten, als sie ihn vor seiner Haustüre mit einem kleinen Knaben, meinem jüngsten Bruder, spielen sahen. Der gute Mann wischte sich die Augenwinkel und legte sich lange einsam in den entlegensten Teil des Gartens. Nach drei Tagen lag er auf der Bahre. Ob wohl diese rohen Seelen dabei einige bessere Gefühle in sich empfunden haben? Dieser Vorfall vorzüglich ist mit Ursache meiner folgenden tief konzentrierten, nicht selten finster mürrischen Sinnesweise. Ich habe die Katastrophe nie loswerden können, ob ich gleich selten oder nie davon gesprochen habe.

Der Graf von Hohenthal-Knauthain, der das Gut Lauer gekauft und mich zuweilen in der Schule und bei Kirchenprüfungen mit einigem Wohlgefallen gesehen hatte, hatte bei meines Vaters Tode erklärt, er wolle für mich sorgen und mich etwas lernen lassen. Was dabei seine Gedanken waren, weiß ich nicht. Meine Mutter und ich deuteten auf irgendein Handwerk; wenigstens verstrich eine ziemliche Zeit, fast von zwei Jahren, ohne daß wieder etwas darüber gesprochen wurde. Unterdessen nahmen sich der Pfarrer, M. Schmidt, und der Schulmeister Weyhrauch meiner wirklich sehr väterlich an. In meinen Kenntnissen kam ich zwar diese beiden Jahre nicht merklich vorwärts, da ich den übrigen schon sehr voraus war und man sich höchst selten mit mir beschäftigte; aber es fing doch durch den Umgang schon an, sich der bessere Charakter der Humanität zu entwickeln. Mein Studium war biblische Geschichte aus Hübners biblischen Historien und Luthers Bibel selbst, nebst einigen alten asketischen Schriften, die mir der Schulmeister gab. Damals gewann ich eine solche Festigkeit und Gewandtheit in der Bibel, daß ich nur selten einen Spruch nicht hersagen oder angeben konnte, der verlangt wurde. Ich wußte sehr viele Psalmen und fast alle Evangelien auswendig, sagte ziemlich genau, wieviel jedes Buch Kapitel und sogar, wieviel jedes Kapitel Verse hatte und wo und in welcher Verbindung die sogenannten Beweisstellen standen; so daß mir von dieser Zeit an die Gewohnheit geblieben ist, bei manchen Gelegenheiten eine Reihe Bibelsprüche anzuführen, worüber zuweilen selbst Theologen sich etwas wundern. Ob sie wirklich bewiesen, was sie beweisen sollen, darnach fragte ich damals noch nicht; es war nur Sache des Gedächtnisses und eines lebendigen Ideenspiels ohne weitere Untersuchung. Im Examen wurde ich nur dann gefragt, wenn irgendein Knoten zu lösen war; oder die übrigen verstummten, und dann setzte meine Belesenheit und der Strom meiner Beweisstellen nicht selten sogar den Pfarrer in Erstaunen. Nicht selten geschah aber auch ganz natürlich, daß die Sache anfing, mir Langeweile zu machen, und da war ich denn, wenn ich gefragt wurde, nicht gegenwärtig, sondern mit meinen Gedanken auf dem Turme bei den Sperlingen oder im Busche bei den Sprenkeln, die ich gestellt hatte. Das gab dann harte Verweise, die mich aber verhältnismäßig weniger rührten, weil ich anfing, etwas mehr zu ahnen als bloßes kaltes Spiel des Kopfes, wie ich endlich hier fand. Doch war das nicht immer der Fall; denn der Pfarrer, ein wahrhaft guter, warmer Mann, hatte nicht ganz gewöhnliche Rednertalente, und es machte jedes Mal einen tiefen Eindruck auf meine Seele, dessen ich mir noch jetzt lebendig bewußt bleibe, wenn er irgendeinen wichtigen moralischen Satz mit eignen, oder, wie ich nachher fand, erborgten Worten feuervoll vortrug. Dem Menschen ist sehr bald das Reinmenschliche heilig; so wie er bald gleichgültig gegen das wird, was sein Kopf nicht begreift und was sein Herz in keine Bewegung setzt.

Ich konnte lange zu keiner Wahl einer Lebensart kommen, so unbestimmt waren noch meine Ideen vom Leben überhaupt. Solange mein Vater lebte, wurde ich halb und halb zum Kaufmann bestimmt, da er einige Bekanntschaft dieser Art in Leipzig hatte; und ich hatte damals gerade nichts dagegen. Allein das zerschlug sich mit seinem Tode, und ein Handwerk sollte wahrscheinlich der Gipfel meiner Bestrebungen werden. Aus einer angebornen Neigung zum

Soliden entschloß ich mich endlich, ein Grobschmidt zu werden. Meine Mutter erschrak, und M. Schmidt lachte, als ich mit dem Resultat meiner Überlegung herausrückte, und beide hatten viel Mühe, mir die Sache auszureden. „Junge, du bist ja nur ein Zwerg und sinkst mit Hammer und Zange vor dem Amboß zusammen wie ein Taschenmesser", sagte der gutmütige Pfarrer; „dazu gehört ein Zyklope und kein Liliputaner, wie du bist." Ich verstand das letzte nur halb, gab aber doch dem Einreden meiner Mutter nach und den vulkanischen Vorsatz auf; doch gehe ich noch jetzt selten vor einer Schmiede vorbei, wo nicht der alte Hang zur Solidität zurückkehrte. Nun bestimmte ich mich zum Dorfschulmeister, wollte etwas Latein und Musik erlernen und dachte mit dem übrigen nach einiger Vorbereitung schon nicht übel durchzukommen; denn ich galt für einen gewaltigen Katecheten. Noch bei Lebzeiten meines Vaters hatte ich einmal gelegentlich von ungefähr gesagt, es müßte nicht gut sein, wenn ich nicht über einen Satz hundert Fragen bilden wollte, ohne eben am Ende zu sein. „Das traue ich ihm zu", sagte der Schulmeister, dem es gesagt wurde; „und die Fragen würden toll genug sein." Der letzte Zusatz war mir eben nicht sehr willkommen und machte mich aufmerksam. Seit der Zeit habe ich mich geflissentlich vor vielen voreiligen Fragen gehütet, habe die Sache wahrscheinlich zu weit getrieben und dadurch manches nicht erfahren, was ich hätte erfahren können und sollen. Ein Narr fragt mehr, fiel mir immer ein, als ein Weiser beantworten kann. In der Bestimmung zum Dorfschulmeister mochte wohl ganz leise der Blick auf Herrn Weyhrauch, sein herrliches Bienenhaus, seine vortrefflichen Spargelbeete und seine schönen Rosen und Nelken auch mitwirken; denn es schwebte mir vielleicht dunkel vor, daß bei gehöriger Einleitung und Ausdauer das alles mein werden könnte. Jede sitzende Lebensart war mir verhaßt, und obgleich ein Schulmeister auch sitzen muß, so begriff ich doch schon damals, daß sich viel Wesentliches in seinem Amte sehr vorteilhaft peripatetisch abmachen ließe. „Junge, was du für Einfälle hast!“ sagte M. Schmidt bei dieser neuen Entdeckung: „werde doch lieber Leinweber: ein Dorfschulmeister ist ein jämmerliches Tier. Denkst du denn, sie haben es alle wie unser Weyhrauch?“ Und nun fing er an, mir ein gar schreckliches Gemälde der armen Dorfschulmeisterlein in Thüringen und Meißen zu zeichnen. Ich ließ mich aber nicht abhalten und meinte, jeder Stand habe seine Plage und seinen Frieden. „Nun, wir wollen sehen, wie weit es geht“, sagte er, und tat Meldung an den Grafen.

Einige Zeit darauf wurde Anstalt gemacht, mich zum Rektor Korbinsky nach Borna zu bringen. Hier kam ich denn wie ein halber Hurone, moralisch gut gebildet, wenigstens ganz unverdorben, aber wissenschaftlich ganz roh und wild an. Der alte Herr nahm mich freundlich väterlich auf und ist von allen meinen Lehrern derjenige, dem ich am meisten verdanke. Er hatte mehrere Pensionärs, unter denen ich der älteste und unwissendste war, ausgenommen meine Bibelweisheit, in welcher mir es auch dort niemand zuvor tat. Das Haus war patriarchalisch gut, und seine Frau war mehr als meine zweite Mutter. Er gab mir kurze, gemessene, deutliche, sehr gründliche Anleitung; das Bedürfnis drängte, der Ehrgeiz spornte, und binnen einem Jahre stand ich so ziemlich mit den übrigen auf gleichem Fuße, die schon vier und fünf Jahre hier gewesen waren, und am Ende des zweiten war ich fast entschieden der Erste an Kenntnissen. Der Erste an der Tafel konnte ich mit Salomos Weisheit nicht werden; denn da waren zuerst Rücksichten, die ich schwer begriff und noch schwerer billigte. Das schien mir die einzige schwache Seite des guten Mannes: doch war sie bei ihm sehr unschädlich; denn es ging deutlich aus der Behandlung hervor, daß er etwas anders rangierte, als man in der Klasse saß; und ich war nun schon so weit, daß immer die schweren Stellen an mich kamen. Der Rektor überließ mich mir selbst, und da war ich denn zuweilen entsetzlich fleißig und zuweilen entsetzlich faul.

Das zweite übersah er zuweilen des ersten wegen; und ein „Hm hm" mit Kopfschütteln oder ein „Du kommst jetzt nicht vorwärts, mein Sohn!" waren hinlänglich, mich in den Gang zu bringen. Wie ich im Lateinischen und Griechischen deklinieren und konjugieren gelernt habe, weiß ich selbst kaum. Ich las und las, bis ich fest blieb; dann las ich Stellen und analysierte und setzte wieder zusammen, da denn die logische Notwendigkeit sich meiner Seele aufdrang, daß es so sein müsse und auf diese Weise nicht anders sein könne. Die Ausnahmen, wenn man sie nur einige Mal gesehen hat, fielen deutlich genug in die Augen.

Hier ließ mein Bibelstudium ziemlich nach, und an dessen Stelle trat die Beschäftigung mit lateinischen Sprichwörtern, welche Weisheit des Lebens lehren. Der Rektor Korbinsky selbst hatte eine Sammlung solcher Sprichwörter in Altenburg drucken lassen: ein sehr nützliches Buch für junge Anfänger, das aber wenig bekannt zu sein scheint. Da ich im Leben schon etwas Gewandtheit besaß und mein Vater gern in Sprichwörtern redete, machte sich der Rektor ein Vergnügen, mich die Übersetzung auch sprichwörtlich versuchen zu lassen, da denn zuweilen barockes Zeug zum Vorschein kam. So kam einmal das horazische Quidquid delirant reges, plectuntur Achivi vor; der Rektor forderte es sprichwörtlich. Wenn sich die Könige raufen, müssen die Bauern Haare lassen, sagte ich. „Recht gut, recht gut!" versetzte der Rektor; „nur etwas zu sehr vom Dorfe, etwas zu – zu" – ich verstand, er wollte sagen zu grob. Ich entgegnete, daß das lateinische delirant und plectuntur eben auch nicht sanft sei und daß man eine solche Sache recht handgreiflich sagen dürfe. „Nun gut, es mag gehen", sagte er, da er selbst nicht gleich ein feineres Sprichwort finden konnte. Die Frau Rektorin gab sich alle ersinnliche Mühe, mich fein und artig zu machen, so wie der Herr sich bestrebte, mich zur Tugend und Weisheit zu bilden. Inwiefern es dem Rektor gelang, kommt mir nicht zu zu bestimmen; aber ihr gelang es sehr schlecht. Mein Anzug war immer sehr nachlässig, meine Haare grotesk, struppig und meine Schuhe schmutzig. Vor allem hatte sie ihren Krieg mit meiner Stirne, die nach ihrer Meinung unerträglich runzelte. Ehe ich mirs versah, versuchte sie eine Glättung mit der Hand oder auch wohl mit der Bürste und drohte sogar mit der Striegel, aber alles umsonst. Sobald ich in Gedanken geriet und etwas Eigenes oder Fremdes ruminierte, traten die Runzeln wie Furchen auf die Stirne, und die Augenbrauen zogen sich finster zusammen. Das ist geblieben, und man hat mich oft für melancholisch mißmutig gehalten, wenn ich meine seligsten Gedanken hatte. Der Rektor nahm davon keine Notiz, da er selbst etwas von der nämlichen Unart besaß und es wahrscheinlich für ein Adiaphoron hielt. Er gab mir selbst das Zeugnis, daß ich bei ihm in zwei Jahren so viel getan habe als andere in sechs Jahren, und drang bei meinen Gönnern auf meine Entfernung, weil ich nunmehr meine Zeit besser anwenden könne und müsse. Ich hätte bei ihm noch lange, noch sehr viel lernen können; allein seine Zeit erlaubte ihm nicht, sich mit mir besonders zu beschäftigen. Doch gab er mir noch einige hebräische Stunden, so daß ich auch hierin ihm den ersten Grund dankte. Ich kam, sozusagen, ohne die geringste Kenntnis zu ihm und las doch meinen Cicero und ein leichtes griechisches Buch ziemlich geläufig, als ich nach zwei Jahren sein Haus verließ; nicht zu erwähnen, daß ich ihm den besten Grund in der Geschichte, der Geographie und andern ernsthaften Wissenschaften verdanke. So habe ich bei niemand wieder die Reformationsgeschichte so deutlich, gründlich und pragmatisch gehört als bei ihm. Er war überhaupt in der Kirchengeschichte sehr stark, studierte unermüdlich und ließ nichts Gutes in jedem Fache ungelesen. Auch Fischer, der mehrere Reisen mit Beifall geschrieben hat, und Mahlmann sind seine Schüler, und ich zweifle nicht, sie werden gern das Wesentliche unterschreiben, was ich hier von ihm gesagt habe. Das Haus dieses Mannes nebst meines Vaters Hause sind der Grund alles

Guten, was ich vielleicht in meinem Charakter habe. Ich habe erst nachher durch Vergleichung recht gefunden, wie rein die Sitten und wie fein zugleich in meines Vaters Haus waren. Ich höre jetzt oft in den besten Gesellschaften und in sonst sehr guten Häusern Gesinnungen und Ausdrücke, für die uns der Vater aus dem Hause in den Viehhof würde geschickt haben. „Dergleichen Reden schicken sich wohl bei Tische“, sagte er oft fürchterlich skoptisch, wenn jemand etwas Ungesittetes äußerte, „nur nicht beim Mistladen.“ Wenn das Gesinde nicht gesittet sprechen konnte, mußte es schweigen; das war mit die erste Bedingung bei der Annahme. Ohne je ein Wort Latein gelernt zu haben, übte niemand strenger als er das sit reverentia pueris! Er wußte, ich weiß nicht wie, die meisten Stellen unserer damals neuesten Dichter, und Bürgers Weiber von Weinsberg erinnere ich mich zuerst von ihm gehört zu haben, mit Varianten bei mißlichen Stellen, deren sich vielleicht kein Kritiker hätte schämen dürfen. Woher er alles das hatte, weiß ich nicht, da er wenig las und wenig Zeit dazu hatte. Bei Korbinsky wurde dieses feinere moralische Gefühl sorgsam genährt. Niemand verstand die unschuldige Eutrapelie des Lebens besser als der alte Mann. Er nannte z. E. den Schwager nie anders als Herr Bruder, die Schwägerin Frau Schwester usw.; und das mit viel wahrer Herzlichkeit. Alle seine Zöglinge waren wie seine Kinder, und er nahm auch nachher den wärmsten Anteil an ihren Schicksalen. Es war ein Unglück im Hause, wenn einer seiner ehemaligen Schüler etwas getan hatte, das einem schlechten Streiche ähnlich sah. „Du lieber Gott, was soll aus dem Menschen werden? Das macht mich sehr unruhig.“ Und das verderbte ihm wirklich Schlaf und Mahlzeit. Über mich soll er in der Folge oft abwechselnd getrauert und gejubelt haben, bis er sich endlich fest überzeugt habe, ich werde auf keine Weise seiner Erziehung Schande machen, glücklich oder unglücklich; dann sei er ruhig geworden. Nur das Laster hielt er mit den Alten für beweinenswertes Unglück. Der Aufenthalt bei ihm ist mir immer die schönste, reinste Erinnerung gewesen und wird es immer bleiben. Segen seiner Asche!

Zuletzt wurde es aber hohe Zeit, daß ich wegkam, da ich die übrigen sehr übersah und zuweilen übermütig und üppig, zuweilen verdrießlich allein stand. Das war denn die Zeit der Streiche, die oft etwas mehr als lustig, die jugendlich verkehrt und unbesonnen waren. So nähten wir, dux gregis ego, wenn er zuweilen eine kleine Erholungsreise machte, alle alten Fußdecken zu Zelten zusammen und hielten unser Scheibenschießen mit dem Blaserohre darunter. Das ging an. Aber oben lagen ein Paar alte Reiterpistolen. Feuergewehr war von meinen ersten Jahren meine Lieblingssache. Die Pistolen wurden in den Dienststand gesetzt, geputzt, geschmiert, und wieder geputzt und mit scharfen Steinen versehen. Sodann wurde Pulver geholt bei dem Krämer, der kein Bedenken trug, es uns zu geben, da wir draußen in der Freiheit zuweilen Schwärmer machten, die nichts schadeten. Nun ward das Scheibenschießen, und zwar in des Rektors Hofe, da wir nicht hinaus durften, ernsthaft. Eine große Scheibe wurde mit den gehörigen Abteilungen an die Privettüre gemalt, und es war eine Lust, wie die Kugel durch das Brett fuhr und der Knall inwendig an der Stadtmauer hindonnerte. Das Herz zitterte allen im Leibe vor Freude. Ungefähr vier Schüsse waren gefallen, da erschien der Superintendent, Herr Richter, und der Stadtwachtmeister, Herr Herrmann, mit gar finstern Amtsgesichtern. Wir standen nun selbst wie angedonnert da. „Lassen Sie sich nicht stören, meine Herren“, sagte Herr Herrmann, „wir wollen bloß ein bißchen zusehen, wie hier kanoniert wird.“ Der Superintendent, Herr Richter, im großen weitwogenden Schlafrock, sagte kein Wort, und so gingen sie fort. Schnell wurden die Gewehre wieder in die alte Rüstkammer gebracht, und es war ein ängstliches Harren der Dinge, die da kommen sollten. Einige ehrlichen Spießbürger, die vorbeigingen und den Vorfall gehört hatten, hielten nun schreckbare Galgenpredigten über das Verbrechen des

Schießens innerhalb der Stadtmauer. Der Abend kam und mit ihm der Rektor; finster und stumm war sein Antlitz; denn wahrscheinlich schon am Tore war ihm die Kanonade berichtet worden. Der Morgen kam und keine Silbe, weder freundlich noch ernst: nur fing man an sich ins Ohr zu raunen, ich, als der unbefugte Feldzeugmeister, werde mit gewaffneter Polizei ins Stadtgefängnis abgeholt werden. Schon dachte ich auf die Flucht, als der Rektor mich, den ersten Inkulpaten, zu sich ins Kabinett zitierte und mir namens des Magistrats, des Ministeriums und der Schule eine Strafpredigt hielt, die ernst genug war. „Ihr seid doch tolle Menschen", schloß er endlich freundlicher mit entwölkter Stirne; „man darf Euch keine Stunde allein lassen, so macht Ihr sogleich ein Dutzend wilde Streiche." Nun kamen die andern daran; mit denen ging es bald härter, bald glimpflicher. Am schlimmsten kam ein Dummkopf weg; denn der hatte nichts, womit er wiedergutmachen konnte. „Nur hier bleibst du nicht zurück, da bist du mit der erste", hieß es. Allein ein solcher Kopf kann auch mehr vertragen.

Ein andermal waren wir einem Vogelsteller in den Dohnenstrich geraten, hatten die Krammetsvögel ausgenommen und Frösche dafür eingehängt. Der Schnellfuß überraschte uns; der Spott verdroß ihn mehr als der Schaden; ich war weit voraus: die andern kamen mit einigen Kopfnüssen durch; ich, als der auctor facinorum, sollte eine exemplarische Züchtigung haben. Aber durch viele Umschweife und große Anstrengungen entwischte ich glücklich nach der Stadt. Die Krammetsvögel durften wir nicht nach Hause bringen; bloß der Schwank belustigte, und mit vieler Mühe stellten wir ihm sein Eigentum wieder zu und beschwichtigten ihn durch Bitten, nicht klagbar bei dem Rektor gegen uns einzukommen.

Ein andermal hatten wir ein Vergnügen, das dürre Laub von den Bäumen anzuzünden und ein Freudenfeuer zu machen. Einmal versahen wir es, die Flamme schlug um sich, und es drohete ein gewaltiger Waldbrand zu werden, als zu unserm Glücke der Wind sich noch wendete. Der Rektor meinte, ich würde ein Taugenichts werden, wenn ich nicht bald weiter käme, und hatte wohl recht. Aber ich hätte es auch in der Länge nicht mehr ausgehalten, sondern wäre ganz gewiß auf und davon gelaufen. Keine Lage ist peinlicher, als wenn der Geist Bedürfnisse hat, die nicht erfüllt werden und doch erfüllt werden könnten und sollten. Was vorkam, waren mir abgedroschene Sachen, und nur selten hatte der Rektor Zeit, sich mit mir besonders zu beschäftigen.

Einmal war ich diese Zeit über zu Hause zum Besuche gewesen. Es war nötig; denn man hatte mir einige Male so unschonend von der traurigen Lage meiner Mutter und Geschwister gesprochen, daß ich ziemlich entschlossen war, den Cicero und Paläphatus im Stiche zu lassen und nach Hause zu gehen, um ihr durch meine Arbeit zu helfen. Ich fand zum Glück, daß man, wie gewöhnlich, übertrieben hatte. M. Schmidt, der gute Mann, mochte so etwas aus einzelnen Äußerungen schließen und aus meinem Gesichte lesen und sprach mit Teilnahme und Wärme. „Wir können deine Mutter nicht wohlhabend machen“, sagte er, „wir können ihr kein gemächliches Leben verschaffen; aber so arm und so entmenscht sind wir doch nicht, daß wir sie und die Ihrigen an den ersten Bedürfnissen Not leiden ließen. Sei darüber ganz ruhig, mein Sohn, und tue deine Pflicht von deiner Seite!“ Als ich hier zugleich dem Grafen Hohenthal, meinem Wohltäter und Erzieher, meine Aufwartung machte, war, nach meinen damaligen Begriffen, eine sehr glänzende Gesellschaft von allerhand Ständen zugegen, wo mich denn einer nach dem andern nach Lust und Belieben ins Examen nahmen. Es war dabei ein gewisser Herr Leithier, eine pedantisch hofmeisterliche, parasitische Seele, den M. Schmidt, ich weiß nicht aus welcher Antipathie, gewöhnlich ins Neutrum setzte; dieser machte auch, und zwar vorzüglich, den Examinator. Weiß der Himmel, was er für eine barocke Frage aus der babylonischen Geschichte tat; ich stand stumm und verblüfft da. Er fragte weiter und sah gerade aus, als ob er aus dem Aristarch ein Orbilius werden wollte, wenn's erlaubt wäre. Ich war noch verblüffter und verwirrter. Da nahm sich ein alter Legationsrat Kauterbach, der damals in Leipzig privatisierte, ein Mann von stattlichen Kenntnissen, ansehnlicher Leibesstärke und tüchtiger Stimme, meiner an, nahm den Schulmeister mit einer Derbheit in die Schule, die diesen weit verblüffter machte, als ich armer Schächer vorher war. „Wer zum Teufel", sagte er, „wird einem jungen Menschen so blitzhagelsdumme Fragen vorlegen? Da müßte Leibniz verstummen, wenn er nicht disputieren sollte. Lassen Sie mich examinieren." Der alte Herr trat sein Amt an, fragte dieses und jenes aus der Geschichte, und ich bestand so gut, als ein Mensch bestehen kann, der nur erst den Cornelius Nepos ein Jahr bei den Ohren hat. Sogar das Latein ging ex tempore schnakisch genug, ohne daß eben Priscian viel Ohrfeigen bekommen hätte.

Endlich holte man mich von Borna ab und brachte mich zum Antiquar Martini nach Leipzig auf die Nikolaischule. Reiske wäre freilich besser gewesen; der war aber kurz vorher gestorben und Martini hatte als sein Nachfolger großen Kredit gewonnen. Er mochte ihn auch als eklektischer Gelehrter und Altertumsforscher verdienen; aber Schulmann war er in einem kaum erträglichen Grade. Gleich im Examen fragte er mich Quisquilien, von denen ich ihm halb verdrießlich bemerkte, daß Herr Korbinsky mich dergleichen Dinge nicht mehr gefragt habe. Lieber wäre ich nach Pforte gewandelt, weil Klopstock dort gewesen war und einige meiner alten Kameraden sich dort befanden. Ich kam nach Sekunda und hatte nun freilich wieder zu tun, um mit den andern gleichen Fuß zu fassen, zumal da die erste und zweite Klasse gewöhnlich zusammen waren. Auch ging das Studieren die erste Zeit, wenigstens nach meinem Sinne, recht gut; dem Rektor wollte meine Weise nicht behagen, so wenig mir die seinige, und doch sollte ich mich darnach richten. Er hielt viel auf Vorbereitung, und das mit Recht; nur drang er auf sogenannte Präparierzettel, die mir sehr zuwider waren. Denn unnötiges Schreiben war gar nicht meine Sache, da ich auf einige Tage ein musterhaftes Gedächtnis hatte. „Wo haben wir unsere Präparation?" fragte er mich einmal: „Hier!" antwortete ich und zeigte auf die Stirne. „Wir sind etwas keck; wir werden ja sehen." Sie war wirklich da, und etwas Brummen von Eigendünkel beschloß den Sermon. Ich konnte aber drei Seiten lesen, während ich einige Worte niederkleckste, die nun doch in meinem Gedächtnisse lagen. Er hatte die Marotte der alten Schulmonarchen, die nicht höflich sind und doch nicht grob sein wollen, immer nur mit Man und Wir zu reden. Daraus entstand dann manches lächerliche Quidproquo. So sagte er einmal im hitzigen Eifer, ich glaube zum jetzigen Buchhändler Sommer: „Wir sind ein Esel." – „Ich meinerseits protestiere", antwortete dieser ganz lakonisch; und die Klasse wußte nicht, wo sie mit dem Lachen hinsollte. Es saßen damals Haubold und Blümner und einige andere jetzt nicht unbekannten Männer mit in der Klasse, so daß schon Wetteifer des Fleißes stattfand. Auch gab uns der Konrektor Forbiger durch seine ernsthafte gründliche Methode, vorzüglich im Griechischen, reichlich Ersatz. Die weitausgebreiteten Kenntnisse des Mannes in vielen Fächern sind bekannt genug. Nur mußte er sich zu uns sehr herablassen, welches ihn zuweilen verdrießlich zu machen schien. Hübschmann, der Tertius, der uns auch einige Stunden gab, zeichnete sich durch einen großen Bierbaß aus, den er sich auf den Kirmessen erworben hatte. Wenn wir, wie wohl verzeihlich war, bei ihm über Ciceros Pflichten die Aufmerksamkeit verloren und Allotria trieben, nahm er die Sache en gros und donnerte uns in corpore an: „Lumina mundi wollt ihr werden; ja, ihr Halunken, lumpenhundi werdet ihr sein"; und damit bearbeitete er im Eifer mit Hand und Fuß und Buch das morsche Katheder.

Ich war bei dem Rektor in Wohnung und Kost und Holz

verdungen, erhielt aber meinen Speiseteil durch die Magd auf mein Zimmer. Das wollte mir schon nicht behagen und schien mir illiberal; denn bei Herrn Korbinsky in Borna war ich wie ein Kind vom Hause mit allen übrigen gehalten worden. Indessen das mochte noch gehen; denn des alten Rektors Würde würde mit mir allein ein barockes tête-à-tête gemacht haben. Der alte Herr besuchte mich zuweilen auf meinem Zimmer, wahrscheinlich um zu sehen, wieviel ich Holz verbrannte; denn um meine Studien bekümmerte er sich weiter nicht. Nur ein einziges Mal guckte er in meinen Ovid und fand statt der Metamorphosen die Amores aufgeschlagen, worüber ich denn einen stattlichen Leviten erhielt. Aber warum stand auch alles in einem Bande beisammen? Ich fand das caetera quis nescit viel leichter und erbaulicher, als das in nova fert animus. Das Holz war der große Gegenstand des Zwistes, ohne daß es eben zur deutlichen Erörterung gekommen wäre. Mein Stubengeselle und Quasihofmeister war Herr Korbinsky, der älteste Sohn des Rektors in Borna, der mir noch einigen Unterricht im Hebräischen gab. Neben uns wohnten noch zwei veterane Studenten, der jetzige Professor Dindorf und der Archidiakonus in Borna, Brunnemann. Auch diese hatten sich ins Holz verdungen, und es ging ihnen wie uns. Da man uns spärlich hinlegte, langten wir selbst zu und bargen den Vorrat im Zimmer. Herr Martini entblödete sich nicht, ihn selbst wieder herauszuholen und das Holz zu verschließen. Es war ein Lattengitter davor; wir zwängten so lange, bis eine Latte losging und meine kleinere Personalität, die anderen waren große, dicke, stattliche Kerle, hineinschlüpfen konnte. Nun bargen wir das Holz im Koffer unter Verschluß. Nun ließ man es in eine festverschlossene Kammer des alten Gebäudes bringen. Zum Glück oder Unglück schloß aber einer der vielen Schlüssel an den leeren offenen Kammern, und die Gaunerei ging von beiden Seiten fort. Zuletzt ließ er den Vorrat hinunterbringen, und das arme Mädchen mußte alles drei Treppen herauftragen. Auch von unten aus holte ich keck genug von Zeit zu Zeit einen Schlafrock voll, und es muß putzig anzusehen gewesen sein, wie der dicke Hebräer Dindorf und der nicht minder barbarische Korbinsky auf Schildwache standen, ich unten im Holzverschlag lauschte und mich vor dem herabrauschenden Rektor in den Keller versteckte und endlich mit einem Schlafrock voll Scheitholz die Flucht in die Höhe nahm, als der Alte schon wieder über das Tabulat herpolterte. Es wurde eine erkleckliche Summe für Heizung bezahlt, nach der damaligen Zeit, und man ließ uns vor Frost in den Dachstuben zittern; und das Ganze war doch nur Überschuß vom Schuldeputat. Bei dieser Einrichtung waren die Klassen auch nicht überwarm; indessen das dauerte eine kurze Zeit des Tages, und eine Menge junger Leute können die Zimmer schon heiß machen.

Ich kann nicht umhin, hier, trotz der Ehrlichkeit meines Wesens, die Diebsneigung meiner Natur in solchen Kleinigkeiten anzuklagen. Meine Jugend ist voll davon. Man hätte mich unter Goldhaufen sicher lassen können, ich hätte nichts angerührt; aber in dem Garten war trotz aller Verbote doch selten ein Apfelbaum, den ich nicht verstohlen dezimierte. Wenn wir Geschwister Borsdorfer Äpfel zum Braten in der Röhre hatten und sie nun vollendet gut waren, verzehrte ich sehr bald die meinigen und wußte dann die übrigen mit dem Federmesser so zu öffnen, daß der genießbare Inhalt mir zuteil ward. Griff man sie sodann an, so ging die eingeschlossene Luft ins Weite, und die Schale war leer. Wenn ich in die Wurstkammer kommen konnte, wo alles hübsch an Stangen hing, schnitt ich wohl in der Mitte der Wurst etwas heraus und spiekerte sie mit einem Hölzchen wieder ganz. Einmal jagte mich ein Bauer aus einem Schotenfelde von Knauthain fast bis Lützen, ohne den Flüchtling erwischen zu können. Wegen dergleichen Streiche gab es viel strenge Moralen, und auch wohl tätliche Züchtigungen. Nur erst, nachdem ich die Begriffe ernster sichten lernte und das Unstatthafte der Unart einsah, gewöhnte ich mir diese otaheitische Sitte ab. Wenn jeder sich diese Kleinigkeit erlauben wollte, würde dem Eigentümer bald wenigstens nicht der beste Teil zurückbleiben. Bei gewissen Gelegenheiten ist eine furchtbare Strenge hierin keine Ungerechtigkeit. Wenn z. E. jeder Soldat eines marschierenden Korps eine Handvoll Kohlrüben mitnehmen wollte, wie würde man das Feld finden? Man hat also mit Recht hier und da Todesstrafe auf dergleichen Unordnungen gesetzt. Freilich ist das in unsern Tagen nicht mehr, wo die Undisziplin wieder bis zur Barbarei herabgesunken ist. Martini war bekanntlich ein guter Altertumsforscher und hatte vortreffliche Werke in diesem Fache. Die Schüler bekamen selten eins davon zu sehen, und ich lugte und guckte umsonst nach den schönen Bücherschränken, wenn ich zuweilen von ungefähr Zutritt zu dem Adyton seines Museums hatte. Ob mir gleich der Tacitus lieber war als die Prachtantiquitäten von Pompeji, so verdroß es mich doch, mich so ganz nachlässig wegwerfend als einen Laien behandelt zu sehen. Gegen mein Wesen im ganzen hatte nun der Rektor nicht viel, aber desto mehr im einzelnen gegen Kleinigkeiten, die ich sehr ungeschmeidig nach meinem und nicht nach seinem Sinne tat. „Wir sind nun wohl ziemlich fleißig“, sagte er dann und wann, „und es fehlt uns nicht an Talenten, die uns der Himmel gegeben; aber wir sind doch entsetzlich eigensinnig und hartnäckig und wollen immer mit dem Kopfe durch die Wand. Wir werden doch die Welt und ihre Formen nicht anders machen; das wollen wir nur glauben.“ Da hatte nun der alte Herr ganz recht und sprach sich und mir und der Welt zugleich das Urteil; denn er richtete sich so sehr nach der Form, daß fast das Wesen darüber verlorenging. Hier wurde denn auch gedichtert oder vielmehr nur geverselt. Seine Methode war folgende. Er versetzte ein Pensum eigener oder fremder Verse in Prosa, doch so, daß kein Ödipus dazu gehörte, zu sehen, was es gewesen war und wieder werden sollte. Dieses diktierte er und verlangte es in Versen zurück. Das

Spielwerk war zu leicht und unterhaltend. Ich pflegte da oft einen Sprung zu machen und die Verse anders aufzubauen, als sie wohl mochten gewesen sein; darüber mußte meine voreilige Weisheit manchmal leiden. Zuweilen mochte ich auch wohl die Verse verdorben haben; das liegt nun so in der Natur: man stolpert einmal lieber über Felsen, als daß man immer auf gleichem Wege fortschleicht.

Meine erste Poeterei war in Borna, wo wir zuweilen aus Gellert und Hagedorn so vel quasi deklamieren mußten. Das hatte mich beschäftigt, da ich sonst eben nichts zu tun hatte: ich setzte mich also hin und machte eine satirische Fabel: *Der Hasenschwanz.* Man pflegte sich nämlich zum Abwischen der schwarzen Tafeln der Hasenpfoten oder auch wohl der kurzen Hasenschwänze zu bedienen. Nun war einer der Alumnen, der sich eben nicht durch Talente und Fleiß auszeichnete, beständig damit beschäftiget, allerhand possierliche Spielwerke mit dem Hasenpörzel zu machen. Dabei blieb der Junge ein Geck, ein Dummkopf und ein Hasenschwanz. Das war die sehr sinnreiche Erfindung, und sie erhielt ungeheuren Beifall, weil denn doch wohl seit der Schwedenzeit in der Klasse von einem Zögling nichts Ähnliches war ans Licht gestellt worden. Es liefen Kopien herum; ich hoffe zu Gott, es ist keine mehr vorhanden. Die Erfindung sieht man; der Vortrag wird wohl toll genug gewesen sein, und über der Sprache, die bei mir überhaupt nicht sehr glatt ist, hätte man füglich die Schienenbeine brechen können, soviel ich mich noch aus einigen Ausdrücken erinnere. Wenn ich mit Martinis Versen fertig war, fing ich nun zuweilen wohl auch noch an, eigene zu zimmern; sie fielen aber alle sehr hart und holperig aus, und ich war wohl etwas ärgerlich und neidisch, daß einer meiner Nachbarn, der das Handwerk nicht fortgesetzt hat, sie so fließend und rieselnd hervorbrachte. Der Rektor Martini kam einmal dazu, als ich eben einmal einige zu einer Feierlichkeit hatte drucken lassen, und war anfangs höchlich aufgebracht über die Keckheit, wie er es billig nannte; indessen verlängerte er den Strafsermon doch nicht weiter, nachdem er sie gelesen hatte, woraus ich schloß, daß sie doch nicht so ganz hundelose in seinen Augen mochten gewesen sein. „Man sollte so etwas doch nicht unternehmen", sagte er; „man hat noch nicht Gewandtheit und Routine genug." Mir kam der ästhetische Urteilspruch sehr sonderbar vor, nach dem, was ich schon hier und da bei den Alten und Neuern über die Sache gelesen hatte. Ich machte sogar griechische Verse, Gott sei bei uns, die nicht in der Schulordonnanz lagen: denn es wurde nur deutsch und lateinisch geverselt; in dem Deutschen meistens Alexandriner, die ich seit der Zeit nicht recht habe leiden können, und im Lateinischen verstieg man sich nicht über den Hexameter und das Distichon. Ich hatte zwar nicht das Herz, meine griechischen Verse geradezu dem Rektor zu übergeben, legte sie ihm aber doch so in den Weg, daß er sie füglich sehen konnte; er nahm aber keine Notiz davon. Seit der Zeit habe ich nur einige Male im philologischen Übermut einige gedrechselt; aber zum Glück ist keiner übriggeblieben, ob ich gleich mit einigen damals nicht übel zufrieden war und sie mit großem Wohlgefallen wohl zehnmal durchskandierte. Martini pflegte mich selten in meiner Dachstube zu besuchen, und allemal war er Aristarch, der in den Orbilius überzugehen drohte. Ich hatte, wenn ich nicht Lust hatte zu arbeiten, ein gutes Talent zu schlafen: und tat mir etwas Gütliches im Morgenschlaf, da mich vor Mitternacht die Wanzen in dem alten verdammten Baue nicht ruhen ließen. Das sagte ich ihm geradezu; und er brummte. Einmal fand ich, als ich etwas spät aufstand, von seiner Hand mit Kreide an die Stubentüre geschrieben: Sex septemve horas dormisse sat est iuvenique senique. Ich veränderte das ve in que; und nun lautete es: Sex septemque (sechs *und* sieben, also dreizehn) horas. – So blieb es stehen, bis er wieder kam. „Ei seht doch die Variante", rief er halb komisch, halb strafend; „nicht übel, gar nicht übel für Faulenzer, wie wir sind." Hätte er den Hexameter nicht ungebührlich zum Heptameter verlängert, so hätte die Schnurre nicht stattfinden können.

Hier las ich in meinem sechzehnten Jahre den ersten Roman, und zwar den Siegwart, den mir mein Vetter Hahn, ein Weißenfelser Gymnasiast, semmelwarm aus der dortigen Presse zuschickte, und zwar alle drei Bände auf einmal. Diese fertigte ich in einer Nacht ab mit ungeheurem Heißhunger. Die erste Wirkung war auf die Phantasie gewaltig; als ich aber prüfte, fand ich schon damals alles zu sehr Spielwerk und Tändelei der Einbildungskraft, die des Menschen bessere Zeit ohne Nutzen in Beschlag nimmt. Nur das Wirkliche fing an mich zu interessieren. Warum sollen wir mit solchen leeren Dichtungen ins Blaue hinausgreifen? Ohne mich auf den Wert dieser Dichtungsart einzulassen, kehrte ich von der Konfektnäscherei immer sogleich zu der echt nährenden gediegenen Diät der Geschichte zurück. Auch Werther, der damals erschien, fiel mir sogleich in die Hände, und ich muß bekennen, er spielte dem jungen Kopfe gewaltig mit; desto mehr, da alles dort der Geschichte so gleich ist, und vielleicht meistens Geschichte ist. Da aber meine Seele noch ohne Leidenschaft aller Art war, außer dem allgemeinen Enthusiasmus für das Große, Gute und hohe Schöne, so verflog die Wirkung bald wieder, da ich die Katastrophe nicht in den Annalen der Geschichte verknüpft wiederfinden konnte. Nun hätte man glauben sollen, ich habe mit vieler Anstrengung Geschichte studiert. Das war aber auch nicht der Fall. Das Studieren war mir Bedürfnis, und war dieses gestillt, so pflegte ich fast unwillkürlich lange Zeit das Gelesene zu ruminieren, bis ich wohl zuweilen in das sogenannte selige far niente, den behaglichen, halb dunkeln, ziemlich reinen, bloßen Existenzgenuß zurücksank, der vorzüglich der Kindheit eigen ist. Lange hielt ich natürlich diesen nicht aus, und der Geist schritt zu etwas anderm.

Meine Seele hat von der frühen Kindheit an unbestimmt sehr an der Natur gehangen; dies ward nun zur Neigung.

Das Einfachste war mir immer das liebste, ein gutes Butterbrot und reines Wasser mein bester Genuß. Ich erinnere mich darüber eines drolligen Auftritts. Mein Vater nahm mich einmal mit nach Leipzig; ich mochte ungefähr ein Bube von sieben Jahren sein. Er traf einen alten Bekannten, und beide wurden einig, ein Frühstück in einem Italienerkeller zu nehmen. Da ich nicht Lust hatte mitzugehen und er mich nicht nötigen wollte, wies er mir eine Peripherie an, aus welcher ich nicht kommen sollte, und den Eckstein, an welchem man nach einer Viertelstunde mich wieder treffen würde, und gab mir einige Groschen, sie auf dem Markte nach meinem Belieben zu verzehren. Als er zurückkam, hatte sich noch ein Bekannter angeschlossen. „Nun, hast du auch ordentlich gefrühstückt, Junge?“ fragte er mich. – „Ja, Vater.“ – „Wie hast du denn dein Geld angewendet?“ – „Ich habe mir eine Semmel gekauft und Rüben dazu.“ – „Was für Rüben?“ fragten sie neugierig. „Solche weißen Rüben, wie sie sie hier haben“, antwortete ich, indem ich hin auf die Gärtner zeigte. Alle lachten laut. „Für wieviel denn?“ – „Für zwei Groschen.“ – „Junge, bist du toll? Für zwei Groschen weiße Rüben? Für einen Dreier bekommst du ja draußen auf dem Dorfe so viel, daß sich sechs Fuhrknechte satt essen können.“ – „Wo denn?“ – „Draußen überall.“ – „Ich habe nichts gesehen.“ – „Kannst du nicht warten, bis sie groß sind?“ – „Warten, ja warten“, sagte ich und kratzte mich hinter dem Ohre. Es war noch früh im Jahr; ich hätte wenigstens noch einige Monate auf mein Lieblingsgericht warten müssen. Man lachte immerfort über den Dreier für die Semmel und die zwei Groschen für weiße Rüben dazu. „Ei, so laßt doch den Jungen zufrieden“, sagte der alte Verwandte; „es ist doch wohl besser, als wenn er Pfeffernüßchen und Zuckerbrot gekauft hätte.“ Ich war bloß dem Instinkt und der Neigung gefolgt; aber als man vernünftig darüber nachdachte, trat man denn doch auf meine Seite. Der nämliche Alte war auch mein Advokat gegen den Kaffee, der mir sehr zuwider war. Die ganze Familie trank ihn zum Frühstück; ich sollte also auch. „Wir werden dem jungen Herrn ein Süppchen apart kochen", sagte meine Mutter und wollte mich zur allgemeinen Kaffeepartie nötigen. „Ei, so laßt ihn doch zufrieden", sagte der Alte; „es wird ihm vielleicht einmal recht lieb sein, wenn er sich nicht an die verdammte Lorke gewöhnt hat." Meine Mutter glaubte, Butterbrot und kaltes Wasser zum Frühstück ohne etwas Warmes würde mir übel bekommen; da sie aber das Gegenteil sah, ließ sie mich ruhig meinen Weg gehen. An dem Brunnen waschen und trinken war also die nämliche Partie; übrigens lief ich meistens allein in allen Dickichten herum, und kein Elsternest war mir zu hoch, ich mußte hinauf. Das setzte ich denn etwas verändert in Borna und Leipzig fort. Ich trank durchaus weder Wein noch Bier, bekümmerte mich nicht um Backwerk und feinere Gerichte; aber die schönsten Kirschen und Pflaumen wurden immer reichlich gekauft, sie mochten noch so teuer sein, und mein Aufwand darin ging für meine Umstände zuweilen fast bis zur Verschwendung. Jetzt verband ich meine Streifereien mit meinen Studien. Man sah mich seltener auf öffentlichen Promenaden; sondern ich lag in irgendeinem Dickicht oder dem versteckten Winkel einer Wiese und las ohne weitere Wahl, was mir in die Hände gefallen war; selten Romane, fast ebenso selten Gedichte im Deutschen, aber desto mehr ausgesuchte Stellen aus den Römern und Griechen. Es freute mich besonders, nun bei den letzten die Schwierigkeiten überwunden zu haben und mit Leichtigkeit vorwärts zu gehen. Die eklektischen Sprüche der Alten verdrängten immer mehr die biblischen; doch hinderte das nicht die Wirkung, die auch hier und da ein tief aus der Seele gegriffenes und in die Seele gesprochenes Wort eines Hagiographen tat.

In dieser Periode gab ich dem jetzigen Professor Höpfner in den Anfangsgründen der hebräischen Sprache Stunde, und wir haben nachher manchmal darüber gelacht, nachdem mir der Schüler als Herausgeber des Golius so gewaltig zu Kopfe gewachsen war. Zuweilen setzt mir's wohl der Eitelkeitsteufel in den Sinn, daß er meiner guten Unterrichtsmethode im Anfange den schnellen Fortgang nachher verdanke.

Die gegenseitige Unzufriedenheit zwischen mir und dem Rektor stieg immer höher. Ich ging durchaus nicht seinen Weg, und er wollte mich den meinigen nicht gehen lassen. Moralische Fehler, außer etwas Geiz, habe ich an dem Manne nicht wahrgenommen; aber desto mehr Grillen und psychologisch-pädagogische Irrtümer und Schwachheiten. Überdies machte mir mein Stubenfreund, Herr Korbinsky, ein Schüler Fischers und ein gewaltiger Purist, dessen lateinischen Stil verdächtig, und man weiß, was eine Sünde hierin bei einem Schulrektor für ein Piaculum ist. Herr Korbinsky hätte wohl besser getan, mir darüber keine Silbe zu sagen, zumal da die Sache ihre Richtigkeit hatte. Man weiß, daß Quisquilien die Welt mehr hudeln als Sachen vom größten Belang.

Um diese Zeit war ein sächsisches Lager bei Schönau, an der Straße nach Weißenfels. Nichts kitzelt einen jungen Menschen mehr als militärische Unternehmungen, wenn auch nur im Schattenriß, zu sehen, wo der menschliche Erfindungsgeist und die menschliche Kraft vereint mit furchtbarer Anstrengung für moralische, politische oder physische Existenz kämpfen. Einen Nachmittag hatte ich Erlaubnis erhalten hinauszugehen, zu schauen. Ich hatte einen Verwandten im Lager, steckte meinen Julius Cäsar zu mir, um doch auch etwas Militärisches an mir zu haben, und wandelte auf und davon. Im Lager traf ich, ich weiß nicht wo, den Grafen Hohenthal, der mir seinen Beifall über meine Neugierde zeigte und nichts gegen meinen Wunsch hatte, die Nacht hier zu bleiben und das Manöver des folgenden Tages zu sehen. Diese Erlaubnis oder Quasierlaubnis, denn eigentlich mußte sie vom Rektor kommen, dehnte ich auf zwei Nächte aus und war in einer ganz neuen Welt, an die bisher meine Phantasie nur wenig gedacht hatte. Ich hatte damals schon mathematischen Sinn genug, mich um den glänzenden blitzenden Donnereinbruch der Reiterei weniger zu bekümmern, obgleich mein Vetter Dragoner war, und meine ganze Aufmerksamkeit auf die Behandlung und Bewegung des Geschützes und den Marsch, vorzüglich der Grenadierbataillone, zu richten. Das mucrone res agitur, ubi ad triarios rediit schwebte mir bei jeder Gelegenheit aus den Alten vor, und so verschieden auch unser Kriegssystem von dem ihrigen ist, hierin kommt es ganz gewiß mit demselben überein, wie die ganze Geschichte aller Feldzüge lehrt. Ohne eben Neigung zum Soldatenstande zu haben, las und studierte ich doch schon unwillkürlich solche Bücher, wo der Riesenkampf der menschlichen Natur hell und lebhaft geschildert war, und das fand ich mehr bei den Alten als bei den Neuern und finde es noch. Als ich nach Hause kam, runzelte der Rektor die Stirne und beutelte das Maul mehr als gewöhnlich, sagte aber sehr wenig, und es schien, als ob er mich als einen Refraktarium aufgegeben hätte. Da ich mein Unrecht fühlte, suchte ich durch Fleiß gutzumachen; da aber dieser Fleiß doch nicht über seinen Stock geschlagen war, konnte ich damit nichts gewinnen. Ich erhielt um die nämliche Zeit ein Schulstipendium von zehn Talern. „Wir haben zwar Talente und sind nicht müßig", sagte er mir beim Aufzählen; „aber unsere Sitten haben diese Belohnung kaum verdient." Nun machte er Miene, das Sümmchen wieder einzustreichen und es mir zu vier und vier Groschen gelegentlich für die kleinen Bedürfnisse zuzustellen, als ich ihm sagte, der Graf, mein Wohltäter, wolle mir dieses Geld als Aufmunterung zur eigenen Verwendung überlassen und für das übrige Sorge tragen. Das schien er nicht zu billigen, wollte aber doch nichts dagegen haben. Ich erhielt das Geld, und da das für mich eine ungeheuere Summe war, dünkte ich mir damit wenigstens ein Krösus zu sein. Vor allen Dingen wurde Obst gekauft, dann Bücher, hier und da einem Armen reichlicher mitgeteilt; dann ging es zum ersten Male in die

Komödie. Man kann denken, wie lange und wie weit ich reichte. Meine Mutter brauchte damals nichts und wollte durchaus nichts als eine Kleinigkeit nehmen, um meine Gutmütigkeit nicht zu beleidigen, wie sie sich ausdrückte. Da sie von meinen Bedürfnissen wenig verstand, so konnte sie über meine Verwendung bestimmt weder Billigung noch Mißbilligung äußern. Man denke, wie ich kaufte, ich glaube vom jetzigen Professor Schäfer, der mein Schulnachbar war, eine Geschichte oder Geographie, in neunzehn Bänden, ich weiß nicht von welchem alten Knaster, für einen Speziestaler. Schäfer war froh, daß er das Schweinsleder los wurde, um Platz zu bekommen; und doch studierte ich in den Schwarten so ungeheuer, um die Lücken auszufüllen, daß ich wirklich glaube, ich habe daraus mehr gelernt als aus manchem langen Kollegio von viel Zeit und für viel Geld. Als ich anfing, das Buch taxieren zu lernen, schaffte ich es mit wenig Verlust und viel Gewinn wieder fort.

Das erste Theaterstück, das ich sah, war Ariadne auf Naxos, von Benda, die damals neu war. Der bekannte mythologische Text rührte mich wenig; aber desto mehr die allgewaltige Magie der Musik, verbunden mit der schönen Darstellung und der mir ganz neuen zauberähnlichen Maschinerie. Das letzte verschwand bald; aber die Wirkung der Musik blieb und ist geblieben, und noch jetzt kenne ich in der ganzen Peripherie meiner musikalischen Literatur nichts Lieblicheres als Bendas Morgenröte und nichts Malerischeres als seinen Sonnenaufgang in diesem Stücke. Noch jetzt, wenn es mir bei musikalischen Freunden recht heimisch gemütlich ist, pflege ich zum höchsten Genuß eines seligen Viertelstündchens mit dem Notenbuche in der Hand zu kommen: „Kinder, bringt mir die Morgenröte und laßt mir die Sonne aufgehen!" und nach dem Vortrage und der Aufnahme dieser Stellen die Seelen zu beurteilen. Die Theaterneigung bemächtigte sich bald meiner bis zur Epidemie, vorzüglich als ich zur Akademie überging.

Der letzte Vorfall, der wahrscheinlich meine Entfernung von der Schule bestimmte, war folgender. Wir lasen Xenophons Denkwürdigkeiten, ich mochte wohl etwas zerstreut gewesen sein, der Rektor war wegen einer andern Veranlassung schon aufgebracht und heftig; er wendete sich unversehens und kurz zu mir und verlangte die grammatische Auflösung eines schweren Wortes: ich machte sie; er schien schon in der Übereilung zu sein und fuhr mich hart epanorthotisch an: „Man ist nie, wo man sein soll; es ist der Infinitiv in diesem und diesem Tempus." Es war freilich augenscheinlich der Infinitiv; über das Tempus war Differenz. Er fuhr im Hermeneutisieren fort, ich setzte mich, brummte ungläubig und suchte meine alte Grammatik aus dem Winkel hervor, wo ich denn fand, daß ich recht hatte. Das zeigte ich höchst wahrscheinlich selbstgefällig genug meinem Nachbar: „Was hat man schon wieder?" stürzte der Rektor auf mich zu. „Herr Rektor", erwiderte ich ganz gelassen, „ich wollte mich bloß überzeugen, daß ich recht hatte." Das brachte den Mann ganz aus seiner Fassung, er stürmte und wütete und wollte mich ins Karzer führen lassen. „Herr Rektor, bedenken Sie", sagte ich ganz ruhig, „es könnte einige Folgen haben." Er überlas die Periode noch einmal, besann sich und ließ mich ohne Antwort sitzen. Die ganze Klasse war stutzig. Ich wollte heute noch die Stelle im Buche wiederfinden. Nach der Stunde ließ er mich rufen, stellte mir etwas gelinde meine widerspenstige Sinnesart vor und gab mit einigen philosophischen Apophthegmen seinen Irrtum zu. Die Neckerei und das halbe Subordinationswesen war mir höchlich zuwider; ich kam förmlich mit der Bitte beim Grafen ein, mich noch einige Zeit nach Grimma oder Pforte zu schicken: hier würde ich nunmehr meine Zeit ohne großen Nutzen zubringen. Man war anfangs mit meiner Unzufriedenheit eher unzufrieden, mochte aber doch bei näherer Nachfrage finden, daß ich so ganz unrecht nicht hatte, und beschloß, eine Änderung zu machen. Auch wenn ich nicht recht gehabt hätte, wie das vielleicht hier und da der Fall war, forderte es die richtige psychologische Pädagogik, meinen Wünschen nachzugeben und es auf eine andere Weise mit mir zu versuchen. Außer etwas Chorgesang in den öffentlichen Stunden hatte man mich weiter keine Musik treiben lassen, und ich sah daraus, daß man es mit mir nicht auf die Schulmeisterei anlegte. Ohne eben damit unzufrieden zu sein, bedauerte ich doch im stillen, daß ich eine so ganz unmusikalische Seele bleiben sollte; zumal da ich glaubte und noch glaube, daß in meinem Geiste sehr viel sehr schöne eigentümliche Musik zu wecken gewesen wäre. Ich selbst konnte den zweckmäßigen Unterricht nicht erschwingen. Ich gerate bei lebendigen, tief gegriffenen und tief eindringenden, einfach großen Stellen in die größte Rührung, wie das bei Mozart und Haydn und Händel und Bach und einigen andern oft der Fall ist; und eine lange, bloß künstliche Tonverstrickung läßt mich unbeschäftigt und leer.

Man schickte mich zu Morus und Wolf in die Prüfung. Der erste ist nachher immer mein guter väterlicher Lehrer geblieben und ward sodann mein Freund bis an seinen Tod; es wäre unnötig, hier seinen moralischen und wissenschaftlichen Wert zu preisen. Von dem zweiten, der ein vortrefflicher Lateiner als Ernestis Schüler war, hielt mich die strenge asketische Orthodoxie des Mannes mehr entfernt. Was sie meinen Kenntnissen für ein Zeugnis gaben, weiß ich nicht, ich erhielt es versiegelt; es kann aber nicht ungünstig gewesen sein: denn statt mich noch auf eine Schule zu schicken, wurde ich sogleich auf die Universität getan. Und so war ich denn in einer Zeit von ungefähr drei Jahren ein wilder, unwissender Landjunge, ein gänzlicher Analphabete und Leipziger Student; das ging freilich ein wenig rasch. „Alles recht gut“, sagte mir der wackere Forbiger, als ich Abschied nahm, „nur etwas zu früh!“ ein Urteil, das ich selbst gern unterschrieb. Martini entließ mich mit Kälte und Würde, ohne jetzt weitere Empfindlichkeit zu äußern. Korbinsky blieb mein Stubenkamerad und Studienleiter, ohne weitere Verbindlichkeit auf beiden Seiten. Ich danke der Gesellschaft dieses Mannes manche besseren Einsichten in die Alten und manchen guten Wink, den ich nachher benutzte. Er starb zu früh als Prediger in Waldheim, ich fürchte als Opfer des unmäßigen Tabakrauchens bei seiner schwachen Brust; er wäre gewiß ein ausgezeichneter Orientalist geworden.

Nun tummelte ich mich in der Freiheit herum und brauchte sie zwar nicht ganz weise, aber doch so, daß man es eben nicht Mißbrauch nennen konnte. Ich hatte nachzuholen, das fühlte ich, und tat es redlich und gewissenhaft: nicht eben durch viele Kollegien, sondern durch eigenen sehr hartnäckigen Fleiß. Vorher hatte ich die Alten nur fragmentarisch gelesen; jetzt fing ich an, sie strenge ganz durchzugehen. Da ich nicht Philolog zu werden gedachte, bekümmerte ich mich weniger um das Partikelwesen und die Sprachnüancen: das kommt nach und nach unmerklich von selbst; sondern es beschäftigten mich die Sachen und die Sprache nur, insofern sie zur Sache gehörte und recht schön war. Über die Griechen hörte ich weniger; und doch tat ich in denselben mehr und war lebendiger in ihnen als in den Lateinern, weil mich ihr Geist besser ansprach. Oft pflegte ich und pflege noch jetzt halb im Scherz, halb im Ernste zu sagen: Was ich Gutes an und in mir habe, verdanke ich meiner Mutter und dem Griechischen. Die dikken Ausgaben mit einem Sumpfe von Noten waren mir als Zeitverderber verhaßt, und meine Meinung, wer mit gehörigen Sprachkenntnissen noch eine große Erklärung einer Horazischen Ode braucht, für den hat Horaz gar nicht geschrieben. Die schönsten Stellen sind immer die einfachsten, und es ward mein ästhetisches Glaubensbekenntnis: Wer nicht in wenig Worten ein rührendes Gedicht, in wenig Strichen eine schöne Zeichnung und in wenig Takten eine vielwirkende Musik hervorbringe, sei nie der Liebling der Musen gewesen. So fiel mir damals das dickbeleibte Buch, Fischers Anakreon, in die Hände, wo des Dichters

Grazien in einem Ozeane von Notenkrämerei zugrunde zu gehen in Gefahr sind. Man findet nichts; und doch lockt die Neugier, alle Augenblicke nachzusehen. Könnte ich Anakreon nicht besser genießen als durch Fischer, ich ließe sie beide, den alten und den neuen Griechen, bei den Käseweibern liegen. Deswegen verkenne ich Fischers große Verdienste um Literatur und Pädagogik gar nicht. Ich genieße vielleicht, ohne es zu wissen, manches, was die Frucht seiner trockenen, schweren Arbeit war.

Von den Kollegien, deren ich mich aus dieser Periode mit vorzüglichem Vergnügen erinnere, waren Morus' Vorlesungen über die Annalen des Tacitus unstreitig das erste. Er war ein Muster von Exegeten in jeder Rücksicht, ausgenommen vielleicht in der Theologie, wo er mit ängstlicher Ehrlichkeit zu sehr an der vorgeschriebenen Formel hing: und so wacker der Mann als Theolog war, hat nach meiner Überzeugung die Theologie an ihm doch nicht so viel gewonnen als die Philologie verloren. Ein sehr gewöhnlicher Mißgriff auf den meisten Universitäten, der auf der Einrichtung beruht. Morus überschüttete uns nicht mit einer Sündflut philologischer Quisquilien, sondern machte seine Bemerkungen kurz, bündig und gediegen, wie sein Autor den Text; er las nicht für Knaben und war nicht schuld, wenn er nicht verstanden wurde. Seine Übersetzung war ein durchdachtes Meisterstück; ich habe nie eine bessere gelesen: dazu wurde sie noch durch einen selbst tiefgefühlten Vortrag und einen Ausdruck großer Herzlichkeit gehoben.

Das Griechische des neuen Testaments wollte mir nach dem Honig der attischen Biene nicht schmecken. Die Barbarismen, Solözismen und das halb morgenländische Wesen, wovon es voll ist, stießen mich immer zurück, und es gehörte der schöne, begeisterte Enthusiasmus Jesu und die liebenswürdige Moral seiner Lehre durch seine Schüler dazu, um mir es wieder in die Hände zu geben. Des Hebräischen hörte ich bei Dathe sehr viel und sehr fleißig, und ich erinnere mich, daß ich damals Dutzende Psalmen und ganze Kapitel aus den andern Büchern auswendig wußte. Es war bloß Bedürfnis des Wissens, und um nicht hinter den andern zurückzubleiben. Und doch hätte mir das Hebräische bald einen übeln Handel zugezogen. Ich wohnte bei einem Bäcker, wo Mutter und Tochter, ganz angenehme Stückchen Erbsünde, fast immer in ihrem offenen Laden Gesellschaft von jungen Leuten bei sich sahen, die bei ihnen ihr Frühstück hielten. Ich war bis in mein vierundzwanzigstes Jahr ziemlich düster und grämelnd und bekümmerte mich wenig um das Geschlecht. Mein Aufzug war meinen Umständen angemessen und wohl weder glänzend noch zierlich; ich hatte damals einen großen, schweren hebräischen Kodex, ich glaube von van der Hoogt, an dem ich hin und her schwitzte. Ein Edelmann aus Thüringen, der wohl auch einmal vor einer hebräischen Schule vorbeigelaufen sein mochte, glaubte, er habe das Privilegium, den jungen Theologaster zu hänseln, und rief mir beim Durchgehen Mosheh veh Kalephedan (eine Regel aus der Grammatik) zu. Einmal und zweimal litt ich das ruhig, das dritte Mal kehrte ich mich um und sagte ihm, was zu sagen war. Er antwortete nicht artig, ich erwiderte nicht sanft und meinte, die Sache sei ohne Worte gehörig zu schlichten; er mußte zufrieden sein, und ich war im Begriff den Degen zu holen, um ihm zu folgen: da stürzten die Damen, Mutter und Tochter, als Vermittlerinnen herbei und ließen nicht eher nach, bis sie die hebräischen Streithähne mit gehörigen Gründen auseinandergebracht hatten. Von nun an ließ mich der Baron ruhig fürbaß ziehen; das hätte er auch vorher tun können und sollen.

Jedermann, der mich so Hebräisch treiben sah, mußte glauben, ich würde wenigstens der zweite Michaelis werden oder gar ein neues eigenes morgenländisches Licht; es dauerte aber nicht lange: und seit der Zeit habe ich diesen Artikel so ganz vergessen, daß ich kaum mehr weiß, was Schwa und Mappik und Kal und Hithpael ist; denn ich glaube, ich habe seit 1780 kaum wieder eine hebräische Zeile gelesen.

Ich hatte zur Unterhaltung meines Leibes monatlich fünf Taler. Es war damals zwar beträchtlich wohlfeiler als jetzt; doch kann man bedenken, daß ich mit dieser Summe nicht sehr ins Weite greifen oder sybaritisieren konnte. Aber ich hatte auch keine Bedürfnisse, die ich damit nicht hätte befriedigen können außer der verdammten Theaterepidemie, die sich meiner damals in einem hohen Grade bemächtigt hatte. Ich weiß, daß ich damals monatlich gegen vier Taler ins Theater getragen habe: man denke sich nun dabei meine Kost. Mehrere Tage aß ich trockene Dreilinge, um nur einige Lieblingsstücke zu hören und vorzüglich Reinekes Vortrag zu genießen. Als ich diesen Mann das erste Mal sah, gab er die unbedeutendste Rolle von der Welt, einen Bedienten, der einen Brief zu bringen und kaum sechs Worte zu sprechen hatte. Seine ersten Schritte zeigten, wer er war, und jedes Wort gab ihm seinen Rang. Ich, obgleich damals noch ziemlich Idiot, ärgerte mich über den Mißgriff der Direktion und setzte ihn sogleich bei mir als den ersten Mann der Gesellschaft nieder. Er hatte bloß einmal gemächlich ausruhen wollen, und ich sah ihn einige Tage nachher in seiner bessern Sphäre. Es gewährt mir noch immer einen hohen Genuß in der Erinnerung, diesen Liebling der Natur und der Muse gesehen zu haben. Es konnte von ihm gelten, was Hamlet von seinem Vater sagte: das ist ein Mann! Die deutsche Bühne hat allerdings Künstler von größerem Verdienst, aber wohl schwerlich von größerem Wert. Seine letzte Rolle schwebt noch lebendig vor meiner Seele. Er gab Hamlets Geist, und sein „Schwört, schwört auf sein Schwert!“ war ein ganzes Stück wert. Seit der Zeit habe ich immer und überall kaum Hamlets Gespenst, nie seinen Geist wieder gesehen.

Um diese Zeit fielen mir die Engländer Shaftesbury und Bolingbroke in die Hände, oder vielmehr ich ihnen; man kann sich die Wirkung denken. Die Kirchenformel und meine ehemalige echt orthodoxe Exegese hielten mich nur noch an sehr schwachen Fäden. Mein Stubengeselle Korbinsky hatte einige Freunde, mit denen er dann und wann etwas freimütig über die Wolfenbüttler Fragmente sprach. Einige Artikel aus dem Bayle hatte ich auch schon gelesen. Alles dieses half meinen eigenen skoptischen Ideengang ordnen oder mich verderben, wie meine orthodoxen Freunde meinten. Es war zum Durchbruch gekommen; nur wagte ich nicht, etwas laut werden zu lassen. Ich glaubte nur, was ich begriff, und ich begriff von den Kirchendogmen nur sehr wenige. Magister Schmidt, der Mittelsmann zwischen mir und dem Grafen und mein wirklich väterlicher Freund, aber ein heftiger Kirchenorthodoxer, hatte, ich weiß nicht wie, doch etwas erfahren und nahm mich nach seiner Weise sehr warm vor. Der Klagepunkte waren viele, vorzüglich folgende, soviel ich mich erinnere: Ich wäre nicht ordentlich in die Kirche gegangen, und meistens nur zu Zollikofer; ich hätte mich oft gebadet; ich hätte über einige Dogmen frei und profan gesprochen. Wegen dieser Ruchlosigkeiten sah mich nun der gute Mann schon leibhaft in der Hölle brennen. Das Theater wurde nicht berührt; und das wäre doch wohl das schlimmste gewesen, weil es mich so viel Geld kostete, das ich nicht hatte. Ich leugnete nicht und verteidigte mich nicht; denn die Verteidigung hätte zu Erörterungen geführt, die noch schlimmer gewesen wären. Er goß eine bitter epanorthotische Lauge über mich aus, die ich zwar ärgerlich, aber doch geduldig abtriefen ließ. Vorzüglich drohte er mit dem Grafen, der bei dieser meiner verkehrten Sinnesart seine Hand von mir abziehen würde. Diese letzte Bemerkung war unpsychologisch und wirkte gerade das Gegenteil von dem, was sie wirken sollte. Sie machte mich stolz, statt mich demütig zu machen. Ich nahm das alles mit Stillschweigen hin, ohne Besserung zu versprechen, an die ich gar nicht denken konnte. Meine Mutter wurde gar nicht erwähnt, und doch wäre diese das wirksamste Argument gewesen. Worin hätte ich mich ändern können, ohne den bessern Sinn zu verleugnen? Wen von unsern teuern Kirchenlehrern hätte ich statt

Zollikofers hören sollen? Das Bad im Flusse hielt ich für diätetisch gut und, mit Bescheidenheit gebraucht, nicht für unanständig. Daß ich frei über kirchliche Artikel sollte gesprochen haben, ist wohl möglich; aber gewiß nicht profan, ausgenommen insofern frei und profan eins ist; denn mir ist jeder Volksglaube heilig, der einem ehrlichen Manne Beruhigung gewährt, und sollte er der Philosophie noch so empfindliche Nasenstüber geben. Wer einem leidenden Wanderer seinen alten Mantel nimmt, unter dem Vorwande, er sei übel gemacht und durchlöchert, ist ein Unmensch auf alle Weise. Ich fordere alle auf, mit denen ich jemals in nähere Berührung gekommen bin, ob ich irgend über etwas gespottet habe, das einem andern ehrwürdig und heilig war.

Kurz darauf besänftigte ich den zelotischen Mann ohne Mühe durch die Bitte, mir eine Predigt zu erlauben, indem ich ihm zugleich das Manuskript zur Durchsicht überreichte. Er blätterte nur wenig darin und gab es mir mit der Gewährung der Bitte und der Bemerkung vertraulich zurück, schon das Motto gebe ihm die Versicherung, er dürfte sich auf meine Bescheidenheit verlassen. Es stand darüber, glaube ich, aus dem Quinctilian: „Pectus est quod facit disertos.“ Ich hielt den Vortrag in Rehbach und Knauthain mit Beifall, und meine Ketzerei schien vergessen zu sein. Desto tiefer und fester saß sie aber bei mir. Es versteht sich, daß man in der Predigt nicht die leiseste Spur davon fand. Ich weiß nicht mehr, wovon ich sprach; aber es war ein reines Thema der reinen allgemeinen Moral, wo der Mensch mit seiner bessern Natur durch sich selbst in Anspruch genommen wird. Man konnte ihr, wie Zollikofers Vorträgen, nur den Vorwurf machen, daß sie auch für Juden, Türken und Heiden passe. Übrigens maße ich mir nicht an, daß die Rede viel von den Vorzügen der Zollikoferschen gehabt habe.

Es fing nun an furchtbar in mir zu gären. Ich begriff, daß ich als ehrlicher Mann nicht auf dem Wege fortwandeln konnte. Mit jeder neuen Forschung entstand ein neuer Zweifel, und die Mystik fing an mir verhaßt zu werden, da ich sie so oft Hand in Hand mit weltlicher Klugheit gehen sah. Ich verehrte die Bibel und versagte dem moralischen Teil derselben den Eingang in meine Seele nicht. Ich verehrte Moses, Christum, aber nach meiner Weise und nicht nach dem System. Heuchelei war mir unerträglich; ich sagte immer nur, was ich dachte, ob ich gleich nicht alles sagte, was ich dachte. Das heilige Palladium der Menschennatur sind die Gedanken unter der Ägide der Vernunft, und es wird hoffentlich niemals jemand gelingen, es zu zerreißen.

Meine Lage war sehr prekär und hing von der zufälligen Überzeugung anderer ab. Es war natürlich, daß endlich der Graf alles erfahren mußte; und das schlimmste war, nicht so lebendig, wie es in meinem Innern lag. Ohne seine Unterstützung konnte ich nicht in den Wissenschaften fortleben. Ich wollte der Katastrophe zuvorkommen, zog mich in mich selbst zurück und faßte den Entschluß, auf allen Fall meine eigene Kraft zu versuchen. Das konnte in Leipzig und überhaupt im Vaterlande nicht geschehen. Nach vielen Kämpfen, die mir allerdings wohl das Ansehen eines Melancholischen geben mochten, ging ich auf und davon, ohne einen fest bestimmten Vorsatz, wohin und wozu. Ich nahm mein Monatsgeld, verkaufte einige Bücher, die etwas Wert hatten, und nach Abzahlung meiner kleinen Schulden, die ich notwendig haben mußte, blieben mir ungefähr neun Taler. Mit diesen dachte ich schon nach Paris zu kommen und mich umzusehen, was da für mich zu tun sei. Von dort aus – wer sieht nicht gern zuvor Paris? – dachte ich nach Metz in die Artillerieschule, da ich eben damals angefangen hatte, etwas ernsthaft Französisch und Mathematik zu treiben. Das übrige überließ ich billig dem Schicksal.

Das traurigste war der qualvolle Gedanke an meine Mutter; und ich muß bekennen, daß ich mir alle, obwohl vergebliche, Mühe gab, ihn zu unterdrücken, da ich die Unmöglichkeit sah, meine Sinnesart zu ändern und die Unmöglichkeit, bei dieser Sinnesart als ehrlicher Mann hier zu bleiben. Sie war zwar keine Zelotin und würde mich nicht sogleich verdammt haben; doch würde ihr ruhiges Wesen es widersprechend gefunden haben, daß ein Kopf sich nicht bei dem beruhigen könne, wobei sich so viele Hunderttausende ehrsam beruhigen. Auf alle Fälle würde ihr meine Lage, wenn ich geblieben wäre, fast ebenso schmerzlich gewesen sein als meine Entfernung. Ich ging also nach Berichtigung meiner Schulden fort, ohne irgend jemand eine Silbe gesagt zu haben. Den Degen an der Seite, einige Hemden auf dem Leibe und im Reisesacke und einige Klassiker in der Tasche, marschierte ich zwar ganz rüstig und leicht, aber nichts weniger als ruhig durch die Dörfer nach Dürrenberg, setzte dort über die Saale, ging über das Schlachtfeld bei Roßbach und blieb die erste Nacht in einem kleinen Dorfe bei Freiburg, das, glaube ich, Zeugefeld hieß. Hier schrieb ich in meiner Verlassenheit und mit schwerem Gefühl abends eine gar rührende Elegie über meinen Zustand. Sie gehört zu den Heiligtümern meiner Seele; niemand hat sie gesehen, und sie hat sich bald aus meinem Taschenbuche verloren, sowie meine Stimmung sich erheiterte und einen etwas stoischen Takt erhielt. Den zweiten Abend blieb ich in einem Dorfe vor Erfurt, wo man mich mit vieler Teilnahme sehr gut, sehr wohlfeil bewirtete und mich schonend merken ließ, ich hätte wohl jemand mit dem Instrumente da, man wies auf den Degen, etwas übel behandelt und müsse das Weite suchen. Ich widersprach zwar; aber man schien doch so etwas zu glauben. In Erörterungen mochte ich mich nicht einlassen, und ihre Meinung tat mir weiter keinen Schaden. Den dritten Abend übernachtete ich in Vach, und hier übernahm trotz allem Protest der Landgraf von Kassel, der damalige große Menschenmäkler, durch seine Werber die Besorgung meiner ferneren Nachtquartiere nach Ziegenhain, Kassel und weiter nach der neuen Welt.

Ich erfuhr nachher, daß meine Entfernung in Leipzig

einiges Aufsehen gemacht hatte, ob ich gleich fast immer für mich und eingezogen wie ein Klosterbruder gelebt hatte. Man hatte ungefähr vierzehn Tage vorher eine ungewöhnliche Stille und Schwermütigkeit an mir bemerkt; sehr natürlich: man machte also den voreiligen Schluß, ich habe mich ganz aus dem Leben hinausbegeben. Vorzüglich war ein alter Graf Isenburg, der gewöhnlich bei dem Grafen Hohenthal lebte und mich mit vieler Güte immer mit Zwieback gefüttert hatte, sehr beschäftigt, den eigentlichen Zusammenhang der Sache ausfindig zu machen. Der alte Herr ließ sich keine Mühe verdrießen und stieg Treppe auf und Treppe ab, wo er Nachricht von mir zu haben hoffte. Man erfuhr nichts von einem Duell, konnte sonst nichts Ungebührliches gegen mich aufbringen; meine kleinen Schulden waren, und zwar den Tag vorher, alle bezahlt. Es war natürlich, an eine Mädchengeschichte zu denken, und man nannte die Tochter eines ehrsamen Handwerkers, mit welcher ich in Vertraulichkeit sollte gelebt haben. Es war bestimmt eine Lüge; denn die Anmutung zum Geschlecht ist bei mir sehr spät gekommen. Der alte Graf ging wirklich zu dem Handwerksmanne, dessen Namen ich gar nicht erfahren habe, und trug seine Gedanken so schonend als möglich vor; aber der alte heißköpfige Spießbürger nahm die Eröffnung sehr übel auf und geriet in Versuchung, den unbefugten Nachforscher zur Ehre seiner Tochter handgreiflich die Treppe hinabzubefördern. Es blieb also den guten Leuten nichts übrig, als zu glauben, der Melancholikus habe sich ein Leid angetan. In dieser Vermutung ließ man mich sogar in die Zeitung setzen; ich habe das Blatt viele Jahre nachher selbst gesehen. Daß ich meine Schulden vorher bezahlt hatte, schien mit ein starkes Argument gegen meinen Verstand zu sein: ein gräßlicher Gedanke über die Immoralität unserer Jugend!

Als der Graf durch meine Briefe aus Hessen die Geschichte, aber freilich nicht den Grund derselben erfuhr, schien er es für eine gewöhnliche Albernheit zu halten und mich für einen Menschen zu nehmen, den man seinem guten oder bösen Genius überlassen müsse. Ich hatte im allgemeinen nur Drang, die Welt zu sehen vorgeschützt und nur wenige Hindeutungen auf mein inneres Ich abgegeben. Wozu sollten Erörterungen und Auseinandersetzungen führen, die niemandem frommen konnten? Die Herren würden gedacht haben: contra principia negantem non est disputandum. Also war ich eine Prise des Schicksals und mußte nun werden, wozu ich an der Hand desselben mich selbst machte.

Man brachte mich als Halbarrestanten nach der Festung Ziegenhain, wo der Jammergefährten aus allen Gegenden schon viele lagen, um mit dem nächsten Frühjahr nach Fawcets Besichtigung nach Amerika zu gehen. Ich ergab mich in mein Schicksal und suchte das beste daraus zu machen, so schlecht es auch war. Wir lagen lange in Ziegenhain, ehe die gehörige Anzahl der Rekruten vom Pfluge und dem Heerwege und aus den Werbestädten zusammengebracht wurde. Die Geschichte und Periode ist bekannt genug: niemand war damals vor den Handlangern des Seelenverkäufers sicher; Überredung, List, Betrug, Gewalt, alles galt. Man fragte nicht nach den Mitteln zu dem verdammlichen Zwecke. Fremde aller Art wurden angehalten, eingesteckt, fortgeschickt. Mir zerriß man meine akademische Inskription als das einzige Instrument meiner Legitimierung. Am Ende ärgerte ich mich weiter nicht; leben muß man überall: wo so viele durchkommen, wirst du auch: über den Ozean zu schwimmen, war für einen jungen Kerl einladend genug; und zu sehen gab es jenseits auch etwas. So dachte ich. Während unseres Aufenthalts in Ziegenhain brauchte mich der alte General Gore zum Schreiben und behandelte mich mit vieler Freundlichkeit. Hier war denn ein wahres Quodlibet von Menschenseelen zusammengeschichtet, gute und schlechte, und andere, die abwechselnd beides waren. Meine Kameraden waren noch ein verlaufener Musensohn aus Jena, ein bankrotter Kaufmann aus Wien, ein Posamentierer aus Hannover, ein abgesetzter Postschreiber aus Gotha, ein Mönch aus Würzburg, ein Oberamtmann aus Meiningen, ein preußischer Husarenwachtmeister, ein kassierter hessischer Major von der Festung und andere von ähnlichem Stempel. Man kann denken, daß es an Unterhaltung nicht fehlen konnte, und nur eine Skizze von dem Leben der Herren müßte eine unterhaltende lehrreiche Lektüre sein. Da es den meisten gegangen war wie mir oder noch schlimmer, entspann sich bald ein großes Komplott zu unserer aller Befreiung. Man hatte so viel gutes Zutrauen zu meinen Einsichten und meinem Mut, daß man mir Leitung und Kommando mit uneingeschränkter Vollmacht übertrug; und ich ging bei mir zu Rate und war nicht übel willens, den Ehrenposten anzunehmen und die fünfzehnhundert Mann auf die Freiheit zu führen und sie dann in Ehren zu entlassen, einen jeden seinen Weg. Außer dem glänzenden Antrage kitzelte mich vorzüglich, dem Ehrenmanne von Landgrafen für seine Seelenschacherei einen Streich zu spielen, an den er denken würde, weil er verteufelt viel kostete. Als ich so ziemlich entschlossen war, kam ein alter preußischer Feldwebel zu mir sehr vertraulich. „Junger Mensch", sagte er, „Sie eilen in Ihr Verderben unvermeidlich, wenn Sie den Antrag annehmen. Selten geht eine solche Unternehmung glücklich durch; der Zufälle, sie scheitern zu machen, sind zu viele. Glauben Sie mir altem Manne; ich bin leider bei dergleichen Gelegenheiten schon mehr gewesen. Sie scheinen gut und rechtschaffen, und ich liebe Sie wie ein Vater. Lassen Sie meinen Rat etwas gelten! Wenn die Sache glücklich durchgeht, werden wir nicht die letzten sein, davon Vorteil zu ziehen." Ich überlegte, was mir der alte Kriegsmann gesagt hatte, und unterdrückte den kleinen Ehrgeiz, entschuldigte mich mit meiner Jugend und Unerfahrenheit und ließ die Sache vorwärtsgehen. Der Kanonierfeldwebel hatte recht; es wurde alles verraten; ein Schneider aus Göttingen, der ein Stimmchen sang wie eine Nachtigall, erkaufte sich durch die Schurkerei eine Unteroffiziersstelle bei der Garde, und da man ihn dort gehörig würdigte und er des Lebens nicht mehr sicher war, die Freiheit und eine Handvoll Dukaten. Ich erinnere mich der Sache noch recht lebhaft. Alle Anstalten zum Ausbruch waren getroffen. Wir lagen in verschiedenen Quartieren, in den Kasernen, dem Schlosse und einem alten Rittersaale. Man wollte um Mitternacht auf ein Zeichen ausziehen, der Wache stürmend die Gewehre wegnehmen, was sich widersetzte, niederstechen, das Zeughaus erbrechen, die Kanonen vernageln, das Gouvernementshaus verriegeln und zum Tore hinausmarschieren. In drei Stunden wären wir in Freiheit gewesen; Leute, die den Weg wußten, waren genug dabei. Als wir aber den Tag vorher abteilungsweise auf den Exerzierplatz kamen, fanden wir statt der gewöhnlichen zwanzig Mann deren über hundert, Kanonen auf den Flügeln mit Kanonieren, die brennende Lunten hatten, und Kartätschen in der Ferne liegend. Jeder merkte, was die Glocke geschlagen hatte. Der General kam und hielt eine wahre Galgenpredigt. „Am Tore sind mehr Kanonen", rief er, „wollt ihr nicht gehen?" Die Adjutanten kamen und verlasen zum Arrest: Hans, Peter, Michel, Görge, Kunz. Meine Personalität war eine der ersten; denn daß der verlaufene Student nicht dabei sein sollte, kam den Herren gar nicht wahrscheinlich vor. Da aber niemand etwas auf mich bringen konnte, wurde ich, und vermutlich noch mehr der Menge wegen, bald losgelassen. Der Prozeß ging an; zwei wurden zum Galgen verurteilt, worunter ich unfehlbar gewesen sein würde, hätte mich nicht der alte preußische Feldwebel gerettet. Die übrigen mußten in großer Anzahl Gassen laufen, von sechsunddreißig Malen herab bis zu zwölfen. Es war eine grelle Fleischerei. Die Galgenkandidaten erhielten, zwar nach der Todesangst unter dem Instrument Gnade, mußten aber sechsunddreißig Mal Gassen laufen und kamen auf Gnade des Fürsten nach Kassel in die Eisen. Auf unbestimmte Zeit und auf Gnade in die Eisen, waren damals gleichbedeutende Ausdrücke und hießen so viel als *ewig ohne Erlösung.* Wenigstens war die Gnade des Fürsten ein Fall, von dem niemand etwas wissen wollte. Mehr als dreißig wurden auf diese Weise grausam gezüchtiget, und viele, unter denen auch ich war, kamen bloß deswegen durch, weil der Mitwisser eine zu große Menge hätten bestraft werden müssen. Einige kamen bei dem Abmarsche wieder los, aus Gründen, die sich leicht erraten lassen; denn ein Kerl, der in Kassel in den Eisen geht, wird von den Engländern nicht bezahlt.

Endlich ging es von Ziegenhain nach Kassel, wo uns der alte Betelkauer in höchst eigenen Augenschein nahm, keine Silbe sagte und uns über die Schiffbrücke der Fulda, die steinerne war damals noch nicht gebaut, nach Hannövrisch-Münden spedierte. Unser Zug glich so ziemlich Gefangenen; denn wir waren unbewaffnet, und die bewehrten Stiefletten-Dragoner und Gardisten und Jäger hielten mit fertiger Ladung Reihe und Glied fein hübsch in Ordnung. Ich genoß, trotz der allgemeinen Mißstimmung, doch die schöne Gegend zwischen den Bergen am Zusammenfluß der Werra und der Fulda, die dort die Weser bilden, mit zunehmender Heiterkeit. Das Reisen macht froher, und unsere Gesellschaft war so bunt, daß das lebendige Quodlibet alle Augenblicke neue Unterhaltung gab. So ging es denn auf sogenannten Bremer Böcken den Strom hinab. Nicht weit von Hameln, glaube ich, machte man eine Absonderung der Preußen, die man nicht durch Preußisch-Minden bringen durfte, und ließ sie einen Marsch zu Lande machen, um das Preußische zu vermeiden. Da mir das zusammengedrückte, eingepökelte Wesen auf den kleinen langen Fahrzeugen nicht sonderlich behagen wollte, meldete ich mich als Preuße beim Verlesen. Der Offizier sah in die Liste und sagte: „Hier steht ja ein Sachse." – „So?" sagte ich; „nun so will ich ein Sachse bleiben." Er schwieg, ließ mich aber, nachdem alle verlesen waren, mit den Preußen aussteigen. Man stellte sich, und es ging zu Lande weiter. Ich hatte damals die Gewohnheit, ein Buch zwischen Weste und Beinkleider unter den Gürtel zu stecken. Das Buch mochte diesmal etwas zu stark sein und den Leib unförmlich machen. „Was Teufel, ist der Kerl schwanger?“ sagte ein Hauptmann Lesthen, der eben vor mir stand, und hob die Weste beim Flügel auf, und es wurde der Julius Cäsar zu Tage gefördert. „Was Henker, macht Er denn mit dem Buche?“ fuhr er fort. „Ich lese darin“, war meine Antwort. „Wo hat Er denn das Latein gelernt?“ – „Das Latein pflegt man gewöhnlich in der Schule zu lernen.“ Er schüttelte den Kopf. Ich hatte in dem Buch eine Menge Randnotizen aus dem Vegez, Frontin und andern Alten und Neuen, auch wohl von mir selbst niedergeschrieben. „Von wem sind denn die Bemerkungen hier?“ – „Von mir, und vor mir von den angegenenen Herren.“ Er sah mich fest an und endigte mit dem spöttischen Abschied: „Er wird wohl einmal ein recht großer Mann werden.“ – „Schwerlich“, sagte ich; „das ist unter den Deutschen gar nicht wahrscheinlich: aber wenigstens will ich nicht schuld sein, daß es nicht wird.“ Nun ging es fort, und ich las, ohne eben weiter einen Zweck zu denken, in den Ruhestunden zuweilen nach meiner Weise einige Kapitel, aus bloßem Bedürfnis, mich besser zu beschäftigen, als ich in meinen Umgebungen sonst wohl konnte. Hier entspann sich in einem Nachtquartiere wieder ein Komplott und sollte der Kürze wegen und da unsere Bedeckung nicht sehr stark war, sogleich ausgeführt werden; ich habe aber die Beschaffenheit desselben nicht recht erfahren können. Diese Rekrutenabteilung bestand aus lauter preußischen Landeskindern und preußischen Deserteuren, die beständig vom alten Fritz und Seidlitz und Schwerin sprachen und sich nichts kleines dünkten. Aber weiß der Himmel, wie es war laut geworden: der kommandierende Offizier requirierte sogleich die ganze bewaffnete Bürgerschaft und die Bauern aus der Gegend, machte echt militärische Miene, uns in der alten Kirche, wo wir lagen, zusammenzuschießen; und es ging alles wieder ganz ruhig bis an die Weser auf die Bremer Böcke. Hier half mir meine stoische Genügsamkeit und meine Humanität einen Streich machen, der mir in meiner Sphäre zu keiner kleinen Ehre gereichte. Gewinnsucht und Leidenschaft regiert, wie bekannt, die Welt. Damit wir nicht verhungerten, hatte ein Entrepreneur, ein Marketender im großen, für keine kleine Summe sich anheischig gemacht, uns zu beköstigen. Man weiß, wie es geht. Wir wollten eben soviel als möglich essen, und er wollte soviel als möglich gewinnen, welches sich zusammen nicht wohl vertrug. Fast unsere ganze Löhnung ging auf die Menage, und der Klagen liefen bei dem Obersten von Hatzfeld, der den Transport kommandierte, viele ein. Der Mann hatte ein Gefühl für Recht und tat, was er konnte, den Speisewirt zur guten Behandlung zu nötigen. Da Ermahnungen bei Gewinnsüchtigen gewöhnlich vergeblich sind, wurden wechselweise von dem Transport nach den Schiffen Deputierte gewählt, die auf dem Kochschiffe nach dem Recht sehen sollten. Indes es ging mit den Deputierten wie im englischen Parlament. Dort besticht man mit Guineen, Stellen und Pensionen; hier bestach man mit Wein, Schnaps und Kuchen, und so ging es denn, hier wie dort, nicht viel besser als vorher. Als die Reihe mein Schiff traf, wurde ich von der Rekrutenschaft einstimmig zum Deputierten erwählt. Auf dem Kochschiffe wollte man mich, wie gewöhnlich, höflich mit dem Weinglase empfangen und mit Konfekt in der Kajüte halten. Ich habe gefrühstückt, war mein Bescheid, und blieb bei den Kesseln stehen, um zu sehen, daß die gehörige Quantität Fleisch und Gemüse hineinkam. Als die Kähne kamen, um zu holen, drang ich darauf, daß die Menagekessel voll gegeben wurden. „Wir werden nicht auskommen“, sagte man. „Wir werden wahrscheinlich auskommen“, sagte ich, „auf meine Gefahr“; denn so viel hatte ich noch rechnen gelernt. Es blieb viel übrig, ich ließ zum zweitenmal holen und alle erhielten eine sehr gute Mahlzeit. Noch blieb viel übrig; doch nicht so viel, daß man noch einmal von vorn hätte anfangen können. Da kamen unsere Zwangswächter, die Dragoner, vom

Ufer mit ihren Töpfen. Eine vorlaute, schnippische Köchin wollte austeilen und von den armen Teufeln Weißpfennige dafür einnehmen. „Was soll das?“ rief ich, „das Essen ist unser, wir haben es bezahlt; die Leute müssen den Rest unentgeltlich haben.“ Das Liebchen ward böse, und ich ergriff im Amtseifer den Schöpflöffel und teilte aus bis auf den Boden, ohne einen Heller zu nehmen oder nehmen zu lassen. Die alten Kerle drückten mir freundlich die Hand. „Wir sehen leider deutlich genug“, raunte mir einer zu, „wie Ihr betrogen werdet; können aber nicht helfen.“ Als die belobte Kesselprinzessin es noch einmal wagte, mich zu stören, schlug ich sie im Ärger so heftig mit der Schöpfkelle auf die Hand, daß sie laut schreiend und drohend zum Prinzipal in die Kajüte sprang. Da man mich aber so fest entschlossen sah, unterstand man sich nicht, mich weiter anzutasten. Ich bekam vom Ufer und von den Böcken eine Menge Dankadressen, mit der Versicherung, daß man noch nicht so gut und so reichlich gespeist habe, und diese Dankadressen hatten wohl wenigstens einen ebenso guten Grund als die im Parlamente. Man nehme es, wie man will, ich halte diesen Tag für einen der schönsten meines Lebens: und das Bewußtsein macht mich stolz, daß ich als erster Volksdeputierter, trotz jeder Versuchung, Schmeichelei oder Drohung, mit eben der beharrlichen Entschlossenheit würde gehandelt haben. Die Sache lief unter den Offizieren herum, und ein jeder machte seine Glossen darüber nach seiner Sinnesweise. Die Reihe, Deputierter zu sein, kam nicht wieder an unsern Bock, also auch nicht wieder an mich.

So fuhren wir denn den ganzen Strom hinab von Münden bis zu Bremerlee, wo uns die englischen Transportschiffe erwarteten. In Münden auf der Wiese besichtigte uns der Mäkler Fawcet, und es gab von den Dragonerunteroffizieren und Gardisten einige freundliche Rippenstöße, weil wir nicht laut und voll und sonorisch genug: Es lebe der König! schrien. Da ich als kleiner Kerl im Ranzengliede, das heißt im mittelsten, stand, entging ich den Püffen, ohne ein Silbe zu sagen genötigt zu sein. Aber den Hut mußte ich wenigstens mit schwingen.

Es würde mir ein hoher Genuß gewesen sein, an der Hand eines Freundes und Geschichtskenners die Partien der Weser von Korvey bis Bremen zu besehen, wo die Schönheiten der Natur durch den Gedanken der alten, jetzt verlorenen Nationalehre magisch beleuchtet werden; aber damals war unsere Reise ein sklavisches, dumpfes Hinstarren auf die Gegenden, wo ehemals Männer für ein besseres, nicht so üppiges Vaterland kämpften. Von Varus bis zu Bonifaz herab schwebten mir dunkel die Szenen vor; Bonifaz, der mit heiliger Einfalt die heroische Tugend vertrieb und die feiner gewebte Sklaverei spann, die uns zum Spielwerk anderer gemacht hat. Von Bremen bis Bremerlee fuhren wir in andern Fahrzeugen, die schon See halten können, aber sich nicht weit von den Küsten entfernen. Unbekümmert legte ich mich abends hin und schlief mitten auf dem Strome und war sehr verblüfft, als unsere ganze kleine Flotte des Morgens am Ufer ganz trocken dasaß und wartete, bis die Flut sie wieder emporhob; doch waren wir alle nicht halb so verblüfft als bei der ähnlichen Erscheinung Alexanders Soldaten auf dem Indus.

In den englischen Transportschiffen wurden wir gedrückt, geschichtet und gepökelt wie die Heringe. Den Platz zu sparen, hatte man keine Hängematten, sondern Verschläge in der Tabulatur des Verdecks, das schon niedrig genug war; und nun lagen noch zwei Schichten übereinander. Im Verdeck konnte ein ausgewachsener Mann nicht geradestehen und im Bettverschlage nicht geradesitzen. Die Bettkasten waren für sechs und sechs Mann; man denke die Menge. Wenn viere darin lagen, waren sie voll, und die beiden letzten mußten hineingezwängt werden. Das war bei warmem Wetter nicht kalt: es war für einen einzelnen gänzlich unmöglich, sich umzuwenden und ebenso unmöglich, auf dem Rücken zu liegen. Die geradeste Richtung mit der schärfsten Kante war nötig. Wenn wir so auf einer Seite gehörig geschwitzt und gebraten hatten, rief der rechte Flügelmann: „Umgewendet!“ und es wurde umgeschichtet; hatten wir nun auf der andern Seite quantum satis ausgehalten, rief das nämliche der linke Flügelmann, und wir zwängten uns wieder in die vorherige Quetsche. Das war eine erbauliche, vertrauliche Lage, ungefähr wie im hohen Paradiese, wenn auf der Bühne des Volks Lieblingsstück gegeben wurde.

Ich habe vor vielen vielen Jahren diese liebliche Fahrt als Ouvertüre meines Schriftstellerwesens in Archenholzens nun fast vergessenem Journal „Literatur- und Völkerkunde“ mit drucken lassen, will aber hier, um den Faden nicht zu unterbrechen, das Wesentlichste wieder hersetzen. Daß das obengenannte Menschenragout die Unterhaltung unterhielt, wird man nicht zweifeln. Die Seele derselben war ein dort vergessener ehemaliger französischer Offizier aus dem Siebenjährigen Kriege, mit Namen Dechar, der seit der Zeit abwechselnd gemeiner preußischer Dragoner und Füsilierunteroffizier und Sprachmeister und Fechtmeister, Unteroffizier und polnischer Revolutionshauptmann gewesen war, abwechselnd Gassen gelaufen, unter dem Galgen gestanden und im Felde Kanonen genommen hatte, der in Frankfurt am Main und Kassel, Berlin und Warschau, Breslau und Jauer alle Winkel kannte, alles Gute und Schlechte wußte, wie ein Achill focht und wie Heliogabal fraß und soff, wie Aristarchus sprach und wie Epikurs Küchenjunge lebte. Das Leben dieses Abenteurers allein würde Stoff zu einem großen Gemälde geben. Der schlechteste, gelehrteste und traurigste Gesellschafter war der gute Exmönch aus Würzburg, von dessen entsetzlichem Ende ich hernach noch einiges sagen will.

Es war mir doch ein sonderbares Gefühl, als ich den andern Morgen auf das Verdeck trat und zum ersten Mal nichts als Himmel und Wasser um mich sah. Der Ozean wogte majestätisch, und die Schiffe tanzten magisch wie kleine Spielwerke auf der unbegrenzten, ungeheuren Fläche; der Himmel war bewölkt und teilte dem Wasser seine tiefe, ernsthafte Farbe mit. Ich war wirklich in einer andern Welt und fühlte mich abwechselnd größer und kleiner, nachdem eine erhabene oder bange Empfindung eben in der Seele herrschte. So war es, als unter meinem Fuße Gewitter rollten und furchtbar schöne Zauberwelten bildeten, neben mir die schwarzroten Wolkensäulen des Ätna stürmten und über mir die milden Sonnenstrahlen Wärme umhergossen und weithin die ganze große Insel mit ihrer Fabelwelt magisch färbten. Bald kam Sturm und mit ihm die Seekrankheit. Beide waren weiter nicht gefährlich, aber doch den Neulingen furchtbar genug. Fünf von der sechsmännischen Menage waren krank; ich blieb leider allein gesund. Die Seekrankheit ist nichts als die Wirkung der ungewöhnlich heftigen Bewegung, der man nicht Einhalt tun kann. Man hat ähnliche Erscheinungen genug auf dem Lande. Reiten und Fahren, vorzüglich rücklings, Schaukeln, Karusseldrehen und ähnliche gymnastische Übungen sind die besten Vorbereitungen zu Seereisen. Die nächsten Vorkehrungen sind, wenig essen und hart und kalt, und wenig trinken und kalt und säuerlich: also ist Wurst, Schinken und dergleichen und Limonade und Wein vielleicht die gemessenste Diät die ersten Tage zur See. Ich sage, ich blieb leider gesund; auch für mich leider! Die Seeluft gibt gewaltigen Appetit; die Schiffsportionen waren klein. Da niemand aus der Menage essen konnte, hatte ich die Fülle zur Sättigung und konnte Vorrat von Zwieback sammeln, so daß ich wirklich eine ganze große Nachtmütze voll hatte. Bald kam einer und forderte seine Portion, dann der andere, dann der dritte und so fort; in kurzer Zeit war ich auf mein eigenes kleines Kontingent gesetzt. Die Genesenden waren durch die Krankheit und das Fasten gehörig auf die beschränkte Portion vorbereitet; die Gesunden hingegen hatten eine sehr unangenehme Speisekapazität gewonnen. Bald war mein kleiner Vorrat aufgezehrt, und mein Magen war bei der ganzen Portion auf ein sehr unbehagliches Halbfasten reduziert. Hier sorgte denn zufällig die Muse für ihren Zögling. Ich saß auf dem Quarterdeck und las eben Horazens „Angustam amici pauperiem", als der dicke Steuermann mich sehr unfreundlich von der Bank schleudern wollte. Ich brummte meine Unzufriedenheit in meinem bißchen Englisch, das ich von Rogler gelernt hatte, so gut ich konnte, und wollte hinunter in meinen Kasten schleichen, wo ich mich von niemand hudeln ließ. Der Kapitän kam dazu, guckte mir in das Buch und hieß mich sitzen bleiben. Als er einige Anordnungen gemacht hatte, kam er zurück und fing eine Art von Unterhaltung mit mir an: „You read latin, my boy?" – „Yes, Sir." – And you understand it?" – „I believe, I do." – „Very well; it is a very good diversion in the situation, you are in." – „So I find, Sir; indeed a great consolation." So ging es denn freundlich und teilnehmend weiter. Er nahm mich mit in seine Kajüte und zeigte mir seine Reisebibliothek, die aus guten Engländern und einigen Klassikern bestand, und versprach mir, wenn ich die Bücher gut halten würde, mir zuweilen eines daraus zu leihen. Durch seine Freundschaft erhielt ich etwas mehr Freiheit auf dem Schiffe, zumal da ich etwas Vergnügen am Seewesen zeigte und in wenigen Tagen mir die Nomenklatur der Taue und Segel merkte und sehr flink und sicher oben in dem Mastwerke mit herumlief. Es war wieder das Bedürfnis der Tätigkeit, die mir allerhand kleine Vorteile schaffte und mich vorzüglich gesund erhielt. Da der Kapitän wohl merkte, daß die Schiffsportion meinem exemplarischen Appetit nicht zureichend war, ließ er mir großmütig heimlich zuweilen eine Nachtmütze voll Zwieback und Rindfleisch zukommen, welches in der Tat im eigentlichsten Verstande ein sehr wohltätiges Stipendium war.

Die Kost war übrigens nicht sehr fein, so wie sie nicht sehr reichlich war. Heute Speck und Erbsen und morgen Erbsen und Speck; übermorgen pease and pork und sodann pork and pease: das war fast die ganze Runde. Zuweilen

Grütze und Graupen, und zum Schmause Pudding, den wir aus muffigem Mehl halb mit Seewasser, halb mit süßem Wasser und altem, altem Schöpsenfett machen mußten. Der Speck mochte wohl vier oder fünf Jahr alt sein, war von beiden Seiten am Rande schwarzstriefig, weiter hinein gelb und hatte nur in der Mitte noch einen kleinen weißen Gang. Ebenso war es mit dem gesalzenen Rindfleische, das wir in beliebter Kürze oft roh als Schinken aßen. In dem Schiffsbrote waren so viele Würmer, die wir als Schmalz mitessen mußten, wenn wir nicht die schon kleine Portion noch mehr reduzieren wollten; dabei war es so hart, daß wir nicht selten Kanonenkugeln brauchten, es nur aus dem Gröbsten zu zerbrechen; und doch erlaubte uns der Hunger selten, es einzuweichen; auch fehlte es oft an Wasser. Man sagte uns, und nicht ganz unwahrscheinlich, der Zwieback sei französisch; die Engländer haben ihn im Siebenjährigen Kriege den Franzosen abgenommen, seit der Zeit habe er in Portsmouth im Magazine gelegen, und nun fütterte man die Deutschen damit, um wieder die Franzosen unter Rochambeau und Lafayette, so Gott wolle, totzuschlagen. Gott muß aber doch nicht recht gewollt haben. Das schwer geschwefelte Wasser lag in tiefer Verderbnis. Wenn ein Faß heraufgeschroten oder aufgeschlagen wurde, roch es auf dem Verdeck wie Styx, Phlegethon und Kokytus zusammen: große, fingerlange Fasern machten es fast konsistent; ohne es durch ein Tuch zu seigen, war es nicht wohl trinkbar, und dann mußte man immer noch die Nase zuhalten, und dann schlug man sich doch noch, um nur die Jauche zu bekommen. An Filtrieren war für die Menge nicht zu denken. Guten, ehrlichen Landmenschen kommt dieses ohne Zweifel schrecklich vor; aber wer Feldzüge und Seefahrten mitgemacht hat, findet darin nichts Ungewöhnliches. Rum wurde gegeben und zuweilen etwas Bier, welches dem Porter ähnlich war und bei den Matrosen strong beer hieß. Da ich den ersten nicht genießen konnte, tauschte ich ihn gegen das letzte aus, welches mir Wohltat war. Zuweilen wurde mir auch eine Flasche Porter zugesteckt, da ich am Wein durchaus keinen Geschmack fand.

Stürme hatten wir oft und einmal so stark, daß uns der Aufsatz des Vordermastes und die große Rah zerbrach. Die Türmung der Wogen, das Heulen der Winde durch die Segel, das Schlagen und Klirren der Taue, das Donnern der Wellen an die Borde, das Geschrei und Lärmen des Schiffsvolks, der ganze furchtbar empörte Ozean, alles ist dem Neuling schrecklich; aber bald wird man es gewohnt und schläft ruhig unter dem Kampfe der Elemente. Der sybaritische Amtmann am Rheine, der die Nachtigallen wegschießen ließ, weil sie ihn im Schlafe störten, könnte keine bessere Kur brauchen als eine Reise über den Ozean – zumal in einem englischen Transportschiffe. Nichts gibt aber auch dem Sinn ein größeres Bild von der Kraft des menschlichen Geistes als das Regiment eines großen Schiffes. Man nehme eines aus der Linie. Man gebe ihm neunzig Kanonen; es ist noch keines von den ersten. Sie sind alle von dem größten Kaliber. Für jedes Stück habe man zweihundert Schüsse an Pulver und Kugeln: welcher Vorrat! Segel und Taue und Stangenwerk, vieles doppelt: eine Besatzung von tausend Mann, welche ungeheure Masse für ein Auge, das sie zusammen auf dem Lande sieht! Für diese Mannschaft Lebensmittel an Essen und Trinken für viele Monate. Dieses alles in einer einzigen Maschine beisammen, mit welcher die Wogen wie mit einem Federballe spielen; und dieses ungeheure Ganze führt der menschliche Geist stolz und ruhig durch empörte Elemente hin und her nach seiner Wahl. Curios Theater, die sich mit halb Rom auf einem Schwerpunkt drehten, als ob sie der Weltbeherrscher spotteten, waren kaum eine größere Erscheinung.

Wir fuhren nicht durch den Kanal und die spanische See, weil damals noch die Spanier und Franzosen dort mit Flotten kreuzten und auf uns lauerten; sondern segelten um die Inseln nördlich an den Orkaden weg. Der Sturm trieb uns weit, weit nordwärts: und der Sicherheit wegen gab man vielleicht mehr nach als nötig war. Wir konnten mutmaßlich nicht weit von Grönland sein; wir froren tief im Sommer, daß wir zitterten Tag und Nacht. Alles ging schlecht genug; wir brachten über einer Fahrt, die sonst gewöhnlich nur vier Wochen dauert, zweiundzwanzig zu. Die Portionen wurden noch knapper an Brot und Fleisch und Wasser, und meine Bekanntschaft mit dem Kapitän war mir noch wohltätiger. Krankheiten nahmen sehr überhand; doch starben von ungefähr fünfhundert Mann nur siebenundzwanzig, wenn ich nicht irre. Einige meiner näheren Bekannten waren darunter und unter andern der Exmönch aus Würzburg. Er hatte für einen Mönch recht artige Kenntnisse, wußte viel Geschichte und Mathematik und sprach besser als gewöhnlich Latein. Er war vom Anfange an meine Zuflucht gewesen, wenn die Langeweile sich meiner zuweilen zu bemächtigen drohte; aber vom Anfange an zeigte er einen Mißmut und eine Gleichgültigkeit gegen das Leben, die ich für nichts weniger als philosophisch hielt. Perfer et obdura war schon damals eines meiner Schibolethe, und ich hielt es billig für entehrend, mich von gewöhnlichen Streichen des Schicksals niederschlagen zu lassen. In Ziegenhain und auf dem Marsche hatte ich alle Mühe, den Kleinmütigen aufrechtzuhalten. Auf dem Flusse waren wir getrennt, und als wir auf dem Schiffe wieder zusammenkamen, hatte er so völlig Verzicht auf das Leben getan, daß keine Kraft mehr zu wecken war. Das Kloster ist freilich keine Vorbereitung zum Felde. Es fehlte ihm nichts als Lebensmut; aber Faulheit und Indolenz, die er wohl Resignation und Apathie nannte, hatten sich seiner in einem solchen Grade bemächtigt, daß er sich fast nicht mehr von der Stelle bewegte. Ein Faultier war die Tätigkeit selbst gegen ihn. „Wenn ich auch über den Ozean komme", sagte er, „so geht dort drüben das Elend erst recht an. Not und Mangel und Mühseligkeit ist die ganze Aussicht, bis uns ein Rifleman durch die Lunge schießt oder ein Mohak skalpiert." Da hatte die Klosterseele freilich nicht ganz unrecht; aber ein braver Kerl hält aus bis zuletzt; und es ist doch wohl der schändlichste Tod, aus reiner, absoluter Faulheit zu sterben. Nur im Kloster kann eine solche Gedankenmißgeburt entstehen. Er blieb entschlossen, dem Elend nicht entgegenzuleben, und mir war es eine neue Erscheinung, von welcher mir keine Erfahrungsseelenkunde etwas gesagt hatte, daß man ohne alle weitere Krankheit und Veranlassung aus bloßer Indolenz sterben könne. Kein Arzt konnte die geringste Krankheitsanzeige finden, und er klagte über nichts als über das jämmerliche Leben und die noch jämmerlichere Aussicht. Man prügelte ihn zur Bewegung, zum Luftschöpfen, zum Waschen, zum Essen sogar; ohne Prügel tat er von allem dem nichts: nur Rum trank er noch ein wenig ungeprügelt. Endlich war man das Prügeln überdrüssig und ließ ihn liegen; von dem Augenblicke an wurde nichts mehr gewaschen, gekämmt und gebürstet und fast nichts mehr gegessen. Er lag in dem Hinbrüten des Todes. Solange ich konnte, besuchte ich ihn in seinem Kasten neben den Aufgegebenen und versuchte noch, was Vernunft vermochte; endlich machte es mir die Selbsterhaltung zur Pflicht, mich zu entfernen. Nach dem Tode wollte den Klosterkadaver niemand anrühren, welches sehr zu entschuldigen war. Man suchte die schmutzigsten Gesellen aus und gab ihnen zur Belohnung Rum, daß sie den Toten über Bord warfen. Ich hatte doch noch so viel Teilnahme oder Neugierde, man nenne es, wie man will, mich zu nähern und die Erscheinung zu sehen. Es war ein gräßliches Bild menschlichen Elends und menschlicher Verworfenheit, das ich, Gott sei Dank, bei aller meiner Erfahrung nie wieder gesehen habe. Einige Monate hatte sich der Mensch nicht rasiert und in seinem Unrat gelegen. Das Hemde, dessen Farbe man nicht mehr erkennen konnte, das Kopfhaar, der Bart und die Augenbrauen und Wimpern wimmelten von Insekten, als ob er an der Phthiriase gestorben wäre, welches doch bestimmt der Fall nicht war; denn vorher hielt er sich leidlich reinlich.

Einige Monate ist das Herumschwimmen auf dem Ozean, bei gehörigen Veränderungen, solange die Erscheinungen neu sind, keine üble Partie; zumal wenn man in so zahlreicher Gesellschaft segelt wie wir. Unsere Flotte von Transportschiffen aller Art, begleitenden Kriegsschiffen und Kaufmannsfahrzeugen, die die Gelegenheit der Sicherheit benutzten, mochte sich wohl auf siebzig Segel belaufen, und der Abend und Morgen einer solchen schwimmenden Kolonie hat sein Angenehmes, wenn die See nicht zu hoch und zu still ist. Besonders hat das Geläute etwas traulich Heimisches und doch etwas sehr Feierliches auf der unermeßlichen Fläche, daß ich nicht selten zu einem sehr innigen Gebet gestimmt wurde. Was weder Vernunft noch Gefahr bewirken, bewirkt oft die magische Psychagogie der Töne durch das Gefühl.

Wenn ich nicht mit den Matrosen arbeitete, lag ich bei schönem Wetter mit dem Virgil oben im Mastkorbe und verglich unsern überstandenen Sturm mit dem seinigen und fand ihn nie so lebendig wahr als eben jetzt, wo ich an den vorigen dachte und den kommenden erwartete. Sein „Insequitur clamorque virum, stridorque rudentum" ist einfach malerisch schön, daß es den ganzen Auftritt gibt. Das hat er selbst gefühlt, weil es mit wenigen Veränderungen in allen seinen Beschreibungen eines Seesturms wiederkommt. Wenn wir auch nicht wüßten, daß er zur See war, aus diesen Stellen würden wir es fast untrüglich schließen können, so wie ich aus seiner Beschreibung des Atlas schließe, daß er nie auf einem Berge erster Höhe war. Ob ich gleich viele Hülfsmittel der Beschäftigung in und außer mir hatte, die den andern fehlten, so fing das Einerlei der Szenen doch endlich an, mir lästig zu werden. Das Kabeljauangeln und das Einsalzen zu Laberdan auf einigen Bänken in der Nähe von Amerika gab einige Tage wieder gutes Essen und gute Unterhaltung. Ich erinnere mich, daß wir einmal so reichlich fingen, daß außer der Verteilung eilf Tonnen in einem Nachmittage eingesalzen wurden. Keine Leber von irgendeinem Tier zu Wasser und zu Lande ist mir feiner und schmackhafter vorgekommen als die Leber vom Kabeljau; so wie der Fisch selbst, frisch zubereitet und genossen, einer der köstlichsten ist. Ich würde ihn gleich nach dem Sterlet und Thunfisch setzen und ihn dem Lachse vorziehen, zumal da er auch viel zarter und gesunder ist.

Endlich bekamen wir das Ufer von Akadien zu Gesichte und liefen unter allgemeinem Freudengeschrei in der Bucht von Halifax ein. Halifax ist unstreitig einer der besten Häfen am Ozean, vielleicht der beste, für eine unzählige Menge Schiffe; sicher gegen alle Stürme. Die Insel und das Fort St. George nebst einigen starken Landbatterien verteidigen den Eingang, und es gehört schon eine ziemliche Menge dazu, ihn zu forcieren. Seine Lage ist so, daß er mit Fleiß und Aufwand unbezwinglich gemacht werden kann, wenn man nur die Landseite zu verteidigen imstande ist.

Man brachte uns wahrscheinlich nach Halifax, weil es in Newyork und den andern Provinzen schon höchst mißlich mit den Royalisten stand und man das Ausschiffen kaum wagen durfte. Der Tag der Ausschiffung war einer der schönsten und einer der schlimmsten. Zweiundzwanzig Wochen waren wir herumgeschwommen, ohne das geringste Land gesehen zu haben. Da wir keine britischen Amphibienseelen waren, sehnte sich alles ohne Ausnahme nach festem Fuße, zumal da der Scharbock empfindlich zu werden anfing. Es war ein Hungertag, da uns die Schiffe an das Land wiesen und das Landkommissariat, zumal da das Ausschiffen sich sehr spät verzögerte, noch nicht geliefert hatte. Doch vergaß jeder in der Freude gern die Forderung des Magens, wenn er nur den Boden begrüßen konnte. Ich erinnere mich dabei eines sehr wehmütigen Auftritts. Ich war einer der ersten am Lande und hatte nebst einigen andern eine kleine Quelle herrlichen Wassers am Ufer im Sande entdeckt. Lange hatten wir diese köstliche Erquikkung entbehrt; wir tranken mit Wollust und großen Zügen. Schnell erscholl die Entdeckung, und die Hungrigen und

Durstigen stürzten in Haufen nach dem kleinen, spiegelhellen Wasserschatze, drängten sich, stießen sich, jeder wollte gierig der erste Teilnehmer sein: in dem Getümmel geriet der Sand des abschüssigen Ufers in Unordnung, gab nach, und in einem Augenblicke war die ganze kleine herrliche Quelle versandet. Sie brauchte Stunden, um sich wieder zu läutern, und die Menge stand traurig um sie herum und betrachtete lechzend den Verlust.

Als ich vom Schiffskapitän Abschied nahm, drückte er mir mit herzlicher Freundlichkeit die Hand. „It is a pity, my boy", sagte er, „you do not stay with us; you would soon become a very good sailor." – „Heartily I would", sagte ich, „but you see, it is impossible." – „So it is", rief er, „god speed you well!" Mit einem dankbaren Wunsche für den menschenfreundlichen Mann stieg ich die Leiter hinab ins Boot und ruderte dem Ufer zu. Das Ufer um Halifax her ist unfreundlich, ziemlich öde und unfruchtbar. Der Ort, der uns zum Lager angewiesen wurde, war abhängiger Felsenboden. Wir kamen spät ans Land, und ehe die Bedürfnisse herbeigeschafft wurden, ward es fast Nacht. Die Zelte kamen an und sollten aufgeschlagen werden. Man hatte mich zum Unteroffizier ernannt; ich sollte also für das Aufschlagen sorgen. Nun hatte ich in meinem Leben nur ein einziges Lager ganz nahe gesehen und wußte von der Maschinerie eines Zeltes nicht einen Pfifferling. „Schlippe", sagte ich zu einem alten preußischen Grenadier, der mir zugeteilt war, „Latein und Griechisch verstehe ich so ziemlich, aber wenig vom praktischen Militär; helfe Er mir durch, vielleicht kann ich wieder durchhelfen." Der alte Soldat lächelte, ergriff das Beil, nahm einige mit sich, tat, als ob er meine weisen Befehle ausführte, und in einer Stunde stand unser Zelt, trotz den übrigen, so gut da, als es der harte Boden erlauben wollte. Die Schwierigkeit war nicht klein, da die Zeltstangen und Zeltpflöcke erst aus dem Walde geholt und gehauen werden mußten. Die Nacht kam ein Sturm wie ein Orkan, der unserer Architektur weidlich spottete.

Den folgenden Morgen standen vom ganzen Lager nicht zehn Zelte mehr fest; das unsrige stand nur halb; viele hatte der Wind in den Morast hinabgetrieben. Nun fingen wir an, etwas solider zu bauen, wozu uns auch die Kälte trieb; denn es war schon spät im Jahr und ein kimmerisches Wetter auf der verdammten Landzunge.

Da man den Transport nicht zu den Regimentern bringen konnte, wurden wir in ein Bataillon von fünf Kompagnien formiert und sollten für uns Dienste tun. Das ging toll genug; der Oberst Hatzfeld tat sein Möglichstes, das Gesindel in Ordnung zu bringen. Fast die Hälfte waren gediente Leute; das machte die Sache etwas leichter: nur waren, wie natürlich, die besten Soldaten immer die liederlichsten Kerle. Ich als Unteroffizier sollte nun den Exerziermeister machen und wußte selbst noch blutwenig. „Schlippe", sagte ich wieder, „Er sieht wohl, daß es mit mir noch etwas hapert. Wir wollen täglich eine Stunde in den Wald gehen, als ob's zur Jagd wäre; da ist Er wohl so gut, mir einige Handgriffe gründlicher zu zeigen, als ich sie bis jetzt gefaßt habe." Der alte Satyr lächelte und meinte: es würde schon gehen; zur Not auch ohne ihn. Es ging; gerade wie bei einem Professor, qui docendo discit, ward es täglich mit mir besser, und bald galt ich für einen Kerl, der sein Gewehr meisterhaft zu handhaben verstand und sich in die kleinen Evolutionen geschickt genug zu finden wußte. Es gehört nur einige Kenntnis mathematischer Figuren und etwas Geistesgegenwart zu dem letzten.

Das Leben im Lager im Spätjahr war schlecht genug; keine gute Kost und Kälte bis zum Heulen und Zähneklappern. Unser Bataillon sah aus buntscheckig wie eine Harlekinsjacke, da es aus den Uniformen aller Regimenter bestand. Wir hatten weder Fahnen noch Kanonen, da es täglich hieß, wir sollten zu unsern Regimentern stoßen. Ich nebst ungefähr zwanzig andern war dem Regiment Erbprinz zugefallen, habe aber das Regiment nie gesehen.

In dieser Zeit machte ich Münchhausens oder er vielmehr meine Bekanntschaft. Ich saß im Zelte und wärmte mich gegen die nasse Kälte etwas an Flaccus' Odenfeuer, da schlug ein Offizier den Zeltflügel zurück und fragte, ob ich der Sergeant Seume wäre. Da ich denn der war, hieß er mich herauskommen. Ich warf mich in die Ordonnanz und trat hervor; er belugte mich etwas neugierig, faßte mich am Arm, und fort ging's durch mehrere Kompagniegassen dem Ende des Lagers zu, wo sein Zelt stand. Ich wartete der Dinge, die da kommen sollten, da der Herr unterwegs ziemlich einsilbig war. In seinem Zelte lagen auf dem Tische einige Verse, die er mir hingab und mich fragte, ob sie von mir wären. Ich besah sie und sagte ja. Es war eine tragikomische Elegie über unser Leben im Lager, die, wie der Gegenstand selbst, lächerlich-weinerlich genug sein mochte. „Wir müssen bekannter werden", sagte er; „sehr gern", sagte ich. Er bat mich auf ein Stückchen Wildbraten; denn er ist bekanntlich ein trefflicher Waidmann, den Abend zu Tische, und da in meinem Zelte Schmalhans Küchenmeister war, so kam mir die Einladung sehr willkommen. Seitdem waren wir fast überall zusammen, wenn uns der Dienst nicht trennte, welches leider denn oft genug geschah. Münchhausen war damals, wie Johnson sich ausdrückt, a man of sound strong unletter'd sense, ein Mann von gesundem, gediegenem, ungelehrtem Verstande, welches ihm und mir sehr zustatten kam; denn ich hatte verdammt viel Schulstaub und nicht wenig Schuldünkel an mir, obgleich meine klassischen Kenntnisse noch sehr seicht waren. Sein Beifall war nun meine beste Belohnung und seine Kritik meine beste Belehrung. Ich begriff, daß bloße Schule nicht alles sei, und er fand, daß die Schule doch vieles sei und desto mehr, wenn sie durchaus Zögling und Folgerin der bessern Natur ist.

Es hatte sich ein freundschaftlicher Zirkel von Offizieren gebildet, in den man mich unvermerkt fast unzertrennlich hineinzog und mit vieler Herzlichkeit behandelte. Münchhausen war stillschweigend durch seine Mischung von

Ernst, Bonhommie und heiterer Laune darin die Hauptperson. Jeder trug das Seinige dazu bei, die Unterhaltung und die Menage zu würzen. Die meisten jungen Herren waren tüchtige Nimrode, und so fehlte es uns selten an etwas frischem Wild auf den Tisch; denn die Lieferungsartikel, ausgenommen das Brot, welches vortrefflich war, waren nicht viel besser als auf dem Schiffe. Die Lieblingsneigung eines jungen Mannes, welcher Buttlar hieß, zur Konditorei machte besonders unsere Desserte sehr reich und köstlich, da es uns an Ingredienzen nicht fehlte, und ich erinnere mich, selten besseres Backwerk genossen zu haben als aus seiner Offizin. Es war keine uninteressante Gruppe, wenn einer eine wilde Ente spickte, der andere Madeira brachte, der dritte das Gewehr putzte, der vierte Dienstaudienz gab, der fünfte mit Schürze und Geschirr vor dem Kamine Pastetchen schuf, der sechste den possierlichen Ansteller machte und der siebente im Julius Cäsar las, aber mehr auf die Ente und die Pasteten als auf den Text sah. Der Dominus Konditor hatte eine paradiesische Freude und ein ganz verklärtes Antlitz, wenn wir seinem Machwerk durch heroisches Essen und kräftige Lobsprüche Ehre erwiesen; denn er genoß selten etwas davon. Nun gab es aber undankbare Schäker, die zuweilen nach dem Genuß eine bittere Kritik darüber anfingen, und dann geriet nicht selten der junge Künstler in so heftiges Feuer, daß er Pfannen, Kasserole, Kuchenformen und alle Gerätschaften zornentflammt durcheinander warf und dreimal heilig schwur, er wolle für uns undankbare Gesellen keine Schürze mehr umbinden; welches er dann nach echter Dilettantenart gewöhnlich drei Tage hielt, wo ihn die Naturschwachheit und Gutmütigkeit wieder besiegte. Es gelang den Herren nicht, mich zum Jäger zu machen, ob ich gleich zuweilen aus Gefälligkeit mitzog, aber auch wohl allein mit dem Gewehr am Wasser herumstreifte, woran vorzüglich mein kurzes Auge schuld haben mochte. Denn von Jugend auf konnte ich nur auf eine kleine Entfernung bestimmt sehen, ob ich gleich in der

Nähe sehr scharf sah und die kleinste Schrift bei Mondschein las, welches noch jetzt ziemlich unverändert ebenso ist. In der alten Welt habe ich nie gefischt, außer zuweilen als Knabe mit meinem Vater in der Rippach, welche herrliche Schmerlen enthielt; in Amerika verführte mich der Reichtum des Fischzugs nicht selten zu diesem Vergnügen, wo ich in einer Stunde manchmal mehr Hummer und black salmon, eine Art kleinere, schwarzbraune Lachse fing, als ich nach Hause zu bringen imstande war. Da beide Arten nicht zu meinem Geschmack gehörten, schenkte ich sie gewöhnlich dem ersten, der sie haben wollte. Für Hummer wählte ich kleinere, zartere Krebse, und von den Fischen waren Aale, Makrelen, Kabeljaus und einige Schollenarten meine Lieblinge, die alle sehr reichlich und sehr wohlfeil dort zu haben waren; denn für einen englischen Stüber wurde ein Kabeljau gekauft, der mit dem Kopf auf der Schulter lag und mit dem Schwanze nicht selten die Erde berührte. Die Fische waren zwar im Lager als Fieber erzeugend verboten; aber ich ließ mich nicht abhalten, meiner Liebhaberei zu folgen und mußte selbst einmal dafür auf der Brandwache sitzen. Sie haben mir nie geschadet, vielleicht weil ich sie sehr einfach und meistens gebraten aß. Das war besonders der Fall mit einer sehr großen Sorte Heringe, die zum Einsalzen, wenigstens für die dortige Kunst, zu mächtig waren, aber einen herrlichen Bratfisch gaben. Ich bin nicht Naturhistoriker; aber es macht mir oft ein eigenes Vergnügen, das Geschlecht der Heringe nach meiner Meinung durchzugehen, von dem großen, ellenlangen amerikanischen Heringe herab bis zu der athenischen Aphye, die nur das Feuer zu riechen brauchte, um gekocht zu sein, und die auch mit zu den Heringen zu gehören scheint. Dazwischen liegen der englische, der holländische, der schwedische, der dänische Hering, die Strömlinge und Killoströmlinge, vorzüglich aus dem Peipussee, die Sprotten, die Anchovis, die Sardelle, die mit der Aphye fast eins zu sein scheint, und weiß der Himmel, wie viele Arten noch in den indischen Meeren leben, mit denen ich unbekannt bin.

Münchhausen munterte mich beständig auf zur Arbeit, das hieß zum Dichten, wozu ich aber weder viel Zeit noch Lust hatte. Auch kann ich mich nur weniger Kleinigkeiten erinnern, die ich damals geschrieben hätte, und keiner einzigen, die verdient hätte aufbewahrt zu werden, wäre es auch nur als Beleg der Bildungsgeschichte; alles war höchst mittelmäßig. Dafür lief ich, wenn ich Zeit hatte, mit Horaz oder Virgil in der Hand, oder auch wohl mit einem Homer, in den Wäldern herum, lagerte mich in einer Grotte oder alten Baumgruppe und vergaß nicht selten über meinen Lieblingsstellen den Sonnenuntergang, so daß ich sehr spät in das Lager oder die Kasernen zurückkam. Daneben waren ein alter Hagedorn und ein Exemplar von Hölty, die ich irgendwo aufgetrieben hatte, meine Begleiter. Das Beste von Hölty wußte ich damals auswendig, wozu noch jetzt bei mir seine berühmten Traumbilder nicht gehören. Die Elegie am Grabe eines Dorfmädchens und am Grabe seines Vaters sind für mich noch jetzt die lieblichste Wehmut, die ich in der Literatur kenne. Ich zeigte Münchhausen die Schönheiten und ihre Gründe, welches mir bei ihm sehr leicht ward; denn ich habe selten eine Seele für wahre Schönheit empfänglicher und enthusiastischer gefunden als die seinige. Er bedauerte, daß er mir in den Klassikern nicht folgen konnte; aber was ich ihm daraus übersetzte, so wenig meisterhaft auch die Übersetzung sein mochte, bewies ihm doch, daß meine Vorliebe für sie kein Vorurteil war, und weckte ganz leise die Neigung, die bald Entschluß und Ausführung ward, selbst bekannt zu werden mit diesen reichen Schätzen echter Kunst. Er überraschte mich einige Jahre nachher mit einer Kenntnis, die in Erstaunen setzte. In manchem Alten, vorzüglich im Flaccus, den er etwas hyperbolisch verehrte, hatte er mich zurückgelassen.

Der Dienst war, zumal für mich als Unteroffizier, beschwerlich genug und ließ nicht viel Zeit übrig. Überdies spannte mich noch dazu der Oberst Hatzfeld in das Joch als Schreibersknecht, so daß ich die noch übrigen Mußestunden beim Adjutanten als Adjuvant saß, mir fast die Finger krumm schmierte und weiter nichts erntete als ein freundliches „Wir bleiben Euch in Gnaden gewogen"; wovon doch am Ende selbst Taubmanns Katze ihr bißchen Geist aufgab. Ich hatte bei dieser Veranlassung einen sehr tragikomischen Auftritt auf meine Unkosten. Niemand bemerkte die Runzeln und den Murrsinn auf meiner Stirne; das hieß Tag aus Tag ein: schreib, Teufel, schreib; bis ich in meinem verkehrten Sinn auf ein verzweifeltes Mittel geriet, mich zu befreien. Sowie ich von der Wache kam, nahm ich mein Gewehr und ging in den Wald, um nicht zugegen zu sein, wenn, wie ich vermutete, die Botschaft zur Schreiberei kommen sollte. Das geschah: meine Entfernung wurde sogleich auch als absichtlich mit ziemlich boshaften Zusätzen durch die gehörigen Instanzen rapportiert. „Du wirst den Teufel auf den Hals bekommen", riefen mir meine Kameraden zu, als ich zurückkam; „der Oberst hat zweimal geschickt; du sollst schreiben." – „So", sagte ich; „es ist gut." – „Ich glaube vielmehr, es ist nicht gut", meinte der Feldwebel, „auch kommen Sie morgen wieder auf die Wache; es sind zwei auf Kommando gegangen." Den andern Morgen stand ich in der Front der Wachtparade, als der Oberst ziemlich grimmig auf mich zukam und mir im Eifer einen Knopf vom Rocke drehete. Der Oberst war ein kolossalischer Mann, der auftrat wie ein Herkules, mit dem Blicke Funken sprühte und eine Stimme sprach wie eine Quartposaune, übrigens aber noch ziemlich human und wohlwollend war. Er soll zu seiner Zeit, wie man sagte, zu Rinteln mächtig renommiert haben. „Wo ist der Herr gestern gewesen?" donnerte er mich an. „Auf der Jagd." Jedermann wußte, daß ich sonst eben kein Jäger war. „Ich will den Sakrementer jagen", fing er an und hielt eine kurze Art von energischer Galgenpredigt, deren Finale war, daß ich aus der Front ohne Säbel sogleich in die Wache befördert wurde. Nach der Parole wurde Exekution mit dem kalten Eisen gehalten, immer unter Fortsetzung des obigen erbaulichen Sermons von Distinktion und Unerkenntlichkeit und Halsstarrigkeit, mit einigen starken Donnerwettern durchschossen, die sein furchtbarer Baß ziemlich gut nachahmte. Sodann ging es wieder in die Wache. Den andern Morgen, als ich freigelassen wurde, oder vielmehr, als man die Kette etwas länger ließ, meldete ich mich ordonnanzmäßig bei den Instanzen und also auch bei dem Obersten. „Sind wir nicht ein paar recht dumme deutsche Dorfteufel", kam er mir komisch polternd entgegen, „daß wir uns nicht friedlich vertragen können und uns da so zanken und streiten müssen!" – „Ich darf nicht widersprechen, Herr Oberst", brummte ich halblaut mürrisch, skoptisch durch den Bart. „Zum Teufel, Herr, sei Er nicht impertinent!" rief er. Nun fing ich an zu exponieren in aller Ordnung mit Bestimmtheit: daß der Dienst hart und strenge sei, daß ich von Wachen, Visitieren, Kommandos wenig Nächte frei habe, daß, wenn meine Kameraden ausruheten, ich halb schlaftrunken mich am Schreibtische quälen müsse, daß ich das nicht aushalten könne usw. Der Oberst rieb die Stirne, meinte, dem Ding könne wohl abgeholfen werden; nur habe ich eine sehr schlechte Methode ergriffen. Da hatte er recht. Nun frühstückten wir zusammen; er befahl, mich vom gewöhnlichen Dienst zu befreien, außer wenn das Bataillon manövrierte, um nur schreiben zu helfen; und dazu gab er mir monatlich einige spanischen Taler Zulage. Die Ausgleichung war besser als der Prozeß. Die größte Freude über meinen Unfall hatte wohl das Zöfchen, dem ich auf der Weser auf dem Speiseschiffe im Amtseifer so strenge mitgespielt hatte und das jetzt recht stattlich bei dem Major, wie man sagte, eine Art von haushälterischer Liebschaft machte. Sie lächelte mich schadenfreundlich an, als ich mich vom Arreste meldete, als ob sie mir den ganzen Auftritt bei Bremen zurückgeben wollte.

Nun ging es gut; ich schrieb eine lange Zeit viel Regimentslisten und tat übrigens sehr wenig. Die Arbeit war zwar trocken und langweilig genug, da oft wegen eines alten, morschen Pfannendeckels, der nicht zwei Pfennige wert war, einige Bogen umkopiert werden mußten; dafür fing aber eben auch damals dort das papierne Jahrhundert recht praktisch an und hat seit der Zeit gehörige reichliche Früchte getragen. Bei Münchhausen konnte ich nun nicht so oft sein, als ich wünschte und er zu wünschen schien, und die guten Leute hoben mir manchmal mein Stück wilde Ente und einige Pastetchen auf, bis ich erst spät zur Partie kommen konnte. Ich tat abwechselnd Dienste, nach dem Behuf, als Korporal, Sergeant, Fourier und Feldwebel, so daß ich alle Süßigkeiten des kleinen Soldatenlebens recht auskosten konnte. Als Fourier war ich ein reicher Mann, weil bei den Lieferungen immer etwas an Brot, Butter, Fleisch, Rum usw. übrigblieb; nur ein einziges Mal mußte ich über zehn spanische Taler zusetzen; da hieß es denn: „Tut der Herr nicht die Augen auf, so tue er den Beutel auf."

An eigene Arbeit wurde jetzt wenig gedacht, so sehr mich auch Münchhausen antrieb; einige Kleinigkeiten verdienen nicht Erwähnung. Nur ein einziges Stück, das eine Art von Jagdstück war, wäre vielleicht nicht ganz unwert, als Bildungsanfang mit aufbehalten zu werden, wenn nur noch irgendwo etwas davon zu finden wäre als in den Winkeln meines Gedächtnisses, wo nicht viel davon übrig ist. Einiger Verse erinnere ich mich; sie lauteten, glaube ich, so:

Laß uns ruhen, Freund, in dieser Höhle,
Auf dem grauen Steine da,
Den vielleicht noch keine Menschenseele
Seit dem ersten Tag der Erde sah.

Ha, wie schauervoll und furchtbar siehet
Hier das Antlitz unsrer Mutter aus!
Wie die Allmacht sie dem Nichts entziehet,
Liegt sie hier, Natur, in Schreck und Graus.

Felsen, seit der Flut noch unbestiegen,
Heben schwer ihr schwarzes Haupt empor,
Und um ihre dunkeln Schädel fliegen
Ungewitter aus der Kluft hervor.

Kreuzend liegen tausendjähr'ge Eichen
Durcheinander, die das Alter fraß;
Morsche, eingeborstne Stämme zeigen,
Daß den Wald hier nie ein Förster maß.

Kein gesellig Tier besucht die Klüfte,
Wohin nie der Fuß des Wandrers dringt,
Wo kein Vogel durch die leeren Lüfte
Eine Melodie der Freude singt.

Nur zuweilen brummt mit tiefem Grimme
Ein bejahrter Bär aus seiner Gruft
Durch die Felsen, wo mit heisrer Stimme
Nur ein alter, grauer Adler ruft.

Doch vielleicht kann noch ein Wilder lauschen,
Der zum Mord sein krummes Messer schleift
Und sodann in blitzgeschwindem Rauschen
Uns den Schädel von dem Hirne streift usw.

Das übrige ist verwischt und wohl schwerlich irgendwo wiederzufinden oder des Aufsuchens wert. Das Skalpieren der Wilden ist bekannt genug, und man erzählt davon fürchterliche Beispiele. Mir selbst ist keines bekannt geworden. Sie skalpierten sehr ehrlich nur ihre Feinde, und unsere Wilden waren durchaus nur freundschaftliche Leute. Ich kann wenig von ihnen sagen, was nicht schon bekannt wäre. Sie kamen sehr häufig in großer Anzahl in die Stadt, um ihre Jagdbeute zu verkaufen, die meistens aus Moostieren, Geflügel und zuweilen Fischen, vorzüglich Aalen bestand. Dafür bekamen sie Rum, europäische Bedürfnisse und spanische Taler. Sie wußten den Wert des Geldes schon sehr gut zu schätzen und betrogen ebenso oft, wie sie betrogen wurden. Das Moostier, oder das Elen, ist ein majestätisches Geschöpf, das an Größe dem größten Holsteiner Pferde nichts nachgibt, Schaufelgeweihe wie der Dammhirsch hat, die prächtig und furchtbar ausgreifen und ihm ein schreckbares Ansehen geben. Das Fleisch ist nicht immer gut; von einem jungen kann man es zu den Leckerbissen zählen, wenn es gut zubereitet wird. Man kann sich die Menge dieser Tiere denken, die dort müssen gewesen sein, da ganze englische Regimenter Tornister von Elensfellen hatten. Die sogenannten Wilden waren nicht viel schlechter gekleidet, als ich die Letten, Esten und Finnen gefunden habe. Ein grobes, graues Tuch, künstlich genug um den Körper gewickelt, machte das Hauptkleidungsstück. Sie kamen gewöhnlich zur See, in ihren bekannten Booten von Birkenrinde, die meisterhaft gebaut waren und die sie mit ihren kleinen Rudern meisterhaft zu führen verstanden. Die englischen Matrosen, die es ihnen nachtun wollten, verloren sehr oft das Gleichgewicht und fielen in die See, worüber denn die Indianer und über das europäische schwerfällige Schwimmen recht herzlich lachten. Sie machen mit diesen Booten große Küstenreisen und stechen damit außerordentlich weit in die See. Ich erinnere mich eines Falles, der uns wenigstens ziemlich unterhaltend war. Ich hatte auf einer kleinen Außenbatterie die Wache, saß auf einer Kanone und schaute behaglich in die See hinaus, die eben ziemlich hoch und hohl ging. Da entdeckten wir in großer Ferne etwas, worüber jeder seine eigenen Mutmaßungen hatte, was es wohl sein könnte. Keiner riet die Wahrheit. Als es näherkam, sahen wir, es war ein indisches Birkenboot, das der Wind gerade zu uns ans Ufer trieb. Wir eilten hinab, und es lag ein ziemlich alter Uramerikaner darin, der in Sturm und Wogenbruch recht ruhig schlief. Neben ihm lag eine leere und eine halbleere Rumflasche, die seinem Schlummer sehr behülflich gewesen sein mochten. Er war nicht zu ermuntern; denn sein Zustand ist leicht zu erraten. Wir führten ihn hinauf ins Wachthaus, legten ihn auf dem ruhigsten Ort der Pritsche nieder, wo er lethargisch fortschlief. Das Boot zogen wir an Land, die Flaschen bargen wir; den Beutel, den er am Gürtel trug und in dem vierzig spanische Taler waren, schloß ich aus Vorsicht in den Schrank. Als er ernüchtert erwachte, blickte er wild verwundert um sich, daß er sich auf einer europäischen Wache befand. Da wir ihm aber die gefährliche Lage bedeuteten, in welcher er sich befunden hatte, ward er heiter und schien im Begriff zu sein, uns danken zu wollen; da er aber auf den Gürtel blickte und seinen Beutel vermißte, ward sein Gesicht länger und breiter, und ein Gemisch von Gefühlen schien in seiner Seele zu arbeiten, die alle besagten: Ha, ha! so ist's? Du bist unter die weißen Leute geraten; als ich ihm aber den Beutel aus dem Schranke darreichte und er schnell am Anblick merkte, daß wohl nichts fehlen würde, er wohl auch eilig den Schluß machen mochte, daß man nicht einen Teil behalten würde, wo man des Ganzen Meister war, ward seine Freude urpatriarchalische Ausgelassenheit. Er umarmte einen nach dem andern, und man sah ihm an, daß ihm das Geld nicht so lieb war als die Gesellschaft ehrlicher Leute; und als er die Summe endlich vollzählig fand, bestand er durchaus darauf, die Wache sollte ein Handvoll Taler nehmen. Ich hatte gute Gründe, das zu verweigern; aber einige mußten wir behalten. Nun bugsierten wir ihn wieder in sein Boot, mit guten Erinnerungen und Warnungen vor der Rumflasche. Er schien ganz Dankbarkeit; das Wetter war besser, und er ruderte gutes Mutes durch die Bucht in den Ozean hinaus. Ein andermal hatte ich auf dem nämlichen Platze den grauenvollen, großen Anblick, daß ein schönes, herrliches Schiff aus Unkunde des Weges bei starkem widrigen Winde auf einen verborgenen Felsen lief. Ich hatte lange mit ängstlicher Teilnahme zugesehen, wie es mit Mühe und Schwierigkeit hereinlavierte. Meine Augen waren mit gespannter Aufmerksamkeit dahin geheftet;

meine Seele war ganz auf dem Schiffe, da setzte es in keiner großen Entfernung mit einem furchtbar krachenden Stoß auf das versteckte Riff, so daß die Masten zusammenbrachen und die ganze Maschine in Trümmer zu zerbersten drohte. Das Geschrei der Leute war herzschneidend. Sogleich fielen einige Notschüsse, und sogleich eilten einige größeren Schiffe, an ihrer Spitze ein Fregatte, und eine Menge kleinere Fahrzeuge zur Hülfe heraus. Von der Mannschaft wurde alles gerettet; aber von der Ladung fast nichts, da sie aus lauter Artikeln bestand, die nicht das Wasser vertragen konnten. Das schöne, fast ganz neue Schiff saß fest auf der Spitze, die ein ungeheures Leck gerade unten mitten am Kiel eingebrochen hatte, und weder menschliche Kraft noch Kunst war es herabzubringen imstande, bis endlich eine sehr einfache Maschinerie es mit der großen Springflut herunterhob. Man legte nämlich bei der niedrigsten Ebbe auf beiden Seiten eine Menge großer leerer Rumfässer, befestigte sie korrespondierend unter dem Kiel weg mit Tauen, und auf diese Weise hoben die vielen leeren Gefäße mit Hülfe der hohen Flut das Schiff aus dem Riff heraus und brachten es glücklich herein auf das Werft. Ich war durch einen glücklichen Zufall eben wieder gegenwärtig, als es herabgehoben und hereinbugsiert wurde.

Die Wilden benahmen sich, soviel ich habe beobachten können, immer anständig; doch soll das nicht stets der Fall gewesen sein, und der Gouverneur soll sie militärisch haben einstecken lassen müssen, um ihren Natürlichkeiten in Hinsicht des Geschlechts Einhalt zu tun. Wenn sie des Rums etwas voll und lustig wurden, führten sie drollig genug sogleich am Ufer den Ball auf und tanzten nach einer Art von brummendem Gesang, wozu einige mit Kieselsteinen aus dem Stegreife den Takt schlugen. Wir kamen nicht selten auf unseren größeren Streifereien in ihre Hütten an Felsen und Bächen, die meisten hatten sich tiefer zurückgezogen; ich habe aber nie gehört, daß sie einem von den Unsrigen etwas zu Leide getan hätten, und dann wäre es wahrscheinlich bloß die Schuld des Europäers gewesen. Einige hielten es mit uns, einige mit den Republikanern, nachdem ihre Stimmung und Lage war, und es wäre wohl schwerlich zu entscheiden, ob sie hier oder dort mehr betrogen wurden. Mit dem Feuergewehr wußten sie schon seit langer Zeit sehr geschickt umzugehen und hatten gemeiniglich alte, große, lange holländische Schießprügel, mit welchen sie mehrere hundert Schritte vortrefflich das Ziel trafen und manchen Posten im Gebüsche wegschossen, ohne daß man gewahr werden konnte, woher die Kugel kam. Als die Franzosen noch Herren von Kanada waren, ließen sie sich's angelegen sein, durch ihre Missonarien die Amerikaner ins Christentum einzupferchen; daher noch mancher Alte unter ihnen, wenn er die Glocke hört, sein Kreuz schlägt und „au nom de dieu, du père, du fils et du saint esprit" dazu sagt. Das schien indessen auch der ganze Überrest von Kenntnis in Sprache und Religion zu sein. Die Engländer bekümmern sich um das Bekehrungsgeschäft wenig oder gar nicht; das hätte nichts zu sagen, da man die Neubekehrten nur gar zu gern in die Verhältnisse der Letten und Esten treten läßt; wenn man die armen Urbewohner nur nicht echt europäisch-christlich von allen Seiten so zurückzwänge, daß ihnen im kurzen nichts als der Hals von Kalifornien oder die unbekannten Eisländer übrigbleiben werden. Die ich gesehen habe, waren alle ein großer, schöner, nerviger Menschenschlag, mit länglich regelmäßigen Gesichtern, ungefähr wie die alten echten Brandenburger. Ich erinnere mich nicht, einen unter ihnen gesehen zu haben, der über fünf Fuß neun Zoll oder unter fünf Fuß drei Zoll gewesen wäre; also sehr selten war einer so klein wie meine eigene Personalität, die doch unter uns noch nicht zwerghaft ist. Die kupferbraune Farbe kleidete die Männer sehr anständig ernsthaft; ungefähr wie bei uns ein Grenadier, der ein halbes Dutzend Feldzüge mitgemacht hat, eine Farbe bekommt, die von seinem Feldkessel nicht sehr verschieden ist. Aber die nämlichen Züge und die nämliche Farbe sind den weiblichen Reizen nichts weniger als günstig; und ich habe keine Indianerin gesehen, die durch ihre Erscheinung den geringsten gefälligen Eindruck auf meinen europäischen Sinn gemacht hätte, ob ich gleich eine Menge junger Mädchen gesehen habe und damals selbst ein junger, rüstiger Kerl war. Die meisten sprechen jetzt etwas Englisch, da sie vom höchsten Norden bis an die spanische Grenze hinab von lauter ursprünglich englischen Kolonien umgeben sind. Kriegerische Vorfälle haben wir außer einigen Märschen nicht gehabt; ein einziges Mal schien es zu etwas Ernsthaftem kommen zu wollen, da die Franzosen den Ort anzugreifen drohten. Aber außer einigen Schüssen von den äußersten Batterien fiel nichts vor: es blieb bei den Drohungen, vermutlich da sie die Engländer stärker und in besserer Bereitschaft fanden, als sie vermuteten. Mich ärgerte das; denn ich sah der Landung und dem blutigen Handel mit aller Neugier eines jungen Menschen entgegen, bei dem Kraftgefühl und Tätigkeitstrieb die natürliche Furchtsamkeit überwand. Wenn ich zuweilen von einigen Kriegsvorfällen gesprochen habe, als ob ich dort gegenwärtig dabeigewesen wäre, so ist das weniger jugendliche Eitelkeit gewesen als vielmehr, weil mich die Leute durch ihr ungestümes Fragen hineinzwangen, und ich manchmal aus Ärger Ja sagte, weil ich beständig Nein gesagt hatte. Auch habe ich keine einzige Unwahrheit gesprochen, soviel ich mich erinnere; nur geschah nicht alles unter meinen Augen. Es tat mir nachher manchmal leid, da es doch gegen den Charakter der Wahrhaftigkeit ist, der immer mein Ziel war; aber ich wollte nicht gern zurücknehmen und habe mich seit der Zeit gehütet, eine Silbe über die strengste Wahrheit zu sagen: gegen dieselbe sprach ich nie.

So kam denn endlich die Nachricht vom Frieden uns eben nicht erwünscht; denn junge, tatendurstige Leute sehen nicht gern ihrer Bahn ein Ziel gesteckt. Man hat mir geschmeichelt, ich könnte Offizier werden und mir eine Laufbahn eröffnen. Mit dem Frieden war alles geschlossen; denn nach unserer Ordnung konnte kein Bürgerlicher in der Regel weiter aspirieren als bis zum Feldwebel; ein Ehrenposten, dessen lebenslängliche Dauer ich eben nicht sehr beneidete. Bei uns mußte man Edelmann sein oder viel Geld haben, um im Staate ein Mann zu werden: zwei Verdienste, deren Gültigkeit jedem Vernünftigen sogleich in die Augen springt. Zuweilen tat Verbindung und Empfehlung auch etwas, und noch seltener wurde zufälligerweise auch wohl wirkliches Talent bemerkt. Im Kriege, wo oft periculum in mora ist, wo man Männer für Ämter und nicht Ämter für Männer sucht, sind die Ausnahmen häufiger, und es tritt da, dem Kastengeist zum schweren Ärger, nicht selten das alte primitive impertinente Menschenrecht wieder ein, daß jeder nur das gilt, was er wert ist. Doch hat es bei uns noch lange Zeit, ehe es dahin im allgemeinen kommt: der Mensch gilt durchaus nur das, wozu ihn der Staat stempelt, und es ist keine Gefahr, daß Vernunft die Stempelordnung machen und halten werde.

Ich hatte in Amerika einen Freund, von dem ich nicht weiß, wo ihn das Schicksal hingeschlagen hat, der zu den besten gehört, die ich je gehabt habe: einen gewissen Serre aus Halberstadt, von der französischen Kolonie, der einige Zeit bei seinem Anverwandten Lavater in der Schweiz gewesen war und dessen besseren, vernünftigeren Enthusiasmus glühend heiß besaß. Dieser war Unteroffizier wie ich, ein junger, mutvoller, leichtsinniger Kerl. Das Leben englischer Söldlinge war uns eben nicht angenehm, und wir beide hatten uns mit dem Gedanken getröstet, wir würden uns gelegentlich den Republikanern anschließen können: ein sehr natürlicher, verzeihlicher Gedanke für junge Leute, die mehr mit Plutarch als mit Hobbes lebten. Die Gelegenheit wollte nicht kommen; Serre suchte sie also herbeizuführen, und er hatte eben den Entwurf gemacht, durch die großen Waldungen über die Buchten von Halifax nach Boston zu gehen; freilich eine Unternehmung auf Tod und Leben. Er hatte sich schon über die englischen Posten unterrichtet, für Munition und notwendige Bedürfnisse gesorgt, und die Ausführung war beschlossen, als eben der Friedensbote kam. Mich hatte nichts so sehr zurückgehalten als der Gedanke, Münchhausen zu verlassen, der mit so redlicher Freundschaft an mir hing; und die Sache war von der Beschaffenheit, daß sie durchaus keine Mitteilung litt. Die einzige Bedenklichkeit in unserer Freundschaft war, daß Münchhausen ein Edelmann war, der den Kopf voll alten Ritterwesens hatte, welches ich auf alle Fälle für halbe Barbarei hielt und noch halte. Freiheit und Gerechtigkeit hat bei Edelleuten einen ganz andern Sinn, als uns Philosophie und Staatswissenschaft lehrt, und das „verba valent sicut nummi" ist nirgends mehr anwendbar als in unserem sogenannten öffentlichen Rechte. Unserer Freundschaft stand also der Mangel endlicher Übereinstimmung entgegen, welches der Fall bei Serre nicht war, der übrigens weder Münchhausens moralischen Wert noch seinen Lebenstakt hatte. Der Friede zerschlug unsere Unternehmung, da wir nur nach Tätigkeit junger Leute geizten und nicht gesonnen waren, neben und unter Huronen und neuen Republikanern unser Leben fortzuvegetieren. Auf dem Schiffe wurde ich von Münchhausen getrennt; er kam auf ein anderes Fahrzeug. Der Guignon des Lebens wollte, daß ich ihn seit der Zeit nur zweimal wiedersah: einmal, als sich auf dem Meere unsere Schiffe so näherten, daß wir mit der größten Anstrengung uns einige Worte zurufen konnten; das andere Mal, als ich aus Italien und Frankreich kam und ihn in Schmalkalden besuchte.

Unser Leben in Halifax bestand in einem Drittel deutscher Gewöhnlichkeit, einem Drittel huronischer Wildheit und einem Drittel englischer Verfeinerung, und nach dem verschiedenen Charakter der Individuen stach eins von diesen Dritteln hervor. Bei mir blieb wohl meistens der Deutsche sitzen, obgleich Briten und Huronen mein Studium waren und bald diese, bald jene den Vorzug behielten. Ich habe schon oben gesagt, daß Halifax vielleicht einer der besten Häfen des Erdbodens ist. Diese Insel und das Fort St. George am Eingange ist eben stark genug, mit gehöriger Besatzung jeder beträchtlichen Flotte die Annäherung zu verwehren. Die Stadt selbst, am Ufer hin, tief in die Bucht hinein, hat ungefähr zehntausend Einwohner. Der englische Preis aller Artikel ist immer etwas höher als in andern Ländern, und im Kriege war er es dort ungewöhnlich. Ich erinnere mich, daß ich manchmal zum Abend nach unserm Gelde fast für acht Groschen Brot, für acht Groschen Butter und für acht Groschen Kartoffeln gegessen und einmal für ein Stückchen Kälberbraten und einen Gurkensalat eine halbe Guinee bezahlt habe. Während eines ganzen Winters bestand mein Abendbrot fast immer aus geröstetem Butterbrot mit geräuchertem Lachs, dem wohlfeilsten Artikel der Gegend. Das Pfund frisches Fleisch kostete nicht selten nach unserm Gelde einen halben Taler; frisches Gemüse war kaum zu bezahlen. Dafür konnte aber auch ein Handarbeiter am Hafen täglich drei spanische Taler verdienen: alles kam ins Gleiche. Verschiedene sparsame Kerle haben auf diese Weise mehrere hundert spanische Taler gesammelt und, wenn sie der Zufall verschonte, sie mit in die Heimat gebracht. Ich selbst hatte von dem Ertrag der Arbeitskommandos, welche von der Krone bezahlt wurden, einige schweren Goldstücke zurückgelegt. Einige echt soldatischen Kameraden, in deren Taschen sich kein blindes Kupferstück hielt, hänselten mich aber so lange und droheten mir, mir bei meinem seligen Ende mit meinem eigenen Golde tüchtig das Maul zu zerschlagen, daß ich sie sehr bald wieder in Umlauf gesetzt hatte. Wenn Münchhausen nichts Wildes lieferte und ich den schwarzstriefigen Kommißspeck und auch den Rauchlachs zum Überdruß gegessen hatte, schoß uns Serre in den Außengegenden auch wohl einen fetten Hund oder einen feisten Kater, deren frisches Fleisch und Fett uns nicht selten leckere Mahlzeiten gaben.

Unsere Hinfahrt dauerte, wie ich oben sagte, zweiundzwanzig Wochen, eine ungeheure Länge; den nämlichen Weg machten wir rückwärts in dreiundzwanzig Tagen; also machte ich eine der besten und eine der schlimmsten Fahrten mit. Heimwärts segelten wir, als flögen wir davon; und es gewährte ein eigenes, großes, kühnes Vergnügen, auf den ungeheuren Maschinen im Sturm dahergeschleudert zu werden. Es hatte sich eine große Menge Schiffe aller Art und aller Nationen zuerst nach dem Frieden gesammelt, und wir liefen wohl über zweihundert zusammen in den Kanal ein, unter denen sich auch zwei amerikanische Fregatten mit der neuen freien Staatenflagge befanden, für einen Alt-Engländer wohl das größte Herzeleid, seitdem die britischen Flotten die Meere besegelten. Die letzte Nacht gehört zu den schönsten, die ich auf dem Wasser erlebt habe. Es war ein gewaltiger Gewittersturm auf dem Kanale in der Gegend von Portsmouth. Die zusammengeengte Flotte, das Heulen des Sturms, das Schlagen des Tauwerks, das Rollen des Donners, das Leuchten der Blitze, das grelle Aufhellen der glühenden Wogen und das augenblickliche Schließen zur schwärzesten Nacht, das Rufen und Schreien der Matrosen, das Geläute der Glocken, der ferne, dumpfe Hall der Signalschüsse, das Dröhnen und Krachen der Schiffsfugen und die Angst, daß wir vielleicht über Klippen stürzten – man denke sich die Wirkung des Ganzen auf die entzündete Einbildungskraft! Und mit dem sich heiternden Morgenhimmel waren wir wirklich in der Nähe der Kreideberge, die dem Lande den Namen Albion geben. Es war still und frisch und freundlich wie nach einer Gewitternacht, und die Schiffe schaukelten nur noch unwillkürlich heftig auf der empörten See. Bei diesen und ähnlichen Gelegenheiten war es mein gewöhnliches Vergnügen, mich im Raum unter die Öffnung zu setzen und in die Höhe an den Horizont hinauszusehen; da sah ich denn die Schiffe rechts und links oben auf den Wellen tanzen. Man denke die Winkel, welche die Schiffe auf der Woge machen mußten, damit dieses möglich war. Oft war die Täuschung so groß, daß man minutenlang glaubte, ein Schiff sei von den Wellen verschlungen, das plötzlich mit Blitzesschnelle wieder auftauchte und ebenso wieder verschwand. Bei Deal lagen wir einige Zeit in den Dünen vor Anker, und da wurde uns denn wohl einzeln erlaubt, an das Land zu gehen; das ist also das Ganze meines Aufenthaltes in Alt-England und kaum der Erwähnung wert. Die Fahrt über die Nordsee war diesmal sehr stürmisch und langweilig, welches desto verdrießlicher war, da die Reise über den Ozean so schnell ging und wir das übrige nur noch für einen Katzensprung hielten. Auf einmal befanden wir uns bei Cuxhaven und Ritzebüttel, vermutlich weil wir nicht in die Weser einlaufen konnten. Ich erinnere mich hier eines Vorfalls, der die außerordentliche Gewalt der Flut beweist. Ein Mensch saß auf dem Verschlage, der als Bequemlichkeit diente. Die Flut war im Ablaufen; er mochte sich's bequem machen, und sein ganzes Gewicht ruhte auf dem Seitenstücke: das Stück brach, er fiel hinunter, und obgleich zwei der besten Schwimmer sogleich nachsprangen, so war er doch augenblicklich verschwunden und wurde nicht wieder gesehen. Mit vieler Mühe rettete das ausgesetzte Boot nur die beiden Matrosen und hatte einige Stunden zu arbeiten, ehe es wieder an das Schiff kam. Nach einigen Tagen segelten wir wieder nach Bremerlee, wo wir Fahrzeuge wechselten und ebenso wieder hinaufbugsiert wurden, wie wir hinunterfuhren.

Hier erschreckte uns die Besorgnis, daß wir bei Minden würden an die Preußen verkauft werden. Es wurde laut gesprochen, und der bekannte gewissenlose Seelenschacher des alten Landgrafen machte die Sache nicht unwahrscheinlich. Serre also, ein gewisser Wurzner aus Gotha und meine Personalität hatten bei Elsfleth den löblichen Entschluß gefaßt, uns den Fesseln der schändlichen Dienstbarkeit zu entziehen. Einige Nächte lauerten wir ohne Erfolg auf Gelegenheit; denn die Büchsenschützen hatten ihre geladenen

Läufe überall hingerichtet. Aus Verdruß und Müdigkeit war ich auf meinem Habersack eingeschlafen, und als ich den Morgen erwachte, waren die beiden Hechte fort und hatten mich vermutlich mit Sicherheit nicht wecken können. Ich kratzte mich hinter den Ohren und sah ärgerlich nach dem Kahne, der sie in Freiheit geführt hatte. In Bremen versuchte ich's indessen allein auf meine eigene Hand, und es gelang mir am hellen, lichten Tage unter ziemlicher Gefahr. Die nächste Veranlassung war ein Gezänk mit dem Feldwebel über Brotlieferung, in welches sich der kommandierende Offizier etwas diktatorisch handgreiflich mischte. Das Gespenst der Preußen saß mir fest im Gehirn; ich hatte, ganz gegen meine Gewohnheit, ohne alle Absicht in einigen Gläsern Wein mich etwas warm getrunken und machte kurz und gut auf und davon, am Ufer hin, über die Brücke weg, in die Altstadt hinein. Ein guter, alter, ehrlicher Spießbürger mochte mir doch wohl einige Verwirrung ansehen; er kam freundlich zu mir und fragte: „Freund! Ihr seid wohl ein hessischer Deserteur?" – „Und wenn ich denn einer wäre?" sagte ich. „Da muß ich Euch sagen, unser Magistrat hat Kartell mit dem Landgrafen." Und nun –

GEDICHTE

Veritatem sequi et colere, tueri justitiam, aeque omnibus bene velle ac facere, nil extimescere.

ZUR ZWEITEN AUSGABE

Das größte Verdienst dieser Verse ist vielleicht, daß sie im strengen Sinne unserer neuen Kritik keine Gedichte sind. Was die Kunst dadurch verliert, gewinnt die lebendigere Teilnahme an wahren menschlichen Verhältnissen und findet sich nicht selten dabei in ihrer eigenen Heimat. Der Verfasser hat Ursache, mit der Aufnahme im Publikum zufrieden zu sein, und beruhigt sich in dieser Rücksicht über sich selbst, ob er gleich die Gründlichkeit manches Tadels der Kunstrichter eingesteht, ohne sich deswegen durchaus bessern zu können. Manche Erinnerungen hat er wirklich benutzt; manche Dinge liegen als Eigenheiten seines Charakters zu tief und fest, daß er sie nicht ausreuten kann, und manches gibt er nach seiner bessern Überzeugung nicht zu. Die Sprache ganz glatt zu machen, will mir nicht gelingen – aber an der Richtigkeit habe ich mit vieler Aufmerksamkeit gearbeitet. Dies ist bei der Dissonanz und der anscheinenden Nachlässigkeit unsrer guten Schriftsteller keine leichte Sache. Wir haben keine Akademie, an die wir uns halten könnten, und jeder geht, mit oder ohne Grund, seinen eignen Weg. In der Messiade sind eine Menge Stellen, deren grammatische Unrichtigkeit nicht Adelung allein tadeln wird. Auch der Herausgeber von Ramlers Gedichten hat noch zuletzt gefühlt, wie viele Dinge der sonst so strenge Dichter in der Sprache noch übersehen hatte. Etwas weniger Gewissenhaftigkeit gegen die Handschrift hätte dem Publikum mehr klassische Richtigkeit gegeben; aber strenge Redlichkeit gegen fremdes Eigentum, besonders gegen Ramlers, war billig des Herausgebers erstes Gesetz.

Ich gebe hier wenig Neues, fast alles, was nicht in der ersten Ausgabe stand, hat schon in Zeitschriften hier und da zerstreut gelegen. Was fehlt, habe ich aus irgendeinem ästhetischen oder moralischen Grunde nicht aufnehmen wollen. Manches soll seiner Natur nach nur ephemerisch sein. Über meine Meinungen habe ich nichts zu sagen, diese müssen durch sich selbst stehen oder fallen. Ich habe nun einmal die Krankheit, daß mich alles, was Bedrückung, Ungerechtigkeit und Inhumanität ist, empört und werde wohl schwerlich ganz davon genesen. Und wenn in einer guten Sache tausend Versuche fehlschlagen, so verzweifle ich doch nicht an dem endlichen Gelingen. Jede Äußerung vom Gegenteil ist also bloß eine Wirkung des momentanen Mißmuts und des Glaubens, daß man noch nicht auf dem rechten Wege ist. Was wir nicht finden, bleibt andern. Für mich selbst habe ich mich so ziemlich von Furcht und Hoffnung losgemacht, aber für die Menschheit, für Licht und Recht und endliche Vernunft zu hoffen und zu sprechen und zu arbeiten, will ich nicht eher aufhören, als bis meine Zunge den letzten Gedanken stammelt. Die Menschen brauchen wahrscheinlich noch mehrere tausend Jahre Erziehung. Diese muß vorwärts rücken, wenn sich auch alle Schlechtgesinnten verbänden, sie zu hemmen. Sokrates brachte die Philosophie vom Himmel herab, und alle unsere neuen Philosophen arbeiten mit vereinten Kräften daran, sie wieder hinaufzutragen und nichts zurückzulassen. Die praktische Philosophie des Lebens ist fast zum Spott geworden, und doch ist von der ganzen Weisheit nur das für den Menschen das beste, was für den Menschen taugt. Man ist mit seiner Seele so gern in höhern Sphären, weil man nicht den Mut hat, hier auf der Erde rein menschlich vernünftig zu sein. Der aufgezogene Vorhang wird uns einst schon zeigen, was wir wissen sollen. Aber ich gerate in Gefahr, mich selbst zu verlieren.

Besondern Fleiß habe ich angewendet, den Abschnitt des Verses zu berichtigen, der die Rhythmik so sehr befördert und den leider auch unsere guten Dichter oft nicht genug beachten. Hierin ist Wieland der große Meister und läßt uns die verborgenen feinern Gesetze nur raten, nach denen er verfährt. Es belohnte wohl die Mühe, wenn ein scharfsinniger, leise hörender Kritiker sie und ihre Ausnahmen heller auseinandersetzte. Ich empfehle meine wohlgemeinten Bemühungen dem Wohlwollen des Lesers.

Juni 1804

DER WILDE

Ein Kanadier, der noch Europens
Übertünchte Höflichkeit nicht kannte
Und ein Herz, wie Gott es ihm gegeben,
Von Kultur noch frei, im Busen fühlte,
Brachte, was er mit des Bogens Sehne
Fern in Quebeks übereisten Wäldern
Auf der Jagd erbeutet, zum Verkaufe.
Als er ohne schlaue Rednerkünste,
So wie man ihm bot, die Felsenvögel
Um ein kleines hingegeben hatte,
Eilt' er froh mit dem geringen Lohne
Heim zu seinen tief verdeckten Horden
In die Arme seiner braunen Gattin.

Aber ferne noch von seiner Hütte
Überfiel ihn unter freiem Himmel
Schnell der schrecklichste der Donnerstürme.
Aus dem langen, rabenschwarzen Haare
Troff der Guß herab auf seinen Gürtel,
Und das grobe Haartuch seines Kleides
Klebte rund an seinem hagern Leibe.
Schaurig zitternd unter kaltem Regen
Eilete der gute, wackre Wilde
In ein Haus, das er von fern erblickte.
„Herr, ach lass't mich, bis der Sturm sich leget",
Bat er mit der herzlichsten Gebärde
Den gesittet feinen Eigentümer,
„Obdach hier in Euerm Hause finden!" –
„Willst du mißgestaltes Ungeheuer",

Schrie ergrimmt der Pflanzer ihm entgegen,
„Willst du Diebsgesicht mir aus dem Hause!"
Und ergriff den schweren Stock im Winkel.

Traurig schritt der ehrliche Hurone
Fort von dieser unwirtbaren Schwelle,
Bis durch Sturm und Guß der späte Abend
Ihn in seine friedliche Behausung
Und zu seiner braunen Gattin brachte.
Naß und müde setzt' er bei dem Feuer
Sich zu seinen nackten Kleinen nieder
Und erzählte von den bunten Städtern
Und den Kriegern, die den Donner tragen,
Und dem Regensturm, der ihn ereilte,
Und der Grausamkeit des weißen Mannes.
Schmeichelnd hingen sie an seinen Knien,
Schlossen schmeichelnd sich um seinen Nacken,
Trockneten die langen, schwarzen Haare
Und durchsuchten seine Waidmannstasche,
Bis sie die versprochnen Schätze fanden.

Kurze Zeit darauf hatt' unser Pflanzer
Auf der Jagd im Walde sich verirret.
Über Stock und Stein, durch Tal und Bäche
Stieg er schwer auf manchen jähen Felsen,
Um sich umzusehen nach dem Pfade,
Der ihn tief in diese Wildnis brachte.
Doch sein Spähn und Rufen war vergebens;
Nichts vernahm er als das hohle Echo
Längs den hohen, schwarzen Felsenwänden.
Ängstlich ging er bis zur zwölften Stunde,
Wo er an dem Fuß des nächsten Berges
Noch ein kleines, schwaches Licht erblickte.
Furcht und Freude schlug in seinem Herzen,
Und er faßte Mut und nahte leise.
„Wer ist draußen?" brach mit Schreckenstone

Eine Stimme tief her aus der Höhle,
Und ein Mann trat aus der kleinen Wohnung.
„Freund, im Walde hab ich mich verirret",
Sprach der Europäer furchtsam schmeichelnd;
„Gönnet mir, die Nacht hier zuzubringen,
Und zeigt nach der Stadt, ich werd Euch danken,
Morgen früh mir die gewissen Wege."

„Kommt herein", versetzt der Unbekannte,
„Wärmt Euch; noch ist Feuer in der Hütte!"
Und er führt ihn auf das Binsenlager,
Schreitet finster trotzig in den Winkel,
Holt den Rest von seinem Abendmahle,
Hummer, Lachs und frischen Bärenschinken,
Um den späten Fremdling zu bewirten.
Mit dem Hunger eines Waidmanns speiste,
Festlich wie bei einem Klosterschmause,
Neben seinem Wirt der Europäer.
Fest und ernsthaft schaute der Hurone
Seinem Gaste spähend auf die Stirne,
Der mit tiefem Schnitt den Schinken trennte
Und mit Wollust trank vom Honigtranke,
Den in einer großen Muschelschale
Er ihm freundlich zu dem Mahle reichte.
Eine Bärenhaut auf weichem Moose
War des Pflanzers gute Lagerstätte,
Und er schlief bis in die hohe Sonne.

Wie der wilden Zone wildster Krieger,
Schrecklich stand mit Köcher, Pfeil und Bogen
Der Hurone jetzt vor seinem Gaste
Und erweckt' ihn, und der Europäer
Griff bestürzt nach seinem Jagdgewehre;
Und der Wilde gab ihm eine Schale,
Angefüllt mit süßem Morgentranke,
Als er lächelnd seinen Gast gelabet,

Bracht' er ihn durch manche lange Windung,
Über Stock und Stein, durch Tal und Bäche,
Durch das Dickicht auf die rechte Straße.
Höflich dankte fein der Europäer;
Finsterblickend blieb der Wilde stehen,
Sahe starr dem Pflanzer in die Augen,
Sprach mit voller, fester, ernster Stimme:
„Haben wir vielleicht uns schon gesehen?"
Wie vom Blitz getroffen stand der Jäger
Und erkannte nun in seinem Wirte
Jenen Mann, den er vor wenig Wochen
In dem Sturmwind aus dem Hause jagte,
Stammelte verwirrt Entschuldigungen.
Ruhig lächelnd sagte der Hurone:
„Seht, ihr fremden, klugen, weißen Leute,
Seht, wir Wilden sind doch beßre Menschen!"
Und er schlug sich seitwärts in die Büsche.

ELEGIE AUF EINEM FESTE ZU WARSCHAU

Si natura negat, facit indignatio versum.

„Was ist Wahrheit?" fragt am Richterstuhle
Jener brave Heide seinen Mann.
Große Frage, die noch keine Schule
Aus dem Weisheitsnimbus lösen kann!

Menschen, Widerspruch im großen Ringe,
Rätsel in der Kette dieser Welt,
Zwischen Tier und Engel Mitteldinge,
Durch Vernunft geadelt und entstellt!

Vater, der du diesen Götterfunken
Himmelssinns in unser Wesen schlugst
Und die Erdenseele feuertrunken
Zum Gedanken deiner Größe trugst;

Hast du zur Verdammnis Licht und Leben
Als du unsre Existenz gebarst,
Deinen Neuerschaffenen gegeben,
Denen du im Zorne gütig warst?

Duldung, Vater, mit dem schwachen Kinde,
Das im Dunkel deiner Strahlen schwirrt
Und von Labyrinth zu Labyrinthe
Ängstlich, traurig, aber schuldlos irrt!

Deine Werke kamen gut und edel,
Groß und herrlich aus der Schöpferhand,
Bis der Afterweisheit Schlangenschädel
Sich sie auszubessern unterstand.

Was ist Wahrheit? sprecht von euerm Throne,
Wo ihr metaphysisch dunkel schwebt,
Von Konfuzen bis zu Mendelssohne,
Und im Nebel Hypothesen webt.

Ha! ihr tappt mit eurer Blendlaterne
Weisheitstrunken durch die tiefe Nacht,
Träumet in dem Irrlicht Sonnensterne,
Bis ihr spät zum Todesschlaf erwacht.

Menschheit, arme Menschheit, deine Lehrer,
Alle deine Weisen wissen nichts,
Flattern, ihrer Hirngeburt Verehrer,
Gleich Insekten um den Strahl des Lichts.

Und die Bosheit, die im Finstern schleichet,
Fasset schnell der Schwachheit Taumelgeist,
Bis sie ihr den süßen Giftkelch reichet
Und die Sklavin hin ins Elend reißt.

Wenn der Menschenmaler seinen Pinsel
In der Schwermut schwarze Farben taucht
Und Bedrückung, Kummer und Gewinsel,
Stolz und Knechtschaft in die Gruppe haucht;

Weinet unserm göttlichen Geschlechte
Eine Träne bei dem Trauerstück:
Seht, man gräbt das Grab der Menschenrechte,
Und wer ruft Gestorbene zurück?

Dort verzehren muftische Magnaten
Ihres Landes Fett in Schwelgerei;
Und der Pflüger, stets der Kern der Staaten,
Jammert bei der ihm gelaßnen Spreu.

Und die edeln Menschenmäkler zählen
In des Mammons großem Rechnungsbuch
Ihre Schätze nur nach Menschenseelen,
Und ihr Segen ist der Knechte Fluch!

Mit umglühter, heißer Stirne fronen
Unter der Despoten Eisenstab
Ganze, große, schöne Nationen
Von der Kummerwiege bis ins Grab.

Freiheit ist ein Schall von ihren Ohren;
Der Gedanke wäre Hochverrat;
Weil, zum Troß der Sklaverei geboren,
Unsinn ihren Geist gefesselt hat.

Und auf ihrem Wolkenthrone sitzet
Rings umher die alte Möncherei,
Blicket grimm, aufs Vorurteil gestützet,
Und ihr Zepter wieget schwer wie Blei.

Unter ihrem schwarzen Rabenflügel
Zischen die Kabalenzungen Gift,
Brechen Laurer frech das Freundschaftssiegel,
Sinkt dem Streiche, wen der Spürhund trifft.

Ihre Geier drohn in allen Zonen,
Wo die unterdrückte Wahrheit spricht,
Mit Bastillen, Inquisitionen,
Türmen, Minen, Eisen, Blutgericht.

Wenn Banditen nur mit Dolchen morden,
Bleicht man ihren Schädel auf dem Holz;
Aber wenn der Helden Troß in Horden
Länder würget, sind die Helden stolz.

Wenn der Mann dem Manne, der ihm glaubet,
Seinen Säckel stiehlet, ist's Betrug;
Aber Herrschsucht, die Provinzen raubet,
Nennt der Staatskunst hohe Schule klug.

Durch der Politiken schiefe Brille
Ist Moralität ein Possenspiel,
Und Gerechtigkeit nur eine Grille,
Die in Philosophenschädel fiel.

Arme Brüder, hat euch Gott zu Ketten,
Zu des Unsinns Eisenjoch gemacht?
Und vermag kein Rächer euch zu retten
Aus der Vorurteile langer Nacht?

Strahlenwahrheit ist euch noch zu helle,
Freiheit selbst wird eurer Ruhe Grab;
Und ihr trinkt Berauschung aus der Quelle,
Die der Schöpfer nur zur Stärkung gab.

Gleich Insekten kriechet ihr als Knechte
Unter Frongebot und Knutenhieb;
Und ihr würgt am eigenen Geschlechte,
Wo euch die Vernunft den Freibrief schrieb.

Elend in der Sklaverei, und blutig,
Wo die Freiheit ihren Fittich schwingt;
Ha! wer wagt es noch, der groß und mutig
Nach dem schönen Menschenrechte ringt?

Menschen, Widerspruch im großen Ringe,
Rätsel in der Kette dieser Welt,
Zwischen Tier und Engel Mitteldinge,
Durch Vernunft geadelt und entstellt!

Hier durchwühlt der Geiz mit Gnomenfreude,
Menschenfeindlich glotzend, ein Gesicht,
Spähet aus dem Staub gelehrte Lügen
Für den jämmerlichsten Bösewicht.

Dort wirft von dem hohen Rednerstuhle
Eine Bonzenseele schleichend Gift,
Spinnet mit der Ketzerei der Schule
Zwietracht aus dem Friedensbrief der Schrift.

Hier sitzt um die Nachwelt zu betrügen,
Unbekümmert um der Waisen Fluch,
Seiner Koffer goldnes Eingeweide
Und durchzählt sein langes Rentenbuch.

Dort durchspähn, die Richter zu bestricken,
Weil ein Schurke schwere Säcke beut,
Rabulisten mit Hyänenblicken
Jedes Schlupfloch der Gerechtigkeit.

Und der Richter wägt die feilen Sprüche,
Wohl und Weh nach goldnen Gründen ab;
Und ein Kuß macht in Gesetze Brüche,
Den ihm schmeichelnd eine Dirne gab.

Hingeführt an Amors seidnem Fädchen,
Geht der stolze Stoiker und sucht
Kniend vor dem zauberischen Mädchen
Heute etwas, dem er morgen flucht.

Gott, du schufst so herrlich schön die Erde,
Nicht zum Sitz für Tyrannei und Trug,
Als dein väterliches Machtwort „Werde!"
Aus dem Nichts die Sonnenbälle schlug.

Bosheit, Herrschsucht, Geist und Wollust
haben
Deine schöne Symmetrie zerstört,
Gießen Gift in deine Himmelsgaben,
Daß sich traurig Hirn und Herz empört.

Einsam soll mich eine Felsengrotte
Und ein Eichbaum decken, wo die Welt
Nicht sarkastisch lächelt, nicht im Spotte
Urteil über Bürgertugend hält.

Und wenn das Gerücht mir dann verkündet,
Daß die Menschen stets noch Toren sind,
Weht es leiser, und sein Hauch verschwindet
Schneller durch des Lenzes Abendwind.

Und ich singe mit der Morgenröte
Bei der Quelle meinen Weihgesang,
Und des Abends haucht die Silberflöte
Ruhe längs des Berges Felsenhang.

Neben meiner kleinen Binsenhütte
Grab ich an dem Eichbaum meine Gruft,
Bis mich Graukopf einst mit leisem Tritte
Sanft der Tod zum großen Abend ruft.

LEBENSLAUF JEREMIAS BUNKELS, DES ALTEN TORSCHREIBERS

Ich bin geboren Anno eins,
Laut meiner Mutter Sage,
In einem Dorf unweit des Rheins
Am Sankt Egiditage.
Man trug mich Wicht ins Gotteshaus
und tauft' und trieb den Teufel aus;
Doch hat's nicht viel geholfen.

So tief ich mich erinnern kann,
Der Kappe kaum entwachsen,
Fing ich mit Meister Bakeln an,
Mich im Donat zu baxen,
Und konjugierte, ach und weh,
Rasch Vapulo und Typtomäh,
Mit vielen Zirkumflexen.

Mein Vater, Pastor Loci, war
Ein Mann trotz Martin Luthern,
Hielt auf die Lehre rein und klar
Und lehrte fest mit Huttern;
Und als ein echter Orthodox
Ergriff er den Beweis des Stocks,
Wenn die Vernunft mich plagte.

Er fluchte oft gar fürchterlich
Den Höllenspinozisten,

Und lamentierte jämmerlich
Ob dem Verfall der Christen;
Daher er denn auch Jeremies
Mich erste Frucht der Lenden hieß,
In der Manier der Bibel.

Mit einem Kober voll Latein
Schickt' er mich fort ins Weite
Und band mir auf die Seele ein,
Nicht laß zu sein im Streite.
Des war ich denn nicht wenig froh
Und ging in dulci jubilo
Mit Briefen auf die Schule.

Mi fili, sprach der Schulpapa,
Diaboli per mundum
Grassatur pestis, omnia
Ruerunt in profundum.
Cavendum est, ne ratio,
De qua nunc gloriato,
Nos male perdat omnes.

Jam quodvis caput pruriens,
Superbia vesanum,
Incedit novaturiens;
Sed odimus profanum,
Profanum vulgus odimus!
So ging es fort in *einem* Fluß,
Als ob ein Waldstrom rauschte.

Hier wurd uns denn Virgilius
Gar fleißig eingetrichtert,
Und auch wohl eins nach seinem Fuß,
Gott sei bei uns, gedichtert;
Doch war der Rektor nicht dabei,
So las ich Nasos Liebelei
Statt der Metamorphosen.

Der Plato wurde pyx käh lax
Mit Hebelkraft getrieben
Und mächtig manchem Peter Blax
Mit Knoten eingerieben.
Das war Rumoren spät und früh;
Noch fühl ich in den Fingern die
Aphthonianschen Chrien.

Auch ging's von Kal bis Hithpaël,
Erlös uns von dem Übel!
Als preßten wir des Lebens Öl
Von Wurzeln aus der Bibel;
Und über dem Entwurzeln sah
Vor lauter Weisheit bald beinah
Mein Kopf tohuh vabohuh.

Ich konnte mit der Höllenfahrt
Mich nicht recht baß vertragen;
Auch fuhr mir manches in den Bart
Und klebte fest am Kragen;
Darob gesegnete ich die
Hochheilige Theologie
Und schlug mich zu den Laien.

Man weiß, die Leute baxten sich
Von Cadix bis zum Rheine
Soeben damals fürchterlich,
Als wären Menschen Steine.
Mein Vater war im Kriegstumult
Vor Kummer und vor Ungeduld,
Gott tröst ihn dort, gestorben.

Nun fing mich Sankt Justinian
Mit Codex und Pandekten
Nicht minder stark zu hudeln an,
Und alle Seiten heckten

Mir Zweifel über Zweifel aus:
Drob ward mir oft das Hirn so kraus,
Daß ich sehr schwer ergrimmte.

Die Regeldetri hatte mich
Gerechtigkeit gelehret,
Und überüberall fand ich
Das Ding nun umgekehret.
Vorzüglich war's jus publicum
So mißgestalt und witsch und dumm,
Als schrieben es die Mönche.

Ich hatte leider dann und wann
Ein Fünkchen Licht bekommen,
Weil heimlich mich ein Engelsmann
Scharf in die Kur genommen;
Da sah ich denn gar jämmerlich
Wie Frau Justinianin mich
Mit ihren Zofen foppte.

Zum Durchbruch kam nun die Vernunft;
Ich zog das Maul, ich Gimpel,
Sprach Konterband vor jeder Zunft;
Da stank der Kot im Dimpel.
Nun saß der Teufel in dem Nest;
Schnell hieß es laut: Hic niger est;
Hunc, fili, tu caveto.

Drauf lief ich wie ein Don Quijote
Hinab, hinan die Erde,
Bald Kuhschritt und bald Hundetrott,
Auf meines Schusters Pferde,
Und hört im Trabe links und rechts
Des altbipedischen Geschlechts
Gar schöne Litaneien.

Bald war ich Dorfschulmeisterlein,
Bald Held für sieben Dreier;
Bald sang ich neue Melodein
Zu einer alten Leier;
Bald blies ich Horen von dem Turm,
Bald war ich Bootsmann in dem Sturm,
Bald Amsterdamer Böhnhas.

Bald lief ich, und bald jagte man
Mich mit dem Interdikte;
Weil ich mich fast in jeden Plan
Wie Stock ins Auge schickte.
So wurd ich immerfort geknufft.
Gut ist er! sprach man; wenn der Schuft
Nur nicht so räsonierte.

Vorzüglich sprach ich rund und keck
Mit Narren und mit Schurken;
Dafür bekam ich Mäusedr …
Statt Pfeffer in die Gurken.
Ich sagte stets nur, Kahn sei Kahn,
Und das fuhr manchem Dummrian,
Mit Ehren, in die Nase.

Solange man's mit Fäusten greift,
Geht's immer noch erklecklich;
Doch wenn man mit dem Kopfe läuft,
Wird euch der Lauf gar schrecklich.
Drum rat ich, jeder brave Tropf
Soll, soviel möglich, ohne Kopf
Am Fädchen weiterschlendern.

Solang ich mich mit Prinz Eugen
Und Friedrich tummeln konnte
Und närrisch mich gar wunderschön
An ihren Lorbeern sonnte,

Solange ging's wohl immer gut;
Doch nach und nach gerinnt das Blut,
Und morsch wird jeder Knochen.

Man wird so sauber und so fein
Nicht durch die Welt getragen.
Hier wurd ein Arm und dort ein Bein
Mir in der Schlacht zerschlagen;
Und hat's der Feldscher gleich geflickt,
Mit jedem großen Horne drückt
Das Flickwerk mich verteufelt.

Die Hand wird schwach, der Fuß wird Eis,
Der Bart ist Schnee am Kropfe,
Das Haar ist um den Schädel weiß,
Der Schnupfen haust im Kopfe.
Sonst neckt ich kühnlich manchen Duns,
Nun sitz ich hier, Gott sei bei uns!
Als Zöllner und als Sünder.

Hätt ich geglaubt und nie gedacht,
Könnt ich jetzt stattlich lungern.
So weit hat mich Vernunft gebracht!
Mit ihr kann man verhungern.
Dafür, daß ich ihr Ritter war,
Mach ich nun hier mit grauem Haar
Den Anhang der Akzise.

Noch wirft sich mir der Magen um,
Wenn Paroxysmen kommen.
Als hätt ich ein Emetikum
Nur eben eingenommen.
Du sollst nicht stehlen! tönt es schwer
Und mächtig hoch von oben her;
Denn uns allein gebührt es!

So bin am Ende vor dem Ritt,
Kraft meiner Amtsbekleidung,
Ich denn ein Stück Israelit:
Akzise heißt Beschneidung.
Kanonisiert man hier so fort
Gleich den Erfinder, soll doch dort
Der Teufel ihn kasteien.

Gott, straf mich nicht in deinem Grimm
Für Sünden, die ich tue;
Der Magen ist ein Ungetüm;
Ich brauche Rock und Schuhe.
Es geht nach altem, schlechtem Fuß;
Ich sündige nur, was ich muß,
Und andern in die Seele.

Noch jetzo regt der Kitzel sich,
Und selber mit der Brille
Auf meiner Pritsche halt ich mich
Noch nicht gehörig stille.
Noch gärt das alte Cerebrum,
Und meines Herzens Gaudium
Sind Meister Rabners Bücher.

Doch werd ich nach und nach mit kalt
Und fertig, abzutrollen,
Und seh vermutlich jenseits bald,
Wie dort die Dinge rollen.
Herrscht aber dort, wie hier, die Not,
So schieß ich mich im Himmel tot;
Dann mag ein Schurke leben.

Ihr Kinder, nehmt für diese Welt
An mir euch ein Exempel;
Sonst werdet ihr, wie ich, geprellt.
Glaubt fest an Schlag und Stempel,

Wenn ihr das Glück des Lebens liebt,
Auch wenn's Ephraimiten gibt;
Und hütet euch vor Denken!

APOTHEOSE

Sing, Infernale, den Mann, der aus dem Geklüfte der Hölle,
Aus den Schwefelbezirken der Nacht, dämonisch emporstieg
Und, von dem Geist Adramelechs beseelt, mit blutiger Klugheit
Einem der Fürsten zuerst das „Kreuzige, Kreuzige!" zurief.

Als, verstoßen von Gott, der in ihm Verpestung der Erde
Und des noch übrigen Glücks sah, kalt der Embryo dort lag
In der Schöpfungen Stoff, nahm Satan das künftige Wesen,
Es mit teuflischer Plastik zu formen zu seinem Geweihten,
Und durch ihn zu schaffen das schneidende Gift der Akzise.

Staaten entstanden, und Staaten vergingen von Sklaven und Freien,
Rechts und links den Säulen Herkuls, und Nero verbrannte
Zum Vergnügen die Stadt, und Phalaris warf in das Glühtier,
Und der Gallische Karl schoß bei der blutigen Hochzeit,
Und die Zöllner nannte die Sprache des heiligen Mythus
Sündergesellen; doch keiner verstand das politische Saugwerk
So in das Mark der Völker zu setzen als er, der es wagte,
Aus dem kleinsten Geäder des Lebens die Kräfte zu ziehen,
Der in die Penetralen der leisesten Häuslichkeit eindrang
Und die Mächtigen speiste bis zu der Schwindsucht des Landes.
Was der Staat bedarf, nicht was die Fürsten verschwelgen

Oder in eiserne Kasten verschließen, und nicht was das Hofheer
Goldbeblecht und ohne Seele mit Dumpfsinn vergeudet,
Fordert des Städters Fleiß und fordert die Schweiße des Pflügers.
Wenn uns der Künstler ein Werk von großer und herrlicher Wirkung
Nur aus wenigen Rädern erbaut, verdienet er Beifall;
An den Staatsmaschinen wird alles unendlich vervielfacht,
Daß kein schlichterer Sinn sich aus den Verwirrungen findet.
Keiner vermochte das Labyrinth so dädalisch zu flechten
Als der Blutgeist der neuen Maute mit täglicher Schröpfung,
Die so viel Säfte verzehrt und dabei so wenig Gewinn gibt.
Keine der Taxen stempelt den Bürger sichrer zur Knechtschaft
Oder wecket ihn sichrer zur Wut, den Dolchen entgegen:
Schreckliches Alternativ für Völker und Völkerbeherrscher.

Spürer lauern in Horden am Tor und lauern am Heerweg,
Daß der einsame Wandler dem Auge den Sack nicht verberge,
In dem er auf morgen den hungrigen Kleinen die Handvoll
Linsen und Erbsen zum Mittagsbrote verboten zur Stadt trägt.
Wächst an der Mauer ein Baum, und trägt er erfrischende Früchte,
Wage der Pflanzer es nicht, im Durste sich Labung zu brechen,
Bei dem Zorne der Afterthemis wag er die Tat nicht,
Eh der Beschauer mit Molochsgesicht für sich dezimiert hat.

Jeder Bissen Brots und jede Erquickung von Gerste
Wird in dem Egelsystem durch viele Instanzen verzinset;
Jede Sandale, die ein halbnackter Wandrer am Fuß trägt.

Jedes Stadion kommt als Spion der lauschende Mautner;
Und der Strumpf der benachbarten Stadt wird doppelt
bezahlet,
Oder der Dörfer geht zitternd barfuß im Froste des
Spätjahrs.
Hier hat der Hüttner mit Disteln in seiner sparsamen
Wirtschaft
Für den künftigen Winter ein borstiges Tierchen gefüttert;
Aber der Arme darf es nicht schlachten: er kann die
Erlaubnis,
Seines Schweißes Frucht zu genießen, mit Silber nicht lösen.
Das heißt doch mit Gewinn die Tugend der Sparsamkeit
lehren,
Daß der Kärrner nur Brot ißt und von dem Brote noch
abgibt.

Heere von Lugern begucken das Leben mit hungriger
Neugier
Kraft ihres Amtes und sehen nach dem Gewichte der
Spende
Rechts und links und quälen mit Angst den
Handelsgenossen
Oder betrügen den Staat; und ihre vollendeten Künstler
Wissen beherzt das ein' und das andere klug zu verbinden.
Und wer will sie verdammen? Sie müßten zum Anhange
hungern.
So legt man die Schell an den Fuß, den Stock an den
Daumen,
Wie den Ring in die Nasen hyperboräischer Tiere,
Füttert Harpyen des Landes, die Sitten und Ehre verderben
Und den offnen Charakter des deutschen Volkes zerstören,
Daß ein nur ärmliches Scherflein des Staats Bedürfnissen
komme.
Was die Gesellschaft verlangt zu ihrem geheiligten
Endzweck,
Bleibet heilige Pflicht; und Murren und Argwohn begleiten

Alles, was nur Betrug und Bedrückung zur Ordnung des
Tags macht.
Lange Verwünschung der Völker folget dem Manne zum
Styx nach,
Seinem Geburtsland, daß er das Krebsgeschwür uns
herauftrug.
Nein, nie werde sein Name genannt, in Dunkel begraben;
Und spricht einer ihn aus, so sei's mit Herostratus' Namen.
Unten sitz er im Rate bei Adramelech und Moloch,
Teile die gräßliche Freude mit ihnen und ihre
Verzweiflung;
Und mit Hohngelächter bringe die Hölle dem Geiste
Zu der Belohnung stinkendes Räuchwerk qualibet ex re.

GEGENWART

Jetzt noch laßt uns fröhlich sein,
Da die Stunde lacht!
Hauch des Todes schließt den Reihn
Wohl noch vor der Nacht.
Schnell ist unsre Zeit verflossen;
Toren, die sie nicht genossen!
Jetzt noch laßt uns fröhlich sein,
Da die Stunde lacht!

Heute weht uns Leben an
In dem Sonnenstrahl;
Übermorgen ordnet man
Unser Leichenmahl.

Eilt, den Kelch noch auszuleeren,
Ehe sich die Fackeln kehren!
Heute weht uns Leben an
In dem Sonnenstrahl.

Eh noch dort die Sterne glühn,
Ruft vielleicht Freund Hein;
Freunde, dann begrüßet ihn
Mit dem schönsten Reihn.
Freude nährt der Seele Stärke
Zu des Lebens schwerstem Werke.
Eh noch dort die Sterne glühn,
Ruft vielleicht Freund Hein.

Heiter lächelnd küsse dann
Uns der Genius!
Führ uns durch die dunkle Bahn
Mit der Liebe Gruß!
Wenn wir jenseit wieder leben,
Wird der Vater Freude geben.
Heiter lächelnd küsse dann
Uns der Genius!

DAS HERABKOMMEN VOM GOTTHARD

Dumpf donnert durch die Alpenwand
Tief unter meinem Tritt
Der Waldstrom in das Heldenland
Und nimmt die Felsen mit.

Der Berg, der in die Wolken taucht,
Verbirgt des Jägers Bahn;
Und aus der Gletscher Schluchten haucht
Im Sommer Frost mich an.

Hoch mit der Gemse stiegen dort
Die Männer jener Zeit
An ihren Alpenschädeln fort
Mit kühner Sicherheit.

Der tatgewisse Jüngling schwang
Sich über Klippen hin
Und lernte stolz am Felsenhang
Des Mannes hohen Sinn.

Und stählte seinen Sehnenarm,
Indem er Waffen schliff,
Daß er, von edlem Zorne warm,
Wenn's galt, zum Bogen griff.

Dort, wo die Schneelawine droht,
Saß er am Wolkenbach
Und dachte stumm dem Machtgebot
Des Zwingherrn ahnend nach.

Dort stand die alte Burg im Tal,
Wo nun der Waldstrom ruht,
Und vor der Burg gepflanzt der Pfahl,
Und auf dem Pfahl der Hut.

Und Flüche betend bückte sich
Der Haufe vor dem Bild;
Und allen gor es innerlich
Tief fürchterlich und wild.

Da schritt ein Mann voll Ernst vorbei,
Gerad und fest und schnell,
Bemerkte kaum das Konterfei;
Und dieser Mann war Tell.

Der Söldner braust, der Vogt eilt hin
Zum Urtel und erblickt
Den Frevler, dessen kühner Sinn
Sich nicht vor Unsinn bückt.

Dort stand der Knabe mit dem Ziel,
Nach dem der Vater schoß.
Laut jauchzt', als nun der Apfel fiel,
Das Volk trotz Geßlers Troß.

„Den zweiten Pfeil?" – Mit Schergenton
Fragt' ihn der Wüterich.
„Der zweite, Geßler, fiel mein Sohn,
Der zweite war für dich.

Mit Vaterangst im Herzen kann
Das Ziel, das er gewählt,
Auch fehlen ein erfahrner Mann:
Dich hätt ich nicht gefehlt."

Mit Wut befiehlt der Blutdespot;
Die Buben fesseln ihn,
Mit ihm, wo ihm der Henker droht,
Nach Küßnacht hinzuziehn.

Dort stach die Rotte durch die Flut
Mit dem gefangnen Mann;
Dort packte sie des Windes Wut
Und warf sie himmelan.

Dort, wo der See sich weiter macht
Und sich der Felsen türmt,
Dort wurde durch die Wetternacht
Das Boot hinabgestürmt.

Dort war's, wo ihn der Würger bat,
Den Retter in dem Schiff,
Daß er befreit ans Ruder trat
Und kühn das Ruder griff.

Und mutig, mächtig, mächtig zog,
Als man ihn walten ließ,
Er, bis er dort ans Ufer flog
Und sie vom Ufer stieß.

Mit heißer Andacht dankt' er Gott,
Wo die Kapelle steht;
Und Geßler war der Wogen Spott,
Vom Sturm umhergedreht.

Der Blitz fährt tief, und hoch die Flut,
Die durch die Felsen reißt;
Und plötzlich wechselt Eis und Glut
In des Tyrannen Geist.

Gleich Gemsen schoß des Freien Fuß
Auf Alpenrücken fort;
Er hörte seiner Freunde Gruß
Und gab sein Losungswort.

Und längs den Schluchten weit hinab
Trug er den Löwenzorn,
Mit Tod im Köcher, auf und ab
Durch Klipp und Hagedorn.

Des Grabes Stille herrscht' im Tal,
Der Freiheit Auferstehn;
Man sah der Männer kleine Zahl
Mit Taten schwanger gehn.

Kaum war der Vogt dem Wogensturz
Des Elements entflohn,
So sprach er wieder stolz und kurz
Dem Recht des Landmanns Hohn.

Dort zog er hin, wo rechts die Schlucht
Des Sees ins Land sich dehnt
Und Küßnacht tiefer in der Bucht
Mit Burgverliesen gähnt.

Ergrimmt betrat er und mit Fluch
Des Ufers ersten Stein
Und steckte schon in Pestgeruch,
Im Geist, die Frevler ein.

Schon hörte träumend der Despot
Den Schergen, dem er rief,
Als nah und näher ihm der Tod
Nicht mehr im Köcher schlief.

Tell sah des Knaben Angesicht,
Den man zum Ziele zwang,
Und hegte plötzlich Hochgericht
Vom schroffen Felsenhang.

Der Schänder des Gesetzes stand
Und ging und kochte Wut;
Da taufte Tell sein Vaterland
Zur Freiheit durch sein Blut.

Und laut und hoch brach durch die Luft
Der Rettung großes Wort
Von Felsenkluft zu Felsenkluft
Weit durch die Alpen fort.

Mit Axt und Speer und Pfeil und Schwert
Begann der schöne Krieg
Für Freiheit, Recht und Haus und Herd
Und endete mit Sieg.

Sei klassisch, Boden, sei es mehr
Als Romas Capitol:
Dort ward's dem Geiste lastend schwer;
Hier wird's ihm leicht und wohl.

Tell, lebe mit Leonidas
Im eigenen Geschlecht;
Wer dich zu schänden sich vermaß,
Bleib ein Tyrannenknecht.

Wenn der gesittete Barbar
Die rauhe Tugend höhnt,
Hat dich sein Kreuzchen und Talar
Schon mit ihm ausgesöhnt.

Jetzt hauche deinen Heldengeist
Den Alpenkindern ein,
Daß sie, wenn sie Gefahr umkreist,
Vereint die Alten sein.

Wägt man den Namen ihren Lohn,
Nennt man auch deinen hell:
Die Knechte sagen Philipps Sohn,
Die Freien sagen Tell.

MEINER MUTTER GRAB

Schauer fassen mein Gebein, es rollen
Hohl und dumpf hinab die schwarzen Schollen
Auf den eben eingesenkten Sarg:
Von der Wimper glänzt des Schmerzens Fülle;
Sie begraben eine Erdenhülle,
Die der schönsten Seelen eine barg.

Meine Mutter, hier an deinem Grabe
Bin ich wieder der verwaiste Knabe,
Der ich einst vor dreißig Jahren war,
Als wir alle traurig in vereinten
Tränen an des Vaters Grabe weinten,
Angstvoll vor der Zukunft voll Gefahr.

Wehmut wurde da dein Los und Kummer,
Und der Sorgen unterbrochner Schlummer
Für uns alle; doch mit starkem Mut,
Stärker als die Männer unsrer Tage,
Kämpftest du empor und ohne Klage,
Und des Lebens Abend war noch gut.

Stille Ruhe hattest du erstritten,
Glaubenseinfalt waren deine Sitten,
Sanfte Heiterkeit dein frommer Blick;
Und gemütlich sahen wir dich eilen,
Ärmeren noch Hilfe mitzuteilen,
Menschenfreundlich mildernd ihr
Geschick.

Alle meine Freunde, die sie kannten,
Mit der herzlichsten Verehrung nannten
Freundlich sie die gute Alte nur.
Was die Weisen loben im Gedichte,
Himmlisch heben zu verklärtem Lichte,
War in ihr die heilige Natur.

Ihres kleinen Dörfchens Ulmenschatten
Am gekrümmten Schmerlenbache hatten
Mit dem vollen, goldnen Apfelbaum
Höhern Reiz für sie, als alle Gaben
Aus den Hesperidengärten haben,
Waren mehr ihr als Golkondas Traum.

Wie die Sonne nach dem Sommerregen
Lächelte sie frei dem Tod entgegen,
Ruhig sich des innern Werts bewußt;
Wie die Frommen, beßrer Hoffnung Erben,
Sanft hinüber zu dem Leben sterben,
Löste sich der letzte Hauch der Brust.

Weiser als die Weisen mancher Schule
Lebte sie, in keinem weichen Stuhle,
Tätig, froh des Alters, manches Jahr;
Und wie einsam beßre Seelen trauern,
Mußt ich nur bei ihrem Blick bedauern,
Daß ich nicht Epaminondas war.

Tauch empor zu Geistern deiner Milde,
In des Urlichts leuchtende Gefilde,
Die nur ahnend unsre Seele schaut.
Und es bleibe, bis wir aus den Hallen
Unsrer Dämmerung hinüberwallen,
Unser Geist dem deinigen vertraut.

DER TAG DER HEUERNTE

„Hört, es hallen Herdenglocken
Auf der Trift am hohen Roggen,
Und der Tag wird heiß;
Draußen könnt ihr weiter sprechen,
Rasch, ergreift den langen Rechen:
Arbeit gilt es heut und Fleiß!“

Keine Wolke steht am Himmel;
Summend ziehet das Getümmel
Nach der großen Au,
Ernst und heiter, still und tosend,
Singend hier, dort leiser kosend,
Durch den letzten Morgentau.

Voll und hoch bis an die Waden
Gehen dieses Jahr die Schwaden;
Auseinander fliegt
Schnell das Gras von zwanzig Händen,
Daß geflockt an allen Enden
Alles in der Sonne liegt.

Heißer brennt es von dem Himmel;
Ruhiger wird das Getümmel,
Bildet sich zum Zug,
Schwinget rasch den langen Rechen,
Wendet flink die vollen Zechen,
Und es rauscht der Halm im Flug.

Immer wieder, immer wieder
Wechseln rüstig Reihn und Glieder
Emsig ab und auf,
Unter Lachen, unter Plaudern,
Rechts und links und ohne Zaudern,
Künstlich ihren Ringellauf.

Neckend gehn sie manche Stunde
Wiederholt die heiße Runde;
Und die junge Welt
Weiß es listig so zu spielen,
Daß sich jedes von den vielen
An das liebste Plätzchen stellt.

Glühend wird die Mittagshitze;
Alles eilt dem Schattensitze
An dem Walde zu
Oder lagert mit dem Kober
Hungrig sich am größten Schober,
Erst zum Mahl und dann zur Ruh.

Besser schmeckt aus großen Töpfen
Frische Milch als Herrenschnepfen,
Wenn man sich gerührt;
Wasser besser als die Weine,
Die der Fuhrmann von dem Rheine
Nur für Gold herüberführt.

Leise schlummern nun die Alten,
Und die jungen Wichte halten
Ihre gute Zeit,
Spielen, spotten, necken, kosen,
Werfen sich mit wilden Rosen
Bis zu wilder Fröhlichkeit.

„Holla, endet euer Flüstern,
Höret, wie die Halme knistern!"
Ruft der Altpapa;
„Jungen, Mädchen, zugegriffen!
Morgen wird zum Tanz gepfiffen;
Jetzo ist noch Arbeit da."

Alles kommt herangestürmet,
Schober werden aufgetürmet
Vor dem Abendtau;
Michel schwingt die große Gabel,
Hebet schwitzend, wie zu Babel,
Mächtig seinen Riesenbau.

Alles jauchzet ausgelassen
Durch des Heues lange Gassen;
Und der Alte singt
Einsam schmunzelnd und zufrieden,
Daß er seine Pyramiden
Glücklich noch zusammenbringt.

Schwer geladen werden Wagen,
Hohe Berge heimzutragen
Für das lange Jahr.
Mögen nicht mit wildem Trosse
Stolz verzehren fremde Rosse,
Was des Friedens Gabe war.

Wie aus einem Paradiese
Duftet Balsam von der Wiese,
Und die Krankheit weicht;
Städter wallen rasch nach Hause,
Die in ihrer engen Klause
Bange gestern noch gekeucht.

Grillen zirpen, Wachteln schlagen,
Späte Nachtigallen klagen
Ihren Abschied sich;
Und der Sperling in dem Rohre
Zanket mit dem ganzen Chore
Unermüdet ritterlich.

Fliegen summen, Käfer schwirren;
Neugeschärfte Sensen klirren
In dem Grase schon;
Fernher in der Abendröte
Hallt des Waldhorns und der Flöte
Sanft gemischter Zauberton.

Neben dem Forellenbache
Zieht mit Singsang und Gelache
Alles freundlich heim,
Findet abends bei der Mutter
Milch und Brot und frische Butter,
Köstlich süß wie Honigseim.

Morgen ist ein Fest für Knaben,
Die Johanniskronen haben;
Fort noch, in das Feld!
Wer die schönste Krone windet
Und die schönsten Bänder bindet,
Ist beim Tanz des Tages Held.

Hört, es hallen Herdenglocken
Von der Trift am hohen Roggen
Dort dem Dorfe zu;
Dirnen, eilet und versehet
Stall und Keller schnell und gehet
Dann zum Mahl und dann zur Ruh.

AN DAS DEUTSCHE VOLK IM JAHRE 1810

Warum traf mich nicht aus einer Wolke
Gottes Feuer, eh in meinem Volke
Ich die Greuel der Verwüstung sah?
Schmerzlich zuckt es mir durch die Gebeine
Bei der heißen Träne, die ich weine
Auf des Vaterlandes Golgatha!

Rechts und links zieht eine wilde Horde,
Mehr noch mit Zerstörung als mit Morde,
Die mit Spott das Ährenfeld zertritt.
Jedes Rechtes blutige Verächter,
Geben sie zur Antwort Hohngelächter,
Wo sie kommen, kommt das Laster mit.

Städte rauchen unter ihrem Tritte,
Und vor ihnen flieht die gute Sitte,
Und von ihren Fäusten trieft das Blut;
Bleicher Schrecken zittert, wo sie wandeln,

Und die Hölle jubelt, wo sie handeln
Mit der Furien entmenschter Wut.

Der mit blutigen Hyänenklauen
Ließ das Vorrecht seine Grube bauen,
War Verbrecher an der Nation.
Und der erste König, der erlaubte,
Daß man schändlich so das Volk beraubte,
Schwächlich, und vergeudete den Thron.

Trennung, Eigennutz und Knechtswut
haben
Allen öffentlichen Sinn begraben,
Daß der Deutsche nur in Horden lebt
Und daß dummheitstrunken diese Horden
Um die Wette sich für Fremde morden,
Daß die mildre Menschheit weint und bebt.

Unsre Frucht verzehren fremde Trosse,
Unsre Gauen mähen fremde Rosse,
Eine fremde Sprache zügelt uns.
Fremde Schergen treiben unsre Jugend,
Und mit tiefer, stummer Eselstugend
Fördert's links und rechts der edle Duns.

Offen stehn dem Untergang die Türen,
Und wir prunken mit den
Krebsgeschwüren,
Die ein Rachegeist uns zürnend schlug.
Unsre Werke sind nur Völkerfronen,
Und wir sind ein Spott der Nationen,
Kaum zu Satelliten gut genug.

Frommen sind dies Gottes Strafgerichte,
Weisen unsers alten Unsinns Früchte,
Wo der Eigennutz das Blutrecht hielt,

Wo zur Schmach und Schande seiner Würde,
Wer nur kann, sich losreißt von der Bürde
Und den allgemeinen Beitrag stiehlt.

Was mit Blödsinn vor nicht vielen Jahren
Unsre Nachbarn, die Sarmaten, waren,
Sind wir selbst nun, und was sie jetzt sind,
Werden wir, gleich wildzerfleischten Herden,
Andern Völkern zum Exempel werden,
Eh ein Viertelsäkulum verrinnt.

Haß und Spaltung herrscht in unsern Stämmen,
Einheit nur kann das Verderben hemmen,
Und die Einheit fliehn wir wie die Pest.
Eh man öffentlich, was Recht ist, ehret,
Jauchzet man, wenn Gau den Gau verheeret,
Und die Volksschmach wird ein Freudenfest.

Unsre Edlen suchen fremde Ketten;
Wer soll nun das Vaterland erretten?
Jeder teilt sich gierig in den Raub.
Wo der blinde Eigennutz gebietet,
Wo man für Obolen Söldner mietet,
Bleibt man für den Ruf der Ehre taub.

Gleich den Toren, die nach Schande
dürsten,
Blicken um die Wette unsre Fürsten,
Stolz auf Knechtschaft, hin ins fremde Land,
Kriechen dort in dem Klientenheere,
Haschen gierig nach Satrapenehre,
Wo man ihnen ihre Fesseln wand.

Halbe Männer, die vor wenig Jahren
Nullen noch in ihrem Volke waren,
Treiben Deutsche mit dem Eisenstab.

Spott ist nun des Vaterlandes Weise,
Und mit Zähneknirschen sinken Greise,
Zeugen beßrer Zeiten, in das Grab.

Werden unsre aufgehäuften Sünden
Nicht vielleicht noch einen Heiland finden?
Oder soll das Glück der Vormund sein?
Wen noch jetzt ein edler Zorn beweget,
Wem noch reines Blut im Herzen schläget,
Halt es flutend, heilig, heiß und rein!

Blicke, Genius des Vaterlandes,
Mit dem Licht gemeineren Verstandes
Auf die Hohen und das Volk herab,
Daß wir Einheit, Freiheit, Recht erwerben
Oder alle die Geschwächten sterben
Und die Weltgeschichte gräbt das Grab.

SPAZIERGANG NACH SYRAKUS

Im Jahre 1802

Lieber Leser!

Voriges Jahr machte ich den Gang, den ich hier erzähle; und ich tue das, weil einige Männer von Beurteilung glaubten, es werde vielleicht vielen nicht unangenehm und manchen sogar nützlich sein. Vielleicht waren diese Männer der Meinung, ich würde es anders und besser machen; darüber kann ich, in der Sache, nur an meine eigene individuelle Überzeugung appellieren; so gern ich auch eingestehen will, daß sie hier und da recht haben mögen, was die Form betrifft.

Ich hoffe, Du bist mein Freund oder wirst es werden; und ist nicht das eine und wird nicht das andere, so bin ich so eigensinnig zu glauben, daß die Schuld nicht an mir liegt. Vielleicht erfährst Du hier wenig oder nichts Neues. Die Vernünftigen wissen das alles längst. Aber es wird meistens entweder gar nicht oder nur sehr leise gesagt: und mir deucht, es ist doch notwendig, daß es nun nach und nach auch laut und fest und deutlich gesagt werde, wenn wir nicht in Ewigkeit Milch trinken wollen. Bei dieser Kindernahrung möchte man uns gar zu gern beständig erhalten. Ohne starke Speise wird aber kein Mann im einzelnen, werden keine Männer im allgemeinen: das hält im Moralischen wie im Physischen. Es tut mir leid, wenn ich in den Ton der Anmaßlichkeit gefallen sein sollte. Aber es ist schwer, es ist sogar ohne Verrat der Sache unmöglich, bei gewissen Gegenständen die schöne Bescheidenheit zu halten. Ich überlasse das Gesagte der Prüfung und seiner Wirkung und bin zufrieden, daß ich das Wahre und Gute wollte.

Es ist eine sehr alte Bemerkung, daß fast jeder Schriftsteller in seinen Büchern nur sein Ich schreibt. Das kann nicht anders sein und soll wohl nicht anders sein; wenn sich nur jeder vorher in gutes Licht und reine Stimmung setzt. Ich bin mir bewußt, daß ich lieber das Gute sehe und mich darüber freue, als das Böse finde und darüber zürne: aber die Freude bleibt still, und der Zorn wird laut.

In Romanen hat man uns nun lange genug alte, nicht mehr geleugnete Wahrheiten, dichterisch eingekleidet, dargestellt und tausendmal wiederholt. Ich tadle dieses nicht; es ist der Anfang: aber immer nur Milchspeise für Kinder. Wir sollten doch endlich auch Männer werden und beginnen, die Sachen ernsthaft geschichtsmäßig zu nehmen, ohne Vorurteil und Groll, ohne Leidenschaft und Selbstsucht. Örter, Personen, Namen, Umstände sollten immer bei den Tatsachen als Belege sein, damit alles soviel als möglich aktenmäßig würde. Die Geschichte ist am Ende doch ganz allein das Magazin unsers Guten und Schlimmen.

Die Sache hat allerdings ihre Schwierigkeit. Wagt man sich an ein altes Vorurteil des Kultus, so ist man noch jetzt ein Gottloser; sondiert man etwas näher ein politisches und spricht über Malversation, so wird man stracks unter die unruhigen Köpfe gesetzt: und beides weiß man sodann sehr leicht mit Bösewicht synonym zu machen. Wer den Stempel hat, schlägt die Münze. Wer für sich noch etwas hofft oder fürchtet, darf die Fühlhörner nicht aus seiner Schale hervorbringen. Man sollte nie sagen, die Fürsten oder ihre Minister sind schlecht, wie man es so oft hört und liest; sondern, hier handelt *dieser* Fürst ungerecht, widersprechend, grausam; und hier handelt *dieser* Minister als isolierter Plusmacher und Volkspeiniger. Dergleichen Personalitäten sind notwendige, heilsame Wagstücke für die Menschheit, und wenn sie von allen Regierungen als Pasquille gebrandmarkt würden. Das Ganze besteht nur aus Personalitäten, guten und schlechten. Die Sklaven haben Tyrannen gemacht, der Blödsinn und der Eigennutz haben die Privilegien erschaffen, und Schwachheit und Leidenschaft verewigen beides. Sobald die Könige den Mut haben werden, sich zur allgemeinen Gerechtigkeit zu erheben, werden sie ihre eigene Sicherheit gründen und das Glück ihrer Völker durch Freiheit notwendig machen. Aber dazu gehört mehr, als Schlachten gewinnen. Bis dahin wird und muß es jedem rechtschaffenen Manne von Sinn und Entschlossenheit erlaubt sein, zu glauben und zu sagen, daß alter Sauerteig alter Sauerteig sei.

Man findet es vielleicht sonderbar, daß ein Mann, der zweimal gegen die Freiheit zu Felde zog, einen solchen Ton führt. Die Enträtselung wäre nicht schwer. Das Schicksal hat mich gestoßen. Ich bin nicht hartnäckig genug, meine eigene Meinung stürmisch gegen Millionen durchsetzen zu wollen: aber ich habe Selbständigkeit genug, sie vor Millionen und ihren Ersten und Letzten nicht zu verleugnen.

Einige Männer, deren Namen die Nation mit Achtung nennt, haben mich aufgefordert, etwas öffentlich über mein Leben und meine sukzessive Bildung zu sagen: ich kann mich aber nicht dazu entschließen. In meiner Jugend war es der Kampf eines jungen Menschen mit seinen Umständen und seinen Inkonsequenzen; als ich Mann ward, waren meine Verflechtungen zuweilen so sonderbarer Art, daß ich nicht immer ihre Erinnerung mit Vergnügen zurückrufe. Wer sagt gern, ich war ein Tor, um durch sein Beispiel einige längst bekannten Wahrheiten vielleicht etwas eindringlicher zu machen? Da ich als ein junger Mensch von achtzehn Jahren, als theologischer Pflegling, von der Akademie in die Welt hineinlief, fand man bei Untersuchung, daß ich keinen Schulfreund erstochen, kein Mädchen in den Klagestand gesetzt und keine Schulden hinterlassen, daß ich sogar die wenigen Taler Schulden den Tag vor der Verschwindung noch bezahlt hatte; und man konnte nun den Grund der Entfernung durchaus nicht entdecken und hielt mich für melancholisch verirrt und ließ mich sogar in dieser Voraussetzung so schonend als möglich zur Nachsuchung in öffentliche Blätter setzen. Daß ein Student den Tag vorher, ehe er durchgeht, seine Schulden bezahlt, schien ein starker Beweis des Wahnsinns. Ich überlasse den Philanthropen die Betrachtung über diesen Schluß, der eine sehr schlimme Meinung von der Sittlichkeit unserer Jugend verrät. Dem Psychologen wird das Rätsel erklärt sein, wenn ich ihm sage, daß die Gesinnungen, die ich seitdem hier und da und vorzüglich in folgender Erzählung geäußert habe, schon damals alle lebendig in meiner Seele lagen, als ich mit neun Talern und dem Tacitus in der Tasche auf und davon ging. Was sollte ein Dorfpfarrer mit diesen Gärungen? Bei einem Kosmopoliten können sie, auf einem festen Grunde von Moralität, wohl noch etwas Gutes wirken. Der Sturm wird bei mir nie so hoch, daß er mich von der Base, auf welcher ich als vernünftiger, rechtlicher Mann stehen muß, herunterwürfe. Meine meisten Schicksale lagen in den Verhältnissen meines Lebens; und der letzte Gang nach Sizilien war vielleicht der erste ganz freie Entschluß von einiger Bedeutung.

Man hat mich getadelt, daß ich unstet und flüchtig sei: man tat mir unrecht. Die Umstände trieben mich, und es hielt mich keine höhere Pflicht. Daß ich einige Jahre über dem Druck von Klopstocks Oden und der Messiade saß, ist wohl nicht eines Flüchtlings Sache. Man wirft mir vor, daß ich kein Amt suche. Zu vielen Ämtern fühle ich mich untauglich, und es gehört zu meinen Grundsätzen, die sich nicht auf lächerlichen Stolz gründen, daß ich glaube, der Staat müsse Männer suchen für seine Ämter. Es ist mir also lieb, daß ich Ursache habe zu denken, es müssen in meinem Vaterlande dreißigtausend Geschicktere und Bessere sein als ich. Wäre ich Minister, ich würde höchst wahrscheinlich selten einem Manne ein Amt geben, der es suchte. Das werden viele für Grille halten; ich nicht. Wenn ich Isolierter nicht strenge nach meinen Grundsätzen handeln will, wer soll es wohl sonst?

Man hat es gemißbilligt, daß ich den russischen Dienst verlassen habe. Ich kam durch Zufall hin und durch Zufall weg. Ich bin schlecht belohnt worden; das ist wahrscheinlich auch Zufall: und ich bin noch zu gesund an Leib und Seele, um mir darüber eine Suppe verderben zu lassen. In der wichtigsten Periode, der Krise mit Polen, habe ich in Grodno und Warschau die deutsche und französische diplomatische Korrespondenz zwischen dem General Igelström, Pototzky, Möllendorf und den andern preußischen und russischen Generälen besorgt, weil eben kein anderer Offizier im Hauptquartier war, der so viel mit der Feder arbeiten konnte. – „Sie sind noch nicht verpflichtet“, sagte Igelström zu mir, als er mir den ersten Brief von Möllendorf gab. „Sie haben noch nicht geschworen.“ – „Der ehrliche Mann“, antwortete ich, „kennt und tut seine Pflicht ohne Eid, und der Schurke wird dadurch nicht gehalten.“ – Man hat alten Stabsoffizieren Dinge von großer Bedeutung abgenommen und sie mir übergeben, als Möllendorf noch die Pilica zur Grenze forderte und als man nachher russisch die Dietinen in Polen nach ganz eigenen Regeln ordnete und leitete. Igelström, Friesen und ich waren einige Zeit die einzigen, die von dem ganzen Plane unterrichtet waren. Ich habe gearbeitet Tag und Nacht, bis zur letzten Stunde, als der erste Kanonenschuß unter meinem Fenster fiel: und mir deucht, daß ich dann auch als Soldat meine Schuldigkeit nicht versäumte, wenn ich gleich während des langen Feuers kartätschensicher zuweilen in einer Mauernische neben den Grenadieren saß und in meinem Taschenhomer blätterte. Zu den russischen Arbeiten hatte der General Dutzende; zu den deutschen und französischen, die der Lage der Sachen nach nicht unwichtig sein konnten, niemand als mich: das wird Igelström selbst, Apraxin, Pistor, Bauer und andere bezeugen. Als der Franzose Sion ankam, waren die wichtigsten Geschäfte schon getan. Dafür wurde mir dann und wann ein Geiger vorgezogen, der einem der Subows etwas vorgespielt hatte. Das ist auch wohl anderwärts nicht ungewöhnlich. Ich hatte das Schicksal, gefangen zu werden. Der General Igelström schickte mich nach Beendigung der ganzen Geschichte mit einem schwer verwundeten jungen Manne, der mein Freund und dessen Vater der seinige war, nach Italien, damit der Kranke dort die Bäder in Pisa brauchen sollte. Wir konnten nicht hin, weil die Franzosen alles besetzt hatten. Die Kaiserin starb; ich konnte unmöglich an dem Tage zurück auf meinem Posten sein, den Paul in seiner Ukase bestimmt hatte, und wurde aus dem Dienst geschlossen. Man hat in Rußland wenig schöne Humanität bei dem Anblick auf das flache Land. Schon vorher war ich halb entschlossen, nicht zurückzugehen, und ward es nun ganz. Der Kaiser gab mir auf meine sehr freimütige Vorstellung an ihn selbst, da ich durchaus keinen Dienstfehler gemacht hatte, endlich den förmlichen ehrenvollen Abschied, den mir der General Pahlen zuschickte. Es ist sonst Gewohnheit in Rußland, Offizieren, die einige Dienste geleistet haben, ihren Gehalt zu lassen; ich erhielt nichts. Das war vielleicht so Geist der Periode, und es würde Schwachheit von mir sein, mich darüber zu ärgern. Wenn ich jetzt etwas in Anregung bringen wollte, würde man die Sache für längst antiquiert halten, und der Sinn des Resultats würde heißen: Wir Löwen haben gejagt. – Ich will mir den Nachsatz ersparen. Wenn ich nicht einige Kenntnisse, etwas Lebensphilosophie und viel Genügsamkeit hätte, könnte ich den Rock des Kaisers um ein Stückchen Brot im deutschen Vaterlande umhertragen.

Ich habe mich in meinem Leben nie erniedriget, um etwas zu bitten, das ich nicht verdient hatte; und ich will auch nicht einmal immer bitten, was ich verdiente. Es sind in der Welt viele Mittel, ehrlich zu leben: und wenn keines mehr ist, finden sich doch einige, nicht mehr zu leben. Wer nach reiner Überzeugung seine Pflicht getan hat, darf sich am Ende, wenn ihn die Kräfte verlassen, nicht schämen abzutreten. Auf Billigung der Menschen muß man nicht rechnen. Die errichten heute Ehrensäulen und brauchen morgen den Ostrazismus für den nämlichen Mann und für die nämliche Tat.

Wenn ich vielleicht noch vierzig Jahre gelebt habe und dann nichts mehr zu tun finde, kann es wohl noch eine kleine Ausflucht werden, die Winkel meines Gedächtnisses auszustäuben, und meine Geschichte zur Epanorthose der Jüngern hervorzusuchen. Jetzt will ich leben, und gut und ruhig leben, so gut und ruhig man ohne einen Pfennig Vorrat leben kann. Es wird gewiß gehen, wie es bisher gegangen ist: denn ich habe keine Ansprüche, keine Furcht und keine Hoffnung.

Was ich hier in meiner Reiseerzählung gebe, wirst Du, lieber Leser, schon zu sichten wissen. Ich stehe für alles, was ich selbst gesehen habe, insofern ich meinen Ansichten und Einsichten trauen darf: und ich habe nichts vorgetragen, was ich nicht von ziemlich glaubwürdigen Männern wiederholt gehört hätte. Wenn ich über politische Dinge etwas freimütig und warm gewesen bin, so glaube ich, daß diese Freimütigkeit und Wärme dem Manne ziemt; sie mag nun einigen gefallen oder nicht. Ich bin übrigens ein so ruhiger Bürger, als man vielleicht in dem ganzen Meißnischen Kreise kaum einen Torschreiber hat. Manches ist jetzt weiter gediehen und gekommen, wie es wohl zu sehen war, ohne eben besser geworden zu sein. Machte ich die Ronde jetzt, ich würde wahrscheinlich mehr zu erzählen haben und Belege zu meinen vorigen Meinungen geben können.

Freilich möchte ich gern ein Buch gemacht haben, das auch ästhetischen Wert zeigte; aber Charakteristik und Wahrheit würde durch ängstliche Glättung zu sehr leiden. Niemand kann die Sachen und sich selbst besser geben, als beide sind. Ich fühle sehr wohl, daß diese Bogen keine Lektüre für Toiletten sein können. Dazu müßte vieles heraus und vieles müßte anders sein. Wenn aber hier und da ein guter, unbefangener, rechtlicher, entschlossener Mann einige Gedanken für sich und andere brauchen kann, so soll mir die Erinnerung Freude machen.

Leipzig 1803 *Seume*

VON LEIPZIG NACH SYRAKUS

Dresden, den 9. Dezember 1801

Ich schnallte in Grimma meinen Tornister, und wir gingen. Eine Karawane guter, gemütlicher Leutchen gab uns das Geleite bis über die Berge des Muldetals, und Freund Großmann sprach mit Freund Schnorr sehr viel aus dem Heiligtume ihrer Göttin, wovon ich Profaner sehr wenig verstand. Unbemerkt suchte ich einige Minuten für mich, setzte mich oben Sankt Georgens großem Lindwurm gegenüber und betete mein Reisegebet, daß der Himmel mir geben möchte billige, freundliche Wirte und höfliche Torschreiber von Leipzig bis nach Syrakus und zurück auf dem andern Wege wieder in mein Land; daß er mich behüten möchte vor den Händen der monarchischen und demagogischen Völkerbeglücker, die mit gleicher Despotie uns schlichten Menschen ihr System in die Nase heften, wie der Samojede seinen Tieren den Ring.

Nun sah ich zurück auf die schöne Gegend, die schon Melanchthon so lieblich fand, daß er dort zu leben wünschte; und überlief in Gedanken schnell alle glücklichen Tage, die ich in derselben genossen hatte: Mühe und Verdruß sind leicht vergessen. Dort stand Hohenstädt mit seinen schönen Gruppen, und am Abhange zeigte sich Göschens herrliche Siedelei, wo wir so oft gruben und pflanzten und jäteten und plauderten und ernteten und Kartoffeln aßen und Pfirschen: an den Bergen lagen die freundlichen Dörfer umher, und der Fluß wand sich gekrümmt durch die Bergschluchten hinab, in denen kein Pfad und kein Eichbaum mir unbekannt waren.

Die Sonne blickte warm wie im Frühling, und wir nahmen dankbar und mit der heitersten Hoffnung der Rückkehr von unsern Begleitern Abschied. Noch einmal sah ich links nach der neuen Mühle auf die größte Höhe hin, die uns im Gartenhause zu Hohenstädt so oft zur Grenze unserer Aussicht über die Täler gedient hatte, und wir wandelten ruhig die Straße nach Hubertusburg hinab. In Altmügeln empfing man uns mit patriarchalischer Herzlichkeit, bewirtete uns mit der Freundschaft der Jugend und schickte uns den folgenden Morgen mit einer schönen Melodie von Goethes Liede – „Kennst du das Land?“ – unter den wärmsten Wünschen weiter nach Meißen, wo wir ebenso traulich willkommen waren. Wenn wir uns doch die freundlichen Bekannten an die südliche Küste von Sizilien hinbestellen könnten! Die Elbe rollte majestätisch zwischen den Bergen von Dresden hinab. Die Höhen glänzten, als ob eben die Knospen wieder hervorbrechen wollten, und der Rauch stieg von dem Flusse an den alten Scharfenberg romantisch hinauf. Das Wetter war den achten Dezember so schwül, daß es unserm Gefühl sehr wohltätig war, als wir aus der Sonne in den Schatten des Waldes kamen.

Seit zwölf Jahren hatte ich Dresden nicht gesehen, wo ich damals von Leipzig heraufwandelte, um einige Stellen in Guichards „Mémoires militaires“ nachzusuchen, die ich dort nicht finden konnte. Auch in Dresden fand ich sie nicht, weil man sie einem General in die Lausitz geschickt hatte. Nach meiner Rückkehr traf ich den Freibeuter Quintus Icilius bei dem Theologen Morus, und fand in demselben nichts, was in meinen Kram getaugt hätte. So macht man manchen Marsch in der Welt wie im Kriege umsonst. Es wehte mich oft eine kalte, dicke, sehr unfreundliche Luft an, wenn ich einer Residenz nahekam; und ich kann nicht sagen, daß Dresden diesmal eine Ausnahme gemacht hätte, so freundlich auch das Wetter bei Meißen gewesen war. Man trifft so viele trübseligen, unglücklichen, entmenschten Gesichter, daß man alle fünf Minuten auf eines stößt, das öffentliche Züchtigung verdient zu haben oder sie eben zu geben bereit scheint: Du kannst denken, daß weder dieser noch jener Anblick wohltut. Viele scheinen auf irgendeine Weise zum Hofe zu gehören oder die kleinen Offizianten der Kollegien zu sein, die an dem Stricke der Armseligkeit fortziehen und mit Grobheit grollend das Endchen Tau nach dem hauen, der ihrer Jämmerlichkeit zu nahe tritt. Ungezogenheit und Impertinenz ist bekanntlich am meisten unter dem Hofgesinde der Großen zu Hause, das sich oft dadurch für die Mißhandlungen schadlos zu halten sucht, die es von der eben nicht feinen Willkür der Herren erfahren muß. Höflichkeit sollte vom Hofe kommen; aber das Wort scheint, wie viele andere im Leben, die Antiphrase des Sinnes zu sein, und Hof heißt oft nur ein Ort, wo man keine Höflichkeit mehr findet; so wie Gesetz oft der Gegensatz von Gerechtigkeit ist. Wehe dem Menschen, der zur Antichambre verdammt ist; es ist ein großes Glück, wenn sein Geist nicht knechtisch oder despotisch wird; und es gehört mehr als gewöhnliche Männerkraft dazu, sich auf dem gehörigen Standpunkte der Menschenwürde zu erhalten.

Eben komme ich aus dem Theater, wo man Großmanns alte *„Sechs Schüsseln"* gab. Du kennst die Gesellschaft. Sie arbeitete im ganzen gar nicht übel. Das Stück selbst war beschnitten worden, und ich erwartete nach der Gewohnheit eine förmliche Kombabusierung, fand aber bei genauer Vergleichung, daß man dem Verfasser eine Menge Leerheiten und Plattheiten ausgemerzt hatte, deren Wegschaffung Gewinn war. Verschiedene zu grellen Züge, die bei der ersten Erscheinung vor etwa fünfundzwanzig Jahren es vielleicht noch nicht waren, waren gestrichen. Aber es war auch mit der gewöhnlichen Dresdener Engbrüstigkeit manches weggelassen worden, was zu Ehre der liberalen Duldung besser geblieben wäre. Ich sehe nicht ein, warum man den Fürsten in einen König verwandelt hatte. Das Ganze bekam durch die eigenmächtige Krönung eine so steife Gezwungenheit, daß es bei verschiedenen Szenen sehr auffallend war. Wenn man in Königsstädten die Könige zu bloßen Fürsten machen wollte, würde dadurch etwas gebessert? Sind nicht beide Fehlern unterworfen? Fürchtete man hier zu treffen? Die Furcht war sehr unnötig, und der Charakter des wirklich vortrefflichen Kurfürsten muß eher durch solche Winkelzüge beleidiget werden. Man hat ihm in seinem ganzen Leben vielleicht nur eine oder zwei Übereilungen zur Last gelegt, und davon ist keine in diesem Stücke berührt. Daß man die Grobheiten der verflossenen zwanzig Jahre wegwischt, hat moralischen und ästhetischen Grund: aber ich sehe nicht ein, warum die noch immer auffallenden Torheiten und Gebrechen der Adelskaste nicht mit Freimütigkeit gesagt, gerügt und mit der Geißel des Spottes zur Besserung gezüchtiget werden sollen. Wenn es nicht mehr trifft, ist es nicht mehr nötig; daß es aber noch nötig ist, zeigt die ängstliche Behutsamkeit, mit der man die Lächerlichkeit des jüngsten Kammerjunkers zu berühren vermeidet.

Christ, als Hofrat, sprach durchaus bestimmt und richtig, und seine Aktion war genau, gemessen, ohne es zu scheinen. Du kennst seinen feinen Takt. Madam *Hartwig* spielte seine Tochter mit ihrer gewöhnlichen Theatergrazie und an einigen Stellen mit ungewöhnlicher, sehr glücklicher Kunst. Madam *Ochsenheimer* fängt an, eine ziemlich gute Soubrette zu werden, und verspricht in der Schule ihres Mannes viel Gutes in ihrem Fache. *Ochsenheimer* war nicht zu seinem Vorteile in der Rolle des Herrn von Wilsdorf. *Thering* und *Bösenberg* kennst Du: beide hatten, der erste als Philipp, der zweite als Wunderlich, ein ziemlich dankbares Feld. Thering spielte mit seiner gewöhnlichen barocken Laune und mußte gefallen; aber Bösenberg tat einen beleidigenden Mißgriff, der ihm vielleicht nur halb zur Last gelegt werden kann. Wunderlich wollte für den gelieferten Wagen stande bene bezahlt sein: und nun denke Dir Bösenbergs obersächsische Aussprache hinzu, die so gern das Weiche hart und das Harte weich macht und die noch dazu hier sehr markiert zu sein schien. Der halblateinische Teil des Publikums lachte heillos, und mir kam es als eine Ungezogenheit der ersten Größe vor. Die übrigen Rollen waren leidlich besetzt. Auch *Drewitz* machte den Fritz nicht übel, weil er ihn schlecht machte. Aber *Henke* war ein Major wie ein Stallknecht und arbeitete oder vielmehr pfuschte zur großen Belustigung aller Militäre, die um mich her im Parkett saßen. Der Fehler war nicht sowohl sein eigen als des Direktoriums, das ihn zum Major gemacht hatte. Non omnia possumus omnes; er macht den Bäcker Ehlers in einem Ifflandischen Stücke recht gut.

Man hat uns bange gemacht, wir würden Schwierigkeiten wegen östreichischer Pässe haben; aber ich muß die Humanität der Gesandtschaft rühmen. Herr von Büel, als Sekretär, nahm uns sehr gütig und fertigte, da er unsere Wünsche, bald abzureisen, vernahm, mit großer Freundlichkeit sogleich selbst aus und in einigen Stunden erhielten wir die Papiere, vom Grafen Metternich unterschrieben, durch alle kaiserlichen Länder.

Du kennst meine Saumseligkeit und Sorglosigkeit in gelehrten Dingen und Sachen der Kunst. Was soll ich Laie im Heiligtum? Die Galerie sah ich nicht, weil ich dazu noch einmal hätte Schuhe anziehen müssen; den Antikensaal sah ich nicht, weil ich den Inspektor das erste Mal nicht traf; und das übrige nicht, weil ich zu indolent war. Du verlierst nichts; ein anderer wird Dir alles besser erzählen und beschreiben.

Herrn *Grassi* besuchte ich, mehr in Schnorrs Gesellschaft und weil ich ihn ehedem schon in Warschau gesehen hatte, als weil ich mich sehr gedrängt gefühlt hätte, seine Arbeiten zu sehen; und doch halte ich ihn für den besten Maler, den ich bis jetzt kenne. Er hat ein glühendes und doch sehr zartes Kolorit, mit einer richtigen, interessanten Zeichnung. Mich deucht, er hat von dem strengen Ernst der alten, echten Schule etwas nachgelassen und seine eigene blühende, unaussprechlich reizende Grazie dafür ausgegossen. Er hat mit besserm Glücke getan, was Oeser in seiner letzten Manier tun wollte, durch welche er, wie die Kritiker der Kunst sehr gut wissen, unter die Nebulisten geriet. Beide schmeicheln; aber Grassi schmeichelt noch dem Kenner, und Oeser schmeichelte nur dem Liebhaber. Grassi erzählte mir noch manches von Warschau, wo wir beide in der großen Krise der letzten Revolution Berührungspunkte fanden. Er hatte durch Teppers Fall einen Verlust von fünftausend Dukaten erlitten und mußte während der Belagerung bei dem Bürgerkorps als Korporal zehn Mann kommandieren. Stelle Dir den sanften Künstler auf einer Batterie mit einer Korporalschaft wilder Polen vor, wo die kommenden Kugeln durchaus keine Weisung annehmen. Kósciuskos Freundschaft und Kunstsinn brachten den guten Mann endlich in Sicherheit, indem der General ihm Pässe zur Entfernung von dem schrecklichen Schauplatz auswirkte und ihm selbst hinlängliche Begleitung gab, bis er nichts mehr zu befürchten hatte. Du kannst denken, daß unser Freund Schnorr sich mit Enthusiasmus an den Mann anschloß; und die Herzlichkeit, mit der sich beide einander öffneten, machte beiden Ehre.

Heute früh wurde ich durch den Donner der Kanonen geweckt und erfuhr beim Aufstehen, daß dem Hause ein Prinz geboren war. Vielleicht macht der Herr in seinem Leben nicht wieder so viel Lärm, als bei seiner Ankunft auf unserm Planeten. Die Fürsten dieses Hauses sind zum Glück ihrer Länder seit mehr als einem Jahrhundert meistens Kinder des Friedens. Dadurch werden die Verdienste gewiß erhöht, und ihr Mut wird doch nicht mehr problematisch, als ob sie Schlachten gewännen.

Budin

Du weißt, daß Schreibseligkeit eben nicht meine Erbsünde ist, und wirst mir auch Deiner selbst wegen sehr gern verzeihen, wenn ich Dir eher zu wenig als zu viel erzähle. Wenn ich recht viel hätte schreiben wollen, hätte ich ebensogut zu Hause in meinem Polstersessel bleiben können. Nimm also mit Fragmenten vorlieb, aus denen am Ende doch unser ganzes Leben besteht. In Dresden mißfiel mir noch zuletzt gar sehr, daß man zur Bequemlichkeit der Ankömmlinge und Fremden noch nicht die Straßen und Gassen an den Ecken bezeichnet hat: ein Polizeiartikel[1], an den man schon vor zehn Jahren in kleinen Provinzialstädten, sogar in Polen, gedacht hat, und der die Topographie außerordentlich erleichtert; und Topographie erleichtert wieder die Geschäfte.

Den letzten Nachmittag sah ich dort noch die Mengsische Sammlung der Gipsabgüsse. Schnorr wird Dir besser erzählen, von welchem Werte sie ist, und Küttner hat es, meines Wissens, schon sehr gut getan. Du weißt, daß ich hier ziemlich Idiot bin und mich nicht in das Heiligtum der Göttin wage; ob ich gleich über manche Kunstwerke, zum Beispiel über die Mediceerin, meine ganz eigenen Gedanken habe, die mir wohl schwerlich ein Antiquar mit seiner Ästhetik austreiben wird. Schon freue ich mich auf den Augenblick, wo ich das Original in Palermo sehen werde, wo es, wie ich denke, jetzt steht. Hier interessierten mich eine Menge Köpfe am meisten, die ich größten Teils für römische hielt. Küttners Wunsch fiel mir dabei ein, daß der Kurfürst diese Sammlung, zur Wohltat für die Kunst, mehr komplettieren möchte. Auch ist die Periode des Beschauens zu beschränkt, da sie den Sommer wöchentlich nur zwei Tage und den Winter öffentlich gar nicht zu sehen ist. Einige Verordnungen, die Kunst betreffend, sind mir barock genug vorgekommen. Kein Künstler, zum Beispiel, darf auf der Galerie ein Stück ganz fertig kopieren, wie man mich versichert hat. Dies zeigt eine sehr kleinliche Eifersucht. Es wäre für die Schule in Dresden keine kleine Ehre,

1 Bei meiner letzten Anwesenheit in Dresden sah ich mit Vergnügen, daß man angefangen hatte, die Straßen und Gassen an den Ecken gehörig mit ihren Namen zu bezeichnen. Überhaupt scheint man durchaus mehr Aufmerksamkeit zu haben, und auch die Gesichter scheinen sich zu bessern und mehr Liberalität zu bekommen.

wenn Kopien großer Meister von dort kämen, die man mit den Originalen verwechseln könnte. Auch darf kein Maler länger als die bestimmten zwei Stunden oben arbeiten, welches für die Kopisten in Öl eine Zeit ist, in welcher fast nichts gemacht werden kann. Aber das Künstlervolk mag seinen Mutwillen auch zuweilen bis zur Ungezogenheit treiben; und es soll vor kurzem ein namhafter Maler unseres deutschen Vaterlandes seine Pinsel auf einem der schönsten Originale abgewischt haben, um die Farben zu versuchen. Da würde mir Laien unwillkürlich der Knotenstock sich in der Faust geregt haben.

Den letzten Abend sah ich noch eine Oper, die mit ziemlich vieler Pracht gegeben wurde. Mein Gedächtnis ist wie ein Sieb; aber mich deucht, es war die Gräfin von Amalfi. Die Musik ist, wenn ich nicht irre, sehr eklektisch. Es war bei der Vorstellung kein einziger schlechter Sänger und Akteur; aber nach meiner Meinung auch kein einziger vortrefflicher, so sehr man auch in Dresden dies behauptete. Die Schuld mag wohl mein gewesen sein, da ich mich fast in jedem Fache eines bessern Subjekts unwillkürlich erinnerte.

In Pirna sahen wir ein Stündchen Herrn *Siegfried*, den Du als den Verfasser von Siama und Galmori kennst und der uns mit einigen Bekannten an die Grenze brachte. Nun ging es in die Höhe; und so mild es unten am Flusse gewesen war, so rauh war es oben, und in einigen Stunden hatten wir schon Schnee. Dieser vermehrte sich bis einige Stunden hinter Peterswalde, nahm sodann allmählich wieder ab und hörte bei Aussig wieder ganz auf.

Man hatte mir gar sonderbare Begriffe von den auffallenden Erscheinungen der böhmischen Katholizität gemacht. Ich habe nichts bemerkt. Im Gegenteil muß ich sagen, es gefiel mir alles außerordentlich wohl. Unser Wirtshaus in Peterswalde war so gut, als man mit gehöriger Genüglichkeit es sich nur immer wünschen kann. Der Zollbeamte, der den Paß bescheinigte, war freundlich. Die Mahlzeit war nicht übel und die Aufwärterin gar allerliebst niedlich und artig. Lache nur über diese Bemerkung von mir Griesgram. Man müßte eine sehr verstimmte, unästhetische Seele haben, wenn man nicht lieber ein junges, hübsches, freundliches Gesicht sähe als ein altes, häßliches, murrsinniges. Das Mädchen setzte in unserm Zimmer ihr Silbermützchen vor einem Spiegel, der zwischen zwei Marienbildern hing, so reizend unbefangen in Ordnung, als ob sie sich in Ehren eine kleine Unordnung recht gern wollte vergeben lassen. Der Ketzer Schnorr sah dem rechtgläubigen Geschöpf so enthusiastisch in die Augen, als ob er sich eben zu ihr bekehren oder sie wenigstens zum Modell nehmen wollte. Überdies ist der böhmisch-deutsche Dialekt bis Lobositz ziemlich angenehm und gurgelt die Worte nicht halb so dick und widrig hervor wie der gebirgische in Sachsen.

Der Weg von Peterswalde nach Aussig ist rauh, aber schön; von Aussig, wo man wieder an die Elbe kommt, romantisch wild, links und rechts an dem Flusse hohe Berge mit Schluchten, Felsenwänden und Spitzen. Hier tönte mir die Klage über die Undisziplin unserer sächsischen Landsleute ins Ohr, die in dem bayrischen Erbfolgekriege zur Feuerung hier alle Weinpfähle verbrannten. Sie durften nur einige hundert Schritte höher steigen, so hatten sie ganze Wälder. Das schmerzt mich in die Seele anderer. Wenn die Östreicher es ebenso schlimm machen, so werden wir dadurch nicht besser. Wann wird unsere Humanität wenigstens diese Schandflecken wegwischen? Bei Lobositz endigen allmählich die Berge, und von da bis Eger hinauf und Leitmeritz hinab ist schönes, herrliches, fruchtbares Land, das zwei Stunden hinter Budin nun ganz Ebene wird. In Budin, einem Orte, wo allgemeine Verlassenheit zu sein scheint, traf ich bei dem Juden Lasar Tausig eine kleine Sammlung guter Bücher an und ließ mir von ihm, da er Lessings Nathan einem Freunde geliehen hatte, auf den Abend Kants Beweisgrund zur einzig möglichen Demonstration über das Dasein Gottes geben.

Prag

Von Budin bis hierher stehen im Kalender sieben Meilen, und diese tornisterten wir von halb acht Uhr früh bis halb sechs Uhr abends sehr bequem ab und saßen doch noch über eine Stunde zu Mittage in einem Wirtshause, wo wir bei einem Eierkuchen durchaus mitfasten und dafür fünfzig Kreuzer bezahlen mußten, welches ich für einen Eierkuchen in Böhmen eine stattliche Handvoll Geld finde. Da war es in Peterswalde verhältnismäßig billiger und besser. Der Wirt zur goldenen Rose in Budin hatte ein gutes Haus von außen und ein schlechtes von innen. Eine Suppe von Kaldaunen, altes dürres Rindfleisch und ein sehr zäher, lederner Braten von einer Gans, die noch eine Retterin des Kapitols gewesen sein mochte: noch schlechter waren die Betten: aber am schlechtesten war der Preis. Die schlechten Sachen waren ungeheuer teuer, wovon ich schon vorher unterrichtet war. Aber Muß ist ein Brettnagel, heißt das Sprichwort. Dieser Wirt ist der einzige in Budin und mich deucht, schon Küttner hat gehörig sein Lob gesungen. Übrigens lasse ich die Qualität der Wirtshäuser mich wenig anfechten. Das beste ist mir nicht zu gut, und mit dem schlechtesten weiß ich noch fertig zu werden. Ich denke, es ist noch lange nicht so schlimm als auf einem englischen Transportschiffe, wo man uns wie die schwedischen Heringe einpökelte, oder im Zelte oder auf der Brandwache, wo ich einen Stein zum Kopfkissen nahm, sanft schlief und das Donnerwetter ruhig über mir wegziehen ließ.

In der Budiner Wirtsstube war ein Quodlibet von Menschen, die einander ihre Schicksale erzählten und hier und da, zur Verschönerung wahrscheinlich, etwas dazulogen. Einige östreichischen Soldaten, Stalleute und ehemalige Stückknechte, die alle in der französischen Gefangenschaft gewesen waren, und einige Sachsen von dem Kontingent machten eine erbauliche Gruppe und unterhielten die Nachbarn lang und breit von ihren ausgestandenen Leiden. Besonders machte einer der Soldaten eine so greuliche Beschreibung von den Läusen im Felde und in der Gefangenschaft, daß wir andern fast die Phthiriase davon hätten bekommen mögen. Mir war es nunmehr nur eine drollige Reminiszenz meiner ersten Seefahrt nach Amerika, wo die Engländer uns gar erbärmlich säuberlich hielten und wo wir, vom Kapitän bis zum Trommelschläger, der Tierchen auch eine solche Menge bekamen, daß sie das Tauwerk zu zerfressen drohten. Ein Fuhrknecht erzählte dann unter anderm toll genug, wie er und seine Kameraden in Iglau neulich einige Soldaten, in einem Streit wegen der Mädchen, gar furchtbar zusammengeprügelt hätten. Where there is a quarrel, there is always a lady in the case, dachte ich, gilt auch bei der östreichischen Bagage. Ein Soldat meinte, daß die Fuhrknechte denn doch etwas sehr Mißliches und Ungebührliches unternommen hätten, sich an den Verteidigern des Vaterlandes zu vergreifen; die Geschichte würde ihnen am Ende bitter bekommen sein. „Ei was“, versetzte der Fuhrknecht, „es waren ja nur Legioner.“ „Das ist etwas anderes“, erwiderte der Soldat beruhigt, „das waren also nur Studenten und Kaufmannsjungen, die den dritten Marsch um das Butterbrot weinten wie die Hellerhuren; die kann man schon mit einer tüchtigen Tracht Schläge einweihen, um ihnen den Kitzel zu vertreiben.“

In Prag registrierte uns eine Art von Torschreiber gehörig ein, gab uns Quartierzettel und schickte unsere Pässe zur Vidierung auf das Polizeidirektorium. Die Herren der Polizei waren gegen alle Gewohnheit der Klasse in andern Ländern die Höflichkeit selbst; den andern Morgen war in zehn Minuten alles abgetan, und wir hatten unsern Bescheid bis Wien. Unsere Bekannten wunderten sich sehr über unser Glück, da man noch kurz vorher Fremden mit Gesandtschaftspässen viele Schwierigkeiten gemacht hatte.

Das Theater hier ist polizeimäßig richtig und nicht ohne Geschmack gebaut. Das Stück, das man gab, war schlecht, die Gesellschaft arbeitete nicht gut, und das Ballett ging nicht viel besser als das Stück. Der Gegenstand des letztern,

„Das wilde Mädchen“, war von dem Komponisten sehr gut ausgeführt; und es war schade, daß in der Vorstellung weder Charakter noch Takt richtig gehalten wurde. *Guardasoni* ist Unternehmer der beiden Abteilungen des Theaters sowohl der deutschen als der italienischen. Die deutsche habe ich höchst mittelmäßig gefunden, und die italienische soll noch einige Grade schlechter sein, die wir doch sonst in Leipzig bei ihm sehr gut besetzt und wohlgeordnet fanden. Heute wurde Hamlet gegeben, und Du kannst dir vorstellen, daß ich nicht Lust hatte, einen meiner Lieblinge gemißhandelt zu sehen.

Die Bibliothek war geschlossen, weil sie in Feuersgefahr gewesen war und man den Schaden ausbauet; und das wird länger dauern, als ich zu warten gesonnen bin. Der Bibliothekar, Rat *Unger*, der um Literatur und Aufklärung viel Verdienste und gegen Fremde große Gefälligkeit hat, würde indessen unstreitig die Güte gehabt haben, uns die gelehrten Schätze zu zeigen, wenn wir ihn zu Hause getroffen hätten. Es ist bekannt, wie sehr sie im Dreißigjährigen Kriege von den Schweden geplündert wurde, die durch Einverständnis mit ihrer Partei sogar die unterirdischen Gewölbe ausfindig zu machen wußten, um die versteckten Reichtümer hervorzuziehen. Durch die Aufhebung der Klöster unter Joseph dem Zweiten hat die Bibliothek zwar wieder außerordentlich gewonnen; aber die aufgehäuften Bücher und Schriften sind eben dadurch für die Literatur größerer Gefahr ausgesetzt, weil sie an einem einzigen Orte beisammen liegen. Der letzte Vorfall hat die Besorgnis bestätigt und erhöht. Ein Glück war es, daß eben damals mehr als vierzig Menschen oben lasen, als durch die Nachlässigkeit eines Künstlers, der über derselben in Feuer arbeitete, die Glut durchbrach. So ward selbst die liberale Benutzung des Instituts, dessen Einrichtung zu den musterhaftesten gehört, ihre Rettung.

Auf Grodschin war das Wetter unfreundlich und finster, und ich blickte nur durch Schneegestöber nach der Gegend hinaus, wo Friedrich schlug und Schwerin fiel. Die Kathedrale hat für die Liebhaber der Geschichte manches Merkwürdige. Die Begräbnisse der alten Herzoge von Böhmen gewähren, wenn man Muße hat, eine eigene Art von Genuß, und das silberne Monument eines Erzbischofs ist vielleicht auch für den Künstler nicht ohne Interesse. Während Schnorr es betrachtete, stand ich vor den Gräbern der Kaiser Wenzel und Karls des Vierten und fand, daß die Zeiten der Goldenen Bulle doch wohl nur für wenige Fürsten golden und für die ganze übrige Menschheit sehr bleiern waren. Schlicks, des Ministers Grabmal, gleich hinter dem Steine des Kaisers, ist ein verdorbener gotischer Bombast ohne Geschmack und Würde. Eine Pyramide in der Kirche kommt mir vor, als ob man den Blocksberg in eine Nachtmütze stecken wollte.

Der gute Nepomuk auf der Brücke mit seiner ehrwürdigen Gesellschaft gewährt den frommen Seelen noch viel Trost. Es scheint überhaupt in Prag, sowohl unter Katholiken als unter Protestanten, noch eine große Anzahl Zeloten zu geben: nur nicht unter den höheren Ständen, die in dieser Rücksicht die Toleranz selbst sind.

Ich freute mich, als ich hinter Lobositz in Böhmen auf die Ebenen kam, und hoffte nun einen beträchtlichen Grad von Wohlstand und Kultur zu finden, da der Boden rund umher außerordentlich fruchtbar zu sein schien. Aber meine Erwartung wurde traurig getäuscht. Die Dörfer lagen dünn und waren arm; noch mehr als in dem Gebirge. Man drasch in den Herrenhöfen auf vielen Tennen, und die Bauernhäuser waren leer und verfallen; die Einwohner schlichen so niedergedrückt herum, als ob sie noch an dem härtesten Joche der Sklaverei zögen. Mich deucht, sie sind durch Josephs wohltätige Absichten wenig gebessert worden, und höchst wahrscheinlich sind sie hier noch schwerer durch die Fronen gedrückt als irgendwo. Wo die Sklaverei systematisch ist, machen die Städte oft den Anhang des großen und kleinen Adels und teilen den Raub. Das schien hier der Fall. Alles war in Furcht, als sich die Franzosen nahten; nur die Bauern jubelten laut und sagten, sie würden sie mit Freuden erwarten und sodann schon ihre Unterdrücker bezahlen. Ob der Landmann in Rücksicht der Franzosen recht hatte, ist eine andere Frage: aber in seiner Freude bei der furchtbaren Krise des Vaterlandes lag ein großer Sinn, der wohl beherzigt zu werden verdiente und der auch vielleicht den Frieden mehr beschleunigt hat als die verlornen Schlachten.

.Unsere guten Freunde jagen uns hier Angst ein, daß rund umher in der Gegend Räuber und Mörder streifen. Das könnten unsere guten Freunde nun wohl bleiben lassen; denn fort müssen wir. In Leitmeritz sollen über hundert sitzen und in Prag nicht viel weniger. Die Auflösung der militärischen Korps ist immer von solchen Übeln begleitet, so wie bei uns die Einrichtungen gewöhnlich sind. Ich gehe getrost vorwärts und verlasse mich etwas auf einen guten, schwerbezwingten Knotenstock, mit dem ich tüchtig schlagen und noch einige Zoll in die Rippen nachstoßen kann. Freund Schnorr wird auch das Seinige tun; und so müssen es schon drei gut bewaffnete, entschlossene Kerle sein, die uns anfallen wollen. Wir sehen nicht aus, als ob wir viel bei uns trügen, und auch wohl nicht, als ob wir das wenige, das wir tragen, so leicht hergeben würden.

Znaim

Wir nahmen den Segen unserer Freunde mit uns und pilgerten von Prag aus weiter. Wo ich nichts gesehen habe, kann ich Dir natürlicherweise nichts erzählen. Nachtlager sind Nachtlager, und ob wir Schinken oder Wurst oder beides zugleich aßen, kann Dir ziemlich gleichgültig sein.

Es war ein schöner, herrlicher, frischer Morgen, als wir durch Kollin und durch die Gegend des Schlachtfeldes gingen. Daun wußte alle seine Schlachten mit vieler Kunst zu Postengefechten zu machen, und Friedrich erfuhr mehr als einmal das gewaltige Genie dieses neuen Kunktators. Wäre er bei Torgau nicht verwundet worden, es wäre wahrscheinlich eine zweite Auflage von Kollin gewesen. Die Gegend von Kollin bis Czaslau kam mir sehr angenehm vor; vorzüglich geben die Dörfer rechts im Tale einen schönen Anblick. Die vorletzte Anhöhe vor Czaslau gewährt eine herrliche Aussicht rechts und links, vorwärts und rückwärts, über eine fruchtbare, mit Dörfern und Städten besäete Fläche. Mich deucht, es wäre hier einer der besten militärischen Posten, so leicht und richtig kann man nach allen Gegenden hinabstreichen: und mich sollte es sehr wundern, wenn der Fleck nicht irgendwo in der Kriegsgeschichte steht. Nicht weit von Kollin aß ich zu Mittag in einem Wirtshause an der Straße, ohne mich eben viel um die Mahlzeit zu bekümmern. Meine Seele war in einer eigenen, sehr gemischten Stimmung, nicht ohne einige Wehmut, unter den furchtbaren Szenen der Vorzeit; da tönte mir aus einer Ecke des großen, finstern Zimmers eine schwache, zitternde, einfach magische Musik zu. Ich gestehe Dir meine Schwachheit, ein Ton kann zuweilen meine Seele schmelzen und mich wie einen Knaben gängeln. Eine alte Böhmin saß an einem helleren Fenster uns gegenüber und trocknete sich die Augen, und ein junges, schönes Mädchen, wahrscheinlich ihre Tochter, schien ihr mit Mienen und Worten sanft zuzureden. Ich verstand hier und da in der Entfernung nur einiges aus der Ähnlichkeit mit dem Russischen, das ich, wie Du weißt, ehemals etwas zu lernen genötigt war. Die Empfindung bricht bei mir selten hervor, wenn mich nicht die Humanität allmächtig hinreißt. Ich helfe, wo ich kann; wenn ich es nur öfter könnte. Der Ton des alten Instruments, welches ein goldhaariger junger Kerl in dem andern dunkeln Winkel spielte, mochte auf die Weiberseelen stärker wirken und ihre eigentümliche Stimmung lebendiger machen. Es war nicht Harfe, nicht Laute, nicht Zither; man konnte mir den eigentlichen Namen nicht nennen; am ähnlichsten war es der russischen *Balalaika.*

Mich deucht, schon andere haben angemerkt, daß die

Straße von Prag nach Wien vielleicht die befahrenste in ganz Europa ist. Uns begegneten eine unendliche Menge Wagen mit ungarischen Weinen, Wolle und Baumwolle: aber die meisten brachten Mehl in die Magazine bei Czaslau und weiter hin nach der Grenze.

Die böhmischen Wirtshäuser sind eben nicht als die vorzüglichsten in Kredit, und wir hatten schon zwischen Dresden und Prag einmal etwas zynisch essen, trinken und liegen müssen. Man tröstete uns, daß wir in Deutschbrot ein sehr gutes Haus finden würden; aber nie wurde eine so gute Hoffnung so schlecht erfüllt. Wir gingen in zwei, die eben keine sonderliche Miene machten, und konnten keine Stube erhalten: die Offiziere, hieß es, haben auf dem Durchmarsche alles besetzt. Das mochte vielleicht auch der Fall sein, denn alles ging von der Armee nach Hause: deswegen die unsichern Wege. Im dritten legte ich mißmütig sogleich meinen Tornister auf den Tisch, und quartierte mich ein, ohne ein Wort zu sagen. Der Wirt war ein Kleckser und nannte sich einen Maler, und seine Mutter ein Muster von einem alten, häßlichen, keifischen Weibe, das schon seit vierzig Jahren aus der sechsten Bitte in die siebente getreten war. Es erschienen nach uns eine Menge Juden, Glashändler, Tabulettkrämer und Kastenträger aller Art, von denen einer bis nach Sibirien an den Jenisei zu handeln vorgab. Die Gesellschaft trank, sang und zankte sehr hoch, ohne sich um meine Ästhetik einen Pfifferling zu bekümmern: und zur Nacht schichtete man uns mit den Hebräern so enge auf das Stroh, daß ich auf dem britischen Transport nach Kolumbia kaum gedrückter eingelegt war. Solche Abende und Nächte mußten schon mit eingerechnet werden, als wir zu Hause den Reisesack schnallten.

In Iglau habe ich bei meinem Durchmarsche nichts gesehen als den großen, schönen, hellen Markt, dessen Häuser aber in der Ferne sich weit besser machen als in der Nähe, wie fast alles in der Welt, das ins Prächtige fallen soll, ohne Kraft zu haben. Ziemlich in der Mitte des Markts steht ein herrliches Dreifaltigkeitsstück, von Leopold dem Ersten und Joseph dem Ersten, so christgläubig als möglich, aber traurig wie die Barbarei. Einige feinen Artikel waren zerspalten und bekleckst, aber die conceptio immaculata und die sponsa spiritus sancti standen unter dem Ave Maria zum Troste der Gläubigen noch fest und wohl erhalten. Es soll bei Iglau schon ein recht guter Wein wachsen; er muß aber nicht in Menge kommen: denn ich habe in der Gegend nicht viel Weingärten gesehen. Eine halbe Stunde diesseits Iglau stehen an der Grenze zwei Pyramiden nicht weit voneinander, welche im Jahr 1750 unter Maria Theresia von den böhmischen und mährischen Ständen errichtet worden sind. Die Inschriften sind echtes, neudiplomatisches Latein und schon ziemlich verloschen; so daß man in hundert Jahren wohl schwerlich etwas mehr davon wird lesen können: und doch sind sie, wie gewöhnlich, zum ewigen Gedächtnis gesetzt. In Mähren scheint mir durchaus noch mehr Liberalität und Bonhomie zu herrschen als in Böhmen.

Im Städtchen Stannern müssen beträchtliche Wollenmanufakturen sein; denn alle Fenster sind mit diesen Artikeln behangen, und man trägt sehr viel Mützen, Strümpfe, Handschuhe und dergleichen zu außerordentlich niedrigen Preisen zum Verkauf herum. Ein gutes, bequemes Wirtshaus, das erste, das wir, seitdem wir aus Prag sind, trafen, hatte den Ort gleich etwas in Kredit bei uns gesetzt. Wenn man nicht mit Extrapost fährt, sondern zu Fuße trotzig vor sich hinstapelt, muß man sich sehr oft sehr huronisch behelfen. Meine größte Furcht ist indessen vor der etwas ekeln Einquartierung gewisser weißer, schwarz besattelter Tierchen, die in Polen vorzüglich gedeihen und auch in Italien nicht selten sein sollen. Übrigens ist es mir ziemlich einerlei, ob ich mich auf Eiderdunen oder Bohnenstroh wälze. Sed quam misere ista animalcula excruciare possint, apud nautas expertus sum: darum haben ihnen auch vermutlich die Griechen den verderblichen Namen gegeben.

Hier in Znaim mußte ich zum ersten Mal Wein trinken,

weil der Göttertrank der Germanen in Walhalla nicht mehr zu finden war. Der Wein war, das Maß für vierundzwanzig Kreuzer, sehr gut wie mich Schnorr versicherte; denn ich verstehe nichts davon, und trinke den besten Burgunder mit Wasser wie den schlechtesten Potsdamer. Hier möchte ich wohl wohnen, so lieblich und freundlich ist die ganze Gegend, selbst unter dem Schnee. An der einen Seite stößt die Stadt an ziemliche Anhöhen, und auf der andern, vorzüglich nach Östreich, wird die Nachbarschaft sehr malerisch durch die Menge Weingärten, die alle an sanften Abhängen hin gepflanzt sind. Die beiden Klöster an den beiden Enden der Stadt sind, wie die meisten Mönchssitze, treffliche Plätze. Das eine, nach der östreichischen Seite, hat Joseph der Zweite unter andern mit eingezogen. Die Gebäude derselben sind so stattlich, daß man sie für die Wohnung keines kleinen Fürsten halten sollte. Im Kriege dienten sie zu verschiedenen Behufen; bald zum Magazin, bald zum Aufenthalt für Gefangene: jetzt steht alles leer.

Die römische Ruine, die hier zu sehen ist, steht zwei Stunden vor der Stadt, rechts hinab in einer schönen Gegend. Da ich aber in Mähren keine römischen Ruinen studieren will, wandelte ich meines Weges weiter. Ein hiesiger Domherr hat sie, wie ich höre, erklärt, auf den ich Dich mit Deiner Neugier verweise. Wenn ich nach den vielen schönen Weinfeldern rund in der Gegend urteile und nun höre, daß die Ruine von einem Domherrn erklärt worden ist, so sollte ich fast blindlings glauben, sie müsse sich auf die Dionysien bezogen haben. Der Boden mit den großen weitläufigen Weinfeldern könnte, da er überall sehr gut zu sein scheint, doch wohl besser angewendet werden als zu Weinbau. Die Armen müssen billig eher Brot haben als die Reichen Wein, und Äbte und Domherren können in diesem Punkte weder Sinn noch Stimme haben.

Auf der Grenze von Mähren nach Östreich habe ich kein Zeichen gefunden; nur sind sogleich die Wege merklich schlechter als in Böhmen und Mähren, und mit den Weingärten scheint mir entsetzlich viel guter Boden verdorben zu sein. Ich nehme die Sache als Philanthrop und nicht als Trinker und Prozentist. Schlechtes Pflaster, das seit langer Zeit nicht ausgebauet sein muß, gilt für Chaussee.

Wie häufig gute Münze und vorzüglich Gold hier ist, davon will ich Dir zwei Beispielchen erzählen. Ich bezahlte gestern meine Mittagsmahlzeit in guten Zehnern, die in Sachsen eben noch nicht sonderlich gut sind; das sah ein Tabulettkrämer, machte mich aufmerksam, wieviel ich verlöre, und nahm hastig, da ich ihn versicherte, ich könne es nicht ändern und achte den kleinen Verlust nicht, die guten Zehner weg und legte dem Wirt, der eben nicht zugegen war, neue schlechte Zwölfer dafür hin. Ein andermal fragte ich in einem Wirtshause, wo Reinlichkeit, Wohlhabenheit und sogar Überfluß herrschte und wo man uns gut beköstigt hatte, wie hoch die Dukaten ständen? Mir fehlte kleines Geld. Der Wirt antwortete sehr ehrlich: „Das kann ich Ihnen wirklich durchaus nicht sagen; denn ich habe seit vier Jahren kein Gold gesehen: nichts als schlechtes Geld und Papier; und ich will Sie nicht betrügen mit der alten Taxe.“ Der Mann befand sich übrigens mit schlechtem Gelde und Papier sehr wohl und war zufrieden, ohne sich um Dukaten zu bekümmern.

Wien

Den zweiten Weihnachtsfeiertag kamen wir hier in Wien an, nachdem wir die Nacht vorher in Stockerau schon echt wienerisch gegessen und geschlafen hatten. An der Barriere wurden wir durch eine Instanz angehalten und an die andere zur Visitation gewiesen. Ich armer Teufel wurde hier in bester Form für einen Hebräer angesehen, der wohl Juwelen oder Brabanter Spitzen einpaschen könnte. Über die Physiognomen! Aber man mußte doch den casum in terminis gehabt haben. Mein ganzer Tornister wurde ausgepackt, meine weiße und schwarze Wäsche durchwühlt, mein Homer beguckt, mein Theokrit herumgeworfen und mein Virgil beschaut, ob nicht vielleicht etwas französische Kontrebande darin stecke; meine Taschen wurden betastet und selbst meine Beinkleider fast bis an das heilige Bein durchsucht: alles sehr höflich; soviel nämlich Höflichkeit bei einem solchen Prozesse stattfinden kann. I must needs have the face of a smuggler. Meine Briefe wurden mir aus dem Taschenbuche genommen, und dazu mußte ich einen goldenen Dukaten eventuelle Strafe niederlegen, weil ich gegen ein Gesetz gesündigt hatte, dessen Existenz ich gar nicht wußte und zu wissen gar nicht gehalten bin. „Du sollst kein versiegeltes Blättchen in deinem Taschenbuche tragen." Der Henker kann so ein Gebot im Dekalogus oder in den Pandekten suchen. Aus besonderer Güte und da man doch am Ende wohl einsah, daß ich weder mit Brüßler Kanten handelte noch die Post betrügen wollte, erhielt ich die Briefe nach drei Tagen wieder zurück, ohne weitere Strafe, als daß man mir für den schönen, vollwichtigen Dukaten nach der Kaisertaxe, von welcher kein Kaufmann in der Residenz mehr etwas weiß, neue blecherne Zwölfkreuzerstücke gab. Übrigens ging alles freundlich und höflich her, an der Barriere, auf der Post und auf der Polizei. Wider alles Vermuten bekümmerte man sich um uns nun mit keiner Silbe weiter, als daß man unsere Pässe dort behielt und sagte, bei der Abreise möchten wir sie wieder abholen. Sobald ich meine Empfehlungsbriefe von der Post wiedererhalten hatte, wandelte ich herum, sie zu überliefern und meine Personalität vorzustellen. Die Herren waren alle sehr freundschaftlich, und honorierten die Zettelchen mit wahrer Teilnahme. Ich könnte Dir hier mehrere braven Männer unserer Nation nennen, denen ich nicht unwillkommen war und die ich hier zum ersten Mal sah; aber Du bist mit ihrem Wert und ihrer Humanität schon mehr bekannt als ich.

Gestern war ich bei *Füger* und hatte eine schöne Stunde wahren Genusses. Der Mann hat mich mit seinen Gesinnungen und seiner Handlungsweise sehr interessiert. Er hatte eben Geschäfte, und ich konnte daher seine offene

Ungezwungenheit desto besser bemerken: denn er besorgte sie so leicht, als ob er allein gewesen wäre, ohne uns dabei zu vernachlässigen. Wer in den Zimmern eines solchen Mannes Langeweile hat, für den ist keine Rettung. Er hatte soeben seinen Achilles bei dem Leichname des Patroklus vollendet, der auch nun gezeichnet und in Kupfer gestochen werden soll. Ich hatte die Stelle nur noch einige Tage vorher in meinem Homer gelesen; Du kannst also denken, mit welcher Begierde ich an dem Stücke hing. Es ist ein bezauberndes Bild. Der junge Held in Lebensgröße bei dem Toten, der bis an die Brust neben ihm sichtbar ist, scheint sich soeben von seinem tiefsten Schmerz zu erholen und Rache zu beschließen. Die Figur ist ganz nackt und scheint mir ein Meisterstück der Zeichnung und Färbung; aber der Kopf ist göttlich. Du weißt, ich bin nicht Enthusiast; aber ich konnte mich kaum im Anschauen sättigen. Wenn meine Stimme etwas gelten könnte, würde ich mit der himmlisch jugendlichen Schönheit des Gesichts nicht ganz zufrieden sein. Der Held, der hier vorgestellt werden sollte, ist nicht mehr der Jüngling, den Ulysses unter den Töchtern Lykomeds hervorsuchte: es ist der Pelide, der schon gefochten und gezürnt hat, der schon der Schrecken der Trojaner war. Um dieses zu sein, scheint mir der Kopf noch zu viel aus dem Gynäzeum zu haben. Mich deucht, der *Mann* sollte schon etwas vollendeter sein: die Periode ist selbst nur sehr kurze Zeit vor seinem eigenen Tode. Ich bescheide mich gern und überlasse dieses den Eingeweihten der Kunst. Ein Sklave steht hinter ihm, auf dessen Gesicht man Erstaunen und Furcht liest.

Mehr als alles war mir wichtig sein Zimmer der Messiade. Hier hängt fast zu jedem Gesange eine Meisterzeichnung, an der sein Geist mit Liebe und Eifer gearbeitet hat. Er sagte mir, daß er vor Angst einige Wochen nicht zum Entschlusse habe kommen können, was er mit dem Gedichte anfangen solle, bis auf einmal die ganze Reihe der Szenen sich ihm dargestellt habe. Es sind zwanzig, und nur von vieren hat Göschen die Kupfer zu seiner schönen Ausgabe erhalten. Es wäre wert, daß Göschen mit seinem gewöhnlichen Enthusiasmus für Wahrheit und Schönheit in der Kunst mit wackern Künstlern sich entschlösse, sie dem Publikum alle mitzuteilen: aber die Unternehmung würde keinen kleinen Aufwand erfordern, wenn Füger auf keine Weise leiden sollte. Figuren und Gruppen sind vortrefflich, die apostolischen Gesichter bezaubernd und Judas mit dem Satan gräßlich charakteristisch, ohne Karikatur. Vorzüglich hat mich das Blatt gerührt, wo der Apostel nach dem Tode des geliebten Lehrers den Weibern die Dornenkrone bringt. Die Stelle ist ein Meisterwerk des Pathos im Gedicht; das hat der Künstler gefühlt und sein Gefühl mit voller Seele der Gruppe eingehaucht. Der Eifer des Kaifas ist ein Feuerstrom, und der Hauptmann der Römer gleicht einem, der in seinem Schrecken es noch zeigt, daß er zu dem alten Kapitol gehört. Porcia ist ein göttliches Weib. Am wenigsten hat mich das erste und letzte Blatt befriedigen wollen, weil ich mich mit der Personifizierung der Gottheit nicht vertragen kann. Man nehme das Ideal noch so hoch, es kommt immer nur ein Jupiter Olympius, und diesen will ich nicht haben; er ist mir nicht genug. Christus ist das erhabenste Ideal der christlichen Kunst. Er ist selbst nach der orthodoxesten Lehre noch unser Bruder. Bis zu ihm kann sich unsere Sinnlichkeit erheben, aber weiter nicht. Unsere Apostel und Heiligen sind die Götter und Heroen des alten Mythus. Bis zu Platos einzig wirklichem Wesen hat sich auch kein griechischer Künstler emporgewagt. Der olympische Jupiter ist der homerische. Ich wünschte Klopstock und Wieland nur eine Stunde hier in diesem Zimmer: sie würden Lohn für ihre Arbeit finden und Füger für die seinige.

Ich muß Dir noch über zwei Stücke von Füger etwas sagen, die ich in den Zimmern des Grafen *Fries* antraf und die Du vielleicht noch nicht kennst. Der Graf erinnerte sich meiner mit Güte von der Akademie her, und seine Freundlichkeit und Gefälligkeit gegen Fremde so wie sein Enthusiasmus für Kunst und Wissenschaft, in denen er seinen besten Genuß hat, sind allgemein bekannt. Die beiden Gemälde sind ziemlich neu; denn das erste ist nur zwei Jahre alt und das zweite noch jünger. Das erste ist Brutus der Alte, wie er seine Söhne verdammt; und der Moment ist das furchtbare: Expedi secures! Man muß das Ganze mit einem Blicke umfassen können, um die Größe der Wirkung zu haben, die der Künstler hervorgebracht hat. Jede Beschreibung, die auseinandersetzt, schwächt. Das Stück ist reich an Figuren; aber es ist keine müßig: sie gehören alle zur Katastrophe oder nehmen Anteil daran. Alles ist richtiger, eigentümlicher Charakter, vom Konsul bis zum Liktor. Alles ist echt römisch und schön und groß. Ich darf nicht wagen zu beschreiben; es muß gesehen werden. Vorzüglich rührend für mich war eine sehr glückliche Episode, die, soviel ich mich erinnere, der alte Geschichtsschreiber nicht hat: oder wenn er sie hat, wirkt sie hier im Bilde mächtiger als bei ihm in der Erzählung. Ein ziemlich alter Mann steht mit seinen zwei Knaben in der Entfernung und deutet mit dem ganzen Ausdruck eines flammenden Patriotismus auf den Richter und das Gericht hin, als ob er sagen wollte: Bei den Göttern, so müßte ich gegen Euch sein, wenn Ihr würdet wie diese! Vater und Söhne sind für mich unbeschreiblich schön.

Das zweite Stück ist Virginius, der soeben seine Tochter geopfert hat, das Messer dem Volke und dem Decemvir zeigt, und als ein furchtbarer Prophet der künftigen Momente nur einen Augenblick dasteht. Dieser Augenblick war einzig für den Geist des Künstlers. Die beiden Hauptfiguren, Virginius und Appius Claudius, sind in ihrer Art vortrefflich: aber unbeschreiblich schön, rührend und von den Grazien selbst hingehaucht ist die Gruppe der Weiber, die das sterbende Mädchen halten. Diese bekümmern sich nicht um den Vater, nicht um den tyrannischen Richter, nicht um das Volk, um nichts, was um sie her geschieht; sie sind ganz allein mit dem geliebten Leichname beschäftiget. Eine so reizende Verschlingung schwebte selten der Seele eines Dichters vor: nimm nun noch die Vollendung und Zartheit der Figuren und das Pathos des Augenblicks dazu. Es ist eine der schönsten Kompositionen aus der Seele eines Künstlers, den der Genius der hohen und schönen Humanität belebte. Ich würde niederknien und anbeten, wenn ich die Römer nicht besser kennte. Du weißt aber schon hierüber meine etwas ketzerische Denkungsart. Als Philanthrop betrachtet möchte ich lieber in Rußland leben, an der Kette der dortigen Knechtschaft, als unter dem Palladium der römischen Freiheit. Beschuldige mich nicht zu schnell eines Paradoxons. Wehe den neuen Galliern, wenn sie die altrömische Freiheit ihrer Nation oder gar ihren Nachbarn aufdringen oder, wie Klopstock spricht, aufjochen wollen! Aber wo gerate ich hin?

Fügers neuestes Werk, an dem er jetzt, wie ich höre, für den Herzog Albert von Sachsen-Teschen arbeitet, ist ein Jupiter, der dem Phidias erscheint, um ihn zu seinem Bilde vom Olympus zu begeistern. Da es in die Höhe kommen soll, ist die Anlage etwas kolossalisch. Der Gedanke ist kühn, sehr kühn: aber Füger ist vielleicht gemacht, solche Gedanken auszuführen. Mit einer liebenswürdigen Offenheit gesteht der große Künstler, daß er einige seiner herrlichsten Kompositionen aus Vater Wielands Aristipp genommen hat. Nun wünschte ich auch David einige Stunden so nahe zu sein, wie ich es Füger war; und ich hoffe, es soll mir gelingen.

Während der vierzehn Tage, die ich hier hausete, war nur einige Mal ein Stündchen reines, helles Wasser, aber nie einen ganzen Tag; und die Wiener klagen, daß dieses fast beständig so ist. Da ging ich denn so finster zuweilen allein für mich auf dem Walle und etymologisierte. Vindobona, quia dat vinum bonum; Danubius, quia dat nubes; und dergleichen mehr: wer weiß, ob die Römer bei ihrer Nomenklatur nicht an so etwas gedacht haben. Wenn Harrach, Füger, Retzer, Ratschky, Miller und einige anderen nicht gewesen wären, die mir zuweilen ein Viertelstündchen schenkten, ich hätte den dritten Tag vor Angst meinen Tornister wieder packen müssen.

Von dem Wiener Theaterwesen kann ich Dir nicht viel Erbauliches sagen. Die Gesellschaft des Nationaltheaters ist abwechselnd in der Burg und am Kärntner Tore und spielt, so gut sie kann. Das männliche Personal ist nicht so arm als das weibliche; aber *Brockmann* steht doch so isoliert dort und ragt über die andern so sehr empor, daß er durch seine Überlegenheit die Harmonie merklich stört. Die andern, unter denen zwar einige guten sind, können ihm nicht nacharbeiten, und so geht er oft zu ihnen zurück; zumal da auch seine schöne Periode nun vorbei ist. Man gab eben das Trauerspiel *„Regulus"*. Ich gestehe Dir, daß es mir ungewöhnlich viel Vergnügen gemacht hat; vielleicht schon deswegen, weil es einen meiner Lieblingsgegenstände aus der Geschichte behandelte. Ich halte das Stück für recht gut gearbeitet, soviel ich aus einer einzigen Vorstellung urteilen kann, wo ich mich aber unwillkürlich mehr zum Genuß hingab, als vielleicht zur Kritik nötig war. Es sind allerdings mehrere kleinen Verzeichnungen in den Charakteren; aber das Ganze hat doch durchaus einen sehr festen, ernsthaften, nicht unrömischen Gang: die Sprache ist meistens rein und edel, und ich war zufrieden. Zum Meisterwerke fehlt ihm freilich noch manches; aber Apollo gebe uns nur mehrere solcher Stücke, so haben wir Hoffnung, auch jene zu erhalten. Es wird mir noch lange einen großen Genuß gewähren, Brockmann in der Rolle des Regulus gesehen zu haben. Der weibliche Teil der Gesellschaft, der auf den meisten Theatern etwas arm zu sein pflegt, ist es hier vorzüglich; und man ist genötigt, die Rolle der ersten Liebhaberin einer Person zu geben, die mit aller Ehre Äbtissin in Quedlinburg oder Gandersheim werden könnte. Die Dame ist gut, auch gute Schauspielerin; aber nicht mehr für dieses Fach.

Die Italiener sind verhältnismäßig nicht besser. Man trillert sehr viel und singt sehr wenig. Der Kastrat Marchesi kombabusiert einen Helden so unbarmherzig in seine eigene verstümmelte Natur hinein, daß es für die Ohren des Mannes ein Jammer ist; und ich begreife nicht, wie man mit solcher Unmenschlichkeit so traurige Mißgriffe in die Ästhetik hat tun können. Das mögen die Italiener, wie vielen andern Unsinn, bei der gesunden Vernunft verantworten, wenn sie können.

Ich, meines Teils, will keine Helden
Die uns, entmannt und kaum noch mädchenhaft,
Sogleich den Mangel ihrer Kraft
Im ersten Tone quiekend melden,
Und ihre lächerliche Wut
Im Schwindel durch die Fistelhöhen
Von ihrem Brett herunterkrähen,
Wie Meister Hahns gekappte Brut.
Wenn ich des Hämlings Singsang nicht
Wie die Taranteltänze hasse,
So setze mich des Himmels Strafgericht
Mit ihm in eine Klasse.

Schikaneder treibt sein Wesen in der Vorstadt an der Wien, wo er sich ein gar stattliches Haus gebaut hat, dessen Einrichtung mancher Schauspieldirektor mit Nutzen besuchen könnte und sollte. Der Mann kennt sein Publikum und weiß ihm zu geben, was ihm schmeckt. Sein großer Vorzug ist Lokalität, deren er sich oft mit einer Freimütigkeit bedient, die ihm selbst und der Wiener Duldsamkeit noch Ehre macht. Ich habe auf seinem Theater über die Nationalnarrheiten der Wiener Reichen und Höflinge Dinge gehört, die man in Dresden nicht dürfte laut werden lassen, ohne sich von höherem Orte eine strenge Weisung über Vermessenheit zuzuziehen. Mehrere seiner Stücke scheint er im eigentlichen Sinne nur für sich selbst gemacht zu haben;

und ich muß bekennen, daß mir seine barocke Personalität als Tiroler Wastel ungemeines Vergnügen gemacht hat. Es ist den Wienern von feinem Ton und Geschmack gar nicht übelzunehmen, daß sie zuweilen zu ihm und Kasperle herausfahren und das Nationaltheater und die Italiener leer lassen. Seine Leute singen für die Vorstadt verhältnismäßig weit besser als jene für die Burg. Die Kleidung ist an der Wien meistens ordentlicher und geschmackvoller als die verunglückte Pracht dort am Hofe, wo die Stiefeletten des Heldengefolges noch manchmal einen sehr ärmlichen Aufzug machen. Solange Schikaneder Possen, Schnurren und seine eigenen tollen Operetten gibt, wo der Wiener Dialekt und der Ton des Orts nicht unangenehm mitwirkt, kann er auch Leute von gebildetem Geschmack einige Mal vergnügen: aber wenn er sich an ernsthafte Stücke wagt, die höheres Studium und durchaus einen höhern Grad von Bildung erfordern, muß der Versuch allerdings immer sehr schlecht ausfallen. Aber hier wird er vielleicht sagen: ich arbeite für mein Haus; dawider ist denn nichts einzuwenden. Nur möchte ich dann nicht zu seinem Hause gehören. Er will aber höchst wahrscheinlich für nichts weiter gelten, als für das Mittel zwischen Kasperle und der Vollendung der mimischen Kunst im Nationaltheater. Die Herren Kasperle und Schikaneder mögen ihre subordinierten Zwecke so ziemlich erreicht haben; aber das Nationaltheater ist, so wie ich es sah, noch weit entfernt, dem ersten Ort unsers Vaterlandes und der Residenz eines großen Monarchen durch seinen Gehalt Ehre zu machen.

Den Herrn Kasperle aus der Leopoldstadt hat, wie ich höre, der Kaiser zum Baron gemacht; und mich deucht, der Herr hat seine Würde so gut verdient als die meisten, die dazu erhoben werden. Er soll überdies das wesentliche Verdienst besitzen, ein sehr guter Haushalter zu sein.

Über die öffentlichen Angelegenheiten wird in Wien fast nichts geäußert, und Du kannst vielleicht monatelang auf öffentliche Häuser gehen, ehe Du ein einziges Wort hörst, das auf Politik Bezug hätte; so sehr hält man mit alter Strenge ebensowohl auf Orthodoxie im Staate wie in der Kirche. Es ist überall eine so andächtige Stille in den Kaffeehäusern, als ob das Hochamt gehalten würde, wo jeder kaum zu atmen wagt. Da ich gewohnt bin, zwar nicht laut zu enragieren, aber doch gemächlich unbefangen für mich hin zu sprechen, erhielt ich einige Mal eine freundliche Weisung von Bekannten, die mich vor den Unsichtbaren warnten. Inwiefern sie recht hatten, weiß ich nicht; aber so viel behaupte ich, daß die Herren sehr unrecht haben, welche die Unsichtbaren brauchen. Einmal spielte meine unbefangene Sorglosigkeit fast einen Streich. Du weißt, daß ich durchaus kein Revolutionär bin; weil man dadurch meistens das Schlechte nur schlimmer macht: ich habe aber die Gewohnheit, die Wirkung dessen, was ich für gut halte, zuweilen etwas lauter werden zu lassen, als vielleicht gut ist. So hat mir der Marseiller Marsch als ein gutes musikalisches Stück gefallen, und es begegnet mir wohl, daß ich, ohne irgend etwas Bestimmtes zu denken, ebenso wie aus irgendeinem andern Musikstücke, einige Takte unwillkürlich durch die Zähne brumme. Dies geschah auch einmal, freilich sehr am unrechten Orte, in Wien, und wirkte natürlich wie ein Dämpfer auf die Anwesenden. Mir war mehr bange für die guten Leute als für mich: denn ich hatte weiter keinen Gedanken, als daß mir die Musik der Takte gefiel, und selbst diesen jetzt nur sehr dunkel.

Ich erinnerte mich eines drolligen, halb ernsthaften, halb komischen Auftritts in einem Wirtshause, der auf die übergroße Ängstlichkeit in der Residenz Bezug hatte. Ein alter, ehrlicher, eben nicht sehr politischer Oberstleutnant hatte während des Krieges bei der Armee in Italien gestanden und sich dort gewöhnt, recht jovialisch lustig zu sein. Seine Geschäfte hatten ihn in die Residenz gerufen, und er fand da an öffentlichen Orten überall eine Klosterstille. Das war ihm sehr mißbehaglich. Einige Tage hielt er es aus, dann brach er bei einem Glase Wein echt soldatisch laut hervor und sagte mit recht drolliger Unbefangenheit: „Was, zum Teufel, ist denn das hier für ein verdammt frommes Wesen in Wien? Kann man denn hier nicht sprechen? Oder ist die ganze Residenz eine große Kartause? Man kommt ja hier in Gefahr, das Reden zu verlernen. Oder darf man hier nicht reden? Ich habe so etwas gehört, daß man überall lauern läßt: ist das wahr? Hole der Henker die Mummerei! Ich kann das nicht aushalten; und ich will laut reden und lustig sein." Du hättest die Gesichter bei dieser Ouvertüre sehen sollen! Einige waren ernst, die andern erschrocken; andere lächelten, andere nickten gefällig und bedeutend über den Spaß: aber niemand schloß sich an den alten Haudegen an. „Ich werde machen", sagte dieser, „daß ich wieder zur Armee komme; das tote Wesen gefällt mir nicht."

Als die Franzosen bis in die Nähe von Wien vorgedrungen waren, soll sich, die Magnaten und ihre Kreaturen etwa ausgenommen, niemand vor dem Feinde gefürchtet haben: aber desto größer war die allgemeine Besorgnis vor den Unordnungen der zurückgeworfenen Armee. Damals fing Bonaparte eben an, etwas bestimmter auf seine individuellen Aussichten loszuarbeiten, und hat dadurch zufälligerweise den Östreichern große Angst und große Verwirrungen erspart.

Doktor Gall hat eben einen Kabinettsbefehl erhalten, sich es nicht mehr beigehen zu lassen, den Leuten gleich am Schädel anzusehen, was sie darin haben. Die Ursache soll sein, weil diese Wissenschaft auf Materialismus führe.

Man sieht auch hier in der Residenz nichts als Papier und schlechtes Geld. Das Lenkseil mit schlechtem Gelde ist bekannt; man führt daran, so lange es geht. Das Kassenpapier ist noch das unschuldigste Mittel, die Armut zu decken, solange der Kredit hält. Aber nach meiner Meinung ist für den Staat nichts verderblicher und in dem Staat nichts ungerechter als eigentliche Staatspapiere, so wie unsere Staaten jetzt eingerichtet sind. Eingerechnet unsere Privilegien und Immunitäten, die freilich ein Widerspruch des öffentlichen Rechts sind, zahlen die Ärmeren fast durchaus fünf Sechsteile der Staatsbedürfnisse. Die Inhaber der Staatspapiere, sie mögen Namen haben wie sie wollen, gehören aber meistens zu den Reichen oder wohl gar zu den Privilegierten. Die Interessen werden wieder aus den Staatseinkünften bezahlt, die meistens von den Ärmeren bestritten werden. Ein beliebter Schriftsteller wollte vor kurzem die Wohltätigkeit der Staatsschulden in Sachsen dadurch beweisen, weil man durch diese Mittel sehr gut seine Gelder unterbringen könne. Nach diesem Schlusse sind die Krankheiten ein großes Gut für die Menschheit, weil sich Ärzte, Chirurgen und Apotheker davon nähren. Ein eigener Ideengang, den freilich Leute nehmen können, die ohne Gemeinsinn gern viel Geld sicher unterbringen wollen. Das Resultat ist aber ohne vieles Nachdenken, daß durch die Staatsschulden die Ärmeren gezwungen sind, außer der alten Last, auch noch den Reichen Interessen zu bezahlen, sie mögen wollen oder nicht. Bei einem Steuerkataster, auf allgemeine Gerechtigkeit gegründet, wäre es freilich anders. Aber jetzt haben die Reichen die Steuerscheine, und die Armen zahlen die Steuern. Man kann diese Logik nur bei einem Kasten voll Steuerobligationen bündig finden. Wo hätte der Staat die Verbindlichkeit, den Reichen auf Kosten der Armen ihre Kapitale zu verzinsen? Und das ist doch am Ende das Fazit jeder Staatsschuld. Jede Staatsschuld ist eine Krücke, und Krücken sind nur für Lahme. Die Sache ist zu wichtig, sie hier weiter zu erörtern. Ich weise Dich hierüber vorzüglich auf Humes Buch, als das beste, was mir über diesen Gegenstand bekannt ist.

Sonderbar war es, daß man in dem letzten Jahre des Krieges bei der höchsten Krise Wien zum Waffenplatz machen wollte; das schlimmste, was die Regierung für ihre Sache tun konnte. Wenn damals die Franzosen den Frieden nicht ebenso nötig hatten wie die Deutschen oder wenn Bonaparte andere Absichten hatte, als er nachher zeigte, so war das Unglück für die östreichischen Staaten entsetzlich. Was konnte man von den Vorspiegelungen erwarten? Es war bekannt, Wien hätte sich nicht acht Tage halten können; und welche Folgen hätte es gehabt, wenn es auf dem Wege der Gewalt in die Hände der Feinde gekommen wäre? Die Wiener waren zwar sicher, daß es nicht dahin kommen würde; aber eben deswegen waren die Vorkehrungen ziemlich verkehrt. Man hätte gleich mit Entschlossenheit der Maxime des Ministers folgen können, dessen übrige Verfahrungsart ich aber nicht verteidigen möchte. Hier hatte er ganz recht; wenn nur sonst die Kräfte gewogen gewesen wären. Die Residenz ist nicht die Monarchie, und es ist manchem Staate nichts weniger als wohltätig, daß die Hauptstadt so viel Einfluß auf das Ganze hat.

Für Kunstsachen und gelehrtes Wesen habe ich, wie Dir bekannt ist, nur selten eine glückliche Stimmung; ich will Dir also, zumal da das Feld hier zu groß ist, darüber nichts weiter sagen: Du magst Dir von Schnorr erzählen lassen, der vermutlich eher zurückkommt als ich.

Ich darf rühmen, daß ich in Wien überall mit einer Bonhomie und Gefälligkeit behandelt worden bin, die man vielleicht in Residenzen nicht so gewöhnlich findet. Selbst die schnakische Visitation an der Barriere wurde, was die Art betrifft, mit Höflichkeit gemacht. Den einzigen böotischen, aber auch echt böotischen, Auftritt hatte ich den letzten Tag auf der italienischen Kanzlei. Hierher wurde ich mit meinem alten Passe von der Polizei um einen neuen gewiesen. Im Vorzimmer war man artig genug und meldete mich, da ich Eile zeigte, sogleich dem Präsidenten, der eine Art von Minister ist, den ich weiter nicht kenne. Er hatte meinen Paß von Dresden schon vor sich in der Hand, als ich eintrat.

„Währ üß Ähr?“ fragte er mich mit einem stierglotzenden Molochsgesicht in dem dicksten Wiener Bratwurstdialekt. Ich ehre das Idiom jeder Provinz, solange es das Organ der Humanität ist; und die braven Wiener mit ihrer Gutmütigkeit haben in mir nur selten das Gefühl rege gemacht, daß ihre Aussprache etwas besser sein sollte. Ich tat ein kurzes Stoßgebetchen an die heilige Humanität, daß sie mir etwas Geduld gäbe und sagte meinen Namen, indem ich auf den Paß zeigte.

„Wu wüll Ähr hünn?"

„Steht im Passe: nach Italien."

„Italien üß gruhß."

„Vorderhand nach Venedig und sodann weiter."

„Slähftr holtr sähr füehl sulch lüederlüchches Gesüendel härümmer."

Nun, Freund, was war hier zu tun? Dem Menschen zu antworten, wie er es verdiente? Er hätte leicht Mittel und Wege gefunden, mich wenigstens acht Tage aufzuhalten, wenn er mich nicht gar zurückgeschickt hätte; denn er war ja ein Stück von Minister. Ich suchte also eine alte militärische Aufwallung mit Gewalt zu unterdrücken. „Der Graf Metternich in Dresden muß wohl wissen, was er tut und wem er seine Pässe gibt: er ist verantwortlich dafür!" sagte ich so bestimmt, als mir der Ton folgte. Der Mensch belugte mich von dem verschnittenen Haarschädel, dem polnischen Rock herab bis auf die Schariwari, die um ein Paar derbe rindslederne Stiefeln geknöpft waren.

„Wu wüll Ähr weiter hünn?"

„Vorzüglich nach Sizilien."

Er glotzte von neuem und fragte:

„Was wüll Ähr da machchen?"

Hätte ich ihm nun die reine, platte Wahrheit gesagt, daß ich bloß spazierengehen wollte, um mir das Zwerchfell auseinanderzuwandeln, das ich mir über dem Druck von Klopstocks Oden etwas zusammengesessen hatte, so hätte der Mann höchst wahrscheinlich gar keinen Begriff davon gehabt und geglaubt, ich sei irgendeinem Bedlam entlaufen.

„Ich will den Theokrit dort studieren", sagte ich.

Weiß der Himmel, was er denken mochte; er sah mich an und sah auf den Paß und sah mich wieder an und schrieb sodann etwas auf den Paß, welches, wie ich nachher sah, der Befehl zur Ausfertigung eines andern war.

„Abber Ähr dörf süchch nücht ünn Venedig uffhalten."

„Ich bin es nicht willens", antwortete ich mit dem ganzen Murrsinn der düstern Laune, „und bekomme hier auch nicht Lust dazu." Er beglotzte mich noch einmal, gab mir den Paß, und ich ging.

Man hat mir den Namen des Mannes genannt und gesagt, daß dieses durchaus sein Charakter sei und daß er bei dem Kaiser in gar großem Vertrauen und hoch in Gnaden stehe. Desto schlimmer für den Kaiser und für ihn und die Wiener und alle, die mit ihm zu tun haben. Sein Gesicht hatte das Gepräge seiner Seele, das konnte ich beim ersten Anblick sehen, ohne jemals eine Stunde bei Gall gehört zu haben. Seinen Namen habe ich geflissentlich vergessen, erinnere mich aber noch so viel, daß er, eben nicht zur Ehre unserer Nation, ein Deutscher, obgleich Präsident der italienischen Kanzlei war. Ist das der Vorschmack von Italien? dachte ich; das fängt erbaulich an.

Von hier ging ich mit dem Passe hinüber in die Kanzleistube, wo ausgefertigt wurde; und hier war der Revers des Stücks, ein ganz anderer Ton. Ich wurde so viel *„Euer Gnohden"* gescholten, daß meine Bescheidenheit weder ein noch aus wußte, und erhielt sogleich einen großen Realbogen voll Latein in ziemlich gutem Stil, worin ich allen Ober- und Unteroffizianten des Kaisers, im Namen des Kaisers, gar nachdrücklich empfohlen wurde. Wenn es nur der Präsident etwas höflicher gemacht hätte; es hätte mit der nämlichen oder weit weniger Mühe für ihn und mich angenehmer werden können. Auf dem neuen Passe stand gratis, und man forderte mir zwei Gulden ab, die ich auch, trotz der sonderbaren Hermeneutik des Wörtchens, sehr gern sogleich zahlte und froh war, daß ich dem Übermaß der Grobheit und Höflichkeit zugleich entging.

Schottwien

Nun nahm ich von meinen alten und neuen Bekannten in der Kaiserstadt Abschied, packte meine Siebensachen zusammen und wandelte mit meinem neuen kaiserlichen Dokumente Tages darauf fröhlichen Mutes die Straße nach Steiermark. Schnorr hatte als Hausvater billig Bedenken getragen, den Gang nach Hesperien weiter mit mir zu machen. Man hatte die Gefahr, die auch wohl ziemlich groß war, von allen Seiten noch mehr vergrößert; und was ich, als einzelnes isoliertes Menschenkind, ganz ruhig wagen konnte, wäre für einen Familienvater Tollkühnheit gewesen. Komme ich um, so ist die Rechnung geschlossen, und es ist Feierabend: aber bei ihm wäre die Sache nicht so leicht abgetan. Er begleitete mich den zehnten Januar, an einem schönen, hellen, kalten Morgen, eine Stunde weit hinaus bis an ein altes gotisches Monument und übergab mich meinem guten Genius. Unsere Trennung war nicht ohne Schmerz, aber rasch und hoffnungsvoll, uns in Paris wiederzufinden.

Ich zog nun an den Bergen hin, die rechts immer größer wurden, dachte so wenig als möglich, denn viel Denken ist, zumal in einer solchen Stimmung und bei einer solchen Unternehmung, sehr unbequem, und setzte gemächlich einen Fuß vor den andern immer weiter fort. Als die Nacht einbrach, blieb ich in einem Dorfe zwischen Günselsdorf und Neustadt. Sowie ich in die große Wirtsstube trat, fand ich sie voll Soldaten, die ihre Bacchanalien hielten. Die Reminiszenzen der Wachstuben, wo ich ehemals von Amts wegen eine Zeitlang jede dritte Nacht unter Tabaksdampf und Kleinbierwitz leben mußte, hielten mich, daß ich nicht sogleich zurückfuhr. Ich pflanzte mich in einen Winkel am Ofen und ließ ungefähr dreißig Wildlinge ihr Unwesen so toll um mich her treiben, daß mir die Ohren gellten. Einige spielten Karten, andere sangen, andere disputierten in allen Sprachen der Pfingstepistel mit Mund und Hand und Fuß. Bald entstand Streit im Ernst, und die Handfestesten schienen schon im Begriff, sich einander die Argumenta ad hominem mit den Fäusten zu applicieren: da fing ein alter Kerl an, in der Ecke der großen gewölbten Stube auf einer Art von Sackpfeife zu blasen, und alles ward auf einmal friedlich und lachte. Bei dem dritten und vierten Takte ward es still, bei dem sechsten faßten ein paar Grenadiere einander unter die Arme und fingen an zu walzen. Der Ball vermehrte sich, als ob Hüons Horn geblasen würde, man ergriff die Mädchen und sogar die alte, dicke Wirtin, und aller Zank war vergessen. Dann traten Solotänzer auf und tanzten steirisch, dann kosakisch und dann den ausgelassensten, ungezogensten Kordax, daß die Mädchen davonliefen und selbst der Sackpfeifer aufhörte. Dann ging die Szene von vorn an. Man spielte und trank und fluchte und zankte und drohte mit Schlägen, bis der Sackpfeifer wieder anfing. Der Mann war hier mehr als Friedensrichter, er war ein wahrer Orpheus. Der Wein, den man aus großen Glaskrügen trank, tat endlich seine Wirkung; alles ward ein volles, großes, furchtbar bacchantisches Chor. Hier nahm ich den Riemen meines Tornisters auf die linke Schulter, meinen Knotenstock in die rechte Hand und zog mich auf mein Schlafzimmer, wo ich ein herrliches Thronbette fand und gewiß wie ein Fuhrknecht geschlafen hätte, wäre ich nicht von den Grenadieren durch eine förmliche Bataille geweckt worden. Der ehrliche Wirt machte den Leidenden, überall das Sicherste bei militärischer Regierung, und hätte seinen kriegerischen Gästen wohl gern ihre Kreuzer geschenkt, wenn sie ihn nur in Ruhe gelassen hätten. Ein Offizier, wie ich aus dem Tone vermutete, mit dem er sprach, machte endlich um zwei Uhr Schicht, und es ward ruhig.

Den andern Morgen fand ich einen ehrsamen, alten Mann bei seinem Weine sitzen, der den Kopf über die nächtliche Geschichte der Kriegsmänner schüttelte. Dieser erzählte mir denn einiges über die Einquartierung und klagte ganz leise, daß sie der Gegend sehr zur Last wäre. Die Soldaten waren auf Arbeit an dem Kanale, über den ich gestern gegangen war und der, wie mir der Alte bedeutend zweifelhaft sagte, bis nach Triest geführt werden solle. Vorderhand wird er nur die Steinkohlen von Neustadt nach Wien bringen. Das Wasser aus den Bergen bei Neustadt und Neukirchen war so schön und hell, daß ich mich im Januar hätte hineinwerfen mögen. Schönes Wasser ist eine meiner besten Liebschaften und überall, wo nur Gelegenheit war, ging ich hin und schöpfte und trank. Du mußt wissen, daß ich noch nicht so ganz diogenisch einfach bin, aus der hohlen Hand zu trinken, sondern dazu auf meiner Wanderschaft eine Flasche von Resina gebrauche, die reinlich ist, fest hält und sich gefällig in alle Formen fügt. Eine Stunde von Schottwien fängt die Gegend an, herrlich zu werden; vorzüglich macht ein Kloster rechts auf einer Anhöhe eine sehr romantische Partie. Das Ganze hat Ähnlichkeit mit den Schluchten zwischen Aussig und Lowositz; nur ist das Tal enger und der Fluß kleiner; doch sind die Berghöhen nicht unbeträchtlich und sehr malerisch gruppiert. Das Städtchen Schottwien liegt an dem kleinen Flüßchen Wien zwischen furchtbar hohen Bergen und macht fast nur eine einzige Gasse. Vorzüglich schön sind die Felsenmassen am Eingange und Ausgange.

Es hatte zwei Tage ziemlich stark gefroren und fing heute zu Mittag merklich an zu tauen; und jetzt schlagen Regengüsse an mein Fenster, und das Wasser schießt von den Bergen, und der kleine Fluß rauscht mächtig durch die Gasse hinab. Mir schmeckt Horaz und die gute Mahlzeit hinter dem warmen Ofen meines kleinen Zimmers vortrefflich. Horaz schmeckt mir, das heißt, viele seiner Verse; denn der Mensch selbst mit seiner Kriecherei ist mir ziemlich zuwider. Da ist Juvenal ein ganz anderer Mann, neben dem der Oktavianer wie ein Knabe steht. Es ist vielleicht schwer zu entscheiden, wer von beiden den Anstand und die guten Sitten mehr ins Auge schlägt, ob Horazens Canidia oder Juvenals Fulvia; es ist aber wesentlicher Unterschied zwischen beiden zum Vorteil des letztern. Wo Horaz zweideutig witzelt oder gar ekelhaft schmutzig wird, sieht man überall, daß es ihm gemütlich ist, so etwas zu sagen; er gefällt sich darin: bei Juvenal aber ist es reiner, tiefer, moralischer Ingrimm. Er beleidigt mehr die Sitten als jener; aber bei ihm ist mehr Sittlichkeit. Horaz nennt die Sache noch feiner und kitzelt sich: Juvenal nennt sie, wie sie ist; aber Zorn und Unwille hat den Vers gemacht.

Ein Felsenstück hängt drohend über das Haus her, in welchem ich übernachte. Hier fängt die Gegend an, die, wie ich mich erinnere, schon andere mit den schönsten in der Schweiz verglichen haben. Wie wird es aber auf den steiermärkischen Wegen werden, vor denen mir schon in Wien selbst Eingeborne bange machen wollten? Es kann nun nichts helfen; nur Mut, damit kommt man auch in der Hölle durch. Zwischen Neustadt und Neukirchen, einer langen, langen Ebene zwischen den Bergen, die sich hinter dem letzten Orte mehr und mehr zusammenschließen, begegnete mir ein starkes Kommando mit Gefangenen. Der letzteren waren wohl einige Dutzend: eben keine sehr gute Aussicht. Einige waren schwer geschlossen und klirrten trotzig mit den Ketten. Die meisten waren Leute, welche die Straßen unsicher gemacht hatten. Aber desto besser, dachte ich, nun sind der Schurken weniger da, und diese werden gewiß nicht so bald wieder losgelassen. In Wien und hier auf dem Wege überall wurde erzählt, daß man die Preßburger Post angefallen, ausgeplündert und den Postillon und den Schaffner erschlagen habe. Auch bei Pegau, nicht weit von Gräz, war das nämliche geschehen. Das waren aber gewiß Leute, die vorher gehörig rekognosziert hatten, daß die Post beträchtliche Summen führte, die sich auch wirklich zusammen über hundertunddreißigtausend Gulden belaufen haben sollen. Bei mir ist nicht viel zu rekognoszieren; mein Homer und meine Gummiflasche werden wenig Räuber in Versuchung bringen.

Murzhofen

Von Schottwien bis hierher war heute in der Mitte des Januars eine tüchtige Wandlung. Der Sömmering ist kein Maulwurfshügel; es hatte die zweite Hälfte der Nacht entsetzlich geschneit; der Schnee ging mir bis hoch an die Waden; ich wußte keinen Schritt Weg, und es war durchaus keine Bahn. Einige Male lief ich den Morgen noch im Finstern unten im Tal zu weit links und mußte durch Verschläge in dem tiefen Schnee die große Straße wieder suchen. Nun ging es bergan zwei Stunden, und nach und nach kamen einige Fuhrwerke den Sömmering herab und zeigten mir wenigstens, daß ich dorthin mußte, wo sie herkamen. Links und rechts waren hohe Berge, mit Schwarzwald bewachsen, der mit Schnee behangen war; und man konnte vor dem Gestöber kaum zwanzig Schritt sehen. Oben auf den Bergabsätzen begegneten mir einige Reisewagen, die in dem schlechten Wege nicht fort konnten. Der Frost hielt noch nicht, und überdies waren die Gleise entsetzlich ausgeleiert. Herren und Bedienten waren abgestiegen und halfen fluchend dem Postillon, das leere Fuhrwerk Schritt vor Schritt weiter hinaufwinden. Ich wechselte die Schluchten bergauf bergab und trabte zum großen Neide der dick bepelzten Herren an dem englischen Wagen fürbaß. Ein andermal rollten sie vor mir vorbei, wenn ich langsam fortzog. So geht's in der Welt: sie gingen schneller, ich ging sicherer. Auf dieser Seite des Sömmerings kommt aus verschiedenen Schluchten die Wien herab; und auf der zweiten Hälfte der Station, nach Mürzzuschlag, nachdem man den Gipfel des Berges erstiegen hat, kommt ebenso die Mürz hervor und ist in einer Stunde schon ein recht schöner Bach. Bei Mürzzuschlag treibt sie fast alle hundert Schritte Mühlen und Hammerwerke bis herab nach Krieglach, wo sie größer wird, nun schon einen ansehnlichen Fluß bildet und nur mit Kosten gebraucht werden kann. Es ist angenehm, die Industrie zu sehen, mit welcher man das kleine Wässerchen zu seinen Behufen zu leiten und zu gebrauchen weiß; und die kleinen Täler an dem Flusse herunter sind außerordentlich lieblich und machen auch unter dem Schnee mit ihren fleißigen Gruppen ein schönes Winterbild.

Die Wörter Mürzzuschlag und Krieglach klangen mir nach den Wiener Mordgeschichten gar sehr wie nomina male ominata, deren Etymologie ich mir gern hätte erklären lassen, wenn ich nicht zu faul gewesen wäre, irgendeinen Pastor aufzusuchen: und ich war herzlich froh, als ich gegen Abend so ziemlich aus der abenteuerlichen Gegend heraus war. Es ist etwas sehr Gewöhnliches, daß man einem Gaste, wenn er die Zeche bezahlt hat und abzieht, glückliche Reise wünscht, und man denkt weiter nicht viel dabei: aber Du kannst nicht glauben, wie angenehm es ist, wenn es in einer solchen Lage, im Januar, wenn der Sturm den Schnee gegen die Felsen jagt, mit Teilnahme von einem artigen, hübschen Mädchen geschieht, zumal wenn man den Kopf voll Räuber und Strauchdiebe hat.

Gräz

Hier will ich einige Tage bleiben und ruhen: die Stadt und die Leute gefallen mir. Du weißt, daß der Ort auf den beiden Seiten der Mur sehr angenehm liegt; und das Ganze hat hier überall einen Anblick von Bonhomie und Wohlhabenheit, der sehr behaglich ist. Von Schottwien aus machte ich den ersten Tag mit vieler Anstrengung nur fünf Meilen und den zweiten mit vieler Leichtigkeit sieben: aber den ersten stieg ich in dem entsetzlichen Schneegestöber an der Wien bergauf, und den zweiten ging ich bei ziemlich gutem Wetter an der Mürz bergab. Es ist ein eigenes Vergnügen, die Bäche an ihren Quellen zu sehen und ihnen zu folgen, bis sie Flüsse werden. Die Mürz ist ein herrliches Wasser und muß die erste Meile schöne Forellen haben. Man hat mich zwar gewarnt, nicht in der Nacht zu gehen, und mich deucht, ich habe es versprochen: aber ich habe bis jetzt doch schon zweimal dagegen gesündigt und bin über eine

Stunde die Nacht gelaufen. Indessen, wer wird gern in einer schlechten Kneipe übernachten, wenn man ihm sagt, daß er eine Meile davon ein gutes Wirtshaus findet.

An einem dieser Tage wurde ich zu Mittage in einem kleinen Städtchen gar köstlich bewirtet und bezahlte nicht mehr als achtzehn Kreuzer. Das tat meiner Philanthropie sehr wohl, denn Du weißt, daß ich mir aus den Kreuzern so wenig mache wie aus den Kreuzen. Mein Ideengang kam dadurch natürlich auf die schöne Tugend der Billigkeit und auf die unbillige Forderung, daß alle Richter, als Richter, sie haben sollen. Billigkeit ist die Nachlassung von seinem eigenen Rechte: und nun frage ich Dich, ob ein Richter dabei etwas zu tun hat? Nur die Parteien können und sollen billig sein. Bei billigen Richtern wäre es um die Gerechtigkeit geschehen. Mit diesen Gedanken setzte ich mich in dem nächsten Wirtshause nieder und legte das Resultat derselben in mein Taschenbuch über die Billigkeit.

Verdammt den Richter nicht; er darf nicht billig sein:
Für ihn ist das Gesetz von Eisen;
Und seine Pflichten sind von Stein,
Ihn taub und kalt nur auf das Recht zu weisen.

Nur das, was mir gehört, geb ich mit Bruderhand
Dem Bruder für die kleine Spende,
Und schlinge freundlicher das Band,
Das beide knüpft, und schüttle froh die Hände.

Hier ist der Übergang zur der Erhabenheit
Der göttergleichen Heldentugend,
Die sich der Welt zum Opfer weiht;
Der erste Blick von unsrer Geistesjugend.

Die strenge Pflicht, die der Vertrag erzwingt,
Bleibt ewig Grund zu dem Gebäude;
Doch Milde nur und Güte bringt
Ins leere Haus den Harrenden die Freude.

Mit seinem Eisenstab befriedige das Recht
Den großen Troß gemeiner Seelen:
Mit dem olympischen Geschlecht
Soll uns schon hier die Göttliche vermählen.

Jeder *soll* billig sein für sich; das ist menschlich, das ist schön: aber alle *müssen* gerecht sein gegen alle; das ist notwendig, sonst kann das Ganze nicht bestehen. Der billige Richter ist ein schlechter Richter oder seine Gesetze sind mehr als gewöhnlich mangelhaft. Die Billigkeit des Richters wäre ein Eingriff in die Gerechtigkeit. Zur Gerechtigkeit kann, muß der Mensch gezwungen werden; zur Billigkeit nicht: das ist in der Natur der Sache gegründet. Wo die Parteien billig sein wollen, handelt der Richter nicht als Richter, sondern als Schiedsmann. Die Gerechtigkeit ist die erste, große, göttliche Kardinaltugend, welche die Menschheit weiterbringen kann. Nicht die Gerechtigkeit, die in den zwölf Tafeln steht und die nachher Justinian lehren ließ. Jeder unbefangene Geschichtsschreiber weiß, was die Zehnmänner waren, was sie für Zwecke hatten und verfolgten und wie sie zu Werke gingen und wieviel Unsinn Papinian von dem Putztische der heiligen Theodora annehmen mußte. Nicht die Gerechtigkeit unserer Fürsten, die oft einige tausend Bauern mit Peitschen vom Pfluge hauen, damit sie ihnen ein Schwein jagen, das ein Jägerbursche zum Probeschusse töten könnte. An der Seine erschien vor einigen Jahren eine Morgenröte, die sie hervorzuführen versprach. Aber die Morgenröte verschwand, es folgten Ungewitter, dann dicke Wolken und endlich Nebeltage. Es war ein Phantom. Wenn Du Gerechtigkeit in den Gesetzen suchst, irrest Du sehr; die Gesetze sollen erst aus der Gerechtigkeit hervorgehen, sind aber oft der Gegensatz derselben. Du kannst hier, wie in manchem unserer Institute, schließen: je mehr Gesetze, desto weniger Gerechtigkeit; je mehr Theologie, desto weniger Religion; je längere Predigten, desto weniger vernünftige Moral. Mit unserer bürgerlichen Gerechtigkeit geht es noch so ziemlich; denn die Gewalthaber begreifen wohl, daß ohne diese durchaus nichts bestehen kann, daß sie sich ohne dieselbe selbst auflösen: aber desto schlimmer sieht es mit der *öffentlichen* aus; und mich deucht, wir werden wohl noch einige platonischen Jahre warten müssen, ehe es sich damit in der Tat *bessert*, so oft es sich auch *ändern* mag. Dazu ist die Erziehung des Menschengeschlechtes noch zu wenig gemacht, und diejenigen, die sie machen sollen, haben zu viel Interesse, sie nicht zu machen oder sie verkehrt zu machen. Sobald Gerechtigkeit sein wird, wird Friede sein und Glück: sie ist die einzige Tugend, die uns fehlt. Wir haben Billigkeit, Großmut, Menschenliebe, Gnade und Erbarmung genug im einzelnen, bloß weil wir im allgemeinen keine Gerechtigkeit haben. Die Gnade verderbt alles, im Staate und in der Kirche. Wir wollen keine Gnade, wir wollen Gerechtigkeit; Gnade gehört bloß für Verbrecher, und meistens sind die Könige ungerecht, wo sie gnädig sind. Wer den Begriff der Gnade zuerst ins bürgerliche Leben und an die Stühle der Fürsten getragen hat, soll verdammt sein, von bloßer Gnade zu leben; vermutlich war er ein Mensch, der mit Gerechtigkeit nichts fordern konnte. Aus Gnade wird selbst kein guter, rechtlicher, vernünftiger Mann selig werden wollen, und wenn es auch ein Dutzend Evangelisten sagten. Es ist ein Widerspruch, man lästert die Gottheit, wenn man ihr solche Dinge aufbürden will. Aber, lieber Freund, wo gerate ich hin mit meinem Eifer in Gräz? –

Mit diesen und ähnlichen Gedanken, die ich Dir hier nicht alle herschreiben kann, lief ich immer an der Mürz hinunter, kam in Brüg an die Mur und pilgerte an dem Flusse hinab. Schon zu Neukirchen waren mir eine Menge Wagen begegnet, die leer zu sein schienen und doch außerordentlich schwer gingen. Auf dem Sömmering traf ich noch mehr und entdeckte nun, daß sie Kanonen führten, die sie höchst wahrscheinlich von Gräz und noch weiter von der italienischen Armee brachten und deren Lafetten vermutlich verbraucht waren. Vor einem Wagen zogen oft sechzehn Pferde, und der Wagen waren oft mehr als hundert. Für mich hatten sie den Vorteil, daß sie Bahn machten. Hier und da war auch Bedeckung; und Soldaten mit Gewehr sehe ich als Reisender jetzt immer gern: denn im allgemeinen darf man annehmen, diese sind ehrliche Leute; die schlechten behält man in den Garnisonen und läßt sie nicht mit Gewehr im Lande herumziehen.

Den zehnten um neun Uhr aus Wien und den vierzehnten zu Mittage in Gräz, heißt im Januar immer ehrlich zu Fuße gegangen. Die Täler am Flusse hinunter sind fast alle romantisch schön, die Berge von beträchtlicher Höhe. Noch eine Meile von Brüg, gleich an dem Ufer der Mürz, steht ein schönes Landhaus; auf der einen Seite desselben siehst Du auf der Gartenmauer Pomona mit ihrem ganzen Gefolge in sehr grotesken Statüen abgebildet und auf der andern die Musik mit den meisten Instrumenten nach der Reihe, noch grotesker und fast an Karikatur grenzend. Das ganze ist schnakisch genug und tut eine possierlich angenehme Wirkung. Der Trägerin des Füllhorns fehlte der Kopf, und da die ganze Gesellschaft ziemlich beschneit war, konnte man nicht entdecken, ob er abgeschlagen war oder ob man sie absichtlich ohne Kopf hingestellt hatte. Die Örter in der Gegend haben alle das Ansehen der Wohlhabenheit.

Bei Rötelstein beschwerte sich ein Landmann, mit dem ich eine Meile ging, über den Schaden, den die Wölfe und Luchse anrichteten, die aus den Bergen herabkämen. Der Schnee ward hoch und die Kälte schneidend, und ich eilte nach Pegau, bloß weil der Ort für mich einen vaterländischen Namen hatte. Aber das Quartier war so traurig, als ich es kaum auf der ganzen Reise angetroffen hatte. Man sperrte mich mit einem Kandidaten der Rechte zusammen, der aus der Provinz nach Gräz zum Examen ging und der mich durch seine drolligen Schilderungen der öffentlichen Verhältnisse in Steiermark für das schlechte Wirtshaus entschädigte. Er hatte viel Vorliebe für die Tiroler, ob er gleich ein Steiermärker war, und lobte Klagenfurt nach allen Prädikamenten. Mit ihm ging ich vollends hierher.

Gräz ist eine der schönsten großen Gegenden, die ich bis jetzt gesehen habe; die Berge rund umher geben die herrlichsten Aussichten und müssen in der schönen Jahreszeit eine vortreffliche Wirkung tun. Das Schloß, auf einem ziemlich hohen Berge, sieht man sehr weit; und von demselben hat man rund umher den Anblick der schön bebauten Landschaft, die durch Flüsse und Berge und eine Menge Dörfer herrlich gruppiert ist. Als ich oben in das Schloßtor trat, stand ein Korporal dort und pfiff mit großer Andacht eines der besten Stücke aus der Oper: *„Die Krakauer"*, welche die letzte Veranlassung zum Ausbruch der Revolution in Warschau war. Da ich die Oper dort genossen und das darauf folgende Trauerspiel selbst mitgemacht hatte, so kannst Du denken, daß diese Musik hier in Gräz ganz eigen auf mich wirkte. Eben diese Melodie hatte mich oft so sehr beschäftigt, daß ich manchmal in Versuchung gewesen war, für mich selbst einen eigenen Text darauf zu machen, da ich das Polnische nicht sonderlich verstehe. Die Gefängnisse des Schlosses sind jetzt voll Verbrecher, die mir mit ihren Ketten entgegenklirrten. Das Spital, gleich unten am Schloßberge, ist von Joseph dem Zweiten, ein stattliches Gebäude; und das neue, sehr geschmackvolle Schauspielhaus, mit einer kurzen, echt lateinischen Inschrift, von den Ständen. Herr Küttner spricht schon ziemlich gut von dem hiesigen Theater, und ich habe sein Urteil völlig richtig gefunden. Man gab eine neue Bearbeitung des alten Stücks: *„Der Teufel ist los"*. Der Text hält freilich, wie in den meisten Opern, keine Kritik. Schade, daß man nicht in dem Tone fortgefahren ist, den *Weiße* angeschlagen hatte. Es hätten eine Menge zu niedriger Redensarten ausgemerzt werden sollen. Die Musik war eklektisch und gab Reminiszenzen, war aber sehr gefällig und schon mehr italienisch als deutsch. Der Gesang war besser, als ich ihn seit Guardasonis schöner Periode irgendwo gehört habe. Das Personal ist ziemlich gut besetzt und vorzüglich das weibliche nicht so ärmlich als in Dresden und Wien. Das einzige, was mir mißfiel, waren die Furien und Teufel, welche durchaus aussahen wie die Kohlenbrenner vom Blocksberge.

In einer Prolepse muß ich Dir, nicht ganz zur Ehre unserer Mitbürger, sagen, daß ich auf meiner ganzen Wanderschaft kein so schlechtes Schauspielhaus gesehen habe als bei uns in Leipzig. Hier in Östreich und durch ganz Italien und auch in Frankreich sind überall gehörige bequeme Vorzimmer am Eingange, und die meisten haben Kaffeehäuser von mehreren Piecen, wo man Erfrischungen aller Art und gut haben kann. Bei uns wird das Publikum in einem schlechten Winkel ziemlich schlecht bedient, und für Bequemlichkeit und Vergnügen derjenigen, die nun gerade diese Szene oder diesen Akt nicht sehen wollen, ist gar nicht gesorgt. An Feuersgefahr scheint man ebensowenig gedacht zu haben und sperrt das Publikum auf Gnade und Ungnade ohne Rettung und Ausflucht zusammen.

Die Gräzer sind ein gutes, geselliges, jovialisches Völkchen; sie sprechen im Durchschnitt etwas besser deutsch als die Wiener. Der Adel soll viel alten Stolz haben. Das ist nun so überall sein Geist, etwas gröber oder feiner; ausgenommen vielleicht in großen Städten und größeren Residenzen, wo sich die Menschen etwas mehr aneinander schleifen und abglätten. Längs der Mürz und der Mur hinunter gibt es links und rechts noch manche alte Schlösser, die aber, dem Himmel sei Dank, immer mehr und mehr in Ruinen sinken. Ihr Anblick erhöht nur noch das Romantische. Von *Iffland*, der voriges Jahr auch hier war, spricht man sowohl hier als in Wien noch mit Enthusiasmus. An der Wirtstafel erzählten einige Gäste vom Lande viel von der Bärenjagd und den Abenteuern, die es dabei gäbe. Ich glaubte immer, diese Art von Pelzwerk wäre jetzt nur noch in Polen und jenseits zu Hause; aber voriges Jahr wurden hier in der Gegend zwölfe geschossen und auch diesen

Jahrgang wieder mehrere. Vor einigen Jahren wurde eine Bärin erlegt, die Junge hatte, und auf einen Hof geschafft. Kurze Zeit nachher folgten die Jungen der Fährte der toten Mutter und setzten sich vor dem Hofe auf einen alten Lindenbaum, wo sie sich endlich ruhig fangen ließen. Die Gärten und der Lindenberg waren verschneit, so daß ich diese Vergnügungsörter nur von weitem sah.

Laibach

Hier mache ich, wenn Du erlaubst, wieder eine Pause und lasse meine Hemden waschen und meine Stiefeln besohlen.

Von Gräz aus war es sehr kalt und ward immer kälter. Die erste Nacht blieb ich in Ehrenhausen, einem ganz hübschen Städtchen, das seinem Namen Ehre macht, wo ich von meiner lieben Mur Abschied nahm. Der Ofen glühte, aber das Zimmer ward nicht warm. Der Weg von Ehrenhausen nach Marburg ist ein wahrer Garten, links und rechts mit Obstpflanzungen und Weinbergen. Auch Marburg ist ein ganz hübscher Ort an der Drawa, und die Berge an dem Flusse hinauf und hinab sind voll der schönsten Weingärten. Eine herrliche, ökonomische Musik war es für mich, daß die Leute hier überall links und rechts auf Bohlentennen draschen. Man kann sich keinen traulicheren Lärm denken. Das Deutsche hörte nunmehr unter den gemeinen Leuten auf, und das Italienische fing nicht an: dafür hörte ich das krainische Rotwelsch, von dem ich nur hier und da etwas aus der Analogie mit dem Russischen verstand. Die Russen tun sich etwas darauf zugute, daß man sie so weit herab in ihrer Muttersprache versteht, und nennen sich deswegen die Slawen, die Berühmten, ungefähr so wie die heutigen Gallier sich die große Nation nennen. Bis nach Triest und Görz wurden sie hier überall verstanden. Die Polen sprechen sogleich leicht und verständlich mit ihnen, und die Böhmen finden keine große Schwierigkeit. Ich selbst erinnere mich, als ich vor mehreren Jahren aus Rußland zurückkam und einen alten russischen Grenadier als Bedienten mit mir hatte, daß er mir in der Lausitz in der Gegend von Lübben sagte: „Aber, mein Gott, wir sind ja hier noch ganz in Rußland; hier spricht man ja noch gut russisch." So viel Ähnlichkeit haben die slawischen Dialekte unter sich, von dem russischen bis zum wendischen und krainischen.

Von Gannewitz aus ist ein hoher, furchtbar steiler Berg, weit steiler als der Sömmering, so daß vierunddreißig Ochsen und sechs Pferde an einem Frachtwagen zogen, den die sechs Pferde auf gewöhnlichen Wegen allein fortbrachten. Die Berge sind hier meistens mit schönen Buchen bewachsen, da sie an der Mur fast durchaus mit Schwarzwald bedeckt sind.

In Cilli kam ich ziemlich spät an und tat mir gütlich in sehr gutem Bier, das nun ziemlich selten zu werden anfängt. Aus Verzweiflung muß ich Wein trinken, und zwar viel; denn sonst würde man mich ohne Barmherzigkeit auf ein Strohlager weisen, und wenn ich auch noch so sehr mit dem Gelde klingelte. Es wurde hier bei meiner späten Ankunft so stark geschossen und geschrien, daß ich glaubte, es wäre Revolution im Lande. Wie ich näherkam, hörte ich, daß es Schlittenfahrten waren. In Cilli hätte ich auch bald meine irdische Laufbahn geschlossen: das ging so zu. Ich aß gut und viel, wie gewöhnlich, in der Wirtsstube und hatte bestellt, mir ein gutes Zimmer recht warm zu machen, weil es fürchterlich kalt war: denn die steiermärkischen und krainischen Winter halten sich in gutem Kredit, und der jetzige ist vorzüglich strenge. Nach der Mahlzeit ging ich auf das Zimmer, zog mich aus, stellte mich einige Minuten an den Ofen und legte mich zu Bette. Du weißt, daß ich ein gar gesunder Kerl bin und jeden Tag gut esse und jede Nacht gut schlafe. So auch hier. Aber es mochte vielleicht gegen vier Uhr des Morgens sein, als ich durch eine furchtbare Angst geweckt wurde und den Kopf kaum heben konnte. So viel hatte ich noch Besinnung, daß ich erriet, ich schliefe in einem neu geweißten Zimmer, das man auf mein Verlangen gewaltig geheizt hatte. Als ich mich aufzurichten versuchte, um das Fenster zu öffnen, fiel ich kraftlos und dumpf auf den Pfühl zurück und verlor das Bewußtsein. Als es helle ward, erwachte ich wieder, sammelte nun so viel Kraft, das Fenster zu öffnen, mich anzuziehen, in der Eile das Zimmer zu verlassen, hinunterzutaumeln und unten etwas Wein und Brot zu bestellen. Hier kam der zweite Paroxysmus; ich sank am Tische hin in einen namenlosen Zustand, wie in einen lichtleeren Abgrund, wo Finsternis hinter mir zuschloß. So viel erinnere ich mich noch: ich dachte, das ist der Tod, und war ruhig: sie werden mich schon gehörig begraben. Kurze Zeit darauf erwachte ich wieder unter dem entsetzlichsten Schweiße, der mich aber mit jedem Augenblicke leichter ins Leben zurückbrachte. Der ganze Körper war naß, die Haare waren wie getaucht, und auf den Händen standen große Tropfen bis vorn an die Nägel. Niemand war in dem Zimmer; der Schweiß brachte mir nach der Schwere des Todes ein Gefühl unaussprechlicher Behaglichkeit. Etwas Schwindel kam zurück; nun suchte ich mich zu ermannen und nahm etwas Wein und Brot. Die Luft, dachte ich, ist die beste Arznei, und auf alle Fälle stirbt man besser in dem freien Elemente als in der engen Kajüte. So nahm ich meinen Tornister mit großer Anstrengung auf die Schulter und ging oder wankte vielmehr fort; aber mit jedem Schritte ward ich leichter und stärker, und in einer halben Stunde fühlte ich nichts mehr, ob mir gleich Kleid, Hut, Haar und Bart und das ganze Gesicht schwer bereift war und der ganze Kerl wie schlechte verschossene Silberarbeit aussah; denn es fiel ein entsetzlich kalter Nebel. Nach zwei Stunden frühstückte ich wieder mit so gutem Appetit, als ich je getan hatte. Siehst Du, lieber Freund, so hätte mich der verdammte Kalk beinahe etwas früher, als nötig ist, aus der Welt gefördert. Doch vielleicht kam mir dieses auch nur so gefährlich vor, weil ich keiner solchen Phänomene von Krankheit, Ohnmacht und so weiter gewohnt bin. Etwas gewitziget wurde ich indes dadurch für die Zukunft, und ich visitierte nun allemal erst die Wände eines geheizten Zimmers, ehe ich mich ruhig einquartierte.

Zwischen Franz und Sankt Oswald steht rechts am Berge eine Pyramide mit einem Postament von schwarzem Marmor, auf dem die Unterwerfungsakte der Krainer an Karl den Sechsten eingegraben ist: Se substraverunt heißt es mit klassisch diplomatischer Demut. Eine Viertelstunde weiter hin ist links ein anderes neueres Monument, wie es mir schien, zur Ehre eines Ministers, der den Weg hatte machen lassen. Es war sehr kalt; die Schrift war schon ganz unleserlich und der Weg war auch wieder in übeln Umständen, obgleich beides höchstens nur von Karl dem Sechsten.

Abends kam ich mit vieler Anstrengung in Sankt Oswald an, ob ich gleich recht gut zu Mittage gegessen hatte; denn der Zufall mochte mich doch etwas geschwächt haben. Der Wirt, zu dem man mich hier wies, war ein Muster von Grobheit und hat die Ehre, der einzige seiner Art auf meiner ganzen Reise zu sein: denn alle übrigen waren leidlich artig. Ich trat ein und legte meinen Tornister ab. Es war Zweidunkel, zwischen Hund und Wolf. „Was will der Herr?" fragt mich ein ziemlich dicker, handfester Kerl, der bei dem Präsidenten der italienischen Kanzlei in Wien Kammerdiener gewesen zu sein schien, so ganz sprach er seine Sprache und seinen Dialekt. Du weißt, daß sehr oft ein Minister das Talent hat, durch sein wirksames Beispiel die Grobheit durch die ganze Provinz zu verbreiten. „Was will der Herr?" Ich trat ihm etwas näher und sagte: „Essen, trinken und schlafen." – „Das erste kann Er, das zweite nicht." – „Warum nicht? Ist hier nicht ein Wirtshaus?" – „Nicht für Ihn." – „Für wen denn sonst?" – „Für andere ehrlichen Leute." – „Ich bin hoffentlich doch auch ein ehrlicher Mann." – „Geht mich nichts an." – „Aber es ist Abend, ich kann nicht weiter und werde also wohl hier bleiben müssen", sagte ich etwas bestimmt. Hier geriet der dicke Mann in Zorn, ballte seine beiden Fäuste mit einer solchen Heftigkeit, als ob er mit jeder auf einmal ein halbes

Dutzend solcher Knotenstöcke zerbrechen wollte, wie ich trug. „Mach der Herr nur kein Federlesens, und pack Er sich; oder ich rufe meine Knechte; da soll die Geschichte bald zu Ende sein." Er deutete grimmig auf die Tür und ging selbst hinaus. Ich wandte mich, als er hinaus war, an einen jungen Menschen, welcher der Sohn vom Hause zu sein schien, und fragte ihn ganz sanft um die Ursache einer solchen Behandlung. Er antwortete mir nicht. Ich sagte, wenn man mir nicht trauete, so möchte man meine Sachen in Verwahrung nehmen, und Börse und Uhr und Paß und Taschenbuch dazu. Nun sagte er mir ängstlich, der Herr wäre aufgebracht, und es würde wohl bei dem bleiben, was er gesagt hätte. Hier kam der dicke Herr selbst wieder. „Ist der Herr noch nicht fort?" – „Aber, Lieber, es ist ja ganz Nacht; ich bin sehr müde, und es ist sehr kalt." – „Geht mich nichts an." – „Es ist kein anderes Wirtshaus in der Nähe." – „Wird schon eins finden." – „Auch wieder ein solches?" – „Nur nicht räsonniert und Marsch fort!" – „Hier ist mein Paß aus der Wiener Staatskanzlei." – „Ei, was!" rief er grimmig wütend und ohne mit Respekt zu sagen, „ich sch… auf den Quark!" Was war zu tun? Zur Bataille durfte ich es nicht wohl kommen lassen; denn da hätte ich, trotz meinem schwerbezwingten Knotenstock, Schläge bekommen für die Humanität, quantum satis, und noch etwas mehr. Der Mensch schien Kaiser und Papst in Sankt Oswald in einer Person zu sein. Ich nahm ganz leise meinen Reisesack und ging zur Tür hinaus. War das nicht ein erbaulicher, ästhetischer Dialog?

Nun ist in ganz Sankt Oswald, soviel ich sah, weiter nichts als dieses ziemlich ansehnliche Wirtshaus, die Post, ich glaube die Pfarre und einige kleinen Tagelöhnerhütten. Zu der Postnation habe ich durch ganz Deutschland nicht das beste Zutrauen in Rücksicht der Humanität und Höflichkeit: das ist ein Resultat meiner Erfahrung, als ich mit Extrapost reiste; nun denke Dir, wenn ein Kerl mit dem Habersack käme! Er möchte noch so viel Dukaten in der Tasche haben und zehren wie ein reicher Erbe; das wäre wider Polizei und die Ehre des Hauses. Zu dem Pfarrer hätte ich wohl gehen sollen, wie ich nachher überlegte, um meine Schuldigkeit ganz getan zu haben. Aber das Unwesen wurmte mich zu sehr; ich gab dem Heiligen im Geiste drei tüchtige Nasenstüber, daß er seine Leute so schlecht in der Zucht hielt, und schritt ganz trotzig an dem Berge durch die Schlucht hinunter in die Nacht hinein. Die tiefe Dämmerung, wo man aber doch im Zimmer noch nicht Licht hatte, und mein halb polnischer Anzug mochten mir auch wohl einen Streich gespielt haben: denn ich glaube fast, wenn wir einander hätten hell ins Gesicht sehen können, es wäre etwas glimpflicher gegangen. Die Gegend war nun voll Räuber und Wölfe, wie man mir erzählt hatte, ich marschierte also auf gutes Glück geradezu. Ungefähr eine halbe Stunde von dem Heiligen der schlechten Gastfreundschaft traf ich wieder ein Wirtshaus, das klein und erbärmlich genug im Mondschein dort stand. Sehr ermüdet und etwas durchfroren trat ich wieder ein und legte wieder ab. Da saßen drei Mädchen, von denen aber keine eine Silbe deutsch sprach, und sangen, bei einem kleinen Lichtchen, ihrer kleinen Schwester ein gar liebliches krainisches Wiegentrio vor, um sie einzuschläfern. Endlich kam der Wirt, der etwas deutsch radebrechte: dieser gab mir freundlich Brot, Wurst und Wein und ein Kopfkissen auf das Stroh. Ich war sehr froh, daß man mir kein Bett anbot; denn mein Lager war unstreitig das beste im ganzen Hause. Es war mir lieb, bei dieser Gelegenheit eine gewöhnliche krainische Wirtschaft zu sehen, die dem Ansehen nach noch nicht die schlechteste war und die doch nicht viel besser schien, als man sie bei den Letten und Esten in Kurland und Livland findet. Gleiche Ursachen bringen gleiche Wirkungen.

Bei Popetsch steht rechts von der Post oben auf der Anhöhe ein stattliches Haus, und hinter demselben zieht sich am Berge eine herrliche Partie von Eichbäumen hin. Es waren die ersten schönen Bäume dieser Art, die ich seit meinem letzten Spaziergange in dem Leipziger Rosenthale sah. Im Prater in Wien sind sie nicht zahlreich; dort in der Donaugegend sind die Pappeln und Weiden vorzüglich.

Nicht weit von Laibach fallen die Save und Laibach zusammen, und über die Save ist eine große hölzerne Brücke. Die Lage des Laibacher Schlosses hat von fern viel Ähnlichkeit mit dem Gräzer; und auch die Stadt liegt hier ziemlich angenehm an beiden Seiten des Flusses, ebenso wie Gräz an der Mur. Die Brücken machen hier wie in Gräz die besten Marktplätze, da sie sehr bequem auf beiden Seiten mit Kaufmannsläden besetzt sind, eine große Annehmlichkeit für Fremde. Das Komödienhaus ist zwar nicht so gut als in Gräz, aber doch immer sehr anständig; und auch hier sind am Eingange links und rechts Kaffee- und Billardzimmer.

Schantroch, der hiesige Entrepreneur, der abwechselnd hier, in Görz, in Klagenfurt und auch zuweilen in Triest ist, gab Kotzebues *„Bayard“*. Er selbst spielte in einem ziemlich schlechten Dialekt, und seine ganze Gesellschaft hält keine Vergleichung mit der Domaratiussischen in Gräz aus. Man sprach hier von einem Stück in Knittelversen, das alles, was Schiller und Lessing geschrieben haben, hinter sich lassen soll. Herr Schantroch, der mit mir an der nämlichen Wirtstafel speiste, schien ein ebenso seichter Kritiker zu sein, als er ein mittelmäßiger Schauspieler ist. Doch ist seine Gesellschaft nicht ganz ohne Verdienst und hat einige Subjekte, die auch ihren Dialekt ziemlich überwunden haben: und Herr Schantroch soll als Prinzipal alles tun, was in seinen Kräften ist, sie gut zu halten. Die Tagesordnung des Stadtgesprächs waren Balltrakasserien, wo sich vorzüglich ein Offizier durch sein unanständiges, brüskes Betragen ausgezeichnet haben sollte: und dieser war, nach seinem Familiennamen zu urteilen, leider unser Landsmann. Die Kaffeehäuser sind in Gräz und hier weit besser als in Wien; und das hiesige Schweizerkaffeehaus ist ganz artig und verhältnismäßig anständiger als das berühmte Milanosche in der Residenz, wo man sitzt, als ob man zur Finsternis verdammt wäre. Du siehst, daß man für das letzte Zipfelchen unsers deutschen Vaterlandes hier ganz komfortabel lebt und uns noch Ehre genug macht.

Einige Barone aus der Provinz, die in meinem Gasthofe speisten, sprachen von den hiesigen öffentlichen Rechtsverhältnissen zwischen Obrigkeiten und Untertanen, oder vielmehr zwischen Erbherren und Leibeigenen; denn das erstere ist nur ein Euphemismus: und da ergab sich denn für mich, den stillen Zuhörer, daß alles noch ein großes, grobes, verworrenes Chaos ist, eine Mischung von rechtlicher Unterdrückung und alter Sklaverei.

Was Küttner von dem bösen Betragen der Franzosen in einigen andern Grenzgegenden gesagt hat, muß wohl hier nicht der Fall gewesen sein. Alle Eingebornen, mit denen ich gesprochen habe, reden mit Achtung von ihnen und sagen, sie haben weit mehr von ihren eigenen Leuten gelitten. Aber auch diese verdienen mehr Entschuldigung, als man ihnen vielleicht gönnen will. Die Armee war gesprengt. Stelle Dir die fürchterliche Lage solcher Leute vor, wenn sie zumal in kleine Parteien geworfen werden. Der Feind sitzt im Rücken oder auch schon in den Seiten; sie wissen nicht, wo ihre Oberanführer sind, haben keine Kasse, keinen Mundvorrat mehr: nun kämpfen sie ums Leben überall, wo sie Vorrat treffen. Gutwillig gibt man ihnen nichts oder wenig; und die Bedürfnisse vieler sind groß. Natürlich sind die Halbgebildeten nicht immer imstande, sich in den Grenzen der Besonnenheit zu halten. Die einen wollen nichts geben, die andern nehmen mehr, als sie brauchen. Daß dieses so ziemlich der Fall war, beweist der Erfolg. Es wurden hier einige Hundert eingefangen und auf das Schloß zu Laibach gesetzt. Nun waren sie ordentlich und ruhig und sagten: Wir wollen weiter nichts als Essen; wir konnten doch nicht verhungern.

Das Erdbeben, von dem man in Gräz fürchterliche Dinge erzählte und sagte, es habe Laibach ganz zugrunde gerichtet, ist nicht sehr merklich gewesen und hat nur einige alten

Mauern eingestürzt. In Fiume, Triest und Görz soll man es stärker gespürt haben; doch hat es auch dort sehr wenig Schaden getan. Der Verkehr ist hier ziemlich lebhaft; die Transporte kommen auf der Save von Ungarn herauf in die Gegend der Stadt und werden zu Lande weitergeschafft. Vorzüglich gehen die Bedürfnisse jetzt ins Venetianische, für die dort stehenden Truppen, und auch nach Tirol, das sich von dem Kriege noch nicht wieder erholt hat.

Zwischen der Save und der Laibach, wo beide Flüsse sich vereinigen, soll in den Berggegenden ein großer Strich Marschland liegen, an den die Regierung schon große Summen ohne Erfolg gewendet hat. Eine Anzahl Holländer, denen man in Unternehmungen dieser Art wohl am meisten trauen darf, hat sich erboten, das Wasser zu bändigen und die Gegend brauchbar zu machen, mit der Bedingung, eine gewisse Zeit frei von Abgaben zu bleiben. Aber die Regierung ist bis jetzt nicht zu bewegen; aus welchen Gründen, kann man nicht wohl begreifen: und so bleibt der Landstrich öde und leer, und das Wasser tut immer mehr Schaden.

Prewald

Von Laibach aus geht es nun allmählich immer aufwärts, und man hat die hohe Bergspitze des Loibels rechts hinter sich. Bei Oberlaibach, einem ziemlich kleinen Städtchen, kommt die Laibach aus den Bergen und trägt, gleich einige hundert Schritte von dem Orte des Ausgangs, Fahrzeuge von sechzig Zentnern. Von hier geht es immer höher bis nach Loitsch und so fort bis nach Planina, das, wie der Name zeigt, in einer kleinen Ebene ziemlich tief zwischen den rund umher emporsteigenden Bergen liegt. Der Weg von Laibach bis Oberlaibach hat noch ziemlich viel Kultur; aber von da wird er wild und rauh, und man trifft außer den Stationen bis nach Adlersberg wenig Häuser an. Hier in Planina hatte das Wasser wieder Unfug angerichtet. Es dringt überall aus den Bergen hervor und hat das ganze schöne Tal zu einer außerordentlichen Höhe überschwemmt, so daß die Eichen desselben bis an die Äste im Wasser stehen. Dieses war noch nicht ganz fest gefroren, und man setzte auf mehreren Fahrzeugen beständig über nach Planina. Der Fall ist nicht selten in dieser Jahreszeit; aber dieses Mal war die Flut außerordentlich hoch. Die Hälfte von Planina auf der andern Seite des Tals stand unter Wasser. Vorzüglich soll die Flut auch mit vermehrt werden durch den Bach von Adlersberg, der dort bei der Schloßhöhle sich in die Felsen stürzt, so einige Meilen unter der Erde fortschießt und hier in einer Schlucht wieder zum Vorschein kommt.

Von Planina aus windet sich der Weg in einer langen Schneckenlinie den großen Berg hinan und gibt in mehreren Punkten rückwärts sehr schöne Partien, wie auch schon, wenn ich nicht irre, Herr Küttner bemerkt hat. Mich deucht, daß man ohne großen Aufwand die Straße in ziemlich gerader Linie hinauf hätte ziehen können, die auch, mit gehörigen Absätzen, eben nicht beschwerlich sein würde. Ehrliche Krainer hatten es hier und da schon mit ihren kleinen Wagen getan, und zu Fuße konnte man schon überall mit Bequemlichkeit durchschneiden. Die Herrschaft Adlersberg liegt oben auf der größten Höhe und ist nur von noch höhern Bergspitzen umgeben. Der Schloßberg ist bei weitem nicht der höchste, sondern nur der höchste in der Ebene, welche die Herrschaft ausmacht. Von allen Seiten sammelt sich das Wasser und bildet einen ziemlichen Fluß, der bei der Grotte am Schloßberge, nahe bei der Mühle, wie oben erwähnt worden ist, in die Felsen stürzt. Ich wollte, wie Du denken kannst, die Höhle sehen, und es ward mir schwer, einen Menschen zu finden, der mich begleiten wollte. Endlich ging ein Mensch von der Maut mit mir, kaufte Fackel und Licht und führte mich weit, weit vor den Ort hinaus, durch den tiefsten Schnee, immer waldeinwärts. Das ging eine starke halbe Stunde ohne Bahn so fort, und der Mensch wußte sodann nicht mehr, wo er war, und suchte sich an den Felsenspitzen und Schluchten zu orientieren. Wir arbeiteten noch eine halbe Stunde durch den hohen Schnee, in dem dicksten Fichtenwalde, und – keine Grotte. Du begreifst, daß es mir etwas bedenklich ward, mit einem wildfremden, baumstarken Kerl so allein in den Schluchten herumzukriechen und in Krain eine Höhle zu suchen: mich beruhigte aber, daß ich von dem öffentlichen Kaffeehause in der Stadt vor aller Augen mit ihm abgegangen war. Ich sagte ihm, die Höhle müsse, wie ich gehört habe, doch nahe an der Stadt am Schloßberge sein, und er antwortete, jene in der Nähe der Stadt solle ich auf dem Rückwege sehen; aber diese entferntere sei die merkwürdigere. Endlich kamen wir, nach vielem Irren und Suchen, nach einer halben Stunde, am Eingange der Höhle an. Dieser ist wirklich romantisch, wild und schauerlich, in einem tiefen Kessel, rund umher mit großen Felsenstücken umgeben und mit dem dichtesten Schwarzwalde bewachsen. Hier zündeten wir in dem Gewölbe, halb am Tage, die Fackel an und gingen in die Höhle hinein, ungefähr eine Viertelstunde über verschiedene Felsenfälle, sehr abschüssig, immer bergab. Beim Hinabsteigen hörte ich links in einer ungeheuren Tiefe einen Strom rauschen, welches vermutlich das Wasser ist, das bei der Stadt in den Felsen fällt und bei Planina wieder herausdringt. Wir stiegen nicht ohne Gefahr noch einige hundert Schritte weiter über ungeheure eingestürzte Felsenstücke immer bergab, und mein Führer sagte mir, weiter würde er nicht gehen, er wisse nun keinen Weg mehr, und die Fackel würde sonst nicht den Rückweg dauern. Er mochte wohl nicht der beste Wegweiser sein. Aber die Fackel brannte wirklich in der großen Tiefe und vermutlich in der Nähe von Dünsten nur mit Mühe; wir stiegen also wieder hinaus und förderten uns bald zu Tage. Nun fand mein Begleiter den Weg rückwärts nach der Stadt sehr leicht. Unterwegs erzählte er mir von allen den großen und vornehmen Personagen, welche die Höhlen gesehen hätten. Diese entferntere sähen nur wenige; und unter diesen wenigen nannte er vorzüglich den Prinzen Konstantin von Rußland. Mein Führer hatte den kürzesten Weg nehmen wollen und hatte mich unbemerkt auf die hohen Felsen über der Höhle am Schlosse gebracht, wo wir nun wie die Gemsen hingen und mit Gefahr hinunterklettern mußten, wenn wir nicht einen Umweg von einer halben Stunde machen wollten. Einige Untenstehenden riefen uns und zeigten uns die Pfade, auf denen es möglich war, hinunterzukommen. Nun standen wir am Eingange der andern Grotte, wo sich der Fluß in den Felsen hineinstürzt. Der Fluß nimmt sodann die Richtung ein wenig links; der Weg in der Grotte geht ziemlich gerade fort rechts. In einiger Entfernung vom Eingange erweitert sich das Gewölbe, es wird sehr hoch und breit, man hört links den Fluß wieder herrauschen, und bald kommt man auf eine natürliche Felsenbrücke über denselben, mitten unter dem Gewölbe. Hier tut die Flamme der Fackeln eine furchtbar schöne Wirkung. Man hört das Wasser unter sich und sieht über sich und rund um sich die Nacht des hohen, breiten Gewölbes. Hier haben die Führer die Gewohnheit, einige Bund Stroh auf den Felsenwänden der Brücke anzuzünden, und hatten diesmal sehr reichlich zugetragen. Die magische Beleuchtung der ganzen unterirdischen Brückenregion mit ihrem schauerlichen Felsengewölbe, den grotesken Felsenwänden und dem unten im Abgrund rauschenden Strom macht einen der schönsten Anblicke, deren ich mir bewußt bin. Wenn der Strohhaufen fast verzehrt ist, stürzt man ihn von der Brücke hinab in den Strom, und so sieht man ihn unten in der Tiefe auf dem Wasserbette noch einige Augenblicke fortglühen. Die plötzlich aufsteigende Flammenhelle und die schnell zurückkehrende Finsternis, wo man bei dem schwachen Fackellichte nur einige Schritte sieht, macht einen überraschenden Kontrast. Es hatten sich einige gemeine Krainer zu uns gesellet, die gern die Gelegenheit mitnehmen, das schöne Schauspiel in der Grotte wiederzusehen, dabei ihre Geschichten auszukramen und noch einige Groschen zu verdienen. „Bis hierher sind die Franzosen gekommen", sagten sie, als wir auf der Brücke standen; „aber weiter wagten sie sich nicht." – „Warum nicht?" fragte ich. Die Kerle zogen ein wichtiges Gesicht beim Fakkelschein und suchten den Mut der Franzmänner verdächtig zu machen. Die Franzmänner mochten wohl andere Ursachen haben. Sie waren höchst wahrscheinlich nicht zahlreich genug, hatten draußen nicht gehörige Maßregeln genommen und besorgten in der großen Tiefe der Höhle irgendein unterirdisches Abenteuer kriegerischer Natur. Außerdem ist nichts zu fürchten. Ich ging nun links am Flusse jenseits der Brücke ungefähr noch einige hundert Schritte weiter fort; dann aber mußten wir anfangen, mit Lebensgefahr über die Felsen am Wasser hinzuklettern. Mein Führer sagte, es sei unmöglich, weiterzukommen. Das glaubte ich nun eben nicht: aber es war Schwierigkeit und Gefahr; ich wollte noch heute den Weg im Sonnenlichte weiter, und wir krochen und wandelten zurück. Die Bielshöhle bei Elbingerode hat mehr Verschiedenheit und die benachbarte Baumannshöhle einige vielleicht ebenso großen Partien aufzuweisen; aber sie haben nichts Ähnliches, wie die furchtbare Höllenfahrt in der ersten und der Fluß und die Brücke in der letztern sind. Die Tropfsteine sind in den Harzhöhlen häufiger, grotesker und schöner als hier. Zum Beweis, daß dieser Fluß das bei Planina wieder herausströmende Wasser sei, erzählte man mir, man habe vor einiger Zeit hier bei dem Einsturz ungefähr eine Metze Korke hineingeworfen, und diese seien dort in der Bergschlucht wieder zum Vorschein gekommen.

Hier sitze ich nun in Prewald, einer sehr hohen Bergspitze gegenüber, und zittere vor Frost, bis man mein Zimmer heizt. Die Höhle zu Lueg, einem Gute des Grafen Kobenzl, habe ich nicht gesehen. Es tut mir leid; sie ist, wie bekannt vorzüglich. Mein Wirt in Adlersberg erzählte mir abenteuerliche Dinge davon. Sie soll ehemals von dort vier Stunden bis nach Wippach gegangen, aber jetzt durch ein Erdbeben sehr verschüttet sein. Küttner hat sie gesehen und den Eingang abgebildet. Das Land ist rund umher voll von dergleichen Höhlen und wäre wohl der Bereisung eines Geologen wert. Vor einigen Jahren bauete ein Landmann Weizen auf einem schönen Feldstriche am Abhange eines Berges und erntete sehr reichlich; als er für das künftige Jahr bestellen wollte, schoß der ganze Acker gegen zehn Klafter tief hinab, und es fand sich, daß ein unterirdischer Fluß unter demselben hingegangen war und den Grund so ausgewaschen hatte, daß er einstürzen mußte. Auch soll in einem See unweit Adlersberg eine noch ganz unbekannte Art von Eidechsen hausen, von der man erst seit kurzem den Naturkundigen einige Exemplare eingeschickt habe. Vor einigen Jahren soll sogar ein Bauer ein Krokodil geschossen haben. Das alles lasse ich indessen auf der Erzählung des Herrn Merk in Laibach beruhen, der mir jedoch ein sehr wahrhafter, unterrichteter Mann zu sein scheint.

Triest

Da ich nicht Kaufmann bin und nach den Bemerkungen meiner Freunde durchaus keine merkantilische Seele habe, wirst Du von mir über Triest wohl nicht viel hören können, wo alles merkantilisch ist. In Prewald wohnte ich bei den drei Schwestern, die, wenn ich mich nicht irre, Herr Küttner schon nennt. Die Mädchen treiben eine gar drollige Wirtschaft, und ich befand mich bei ihnen leidlich genug. Zuerst waren sie etwas barsch und behandelten mich, wie man einen gewöhnlichen Tornistermann zu behandeln pflegt. Da sie aber eine goldene Uhr sahen und mit hartem Gelde klimpern hörten, wurden sie ziemlich höflich und sogar sehr freundlich. Zum Abendgesellschafter traf ich einen katholischen Feldprediger, der von Triest war, bei den Östreichern einige Zeit in Udine gestanden hatte und nun hier ganz allein bei den Mädchen gar gemächlich in Kantonierung zu liegen schien. Eine von den Schwestern war noch ein ganz hübsches Stückchen Erbsünde und hätte wohl einen ehrlichen Kerl etwas an die sechste Bitte erinnern können. Die erste Bekanntschaft mit den drei Personagen, ich nennte sie gerne Grazien, wenn ich nicht historisch zu gewissenhaft wäre, machte ich drollig genug in der Küche, wo sie sich alle drei auf Stühlen oben auf dem großen Herde um ein ziemlich starkes Feuer hergepflanzt und im Fond des hintern Winkels an der Wand den Mann Gottes hatten, der ihnen Hanswurstiaden so possierlich vormachte, daß alle drei aus vollem Halse lachten. Das war nun ein Jargon, Deutsch, Italienisch und Krainisch, von jeder dieser Sprachen die ästhetische Quintessenz, wie Du denken kannst, und ich verstand blutwenig davon. Indessen stellte ich mich so nahe als möglich, um von dem Feuer, wenn auch nicht der Unterhaltung, doch des Herds, meinen Anteil zu haben. Man nahm zuerst keine Notiz von mir, beäugte mich sodann etwas neugierig und fuhr fort. Der geistliche Herr gewann mir bald Rede ab und sprach erst rein italienisch, radebrechte dann deutsch und plauderte endlich das beste Mönchslatein. Da es hier darauf ankam, so kannst Du glauben, daß ich mit meiner Gelehrsamkeit eben nicht den Filz machte, und der Mann faßte bald eine gar gewaltige Affektion zu mir, als ich glücklich genug einige Dinge aus dem Griechischen anführte, die er nur halb verstand. Nun empfahl er mich auch den schönen Wirtinnen sehr nachdrücklich, und ich hatte die Ehre, ihn zum Tischgesellschafter zu erhalten. Die Mädchen staunten über unsere Gelehrsamkeit und hätten leicht zu viel Respekt bekommen können, wenn nicht der Mann zuweilen mit vieler Wendung eine tüchtige Schnurre mit eingeworfen hätte. Natürlich erhielt er durch das Lob, das er mir zukommen ließ, selbst im Hause ein neues Relief: wer den andern so laut und gründlich beurteilt, muß ihn durchaus übersehen können.

Wenn ich nicht aus der trophonischen Höhle gekommen, nicht sehr müde gewesen wäre und nicht den folgenden Morgen ziemlich früh fortgewollt hätte, wäre mir die lustige Unterhaltung des geistlichen Harlekins noch länger vielleicht nicht unlieb gewesen. Aber ich eilte zur Ruhe und ließ die Leutchen lärmen. Als ich den andern Morgen aufstand und fortwollte, fand ich in dem ganzen, großen, nicht übel eingerichteten Hause noch keine Seele lebendig. Die Türen waren nur von innen verriegelt und also für mich offen: aber wenn ich auch Schuft genug wäre, so schlechte Sottisen zu begehen, so könnte ich doch das Vertrauen so gutherziger Leutchen nicht mißbrauchen. Ich trabte mit meinen schweren Stiefeln einige Mal über den Saal weg; niemand kam, nirgends eine Bewegung. Ich klopfte an einige Zimmer; keine Antwort. Endlich kam ich an ein Zimmer, das nicht verschlossen war. Ich trat hinein, und siehe, das hübsche Stückchen Erbsünde hob sich soeben aus dem Bette und entschuldigte sich freundlich, daß noch niemand im Hause wach sei. Weiß der Himmel, ob ich armes Menschenkind nicht in große Verlegenheit würde geraten sein, wenn sie nicht eben um ihre Schultern den Mantel geworfen hätte, den gestern Abend der geistliche Herr um die seinigen hatte. Der Mantel gab mir sogleich eine gehörige Dose Stoizismus; ich bezahlte meine Rechnung und trollte zum Tempel hinaus.

Du mußt wissen, daß ich entweder gar nicht frühstücke oder erst wenn ich zuvor einige Stunden gegangen bin, versteht sich, wenn ich etwas finde. Seit diesem Tage machte ich mir's nun durchaus zum Gesetz, meine Rechnung allemal den Abend vorher zu bezahlen, damit ich den Morgen auf keine Weise aufgehalten werde. In Prewald gab man mir zuerst Görzer Wein, der hier in der Gegend in besonders gutem Kredit steht und es verdient. Er gehört unter die wenigen Weine, die ich ohne Wasser trank, welche Ehre, zum Beispiel, nicht einmal dem Burgunder widerfährt. Doch kann ein Idiot wie ich hierin eben keine kompetente Stimme haben. Von Prewald bis nach Triest sind fünf Meilen. Ich hatte den Morgen nichts gegessen, fand unterwegs kein einladendes Haus; und, mein Freund, ich machte nüchtern im Januar die fünf Meilen recht stattlich ab. In

Sessana hatte mir das erste Wirtshaus gar keine gute Miene, und es hielten eine gewaltige Menge Fuhrleute davor. Der Ort ist nicht ganz klein, dachte ich, es wird sich schon noch ein anderes, besseres finden. Es fand sich keins, ich war zu faul, zu dem ersten zurückzugehen, ging also vorwärts; und nun war von Sessana bis an die Douane von Triest nichts zu haben. Es ist lauter steiniger Bergrücken, und es war kein Tropfen gutes Wasser zu finden: das war für einen durstigen Fußgänger das verdrießlichste. Wenn ich nicht noch zuweilen ein Stückchen Eis gefunden hätte, das mir den Durst löschte, so wäre ich übel daran gewesen. Die Bergspitze von Prewald sah ich bis nach Triest, und sie schien mir immer so nahe, als ob man eine Falkonettkugel hätte hinüberschießen können. Von Schottwien bis Prewald hatte ich abwechselnd sehr viel Schnee; bei Sessana hörte er allmählich auf, und hier liegt er nur noch in einigen finstern Gängen und Schluchten. In Prewald zitterte ich noch vor Frost am Ofen, und hier diesseits des Berges am Meere schwitzt man schon. Es ist heute, am dreiundzwanzigsten Januar, so warm, daß überall Türen und Fenster offenstehen.

Der erste Anblick der Stadt Triest von oben herab ist überraschend, der Weg hinunter ist angenehm genug, der Aufenthalt auf einige Zeit muß viel Vergnügen gewähren; aber in die Länge möchte ich nicht hier wohnen. Die Lage des Orts ist bekannt und fängt nun an, ein Amphitheater am Meerbusen zu bilden. Die Berge sind zu hoch und zu kahl, um angenehm zu sein; und zu Lande ist Triest von aller angenehmen Verbindung abgeschnitten. Desto leichter geht alles zu Wasser. Der Hafen ist ziemlich flach und nur für kleine Fahrzeuge: die größern und alle Kriegsschiffe müssen in ziemlicher Entfernung auf der Reede bleiben, die nicht ganz sicher zu sein scheint. Die See ist hier geduldig, und man kann ihr noch sehr viel abtrotzen, wenn man von den Bergen herab in sie hineinarbeitet, und so nach und nach den Hafen vielleicht auch für große Schiffe anfahrbar macht.

An den Bergen rund herum hat man hinauf und herab terrassiert und dadurch ziemlich schöne Weingärten angelegt. Die Triester halten viel auf ihren Wein, ich kann darüber nicht urteilen, und in meinem Gasthause gibt man gewöhnlich nur fremden. Die etwas höhere Altstadt am Kastell ist enge und finster. Die neue Stadt ist schon fast ganz der See abgewonnen. Ob hier das alte Tergeste wirklich gestanden hat, mögen die Antiquare ausmachen. Ich wohne in dem sogenannten großen Gasthofe, einem Hause von gewaltigem Umfange und dem nämlichen, worin Winckelmann von seinem meuchlerischen Bedienten ermordet wurde. Meine Aussicht ist sehr schön nach dem Hafen, und vielleicht ist es das nämliche Zimmer, in welchem das Unglück geschah. Die Geschichte ist hier schon ziemlich vergessen.

Ich fand hier den Philologen *Abraham Penzel*, der in Triest den Sprachmeister für die Italiener deutsch und für die Deutschen italienisch macht. Die Schicksale dieses sonderbaren Mannes würden eine lehrreiche, angenehme Unterhaltung gewähren, wenn sie gut erzählt würden. Von Leipzig und Halle nach Polen, von Polen nach Wien, von Wien nach Laibach, von Laibach nach Triest, und überall in genialischen Verbindungen. Der unglückliche Hang zum Wein hat ihm manchen Streich gespielt und ihn noch zuletzt genötigt, seine Stelle in Laibach aufzugeben, wo er Professor der Dichtkunst am Gymnasium war. Er hat durch seine mannigfaltigen, verflochtenen Schicksale ein gewisses barockes Unterhaltungstalent gewonnen, das den Mann nicht ohne Teilnahme läßt. Per varios casus, per tot discrimina rerum tendimus Tergestum, sagte er mit vieler Drolerie, damit uns hier, wie Winckelmann, der Teufel hole. Wir gingen zusammen aus, konnten aber Winckelmanns Grab nicht finden. Niemand wußte etwas davon.

Das Haus eines Griechen, wenn ich mich nicht irre, ist sein Name Garciatti, ist das beste in der Stadt und wirklich prächtig ganz neu und in einem guten Stile gebaut. Eine ganz eigene, recht traurige Klage der Triester ist über den Frieden. Mit christlicher Humanität bekümmern sie sich um die übrige Welt und ihre Drangsale kein Jota und wünschen nur, daß ihnen der Himmel noch zehn Jahre einen so gedeihlichen Krieg bescheren möchte; dann sollte ihr Triest eine Stadt werden, die mit den besten in Reihe und Glied treten könnte. Dabei haben die guten kaufmännischen Seelen gar nichts arges; schlagt Euch tot, nur bezahlt vorher unsere Sardellen und türkischen Tücher! Das neue Schauspielhaus ist das beste, das ich bis jetzt auf meinem Wege gesehen habe. Gestern gab man auf demselben „Teodore, Re di Corsica", welches ein Lieblingsstück der Triester zu sein scheint. Die Dekoration, vorzüglich die Partie Rialto in Venedig, war sehr brav. Es wäre aber auch unverzeihlich, wenn die reichen Nachbarn, die es noch dazu auf Unkosten der Herren von Sankt Markus sind, so etwas nicht ausgezeichnet haben wollten. Man sang recht gut und durchaus besser als in Wien. Vorzüglich zeichneten sich durch Gesang und Spiel aus die Tochter des Wirts und der Kammerherr des Theodor. Die Logen sind alle schon durch Aktien von den Kaufleuten genommen, und ein Fremder muß sich auf ihre Höflichkeit verlassen, welches nicht immer angenehm sein mag. Die Herren haben die Logen gekauft, bezahlen aber noch jederzeit den Eingang; eine eigene Art des Geldstolzes! Der Patriotismus könnte wohl eine etwas humanere Art finden, die Kunst zu unterstützen. Der Fremde, der doch wohl zuweilen Ursache haben kann, im Publikum isoliert zu sein, ist sehr wenig dabei berücksichtigt worden. Hier hörte ich zuerst den betäubenden Lärm in den italienischen Theatern. Man bedient sich des Schauspiels zu Rendezvous, zu Konversationen, zur Börse, und wer weiß wozu sonst noch. Nur die Lieblingsarien werden still angehört; übrigens kann ein Andächtiger Thaliens nicht viel Genuß haben, und die Schauspieler rächen oft durch ihre Nachlässigkeit die Vernachlässigung. Etwas eigenes war mir im Hause, daß das Parterre überall entsetzlich nach Stockfisch roch, ich mochte mich hinwenden, wo ich wollte.

Venedig

Die Leute meinten hier wieder, ich sei nicht gescheit, als sie hörten, ich wolle zu Fuße von Triest über die Berge nach Venedig gehen, und sagten, da würde ich nun wohl ein bißchen totgeschlagen werden: aber ich ließ mich nicht irremachen und wandelte wieder den Berg hinauf; zwar nicht den nämlichen großen Fahrweg, kam aber doch, nach ungefähr zwei Stunden Herumkreuzen am Ufer und durch die Weinberge, wieder auf die Heerstraße. Ich besuchte die Höhen von Corneale nicht, weil die ganze Gegend verdammt verdächtig aussah und ich mich in der Wildnis doch nicht so ganz allein und wildfremd den Leuten in die Hände geben wollte. Die Berge, welche von Natur sehr rauh und etwas öde sind, waren sonst deswegen etwas unsicher, weil sie, wie die Genuesischen, der Zufluchtsort alles Gesindels der benachbarten Staaten waren. Da ganz Venedig aber jetzt in östreichischen Händen ist, wird es nun der wachsamen Polizei leichter, Ordnung und Sicherheit zu erhalten. Man spürt in dieser Rücksicht schon den Vorteil der Veränderungen. An dem Zwickel der Berge kommt hier ein schöner Fluß aus der Erde hervor, der vermutlich auch Höhlen bildet. Hier sind, nach aller Lokalität, gewiß Virgils Felsen des Timavus; und ich sah stolz umher, daß ich nun ausgemacht den klassischen Boden betrat. Der Einschnitt zwischen den Bergen oder das Tal zwischen Santa Croce und Montefalcone macht noch jetzt der Beschreibung der Alten Ehre. Unten rechts am Meer stand vermutlich der Heroentempel im Haine, und links etwas weiter hinauf am Ausflusse des Timavus war der Hafen. Ich schlug mich hier rechts von der geraden Straße nach Venedig ab über die Berge hinüber nach Görz, welches sechs ziemlich starke Meilen von Triest liegt. Wenn man einmal über die Berge hinüber ist, welche freilich etwas kahl sind, hat man die schönsten

Weintäler. Der Wein wird hier schon nach italienischer Weise behandelt, hängt an Ulmen oder Weiden und macht, wo die Gegend etwas nachhilft, schöne Gruppierungen.

Von Görz nach Gradisca sind die Berge links ziemlich sanft, und man hat die großen Höhen in beträchtlicher Entfernung rechts: und wenn man über Gradisca nach Palma Nuova hinauskommt, ist man ganz in der schönen Fläche des ehemaligen venetianischen Friaul, hat links fast lauter Ebene bis zur See und nur rechts die ziemlich hohen Friauler Alpen. Von Görz nach Udine stehen im Kalender fünf Meilen; aber östreichische Offiziere versicherten mir, es seien gute sieben Meilen, und ich fand Ursache, der Versicherung zu glauben. Palma Nuova war eine venetianische Grenzfestung, und nun hausen die Kaiserlichen hier. Sie exerzierten eben auf dem großen Platze vor dem Tore. Der Ort ist militärisch nicht ganz zu verachten, wenn er gut verteidigt wird. Man kann nach allen Seiten vortrefflich rasieren, und er kann von keiner nahen Anhöhe bestrichen werden.

In Udine feierte ich den neunundzwanzigsten Januar meinen Geburtstag, und höre wie. Ich hatte mir natürlich den Tag vorher schon vorgenommen, ihn recht stattlich zu begehen, und also vor allen Dingen hier Ruhetag zu halten. Der Name Udine klang mir so schön, war mir aus der Künstlergeschichte bekannt und war überdies der Geburtsort unserer braven Grassi in Dresden und Wien. Die große, feierlich tönende Abendglocke verkündigte mir in der dunkeln Ferne, denn es war schon Nacht, als ich ankam, eine ansehnliche Stadt. Vor Campo Formio war ich im Dunkeln vorbeigegangen. Am Tore zu Udine stand eine östreichische Wache, die mich examinierte. Ich bat um einen Grenadier, der mich in ein gutes Wirtshaus bringen sollte. Gewährt. Aber ein gutes Wirtshaus war nicht zu finden. Überall, wo ich hineintrat, saßen, standen und lagen eine Menge gemeiner Kerle bacchantisch vor ungeheuer großen Weinfässern, als ob sie mit *Bürger* bei Ja und Nein vor dem Zapfen sterben wollten. Es kam mir vor, als ob Bürger hier seine Übersetzung gemacht haben müsse; denn der lateinische Text des alten englischen Bischofs hat dieses Bild nicht. In dem ersten und zweiten dieser Häuser hatte ich nicht Lust zu bleiben; im dritten wollte man mich nicht behalten. Ruhig, dachte ich; du gehst auf die Wache: morgen wird sich's schon finden. Der Sergeant gestand mir gern Quartier zu, da ich der Wache für ihre Höflichkeit ein gutes Trinkgeld geben wollte. Nun holte man Brot und Wein für mich. Kaum war dieses da, so kam eine fremde Patrouille, einige Meilen weit her, welche ihr Quartier auch in der Wachstube nahm. Nun sagte der Sergeant ganz höflich, es sei kein Platz mehr da. Das sah ich auch selbst ein. Er machte auch Dienstschwierigkeiten, die ich als ein alter Kriegsknecht sehr bald begriff. Ich überließ Brot und Wein dem Überbringer und verlangte, man solle mich auf die Hauptwache bringen lassen. Das geschah. Dort fand ich mehrere Offiziere. Ich erzählte dem Wachhabenden meinen Fall und schloß mit der Meinung, daß ich doch Quartier haben müsse, und sollte es auch auf der Hauptwache sein. Die Herren lärmten, fluchten und lachten und sagten, es gehe ihnen ebenso; die Welschen schlügen die Deutschen tot nach Noten, wo sie könnten. Man schickte mich zum Platzmajor. Gut. Dieser forderte meinen Paß, fand ihn richtig, revidierte ihn, befahl, ich sollte mich den folgenden Morgen bei der Polizei melden, die ihn auch unterschreiben müsse, und machte einige Knasterbemerkungen über die Notwendigkeit der guten Ordnung, an der ich gar nicht zweifelte. „Das ist alles recht gut", sagte ich; „aber ich kann kein Quartier finden." – „Ach, das wird nicht fehlen", meinte er; „aber es fehlt", meinte ich. Der alte Herr setzte sein Glas bedächtlich nieder, sah seine Donna an, rieb sich die Augenbrauen und schickte den Gefreiten mit mir und meinem Tornister alla nave. Der Gefreite wies mich ins Schiff und ging. Als ich eintrat, sagte man mir, es sei durchaus kein Zimmer mehr leer; es sei alles besetzt. Ich tat groß und bot viel Geld; aber es half nichts. „Sie sollten es für den vierten Teil haben", antwortete mir eine alte, ziemlich gedeihliche Frau, „aber es ist kein Platz." – „Ich kann nicht fort, es ist spät; ich bin müde, und es ist draußen kalt." Die Italienerin machte es wie der Mann von Sankt Oswald, nur ganz höflich. „Ich gehe nicht", sagte ich, „wenn man mir nicht einen Menschen mitgibt, der mich wieder auf die Hauptwache bringt." Den gab man. Nun war ich wieder auf der Hauptwache und erzählte und forderte Quartier. Man lärmte und fluchte und lachte von neuem. Ich versicherte nun bestimmt, ich würde hier bleiben. Wort gab Wort. Einer der Herren sagte lachend: „Warten Sie, vielleicht bin ich noch so glücklich, Ihnen Quartier zu verschaffen. Es ist eine verfluchte Geschichte; es geht uns oft auch so, wenn wir nicht mit Heereszug kommen: aber ich habe hier einige Bekanntschaft." Der Offizier ging einige hundert Schritte weit davon mit mir in ein Haus, hielt Vortrag, und ich erhielt sehr höflich Quartier. Zimmer und Bett waren herrlich. Nun wollte ich essen; da war nichts zu haben. „Ma Signore", sagte die Wirtin, „questa casa non è locanda; non si mangia qui." Ich hatte sieben Meilen im Januar gemacht und war auf dem Pflaster noch eine Stunde herumtrottiert, ich konnte mich also nicht entschließen, spät in der Finsternis noch einmal auszugehen. Der Offizier war fort. Ich sah grämlich aus, und man wünschte mir ohne Abendessen freundlich Felicissima notte: ich ging ärgerlich zu Bett und schlief herrlich. Den andern Morgen, an meinem Geburtstage, sollte ich auf die Polizei gehen. Der Sitz derselben war in vierzehn Tagen wohl viermal verändert worden; man wies mich hierhin und dorthin, und ich fand sie nirgends.

Der Henker hol Euch mit der Polizei!
Es ist doch alles lauter Hudelei.

So dachte ich in meinem Ärger, kaufte mir eine Semmel und einige Äpfel in die Tasche, ging nach Hause, bezahlte den sehr billigen Preis für mein Quartier, steckte meinen Paß ohne die Polizei wieder in die Brieftasche und reiste zum Tore hinaus. Das war mein Geburtstag zum Morgen. Den Abend aber, denn zu Mittage konnte ich kein schickliches Haus finden und fastete, erholte ich mich ziemlich wieder zu Codroipo. Eine niedliche Piemonteserin, deren Mann ein Deutscher und Feldwebel bei einem kaiserlichen Regimente war, kam zu Fuße mit ihrem kleinen Jungen von ungefähr zwei Jahren von Livorno und ging nach Gräz. Du weißt, ich liebe schöne, reinliche Kinder in diesem Alter ungewöhnlich, und der Knabe fing soeben an, etwas von der Sprache seines Vaters und etwas von der Sprache seiner Mutter zu stammeln, und hatte sein großes Wesen mit und auf meinem Tornister. Der Wirt brachte uns Polenta, Eierkuchen und zweierlei Fische aus dem Tagliamento, gesotten und gebraten. Du siehst, dabei war kein Fleisch: das war also an meinem Geburtstage gefastet und nach den besten Regeln der Kirche.

Der Weg zwischen Triest und Venedig ist außerordentlich wasserreich; sehr viele großen und kleinen Flüsse kommen rechts von den Bergen herab, unter denen der Tagliamento und die Piave die vorzüglichsten sind. Zwischen Codroipo und Valvasone ging ich über den Tagliamento in vier Stationen, auf dem Rücken eines großen, ehrenfesten Charons, der seine langen Fischerstiefeln bis an die Taille hinaufzog. Der Fluß war jetzt ziemlich klein, und dieses ist zu solcher Zeit die Methode, Fußgänger überzusetzen. Sein Bett ist eine Viertelstunde breit und zeigt, wie wild es sein muß, wenn er das Bergwasser herabwälzt. Wenn die Bäche groß sind, mag die Reise hier immer bedenklich sein; denn man kann durchaus an den Betten sehen, welche ungeheure Wassermenge dann überall herabströmt. Jetzt sind alle Wasser so schön und hell, daß ich überall trinke: denn für mich geht nichts über schönes Wasser. Die Wohltat und den Wert davon zu empfinden, mußt Du Dich von den Engländern einmal nach Amerika transportieren lassen, wo man in dem stinkenden Wasser fingerlange Fasern von Unrat findet, die Nase zuhalten muß, wenn man es durch ein Tuch geschlagen trinken will, und doch noch froh ist, wenn man die kokytische Tunke zur Stillung des brennenden Durstes nur noch erhält. So ging es uns, als wir in den amerikanischen Krieg zogen, wo ich die Ehre hatte, dem Könige die dreizehn Provinzen mit verlieren zu helfen.

In Pordenone traf ich das erste Mal eine öffentliche Mummerei von Gassenmaskerade, mußte bei gar jämmerlichen Fischen wieder fasten und wäre übel gefahren, wenn mich ein kleines, niedliches Mädchen vom Hause nicht noch mitleidig mit Kastanien gefüttert hätte. Hier sind in der Markuskirche einige hübschen Votivgemälde, mit denen man sich wohl eine halbe Stunde angenehm beschäftigen kann. Von Udine bis Pordenone ist viel dürres Land; doch findet man mitunter auch sehr schöne Weinpflanzungen. Die Deutschen stehen, wie Du aus der Geschichte von Udine gesehen hast, eben nicht in dem besten Kredit hier in der Gegend, und es ist kein Unglück für mich, daß man mich meistens für einen Franzosen hält, weil in meine Sprache sich oft ein französischer Ausdruck einschleicht. Wenn ich gleich sage und wiederhole, ich sei ein Deutscher, so will man es doch nicht glauben. In der Vermutung, ich müsse ein französischer Offizier sein, der das Land umher durchzieht, werde ich oft recht gut bewirtet. Dergleichen Promenaden der Franzosen müssen also so ungewöhnlich nicht sein. „Signore è Francese, ma non volete dirlo; Fate bene, fate bene“, sagte man mir mit sehr freundlichem Gesichte. Alles kommt freilich auf den Parteigeist an, der hier ebenso mächtig ist als irgendwo. Viele klagen über die Franzosen; aber die meisten scheinen es doch nicht gern zu sehen, daß sie nicht mehr hier sind.

In Conegliano fand ich einige jungen Kaufleute, die von Venedig kamen und den Weg nach Triest zu Fuße machen wollten, den ich eben gekommen war. Das Herz ward ihnen sehr leicht, als ich sagte, es gehe recht gut und es sei mir keine Gefahr aufgestoßen: denn man hatte auch diesen Herren von der andern Seite das Gehirn mit Schreckbildern angefüllt. Sodann war auch dort, wie er sich selbst in der Gesellschaft einführte, ein großer Philosoph, ungarischer Husarenunteroffizier, der hier den politischen Spion zu machen schien. Er donnerte gewaltig über die Revolution und brachte Anspielungen und indirekte Drohungen gegen meine Person, als dieses Verbrechens verdächtig. „Der Wirt hat das Recht, nach meinem Passe zu fragen, mein Herr", versetzte ich, als mir die Worte zu stark und zu deutsch wurden: „wenn Sie aber glauben, daß es nötig ist, so führen Sie mich vor die Behörde zur Untersuchung. Übrigens erbitte ich mir von Ihrer Philosophie etwas Humanität." Das wirkte: der Mann fing nun an, ein halbes Dutzend Sprachen zu sprechen, und vorzüglich das Italienische und Ungarische mit einer horrenden Volubilität. Sobald wir nur lateinisch zusammenkamen, waren wir Freunde, und er war sogleich von meiner politischen Orthodoxie überzeugt: und als ich ihn vollends zu meinem Weine mit Pastetchen ehrenvoll einlud, gehörten wir durchaus zu einer Sekte. Er hielt sich an den Wein, ich mich an die Pastetchen, und alle Coneglianer, Trevisaner und Venetianer staunten den Strom von Gelehrsamkeit an, den der Mann aus seinem Schatze hervorgoß.

Von Conegliano bis Treviso hatte ich mir auf einem eingefallenen Steinchen die Ferse blutig getreten und gab daher zum ersten Mal den Zudringlichkeiten eines Vetturino nach, der mich für sechs Lire nach Mestre bringen wollte. Mit der Bedingung, daß ich gleich abginge, ließ ich mir die Sache gefallen: denn ich wollte noch gern diesen Abend in Mestre sein, um den folgenden Morgen zeitig nach Venedig überzusetzen. Sechs Lire war mir ein unbegreiflich niedriger Preis für einen vollen Wagen mit zwei guten Pferden, den er mir vor dem Wirtshause als mein Fuhrwerk zeigte; so daß ich nicht wußte, was ich denken sollte. Aber vor der Stadt hielt er an und packte noch einen venetianischen Kaufmann und eine Tirolerin ein, die als Kammerjungfer nachreiste; und nun begriff ich freilich. Von Conegliano aus ist der Weg schon sehr frequent, und die Landhäuser werden häufiger und schöner, und von Treviso ist es fast lauter schöner, mit Villen besetzter Garten. Die Tirolerin sentimentalisierte darüber ununterbrochen deutsch und italienisch; der Italiener war ein gar artiger Kerl, und da kamen denn die beiden Leutchen bald in einen Ton allerliebster Zweideutigkeiten, zu dem die deutsche Sprache, wenigstens die meinige, gar nicht geeignet ist; und doch kann ich nicht sagen, daß sie geradezu in Unanständigkeit ausgeartet wären. Bloß der unreine Nasenton der Tirolerin mißfiel mir; und da ich bei einer zufälligen Lüftung des Halstuches in der untern Gegend des Kinnbackens einige beträchtlichen Narben erblickte, war ich sehr froh, daß ich mit exzessiver Artigkeit dem Venetianer die Ehrenstelle neben ihr im Fond überlassen hatte. Ich erhielt meinen Teil Witz von ihnen für meine überstoische Laune und Taciturnität und rettete mich von dem Prädikat eines Gimpels vermutlich nur durch meine Unkunde in der italienischen Sprache und einige Sarkasmen, die ich ganz trocken hinwarf. In Mestre wollte mich die Dame aus Artigkeit mit in ihr Hotel nehmen und meinte, ich könnte morgen mit der Gräfin und ihr zusammen die Überfahrt nach dem schönen Venedig machen: aber ich fand eine Gesellschaft von Venetianern, die noch diesen Abend übersetzen wollte, und schloß mich an. Wir ruderten den Kanal hinunter. Die andern waren alle Einheimische und hatten weiter nichts nötig, als dieses zu sagen; aber ich Fremdling mußte einige Zeit auf der Wache warten, bis der Offiziant meinen Paß gehörig registriert hatte. Er behielt ihn und gab mir einen Passierzettel, nach östreichischer Sitte, mit der Weisung, mich damit in Venedig auf der Polizei zu melden. Das forderte etwas Zeit, da der Herr etwas Myops und kein Tachygraph war, und meine Gesellschafter waren über den Aufenthalt etwas übellaunig. Doch das gab sich bald. Man fragte mich, als ich zurückkam, mit vieler Artigkeit und Teilnahme, wer ich sei, wohin ich wolle und dergleichen und wunderte sich höchlich, als man hörte, daß ich zu Fuß allein einen Spaziergang von Leipzig nach Syrakus machen wollte. Der Abend war schön, und ehe wir es uns versahen, kamen wir am Rialto an, wovon ich aber jetzt natürlich weiter nichts als die magische Erscheinung sah. Ein junger Mann von Conegliano, mit dem ich während der ganzen Überfahrt viel geplaudert hatte, begleitete mich durch eine große Menge enge Gäßchen in den Gasthof The Queen of England und, da hier alles besetzt war, zum goldnen Stern, nicht weit vom Markusplatze, wo ich für billige Bezahlung ziemlich gutes Quartier und artige Bewirtung fand.

Den dritten Februar, wenn ich mich nicht irre, kam ich in Venedig an und lief sogleich den Morgen darauf mit einem alten, abgedankten Bootsmanne, der von Lissabon bis Konstantinopel und auf der afrikanischen Seite zurück die ganze Küste kannte und jetzt den Lohnbedienten machen mußte, in der Stadt herum, sah mehr als zwanzig Kirchen in einigen Stunden, von der Kathedrale des heiligen Markus herab bis auf das kleinste Kapellchen der ehemaligen Beherrscherin der Adria. Wenn ich Künstler oder nur Kenner wäre, könnte ich Dir viel erzählen von dem, was da ist und was da war. Aber das alles ist Dir wahrscheinlich schon aus Büchern bekannt; und ich würde mir vielleicht weder mit der Aufzählung noch mit dem Urteile große Ehre erwerben. Der Palast der Republik sieht jetzt sehr öde aus, und der Rialto ist mit Kanonen besetzt. Auch am Ende des Markusplatzes, nach dem Hafen zu, haben die Östreicher sechs Kanonen stehen, und gegenüber auf Sankt George hatten schon die Franzosen eine Batterie angelegt, welche die Kaiserlichen natürlich unterhalten und erweitern. Die Partie des Rialto hat meine Erwartung nicht befriedigt; aber der Markusplatz hat sie, auch so wie er noch jetzt ist, übertroffen.

Es mögen jetzt ungefähr drei Regimenter hier liegen,

eine sehr kleine Anzahl für ernsthafte Vorfälle. So wie die Stimmung jetzt ist, nähme und behauptete man mit zehntausend Mann Venedig; wenn man nämlich im Anfange energisch und sodann klug und human zu Werke ginge. Das Militär und überhaupt die Bevölkerung zeigt sich meistens nur auf dem Markusplatze, am Hafen, am Rialto und am Zeughause; die übrigen Gegenden der Stadt sind ziemlich leer. Wenn man diese Partien gesehen hat und einige Mal den großen Kanal auf und ab gefahren ist, hat Venedig vielleicht auch nicht viel Merkwürdiges mehr; man müßte denn gern Kirchen besuchen, die hier wirklich sehr schön sind.

Das Traurigste ist in Venedig die Armut und Bettelei. Man kann nicht zehn Schritte gehen, ohne in den schneidendsten Ausdrücken um Mitleid angefleht zu werden, und der Anblick des Elends unterstützt das Notgeschrei des Jammers. Um alles in der Welt möchte ich jetzt nicht Beherrscher von Venedig sein; ich würde unter der Last meiner Gefühle erliegen. Schon Küttner hat viele Beispiele erzählt, und ich habe die Bestätigung davon stündlich gesehen. Die niederschlagendste Empfindung ist mir gewesen, Frauen von guter Familie in tiefen, schwarzen, undurchdringlichen Schleiern kniend vor den Kirchtüren zu finden, wie sie, die Hände gefaltet auf die Brust gelegt, ein kleines hölzernes Gefäß vor sich stehen haben, in welches die Vorübergehenden einige Soldi werfen. Wenn ich länger in Venedig bliebe, müßte ich notwendig mit meiner Börse oder mit meiner Empfindung bankrott machen.

Drollig genug sind die gewöhnlichen Improvisatoren und Deklamatoren auf dem Markusplatze und am Hafen, die einen Kreis um sich her schließen lassen und für eine Kleinigkeit über irgendeine berühmte Stelle sprechen oder auch aus dem Stegreife über ein gegebenes Thema, teils in Prosa, teils in Versen, sogleich mit solchem Feuer reden, daß man sie wirklich einige Male mit großem Vergnügen hört. Du kannst Dir vorstellen, wie geringe die Summe und wie erniedrigend das Handwerk sein muß. Eine Menge Leute von allen Kalibern, Lumpige und Wohlgekleidete, saßen auf Stühlen und auf der Erde rund herum und warteten auf den Anfang, und eine Art von buntscheckigem Bedienten, der seinem Prinzipal das Geld sammelte, rief und wiederholte mit lauter Stimme: „Manca ancora cinque soldi; ancora cinque soldi!" Jeder warf seinen Soldo hin, und man machte gewaltige Augen, als ich einige Mal mit einem schlechten Zwölfkreuzerstück der Forderung ein Ende machte und die Arbeit beschleunigte. Welch ein Abstand von diesen Improvisatoren bis zu den römischen, von denen wir zuweilen in unsern deutschen Blättern lesen!

Auf der Giudecca ist es, wo möglich, noch ärmlicher als in der Stadt; aber eben deswegen sind dort nicht so viele Bettler, weil vielleicht niemand hoffen darf, dort nur eine leidliche Ernte zu halten. Die Erlöserskirche ist daselbst die beste, und ihre Kapuziner sind die einzigen, die in Venedig noch etwas schöne Natur genießen. Die Kirche ist mit Orangerie besetzt, und sie haben bei ihrem Kloster, nach der See hinaus, einen sehr schönen Weingarten. Diese, nebst einigen Oleastern in der Gegend des Zeughauses, sind die einzigen Bäume, die ich in Venedig gesehen habe. Die Insel Sankt Georg hält bekanntlich die Kirche und das Kapitel, wo der jetzige Papst gewählt wurde und wo auch noch sein Bildnis ist, das bei den Venetianern von gemeinem Schlage in außerordentlicher Verehrung steht. Der Maler hat sein Mögliches getan, die Draperie recht schön zu machen. Die Kirche selbst ist ein gar stattliches Gebäude und, wie ich schon oben gesagt habe, mit Batterien umgeben.

Die Venetianer sind übrigens im allgemeinen höfliche, billige, freundschaftliche Leute, und ich habe von vielen derselben Artigkeit genossen, die ich in meinem Vaterlande nicht herzlicher hätte erwarten können. Einen etwas schnurrigen Auftritt hatte ich vor einigen Tagen auf dem Markusplatze. Man hatte mich beständig in dem nämlichen

Reiserocke (die Ursache war, weil ich keinen andern hatte, da ich keinen andern im Tornister tragen wollte) an den öffentlichen Orten der Stadt herumlaufen sehen und doch gesehen, daß ich mit einem Lohnbedienten lief und Lire verzehrte. Ich zahlte dem Bedienten jeden Abend sein Geld, wenn ich ihn nicht mehr brauchte; dieses geschah diesen Abend, da es noch ganz hell war, auf dem Markusplatze. Einige Mädchen der Aphrodite Pandemos mochten bemerkt haben, daß ich bei der Abzahlung des Menschen eine ziemliche Handvoll silberne Lire aus der Tasche gezogen hatte, und legten sich, als der Bediente fort war und ich allein gemächlich nach Hause schlenderte, ganz freundlich und gefällig an meinen Arm. Ich blieb stehen, und sie taten das nämliche. Man gruppierte sich um uns herum, und ich bat sie höflich, sich nicht die Mühe zu geben, mich zu inkommodieren. Sie fuhren mit ihrer artigen Vertraulichkeit fort, und ich ward ernst. Sie waren beide ganz hübsche Sünderinnen und trugen sich ganz niedlich und anständig mit der feineren Klasse. Ich demonstrierte in meinem gebrochenen Italienisch, so gut ich konnte, sie möchten mich in Ruhe lassen. Es half nichts; die Gesellschaft in einiger Entfernung lächelte, und einige lachten sogar. Die Gruppe mochte allerdings possierlich genug sein. Eine von den beiden Nymphchen schmiegte sich endlich so schmeichelnd als möglich an mich an. Da ward ich heiß und fing an, in meinem stärksten Baßtone auf gut Russisch zu fluchen, mischte so etwas von Impudenza und senza vergogna dazu und stampfte mit meinem Knotenstocke so emphatisch auf das Pflaster, daß die Gesellschaft sich schüchtern zerstreute und die erschrockenen Geschöpfchen ihren Weg gingen.

Ein anderer, etwas ernsthafterer Vorfall beschäftigte mich fast eine halbe Stunde. Ich verschließe den Abend mein Zimmer und lege mich zu Bett. Als ich den Morgen aufstehe, finde ich meine Kleider, die neben mir auf einem andern Bette lagen, ziemlich in Unordnung und meinen Hut herabgeworfen. Ich wußte ganz gewiß, in welche Ordnung ich sie gelegt hatte. Das Schloß war unberührt und mir fehlte übrigens nichts. Ich dachte hin und her und konnte nichts herausgrübeln, und mir schwebten schon mancherlei sonderbare Gedanken von der alten venetianischen Polizei vor dem Gehirne, so daß ich sogleich, als ich mich angezogen hatte, zu dem Kellner ging und ihm den Vorfall erzählte. Das Haus war groß und voll. Da erhielt ich denn zu meiner Beruhigung den Aufschluß, es seien die Nacht noch Fremde angekommen, und man habe noch eine Matratze gebraucht und sie aus dem Bette neben mir mit dem Hauptschlüssel abgeholt. Hätte ich nun die Sache nicht gründlich erfahren, wer weiß, was ich mir noch für Einbildungen gemacht hätte.

Jetzt ist meine Seele voll von einem einzigen Gegenstande, von *Canovas* Hebe. Ich weiß nicht, ob Du die liebenswürdige Göttin dieses Künstlers schon kennst; mich wird sie lange, vielleicht immer beherrschen. Fast glaube ich nun, daß die Neuen die Alten erreicht haben. Sie soll eins der jüngsten Werke des Mannes sein, die ewige Jugend. Sie steht in dem Hause Alberici, und der Besitzer scheint den ganzen Wert des Schatzes zu fühlen. Er hat der Göttin einen der besten Plätze, ein schönes, helles Zimmer nach dem großen Kanal, angewiesen. Ich will, ich darf keine Beschreibung wagen; aber ich möchte weissagen, daß sie die Angebetete der Künstler und ihre Wallfahrt werden wird. Noch habe ich die Mediceerin nicht gesehen; aber nach allen guten Abgüssen von ihr zu urteilen, ist hier für mich mehr als alle veneres cupidinesque.

Ich stand von süßem Rausche trunken,
Wie in ein Meer von Seligkeit versunken,
Mit Ehrfurcht vor der Göttin da,
Die hold auf mich heruntersah,
Und meine Seele war ein Funken:
Hier thronte mehr als Amathusia.
Ich war der Sterblichkeit entflogen,

Und meine Feuerblicke sogen
Aus ihrem Blick Ambrosia
Und Nektar in dem Göttersaale;
Ich wußte nicht, wie mir geschah:
Und stände Zeus mit seinem Blitze nah,
Vermessen griff ich nach der Schale,
Mit welcher sie die Gottheit reicht,
Und wagte taumelnd jetzt vielleicht
Selbst dem Alciden Hohn zu sagen
Und mit dem Gott um seinen Lohn zu schlagen. –

Du denkst wohl, daß ich bei dem marmornen Mädchen etwas außer mir bin; und so mag es allerdings sein. Der Italiener betrachtete meine Andacht ebenso aufmerksam wie ich seine Göttin. Diese einzige Viertelstunde hat mir meine Reise bezahlt; so ein sonderbar enthusiastischer Mensch bin ich nun zuweilen. Es ist die reinste Schönheit, die ich bis jetzt in der Natur und in der Kunst gesehen habe, und ich verzweifle, selbst mit meinem Ideale höhersteigen zu können. Ich muß Canovas Hände küssen, wenn ich nach Rom komme, wo er, wie ich höre, jetzt lebt. Das goldene Gefäß, die goldene Schale und das goldene Stirnband haben mich gewiß nicht bestochen; ich habe bloß die Göttin angebetet, auf deren Antlitz alles, was der weibliche Himmel Liebenswürdiges hat, ausgegossen ist. In das Lob der Gestalt und Glieder und des Gewandes will ich nicht eingehen; das mögen die Geweiheten tun. Alles scheint mir des Ganzen würdig.

In dem nämlichen Hause steht auch noch ein schöner Gipsabguß von des Künstlers Psyche. Sie ist auch ein schönes Werk; aber meine Seele ist zu voll von Hebe, um sich zu diesem Seelchen zu wenden. In dem Zimmer, wo der Abguß der Psyche steht, sind rund an den Wänden Reliefs in Gips von Canovas übrigen Arbeiten. Eine Grablegung des Sokrates durch seine Freunde. Die Szene, wo der Verurteilte den Becher nimmt. Der Abschied von seiner Familie. Der Tod des Priamus nach Virgil. Der Tanz der Phäacier in Gegenwart des Ulysses, wo die beiden tanzenden Figuren vortrefflich sind; und die opfernden Trojanerinnen vor der Minerva, unter Anführung der Hekuba. Alles ist eines großen und weisen Künstlers würdig; aber Hebe hat sich nun einmal meines Geistes bemächtiget und für das übrige nichts mehr übriggelassen. Wenn der Künstler, wie man glaubt, nach einem Modell gearbeitet hat, so möchte ich für meine Ruhe das Original nicht sehen. Doch, wenn dieses auch ist, so wird seine Seele gewiß es erst zu diesem Ideal erhoben haben, das jetzt alle Anschauer begeistert.

Da meine Wohnung hier nahe am Markusplatz ist, habe ich fast stündlich Gelegenheit, die Stellen zu sehen, auf welchen die berühmten Pferde standen, die nun, wie ich höre, den konsularischen Palast der Gallier bewachen sollen.[1] Sonderbar; wenn ich nicht irre, erbeuteten die Venetianer, in Gesellschaft mit den Franzosen, diese Pferde nebst vielen andern gewöhnlichen Schätzen. Die Venetianer ließen ihren Verbündeten die Schätze und behielten die Pferde; und jetzt kommen die Herren und holen die Pferde nach. Wo ist der Bräutigam der Braut, der jährlich sein Fest auf dem Adriatischen Meere feierte? Die Briten gingen seit ziemlich langer Zeit schon etwas willkürlich und ungebührlich mit seiner geliebten Schönen um; und nun ist er selbst an der Apoplexie gestorben, und ein Fremder nimmt sich kaum mehr Mühe, seinen Bucentaur zu besehen. Venedig wird nun nach und nach von der Kapitale eines eigenen Staats zur Gouvernementsstadt eines fremden Reichs sich modifizieren müssen; und desto besser für den Ort, wenn dieses sanft, von der einen Seite mit Schonung und von der andern mit gehöriger Resignation geschieht.

Gestern ging ich nach meinem Passe, der auf der Polizei

1 Und zwar à jamais! wie dieses bei allen früheren Aufstellungen dieser vielgewanderten Wundertiere ebenfalls die Meinung war. Man weiß aber nun, daß es mit diesem à jamais nicht so genau zu nehmen ist. Sie sind jetzt wieder in Venedig auf dem alten Platze.

gelegen hatte und dort unterschrieben werden mußte. Ich bin überhaupt kein großer Welscher, und der zischende Dialekt der Venetianer ist mir gar nicht geläufig. Ich konnte also in der Kanzlei mit dem Ausfertiger nicht gut fertig werden, und man wies mich in ein anderes Zimmer an einen andern Herrn, der fremde Zungen reden sollte. In der Meinung, er würde unter einem deutschen Monarchen auch wohl deutsch sprechen, sprach ich Deutscher deutsch. „Non son asino ferino", antwortete der feine Mann, „per ruggire tedesco." Das waren, glaube ich, seine Worte, die freilich eine grelle Ausnahme von der venetianischen Höflichkeit machten. Die Anwesenden lachten über den Witz, und ich, um zu zeigen, daß ich wider sein Vermuten wenigstens seine Galanterie verstanden hatte, sagte ziemlich mürrisch: „Mais pourtant, Monsieur, il est à croire qu'il y a quelqu'un ici, qui sache la langue de votre Souverain." Das machte den Herrn etwas verblüfft; er fuhr ganz höflich französisch fort sich zu erkundigen, sagte mir, daß mein Paß ausgefertigt sei, und in drei Minuten war ich fort. Ich erzähle Dir dieses nur als noch einen neuen Beweis, wie man hier gegen unsere Nation gestimmt ist. Diese Stimmung ist ziemlich allgemein, und die Östreicher scheinen sich keine sonderliche Mühe zu geben, sie durch ihr Betragen zu verbessern.

Morgen will ich über Padua an der Adria hinabwandeln und mich, soviel als möglich, dem Meere nahe halten, bis ich hinunter an den Absatz des Stiefels komme und mich an den Ätna hinüberbugsieren lassen kann. Die Sache ist nicht ganz leicht. Denn unter Ancona bei Loretto endigt die Poststraße, und durch Abbruzzo und Kalabrien mag es nicht gar wegsam und wirtlich sein: sed non sine dis animosus infans. Ich weiß, daß mich Deine freundschaftlichen Wünsche begleiten, so wie Du überzeugt sein wirst, daß meine Seele oft bei meinen Freunden und also auch bei Dir ist.

Bologna

Neun Tage war ich in Venedig herumgelaufen. Die Nacht war ich angekommen, die Nacht fuhr ich mit der Corriere wieder ab. Die Gesellschaft war ziemlich zahlreich, und wir waren wie im trojanischen Pferde zusammengeschichtet. Das Wetter war nicht sehr günstig; wir fuhren also von Venedig nach Padua von acht Uhr des Abends bis den andern Mittag. Der Weg an der Brenta hinauf soll sehr angenehm sein; aber das Wasser hatte bekanntlich die Straßen durch ganz Oberitalien so fürchterlich zugerichtet, daß es ein trauriger Anblick war, und ich grämte mich nicht sehr, daß ich auf meiner Fahrt und wegen stürmischen Wetters wenig davon sehen konnte. Sowie wir in Padua ankamen, war das Wetter leidlich. Die Unterredung im Schiffe war bunt und kraus wie die Gesellschaft; aber es wurde durchaus nichts gesprochen, was Bezug auf Politik gehabt hätte. Die einzige Bemerkung nehme ich aus, welche ein alter, ziemlich ernsthafter Mann machte: es wäre nun zu hoffen, daß wir in dreißig oder vierzig Jahren zu Fuße nach Venedig würden gehen können. Er deutete bloß kurz an, die alte Regierung habe ein Interesse gehabt, die Stadt als Insel zu erhalten und habe sich die Räumung der Lagunen viel Geld kosten lassen; die neue Regierung werde ein entgegengesetztes Interesse haben und brauchte dann nicht viel Kosten darauf zu wenden, die Straße von Mestre nach Venedig fest zu machen. Ich lasse die Hypothese dahingestellt sein.

Als ich in Padua meine Mahlzeit genommen hatte, nahm ich meinen Tornister und machte vor meinem Abzuge dem heiligen Antonius noch meinen Besuch. Sogleich war ein Cicerone da, der mich führte und meinte, ich könne ganz füglich, so betornistert wie ich wäre, überall herumlaufen. Das nahm ich sehr gern an und wandelte in diesem etwas grotesken Aufzuge, mit aller Devotion, die man dem alten Volksglauben schuldig ist, in der gotischen Kathedrale herum. In der Kirche drängten sich mit Gewalt noch zwei andere Ciceronen zu mir und ließen sich mit Gewalt nicht abweisen; sie waren weit besser als ich gekleidet und zeigten mir alle ihre Wunder mit vieler Salbung, und ich hatte die Ehre, drei zu bezahlen. Sodann ging ich, das Monument des Livius aufzusuchen, von welchem alle meine drei Führer nichts wußten. Er muß in seiner Vaterstadt jetzt so außerordentlich berühmt nicht sein: denn drei stattlich gekleidete Männer, die ich nach der Reihe anredete, konnten mir weder vom Livius, noch von seinem Monumente erzählen; und doch sprachen zwei davon geläufig genug französisch. Endlich wies mich ein alter Graukopf nach dem Stadthause, wo es sich befinde. Ich wandelte in dem ungeheuren Saale des Stadthauses neugierig herum und redete einen Mann mit einem ziemlich literarischen Antlitz lateinisch an. Er antwortete mir italienisch, er habe zwar ehemals etwas Latein gelernt, aber es nun ziemlich wieder vergessen, und das meinige sei ihm zu alt, das könne er gar nicht verstehen. Er wies mich hierauf an einen andern, der mit einem Buch in einer Ecke saß. Dieser stand auf und zeigte mir mit vieler Humanität den alten Stein über dem Eingange einer Expedition. Du kennst ihn unstreitig mit seiner Inschrift, welche weiter nichts sagt, als daß die Paduaner ihrem Mitbürger Livius hier dieses Andenken errichtet haben. Das neue prächtige Monument, das der ehemalige venetianische Senat und das paduanische Volk ihm gesetzt haben, sah ich nicht, weil es zu entfernt war und ich diesen Abend noch nach Battaglia patrouillieren wollte. Als ich ging, sagte mir der Paduaner sehr artig: „Gratias tibi habemus pro tua in nostrum popularem observantia. Eris nobis cum multis aliis testimonio, quantopere noster Livius apud exteros merito colatur. Valeas, nostrumque civem ames ac nobis faveas." Der Mann sagte dieses mit einer Herzlichkeit und einer gewissen klassischen Wichtigkeit, die ihm sehr wohl anstand.

Vom Livius weg ging ich mit dem Livius im Kopfe geraden Weges durch seine alte trojanische Vaterstadt in das klassische Land hinein, das ehemals so große Männer gab.

Du weißt, daß ich sehr wenig Literator bin; weißt aber auch, daß ich von der Schule aus noch viel Vergnügen habe, dann und wann einen alten Knaster in seiner eigenen Sprache zu lesen. Livius war immer einer meiner Lieblinge, ob ich gleich Thucydides noch lieber habe. Ich wiederhole also wahrscheinlich zum zehntausendsten Male die Klage, daß wir ihn nicht mehr ganz besitzen, und finde den übereilten, etwas rodomontadischen Lärm, den man vor einiger Zeit hier und da über seine Wiederfindung gemacht hat, sehr verzeihlich. Ein Gedanke knüpfte sich an den andern, und da fand ich denn in meinem Sinn, daß wir wohl schwerlich den ganzen Livius wiederhaben werden. Freilich ist das zu bedauern; denn gerade die wichtigsten Epochen der römischen Geschichte für öffentliches Recht und Menschenkunde und wo sich unstreitig das Genie und die Freimütigkeit des Livius in ihrem ganzen Glanze gezeigt haben, der Sklavenkrieg und die Triumvirate, sind verloren: aber was kann Klage helfen? Den Verlust erkläre ich mir so. Ich glaube durchaus nicht, daß er aus Zufall oder Vernachlässigung gekommen sei. Livius war ein freimütiger, kühner, entschlossener Mann, ein warmer Patriot und Verehrer der Freiheit, wie alle seine Mitbürger, die es bei den letzten Unruhen in Rom unter dem Triumvirate tätig genug gezeigt hatten; er war ein erklärter Feind der Despotie. August selbst, dem die römische Schmeichelei schändlicherweise einen so schönen Namen gab, nannte ihn mit einer sehr feinen Tyrannenmäßigung nur einen Pompejaner. Die Familie der Cäsarn war nun Meister; man kennt die Folgen der erbaulichen Subjekte derselben, die schon schlimm genug waren, wenn sie auch nur halb so schlecht waren, als sie in der Geschichte stehen. Du findest doch wohl begreiflich, daß die Cäsarn nicht absichtlich ein Werk, wie die Geschichte des Livius war, zu Lichte werden gefördert haben. Es wird mir sogar aus einigen Stellen des Tacitus sehr wahrscheinlich, daß man alles getan hat, sie zu unterdrücken; wenigstens die Stellen, wo der aristokratisch römische Geist überhaupt und die Tyrannei der Cäsarischen Familie insbesondere mit sehr grellen Farben gezeichnet sein mußte. Dieses waren vorzüglich der Sklavenkrieg und das Ende der Bürgerkriege. Es war überhaupt ein weitläufiges Werk, und nicht jeder war imstande, sich dasselbe abschreiben zu lassen. Alle fanden es also wahrscheinlich genug ihrer Sicherheit und ihrem Interesse gemäß, die Stellen nicht bei sich zu haben, die ihnen von dem Argwohn und der Grausamkeit ihrer Herrscher leicht die blutigste Ahndung zuziehen konnten. Auf diese Weise ist das Schätzbarste von Livius im eigentlichen Sinne nicht sowohl verlorengegangen als vernichtet worden: und als man anfing, ihn ins Arabische zu übersetzen, war er vermutlich schon so verstümmelt, wie wir ihn jetzt haben. So stelle ich mir die Sache vor. Und gesetzt, die wichtigen Bruchstücke fänden sich noch irgendwo in einem seltenen Exemplar unter einem Aschenhaufen des Vulkans, so kannst Du, aus der Analogie der neuen Herrscher mit den alten, ziemlich sicher darauf rechnen, daß wir die Schätze doch nicht erhalten werden, zumal bei dem erneuerten und vergrößerten Argwohn, der seit einigen Jahrzehenten zwischen den Machthabern und Beherrschten statthat. Wenn ich mich irre, soll es mir lieb sein: denn ich wollte drei Fußreisen von der Elbe an den Liris machen, um dort von dem Livius den Spartakus zu lesen, den ich für einen der größten und besten römischen Feldherren zu halten in Gefahr bin.

Unter diesen Überlegungen, deren Konsequenz ich Dir überlasse, wandelte ich die Straße nach Rovigo fort. Diese Seite von Venedig ist nicht halb so schön als die andere von Treviso nach Mestre: die Überschwemmungen mit dem neuen Regenwasser hatten die Wege traurig zerrüttet, und ich zog sehr schwer durch den fetten Boden Italiens weiter. Überall war der Segen des Himmels mit Verschwendung über die Gegend ausgeschüttet, und überall war in den Hütten die jämmerlichste Armut. Vermutlich war dies noch mit Folge des Kriegs. Nicht weit von Montefelice kehrte ich zu

Mittage an der Straße in einem Wirtshause ein, das nicht die schlimmste Miene hatte, und fand nichts, durchaus nichts als etwas Wein. Ich wartete eine halbe Stunde und wollte viel zahlen, wenn man mir aus den benachbarten Häusern nur etwas Brot schaffen könnte. Aber das war unmöglich; man gab mir aus Gutmütigkeit noch einige Bissen schlechte Polenta, und ich mußte damit und mit meinem Schluck Wein weitergehen.

Vor Rovigo setzte ich über die Etsch und trat in das Zisalpinische. Der kaiserliche Offizier jenseits des Flusses, der meinen Paß mit aller Schwerfälligkeit der alten Bocksbeutelei sehr lange revidierte, machte mir bange, daß ich diesseits bei dem französischen Kommandanten wohl Schwierigkeiten finden würde. Als ich zu diesem kam, war alles gerade das Gegenteil. Er war ein freundlicher, jovialischer Mann, der mir den Paß nach einem flüchtigen Blick auf mich und auf den Paß, ohne ihn zu unterschreiben, zurückgab. Ich machte ihm darüber meine Bemerkung, daß er nicht unterschriebe. „Vous n'en avez pas besoin"; sagte er: „vous venez de l'autre côté?" – „Je viens de Vienne, et je m'en vais par Ferrare à Ancone." – „N'importe": versetzte er; „allez toujours. Bon voyage!" Die Höflichkeit des Franzosen, die ich gegen die Nichthöflichkeit des Präsidenten in Wien und des Polizeiherrn in Venedig hielt, tat mir sehr wohl. Rovigo war die erste eigentlich italienische Stadt für mich; denn Triest und Venedig und die übrigen Örter hatten alle noch so etwas Nordisches in ihrer Erscheinung, daß es mir kaum einfiel, ich sei schon in Italien. Weder hier noch in Lagoscuro noch in Ferrara fragte man mich weiter nach Pässen, ob ich gleich überall starke französische Besatzungen fand. Vor meinem Fenster in Rovigo stand auf dem Platze der große Freiheitsbaum mit der Mütze auf der Spitze, und gegenüber in dem großen Kaffeehause war ein starkes Gewimmel von Italienern und Franzosen, die sich der jovialischen Laune der Ungebundenheit überließen. Aber alles war sehr anständig und ohne Lärm.

Ich muß Dir bekennen, daß mir dieses heitere, kühne Wesen gegen die stille, bange Furchtsamkeit in Wien und Venedig sehr wohl gefiel und daß ich selber etwas freier zu atmen anfing; sowenig ich auch eben diese Freiheit für mich behalten und sie überhaupt den Menschenkindern wünschen möchte. Das Wasser hatte hier überall außerordentlichen Schaden getan, wie Du gewiß schon aus den öffentlichen Blättern wirst gehört haben; vorzüglich hatte der sogenannte canale bianco seine Dämme durchbrochen und links und rechts große Verwüstungen angerichtet. Es arbeiteten oft mehrere hundert Mann an den Dämmen und werden Jahre arbeiten müssen, ehe sie alles wieder in den alten Stand setzen. Hier sah man empörende Erscheinungen der Armut in einem ziemlich gesegneten Landstriche; und ich schreibe dieses auch mit dem Unheil zu, das die Flüsse und großen Kanäle hier sehr oft anrichten müssen. Da die Straße ganz abscheulich war, ließ ich mich bis Ponte di Lagoscuro auf dem Po hinaufrudern und zahlte fünf Ruderknechten für eine Strecke von drei Stunden die kleine Summe von zehn Liren. Der Po ist hier ein großes, schönes, majestätisches Wasser, und die heitere, helle Abendsonne vergoldete seine Wellen und links und rechts die Ufer in weiter, weiter Ferne. Es war, als ob ein Ozean herabrollte, und die Griechen haben ihn mit vollem Recht Eridanus, den Gabenbringer oder den Wogenwälzer, genannt, nachdem Du nun die Erklärung machen willst. Eridanus und Rhodanus scheinen mir ganz die nämlichen Namen zu sein; und die beiden Flüsse haben unstreitig große Ähnlichkeit miteinander.

Wenn man an einem hellen, kalten Abende zu Anfange des Februars einige Stunden auf dem Wasser gefahren ist, so ist ein gutes, warmes Zimmer, eine Suppe und ein frisch gebratener Kapaun ein sehr angenehmer Willkommen. Diesen fand ich in Ponte di Lagoscuro und wandelte den Morgen darauf in dem fürchterlichsten Regen auf einem ziemlich guten Wege die kleine Strecke nach Ferrara. Hier blieb ich und schlenderte den Nachmittag in der Stadt herum. Die architektonische Anlage des Orts ist sehr gut, die Straßen sind lang und breit und hell. Es fehlt der ganzen Stadt nur eine Kleinigkeit, nämlich Menschen. Französische Soldaten sah man überall genug, aber Einwohner desto weniger. Die öffentlichen Gebäude und Gärten und Plätze sind nicht ohne Schönheit. Mehrere Stunden war ich in der Kathedrale und dem Universitätsgebäude. Am Eingange sind hier, wie an der Bibliothek, sehr viele alten lateinischen Inschriften eingemauert, die meistens Leichensteine sind und für mich wenig Interesse haben. Die Bibliothek aber ist ziemlich ansehnlich, und man wiederholte mir mit Nachdruck einige Mal, daß durchaus kein Fürst etwas dazugegeben habe, sondern daß alles durch die Beiträge des Publikums und von Privatleuten nur seit ungefähr fünfzig Jahren angeschafft worden sei. Auf der Bibliothek findet sich jetzt auch das Grab und das Monument Ariosts, das sonst bei den Benediktinern stand: das sagt die lateinische Inschrift. Man zeigte mir mehrere Originalbriefe von Tasso, eine Originalhandschrift von Ariost und sein metallenes, sehr schön gearbeitetes Dintenfaß, an dem noch eine Feder war. Ohne eben die Authentizität sehr kritisch zu untersuchen, würde ich zu Oden und Dithyramben begeistert worden sein, wenn ich etwas inspirationsfähiger wäre. So viel muß ich sagen, die Bibliothek beschämt an Ordnung die meisten, die ich gesehen habe.

Im Gasthofe fütterte man mich den Abend sehr gut mit Suppe, Rindfleisch, Wurst, Fritters, Kapaun, Obst, Weintrauben und Käse von Parma. Du siehst daraus, daß ich gewöhnlich nicht faste wie an meinem Geburtstage zu Udine und daß die Leipziger Aubergisten vielleicht sich noch hier ein kleines Exempel von den oberitalienischen nehmen könnten. Das Wetter war fürchterlich. Ich hatte gelesen von den großen, gefährlichen Morästen zwischen Ferrara und Bologna, und die Erzählungen bestätigten es und sagten weislich noch mehr; so daß ich nicht ungern mit einem Vetturino handelte, der sich mir nach Handwerksweise sehr höflich aufdrang. Der Wagen war gut, die Pferde waren schlecht, und der Weg war noch schlechter. Schon in Padua konnte ich eine kleine Ahnung davon haben; denn eine Menge Kabriolettiers wollten mich nach Verona und Mantua bringen; da ich aber sagte, daß ich nach Bologna wollte, verlor kein einziger ein Wort weiter, als daß sie alle etwas von Teufelsweg durch die Zähne murmelten. Meine Kutschengefährten waren ein zisalpinischer Kriegskommissär und eine Dame von Cento, die ihren Mann in der Revolution verloren hatte. Wir zahlten gut und fuhren schlecht und wären noch schlechter gefahren, wenn wir nicht zuweilen eine der schlimmsten Strecken zu Fuße gegangen wären. Einige Stunden von Ferrara aus ging es leidlich, dann sank aber der Wagen ein bis an die Achse. Der Vetturino wollte Ochsenvorspannung nehmen; die billigen Bauern forderten aber für zwei Stunden nicht mehr als achtundzwanzig Lire für zwei Ochsen, ungefähr sechs Gulden Reichsgeld. Der arme Teufel von Fuhrmann jammerte mich, und ich riet ihm selbst, gar kein Gebot auf die unverschämte Forderung zu tun. Die Gäule arbeiteten mit der furchtbarsten Anstrengung absatzweise eine halbe Stunde weiter; dann ging es nicht mehr. Wir stiegen aus und arbeiteten uns zu Fuße durch, und es ward mit dem leeren Wagen immer schlimmer. Erst fiel ein Pferd, und als sich dieses wieder erhoben hatte das andere, und einige hundert Schritte weiter fielen alle beide und wälzten sich ermattet in dem schlammigen, tonigen Boden. Da hatten wir denn in Italien das ganze deutsche Salzmannische Elend in concreto. Die Pferde halfen sich endlich wieder auf; aber der Wagen saß fest. Nun stelle Dir die ganze bekotete Personalität Deines Freundes vor, wie ich mit der ganzen Kraft meines physischen Wesens meine Schulter unter die Hinterachse des Wagens setzte und heben und schieben half, daß die Dame und der Kriegskommissär und der Vetturino erstaunten. Es ging, und nach drei Versuchen machte ich den Fuhrmann wieder flott. Aber ans Einsetzen war nicht zu denken. Nun hatte ich das Amt, die Dame und den Kommissär durch die engen, schweren Passagen zu bugsieren, und tat es mit solchem Nachdruck und so geschicktem Gleichgewicht auf den schmalen Stegen und Verschlägen und an den Gräben, daß ich ihnen von meiner Kraft und Gewandtheit eine gar große Meinung gab. Schon hatten wir uns, als wir zu Fuße voraus über den italienischen Rhein, einen ziemlich ansehnlichen Fluß, gesetzt hatten, in einem ganz artigen Wirtshause zu Malalbergho einquartiert und uns in die Pantoffeln des Wirts geworfen, als unser Fuhrmann ankam und uns durchaus noch acht italienische Meilen weiterbringen wollte. Ich hatte nichts dagegen, und die andern wurden überstimmt. Von hier aus sollte nun der Weg besser sein. Wir schroteten uns also wieder in den Wagen und ließen uns weiter ziehen. Jetzt trat eine andere Furcht ein; der Dame und dem Kriegskommissär, drollig genug an Italienern, ward bange vor Gespenstern. Der Kriegskommissär schien überhaupt mit seinem Mute nicht viel zur Befreiung seines Vaterlandes beigetragen zu haben. Mir ward zwar auch etwas unheimlich, nicht aber vor Geistern, sondern vor Straßenräubern, für welche diese Straße zwischen tiefen, breiten Kanälen ordentlich geeignet schien; indessen sammle ich in dergleichen Fällen als ein guter Prädestinatianer meinen Mut und gehe getrost vorwärts. Gegen Mitternacht kamen wir endlich glücklich auf unserer Station, einem isolierten, ziemlich großen und guten Gasthof, an, der, wenn ich nicht irre, Althee hieß und von dem ich Dir weiter nichts zu sagen weiß, als daß man mir einen Wein gab, der dem Champagner ähnlich war und also meinen Beifall hatte. Bei diesem Weine und der guten Mahlzeit vergaß der Kriegskommissär alle Mühseligkeiten des Tages und des Abends und schien ganz eigentlich in seinem rechten Elemente zu sein: das ist ihm nun freilich nicht übel zu nehmen; denn ich befand mich nach einer solchen Fahrt dabei auch ganz behaglich.

Den andern Mittag langten wir hier in der alten päpstlichen Stadt Bologna an, wo man zuerst wieder nach meinem Passe fragte. Mit mir Fremdem nahm man es nicht so strenge als mit meinem Kameraden, dem Kommissär, der aus der Gegend von Parma war und der ein förmliches Kandidatenexamen aushalten mußte. Auf der Polizei, wo ich den Paß signieren lassen mußte, war man ebenso artig und höflich als an dem Grenzflusse. Hier in Bologna fand ich überall eine exemplarische Unreinlichkeit, die an Schweinerei grenzt; und wenn man der häuslichen Nettigkeit der Italiener überhaupt kein großes Lob geben kann, so haben die Leute in Bologna den größten Schmutz aufzuweisen. Außer dem Stolz auf ihr altes Felsine behaupten die Bologneser noch, daß ihre Stadt so groß sei wie Rom. Daran tun sie nun freilich etwas zu viel; wenn man aber auf den Turm steigt und sich rings umher umschaut, so wird man den Raum doch groß genug finden, um in eine solche Versuchung zu geraten, zumal wenn man etwas patriotisch ist. Der Hauptplatz mit der daran stoßenden Kathedrale und dem Gemeindehause rechts und den großen, schönen Kaufmannshallen links macht keine üble Wirkung. Der Neptun mitten auf demselben, von Jean de Bologna, hat als Statue wohl seine Verdienste, nur schade, daß der arme Gott hier so wenig von seinem Elemente hat, daß er wohl kaum den Nachbarn auf hundert Schritte in die Runde zu trinken geben kann. Der Eingang des Gemeindehauses ist von Franzosen besetzt, und die Bürgerwache steht gar demütig in einem sehr spießbürgerlichen Aufzuge daneben. Über dem Portal hängt ein nicht unfeines Bild der Freiheit mit der Umschrift in großen Buchstaben: „Republica Italiana"; welches erst vor einigen Wochen hingesetzt war, da man die Zisalpiner in diese Nomenklatur metamorphosiert hatte.

Vor dem Nationaltheater wurde ich gewarnt, weil man daselbst durchaus immer die niedrigsten Hanswurstiaden gebe und zum Intermezzo Hunde nach Katzenmusik tanzen lasse. Hätte ich mehr Zeit gehabt, so hätte ich doch wohl die Schnurrpfeifereien mit angesehen. Dafür ging ich aber in das kleine Theater Da ruffi und fand es für eine so kleine Unternehmung allerliebst. Ich kann nicht begreifen, wie die Leute bei einem so geringen Eintrittsgelde und dem kleinen Raum des Schauspielhauses den Aufwand bestreiten können. Man gab ein Stück aus der alten französischen Geschichte, den *„Sklaven aus Syrien"*, wo natürlich viel über Freiheit und Patriotismus deklamiert wurde; aber schon wieder mit vieler Beziehung auf Fürstenwürde und Fürstenrechte, welches man vielleicht voriges Jahr noch nicht hätte tun dürfen. Die Donna und der Held waren gut. Der Dialekt war für mich deutlich und angenehm; die meisten Schauspieler waren, wie man mir sagte, Römer, und nur ein einziger zischte venetianisch. Nach dem Stück gab man das beliebte Spiel Tombola, wovon ich vorher gar keinen Begriff hatte und auch jetzt noch keinen sehr deutlichen bekommen habe, da es mir an jeder Art Spielgeist fehlt. Es ist eine Art Lotterie aus dem Stegreif, die für das Publikum auf dem Theater nach dem Stücke mit allgemeiner Teilnahme enthusiastisch gespielt wird. Die Anstalten waren sehr feierlich; es waren Munizipalbeamte mit Wache auf dem Theater, die Lose wurden vorher ausgerufen, alle gezeigt und einem Knaben in den Sack geworfen. Ob man gleich nur um einige Skudi spielte, hätte man doch glauben sollen, es ginge um die Schätze Golkondas, so ein Feuereifer belebte alle Teilnehmer. Mir hätte das Spiel herzlich Langeweile gemacht wie alle dergleichen Hazardspiele, wenn nicht die Physiognomien der Spielenden einiges Vergnügen gewährt hätten. Mein Cicerone war ein gewaltig gelehrter Kerl und sprach und räsonnierte von Schulen und Meistern und Gemälden so strömend, als ob er die Dialektik studiert hätte und Professor der Ästhetik wäre; und er konnte es gar nicht zusammenreimen, daß ich nicht wenigstens vierzehn Tage hier bleiben wollte, die Reichtümer der Kunst zu bewundern. Er hielt mich halb für einen Barbaren und halb für einen armen Teufel; und ich überlasse Dir's inwieweit er in beidem recht hat. Ich ging trotz seiner Demonstrationen und Remonstrationen den andern Morgen zum Tore hinaus.

Ancona

Von Bologna geht es auf dem alten Ämilischen Wege in der Niederung durch eine sehr wasserreiche Gegend immer nach Rimini hinunter. Bloß von Bologna bis nach Imola geht man über fünf oder sechs Flüsse. Rechts hatte ich die Apenninen, die noch beschneit waren; der Boden ist überall sehr fett und reich. In Imola machte ich einen etwas barocken Einzug. Ich kam gerade zu den Harlekinaden der Faschingsmasken, wovon ich in Pordenone schon einen Prodrom gesehen hatte. Die ganze Stadt war in Mummerei und zog in bunten Gruppen in den Straßen herum. Nur hier und da standen unmaskiert einige ernsthafte Männer und Matronen und sahen dem tollen Wesen zu. Meine Erscheinung mochte für die Leute freilich etwas hyperboreisch sein; eine solide polnische Kleidung, ein Seehundstornister mit einem Dachsgesicht auf dem Rücken, ein großer, schwerer Knotenstock in der Hand. Die Maskerade enthielt alle Charaktere des Lebens, ins Groteske übersetzt. Auf einmal war ich von einer Gruppe umgeben, die allerhand lächerliche Bocksprünge um mich herum machte. Die ernsthaften Leute ohne Maske lachten, und ich lachte mit; einen genialischen Aufzug dieser Art kann man freilich nicht auf der Leipziger Messe haben. Plötzlich trat mit den possierlichsten Stellungen eine tolle Maskenfratze vor mich hin und hielt mir ein Barbierbecken unter die Nase, das Don Quijote sehr gut als Helm hätte brauchen können; und ein anderes Bocksgesicht setzte sich hinter mich, um von seinem Attribute, der Klistierspritze, Gebrauch zu machen. Stelle Dir das donnernde Gelächter von halb Imola vor, als ich den Klistierspritzenkerl mit einer Schwenkung vollends umrannte, meinen Knotenstock komisch nach ihm hinschwang und meine Personalität etwas aus dem Gedränge zu Tage förderte. Zum Unglück muß ich Dir sagen, daß mein Bart wirklich über drei Tage lang war und daß ich von den dortigen roten Weinen, an die ich nicht gewöhnt war, mich in einer Art von Hartleibigkeit befand. Die Menge zerstreute sich lachend, und ein ziemlich wohlgekleideter Mann ohne Maske, den ich nach einem Gasthof fragte, brachte mich durch einige Straßen in die Hölle, Nummer Fünfe. Das war nun freilich kein erbaulicher Name; indessen ich war ziemlich müde und wollte in meinen Pontifikalibus nicht noch einmal durch das Getümmel laufen, um ein besseres Wirtshaus zu suchen; also blieb ich Nummer Fünfe in der Hölle. Nachdem ich meinen Sack abgelegt hatte, wandelte ich wieder vor zu dem Haufen; und nun muß ich den Farcenspielern die Gerechtigkeit widerfahren lassen, daß sie sich, soweit es ihr Charakter erlaubte, ganz ordentlich und anständig betrugen. Ein entsetzlich zudringlicher Cicerone, der mich in drei verschiedenen Sprachen, in der deutschen, französischen und italienischen, anredete, verließ mich mit seiner Dienstfertigkeit nicht eher, als bis einige französische Offiziere mich von ihm retteten und mit mir in ein nahes Kaffeehaus gingen. Vor diesem Hause war der beste Tummelplatz der Maskierten, die in hundert lächerlichen Aufzügen und Gruppierungen mit und ohne Musik auf- und niederliefen. Ein siedend heißer politischer Imolait schloß sich an mich an und führte das Gespräch durch verschiedene Gegenstände sehr bald auf die Politik und erkundigte sich, wie es in Wien aussähe. Ich antwortete ganz natürlich der Wahrheit gemäß, ganz ruhig. „On les a bien forcés à coups de bayonnettes à être de repos"; sagte er. „Apparemment"; sagte ich. – „C'est toujours la meilleure manière de disposer les gens à se conformer à la raison." – „Mais oui", entgegnete ich, „après en avoir essayé les autres; pourvû toute fois, qu'il y ait de la raison et de la justice au fond de l'affaire." – „Est-ce que vous en doutez pour la nôtre?" – „On ne peut pas répondre à cela en deux mots." Nun wollte er eine Diskussion anfangen und ward ziemlich heftig. Ich entschuldigte mich mit meiner alten Formel: „Quand on commence, il faut toujours commencer par le commencement"; da würde sich denn ergeben das alte Iliacos intra muros peccatur et extra. Der Abend rief mich zum Essen und zur Ruhe, und wir schieden recht freundschaftlich, indem er meinte: „Wenn es auf uns beide angekommen wäre, würde wohl kein Krieg entstanden sein." Das glaubte ich wenigstens für mich auf meiner Seite und ging ganz andächtig in die Hölle, Nummer Fünfe, wo ich bis zum Sonnenaufgang recht sanft schlief. Ist Imola nicht ein Ort, wo ein Bischof sich zum Papst bilden kann?

In Faenza sah ich die erste französische Wachparade und in Forli nichts. Nicht eben, als ob da nichts zu sehen wäre: Antiquare und Künstler finden daselbst reichliche Unterhaltung für ihre Lieblingsfächer. Aber ich dachte weder an alte noch neue Kriege und zog gerades Weges ins Wirtshaus, das Hôtel de Naples. Auf mein Italienisch war man nicht außerordentlich höflich, vermutlich, weil es nicht sonderlich gut war. „Ne pourrai-je pas parler au maître de la maison?" fragte ich etwas trotzig, indem ich meinen Tornister abwarf. Auf einmal war alles freundlich, und alles war zu haben. Sonderbar, wie zuweilen einige Worte so oder so wirken können, nachdem man sie hier oder da sagt. In Ferrara mochte ich wohl mit meinem Reisesacke einigen Herren etwas drollig vorkommen, und sie schienen sich hinter mir über mich mit lautem Gelächter etwas zu erlustigen. „Qu'est ce qu'il y a là, Messieurs?" fragte ich mit einer enrhumierten, rauhen Stimme. „Niente, Signore", war die Antwort; und alles trat still in eine bescheidene Entfernung. In Spoleto hätte mir die Frage ein Stilett gelten können. Ich fand in dem Hôtel de Naples zwei Kaufleute und drei Schiffer; der Kellner war ein jovialischer Mensch; man begrüßte mich in einer Minute zehn mal mit dem Prädikate Cittadino, gab mir den Ehrenplatz und fütterte mich à qui mieux mit den besten Gerichten. Es machte keinen Unterschied, als man erfuhr, ich sei ein Deutscher; so sehr bestimmt der erste Augenblick die künftige Behandlung. Wir pflanzten uns, da der Abend sehr rauh und stürmisch war, um den Kamin her, machten einen traulichen, freundlichen Familienzirkel und tändelten mit einem kleinen, allerliebsten Jungen, der, wie ein Toast der Gesellschaft, von den Knien des einen zu den Knien des andern ging.

Zwischen Forli und Cesena sind die Reste des alten Forum Pompilii und die Trümmer einer Brücke, welche auch alt zu sein scheint. Ich sah von allem sehr wenig wegen des entsetzlichen Wetters. Die Brücke gleich vor Cesena über den Savio ist ein Werk, das bei den Italienern für etwas sehr Schönes gilt, das kann aber nur in dieser Gegend sein. Das fürchterlich schlechte Wetter hielt mich in Cesena, da ich doch nur von Forli gekommen war und also nicht mehr als vier Stunden gemacht hatte. Hier wurde ich von dem Wirte mit einer gewissen kalten Förmlichkeit aufgenommen, die sehr merklich war, und in ein ziemlich ärmliches Zimmer hintenhinaus geführt. Ich hatte weiter nichts dawider. Nachdem wir aber eine Stunde zusammen geplaudert hatten, ich in einem Intermezzo des Regens etwas ausgegangen war, um die Stadt zu sehen und ein Kaffeehaus zu besuchen, und wieder zurückkam, fand ich meine Sachen umquartiert und mich in ein recht schönes Zimmer vornhinaus versetzt. Die Wirtin machte die Erklärung: Man habe mich für einen Franzosen gehalten, der von der Munizipalität logiert würde: nun pflegte die Munizipalität seit langer Zeit für die zugeschickten Gäste gar nichts mehr zu bezahlen: man könnte es also nicht übel deuten, daß sie auf diese Weise so wohlfeil als möglich durchzukommen suche. Aber ein Galantuomo wie ich müsse mit Anstand bedient werden. Das fand ich auch wirklich. Die Mädchen vom Hause waren recht hübsch und so höflich und freundlich, als man in Ehren nur verlangen kann. Es kam noch ein Schiffskapitän, der mir Gesellschaft leistete und mir von seinen Fahrten im Mittelländischen Meere eine Menge Geschichten erzählte. Er bedauerte, daß es Friede sei und der Schleichhandel nun nicht mehr so viel eintrage: das sagte er nämlich, ohne sich sehr verblümt auszudrücken. Die Rechnung war für die sehr gute Bewirtung außerordentlich billig. Cesena ist übrigens eine alte, sehr verfallene Stadt, und der aufgepflanzte Freiheitsbaum machte unter den halbverschütteten Häusern des fast leeren Marktes eine traurige Figur. Pius der Sechste muß für seine Vaterstadt nicht viel getan haben: es würde ihm weit rühmlicher sein als der verunglückte Palast für seinen verdienstlosen Nepoten.

Vor Savignano ging ich, nicht wie Cäsar, über den Rubikon. Wahrscheinlich hat der kahlköpfige Weltbeherrscher hier oder etwas weiter unten am Meere den ersten entscheidenden Schritt getan, die sonderbare Freiheit seines Vaterlandes zu zertrümmern, da er als Despot des neu eroberten Galliens zurückkehrte. Ein eigener Charakter, der Julius Cäsar. Es ist von gewissen Leuten schwer zu bestimmen, ob sie mehr Liebe oder Haß verdienen. Ich erinnere mich, daß es mir in einem solchen moralischen Kampfe einmal entfuhr, Cäsar sei der liebenswürdigste Schurke, den die Geschichte aufstelle. Die Äußerung hätte mir fast die Beschuldigung der verletzten Majestät aller Monarchen zugezogen. Dagegen wollte man mir neulich beweisen, Brutus sei eigentlich der Schurke gewesen und Cäsar ganz Liebenswürdigkeit. So, so; bien vous fasse! Ihr seid es wert, Cäsarn mit seiner ganzen Sippschaft und liebenswürdigen Nachkommenschaft zu Herrschern zu haben, ob ich es gleich nicht über mich nehmen wollte, den Junius Brutus durchaus zu verteidigen. Also hier gingen wir beide über den Rubikon, Cäsar und ich; haben aber übrigens beide nichts miteinander gemein, als daß wir – nach Rimini gingen.

In Savignano war Markt; der Platz wimmelte von Leuten, die zur Ehre der neuen Kokarde weidlich zu zechen schienen. Ich fragte einen wohlgekleideten Mann nach einem Speisehause. Er besah mich ganz mißtrauisch, schaute nach meinem Hute, und da er rund herum keine Kokarde entdeckte, ward sein Ansehen etwas grimmig, und er schickte mich mit der höflichen Formel weiter: „Andate al diavolo!" Das war die Kehrseite von Cesena. So geht's zu Revolutionszeiten: für das nämliche wirst Du hier gepflegt, dort beschimpft; glücklich, wenn's nicht weiter geht.

In Rimini schlief ich gewiß ruhiger, als der mächtige Julius nach seinem Übergange und dem geworfenen Würfel geschlafen haben mag. Vor der Stadt sind einige herrlichen Aussichten. Auf dem Platze della Fontana steht der heilige Gaudentius von Bronze, der eine gar stattliche Figur macht. Auch ein Papst Paul, ich weiß nicht welcher, hat hier ein Monument für eine Wasserleitung, die er den Bürgern von Rimini bauen ließ. Eine Wasserleitung halte ich überall für eins der wichtigsten Werke und für eine der größten Wohltaten; und hier in Italien ist es doppelt so. Wenn ein Papst eine recht schöne wohltätige Wasserleitung bauet, kann man ihm fast vergeben, daß er Papst ist. Auf dem andern Platze stand der Baum mit der Mütze und der Inschrift: „L'Union des François et des Cisalpins!" Aber welche Union! Das mag der heilige Bartholomäus in Mailand sagen.

Wenn ich nun ein ordentlicher, systematischer Reisender wäre, so hätte ich von Rimini rechts hinauf auf die Berge gehen sollen, um die selige Republik Sankt Marino zu besuchen; zumal da ich eine kleine Liebschaft gegen die Republiken habe, wenn sie auch nur leidlich vernünftig sind. Aber ich ging nun gerade fort nach Cattolica und Pesaro. Die Arianer hatten, wie man sagt, auf dem Konzilium zu Rimini den Meister gespielt: deswegen gingen die rechtgläubigen Bischöfe mit Protest hinüber nach Cattolica und verewigten ihre mutige Flucht durch den Namen des Orts. Auch steht, wie ich selbst gelesen habe, die ganze Geschichte auf einer großen Marmorplatte über dem Portal der Kirche zu Cattolica: ich nehme mir aber selten die Mühe, etwas abzuschreiben, am wenigsten dergleichen Orthodoxistereien. In Pesaro, wo ich beiläufig die erste Handvoll päpstlicher Soldaten antraf, fragte ich, weil ich müde war, den ersten besten, der mir begegnete, wo ich logieren könnte? „Bei mir“, antwortete er. „Sehr wohl!“ sagte ich und folgte. Der Mann hatte ein Schurzfell und schien, mit Shakespeare zu reden, ein Wundarzt für alte Schuhe zu sein. Nun fragte er mich, was ich essen wollte? Das stellte ich denn ganz seiner Weisheit anheim, und er tat sein möglichstes, mich zufriedenzustellen, ging aus und brachte Viktualien, machte selbst den Koch und holte zweierlei Wein. Das war von nun an oft der Fall, daß der Herr Wirt sich hinstellte und mir die patriarchalische Mahlzeit bereitete und ich ihm hülfreiche Hand leistete. Er klagte mir ganz leise, daß die gottlosen Franzosen vier der schönsten Gemälde von hier mit weggenommen haben. Als ich den andern Morgen im Kaffeehause saß und mein Frühstück verzehrte, ließen mir eine Menge Vetturini nicht eher Ruhe, bis ich einen von ihnen nach Fano genommen hatte. Dieser mein Vetturino war nun ein echter Orthodoxer, der vor jedem Kreuz sein Kreuz machte, sein Stoßgebetchen sagte, seine Messe brummte und übrigens fluchte wie ein Landsknecht. Vor allen Dingen war sein Gesang charakteristisch. Ich habe nie einen so entsetzlichen Ausdruck von dummer Hinbrütung in vernunftlosem Glauben gehört. Wenn ich länger verdammt wäre, solche Melodien zu hören, würde ich bald Materialismus und Vernichtung für das konsequenteste halten: denn solche Seelen können nicht fortleben.

Vor Pesaro und noch mehr bei Fano wird die Gegend ziemlich gebirgig, ist voll Schluchten und Defileen in den Höhen, und es wird leicht begreiflich, wie die fremden Karthager sich hier verirrten und den Römern leichtes Spiel machten. Der Metaurus ist wie fast alle Flüsse, welche aus den Apenninen kommen, ein gar schmutziger Fluß und hat ebensowenig wie der Rubikon ein klassisches Ansehen. Man wollte mir zwischen Fano und Sinigaglia den Berg zeigen, wo Hasdrubal geschlagen worden sein soll. Ich kann darüber nichts bestimmen, da mir die Geschichte der Schlacht aus den alten Schriftstellern nicht gegenwärtig war. So viel ist gewiß, daß sie hier in der Gegend und am Flusse vorfiel; und mit dem Polybius und Livius in der Hand dürfte es vielleicht nicht schwer sein, den Platz genau aufzusuchen. Da ich aber wahrscheinlich nicht in Italien kommandieren werde, war ich um den Posten nicht sehr bekümmert. Der Himmel habe den Hasdrubal und die römischen Konsuln selig!

Sinigaglia ist ein angenehmer Ort durch seine Lage: vorzüglich geben die üppig vegetierenden Gärten der Landseite der Stadt ein heiteres Ansehen. Ich hatte zum ersten Mal das Vergnügen, ein italienisches Stiergefecht zu sehen, wo die Hunde ziemlich hoch geworfen wurden und ziemlich blutig wegkamen und woran halb Sinigaglia sich sehr zu ergötzen schien. Das Prototyp der Dummheit, mein Vetturino, führte mich weiter bis Ancona, da ich einmal in die Bequemlichkeit des Sitzens gekommen war. Die See ging hoch, und die Brandung war schön; rechts hatte ich herrliche Anhöhen, mit jungem Weizen und Ölbäumen geschmückt. Vor Ancona blühten den neunzehnten Februar Bohnen und Erbsen. Die Täler und Berge rechts geben abwechselnd mit Wein und Obst und Öl und Getreide eine herrliche Aussicht. Der Hafen von Ancona mag für die Alten außerordentlich gut gewesen sein; für die Neuern ist er es nicht mehr in demselben Grade: und wenn nicht der Molo viel weiter hinausgeführt worden wäre, würde er wenig mehr brauchbar sein. Es können nur wenig große Schiffe sicher darin liegen. Am Anfange des alten Molo steht der sogenannte Triumphbogen Trajans von weißem Marmor, der aus den Antiquitätenbüchern hinlänglich bekannt ist. Die Schrift fängt nun an, ziemlich zu verwittern, und man muß schon sehr ziffern, wenn man den Sinn herausheben will. Es müßte denn nur mir so gegangen sein, der ich im Lesen der Steinschriften nicht geübt bin. Der neue Bogen des Van Vittellii weiter hinaus steht gegen den alten sehr demütig da. Ganz am Ende des Molo steht ein Wachturm, und vor demselben standen einige Piècen Artillerie auf dem Molo hereinwärts, die den Hafen bestreichen.

Die übrigen Stücke decken oder wehren bloß den Eingang von der Seite von Loretto. Am Turme stand eine französische Wache, deren man in der ganzen Stadt sonst nicht viele fand, obgleich die Besatzung ziemlich stark ist. „Est-ce qu'il est permis de monter la tour pour voir la contrée?" fragte ich. „Non"; war die Antwort: ich mußte also zurückgehen und die Berge rund umher besteigen, wenn ich die Aussicht teilweise haben wollte, die ich hier ganz hätte haben können. Es mag freilich wohl der beste militärische Augenpunkt sein, so daß man billig Bedenken trägt, jedermann sich auf demselben umsehen zu lassen. Das Seelazarett an dem andern Ende des Hafens, gleich am Wege von Loretto und Sinigaglia, der sich dort trennt, ist ein sehr schönes Gebäude ganz im Meere, so daß eine Brücke hinüberführt. Es hat rundherum eine Menge schöner, bequemer Gemächer, eine Kapelle mitten im Hofe, frisches Wasser durch Röhren vom Berge und ein ziemlich großes Warenhaus. Auch das Militärspital auf dem Lande ist ein schönes, weitläufiges Gebäude. Die Schiffe sind meistens fremde, und die Handlung hebt sich nur sehr langsam durch die Maßregel des römischen Hofes, daß man Ancona zu einem Freihafen erklärt hat. Auf der südlichen Höhe der Stadt steht die alte Kathedralkirche, wo außer dem unverweslichen heiligen Cyriakus noch einige andere Kapitalheilige begraben liegen, deren Namen mir entfallen sind. Man findet dort eine schöne, prächtige, funkelnagelneue Inskription, daß Pius der Sechste auf seiner Rückkehr aus Deutschland, wo er die Wiener gesegnet hatte, daselbst die Unverweslichkeit des Heiligen in Augenschein genommen, bewundert und von neuem dokumentiert habe. Dieses Monument des Wunderglaubens ist dem Papst auf Kosten des Volks und der Stände der Mark Ancona in der glänzenden marmornen Krypte der Heiligen errichtet worden. O Sancta!

Die Börse ist ein großer, schöner, gewölbter Saal mitten in der Stadt, mit interessanten, gut gearbeiteten Gemälden und Statuen, welche moralische und bürgerliche Tugenden vorstellen. Die erstern sollen von Perugino sein, wie man mir sagte; ich hätte sie nicht für so alt gehalten.

Im Theater gab man die alte Posse, *„Der lustige Schuster"*, gar nicht übel, und das italienische Talent zur Burleske mit dem feinen Takt für Schicklichkeit und Anstand zeigte sich hier sehr vorteilhaft. Ich konnte nicht umhin, Dir hier einige Worte über unsere deutschen Landsleute auf der Bühne zu sagen. Es wäre wohl zu wünschen, daß sie etwas von der Delikatesse der Welschen hierin hätten oder lernten. Das ist bei uns ein ewiges Küssen und sogar Schmatzen auf den Brettern bei jeder Gelegenheit. Wenn man glaubt, daß dieses eine schöne ästhetische Wirkung tun müsse, so irrt man sich vermutlich; wenigstens für mich muß ich bekennen, daß mir nichts langweiliger und peinlicher wird als eine solche Zärtlichkeitsszene. Ein Kuß ist alles, und ein Kuß ist nichts! und hier ist er weniger als nichts, wenn er so seine Bedeutung verliert. Er gehört durchaus zu den Heimlichkeiten der Zärtlichkeit, in der Freundschaft wie in der Liebe, und wird hier entweiht, wenn er vor die Augen der Profanen getragen wird. Ich weiß die Einwürfe; aber ich kann hier keine Abhandlung schreiben, sie alle zu beantworten. Der Italiener weiß durch die feinen Nüancen der Umarmung mehr zu wirken als wir durch unsere Küsse. Es versteht sich, daß seltene Ausnahmen stattfinden. Ein anderer Artikel, den wir etwas zu materiell behandeln, ist das Essen und Trinken und Tabaksrauchen auf dem Theater. Das alles ist von sehr geringer ästhetischer Bedeutung und sollte füglich wegfallen. Es ist, als ob wir unsere Stärke zeigen wollten, um die Präeminenz unsers Magens zu beweisen: und der Gebrauch der Teemaschine und der Serviette gehört bei mir durchaus nicht zu den guten Theaterkünsten; zumal wenn man eine Teekanne auf das Theater bringt, die man in der letzten Dorfschenke kaum unförmlicher und unreinlicher finden würde. Auch sieht man zuweilen einen Korb, der doch Eleganz bezeichnen sollte, als ob eben ein Bauer Hühnermist darin auf das Pflanzenbeet getragen hätte. Nimm mir es nicht übel, daß ich da in dramaturgischen Eifer gerate: es wirkt nicht angenehm, wenn man Schicklichkeit und Anstand vernachlässigt.

Von Leipzig bis hierher habe ich keinen Ort gefunden, wo es so teuer wäre wie in Ancona; selbst nicht das teure Triest. Ich habe hier täglich im Wirtshause einen Kaiserdukaten bezahlen müssen und war für dieses Geld schlecht genug bewirtet. Man schiebt noch alles auf den Krieg und auf die Belagerung; das mag den Aubergisten sehr gut zustatten kommen. Alles war voll Impertinenz. Dem Lohnbedienten zahlte ich täglich sechs Paoli; dafür wollte er früh um neun Uhr kommen und den Abend mit Sonnenuntergang fortgehen und machte gewaltige Extraforderungen, als er bis nach der Komödie bleiben sollte, da ich in der winkligen Stadt meine Auberge in der Nacht nicht leicht wiederzufinden glaubte. Er pflanzte sich im Parterre neben mich und unterhielt mich mit seinen Impertinenzen; und dafür mußte ich ihm das Entrée bezahlen und zwei Paoli Nachschuß für die Nachtstunden. Die Barbiere bringen jederzeit einen Bedienten mit, eine Art von Lehrling, der das Becken trägt und die Kunst des Bartscherens von dem großen Meister lernen soll. Nun ist das Becken zwar in der Tat so geräumig, daß man bequem einige Ferkel darin abbrühen könnte, und man wundert sich nicht mehr so sehr, daß die erhitzte Phantasie Don Quijotes so etwas für einen Helm ansah. Hast Du den Herrn recht gut bezahlt, so kommt der Junge, der die Serviette und den Seifenlappen in Ordnung gelegt hat, und fordert etwas della buona mano, della buona grazia, und macht zu einer Kleinigkeit eben kein sehr freundliches Gesicht. Mein Bart hat mich bei den Leuten schon verzweifelt viel gekostet, und wenn ich länger hier bliebe, würde ich mich an die Bequemlichkeit der Kapuziner halten.

Die Leute klagten über Not und hielten bei hellem Tage durch die ganze Stadt Faschingsmummereien, daß die Franzosen die Polizeiwache verdoppeln mußten, damit das Volk einander nur nicht tottrat; so voll waren die Gassen gepfropft. Da gab es denn ebenso possierliche Auftritte wie in Imola. Vorzüglich schnakisch sah es aus, wenn eine sehr feine Gesellschaft in dem höchsten Maskeradenputz vorbeizog, ein wirklicher Ochsenbauer mit seinen weitgehörnten Tieren, die Weinfässer fuhren, sich eingeschoben hatte und eine Gruppe zierlicher Abbaten hinter den Fässern hertrollten, nicht vorbei konnten, mit Ungeduld ihre Blicke nach den Damen schickten, endlich durchwischten und mit den handfesten Fuhrleuten in ernsthafte Ellbogenkollision kamen. Das gab dann Leben und Lärm unter den dichtgedrängten Zuschauern links und rechts. Die armen Leute, welche über Hunger klagten, warfen doch einander mit Bonbons aller Art; aber vorzüglich gingen freundschaftliche, zärtliche Kanonaden mit einer ungeheuren Menge Mais, den man in Körben als Ammunition zu dieser Neckerei dort zum Verkauf trug. Mich deucht, man hätte nachher wohl zehn Scheffel sammeln können. Freilich lesen den andern Tag die Armen auf, was nicht im Kot zertreten und zerfahren ist; und damit entschuldigt man das Unwesen. Es ist eine sonderbare, sehr närrisch lustige Art, Almosen auszuteilen.

Die Kaffeehäuser sind hier sehr gut eingerichtet, und man trifft daselbst immer sehr angenehme, unterhaltende Gesellschaft von Fremden und Einheimischen. Eine sonderbare Erscheinung muß die Belagerung der Stadt im vorigen Kriege gemacht haben, wo fast alle Nationen von Europa, Östreicher, Engländer, Russen, Italiener und Türken, gegen die neuen Gallier schlugen, die sich trotz allen Anstrengungen der Herren endlich doch darin behaupteten und die nun bloß durch die gewaltige Frömmigkeit ihres Machthabers daraus vertrieben werden. Ancona ist gewiß in jeder Rücksicht einer der interessantesten militärischen Posten an dieser Seite und nächst Tarent der wichtigste am ganzen Adriatischen Meere. Bis nach Ancona lautete mein

Paß von Wien aus, weil der höfliche Präsident der italienischen Kanzlei ihn durchaus nicht weiter schreiben wollte. Aber hier machte man mir gar keine Schwierigkeit, mir einen Paß zu geben, wohin ich nur verlangte. Man war nur meinetwegen besorgt, ich möchte dem Tode entgegengehen. Dawider ließ sich nun freilich kein mathematischer Beweis führen: ich machte den guten, freundschaftlichen Leuten aber deutlich, daß meine Art zu reisen am Ende wohl noch die sicherste sei. Wer würde Reichtümer in meinem Reisesacke suchen? Mein Aufzug war nicht versprechend, und um nichts schlägt man doch nirgends die Leute tot.

Rom, den 2. März

Wider meine Absicht bin ich nun hier. Die Leutchen in Ancona legten es mir so nahe ans Gewissen, daß es Tollkühnheit gewesen wäre, von dort aus an der Adria hinunter durch Abruzzo und Kalabrien zu gehen, wie mein Vorsatz war. Ihre Beschreibungen waren fürchterlich, und im Wirtshause betete man schon im voraus bei meiner anscheinenden Hartnäckigkeit für meine arme erschlagene Seele. „Vous avez bien l'air d'être un peu François; et tout François est perdu sans ressource en Abruzzo. Ce sont des sauvages sans entrailles", sagte man mir. Das klang nun freilich nicht erbaulich, denn ich denke, noch manches ehrliche Kartoffelgericht in meinem Vaterlande zu essen. „On vous prendra pour François, et on vous coupera la gorge sans pitié", hieß es. „Fort bien", sagte ich; „ou plutôt bien fort." Was war zu tun? Ich machte der traurigen Dame zu Loretto meinen Besuch, ließ auch meinen Knotenstock von dem Sakristan mit zur Weihe durch das Allerheiligste tragen, beguckte etwas die Votive und die gewaltig vielen Beichtstühle, ließ mir für einige Paoli ein halbes Dutzend hochgeweihte Rosenkränze anhängen, um einige gläubigen Sünderinnen in meinem Vaterlande damit zu beglückseligen, und wandelte durch die Apenninen getrost der Tiber zu. Freilich gab es auch hier keinen Mangel an Mordgeschichten, und in einigen Schluchten der Berge waren die Arme und Beine der Hingerichteten häufig genug hier und da zum Denkmal und zur schrecklichen Warnung an den Ulmen aufgehängt: aber ich habe die Gabe, zuweilen etwas dümmer und ärmer zu scheinen, als ich doch wirklich bin; und so bin ich denn glücklich auf dem Kapitol angelangt.

Die Gegend von Ancona nach Loretto ist herrlich, abwechselnd durch Täler und auf Höhen, die alle mit schönem Getreide und Obst und Ölbäumen besetzt sind; desto schlechter ist der Weg. Es hatte noch etwas stark Eis gefroren, eine Erscheinung, die mir in der Mitte des Februars bei Ancona ziemlich auffiel; und als die Sonne kam, vermehrte die Wärme die Beschwerlichkeit des Weges unerträglich.

Ich war seit Venedig überall so sehr von Bettlern geplagt gewesen, daß ich auf der Straße den dritten Menschen immer für einen Bettler ansah. Desto überraschender war mir ein kleiner Irrtum vor Loretto, wo es vorzüglich von Armen wimmelt. Ein ältlicher, ärmlich gekleideter Mann stand an einem Brückensteine des Weges vor der Stadt, nahm mit vieler Deferenz seinen alten Hut ab, sprach etwas ganz leise, das ich, daran gewöhnt, für eine gewöhnliche Bitte hielt. Ich sah ihn flüchtig an, fand an seinem Kleide und an seiner Miene, daß er wohl bessere Tage gesehen haben müsse, und reichte ihm ein kleines Silberstück. Das setzte ihn in die größte Verlegenheit; sein Gesicht fing an zu glühen, seine Zunge zu stammeln: er hatte mir nur einen guten Morgen und glückliche Reise gewünscht. Nun sah ich dem Mann erst etwas näher ins Auge und fand so viel feine Bonhomie in seinem ganzen Wesen, daß ich mich über meine Übereilung ärgerte. Wahrscheinlich hielten wir beide einander für etwas ärmer, als wir waren. Du wirst mir zugeben, daß solche Erscheinungen, die kleine Unannehmlichkeit des augenblicklichen Gefühls abgerechnet, unserer Humanität sehr wohltun müssen. Die Gegend um Loretto ist ein Paradies von Fruchtbarkeit, und die Engel müssen ganz gescheite Leute gewesen sein, da sie nun einmal das Häuschen im gelobten Lande nicht behaupten konnten, daß sie es durch die Luft aus Dalmatien hierher bugsiert haben. Es steht hier doch wohl etwas besser, als es dort gestanden haben würde, wo es auch den Ungläubigen, sozusagen, noch in den Klauen war. Zwar hatte es den Anschein, als ob der Unglaube auch hier etwas überhandnehmen wollte und einen dritten Transport nötig machen würde; denn die entsetzlichen Franzosen, die doch sonst die allerchristlichste Nation waren, hatten sich nicht entblödet, der heiligen Jungfrau offenbare Gewalt anzutun, worüber die hiesigen Frommen große Klagelieder und Verwünschungen anstimmen: aber die neue Salbung des großen Demagogen gibt auf einmal der Sache für die Gottseligkeit eine andere Wendung. Die Mummerei nimmt wieder ihren Anfang, man macht Spektakel aller Art, wie ich denn selbst das Idol des Bacchus auf einer ungeheuren Tonne zum Fasching vor dem heiligen Hause in Pomp auf- und abführen sah, und man verkauft wieder Indulgenzen nach Noten für alle Arten von Schurkereien. Es ist überhaupt nicht viel Vernunft in der Vergebung der Sünden; aber wer diese Art derselben erfunden hat, bleibt ein Fluch der Menschheit, bis die Spur seiner Lehre getilgt ist.

Mit diesen und ähnlichen Gedanken wandelte ich die lange Gasse von Loretto den Berg hinauf und hinab, durch die schönen Täler weiter und immer nach Macerata zu. Links haben die Leute eine herrliche Wasserleitung angelegt, die das Wasser von Recanati nach Loretto bringt. Wenn ich überall eine solche Kultur fände, wie von Ancona bis Macerata und Tolentino, so wollte ich fast den Mönchen ihre Möncherei verzeihen. In Macerata bewillkommnete mich im Tor ein päpstlicher Korporal und nahm sich polizeimäßig die Freiheit, meinen Paß zu beschauen. Der Mann war übrigens recht höflich und artig und schickte mich in ein Wirtshaus nicht weit vom Tore, wo ich so freundlich und billig behandelt wurde, daß mir die Leutchen mit ihrem gewaltig starken Glauben durch ihre Gutmütigkeit außerordentlich wert wurden. Ich machte mir ein gutes Feuer von Ulmenreisig und Weinreben, las eine Rhapsodie aus dem Homer und schlief so ruhig wie in der Nachbarschaft des Leipziger Paulinums. Es war meine Gewohnheit, des Morgens aus dem Quartier auf gut Glück ohne Frühstück auszugehen und mich an das erste beste Wirtshaus an der Straße zu halten. Die Gegend war paradiesisch links und rechts; aber zu essen fand sich nichts. Hinter Macerata geht der Weg links nach Abruzzo ab, und ich geriet in große Versuchung, mich dort hinunter nach Fermo und Bari zu schlagen. Bloß mein Versprechen in Ancona hielt mich zurück. Ich bat die guten Bruttier um Verzeihung für mein Mißtrauen und meinen Unglauben und wanderte fürbaß. Der Hunger fing an, mir ziemlich unbequem zu werden, als ich rechts am Wege ein ziemlich schmutziges Schild erblickte und nach einem Frühstück fragte. Da war nichts als Klage über Brotmangel. Endlich fand sich, da ich viel bat und viel bot, doch noch Wein und Brot. Das Brot war schlecht, aber der Wein desto besser. Ich war nüchtern, hatte schon viel Weg gemacht, war warm und trank in großen Zügen das Rebengeschenk, das wie die Gabe aus Galliens Kampanien perlte und wie Nektar hinunterglitt. Ich trank reichlich, denn ich war durstig; und als ich die Kaupone verließ, war es, als schwebte ich davon und als wäre mir der Geist des Gottes sogar in die Fersen gefahren. So viel erinnere ich mich, ich machte Verse, die mir in meiner Seligkeit ganz gut vorkamen. Schade, daß ich nicht Zeit und Stimmung hatte, sie aufzuschreiben; so würdest Du doch wenigstens sehen, wie mir Lyäus dichten hilft; denn meine übrige Arbeit ist sehr nüchtern. Die Feldarbeiter betrachteten mich aufmerksam, wie ich den Weg dahinschaukelte, und ich glaube, ich tanzte die Verse ab. Da fragte mich ganz traulich-pathetisch ein Eseltreiber: „Volete andare a cavallo, Signore?“ Ich sah seine Kavallerie an, rieb mir zweifelnd die Augen und dachte: Sonst macht wohl der Wein die Esel zu Pferden: hat er denn hier die Pferde zu Eseln gemacht? Aber ich mochte reiben und gucken, soviel ich wollte, und meine Nase komisch mit dem Hofmannischen Glase bebrillen: die Erscheinungen blieben Esel, und ich gab auf den wiederholten Ehrenantrag des Mannes den diktatorischen Bescheid: „Io sono pedone e non voglio andare a cavallo sul asino.“ Die Leute sahen mich an und der Eseltreiber mit und lächelten über meinen Gang und meine Sprache; aber waren so gutartig und lachten nicht. Das waren urbane Menschenkinder; ich glaube fast, daß im gleichen Falle die Deutschen gelacht hätten.

In Tolentino ging's gut, und ich ließ mich überreden, von hier aus durch die Apenninen, denen man nichts Gutes zutraut, ein Fuhrwerk zu nehmen, um nur nicht ganz allein zu sein. Hier kommt der Chiente den Berg herunter und ist für Italien ein ganz hübscher Fluß, hat auch etwas besseres Wasser als die übrigen. Man geht nun einige Tagereisen zwischen den Bergen immer an dem Flusse hinauf bis zu seinem Ursprunge bei Colfiorito, wo er aus einem See kommt, in welchem sich das Wasser rund umher aus den höchsten Spitzen der Apenninen sammelt. Ich hatte einen Wagen gemietet, aber der Wirt als Vermieter kam mit der Entschuldigung: es sei jetzt eben keiner zu finden; ich müsse zwei Stunden warten. Das war nun nicht erbaulich. Ärgernis hätte mich aber nur mehr aufgehalten; ich faßte also Geduld und ließ mich mit meinem Tornister auf einen Maulesel schroten; mein Führer setzte sich, als wir zur Stadt hinaus waren, auf die Kruppe, und so trabten wir italienisch immer in den Schluchten hinauf. Diese wurden bald ziemlich enge und wild, und hier und da aufgehangene Menschenknochen machten eben nicht die beste Idylle. Ich blieb auf einer Station, deren Namen ich vergessen habe, nicht weit von dem alten Camerinum, dessen Livius im punischen Kriege sehr ehrenvoll erwähnt. Hier pflegte man mich sehr gastfreundlich, und ich erhielt den bedungenen Wagen nach Foligno. Serrevalle ist ein großes, langes Dorf in einer engen, furchtbaren Bergschlucht am Fluß, nicht weit von der größten Höhe des Apennins; und ich wundere mich, daß man hier so gut und so wohlfeil zu essen fand. Von dem See bei Colfiorito, einem Kessel in den höchsten Bergwänden, geht es bald auf der andern Seite abwärts, und der Weg windet sich sehr wildromantisch in einer Felsenschnecke hinunter. Case Nuove ist ein armes Örtchen am Abhange des Berges, fast ebenso zwischen Felsen wie Serrevalle auf der andern Seite. Die Leute hier verstehen sich sehr gut zu nähren, indem sie die Sympathie der Reisenden in Anspruch nehmen. Sie überteuern den Fremden nicht, sondern wenden sich bei der Bezahlung mir rührender Ergebenheit an seine Großmut. Wenn man nun einen Blick auf die hohen, furchtbaren nackten Felsen rund um sich her wirft; man müßte keine Seele haben, wenn man nicht etwas tiefer in die Tasche griffe und den gutmütigen Menschen leben hülfe.

Von Case Nuove nach Foligno ist eine Partie, wie es vielleicht in ganz Italien nur wenige gibt, so schön und romantisch ist sie. Man erhebt sich wieder auf eine ansehnliche Höhe des Apennins und hat über eine sehr reiche Gegend eine der größten Aussichten. Unten rechts, tief in der Schlucht, sind in einem sich nach und nach erweiternden Tale die Papiermühlen des Papstes angelegt, die zu den besten in Italien gehören sollen. Oben sind die Berge kahl, zeigen dann nach und nach Gesträuche, geben dann Ölbäume und haben am Fuße üppige Weingärten. Hier sah ich, glaube ich, zuerst die perennierende Eiche, die in Rom eine der ersten Zierden des Borghesischen Gartens ist. Auf der Höhe des Weges soll man hier, wenn das Wetter rein und hell ist, bis nach Assisi und Perugia an dem alten Thrasymen sehen können. Ich war nicht so glücklich; es war ziemlich umwölkt: aber es war auch so schon ein herrlicher Anblick. Wer nur ein Kerl wäre, der etwas Ordentliches gelernt hätte! Hier komme ich nun schon in das Land, wo kein Stein ohne Namen ist. Mit magischen Wolken überzogen liegt das alte, finstere Foligno unten im Tale, wo der Segen Hesperiens ruht. Rechts und links liegen Anhöhen mit Gebäuden, die gewiß in der Vorzeit alle merkwürdig waren. Links hinunter weideten ehemals die vom Clitumnus weißgefärbten Stiere, welche die Weltbeherrscher zu ihren Opfern in die Hauptstadt holten; und tief, tief weiter hinab liegt in einer Bergschlucht das alte Spoleto, vor dessen Toren das vom Thrasymen herabstürzende Heer Hannibals zum ersten Mal von einer Munizipalstadt fürchterlich zurückgeschlagen wurde. In und bei Foligno ist artistisch nicht viel zu sehen, nachdem die neuen Gallier das schöne Madonnenbild mitgenommen haben. Die Kathedralkirche wird jetzt ausgebessert, und mich deucht mit Geschmack. Man hatte mich in die Post einquartiert, wo man mich zwar ziemlich gut bewirtete, aber ungeheuer bezahlen ließ. Eine Bewirtung, für die ich den vorigen Abend auch auf der Post oben in dem Apennin sieben Paoli gezahlt hatte, mußte ich hier in dem Lande des Segens mit sechzehn bezahlen. Man wollte mich überdies mit Gewalt zu Wagen weiter spedieren, und da ich dies durchaus nicht einging, sollte ich wenigstens ein Empfehlungsschreiben meines freundlichen Bewirters nach Spoleto an einen seiner guten Freunde haben. Natürlich, daß ich auch dafür dankte; denn er hatte mir vorher durch sich selbst seine guten Freunde nicht sonderlich empfohlen. Sobald der Morgen graute, nahm ich also mein Bündel und wandelte immer wieder im Tale hinauf nach Hannibals Kopfstoß. Hier kam ich bei den berühmten Quellen des Clitumnus vorbei, die jetzt von den Eseltreibern und Waschweibern gewissenlos entweiht werden: ob sie gleich noch eben so schön sind wie vormals, als Plinius so enthusiastisch davon sprach. Große Haine und viele Tempel gibt es freilich nicht mehr hier; aber die Gegend ist allerliebst, und ich stieg emsig hinab und trank durstig mit großen Zügen aus der stärksten Quelle, als ob es Hippokrene gewesen wäre. Hier und da standen noch ziemlich hohe Zypressen, die ehemals in der Gegend berühmt gewesen sein sollen. Vorzüglich sah es aus, als ob Athene und Lyäus ihre Geschenke hier in ihrem Heiligtume niedergelegt hätten. Es sollen in den Weinbergen noch einige Trümmer alter Tempel sein; ich suchte sie aber nicht auf. Als ich so dort mich auf dem jungen Rasen sonnte, setzte sich ein stattlich gekleideter Jäger zu mir, lenkte das Gespräch sehr bald auf Politik, zog einige Zeitungsblätter aus der Tasche und wollte nun von mir wissen, wie man nach dem Frieden die endliche Ausgleichung machen würde und wie besonders der heilige Sitz und die geistlichen Kurfürsten dabei bedacht werden sollten. Daran hatte ich nun mit keiner Silbe gedacht und sagte ihm ganz offenherzig, das überließe ich denen, quorum interesset.

Ich bin nicht gern bei solchen Ausgleichungsprojekten; denn es ist fast immer etwas Empörendes dabei. Ein Beispielchen will ich Dir davon erzählen. Du kannst Dir nichts Anmaßlicheres, Verwegeneres, Hohnsprechenderes, Impertinenteres denken als den russischen Nationalgeist; nicht den des Volks, sondern der hoffnungsvollen Sprößlinge der großen Familien, die die nächste Anwartschaft auf Ämter in Zivil und bei der Armee haben. Einer dieser Herren, der nur wenig seinen Kameraden vorging, äußerte in Warschau öffentlich im Vorzimmer, er hoffe wohl noch russischer Gouverneur in Dresden zu werden und zu bleiben. Die Frage war eben, wie man Östreich über die zweite Teilung in Polen zufriedenstellen wolle? Der Neffe des Gesandten, der doch Major bei der Armee und also kein Troßbube war, meinte ganz naiv und unbefangen, da gäbe es ja noch Kurfürsten und Fürsten genug zu spolieren. Dein Freund stand bei den Exzellenzen, deren einige durchaus die moralische Antiphrase ihres Titels waren, und kehrte sich trocken weg und sagte: „Das ist wenigstens der richtige Ausdruck. So geht es hier und da."

Der Jäger verließ mich nach einem halben Stündchen Kosen, und ich verließ Clitumnus. In Spoleto ging ich ohne Schwierigkeit gerade durch das Tor hinein, durch welches Hannibal laut den Nachrichten nicht gehen konnte. Fast hätte ich nun Ursache gehabt zu bedauern, daß ich das Empfehlungsschreiben des billigen Mannes in Foligno nicht angenommen hatte; denn ich lief in dem Neste wohl eine halbe Stunde herum, ehe ich ein leidliches Gasthaus finden konnte. Endlich führte man mich doch in eins, wo man für den dritten Teil der gestrigen Zeche ebenso gut bewirtete. Es ist ein großes, altes, dunkles, häßliches, jämmerliches Loch, das Spoleto; ich möchte lieber Küster Klimm zu Bergen in Norwegen sein als Erzbischof zu Spoleto. Die Leute hier, denen ich ins Auge guckte, sahen alle aus wie das böse Gewissen, und nur mein Wirt mit seiner Familie schien eine Ausnahme zu machen. Deswegen habe ich mich auch keinen Deut um ihre Altertümer bekümmert, deren hier noch eine ziemliche Menge sein sollen. Aber alles ist Trümmer; und Trümmer überhaupt, und zumal in Spoleto, und überdies in so entsetzlichem Nebelwetter, geben eben keine schöne Unterhaltung. Über dem Tore, das man Hannibals Tor nennt, stehen die Worte in Marmor:

HANNIBAL
CAESIS AD THRASYMENUM ROMANIS
INFESTO AGMINE URBEM ROMAM PETENS
AD SPOLETUM MAGNA STRAGE SUORUM REPULSUS
INSIGNE PORTAE NOMEN FECIT

So ist die Überschrift. Ich weiß nicht, ob es die Worte des Livius sind; mich deucht, bei diesem lautet es etwas anders. Die Sache hat indes nach den alten Schriftstellern ihre Richtigkeit; nur weiß ich nicht, ob es eben dieses Tor sein möchte: denn wie vielen Veränderungen ist die Stadt nicht seit den punischen Kriegen unterworfen gewesen! Doch ist es eben das Tor, durch das der Weg von Perugia geht. Der Marmor scheint ziemlich neu zu sein. Jetzt dürfte sich wohl schwerlich ein französisches Bataillon zurückwerfen lassen.

Ich Idiot glaubte, als ich in Foligno angekommen war, ich sei nun den Apennin durchwandelt: aber das ganze Tal des Clitumnus mit den Städten Foligno und Spoleto liegt in den

Bergen. Von Spoleto bis Terni ist der furchtbarste Teil desselben, und hier war ich wieder zu Fuße ganz allein. Den Morgen, als ich Spoleto verließ, sah ich links an dem Felsen noch das alte gotische Schloß, wo sich wackere Kerle vielleicht noch einige Stunden um die Stadt schlagen können, ging vor den sonderbaren Anachoreten vorbei und immer die wilde Bergschlucht hinauf. Wo ich einkehrte, unterhielt man mich überall mit Räubergeschichten und Mordtaten, um mir einen Maulesel mit seinem Führer aufzuschwatzen; aber ich war nun einmal hartnäckig und lief trotzig allein meinen Weg immer vorwärts. Oben auf dem Berge soll der Jupiter Summanus einen Tempel gehabt haben. Es ist wohl nur von Rom aus nach Umbrien der höchste Berg; denn sonst gibt es in der Kette viel höhere Partien. Der Weg aufwärts von Spoleto ist noch nicht so wild und furchtbar als der Weg abwärts und weiter nach Terni. Das Tal abwärts ist zuweilen kaum hundert Schritte breit, rechts und links sind hohe Felsenberge, zwischen welche den ganzen Tag nur wenig Sonne kommt, mit Schluchten und Waldströmen durchbrochen. Dörfer trifft man auf dem ganzen Wege nicht als auf der Spitze des Berges nur einige Häuser und ein halbes Dutzend in Strettura, dessen Name schon einen engen Paß anzeigt. Hier und da sind noch einige isolierten Wohnungen, die eben nicht freundlich aussehen, und viele alten, verlassenen Gebäude, die ziemlich den Anblick von Räuberhöhlen tragen. Fast nichts ist bebaut. Die meisten Berge sind bis zu einer großen Höhe mit finstern, wilden Lorbeerbüschen bewachsen, die vielleicht eine Bravobande zu ihren Siegeszeichen brauchen könnte. Ich gestehe Dir, es war mir sehr wohl, als sich einige italienische Meilen vor Terni das Tal wieder weiterte und ich mich wieder etwas zutage gefördert sah und unter mir schöne, friedliche Ölwälder erblickte, unter denen der junge Weizen grünte. Das Tal der Nera öffnete sich, und es lag wieder ein Paradies vor mir. Hohe Zypressen ragten hier und da in den Gärten an den Felsenklüften empor, und der Frühling schien in den ersten Gewächsen des Jahres mit wohltätiger Gewalt zu arbeiten.

Vorgestern kam ich auf meiner Reise hierher in Terni an. Mein Wirt, ein Tiroler und stolz auf die Ehre, ein Deutscher zu sein, fütterte mich auf gut östreichisch recht stattlich und setzte mir zuletzt ein Gericht Sepien vor, die mir zum Anfange vielleicht besser geschmeckt hätten. Er mochte mich für einen Maler halten und glauben, daß dieses zur Weihe gehöre. Zum Dessert und zur Delikatesse kann ich den Dintenfisch nach dem Urteil meines Gaumens nicht empfehlen; schon seine schwarz-braune Farbe ist in der Schüssel eben nicht ästhetisch. Nachdem ich gespeist, Interamner Wein getrunken und meinen Reisesack gehörig in Ordnung gelegt hatte, trollte ich fort nach dem Sonnentempel, nämlich der jetzigen Diminutivkirche des heiligen Erlösers. Sie war verschlossen, ich ließ mich aber nicht abweisen und ging zum Sakristan, der weiter keine Notiz von mir nahm, bei seiner Schüssel und seinem Buche unbeweglich sitzen blieb und mich durch eine alte Sara in die Kirche weisen ließ. Der Mann hatte in seinem Sinne recht; denn er dachte ohne Zweifel: der da kommt weder mir noch meiner Kirche zu Ehren, sondern bloß der heidnischen Sonne sein Kompliment zu machen. Richtig. Die Leute haben bekanntlich das Tempelchen wie wahre Obskuranten behandelt und dafür gesorgt, daß in den Sonnentempel keine Sonne mehr scheinen kann. Alle Eingänge sind vermauert und zu Nischen gemacht, in deren jeder ein Heiliger, für Italien schlecht genug, gepinselt ist, und über dem Altare steht ein Sankt Salvator, der seinen Verfertiger auch nicht aus dem Fegefeuer erlösen wird.

Nun stieg ich, ob ich gleich diesen Tag schon durch vier Meilen Apenninen von Spoleto herübergekommen war, noch eine deutsche Meile lang den hohen Steinweg zu dem Falle des Velino hinauf. Das war Belohnung. Der Tag war herrlich, kein Wölkchen, und es wehte ein lauer Wind, der nur in der Gegend des Sturzes etwas kühl ward. Die Sonne stand schon etwas tief und bildete aus der furchtbaren Schlucht der Nera hoch in der Atmosphäre einen ganzen hellen, herrlich glühenden und einen größern dunkeln Bogen im Staube des Falles. Ich saß gegenüber auf dem Felsen und vergaß einige Minuten alles, was die Welt sonst Großes und Schönes haben mag. Etwas Größeres und Schöneres von Menschenhänden hat sie schwerlich aufzuweisen. Folgendes war halb Gedanke, halb Gefühl, als ich wieder bei mir selbst war.

Hier hat vielleicht der große Mann gesessen
Und dem Entwurfe nachgedacht,
Der seinen Namen ewig macht;
Hat hier das Riesenwerk gemessen,
Das größte, welches je des Menschen Geist vollbracht.
Es war ein göttlicher Gedanke,
Und staunend steht die kleine Nachwelt da
An ihres Wirkens enger Schranke
Und glaubet kaum, daß es geschah.
Wie schwebte mit dem Regenbogen,
Als durch die tiefe Marmorkluft
Hinab die ersten Donnerwogen
Wild schäumend in den Abgrund flogen,
Des Mannes Seele durch die Luft!
So eine selige Minute
Wiegt einen ganzen Lebenslauf
Alltäglichen Genusses auf;
Sie knüpft das Große an das Gute.
Es schlachte nun der zürnende Pelide
Die Opfer um des Freundes Grab;
Es zehre sich der Philippide,
Sein Afterbild, vor Scheelsucht ab;
Es weine Cäsar, stolz und eitel,
Nach einem Lorbeerkranz um seinen kahlen Scheitel;
Es mache sich Octavian,
Das Muster schleichender Tyrannen,

Die je für Sklaverei auf schöne Namen sannen,
Mit Schlangenlist den Erdball untertan:
Die Motten zehren an dem Rufe,
Den ihre Ohnmacht sich erwarb,
Und jedes Säkulum verdarb
An ihrem Tempel eine Stufe.
Hier steigt die Glorie im Streit der Elemente,
Und segnend färbt der Sonnenstrahl
Des Mannes Monument im Tal,
Wo sanft der Ölbaum nickt, und hoch am Firmamente.
Das Feuer glüht mir durch das Rückenmark,
Und hoch schlägt's links mir in der Seite stark;
Wer so ein Schöpfer werden könnte!

Oben am Sturz rund um das Felsenbette ist zwischen den hohen Bergen ungefähr eine kleine Stunde im Umkreise eine schöne Ebene, die voll umgehauener Ölbäume und Weinstöcke steht. Ich wollte schon den Päpstlern über das Sakrilegium an der Natur fluchen, als ich hörte, dieses sei im letzten Kriege eine Lagerstätte der Neapolitaner gewesen. Sie schlugen hier anfangs die Franzosen durch den alten Felsenweg hinunter, und ich begreife nicht, wie sie mit gewöhnlicher Besinnung es wagen konnten, sie weiter zu verfolgen. Sie gingen in das Manöver und bezahlten für ihre Kurzsichtigkeit unten sehr teuer. Es ist traurig für die Humanität, daß man sich mit Tigerwut sogar unter den Zweigen des friedlichen Ölbaumes schlägt. So sehr ich zuweilen der Härte beschuldiget werde, ein Ölbaum und ein Weizenfeld würde mir immer ein Heiligtum sein; und ich könnte mich gleich zur Kartätsche gegen denjenigen stellen, der beides zerstört. Die Sonne ging unter, als ich in den schönen Olivenwald herabkam, und kaum konnte ich unter den Weinstöcken noch einige Veilchen und Hyazinthen pflücken, die dort ohne Pflege blühen.

Es war zu spät, noch die Reste des Theaters in dem Garten des Bischofs zu sehen, und den andern Morgen wanderte ich nach Narni. Die Gegend von Narni aus an der Nera hinunter ist furchtbar schön. Die Brücke bei Borghetto über die Tiber ist zwar ein sehr braves Stück Arbeit, aber als Monument für drei Päpste immer sehr kleinlich, wenn man sie nur gegen die Reste des alten ponte rotto bei Narni über die Nera hält. Das sind doch noch Triumphbogen, die Sinn haben, diese Brücke und der Trajanische bei Ancona. Der schönste ist wohl der Wasserfall des Velino, der oben für die ganze Gegend von Rieti schon über zweitausend Jahre eine Wohltat ist, weil er sie vor Überschwemmung schützt. Ich bekenne, daß ich für zwecklose Pracht, wenn es auch Riesenwerke wären, keine sonderliche Stimmung habe.

Eine halbe Stunde von Narni läßt man die Nera rechts, und der Weg geht links auf der Anhöhe fort, immer noch wild genug, aber doch nicht mehr so grauenvoll wie zwischen Spoleto und Terni. Das Interamner Tal, das man hier bei Narni zuletzt in seiner ganzen Ausdehnung an der Nera hinauf übersieht, stand bei den Alten billig in großem Ansehen und ist noch jetzt bei aller Vernachlässigung der Kultur ein sehr schöner Strich zwischen dem Ciminus und dem Apennin. In Otricoli, einem alten schmutzigen Orte nicht sehr weit von der Tiber, wo ich gegen Abend ankam, lud man mich gleich vor dem Tore höflich in ein Wirtshaus, und ich trug kein Bedenken, meinen Sack abzuwerfen und mich zu den Leutchen ans Feuer zu pflanzen. Es hatte freilich keine sonderlich gute Miene; aber ich hätte vielleicht Gefahr gelaufen, im Städtchen selbst ein schlechteres oder gar keins zu finden und den Weg zurück zu machen, wo ich dann nicht so willkommen gewesen wäre. Kaum hatte ich einige Minuten ziemlich stumm dort gesessen, als ein ganz gut gekleideter Mann sich neben mich setzte und mir mit einigen allgemeinen teilnehmenden Erkundigungen Rede abzugewinnen suchte. Er war ein starker, heißer Politiker und, wie sehr natürlich, mit der Lage der Dinge und vorzüglich mit den allerneuesten Veränderungen nicht sonderlich zufrieden und meinte weislich, die Sachen könnten so keinen Bestand haben. Sein Ansehen versprach eben keinen ausgezeichneten Stand, und doch war er einer der gescheitesten, bewandertsten Männer, die ich noch auf meiner Wanderung in Italien von seiner Nation gesehen habe. Orthodoxie in Kirche und Staat schien seine Sache nicht zu sein, und er mußte etwas Zutrauen zu meinem Gesichtswurf gewonnen haben, daß er mich ohne Zurückhaltung so tief in seine Seele sehen ließ. Er kannte die heutigen Staatsverhältnisse ungewöhnlich gut und war in der alten Geschichte ziemlich zu Hause. Der alte Römerstolz schien noch tief in seinem Innern zu sitzen. Er sprach skeptisch vom Papste und schlecht von den Franzosen; besonders hatte sein Haß den General Murat recht herzlich gefaßt, von dessen schamlosen Erpressungen er zähneknirschend sprach und der schon durch seinen Mameluckennamen allen Kredit bei ihm verloren hatte. Dieser Otricolaner war seit langer Zeit der erste Mann, der meinen Spaziergang richtig begriff und meinte, daß sein Vaterland auch jetzt noch ihn verdiene, so tief es auch gesunken sei. Wir schüttelten einander freundschaftlich die Hände, und ich ging mit der folgenden Morgendämmerung den Berg hinunter, neben den Ruinen der alten Stadt vorbei, auf die Tiber zu.

Bis jetzt war es Vergnügen gewesen, auch im Kirchenstaate zu reisen. Jenseits der Berge vor und hinter Ancona, bei Foligno und Spoleto und Terni und Narni war die Kultur doch noch reich und schön, und in den Bergen waren die Szenen romantisch groß und zuweilen erhaben und furchtbar. Man vergaß leicht die Gefahr, die sich finden konnte. Von der Tiber und Borghetto an wird alles wüst und öde. Die Bevölkerung wird immer dünner und die Kultur mit jedem Schritte nachlässiger. Civita Castellana gilt für das alte Falerii der Falisker, wo der Schurke von Schulmeister seine Zöglinge ins feindliche Lager spazieren führte und vom Camill so brav unter den Rutenstreichen der Jungen zurückgeschickt wurde. Es ist angenehm genug, nach einer eingebildeten, militärischen Topographie sich hier den wirklich schönen Zug als gegenwärtig vorzustellen. Die Lage entspricht ganz der Idee, welche die Geschichte davon gibt. Der Ort ist fast rund umher mit Felsen umgeben, die von Natur unzugänglich sind. Der Anblick flößte mir gleich Respekt ein, und ohne an Cluver zu denken, der, wie ich glaube, es ziemlich sicher erwiesen hat, setzte ich sogleich eigenmächtig die alte Festung hierher. Von Borghetto her führt eine alte Brücke über eine wilde, romantische Felsenschlucht, und nach Nepi und Rom zu hat Pius der Sechste eine neue Brücke gebaut, welche das Beste ist, was ich noch von ihm gesehen habe. Es ist übrigens gar erbaulich, in welchem pompösen Stil diese Dinge in Aufschriften erzählt werden: solche ampullae et sesquipedalia verba scheinen recht in der Seele der heutigen Römlinge zu liegen. Die alten Römer taten und ließen reden, und diese reden und lassen tun. Ich habe auf meinem Wege von Ancona hierher viele erhabenen Ehrenbogen gefunden, welche in einer angeschwollenen Sprache weiter nichts sagten, als daß Pius der Sechste hier gewesen war und vielleicht ein Frühstück eingenommen hatte. Diese Bogenspanner verdienten einen solchen Herrscher. Von Civita Castellana aus trennt sich die Straße; die alte Flaminische geht über Rignano, Malborghetto und Primaporta nach der Stadt, und die neue von Pius dem Sechsten über Nepi und Monterosi, wo sie in die Straße von Florenz fällt. Ich dachte mit dem alten Sprichwort: nun gehen alle Straßen nach Rom; und hielt mich halb unwillkürlich rechts zu dem neuen Papst. Der alte Weg kann wohl nicht viel schlimmer sein, als ich den neuen fand. Doch von Wegen darf ich mit meinen Landsleuten nicht sprechen; die sind wohl selten in einem andern Lande schlimmer und gewissenloser vernachlässigt als bei uns in Sachsen.

Erlaube mir über die Straßen im allgemeinen eine kleine, vielleicht nicht überflüssige Expektoration. Es ist empörend, wenn dem Reisenden Geleite und Wegegeld abgefordert wird und er sich kaum aus dem Kot herauswinden kann, um dieses Geld zu bezahlen. Die Straßen sind einer der ersten Polizeiartikel, an den man fast überall zuletzt denkt. Geleite und Wegegeld und Postregal haben durchaus keinen Sinn, wenn daraus nicht für den Fürsten die Verbindlichkeit entspringt, für die Straßen zu sorgen; und die Untertanen sind nur dann zum Zuschuß verpflichtet, wenn jene Einkünfte nicht hinreichen. Denn der Staat hat unbezweifelt die Befugnis, die Natur und Zweckmäßigkeit und den gesetzlichen Gebrauch aller Regalien zu untersuchen, wenn es notwendig ist, und auf rechtliche Verwendung derselben zu dringen. Das gibt sich aus dem Begriff der bürgerlichen Gesellschaft, wenngleich nichts davon im Justinianischen Rechte steht, welches überhaupt als jus publicum das traurigste ist, das die Vernunft ersinnen konnte, so sehr es auch ein Meisterwerk des bürgerlichen sein mag. Bei den Straßen tritt noch eine Hauptvernachlässigung ein, ohne deren Abstellung man durchaus auch mit großen Summen und anhaltender Arbeit nicht glücklich sein wird. Ich meine, man sucht nicht mit Strenge das schädliche Spurfahren zu verhüten. Es ist so gut, als ob keine Verfügungen deswegen vorhanden wären, so wenig wird darauf gesehen. Es ist mathematisch zu beweisen, daß die Gewohnheit des Spurfahrens, zumal der schweren Wagen, die beste, festeste Chaussee in kurzer Zeit durchaus verderben muß. Ist einmal der Einschnitt gemacht, so mag man schlagen und ausfüllen und klopfen und rammeln, soviel man will, man gewinnt nie wieder die vorige Festigkeit; die ersten Wagen fahren das Gleis wieder aus und machen das Übel ärger. Fängt man an, ein zweites Gleis zu machen, so ist dieses bald ebenso ausgeleiert; und so geht es nach und nach mit mehreren, bis die ganze Straße ohne Hülfe zugrunde gerichtet ist. Wenn aber der Weg nur einigermaßen in Ordnung ist und durchaus kein Wagen die Spur des vorhergehenden hält, so kann kein Gleis und kein Einschnitt entstehen; sondern jedes Rad versieht, sozusagen, die Stelle eines

Rammels und hilft durch die beständige Veränderung des Drucks, die Straße bessern. Man würde ebensosehr endlich den Weg verderben, wenn man ohne Unterlaß mit dem Rammel beständig auf die nämliche Stelle schlagen wollte. Durch das Nichtspurfahren verändern auch die Pferde beständig ihre Tritte, und das nämliche gilt sodann von den Hufen der Tiere, was von den Rädern des Fuhrwerks gilt. Fast durchaus habe ich den Schaden dieser bösen Gewohnheit gesehen, und nur im Hannöverschen hat man, soviel ich mich erinnere, strengere Maßregeln genommen, ihn zu verhüten. Aber ich muß machen, daß ich nach Rom komme.

Die Italiener müssen denn doch auch zuweilen ein sehr richtiges Auge haben. Zwei etwas stattlichere Spaziergänger als ich begegneten mir mit ihren großen Knotenstöcken bei Nepi, vermutlich um ihre Felder zu besehen, auf denen nicht viel gearbeitet wurde. „Signore è tedesco e va a Roma", sagte mir einer der Herren sehr freundlich. Die Deutschen müssen häufig diese Straße machen; denn ich hatte noch keine Silbe gesprochen, um mich durch den Akzent zu verraten. Sie rieten mir, ja nicht in Nepi zu bleiben, sondern noch nach Monterosi zu gehen, wo ich es gut haben würde. Ich dankte und versprach es. Es ist sehr angenehm, wenn man sich bei dem ersten Anblick so ziemlich gewiß in einer fremden Gegend orientieren kann. Nach meiner Rechnung mußte der mir links liegende Berg durchaus der *Sorakte* sein, obgleich kein Schnee darauf lag, und es fand sich so. Jetzt gehört er dem heiligen Sylvester, dessen Namen er auch trägt; doch hat sich die alte Benennung noch nicht verloren, denn man nennt ihn noch hier und da Soratte. Nun ärgerte es mich, daß ich nicht links die alte Flaminische Straße gehalten hatte; dann hätte ich den Herrn Soratte, der sich schon von weitem ganz artig macht, etwas näher gesehen und wäre immer längs der Tiber hinuntergewandelt. Der Berg steht von dieser Seite ganz isoliert; das wußte ich aus einigen Anmerkungen über den Horaz, und deswegen erkannte ich ihn sogleich, da mir seine

Entfernung von Rom bekannt war. Hinten schließt er sich durch eine Kette von Hügeln an den Apennin. Der Berg ist zwar ziemlich hoch, aber gegen die Apenninen selbst hinter ihm doch nur ein Zwerg. Ich will mir doch auch einmal ein recht schulmeisterlich hermeneutisches Ansehen geben und Dir hierbei eine pragmatische Bemerkung machen. Vielleicht weißt Du sie schon: tut nichts; eine gute Sache kann man zweimal hören. Du darfst von dem hohen Schnee des Horaz nicht eben auf die Höhe des Berges schließen. Der Sorakte hat, weil er, mit der großen Bergkette der Apenninen verglichen, doch nicht außerordentlich hoch ist und tiefer herab in der Ebene liegt, nur selten Schnee; und Herr Horaz wollte durch seinen Schnee den ziemlich starken Winter anzeigen, wo man wohl täte, Kastanien zu braten und sich zum Kamin und zum Becher zu halten. Das finde ich denn ganz vernünftig. Vielleicht war er eben damals in Tibur, wo er von Mäcens Landgute bloß die Spitze des beschneiten Sorakte sehr malerisch gruppiert vor sich hatte. Übrigens tue ich dem Horaz keine kleine Ehre, daß ich mich mit einem seiner Verse so lange beschäftige; denn er ist durch seine Sinnesart mein Mann gar nicht, und es ist schade, daß die Musen gerade an ihn so viel verschwendet haben.

Nepi könnte ein gar herrlicher Ort sein, wenn die Leute hier etwas fleißiger sein wollten: aber je näher man Rom kommt, desto deutlicher spürt man die Folgen des päpstlichen Segens, die durchaus wie Fluch aussehen. Hinter Monterosi packte mich ein Vetturino, der von Viterbo kam und nach Rom ging, mit solchem Ungestüm an, daß ich mich notwendig in seinen Wagen setzen mußte, wo ich einen stattlich gekleideten Herrn fand, der eine tote Ziege und einen Korb voll anderer Viktualien neben sich hatte. Die Ziege wurde eingepackt und der Korb beiseite gesetzt; ich legte meinen Tornister zu meinen Füßen gehörig in Ordnung und pflanzte mich Barbaren neben den zierlichen Römer. Er belugte mich stark, und ich ihn nur obenhin; nach einigen Minuten fing das Gespräch an, und ich schwatzte, so gut ich in der neuen römischen Zunge konnte. Das ewige Thema waren leider wieder Mordgeschichten, und der Herr guckte jede Minute zum Schlage hinaus, ob er keine Pistolenhalfter sähe. Ganz spaßhaft ist es freilich nicht, wie ich nachher erfahren habe: aber eine solche Furcht ist doch sehr possierlich und lächerlich. Diese Angst hielt bei dem Mann an, bis wir an die Geierbrücke von Rom kamen, wo er sich nach und nach wieder erholte. Am Volkstore, denn durch dieses fuhren wir ein, fragten die päpstlichen Patronentaschen nach meinem Passe und brachten ihn sogleich zurück mit der Bitte: „Qualche cosa della buona grazia pella guardia.“ So, so; das fängt gut an: ich mußte wohl einige Paoli herausrücken. Da hielten wir nun vor dem großen Obelisken, und ich überlegte, nach welcher von den drei großen Straßen ich auf gut Glück hinuntergehen sollte. Eben hatte ich meinen Gesichtspunkt in die Mitte hinab durch den Korso genommen und wollte aussteigen, als mein Kamerad mich fragte, wo ich wohnen würde? „Das weiß ich nicht“, sagte ich, „ich muß ein Wirtshaus suchen.“ Er bot mir an, mich mit in sein Haus zu nehmen. Er habe zwar kein Wirtshaus, ich solle es aber bei ihm so gut finden, als es Gefälligkeit machen könne. Ich sah dem Manne näher ins Auge und las wenigstens keine Schurkerei darin, dachte, hier oder da ist einerlei, setzte mich wieder nieder und ließ mich mit fortziehen. Man brachte mich, dem heiligen Franziskus mit den Stigmen gegenüber, in den Palast Strozzi, wo mein Wirt eine Art von Haushofmeister zu sein scheint.

Rom

So bin ich denn also unwiderruflich hier an der gelben Tiber, und zwar in keinem der letzten Häuser. Man hat hier im Hause viel Höflichkeit für mich und mehr Aufmerksamkeit, als mir lieb ist: denn ich merke, daß ich hier viel teurer leben werde als in irgendeinem Wirtshause; wie mir meine

Landsleute, die den römischen Rommel etwas verstehen, auch schon erklärt haben. Ich habe meine Adressen aufgesucht. *Uhden* und *Fernow* empfingen mich mit Humanität und freundschaftlicher Wärme. Du kennst die Männer aus ihren Arbeiten, welche gut sind; aber sie selbst sind noch besser, welches nicht immer der Fall bei literarischen Männern ist. Ich bin also schon kein Fremdling mehr am Kapitole. Auch den selbständigen, originellen und etwas barokken *Reinhart* sah ich gleich den zweiten Tag und mehrere anderen deutschen Künstler. *Gmelin* ist ein lebhafter, jovialischer Mann, der nicht umsonst die Welt gesehen hat und der eine eigene Gabe besitzt, im Deutschen und Französischen mit der lebendigsten Mimik zu erzählen.

Der Kardinal *Borgia*, an den ich einen Brief hatte, nahm mich mit vieler Freundlichkeit auf. Ein anderer würde in seinem Stil Herablassung sagen; nach meinem Begriff läßt sich kein Mensch herab, wenn er mit Menschen spricht: und wenn irgendein sogenannter Großer in seinem Charakter noch Herablassung nötig hat, so steht er noch lange nicht auf dem rechten Punkte. Ich war genötigt, meine Anrede französisch zu machen, da ich mir im Italienischen nicht Wendung genug zutraute, mit einem solchen Manne eine zusammenhängende Unterredung zu halten. Er antwortete mir in der nämlichen Sprache; aber kaum hörte er, daß ich Latein wußte, so fuhr er, für einen Kardinal drollig genug, lateinisch fort, dieser Sprache das Lob zu reden, durch welche die Nationen so fest zusammenhangen. „Haec est illa lingua", setzte er hinzu, „quae nobis peperit Livios atque Virgilios." „Et Tiberios et Nerones", hätte ich fast unwillkürlich durch die Zähne gemurmelt. Ein Wort gab das andere, ich mußte ihm einiges von meiner Kriegswanderung nach Amerika erzählen und von meinem Wesen in Polen, und der alte Herr fiel mir mit vieler Gutmütigkeit um den Hals und faßte mich im Ausbruch der Jovialität nicht allein beim Kopf, sondern sogar bei den Ohren. Ein alter militärischer General seiner Heiligkeit stand dabei, und es wurde ein herzliches Trio gelacht, in das ich so bescheiden als möglich mit einstimmte. Du wirst schon wissen, daß man in Rom mehr Mönchsgeneräle als Kriegsgeneräle antrifft. Beide spielen mit Kanonen, und es wäre nicht schwer zu entscheiden, welche die ihrigen am besten zu gebrauchen wissen. Ich erhielt die Erlaubnis, ohne Einschränkung immer zu dem Kardinal zu kommen, welches für einen Pilger, wie ich bin, keine Kleinigkeit ist. Er stutzte gewaltig, als er hörte, ich wolle übermorgen mein Bündel nehmen und des Weges weiterwandeln, billigte aber meine Gründe lachend, als ich ihm sagte, ich wollte vor dem Eintritt der heißen Jahreszeit meinen Spaziergang nach Syrakus endigen und auf meiner Rückkehr mich länger hier aufhalten. Er bot mir keine Empfehlung nach Veletri an, um dort freieren Eintritt in das Familienkabinett zu haben, worüber ich mich einigermaßen wunderte. Aber man hat Schwierigkeiten mit den Franzosen gehabt, und einige fürchteten sogar, die Franzosen würden die ganze Sammlung wegschaffen lassen. Das geschieht nun zwar, wie ich höre, nicht; aber es ist doch begreiflich, daß dadurch etwas Furchtsamkeit und Unordnung entstanden sein mag. Übrigens bin ich nicht nach Italien gegangen, um vorzüglich Kabinette und Galerien zu sehen, und tröste mich leicht mit meiner Laienphilosophie.

Eben habe ich *Canova* gesehen und unsere Freunde, Reinhart und Fernow. Es ist überall wohltätig, wenn sich verwandte Menschen treffen; aber wenn sie sich auf so klassischem Boden finden, gewinnt das Gefühl eine eigene Magie schöner Humanität. Canova hat eine zweite Hebe für die Pariser gearbeitet, die mir aber mit den Veränderungen, die er gemacht hat und die er doch wohl für Verbesserungen halten muß, bei weitem nicht so wohl gefällt wie die venetianische. Du kennst meinen Enthusiasmus für diese. Er hat, deucht mir, dem Urteil und dem Geschmacke der Franzosen geschmeichelt, denen ich aber in der Anlage einer Batterie eher folgen wollte als in der Kritik über reine

Weiblichkeit. Es bleibt an allen ihren schönen Weibern immer noch etwas von dem Charakter aus dem alten Palais Royal zurück. Er hat auch zwei Fechter nach dem Pausanias gemacht, die nach langer Ermüdung zur Entscheidung einander freien Stoß geben. Der eine hat soeben den furchtbarsten Schlag vor die Stirn erhalten, – dieses ist der Moment – und reißt sodann mit entsetzlichem Grimm seinem Gegner mit der Faust auf einen Griff das Eingeweide aus. Sie gelten für Muster der Anatomie und des Ausdrucks. Da sie keine nahe Beziehung auf reine, schöne Humanität haben, konnten sie mich nicht so sehr beschäftigen: denn Furcht und Grimm sind Leidenschaften, von denen ich gerne mich wegwende. Die Stelle aus dem Pausanias ist mir nicht gegenwärtig; ich weise Dich auf ihn. Demoxenus heißt, glaube ich, der eine Fechter.

In einigen Tagen werde ich durch die Pontinen nach Terracina und sodann weiter nach Süden gehen; damit ich vor der ganz heißen Jahreszeit, wenn's glückt, wieder zurückkomme. Mißglückt es, denn man spricht gar wunderlich, so mögen die Barbaren mich auf ihrer Seele haben. Ich will mich nicht durch Furcht ängstigen, die auf alle Fälle kein guter Hausgenosse in der Seele ist! Zu Ende des Jahres hoffe ich post varios casus Dich wiederzusehen.

Terracina

Du siehst, daß ich aus den Sümpfen heraus bin. Die Prophezeiung meiner Freunde in Rom ist eingetroffen. Der Herr Haushofmeister in dem Palaste Strozzi, dem heiligen Franz mit den Stigmen gegenüber, überließ es meiner Großmut, die seinige zu belohnen. Das heißt nun die Leute meistens am unrechten Flecke angefaßt. Ich griff mich indessen an, soviel ich konnte, und gab für drei Tage Wohnung und drei Mahlzeiten, die übrigen hatte ich auswärts gehalten, zwei Kaiserdukaten, welches ich für ziemlich honett hielt. Der Mann machte in Rom ein flämisches Gesicht, aber doch weiter keine Bemerkung, sondern begleitete mich noch gefällig bis Sankt Johann von Lateran, wo er mir am Tore seine Adresse gab, damit ich ihn bei meiner Rückkunft finden möchte. Er mochte doch die Rechnung gezogen und überlegt haben, daß einen ganzen Monat verhältnismäßig das Geldchen noch mitzunehmen wäre. Das war nun aber mir nicht gelegen; meine Börse wollte sich in die Länge nicht so großmütig behandeln lassen. Man hat der Ausgaben mehrere. Ich ging nun durch die weitläufigen, halb verfallenen Gärten der Stadt und durch die ganz wüste Gegend vor derselben nach Albano hinüber.

Einige Millien vor der Stadt wandelte links unter den Ruinen der alten Wasserleitung, die vom Berge herabkamen, ein Mann mit einem Buch einsam hin, suchte sich rundumher zu orientieren und schloß sich, als ich näher kam, an mich an. Er war ein Franzose, der sich in Veletri schon lange häuslich niedergelassen hatte, in der Stadt gewesen war und jetzt heimging. Seine Gesellschaft war mir hier höchst angenehm, da er mit der Geschichte der Zeit und den Vorfällen des Kriegs bekannt war und rund umher mir alle Auftritte erklärte. Links hinauf nach den Hügeln des Albanerbergs hatten sich die Franzosen und Insurgenten hartnäckig geschlagen. Die Insurgenten hatten zuerst einigen Vorteil und hatten deswegen nach der Weise der Revolutionäre angefangen, höchst grausam zu verfahren: aber die Franzosen trieben sie mit ihrer gewöhnlichen Energie bald in die Enge, und nun fehlte es wieder nicht an Gewalttätigkeiten aller Art. Einige Millien von Albano ist rechts am Wege eine Gegend, welche Schwefelquellen enthalten muß; denn der Geruch ist entsetzlich und muß in der heißen Sommerperiode kaum erträglich sein. In einer Peripherie von mehreren hundert Schritten keimt deswegen kein Gräschen, obgleich übrigens der Strich nicht unfruchtbar ist.

Die Albaner bilden sich ein, daß ihre Stadt das alte Alba Longa sei, und sagen es noch bis jetzt auf Treu und Glauben jedem Fremden, der es hören will. Die Antiquare haben zwar gezeigt, daß das nicht sein könne und daß die alte Stadt, laut der Geschichte, an der andern Seite des Sees am Fuße des Berges müsse gelegen haben: aber drei oder vier Millien, denken die Albaner, machen keinen großen Unterschied; und es ist wenigstens niemand in der Gegend, der ein näheres Recht auf Alba Longa hätte als sie. Wir wollen sie also in dem ruhigen Besitz lassen. Die jetzige Stadt scheint zur Zeit der ersten Cäsarn aus einigen Villen entstanden zu sein, von denen die des Pompejus die vorzüglichste war. Dadurch sieht es nun freilich um das Monument der Curiatier mißlich aus, das auf dem Wege nach Aricia steht und welches mir überhaupt ein ziemlich gotisches Ansehen hat. Nach der Geschichte sind alle, die drei Curiatier wie die beiden Horatier, unten vor der Stadt Rom begraben, wo der Kampf geschah und wo auch ihre Monumente standen: indessen läßt sich wohl denken, daß die neuen Albaner aus altem Patriotismus ihren braven Landsleuten hier ein neues Denkmal errichteten, als unten die alten verfallen waren. Wenigstens ist nicht einzusehen, wozu das Ding mit den drei Spitzen sonst sollte aufgeführt worden sein. Ein Kastell zur Verteidigung des Weges wäre das einzige, wozu man es machen könnte; aber dazu hat es nicht die Gestalt.

In Albano fand mein Franzose Bekannte, bei denen er einkehrte, und ich ließ mich auf die Post bringen, welche das beste Wirtshaus ist. Sobald ich abgelegt hatte, trat ein artiger, junger Mann zu mir ins Zimmer, der aus der Gegend war und mit vieler Gutmütigkeit mir die Unterhaltung machte. Mit ihm wandelte ich noch etwas in der schönen Gegend hin und her und namentlich an das Monument, von dessen Altertum er indessen auch nicht sonderlich überzeugt war. Antiquitäten schienen zwar seine Sache nicht zu sein; aber dafür war er desto bekannter mit der neuen Welt. Er sprach französisch und englisch mit vieler Geläufigkeit, weil er in beiden Ländern einige Zeit gewesen war; eine nicht gewöhnliche Erscheinung unter den Italienern. „Je m'appelle Prince", sagte er, „mais je ne le suis pas"; indessen hatten ihn die Franzosen nach seiner Angabe prinzlich genug behandelt, alle seine Ölbäume umgehauen und ihm auf lange Zeit einen jährlichen Verlust von zweitausend Piastern verursacht. Die Wahrheit davon lasse ich auf seiner Erzählung beruhen. Der junge Mann zeigte viel Offenheit, Gewandtheit und Humanität in seinem Charakter. Sodann führte er mich einige hundert Schritte weiter zu einer alten Eiche an dem Wege nach Aricia, nicht weit von dem Eingange in den Park und die Gärten des Fürsten Chigi. Die Eiche sollte von seltener Schönheit sein, und sie ist auch wirklich sehr ansehnlich und malerisch: aber wir haben bei uns in Deutschland an vielen Orten größere und schönere.

Den Herrn Fürsten *Chigi* kannte ich aus Charakteristiken von Rom und hätte wohl Lust gehabt, seine Besitzungen näher zu besehen. Er selbst ist als Dichter und Deklamator in der Stadt bekannt und soll wirklich unter diesen beiden Rubriken viel Verdienst haben. Er muß indessen ein sonderbarer Bukoliker und Idyllendichter sein; denn in seinem Park hat er den schönsten und herrlichsten Eichenhain niederhauen lassen, und in dem Überreste läßt er die Schweine so wild herumlaufen, als ob er sich ganz allein von ihrer Mastung nähren wolle. Darüber sind nun besonders die Maler und Zeichner so entrüstet, daß sie den Mann förmlich in Verdammnis gesetzt haben, und ich weiß nicht, wie er sich daraus erlösen will. Die Gegend ist dessen ungeachtet noch eine der schönsten in Italien, und das romantische Gemisch von Wildheit und Kultur, die hier zu kämpfen scheinen, macht, wenn man aus der Öde Roms kommt, einen sonderbaren, wohltätigen Eindruck. Die Leute in dieser Gegend haben den Ruhm, vorzüglich gute Banditen zu sein.

Von Albano ging ich den andern Morgen über eben dieses Aricia, dessen Horaz in seiner Reiseepistel von Rom nach Brindisi gedenkt, nach Gensano und Veletri und immer in die Pontinen hinein. Die Leute von Gensano sind mir als die fleißigsten und sittigsten im ganzen Kirchenstaate vorgekommen, und sie haben wirklich ihr Fleckchen Land so gut bearbeitet, daß sie den Wohltaten der Natur Ehre machen. Die Lage ist sehr schön; Berge und Täler liegen in dem lieblichsten Gemische rund umher, und der kleine See von Nemi, unter dem Namen der Dianenspiegel, gibt der Gegend noch das Interesse der mythologischen Geschichte.

Vor Veletri holte mich ein Franzose ein, nicht mein gestriger, sondern ein anderer, der bei der Condeischen Armee den Krieg mitgemacht hatte, jetzt von Rom kam und mit Empfehlungen von dem alten General Suworow nach Neapel zu Akton ging, von dem er Anstellung hoffte. In zwei Minuten waren wir bekannt und musterten die Armeen durch ganz Europa. Nach seinen Briefen mußte er ein sehr braver Offizier gewesen sein, der selbst bei Perugia ein Detachement kommandierte, und ich habe ihn als einen ehrlichen Mann kennenlernen. Wir aßen zusammen in Veletri und schlenderten sodann ganz vergnügt die Berge hinab in die Sümpfe hinein, die einige Stunden hinter der Stadt ihren Anfang nehmen. In Cisterne wollten wir übernachten; aber das Wirtshaus hatte die schlechteste Miene von der Welt, und die päpstlichen Dragoner trieben ein gewaltig lärmendes Wesen. Übrigens fiel mir ein, daß dieses vermutlich der Ort war, wo Horaz so sehr von den Flöhen gebissen wurde und noch andere traurigen Abenteuer hatte; daß auch der Apostel Paulus hier geschlafen haben soll, ehe man ihn nach Rom in die Kerker des Kapitols einsperrte. Das war nun lauter böses Omen. Wir beschlossen also, zumal da es noch hoch am Tage war, noch eine Station weiter zu wandeln, bis Torre di tre ponti. Hier kamen wir aus dem Regen in die Traufe. Es war ein großes, leeres Haus; der Wirt war nach Paris gereist, um, wenn es möglich wäre, seine Habe wiederzuerhalten, die man ihm in die Wette geraubt hatte. Erst plünderten die Neapolitaner, dann die Franzosen, dann wieder die Neapolitaner und die

Streiter des heiligen Vaters zur Gesellschaft: das ist nun so römische Wirtschaft. Es war im ganzen Hause kein Bett, und die Leute sahen nicht außerordentlich freundlich aus. Der Wirt war abwesend; es waren viele Fremde da, die in den pontinischen Sümpfen, wohin sogar der Auswurf aus Rom flüchtet, kein großes Zutrauen einflößen können. Die alte, gutmütige Haushälterin gab uns indessen eine große Decke; wir verrammelten unsere Türe mit Tisch und Stühlen, damit man wenigstens nicht ohne Lärm hereinkommen könnte, legten uns beide, der französische Oberstleutnant und ich, in die breite, mit Heu gefüllte Bettstelle, stellten unsere Stöcke daneben, deckten uns zu und schliefen, so gut uns die Kälte, die Flöhe und die quakenden Frösche schlafen ließen. Den Morgen darauf war das Wetter fürchterlich und machte den nicht angenehmen Weg noch verdrießlicher: vorzüglich fluchte der Franzose nach altem Stil tous les diables mit allem Nachdrucke durch alle Instanzen, die Yorick gegeben hat. Es konnte indessen nichts helfen; ich Hyperboreer zog bärenmäßig immer weiter; der Franzmann aber versteckte sich in ein altes, leeres Brückenhaus über dem Kanal und wollte den Sturm vorbeigehen lassen. Wenn man naß ist, muß man laufen; ich ließ ihn ruhen und versprach, hier in Terracina im Gasthofe auf ihn zu warten.

Die letzte Station vor Terracina war für mich die abenteuerlichste. Die alte Appische Straße geht links etwas oben an den Bergen hin und macht dadurch einen ziemlichen Umweg: aber die Neuen wollten dem Elemente zum Trotz klüger sein und zogen sie, unüberlegt genug, gerade fort. Sie sieht recht schön aus, wenn sie nur gut wäre. Das Wasser war groß; ich hatte den Abweg links über eine alte Brücke nicht gemerkt und ging die große gerade Linie immer weiter. In einer halben Stunde stand ich vor Wasser, das rechts aus der See hineingetreten war und links durch die Gebüsche weit hinaufging. Durch den ersten Absatz schritt ich rasch; aber es kam ein zweiter und ein dritter noch größerer. Es war dabei ein furchtbarer Regensturm, und ich konnte nicht zwanzig Schritte sehen. Ich ging fast eine Viertelstunde auf der Straße bis über dem Gürtel im Wasser und wußte nicht, was vor mir sein würde. Einige Mal waren leere Plätze links und rechts, und da stand ich in den Einschnitten wie im Meere. Nur die Bäume, die ich dunkel durch den Regensturm sah, machten mir Mut vorwärts. Endlich war ich glücklich durch die päpstliche Stelle und zog eine Parallele zwischen den Alten und Neuen, die eben nicht zum Vorteil meiner Zeitgenossen ausfiel. Wie ich heraus war, ward der Himmel hell, und ich sah den Berg der göttlichen Circe in der Abendsonne zu meiner Rechten und zu meiner Linken die Felsen von Terracina glänzen. Es war wirklich, als wenn die alte Generalhexe eben einen Hauptprozeß machte, und ich konnte froh sein, daß ich noch so gut mit meinem bißchen Schmutz davongekommen war. Nachdem ich in der Locanda Reale, einem großen stattlichen Hause an dem Heerwege vor der Stadt, Quartier gemacht hatte, rekognoszierte ich oben den Ort auf dem weißen Felsen, wie ihn Horaz nennt, wo man rechts und links von dem Circeischen Vorgebirge bis an das Cajetanische und über die Inseln eine herrliche Aussicht hat. Ich bekümmerte mich wenig um die Ruinen des alten Jupitertempels und um den neuen Palast des Papstes, sondern weidete mich an der unter mir liegenden schönen Gegend, den herrlichen Orangengärten, die ich hier zuerst ganz im Freien ausgezeichnet schön fand, und der üppigen Vegetation aller Art. Auch mehrere Palmbäume traf ich hier schon, da in Rom nur ein einziger als eine Seltenheit nicht weit vom Colosseum gezeigt wird. Von der letzten Station führt eine herrliche Allee der schönsten und größten Aprikosenbäume in die Stadt.

Mein Franzose kam, und es fand sich, daß der arme Teufel mit seiner Börse auf den Hefen war. Ich mußte ihn also doch nach Neapel hinübertransportieren helfen. Zu Abend traf ich im Wirtshause ein paar ziemlich reiche Mailänder, die mit schöner Equipage von Neapel kamen, und wir aßen zusammen. Die Herren waren ganz verblüfft zu hören, daß ich von Leipzig nach Agrigent tornistern wollte, bloß um an dem südlichen Ufer Siziliens etwas herumzuschlendern und etwa junge Mandeln und ganz frische Apfelsinen dort zu essen. Die Unterhaltung war sehr lebhaft und angenehm, und die Norditaliener schienen die schöne Neapel quovis modo, literarisch, ästhetisch und physisch genossen zu haben. Morgen geht's ins Reich hinüber; denn so nennt man hier das Neapolitanische.

Neapel

Der Morgen war frisch und schön, als wir Anxur verließen, der Wind stark und die Brandung hochstürmend, so daß ich am Strande eingenetzt war, ehe ich daran dachte. Die Wogen schlugen majestätisch an den steilen Felsen herauf. Am Eingange des Reiches hatte mein französischer Reichskamerad Zwist mit der Wache, die ihn nicht recht gern wollte passieren lassen. Meinen Paß vom Kardinal Ruffo besah man bloß, schrieb meinen Namen aus, und ich war abgefertigt. Der Franzose packte seine ganze Brieftasche aus, sprach hoch, erwähnte Suworow, appellierte an den Minister und zwang die Wache durch etwas Impertinenz in Respekt, die von ihrer Seite auch wohl etwas über die Instruktion gegangen sein mochte. In Fondi, wo wir zu Mittag aßen, trafen wir ziemlich viel Militär, unter dem mehrere Deutschen waren. Die Stadt selbst liegt, wie es der Name zeigt, in einem der angenehmsten Täler, nicht sehr weit vom Meere. Der Weg von Terracina dahin ist abwechselnd fruchtbar und lachend, durch hohe Felsen und fruchtbare Felder. Nicht weit von Fondi sollen, glaube ich, links an den Bergen noch die Überreste von der Villa des Nerva zu sehen sein; ich hielt mich aber an die Orangengärten und vergaß darüber den Kaiser, die alten Stadtmauern, den See, den heiligen Thomas und alle anderen Merkwürdigkeiten. Noch einige Millien nach Itri hinaus ist die Gegend zwischen den Bergen ein wahres Paradies. Auf der Hälfte des Weges stand in einem engen Felsenpasse eine Batterie aus dem vorigen Kriege, wo die Franzosen tüchtig zurückgeworfen wurden. Sie suchten sich aber einen andern Weg über die hohen Berge, ein Einfall, von dem die Neapolitaner sich gar nichts hatten träumen lassen. Das war eine etwas zu gutmütige Zuversicht; man tut besser zu glauben, daß die Feinde alle Gemsenjäger sind, und in einer Entfernung von sechs deutschen Meilen ist es nie unmöglich, daß sie die Nacht noch kommen werden. Die Neapolitaner sahen den Feind im Rücken und liefen über Hals und Kopf nach Cajeta.

Itri war von den Franzosen häßlich mitgenommen worden. Man hatte die Kirchen verwüstet und Pferdeställe daraus gemacht. Das ist nun freilich nicht sehr human; von Religiosität nichts zu sagen. Der Ort liegt in einer Bergschlucht tief begraben. Es standen hier nur wenige Soldaten zur Polizei, deren Kommandant ein ehemaliger östreichischer Sergeant, jetzt neapolitanischer Fähnrich war, der uns die Ehre tat, mit uns einige Stunden Wein zu trinken. Mein Franzose hatte keine Schuhe mehr; ich mußte ihm also doch Schuhe machen lassen. Den Morgen darauf konnte er nicht fort, weil seine Füße nicht mehr in baulichem Wesen waren, und ich wollte nicht bleiben. Er suchte mich überdies zu überreden, ich möchte mit ihm von Cajeta aus zur See gehen, weil er den Landweg nicht aushalten würde. Das ging für mich nun nicht; denn ich wollte über den Liris hinunter nach Capua und Caserta. Ich gab ihm also zu dem Ausgelegten noch einen Kaiserdukaten, quittierte in Gedanken schon, übergab ihn und mich dem Himmel und wandelte allein ab. Fast hätte ich vergessen, Dir eine etwas ernsthafte Geschichte von Itri zu erzählen, nämlich ernsthaft für mich. Itri ist ein Nest: das Wirtshaus war schlecht. Unsere Wirtin war eine ziemlich alte Maritorne, die ihren Mann in der Revolution verloren und sich zur Haushaltung und den übrigen Behufen einen jungen Kerl genommen hatte. Ich legte mich oben auf einem Saale zu Bette, und mein Kamerad zechte unten noch eins mit dem Herrn Fähnrich Kommandanten, der wiedergekommen war, und kam mir sodann nach. Er war etwas über See und schlief sogleich ein; ich philosophierte noch eins topsyturvi. Da hörte ich unten einen wilden Kerl nach dem andern ankommen und sehr laut werden. Die Anzahl mochte wohl bis zehn oder zwölf gestiegen sein. Nun vernahm ich, daß es über unsere armen Personalitäten geradezu herging und daß man über uns eine furchtbare Nachtinquisition hielt. „Sono cattive gente", hieß es in einem hohen Ton einmal über das andere; und man tat mehr als einmal den Vorschlag, mit uns zu verfahren nach der Neapolitaner Revolutionsweise. Mein Franzose schnarchte. Du kannst denken, daß mir nicht sonderlich lieblich dabei zumute ward. Man schlägt hier zum Anfang sogleich die Leute tot und macht sodann nacher – eben weiter keinen Prozeß. Die alte Dame, unsere Wirtin, nahm sich unserer mit einem exemplarischen Mut an, sprach und schrie, was sie konnte, und behauptete, daß wir ehrliche Leute wären; der Kommandant hätte unsere Pässe gesehen. Nun schien man zum Unglück dem Kommandanten selbst in der Politik gerade nicht viel Gutes zuzutrauen. Der Himmel weiß, wie es noch möchte geworden sein. Ich zog ganz stille Rock und Stiefeln an, nahm meine ganze Kontenanz und mein ganzes bißchen Italienisch zusammen und machte Miene, die Treppe hinab unter sie zu gehen. „Meine Herren", sagte ich so stark und bestimmt, als ich konnte, „ich bin ein fremder Reisender; ich dächte, im Wirtshause, wo ich bezahle, dürfte ich zur Mitternacht Ruhe erwarten. Ich höre, ich bin Ihnen verdächtig; führen Sie mich vor die Behörde, wohin Sie wollen: aber machen Sie die Sache mit Ernst und Ruhe und als ordentliche und brave Leute ab." Es ward stiller; die Wirtin und einige von ihnen baten mich, oben zu bleiben, welches ich natürlich sehr gern tat, und nach und nach schlichen sie alle fort. Spaßhaft ist es nicht ganz; denn dort geht man selten ohne Flinte und Messer, und jeder ist zur Exekution fertig.

Den andern Morgen wandelte ich also allein zwischen den Ölbergen nach Mola di Gaeta hinüber. Die Amme ist durch dieses Etablissement ihres Namens fast berühmter geworden als ihr frommer Milchsohn. Warum war ich nun nicht gestern noch bis hierher gegangen? Hier fand ich ein großes, schönes, ziemlich billiges Gasthaus, wo ich bei frischen Eiern und frischen Fischen, die nicht weit von mir aus dem Meere gezogen wurden, und frischen, herrlichen Früchten ein vortreffliches Frühstück hielt. Unter mir stand ein Zitronengarten in der schönsten Glut der Früchte; und links und rechts übersah ich die Bucht von der Spitze des Vorgebirges rund herum bis hinüber nach Ischia und Procida. Es ist, in der Entfernung von einigen hundert Meilen, das köstlichste Dessert, wenn wir uns durch die Erinnerung irgendeines kleinen Vorfalles mit unsern Freunden wieder in nähere Berührung setzen können. Hier auf der nämlichen Stelle hatte vor mehreren Jahren *Friedrich Schulz* gesessen und Fische und Früchte gegessen und mich aufgefordert, seiner zu gedenken, wenn ich von Mola auf das klassische Land umherschauen würde. Jetzt ist er nicht mehr, der Liebling seiner Freunde und der Grazien, der die Freude bei den Fittichen zu halten verstand und sie rund umher gab. Wo auch seine Asche ruht, ein Biederer müsse hingehen und sie segnen. Keiner seiner Schwachheiten werde gedacht; er machte durch sein Herz gut, was sein Kopf versah.

Nun ging ich vergnügt und froh die schöne magische Gegend hinauf und hinab, bis hinunter, wo, der Nachricht zufolge, ehemals Ciceros Formiä stand, bis an den Liris hinab. Langsam wallte ich dahin; mir deuchte, ich sähe die Schatten des Redners und des Feldherrn, des Tullius und des Marius, daherziehen. Hier legte der Patriot den Kopf zur Sänfte hinaus und ließ sich von dem Hauptmanne, dem er das Leben gerettet hatte, entschlossen den Lohn für seine Philippiken zahlen. Es ist mir der ehrwürdigste Moment in

Ciceros Leben; der einzige vielleicht, wo er wirklich ganz rein als selbständiger Mann gehandelt hat. Als er gegen Verres sprach, war es vielleicht Ruhmsucht, von der Rednerbühne zu glänzen; Gefahr war nicht dabei; als er gegen Catilina donnerte, stand seine Existenz auf dem Spiel, und er hatte keine andere Wahl, als zu handeln oder mit zugrunde zu gehen; als er gegen Antonius wütete, trieben ihn wahrscheinlich Haß und Parteisucht. Im Glück prahlte er, im Unglück jammerte er: er zeigte in seinem ganzen Leben oft viel Ehrlichkeit und Wohlwollen; aber nur im Tode den Mut, der dem Manne ziemt. Sein Tod hat mich in gewisser Rücksicht mit seinem Leben ausgesöhnt, so wie es Männer in der Geschichte gibt, deren Tod fast das Verdienst ihres Lebens auslöscht. Dort unten lag Minturnä; dort, stelle ich mir vor, stand das Haus, wo der Cimber mit dem Schwerte kam, als öffentlicher Henker den Überwinder seiner Nation zu töten, und wo dieser gefangene Überwinder ihm mit einigen Worten Todesschrecken in die Glieder jagte. „Mensch, wagst du es, den Gajus Marius zu morden?" Weiter hinab rechts ist die Sumpfgegend, wo nach der Flucht der erste Mann der ersten Stadt der Welt sich im Schilfe verbarg, bis er sich hinüber nach Afrika retten konnte. Ich setzte unter diesen Gedanken über den Garigliano und merkte kaum, daß ich diesseits von einer Menge Mauleseltreiber umgeben war, die mir alle sich und ihre Tiere zum Dienst anboten. Da half kein Demonstrieren, sie machten die Kleinigkeit der Forderung noch kleiner und setzten mich halb mit Gewalt auf ein lastbares Stück, schnallten meinen Reisesack in Ordnung, und so zog ich mit der lieblichen Karawane weiter. Ein Kalabrese hatte mich in Mola gebeten, ihm meine Gesellschaft zu erlauben, und ich konnte nichts dawider haben. Ein Junge von ungefähr dreizehn Jahren hatte sich einige Millien weiter hinab angeschlossen, der in der Residenz sein Glück versuchen wollte, weil seine Stiefmutter zu Hause den Kredit ihres Namens etwas zu strenge behauptete. Beide liefen nebenher. Es wurde bald alles durchfragt, und der Junge mußte etwas weitläufig seine Geschichte erzählen. Nun fing mein alter Eseltreiber an, mit wahrhaft väterlicher Wärme dem jungen Menschen die Gefahr vorzustellen, der er entgegenliefe. Er tat dieses mit einer Zärtlichkeit, einer Heftigkeit und zugleich mit einer Behutsamkeit im Vortrage, die mir den alten Mann sehr wert machten. Wäre ich Sultan gewesen, ich hätte den Eseltreiber zum Mufti gemacht, und es würde gewiß gut gegangen sein. Diese schöne, bedachtsame Philanthropie wäre manchem unserer Moralisten zu wünschen. Auch schien er über die ehrenvolle Gesellschaft durch seinen Verstand und seinen heitern Ernst ein ziemliches Ansehen zu haben. Kurz vor Sessa schieden wir; ich setzte mich von dem Esel wieder auf meine Füße. Er gab dem jungen Menschen zu seinem Rate noch etwas Geld; und ich griff natürlich über dem Alten und dem Jungen auch etwas tiefer in die Tasche als wohl gewöhnlich. Mein Kalabrese begleitete mich, ich mochte wollen oder nicht, auf die Post, als das beste Wirtshaus. Der Junge ging weiter.

Da es noch hoher Tag war, spazierte ich hinauf nach Sessa, das, wie ich hörte, viel alte Merkwürdigkeiten hat und ehemals eine Hauptstadt der Volsker war. Der Weg von der Post hinunter und in die Stadt hinauf ist angenehm genug; und die Lage des Orts ist herrlich mit den schönsten Aussichten, rechts nach Cajeta und links über die Niederung weg nach dem Gaurus hinüber. Als ich in der Kathedralkirche stand und einen heiligen Johannes, der enthauptet wird, betrachtete und ebenso sehr die Andacht einiger jungen, ganz hübschen Weiber beherzigte, die den schönen Mann auf dem Bilde mit ihren Blicken festhielten, trat mein alter Eseltreiber, der auf der andern Seite heraufgekommen war, zu mir, mich zu begrüßen. Er hatte mich vielleicht wegen einiger Äußerungen etwas lieb gewonnen und vermutlich die Silberstücke gesehen, die ich dem Buben gegeben hatte; und als wir aus der Kirche traten, führte er mich in den Zirkel seiner Zunftleute und stellte mich wohl fünfzig

Eseltreibern aus Sessa und der Gegend mit der freundschaftlichsten Teilnahme vor. Mir deucht, wenn die Leute hier Wahltag gehabt hätten, sie hätten mich dem Minister zum Trotz einstimmig zu ihrem Deputierten im Parlamente gemacht; so sehr bezeugten sie mir alle ihr Wohlwollen; und ich kann Dir nicht leugnen, es deuchte mir mit völligem Rechte wenigstens ebenso wohl, als da mich in Warschau die alte kommandierende Exzellenz unter den Arm faßte, in dem Zimmer herumführte und mir in vollem Kreise die Ausfertigung einer Depesche ins Ohr flüsterte. Aus diesem Zirkel zogen mich einige sehr artigen jungen Leute, die mich weiter herumbegleiteten und vorzüglich zu den Augustinern führten, die hier für ihre Bäuche den behaglichsten Ruheplatz mit der schönsten Aussicht nach allen Seiten ausgesucht hatten. Der einzige Beweis, daß die Leute doch noch etwas klassischen Geschmack haben müssen, ist, daß sie die Falerner Berge übersehen. Ihr Gebäude ist für das Gelübde der Armut eine Blasphemie. Doch daran bin ich schon gewöhnt; man braucht eben nicht erst über den Liris zu gehen, um so ausschweifende Pracht, so unsinnige Verschwendung zu sehen. An der Überfahrt über den Garigliano oder Liris sieht man noch die Substruktionen einer alten Brücke und nicht weit davon jenseits die Reste einer Wasserleitung. Der Fluß selbst, der nicht sehr breit ist, muß, trotz dem Prädikate der Stille, das ihm Horaz gibt, doch zuweilen gefährlich zu passieren sein: denn er ist ziemlich tief und jetzt im Frühling sehr schnell; und man erzählte mir, daß, als die Franzosen ungefähr zwei Stunden aufwärts mit der Reiterei durch denselben setzen wollten, ihrer viele dabei umgekommen wären. An den Ufern desselben weiden große Herden Büffel.

Als ich wieder hinunterkam, setzte man mir auch Falerner Wein vor; für die Echtheit will ich indessen nicht stehen. Es ist bloß die klassische Neugierde, ihn getrunken zu haben; denn er hat schon längst seinen alten Kredit verloren. Höchst wahrscheinlich ist die Ursache der Ausartung

Vernachlässigung, wie bei den meisten italienischen Weinen, die sich besser halten würden, wenn man sie besser hielte. Als wir den Morgen auswandelten, ward meinem Kalabresen entsetzlich bange; er behauptete, das folgende große Dorf bestände aus lauter Räubern und Mördern, welche die Passage von Montagne Spaccate zu ihrem Tummelplatz machten. Jeder Windstoß durch das Gesträuch erschreckte ihn, und als wir vollends einige bis auf die Zähne abgedorrten Köpfe in eisernen Käfigen an dem Felsen befestigt sahen, war er der Auflösung seines Wesens nahe, ob er gleich den Krieg als königlicher Kanonier mitgemacht hatte und ein Kerl wie ein Bär war. Er faselte von lauter Mariohlen, wie er sie nannte, die gar fürchterliche Leute sein sollten und von denen er erschreckliche Dinge erzählte. Als ich mir eine Beschreibung der Kerle ausbat, sagte er: man wüßte nicht, woher sie kämen und wohin sie gingen, sondern nur, was sie täten; sie plünderten und raubten und schlügen tot, wo sie könnten; gingen zu Dutzenden bewaffnet und erschienen und verschwänden, ohne sich um etwas zu bekümmern. Nach seiner Angabe kommen sie meistens aus den Bergen von Abruzzo. Ich habe nun freilich zur Schande der Regierung gefunden, daß der Mensch ziemlich recht hat. Er pinselte mir aber die Ohren so voll, daß ich ihm sagte, er möchte mich ungehudelt lassen mit seinen erbärmlichen Litaneien; wenn ich totgeschlagen werden sollte, so wollte ich mich doch wenigstens vorher nicht weiter beunruhigen. Das kam dem Kerl sehr gottlos vor und mir seine Klagelieder sehr albern. Er trieb mich immer vorwärts, mich nur durch die berüchtigte Felsenpassage zu bringen, und dankte allen Heiligen inbrünstiglich, als wir aus der Gegend heraus waren. Er segnete meinen Entschluß, als ich mich auf der Straße von einem Vetturino bereden ließ, mich einzusetzen und mich mit ihm bis nach Capua bringen zu lassen. Als wir in Capua ankamen, war der Gouverneur nach Caserta gefahren, und man wollte durchaus, ich sollte seine Rückkehr erwarten, damit er meinen Paß ratifizieren möchte. Endlich bestürmte ich den Capitaine du jour so viel, daß er mir den Paß ohne Vidierung zurückgab und dem Offizier an dem Tore Befehl schickte, er solle mich gehen lassen; er selbst wolle die Ausnahme verantworten.

Nun wollte ich über Altcapua nach Caserta gehen: dazu war aber mein Kalabrese durchaus nicht zu bringen: er meinte, das wäre der sichere Tod; da wimmelte es von Mariohlen. Ich gab dem Schuft einige Karline, verstehe neapolitanische, ließ ihn rechts nach Aversa forttrollen, um dort am rechten Orte seine atellanischen Fabeln zu erzählen, und schlug mich links nach Altcapua. Einige ehrsamen Bürger aus der Festung Neucapua, die ich einholte und denen ich die lächerliche Furcht des Menschen erzählte, meinten, es sei zwar etwas Gefahr, werde aber immer übertrieben, und man habe nun doch schon seit einigen Wochen nichts gehört. Die Herren schienen sich patriotisch ihrer vaterländischen Gegend anzunehmen. Wo ehemals Capua war, steht jetzt, glaube ich, der Flecken Sankt Martin, ungefähr eine Stunde vor der neuen Stadt, die unten am Vulturnus in einer bessern militärischen Position angelegt ist. Sankt Martin ist noch jetzt eine Lustpartie für die Bürger der neuen Stadt, so sehr behauptet der alte Platz seinen Kredit. Es steht bekanntlich noch der Rest eines alten Amphitheaters, das aus den Zeiten der Römer und also verhältnismäßig neu ist, welches die Antiquare hinlänglich kennen, auf die ich Dich verweise. Ich ging durch die Trümmer eines Tors, welches vermutlich das nämliche ist, durch das Hannibal seinen Ruhm hinein- und nicht wieder heraustrug, ließ nach kurzer Beschauung das Theater links liegen und pilgerte den Weg nach Caserta fort. Es stehen dort an der Straße links und rechts nicht weit voneinander ein paar Monumente, die vermutlich römische Begräbnisse sind und von denen eines wenigstens in sehr gutem Stil gearbeitet zu sein scheint.

Es wäre überflüssig, Dir eine Beschreibung des Schlosses

in Caserta anzufangen, die Du hier und da gewiß weit genauer und besser finden kannst. Der erste Anblick ist groß und wirklich imponierend. Der Garten links, die schönen Pflanzungen rechts, der prächtige Schloßplatz und die Gebäude rund umher, alles beschäftigt. Vorzüglich wird das Auge gefesselt von der Ansicht durch das große Tor, welche durch das ganze Schloß und die Gärten bis weit hinaus auf die Berge geht, über welche man die berühmte Wasserleitung herübergebracht hat. Diese schöne, reiche Kunstkaskade schließt den Grund der Partie. Man wird selten irgendwo so etwas Magisches finden. Du weißt, daß auch hier die Franken etwas willkürlich gehaust haben; jetzt ist der Kronprinz und seine Sardinische Majestät hier.

Auf der Post empfing man mich, ob ich gleich ein Fußgänger war, mit vieler Artigkeit, und ich hatte bald einen Trupp Neugieriger um mich her, die mich von Adam bis Pontius Pilatus ausfragten; und alle wunderten sich, daß ich den Räubern noch nicht in die Hände gefallen wäre. Humane Teilnahme und Billigkeit zeichnete das Haus vor vielen andern aus. Ich hatte nur noch einige Stunden Zeit, die Stadt zu besehen; dies war aber zur Auffassung eines richtigen Totaleindrucks genug. Den andern Morgen, als ich abgehen wollte, arretierte mich wieder ein Vetturino an der Ecke des Marktes: „Volete andare in carozza, Signore?“ – „Ma si, si“, sagte ich, „se partite presto presto.“ – „Questo momento; favorisca montare.“ Ich stieg ein und setzte mich neben einen stattlichen, dicken Herrn; sogleich kamen noch zwei andere, und wir rollten zum Tore hinaus.

Dieses ist also das schöne, reiche, selige Kampanien, das man, seitdem es so bekannt ist, zum Paradiese erhoben hat, für das die römischen Soldaten ihr Kapitol vergessen wollten. Es ist wahr, der Strich zwischen Aversa, Capua, Caserta, Nola und Neapel, zwischen dem Vesuv, dem Gaurus und den hohen Apenninen, oder das sogenannte Kampanertal, ist von allem, was ich in der alten und neuen Welt bis jetzt noch gesehen habe, der schönste Platz, wo die Natur alle ihre Gaben bis zur höchsten Verschwendung ausgegossen hat. Jeder Fußtritt trieft von Segen. Du pflanzest einen Baum, und er wächst in kurzer Zeit schwelgerisch breit und hoch empor; Du hängst einen Weinstock daran, und er wird stark wie ein Stamm, und seine Reben laufen weitausgreifend durch die Krone der Ulme; der Ölbaum steht mit bescheidener Schönheit an dem Abhange der schützenden Berge; die Feige schwillt üppig unter dem großen Blatte am gesegneten Aste; gegenüber glüht im sonnigen Tale die Orange, und unter dem Obstwalde wallt der Weizen, nickt die Bohne in reicher, lieblicher Mischung. Der Arbeiter erntet dreifach auf dem nämlichen Boden in Fülle, Obst und Wein und Weizen; und alles ist üppige, ewig jugendliche Kraft. Unter diesen magischen Abwechslungen kamen wir in einigen Stunden in Parthenope an. Der stattliche, dicke Herr, mein Nachbar, schien die Deutschen etwas in Affektion genommen zu haben, war ehemals einige Monate in Wien und Prag gewesen, wußte einige Dutzend Wörter von unserer Sprache und war die Gefälligkeit selbst. Er war aus dem königlichen Hause, und mich wunderte deswegen seine Artigkeit etwas mehr, da Höflichkeit in der Regel bei uns nicht mit zu den ausgezeichneten Tugenden der Hausoffizianten der Großen gehört. In Neapel brachte er mich in einem eigenen Wagen in das Haus eines seiner Bekannten an dem Ende des Toledo, bis ich den Herrn Heigelin aufgesucht hatte, an den meine Empfehlung von Wien lautete. Es ist wirklich sehr wohltätig, wenn man, bei dem ersten Eintritt in so einen Ort, wie Neapel ist, als Wildfremder eine so freundliche Hand zur Leitung findet, bis man sich selbst etwas orientieren kann.

Neapel

Du mußt und wirst von mir nicht erwarten, daß ich Dir eine topische, statistische, literarische oder vollständig kosmische Beschreibung von den Städten gebe, wo ich mich einige Zeit aufhalte. Dazu ist mein Aufenthalt zu kurz; die kannst Du von Reisenden von Profession oder aus den Fächern besonderer Wissenschaft gewiß besser bekommen. Ich erzähle Dir nur freundschaftlich, was ich sehe, was mich vielleicht beschäftigt und wie es mir geht. Meine Wohnung ist hier auf Monte Oliveto. Wie der Ort zu dem Namen des Ölbergs kommt, weiß ich nicht; er ist aber eine der besten Straßen der Stadt, nicht weit vom Toledo, mit welchem er sich oben vereiniget. Die Besitzerin des Hauses ist eine Französin, die sich seit einigen Jahren der hiesigen Revolution wegen zu ihrer Sicherheit in Marseille aufhält. Ich habe Ursache zufrieden zu sein: es ist gut und billig. Die Gesellschaft besteht meistens aus Fremden, Engländern, Deutschen und Franzosen; die letzten machen jetzt hier die größte Anzahl aus.

Seit einigen Tagen bin ich mit einem alten Genuesen, der halb Europa kennt und hier den Lohnbedienten und ein Stück von Cicerone macht, in der Stadt herumgelaufen. Der alte Kerl hat ziemlich viel Sinn und richtigen Takt für das Gute und sogar für das Schöne. Er hielt mir einen langen Sermon über die Landhäuser der Kaufleute rund in der Gegend umher und bemerkte mit zensorischer Strenge, daß sie das Verderben vieler Familien würden. Man wetteifere gewöhnlich, wer das schönste Landhaus und die schönste Equipage habe, wer auf seinem Kasino die ausgesuchtesten Vergnügen genieße und genießen lasse und wetteifere sich oft zur Vergessenheit und endlich ins Unglück. Sitten und Ehre und Vermögen würden vergeudet. Kaum habe der Kaufmann ein kleines Etablissement in der Stadt, so denke er schon auf eines auf dem Lande; und das zweite koste oft mehr als das erste. Spiel und Weibergalanterie und das verfluchte, oft abwechselnde Cicisbeat seien die stärksten Gegenstände des Aufwands; und doch sei das Cicisbeat hier noch nicht so herrschend als in Rom. Wenn Du mir einwendest, daß das ein Lohnbedienter spricht, so antworte ich: jeder hat sein Wort in seinem Fache; und hier ist der alte Kerl in dem seinigen. Seine Amtsbrüder in Leipzig und

Berlin können gewiß auch weit bessere Nachrichten über gewisse Artikel geben, als man auf dem Rathause finden würde. Jeder hat seine Sphäre, der Finanzminister und der Torschreiber. Ich sah die Kirche des heiligen Januar in der Stadt; Neapel sollte, deuchte mir, eine bessere Kathedrale haben. Das Vorzüglichste darin sind einige merkwürdigen Grabsteine und die Kapelle des Heiligen. Dieses ist aber nicht der Ort, wo er gewöhnlich schwitzen muß; das geschieht vor der Stadt in dem Hospital bei den Katakomben. In den Katakomben kroch ich über eine Stunde herum und beschaute das unterirdische Wesen und hörte die Gelehrsamkeit des Cicerone, der, wie ich vermute, Glöckner des Hospitals war. Über den Grüften ist ein Teil des Gartens von Capo di monte. Der Führer erzählte mir eine Menge Wunder, welche die Heiligen Januarius und Severus hier ganz gewiß getan haben, und ich war unterdessen mit meinen Konjekturen bei der Entstehung dieser Grüfte. Hier und da lagen in den Einschnitten der Zellen noch Skelette und zuweilen ganz große Haufen von Knochen, wie man sagte, von der Zeit der großen Pest. Die römischen Katakomben habe ich nicht gesehen, weder nahe an der Stadt noch in Rignano, weil mich verständige Männer und Kenner versicherten, daß man dort sehr wenig zu sehen habe und es nun ganz ausgemacht sei, daß das Ganze weiter nichts als Puzzolangruben gewesen, die nach und nach zu dieser Tiefe und zu diesem Umfang gewachsen. Das ist begreiflich und das wahrscheinlichste.

Die heilige Klara hat das reichste Nonnenkloster in der Stadt und eine wirklich sehr prächtige Kirche, wo auch die Kinder des königlichen Hauses begraben werden. Die Nonnen sind alle aus den vornehmsten Familien, und man hat ihre Torheit und ihr Elend so glänzend als möglich zu machen gesucht. Mein alter Genuese, der ein großer Hermeneute in der Kirchengeschichte ist, erzählte mir bei dieser Gelegenheit ein Stückchen, das seinen Exegetentalenten keine Schande macht und dessen Würdigung ich den Kennern überlasse. Die heilige Klara war eine Zeitgenossin des heiligen Franziskus und des heiligen Dominikus; und man gibt ihr Schuld, sie habe beide insbesondere glauben lassen, sie sei jedem ausschließlich mit sehr feuriger christlicher Liebe zugetan. Dieses tut ihr in ihrer Heiligkeit weiter keinen Schaden. Jeder der beiden Heiligen glaubte es für sich und war selig, wie das zuweilen auch ohne Heiligkeit zu gehen pflegt. Dominikus war ein großer, starker, energischer Kerl, ungefähr wie der Moses des Michelangelo in Rom, und sein Nebenbuhler Franziskus mehr ein ätherischer, sentimentaler Stutzer, der auch seine Talente zu gebrauchen wußte. Nun sollen auch die heiligen Damen zu verschiedenen Zeiten verschiedene Qualitäten lieben. Der handfeste Dominikus traf einmal den brünstigen Franziskus mit der heiligen Klara in einer geistlichen Ekstase, die seiner Eifersucht etwas zu körperlich vorkam; er ergriff in der Wut die nächste Waffe, welches ein Bratspieß war, und stieß damit so grimmig auf den unbefugten Himmelsführer los, daß er den armen, schwachen Franz fast vor der Zeit dahingeschickt hätte. Indes der Patient kam davon, und aus dieser schönen Züchtigung entstanden die Stigmen, die noch jetzt in der christlichen Katholizität mit allgemeiner Andacht verehrt werden. Ich habe, wie ich Dir erzählte, ihm in Rom gegenüber gewohnt, und sie dort hinlänglich in Marmor dokumentiert gesehen. Mein Genuese sagte mir die heilige Anekdote nur vertraulich ins Ohr und wollte übrigens als ein guter Orthodoxe weiter keine Glosse darüber machen, als daß ihm halb unwillkürlich entfuhr: „Quelles bêtises on nous donne à digérer! Chacun les prend à sa façon.“

Heute besuchte ich auch Virgils Grab. Die umständliche Beschreibung mag Dir ein anderer machen. Es ist ein romantisches, idyllisches Plätzchen; und ich bin geneigt zu glauben, der Dichter sei hier begraben gewesen, die Urne mag nun hingekommen sein, wohin sie wolle. Das Gebäudchen ist wohl nichts anderes als ein Grab, nicht weit von dem Eingange der Grotte Posilipo, und eine der schönsten Stellen in der schönen Gegend. Ich weiß nicht, warum man sich nun mit allem Fleiß bemüht, den Mann auf die andere Seite der Stadt zu begraben, wo er nicht halb so schön liegt, wenn auch der Vesuv nicht sein Nachbar wäre. Ich bin nicht Antiquar; aber die ganze Behauptung, daß er dort auf jener Seite liege, beruht doch wohl nur auf der Nachricht, er sei am Berge Vesuv begraben worden. Das ist er aber auch, wenn er hier liegt; denn der Berg ist gerade gegenüber: in einigen Stunden war er dort, wenn er zu Lande ging, und setzte er sich in ein Boot, so ging er noch schneller. Die Entfernung eines solchen Nachbars, wie der Vesuv ist, wird nicht eben so genau genommen. Lag er dort, so hat ihn auf alle Fälle der Berg tiefer, halb in den Tartarus gebracht. Aber alle übrigen Umstände sind mehr für diese Seite der Stadt. Hier ist die reichste, schönste Gegend; hier waren die vorzüglichsten Niederlassungen der römischen Großen, vornehmlich auf der Spitze des Posilipo die Gärten des Pollio, der ein Freund war des römischen Autokrators und ein Freund des Dichters; nach dieser Gegend lagen Puteoli und Bajä und Cumä, der Avernus und Misene, die Lieblingsgegenstände seiner Dichtungen; diese Gegend war überhaupt der Spielraum seiner liebsten Phantasie. Wahrscheinlich hat er hier gewohnt, und wahrscheinlich ist er hier begraben. Donat, der es, wenn ich nicht irre, zuerst erzählt, konnte wohl noch sichere Nachrichten haben, konnte davon Augenzeuge gewesen sein, daß das Monument noch ganz und wohl erhalten war; hatte durchaus keine Ursache, diesem Fleckchen irgendeinen Vorzug vor den übrigen zu geben, und dieses ist der Ort seiner Angabe: zwei Steine von der Stadt, an dem Wege nach Puteoli, nicht weit von dem Eingange in die Grotte. Ich will nun auch einmal glauben; man hat für manchen Glauben weit schlechtere Gründe: und also glaube ich, daß dieses Maros Grab sei. Den Lorbeer suchst Du nun umsonst; die verkehrten Afterverehrer haben ihn so lange bezupft, daß kein Blättchen mehr davon zu sehen ist. Ich nahm mir die Mühe, hinaufzusteigen, und fand nichts als einige wild verschlungenen Kräuter. Der Gärtner beklagte sich, daß die gottlosen, vandalischen Franzosen ihm den allerletzten Zweig des heiligen Lorbeers geraubt haben. Dichter müssen es nicht gewesen sein: denn davon wäre doch wohl etwas in die Welt erschollen, daß der Lorbeer von dem Lateiner neuerdings auf einen Gallier übergegangen sei. Vielleicht schlägt er für die Gläubigen am Grabe des Mantuaners wieder aus. Man sollte wenigstens zur Fortsetzung der schönen Fabel das Seinige beitragen; ich gab dem Gärtner geradezu den Rat.

Als ich hier und bei Sanazars Grabe nicht weit davon in der Servitenkirche war, verfolgte mich ein trauriger Cicerone so fürchterlich mit seiner Dienstfertigkeit, mir die Antiquitäten erklären zu wollen, daß er durchaus nicht eher von meiner Seite ging, bis ich ihm einige kleinen Silberstücke gab, die er sehr höflich und dankbar annahm. Ich habe mich nicht enthalten können, bei dieser Gelegenheit wahres Mitleid mit dem großen Cicero zu haben, daß sein Name hier so erbärmlich herumgetragen wird. Die Ciceronen sind die Plagen der Reisenden, und immer ist einer unwissender und abenteuerlicher als der andere. Den vernünftigsten habe ich noch in Tivoli getroffen, der mir auf der Eselspromenade zum wenigsten ein Dutzend von Horazens Oden rezitierte und nach seiner Weise kommentierte.

Ich versuchte es, an dem Fuße des Posilipo am Strande hinaus bis an die Spitze zu wandeln: es war aber nicht möglich, weiter als ungefähr eine Stunde zu kommen: dann hörte jede Bahn auf, und das Ufer bestand hier und da aus schroffen Felsen. Hier stehen in einer Entfernung von ungefähr einer Viertelstunde zwei alte Gebäude, die man für Schlösser der Königin Johanna hält, wo sie zuweilen auch ihr berüchtigtes Unwesen getrieben haben soll. Sie sind ziemlich zu so etwas geeignet, gehen weit ins Meer hinein, und es ließe sich sehr gut zeigen, wozu dieses und jenes gedient haben könnte. Zwischen diesen beiden alten, leeren

Gebäuden liegt das niedliche Kasino des Ritters Hamilton, wo er beständig den Vesuv vor Augen hatte; und man tut ihm vielleicht nicht ganz unrecht, wenn man aus dem Orte seiner Vergnügungen auf etwas Ähnlichkeit mit dem Geschmack der schönen Königin schließt, die von der bösen Geschichte doch wohl etwas schlimmer gemacht worden ist, als sie war. Ich war genötigt, wieder zurückzugehen, und nicht weit von der Villa Reale nahmen mich eine Menge Bootsleute in Beschlag, die mich an die Spitze hinausrudern wollten. Es schien mir für den Vormittag zu spät zu sein, deswegen wollte ich nichts hören. Aber man griff mich auf der schwachen Seite an; man blickte auf die See, welche sehr hoch ging, an den Himmel, wo Sturm hing, und auf mich mit einer Miene, als ob man sagen wollte: das wird dich abhalten. Dieser Methode war nicht zu widerstehen, ich bezahlte die Gefahr sogleich mit einem Piaster mehr und setzte mich mit meinem alten Genuesen in ein Boot, das ich erst selbst herunterziehen half. Der Genuese hatte auch mehrere Seereisen gemacht und hatte Mut wie ein Delphin. Aber die Fahrt ward ihm doch etwas bedenklich; der Sturm heulte von Sorrent und Capri gewaltig herüber, und die Wogen machten rechts eine furchtbare Brandung; das Wasser füllte reichlich das Boot, und der Genuese hatte in einem Stündchen die Seekrankheit bis zu der letzten Wirkung. Ich wollte um das Inselchen Nisida herumgerudert sein, das war aber nicht möglich: wir mußten, als wir einige hundert Schritte vor dem Einsiedler vorbei waren, umkehren und unsere Zuflucht in ein einsames Haus nehmen, wohin man in der schönen Zeit von der Stadt aus zuweilen Wasserpartien macht, wo es aber jetzt traurig genug aussah. Indessen fütterte uns doch der Wirt mit Makkaroni und gutem Käse. Nicht weit von hier, nahe an dem Inselchen Nisida, auf welchem auch Brutus vor dem Tode der Republik sich einige Zeit aufgehalten hat, sind die Trümmer eines alten Gebäudes, die aus dem Wasser hervorragen und die man gewöhnlich nur Virgils Schule nennt. Wenn man nun gleich den Ort wohl sehr uneigentlich Virgils Schule nennt, so ist es doch sehr wahrscheinlich, daß er hier oft gearbeitet haben mag. Es ist eine der angenehmsten klassischen, mythologischen Stellen, welche die Einbildungskraft sich nur schaffen kann. Vermutlich gehörte der Platz zu den Gärten des Pollio. Er hatte hier um sich her einen großen Teil von dem Theater seiner Äneide, alle Örter, die an dem Meerbusen von Neapel und Bajä liegen, von den phlegräischen Feldern bis nach Sorrent.

Nicht weit von der Landspitze und von dem Wirtshause, wo ich einkehrte, stand ehemals ein alter Tempel der Fortuna, von dem noch einige Säulen und etwas Gemäuer zu sehen sind. Jetzt hat man an dem Orte ein christliches Kirchlein gebaut und es der Madonna della fortuna geweiht. Man hat bekanntlich manches aus dem Heidentum in den christlichen Ritus übertragen, die Saturnalien, das Weihwasser und vieles andere; aber besser hätte man nicht umändern können: denn es ist wohl auf der ganzen Erde, in der wahren Geschichte und in der Fabellehre, kein anderes Weib, das ein solches Glück gemacht hätte als diese Madonna. Ein wenig weiter landeinwärts sind in den Gärten noch die gemauerten Tiefen, die man mit Wahrscheinlichkeit für die Fischhälter des Pollio annimmt und in dieser Meinung eine große marmorne Tafel an der Tür angebracht hat, auf welcher lateinisch alle Greuel abscheulich genug beschrieben sind, die der Heide hier getrieben hat; wo denn natürlich die Milde unserer Religion und unserer Regierungen echt kardinalisch gepriesen wird. Ich weiß nicht, ob man nicht vielleicht mit dem britischen Klagemann sagen sollte: „A bitter change, severer for severe!“ Es ist jetzt kaum ein Sklave übrig, den Pollio in den Teich werfen könnte.

Mein Genuese bat mich um alles in der Welt, ihn nicht wieder ins Boot zu bringen. Auch ich war sehr zufrieden, auf einem andern Wege nach der Stadt zurückzukehren. Ich zahlte also die Bootsleute ab, und wir gingen auf dem Rükken des Posilipo nach Neapel. Diese Promenade mußt Du durchaus machen, wenn Du einmal hierher kommst; sie ist eine der schönsten, die man in der herrlichen Gegend suchen kann. Lange Zeit hat man die beiden Meerbusen von Neapel und Bajä rechts und links im Gesicht, genießt sodann die schöne Übersicht auf die Partie jenseits des Berges nach Puzzuoli, welche die Neapolitaner mit ihrer verkehrten Zunge nur Kianura oder die Ebene nennen. Man kommt nach ungefähr vier Millien des herrlichsten Weges in der Gegend von Virgils Grabe wieder herunter auf die Straße. Der Spaziergang ist freilich etwas wild, aber desto schöner.

Man sagte mir, die Regierung habe wollen eine Straße rund um den Posilipo herum auf der andern Seite nach Puzzuoli führen, so daß man nicht nötig hätte, durch die Grotte und die etwas ungesunde Gegend jenseits derselben zu fahren, sondern immer am Meere bliebe. Das wird in der Tat einer der herrlichsten Wege werden; ungefähr eine halbe Stunde ist gemacht: aber wenn doch die neapolitanische Regierung vorher das Nötige, Gerechtigkeit, Ordnung und Polizei, besorgte; das andere würde sich sodann nach und nach schon machen.

Bekanntlich wird das Fort Sankt Elmo mit der darunter liegenden Kartause für die schönste Partie gehalten; und sie ist es auch für alle, die sich nicht weiter auf den Vesuv oder zu den Kamaldulensern bemühen wollen. Es ist ein ziemlicher Spaziergang auf die Kartause, den unser schlesischer Landsmann Herr *Benkowitz* schon für eine große Unternehmung hält, auf welche er sich den Tag vorher vorbereitet. Ich Tornisterträger steckte die Tasche voll Orangen und Kastanien und wandelte damit zum Morgenbrote sehr leicht hinauf. In das Fort zu kommen hat jetzt bei den Zeitumständen einige Schwierigkeit, und man muß vorher dazu die Erlaubnis haben. Man sieht in der Kartause fast ebenso viel, nur hat man nicht das Vergnügen, zehn oder zwanzig Klafter höher zu stehen. Die Kartause hat der König ausgeräumt und sich die meisten Schätze zugeeignet. Es ist jetzt nur noch ein einziger Mönch da, der den Ort in Aufsicht hat. In der Kirche sind noch mehrere schönen Gemälde, besonders von Lanfranc, und ein noch nicht ganz vollendetes Altarblatt von Guido Reni; auch der Konventsaal hat noch Stücke von guten Meistern.

Um die schönste Aussicht zu haben, mußt Du zu den Kamaldulensern steigen. Die Herren sind in der Revolution etwas dezimiert worden, haben aber den Verlust nicht schwer empfunden. Man geht durch die Vorstadt Frascati und einige Dörfer immer bergauf und verliert sich in etwas wilde Gegenden. Weil man nicht hinauffahren kann, wird die Partie nicht von sehr vielen gemacht. Wir verirrten uns, mein Genuese und ich, in den Feigengärten und Kastanienwäldern, und ich mußte dem alten Kerl noch mit meiner Topographie im Orientieren helfen. Das ärgerte mich gar nicht; denn wir trafen in der wilden Gegend einige recht hübsche Partien nach allen Seiten. Es gab Stellen, wo man bis nach Cajeta hinübersehen konnte. Da wir uns verspätet hatten, mußten wir in einem Dorfe am Abhange des Berges zum Frühstück einkehren und einen zweiten Boten mitnehmen. Dieser brachte uns auf einem der schönsten Wege an dem Berge über dem Agnano hin in das Kloster. Es ist dort nichts zu genießen als die Aussicht; die Kirche hat nichts Merkwürdiges. Ein Laienbruder führte mich mit vieler Höflichkeit durch alle ihre Herrlichkeiten und endlich an eine ausspringende Felsenspitze des Gartens unter einige perennierenden Eichen, die vielleicht der schönste Punkt in ganz Italien ist. Von Neapel sieht man zwar nicht viel, weil es fast ganz hinter dem Posilipo liegt; nur der hohe Teil von Elmo, Belvedere und einige anderen Stückchen sind sichtbar. Aber rund umher liegt das ganze schöne, magische, klassische Land unter einem Blick. Portici, das auf der Lava der Stadt des Herkules steht, der sich emportürmende Vesuv mit dem Somma, Torre del Greco, Pompeji, Stabiä, Sorrent, Massa, Capri, der ganze Posilipo, Nisida, Ischia, Procida, der ganze Meerbusen von Bajä mit den Trümmern der Gegend, Misene, die Thermen des Nero, der Lukriner See und hinter ihm versteckt der Avernus, die Solfatara, bei heiterm Wetter die Berge von Cumä, der Gaurus und weiter hin die beschneiten Apenninen, unten der Agnano mit der Hundsgrotte, deren Eingang nur ein hervorspringender Hügel bedeckt; der neue Berg hinter der Solfatara; alte und neue Berge, ausgebrannte und brennende Vulkane, alte und neue Städte, Elysium und die Hölle: – alles dieses fassest Du mit Deinem Auge, ehe Du hier eine Zeile liesest. Tief, tief in der Ferne sieht man noch Ponza und einige kleineren Inseln. Da haben die Mönche wieder das Beste gewählt. Freund, wenn Du einmal hörst, daß ich unbegreiflich verschwunden bin, so bringe mit unter Deine Mutmaßungen, daß ich vielleicht, der schönsten Natur zu Ehren, die größte Sottise gemacht habe und hier unter den Anachoreten hause. Hier den Homer und Virgil, den Thukydides und etwas von der attischen Biene, abwechselnd mit Aristophanes, Lukian und Juvenal; so könnte man wohl in den Kastanienwäldern leben und das bißchen Vernunft bei sich behalten: denn diese wird jetzt doch überall wieder konterband. Also gehe zu den Kamaldulensern, wenn Du auch nicht in Versuchung bist, bei ihnen oben zu bleiben.

Jetzt schließe ich und schreibe Dir vermutlich noch einiges über Neapel, wenn ich aus Trinakrien zurückkomme; denn eben muß ich zu Schiffe nach Palermo.

Palermo

Wir hatten einige Tage auf leidlichen Wind zum Auslaufen gewartet: endlich kam eine starke Tramontane und führte uns aus dem Zauberplatze hinaus. Es war gegen Abend, die sinkende Sonne vergoldete rund umher die Gipfel der schönen Berge, der Somma glänzte, der Vesuv wirbelte Rauchwölkchen, und die herrliche Königsstadt lag in einem großen, großen Amphitheater hinter uns in den magischen Strahlen. Rechts war Ischia und links Capri; die Nacht senkte sich nach und nach und verschleierte die ferneren Gegenstände in tiefere Schatten. Ich konnte in dem Abendschimmer nur noch deutlich genug die kleine Stadt auf Capri unterscheiden. Die gemeinen Neapolitaner und Sizilianer nennen mit einer ihnen sehr gewöhnlichen Metathesis die Insel nur Crap. Sie ist jetzt ziemlich kahl. Ich hätte von Neapel aus gern eine Wasserfahrt dahin gemacht, um einige Stunden auf dem Theater herumzuwandeln, von welchem zur Schande des Menschenverstandes ein sybaritischer Wüstling einige Jahre das Menschengeschlecht mißhandelte; aber ich konnte keine gute Gesellschaft finden, und für mich allein wären nach meinen übrigen Ausgaben die Kosten zu ansehnlich gewesen. Überdies war es fast immer schlechtes Wetter. Zur Überfahrt hierher hatte ich mich auf ein Kauffahrteischiff verdungen, weil ich auf das Paketboot nicht warten wollte. Der Wind ging stark und die See hoch, aber ich schlief gut: man erkannte gleich daraus und aus meinem ersten Schritt auf dem Verdeck, daß ich schon ein alter Seemann sein müsse. Da es Fasten war und die Leute lauter Öl aßen, wollte sich der Kapitän mit dem Essen für mich nicht befassen: ich hatte also auf acht Tage Wein, Orangen, Brot, Wurst und Schinken für mich auf das Schiff bringen lassen. Den ganzen Tag ging der Wind ziemlich stark und gut; aber gegen Abend legte er sich, und die See ward hohl. Doch hatten wir uns gegen Morgen, also in allen sechsunddreißig Stunden, in den Hafen von Palermo hineingeleiert. Das war eine ziemlich gute Fahrt. Auf der Höhe hatten wir immer die Kanonen scharf geladen und ungefähr vierzig große Musketons fertig, um gegen die Korsaren zu schlagen, wenn einer kommen sollte. Denn Du mußt wissen, der Unfug ist jetzt so groß, und die neapolitanische Marine ist jetzt so schlecht, daß sie zuweilen bis vor Capri und sogar bis vor die Stadt kommen, um zu sehen, ob sie etwa Geschäfte machen können, wie sich auch die Spielkaper in den deutschen Bädern ausdrücken. Das ist nun freilich eine Schande für die Regierung, aber die Regierung hat dergleichen Schandflecke mehr.

Wir kamen hier ich weiß nicht zu welchem Feste an, wo in der Stadt so viel geschossen wurde, daß ich die Garnison wenigstens für zehntausend Mann stark hielt. Aber ich habe nachher die Methode des Feuerns gesehen. Sie gehört zur einheimischen Frömmigkeit und ist drollig genug. Man hat eine ungeheure Menge kleiner Mörser, die man in der Reihe nacheinander geladen hinstellt; absatzweise stehen etwas größere, die wie Artillerie donnern. Sie sind alle so gestellt, daß, wenn am Flügel angezündet wird, das Feuer regelmäßig schnell die ganze Fronte hinuntergreift und am Ende mit einigen großen Stücken schließt. Von weitem klingt es wie etwas Großes, und am Ende besorgt es ein einziger alter, lahmer Konstabel. Unser Hauptmann von der Aurora ließ sich mit seiner Artillerie stark hören.

Ich wurde auf der Sanität, wohin ohne Unterschied alle Ankommenden müssen, mit vieler Artigkeit behandelt, und man ließ mich sogleich gehen, wohin ich wollte, da die andern, meistens Neapolitaner, noch warten mußten. Mein erster Gang, nachdem ich mich in einem ziemlich guten Wirtshause untergebracht hatte, war zu dem königlichen Bibliothekar, dem Pater *Sterzinger*, an den ich von dem Sekretär der Königin aus Wien Briefe hatte. Der Güte dieses wirklich sehr ehrwürdigen Mannes danke ich meine schönsten Tage durch ganz Sizilien. Er gab mir durch die ganze Insel Empfehlungen an Männer von Wissenschaft und Humanität, in Agrigent, Syrakus, Katanien und Messina. Der Saal der Bibliothek ist unter seiner Leitung in herrliche Ordnung gebracht und mit allen sizilianischen Altertümern sehr geschmackvoll ausgemalt worden, so daß man hier mit einem Blick alles Vorzügliche übersehen kann. Es finden sich in der hiesigen Bibliothek viele Ausgaben von Wert, und mir ist sie im Fache der Klassiker reicher vorgekommen als Sankt Markus in Venedig. Eine Seltenheit ist der chinesische Konfuzius mit der lateinischen Interlinearversion von den Jesuiten, deren Missionsgeschäft in China damals glückliche Aussichten hatte. Hier habe ich weiter noch nichts getan als Orangen gegessen, das Theater der heiligen Cäcilia besehen, bin in der Flora und am Hafen herumgewandelt und auf dem alten Erkte oder dem Monte Pellegrino gewesen.

Von hier aus, sagt man mir, ist es durchaus nicht möglich, ohne Führer und Maulesel durch die Insel zu reisen. Selbst die Herren Bouge und Caillot, an die ich von Wien aus wegen meiner fünf Dreier hier gewiesen bin, sagen, es werde sich nicht tun lassen. Ich habe nicht Lust, mich jetzt hier länger aufzuhalten, lasse eben meine Stiefel besohlen und will morgen früh in die Insel hineinstechen. Da ich barfuß nicht wohl ausgehen kann und doch etwas anderes zu schreiben eben nicht aufgelegt bin, habe ich mich hingesetzt und in Sizilien einen Sizilier, nämlich den Theokritus, gelesen. Der Zyklops kam mir eben hier so drollig vor, daß ich die Feder ergriff und ihn unvermerkt deutsch niederschrieb. Ich will Dir die Übersetzung ohne Entschuldigung und Präambeln geben und werde es sehr zufrieden sein, wenn Du sie besser machst: denn ich habe hier weder Apparat noch Geduld und wäre mit ganzen Stiefelsohlen wohl schwerlich daran gekommen. Also wie folget:

Nicias, gegen die Liebe, so deucht mich, gibt es nicht andres
Pflaster und keine andere Salb als Musengesänge.
Lindernd und mild ist das Mittel, doch nicht so leicht es
zu finden.
Dieses weißt Du, glaub ich, sehr wohl, als Arzt und als
Liebling,
Als vorzüglicher Liebling der helikonischen Schwestern.
Also lebte bei uns einst leidlich der alte Cyklope
Polyphemus, da heiß er in Galateen entbrannt war.
Nicht mit Versen liebt' er und Äpfeln und zierlichen
Locken,
Sondern mit völliger Wut, hielt alles andre für Tand nur.

Oft, oft kamen die Schafe von selbst zurück von der Weide
Zu der Hürd, und der Hirt saß einsam und sang Galateen
Bis zum Abend vom Morgen schmelzend am Ufer im Riedgras,
Mit der schmerzlichen, schmerzlichen Wunde tief in dem Herzen,
Von der zyprischen Göttin, die ihm in die Leber den Pfeil warf.
Aber er fand das Mittel; er setzte sich hoch auf den Felsen,
Schaute hinaus in das Meer und hob zum Gesange die Stimme:
Ach, Galatea, du Schöne, warum verwirfst du mein Flehn?
Weißer bist du wie frischer Käs und zarter wie Lämmer,
Stolzer wie Kälber und herber wie vor der Reife die Traube.
Also erscheinest du mir, wenn der süße Schlaf mich beschleichet;
Also gehst du von mir, wenn der süße Schlaf mich verlässet;
Fliehest von mir, wie ein Schaf, das den Wolf, den grauen, erblickte.
Mädchen, die Liebe zu dir schlich damals zuerst in das Herz mir,
Als mit meiner Mutter du kamst, Hyazinthen zu sammeln
Auf dem Hügel, und ich die blumigen Pfade dich führte.
Seitdem schau ich immer dich an und kann es durchaus nun,
Kann es nicht lassen; doch kümmert es dich, beim Himmel, auch gar nichts.
Ach, ich weiß wohl, liebliches Mädchen, warum du mich fliehest;
Weil sich über die ganze Stirne mir zottig die Braue,
Von dem Ohre zum Ohre gespannt, die einzige, lang zieht,
Nur ein Auge mir leuchtet und breit mir die Nase zum Mund hängt.
Aber doch so wie ich bin, hab ich tausend weidende Schafe,
Und ich trinke von ihnen die süßeste Milch, die ich melke;

Auch geht mir der Käse nicht aus im Sommer, im Herbst nicht,
Nicht im spätesten Winter; die Körbe über den Rand voll.
Auch kann pfeifen ich schön wie keiner der andern Zyklopen,
Wenn, Goldäpfelchen, dich und mich, den Getreuen, ich singe
Oft in der Tiefe der Nacht. Ich füttr eilf Hirsche mit Jungen,
Alle für dich, und für dich vier junge zierliche Bären.
Komm, ach komm nur zu mir; viel findest der Schätze du mehr noch.
Laß du die bläulichen Wogen nur rauschen am Felsengestade;
Süßer schläfst du bei mir gewiß die Nacht in der Grotte.
Lorbeer hab ich daselbst und schlanke, leichte Zypressen,
Dunkeln Efeu zur Laub und süß befruchteten Weinstock;
Frisches Wasser, das mir der dicht bewaldete Ätna
Von dem weißesten Schnee zum Göttertranke herabschickt.
Sprich, wer wollte dagegen die Wogen des Meeres erwählen?
Und bin ich ja für dich, mein liebliches Mädchen, zu zottig,
Ei, so haben wir eichenes Holz und glühende Kohlen;
Und von dir vertrag ich, daß du die Seele mir ausbrennst,
Und, was am liebsten und wertsten mir ist, das einzige Auge.
Ach, warum ward ich nicht ein Triton mit Flössen zum Schwimmen?
Und ich tauchte hinab, dir das schöne Händchen zu küssen,
Wenn du den Mund mir versagst, und brächte dir Lilienkränze,
Oder den weichesten Mohn mit glühenden, klatschenden Blättern.
Aber jenes blühet im Sommer und dieses im Spätjahr,
Daß ich dir nicht alles zugleich zu bringen vermöchte.

Aber ich lerne gewiß, ich lern, o Mädchen, noch schwimmen,
Kommt nur ein fremder Schiffer zu uns hierher mit dem Fahrzeug,
Daß ich doch sehe, wie lieblich sich dort bei euch unten es wohnet.
Komm, Galatea, herauf, und bist du bei mir, so vergiß dann,
Wie ich hier sitzend am Felsen, zurück nach Hause zu kehren!
Komm und wohne bei mir und hilf mir weiden und melken,
Hilf mir mit bitterem Lab die neuen Käse bereiten!
Ach, die Mutter nur ist mein Unglück, sie nur verklag ich;
Denn sie redet bei dir für mich kein freundliches Wörtchen.
Und sieht doch von Tag zu Tage mich magerer werden.
Sagen will ich ihr nur, wie Kopf und Füße mir beben,
Daß auch sie sich betrübe, da ich vor Schmerzen vergehe.
O Zyklope, Zyklope, wo ist dein Verstand hingeflogen?
Gingst du doch hin und flöchtest dir Körbe und mähetest Gras dir,
Deine Lämmer zu füttern, das wäre fürwahr doch gescheiter.
Melke das Schäfchen, das da ist; warum verfolgst du den Flüchtling?
Und du findst Galateen; auch wohl eine schönere andre.
Mädchen die Menge rufen mir zu zum Scherze die Nacht durch;
Alle kichern mir nach; so will ich denn ihnen nur folgen:
Denn ich bin auf der Welt doch wohl auch wahrlich ein Kerl noch.
Also redete Polyphemus und sang von der Liebe,
Und es ward ihm leichter, als hätt er Schätze vergeudet.

Ist es nicht schade, daß wir das zärtliche Liebesbriefchen des Polyphemus an seine geliebte Galatee von dem Tyrannen Dionysius nicht mehr haben? Es wurde, glaube ich, durch einen Triton bestellt. Die sizilischen Felsen machen alle eine ganz eigene idyllische Erscheinung; und wenn ich mir so einen verliebten Zyklopen Homers oder Virgils in schmelzenden Klagen darauf sitzend vorstelle, so ist die Idee gewaltig possierlich. Das gibt übrigens auch, ohne eben meine persönlichen Verdienste mit den Realitäten des Polyphemus zu vergleichen, eigene, nunmehr nicht unangenehme Reminiszenzen meiner übergroßen Seligkeit, wenn ich ehemals meine teuer gekaufte Spätrose der kleinen Schwester meiner Galatee geben konnte und wenn ich drei hyperboreische Meilen auf furchtbarem Wege, in furchtbarem Wetter meinen letzten Gulden in das Schauspiel trug, um aus dem dunkelsten Winkel der Loge nicht das Schauspiel, sondern die Göttin zu sehen. Ich hatte mit meinem Zyklopen gleiches Schicksal und brauchte mit ziemlichem Erfolg das nämliche Mittel.

Eben hatte ich die letzten Verse geschrieben, als man mir meine Stiefeln brachte; und diesem Umstande verdankst Du, daß ich Dir nicht auch noch seine Hexe oder sein Erntefest bringe.

Agrigent

Siehst Du, so weit bin ich nun, und bald am Ende meines Spaziergangs, der bei dem allen nicht jedermanns Sache sein mag. Von hier nach Syrakus habe ich nichts zu tun, als an der südlichsten Küste hinzustreichen; das kann in einigen Tagen geschehen. Wenn ich nun ein echter Gelehrter oder gar Antiquar wäre, so würde ich mich ärgern: denn ich habe viel versehen. Ich wollte nämlich von Palermo über Trapani, Alcamo und Sciacca gehen, um in Segeste und Selinunt die Altertümer zu sehen, die noch dort sind. Auch Barthels hat sie nicht gesehen, wenn ich mich recht erinnere, und der Tempel von Segeste wäre doch wohl eine so kleine Abschweifung wert. Ich wohnte in Palermo mit einem neapolitanischen Offizier, einem Herrn Canella aus Girgenti, zusammen, mit dem ich ein langes und breites darüber sprach, und dieser hatte die Güte, mir einen Mauleseltreiber aus seiner Vaterstadt als Wegweiser zu besorgen. Nun denke ich in meiner Sorglosigkeit weiter mit keiner Silbe daran und glaube, der Kerl wird mich gerade an den Eryx bringen. Ich setze mich auf und reite in der größten Andacht, in welcher ich meine Orangen nach und nach aufzehre, wohl zwei Stunden fort, als mir einfällt, daß ich doch zu weit links von der See abkomme. Der Eseltreiber versicherte mich aber sehr ehrlich, das sei der rechte Weg nach Agrigent. Ich bin wieder einige Millien zufrieden. Endlich kommen wir bei Bei Frati an, und ich finde mich zu sehr mitten in der Insel. Nun orientierte und erklärte ich mich, und da kam denn zum Vorschein, daß sich der Eseltreiber den Henker um meine Promenade bekümmert hatte und mit mir gerade den alten römischen Weg durch die Insel geritten war. Was war zu tun? Rechts einlenken? Da war eine ganze Welt voll Berge zu durchstechen, und niemand wollte den Weg wissen: und das Menschenkind verlangte nicht mehr als sechs goldene Unzen, um nach Palermo zurück und den andern Weg zu machen. Das war meiner Börse zu viel: ich entschloß mich also mit etwas Griesgrämlichkeit nun so fort zu reiten und die erycinische Göttin andern zu überlassen, die vielleicht auch ihren Wert besser zu würdigen verstehen. Wir ritten von Palermo bis fast an die Bagarie den Weg nach Termini und stachen dann erst rechts ab. Die Partien sind angenehm und könnten noch angenehmer sein, wenn die Leute etwas fleißiger wären. So wie man sich von der Hauptstadt entfernt, wird es ziemlich wild. Wir kamen durch einige ziemlich unbeträchtliche Örter, und der Abfall der Kultur und des äußerlichen Wohlstandes war ziemlich grell. Alles war weit teurer als in der Hauptstadt, nur nicht die Apfelsinen, an denen ich mich erholte und von denen ich mein Magazin nicht leer werden ließ. Nicht weit von Bei Frati blieb uns rechts auf der Anhöhe ein altes Schloß liegen, das man Torre di Diana nannte und wo die Sarazenen ehemals mit den Christen viel

Grausamkeit getrieben haben sollen. Es war mir noch zu zeitig, bei den schönen Brüdern zu bleiben, zumal da das Wirtshaus geradezu der Revers des Namens war; wir ritten also ungefähr fünf Millien weiter an ein anderes. Hier war auch nicht ein Stückchen Brot, auch nicht einmal Makkaronen zu haben. Wir ritten also wieder weiter; mein Eseltreiber und noch ein armer Teufel, der sich angeschlossen hatte, fingen an, sich vor Räubern zu fürchten, und ich war es auch wohl zufrieden, als wir endlich ziemlich spät in Sankt Joseph nicht weit von einem Flusse ankamen, dessen Namen ich vergessen habe.

Hier fanden wir eine ganze Menge Mauleseltreiber aus allen Teilen der Insel, und doch wenigstens Makkaronen. Aus Vorsicht hatte ich für mich in Palermo Brot gekauft, das beste und schönste, das ich je gesehen und gegessen habe. Hier war es mir eine Wohltat, und ich selbst konnte damit den Wohltäter machen. Die Leutchen im Hause, unter denen ein Kranker war, segneten die fremde Hülfe: denn das wenige Brot, das sie selbst hatten, war sehr schlecht. Ist das nicht eine Blasphemie in Sizilien, das ehemals eine Brotkammer für die Stadt Rom war? Ich konnte meinen Unwillen kaum bergen.

Einen lustigen Streit gab es zum Dessert der Makkaronen. Die Eseltreiber hatten mir abgelauert, daß ich wohl ihre Altertümer mit besuchen wollte, wie sich denn dieses in Sizilien einem Fremden sehr leicht abmerken läßt. Da erhob sich ein Zwist unter den edelmütigen Hippophorben über die Vorzüge ihrer Vaterstädte in Rücksicht der Altertümer. Der Eseltreiber von Agrigent rechnete seine Tempel und die Wunder und das Alter seiner Stadt her; der Eseltreiber von Syrakus sein Theater, seine Steinbrüche und sein Ohr; der Eseltreiber von Alcamo sein Segeste, und der Eseltreiber von Palermo hörte königlich zu und sagte – nichts. „Ihr könnt euch auch großmachen“, sagte der Treiber von Katanien zu dem Treiber von Alcamo, „mit eurem Margarethentempelchen, der nicht einmal euer ist“, und fing nun an, auch die Altertümer seiner Vaterstadt, als der ältesten Universität der Erde, herauszustreichen, wobei er den Alcibiades nicht vergaß, der in ihrem Theater geredet habe. Du mußt wissen, Margarethe heißt bei den Siziliern durchaus ein gefälliges, feiles Mädchen: das war für die Mutter des ehrsamen Mannes der Äneide kein sonderlicher Weihrauch. Ohne mein Erinnern siehst Du hieraus, daß die sizilischen Mauleseltreiber sehr starke Antiquare sind, ob sie die Sache gleich nicht immer außerordentlich genau nehmen: denn der Agrigentiner rechnete den benachbarten Makaluba zu den Altertümern seiner Vaterstadt, ohne daß seine Gegner protestierten; und hätte der Streit länger gedauert, so hätte der Katanier vielleicht den Ätna auch mit aufgezählt.

Den Morgen darauf gingen wir durch die Jumarren, einen heillosen Weg, unter sehr schlechtem Wetter. Nie habe ich eine solche Armut gesehen, und nie habe ich mir sie nur so entsetzlich denken können. Die Insel sieht im Innern furchtbar aus. Hier und da sind einige Stellen bebaut; aber das Ganze ist eine Wüste, die ich in Amerika kaum so schrecklich gesehen habe. Zu Mittage war im Wirtshause durchaus kein Stückchen Brot zu haben. Die Bettler kamen in den jämmerlichsten Erscheinungen, gegen welche die römischen auf der Treppe des *spanischen* Platzes noch Wohlhabenheit sind: sie bettelten nicht, sondern standen mit der ganzen Schau ihres Elends, nur mit Blicken flehend, in stummer Erwartung an der Türe. Erst küßte man das Brot, das ich gab, und dann meine Hand. Ich blickte fluchend rund um mich her über den reichen Boden und hätte in diesem Augenblicke alle sizilischen Barone und Äbte mit den Ministern an ihrer Spitze ohne Barmherzigkeit vor die Kartätsche stellen können. Es ist heillos. Den Abend blieb ich in Fontana Fredda, wo ich, nach dem Namen zu urteilen, recht schönes Wasser zu trinken hoffte. Aber die Quelle ist so vernachlässiget, daß mir der Wein sehr willkommen war. Ich mußte hier für ein Paar junge Tauben, das einzige, was man finden konnte, acht Karlin, ungefähr einen Taler nach unserm Gelde, bezahlen; da ich doch mit den ewigen Makkaronen mir den Magen nicht ganz verkleistern wollte. Das beste war hier ein großer, schöner, herrlicher Orangengarten, wo ich aussuchen und pflücken konnte, soviel ich Lust hatte, ohne daß es die Rechnung vermehrt hätte, und wo ich die köstlichsten, hochglühenden Früchte von der Größe einer kleinen Melone fand. Gegenüber hängt das alte Sutera traurig an einem Felsen und Campo Franco von der andern Seite. Das Tal ist ein wahrer Hesperidengarten, und die Segensgegend wimmelt von elenden Bettlern, vor denen ich keinen Fuß vor die Tür setzen konnte: denn ich kann doch nicht helfen, wenn ich auch alle Taschen leerte und mich ihnen gleich machte.

Der Fluß ohne Brücke, über den ich in einem Strich von ungefähr drei deutschen Meilen wohl fünfzehn Mal hatte reiten müssen, weil der Weg bald diesseits, bald jenseits gehet, ward diesen Morgen ziemlich groß; und das letzte Mal kamen zwei starke zyklopische Kerle, die mich mit Gewalt auf den Schultern hinübertrugen. Sie zogen sich aus bis aufs Hemde, schürzten sich auf bis unter die Arme, trugen Stöcke wie des Polyphemus ausgerissene Tannen und suchten die gefährlichsten Stellen, um ihr Verdienst recht groß zu machen: ich hätte gerade zu Fuße durchgehen wollen und wäre nicht schlimmer daran gewesen als am Ende der pontinischen Sümpfe vor Terracina. Ihre Forderung war unverschämt, und der Eseltreiber meinte ganz leise, ich möchte sie lieber willig geben, damit sie nicht bösartig würden. Sie sollen sich sonst kein Gewissen daraus machen, jemand mit dem Messer oder mit dem Gewehrlauf oder geradezu mit dem Knittel in eine andere Welt zu liefern. Die Gerechtigkeit erkundigt sich nach solchen Kleinigkeiten nicht weiter. Der Fluß geht nun rechts durch die Gebirge in die See. Ich habe seinen eigentlichen Namen nicht gefaßt; man nannte ihn bald so, bald anders, nach der Gegend; am häufigsten nannten ihn die Einwohner Fiume di San Pietro.

Von nun an war die Gegend bis hierher nach Agrigent abwechselnd sehr schön und fruchtbar und auch noch leidlich bearbeitet. Nur um den Makaluba, den ich rechts von dem Wege ab aufsuchte, ist sie etwas mager.

Ich will Dir sagen, wie ich den Berg, oder vielmehr das Hügelchen, fand. Seine Höhe ist sehr unbeträchtlich und sein ganzer Umfang ungefähr eine kleine Viertelstunde. Rund umher sind in einer Entfernung von einigen Stunden ziemlich hohe Berge, so daß ich die vulkanische Erscheinung anfangs für Quellwasser von den Höhen hielt. Diese mögen dazu beitragen; aber sie sind wohl nicht die einzige Ursache. Die Höhe des Orts ist verhältnismäßig doch zu groß, und es gibt rund umher viel tiefere Gegenden, die auch wirklich Wasser halten. Am wenigsten ließe sich seine periodische Wut erklären. Wo ich hinaufstieg, fand ich einen einzelnen, drei Ellen hohen Kegel aus einer Masse von Ton und Sand, dessen Spitze oben eine Öffnung hatte, aus welcher die Masse immer herausquoll und herabfloß und so den Kegel vergrößerte. Auf der Höhe des Hügels waren sechs größere Öffnungen, aus denen beständig eben dieselbe Masse hervordrang; ihre Kegel waren nicht so hoch, weil die Masse flüssiger war. Ich stieß in einige meinen Knotenstock gerade hinein und fand keinen Grund; so wie ich aber nur die Seiten berührte, war der Boden hart. In der Mitte, und ziemlich auf der größten Höhe desselben, war die größte Öffnung, zu der ich aber nicht kommen konnte, weil der Boden nicht trug und ich befürchten mußte, zu versinken. Zuweilen, wenn es anhaltend sehr warm und trocken ist, soll man auch zu diesem Trichter sehr leicht kommen können. Ich sah der Öffnungen rund umher, größere und kleinere, ungefähr dreißig. Einige waren so klein, daß sie nur ganz kleine Bläschen in Ringelchen ausstießen, und ich konnte meinen Stock nur mit Widerstand etwas hineinzwingen. Die Ausbrüche und die Regenstürme ändern das Ansehen des Makaluba beständig; er ist daher noch etwas wandelbarer als seine größern Herren

Vettern. Ihm gegenüber liegt, in einer Entfernung von ungefähr zwei Stunden, auf einer beträchtlichen Anhöhe eine Stadt, die von weitem ziemlich hübsch aussieht und, wenn ich nicht irre, Ravonna heißt. Die Einwohner dieses Orts und einiger naheliegenden kleinen Dörfer wurden, wie man erzählte, vor drei Wochen sehr in Schrecken gesetzt, weil der Zwergberg anfing, inwendig gewaltig zu brummen und zu lärmen. Es ist diesmal aber bei dem Brummen geblieben. Von dem Diminutivvulkan bis hierher sind ungefähr noch acht Millien durch eine ziemlich rauhe Gegend über mehrere Berge.

Mein Eintritt in die Lokanda hier war eine gewaltig starke Ohrfeigenpartie. Das ging so zu. Als ich das Haus betrachtete, ob es mir anstehen und ob ich hier bleiben würde, kam ein sehr dienstfertiger Cicerone, der mich wahrscheinlich zu einem seiner Bekannten bringen wollte. Ehe ich mir's versah, schoß ein junger, starker Kerl aus einer Art von Küche heraus, fuhr vor mir vorbei und packte den höflichen Menschen mit einer furchtbaren Gewalt bei der Gurgel, warf ihn nieder und fing an, ihn mit den Fäusten aus allen Kräften zu bearbeiten. Ich sprach zum Frieden, so gut ich konnte, und er ließ den armen Teufel endlich los, der auch sogleich abmarschierte. Ich sagte dem Fausthelden so glimpflich als möglich, daß ich diese Art von Willkommen etwas zu handgreiflich fände; da trat er ganz friedlich und sanft vor mich und demonstrierte mir, der Kerl habe seine Mutter geschimpft; das könne und werde er nicht leiden. Nun machte man mir ein Zimmer bereit; und so schlecht es auch war, so zeigten die Leute doch allen guten Willen: und damit ist ein ehrlicher Kerl schon zufrieden. Nun suchte ich den Ritter *Canella*, den Onkel meines militärischen Freundes in Palermo, und den Kanonikus *Raimondi* auf. Beide waren sehr artig und freundschaftlich, und der Ritter besuchte mich sogar in meinem Gasthause. Raimondi, welcher Direktor der deutschen Schule ist, führte mich in die alte gotische Kathedrale, wo ich den antiken Taufstein sah und das akustische Kunststück nicht hören konnte, da er den Schlüssel zu der verschlossenen Stelle vergessen hatte und es unbescheiden gewesen wäre, ihn wegen der Kleinigkeit noch einmal zu bemühen. Man findet es in vielen Kirchen. Wenn man an dem einen Ende ganz leise spricht, geht der Schall oben an dem Bogen hin, und man hört ihn an der andern Seite ganz deutlich. Jetzt hat man den Ort deswegen verschlossen, weil man auf diese Weise die Beichtenden belauschte. Der alte Taufstein, der die Geschichte des Hippolytus enthält, ist aus den Reisenden und Antiquaren bekannt genug, und ich fand bei Vergleichung auf der Stelle, daß Dorville, welcher bei Raimondi lag, fast durchaus außerordentlich richtig gezeichnet hat.

Canella gab mir einen Brief an den Marchese Frangipani in Alicata. Mein Mauleseltreiber kam beständig und machte den Bedienten und Cicerone. „Io saggio tutto, Signore, Io conosco tutte le maraviglie“, sagte er mit einer apodiktischen Wichtigkeit, wider welche sich ebensowenig einwenden ließ als wider die Infallibilität des Papstes. Da ich das meiste, was ich sehen wollte, schon ziemlich kannte, hatte ich weiter nichts gegen die Gutherzigkeit des Kerls, der ein Bursche von ungefähr neunzehn Jahren war. Ich hatte das ganze Wesen der alten Stadt schon aus den Fenstern des Herrn Raimondi übersehen, steckte also den folgenden Morgen mein Morgenbrot in die Tasche und ging hinunter in die ehemaligen Herrlichkeiten der alten Akragantiner. Was kann eine Rhapsodie über die Vergänglichkeit aller weltlichen Größe helfen? Ich sah da die Schutthaufen und Steinmassen des Jupiterstempels und die ungeheuern Blöcke von dem Tempel des Herkules, wie nämlich die Antiquare glauben: denn ich wage nicht, etwas zu bestimmen. Die Trümmer waren mit Ölbäumen und ungeheuern Karuben durchwachsen, die ich selten anderswo so schön und groß gesehen habe. Sodann gingen wir weiter hinauf zu dem fast ganzen Tempel der Concordia. Das Wetter war frisch und sehr windig. Ich stieg durch die Zelle hinauf, wo mir mein weiser Führer folgte, und lief dann oben auf dem steinernen Gebälke durch den Wind mit einer nordischen Festigkeit hin und her, daß der Agrigentiner, der doch ein Mauleseltreiber war, vor Angst blaß ward, an der Zelle blieb und sich niedersetzte. Ich tat das nämliche mitten auf dem Gesims, bot den Winden Trotz, nahm Brot und Braten und Orangen aus der Tasche und hielt ein Frühstück, das gewiß Scipio auf den Trümmern von Karthago nicht besser gehabt hat. Ich konnte mich doch einer schauerlichen Empfindung nicht erwehren, als ich über die Stelle des alten, großen, reichen Emporiums hinsah, wo einst nur ein einziger Bürger unvorbereitet vierhundert Gäste bewirtete und jedem die üppigste Bequemlichkeit gab. Dort schlängelt sich der kleine Akragas, welcher der Stadt den Namen gab, hinunter in die See; und dort oben am Berge, wo jetzt kaum noch eine Trümmer steht, schlugen die Karthager, und das Schicksal der Stadt wurde nur durch den Mut der Bürger und die Deisidämonie des feindlichen Feldherrn aufgehalten. Wo jetzt die Stadt steht, war vermutlich ehemals ein Teil der Akropolis. Nun ging ich noch etwas weiter hinauf zu dem Tempel der Juno Lucina und den übrigen Resten, unter denen man mehrere Tage sehr epanorthotisch hin und her wandeln könnte. Die systematischen Reisenden mögen Dir das übrige sagen; ich habe keine Entdeckungen gemacht. Der jetzige König hat einige Stücke wieder hinauf auf den alten Concordientempel schaffen lassen und dafür die schöne, alte Front mit der pompösen Inschrift entstellt: „Ferdinandus IV. Rex Restaurauit." Ich hätte den Giebel herunterwerfen mögen, wo die kleinliche Eitelkeit stand.

Die beiden ziemlich gut erhaltenen Tempel stehen nicht weit von den alten Mauern, in deren solidem Felsen eine Menge Aushöhlungen sind, aus denen man nicht recht weiß, was man machen soll. Einige halten sie für Gräber. Mir kommt es wahrscheinlicher vor, daß es Schlafstellen für die Wache waren, eine Art von Kasernen, und sie sind vermutlich nur aus der neuern Zeit der Sarazenen oder Goten. Diese Mauern, so niedrig sie auch gegen die hohen Berge umherliegen, sind doch als Felsen beträchtlich genug, daß man von der See aus die Stadt das hohe Akragas nennen konnte; und noch jetzt würden unsere Vierundzwanzigpfünder genug zu arbeiten haben, eine Bresche hineinzuschlagen. Es ist wohl nicht ohne Grund geschehen, daß man die schönsten Tempel der Mauer so nahe baute. Sie waren das Heiligtum der Stadt; ihre Nähe beim Angriff mußte anfeuern, wo die Bürger wirklich augenscheinlich pro aris et focis schlugen. Auch der Tempel des Herkules muß unten nicht weit von der Mauer gestanden haben. Dort sind aber die Mauern nicht so hoch und stark gewesen, weil die Natur dort nicht so unterstützte; eben deswegen setzte man vermutlich dorthin den Tempel des Herkules, um die Bürger an der schwachen Seite mehr an Kampf und Gefahr zu erinnern; eben deswegen liegen wahrscheinlich dort Tempel und Mauer in Trümmern, weil vermutlich daselbst die Stadt mehrere Mal eingenommen wurde. Was ich aus dem sogenannten Grabmal Hierons machen soll, weiß ich nicht; ich überlasse es mit dem übrigen ruhig den Gelehrten. Ich habe nicht Zeit, gelehrt zu werden. Am kürzesten dürfte ich nur meinem Mauleseltreiber folgen; der sagt mir gläubig fest bestimmt: „Kischt' è il tempio di San Gregoli; Kischta Madonna è antica"; und wer es nicht glauben will, anathema sit. Der gute Mensch hat mich recht herzlich in Affektion genommen und meint es recht gut; vorzüglich zeigt er mir gewissenhaft alle Klöster und sagt mir, wie reich sie sind. Nun interessieren mich die Klöster und ihre Bewohner nur *κατ' ἀντίφρασιν τῆς καλοκἀγαθίας*; ich sagte also diesen Morgen zu einem solchen Rapport halb unwillig murmelnd in meinem Mutteridiom: „Ich wollte, es wären Schweineställe!" Weiß der Himmel, was der fromme Kerl verstanden haben mochte: „Si si, Signore; dice bene", sagte er treuherzig; „kischt' è la cosa." Er rechnete es mir hoch an, daß er italienisch sprach und nicht den Jargon seiner Landsleute, mit denen ich gar nicht fortkommen würde; doch kam ich mit seinen Landsleuten in ihrem Jargon noch so ziemlich ohne ihn fort. Auf der heutigen Promenade erzählte er mir von einer kleinen Stadt, nicht weit von hier nach Alcamo hinab in dem Gebirge, wo die Leute griechisch sprächen oder gar türkisch, so daß man sie gar nicht verstehen könnte, wie das oft der Fall zu Girgenti auf dem Markte wäre. Hier führte er eine Menge ihrer Wörter an, die ich, leider! wieder vergessen habe. „Non sono cosi boni latini, come noi altri", sagte er. Du siehst, der Mensch hat Ehre im Leibe.

Den musikalischen Talenten und der musikalischen Neigung der Italiener kann ich bis jetzt eben keine großen Lobsprüche machen. Ich habe von Triest bis hierher, auf dem Lande und in den Städten, auch noch keine einzige Melodie gehört, die mich beschäftigt hätte, welches doch in andern Ländern manchmal der Fall gewesen ist. Das beste war noch von eben diesem meinen ästhetischen Cicerone aus Agrigent, der eine Art Liebesliedchen sang und sehr emphatisch, drollig genug, immer wiederholte: „Kischta nutte, kischta nutte iu verru, iu verru." (Questa notte io verro.)

Eben bin ich unten am Hafen gewesen, der vier italienische Meilen von der Stadt liegt. Der Weg dahin ist sehr angenehm durch lauter Ölpflanzungen und Mandelgärten. Hier und da sind sie mit Zäunen von Aloen besetzt, die in Sizilien zu einer außerordentlichen Größe wachsen; noch häufiger aber mit indischen Feigen, die erst im September reif werden und von denen ich das Stück, so selten sind sie jetzt, in der Stadt mit fast einem Gulden bezahlen mußte, da ich die Seltenheit doch kosten wollte. Die Karuben oder Johannisbrotbäume gewinnen hier einen Umfang, von dem wir bei uns gar keine Begriffe haben. Sie sind so häufig, daß in einigen Gegenden des südlichen Ufers das Vieh mit Karuben gemästet wird. Der Hafen, so wie er jetzt ist, ist vorzüglich von Karl dem Fünften gebaut. Bonaparte lag einige Tage hier und auf der Reede, als er nach Ägypten ging: und damals kamen auch einige Franzosen hinauf in die Stadt, wo gar keine Garnison liegt. Sie müssen sich aber nicht gut empfohlen haben; denn der gemeine Mann und Bürger spricht mit Abscheu von ihnen. Der Hafen ist ungefähr wie in Ancona und keiner der besten. Nicht weit davon sind eine Menge unterirdische Getreidebehälter, weil von Agrigent sehr viel ausgeführt wird. Die politische Stimmung durch ganz Sizilien ist gar sonderbar, und ich behalte mir vor, Dir an einem andern Orte noch einige Worte darüber zu sagen.

Syrakus

Dies ist also das Ziel meines Spazierganges, und nun gehe ich mit einigen kleinen Umschweifen wieder nach Hause.

Ich will Dir von meiner Wanderung hierher so kurz als möglich das Umständliche berichten. Das Reisen zu Maulesel ward mir doch ziemlich kostbar. Von Agrigent aus verlangte man für einen Maulesel nicht weniger als eine Unze täglich, etwas mehr als einen Kaiserdukaten oder ein Pezzo, wenn ich ihn selbst füttern und den Führer beköstigen wollte. Dies war nun sehr teuer, und mein eigener Unterhalt kostete, zumal auf dem Lande, nicht wenig. Ich handelte also mit meinem Mauleseltreiber, er sollte mich zu Fuße auf einer Ronde um die Insel begleiten; dafür sollte er mit mir ordentlich leben, so gut man in Sizilien leben kann, und ich wollte ihm täglich noch fünf Karlin, ungefähr einen deutschen Gulden, geben: dabei könnte er doch zusammen während der kurzen Zeit drei goldene Unzen Gewinn haben. Der Handel wurde gemacht; ich gab ihm zwei Unzen voraus, um sich für die eine einige Bedürfnisse auf die Reise anzuschaffen und die zweite unterdessen seiner alten Mutter zu lassen. Er kaufte mir einen Habersack, ungefähr wie man ihn den Mauleseln mit dem Futter umhängt, tat meine zwei Bücher, mein Hemde mit den übrigen Quinquaillerien und etwas Proviant hinein und trug ihn mir nach oder vor. Meinen stattlichen Tornister hatte ich, um ganz leicht zu sein, und auch aus Klugheit, versiegelt in Palermo gelassen: denn er fand überall so viel Beifall und Liebhaber, daß man mir einige Mal sagte, man würde mich bloß meines Tornisters wegen totschlagen.

Noch muß ich hier eine Bekanntschaft nachholen, die ich in Agrigent machte. Als ich in meinem Zimmer aß, trat ein stattlich gekleideter Mann zu mir herein und erkundigte sich teilnehmend nach allen gewöhnlichen Dingen, nach meinem Befinden und wie es mir in seinem Vaterlande gefiele und so weiter. Die Bekanntschaft war bald gemacht; er wohnte in einem Zimmer mir gegenüber in dem nämlichen Wirtshause, bat um die Erlaubnis, sein Essen zu mir bringen zu dürfen, und wir aßen zusammen. Es fand sich, daß er eine Art Steuerrevisor von Palermo war, der in königlichen Geschäften reiste. Die Sizilianer sind ein sehr gutmütiges, neugieriges Völkchen, die in der ersten Viertelstunde ganz treuherzig dem Fremden alles abzufragen verstehen. Ich fand nicht Ursache, den Versteckten zu spielen, und so erfuhr denn der Herr Steuerrevisor über Tische auf seine Frage, daß ich ein Ketzer war. Der dicke Herr legte vor Schrecken Messer und Gabel nieder und sah mich an, als ob ich schon in der Hölle brennte: er fragte mich nun über unser Religionssystem, von dem ich ihm so wenig als möglich so schonend als möglich sagte. Der Mensch war in der Residenz verheiratet, hatte zu Hause drei Kinder und mußte, nach seiner offenen Beichte, auf der Landreise jede Nacht zur Bequemlichkeit, wo möglich, sein Mädchen haben; fluchte übrigens und zotierte auf lateinisch und italienisch trotz einem Bootsknecht: aber er konnte durchaus nicht begreifen, wie man nicht an den Papst glauben und ohne Mönche leben könne. Dabei hatte er ziemliche Studien aus der römischen Legende. Doch entschloß er sich, mit mir fortzuessen, fragte aber immer weiter. Es fehlte ihm nicht an etwas Gutmütigkeit und einem Schein von Vernunft; aber er donnerte doch halb spaßhaft das Verdammungsurteil über uns alle her: „Siete tutti minchioni, siete come le bestie." Das nenne ich mir Logik! indessen, lieber Freund, es gibt dergleichen Logik noch viel in der Welt, in jure canonico, civili et publico, die uns für Sterling verkauft wird. Übrigens trug der Mann viel Sorge für mich, schloß sich brüderlich an mich an und meinte, ich ginge großen Gefahren entgegen. Das war nun nicht zu ändern. Als ich abging, band er mich dem Eseltreiber auf die Seele, gab ihm für mich seine Adresse in Palermo und ließ mich Ketzer doch unter dem Schutze aller Heiligen ziehen.

So zog ich denn mit meinem neuen Achates den Berg hinunter, über den kleinen Fluß hinweg nach dem Monte Chiaro hin, auf Palma zu, welches die hiesigen Einwohner Parma nennen. Ein junger Mensch, der in Syrakus einen Handel machen wollte, gesellte sich mit seinem Esel zu uns. Mir war das nicht sehr lieb, weil ich immer die Ehre hatte, für alle Eseltreiber der ganzen Insel zu bezahlen. In Palma traf ich einige meiner Bekannten, die Antiquare von Sankt Joseph, die sich über das Margarethentempelchen von Segeste zankten. Diese Herren staunten über meine Verwegenheit, daß ich zu Fuße weiterreisen wollte. Hier hatte ich ein Unglück, das mich auch den Weg allein fortzusetzen zwang. Mein Begleiter von Agrigent war sehr fromm, es war Fasten; er aß so viel Paste, daß ich über seine Kapazität erstaunte. Indes ein Sizilianer dieser Art hat seine Talente, die unsereiner nicht immer beurteilen kann. Ich mochte nichts sagen; er hätte glauben können, es wäre wegen der Bezahlung. Wir gingen fort; aber kaum waren wir eine halbe Stunde gegangen, so fing die Paste an zu schwellen und verursachte dem frommen Menschen fürchterliche Passionen. Ich fing nun an, ihm den Sermon zu halten, warum er so viel von dem Kleister und nicht lieber etwas mit mir gegessen habe. Hier rührte ihn von neuem das Gewissen, und er bekannte mir, er habe schon furchtbare Angst gehabt, daß er mit mir in der Fasten zu Fontana Fredda eine halbe Taube gegessen. Sein Beichtvater habe ihn hart darüber angelassen. Die Sache ward nun schlimmer. Er fiel nieder, wälzte sich und schrie vor Schmerz und konnte durchaus nicht weiter fort. Was sollte ich tun? Ich konnte hier nicht bleiben. Nachdem ich ihm so derb und sanft als möglich den Text über seinen unvernünftigen Fraß gelesen hatte, nahm ich ihm meinen Sack ab, übergab ihn seinem Freunde und Landsmanne, überließ ihn seinen Heiligen und ging allein weiter. Es war mir lieb, daß ich ihn so gut versorgt sah; ich hätte ihm nicht helfen können: doch tat es mir um den armen, dummen Teufel leid. Ich habe nachher erfahren, daß er sich erholt hat. Wenn er gestorben wäre, wäre es gewiß zum Wunder bloß darum gewesen, weil er in der Fasten mit einem Ketzer junge Tauben gegessen hatte und nicht wegen seines bestialischen Makkaronenfraßes. Ich habe vernünftige Ärzte in Italien darüber sprechen hören, daß jährlich in der Fasten eine Menge Menschen an der verdammten Paste sich zu Tode kleistern, denn der gemeine Mann hat die ganze lange Zeit über fast nichts anderes als Makkaronen mit Öl.

Ich ging also nun allein auf gut Glück immer an der Küste hin, bald das Meer im Auge, bald etwas weiter links in das Land hinein, nachdem mich der Weg trug. Bei Palma ist wieder schöne, herrliche Gegend, mit abwechselnden Hügeln und Tälern, die alle mit Ölbäumen und Orangengärten besetzt sind. Die hier wachsenden Orangen sind etwas kleiner als die übrigen in der Insel, aber sie sind die feinsten und wohlschmeckendsten, die ich gegessen habe; selbst die von Malta nicht ausgenommen, deren man eine Menge in Neapel findet. Gegen Abend kam ich in Alicata an, wo ich vor der Stadt zwei sehr wohlgekleidete Spaziergänger antraf, die mich zu sich auf eine Rasenbank einluden und in zehn Minuten mir meine ganze Geschichte abgefragt hatten. Wir gingen zusammen in die Stadt; ich halte sie für die beste, die ich nach Palermo bis jetzt noch auf der Insel gesehen habe. Das Wirtshaus, das ich fand, war ziemlich gut; ich hatte also nicht Ursache, dem Marchese *Frangipani*, an den ich empfohlen war, beschwerlich zu fallen. Indessen gab ich doch meinen Brief ab, und er nahm mich mit vieler Artigkeit in seinem ziemlich großen Hause auf, wo ich eine ansehnliche Gesellschaft fand. Man nötigte mich, mit den Damen etwas französisch und mit den geistlichen Herren, deren einige zugegen waren, lateinisch zu sprechen. Als man sich zum Spiele setzte – c'est partout comme chez nous – und ich daran nicht teilnehmen wollte noch konnte, da ich nie ein Kartenblatt anrühre, empfahl ich mich und befand mich in meinem Wirtshause einsam recht wohl. In der schönen Abenddämmerung machte ich noch einen Spaziergang an dem Strande und sah der Fischerei zu. Die hiesige Reede muß für die Schiffe nicht viel wert sein, soviel ich von der Lage mit einem Überblick urteilen kann. Gleich vor Alicata, von Palma her, liegt ein sich am Meere herziehender Berg, der von den Gelehrten mit Grund für den Eknomos der Alten gehalten wird. Jenseits des Salzflusses oder des südlichen Himera, denn der nördliche fließt bei Termini, ist ein anderer Berg, dessen Name, glaube ich, Phalarius heißt: und diese beiden Berge paradieren in den karthagischen Kriegen. Der Eknomos soll, nach der Erklärung einiger, seinen Namen davon haben, weil der agrigentinische Tyrann Phalaris den Perillischen Stier hier aufgestellt haben soll. Dieses scheint aber mehr auf den Phalarius zu passen. Wenn Du mir erlaubst, eine Konjektur zu machen, so will ich annehmen, daß der Eknomos deswegen so genannt worden sei, weil er ganz allein, isoliert, von der ganzen übrigen Bergkette rund herum abgesondert liegt; die andern Berge hängen in einem großen Amphitheater alle zusammen. Der griechische Name deucht mir, könne dies bedeuten: *ἐκ τοῦ νομοῦ τῶν ἄλλων ὀρῶν κεῖται γεώλοφος.* Der Berg ist jetzt ziemlich gut bebaut, mit schönen Ölgärten und mehreren Landhäusern besetzt und gibt der Gegend ein sehr freundliches Ansehen. Links ist an dem Himera hinauf eine schöne große Ebene mit Weizenfeldern, eine der besten, die ich je gesehen habe. Alicata ist der erste Ort, wo ich in Sizilien billig behandelt wurde.

Überall warnte man mich vor bösen Wegen und vorzüglich hier in Alicata, wo man sagte, daß die achtzehn Millien von hier nach Terra Nuova die schlimmsten in der ganzen Insel wären. „Sono cattive gente", hieß es, und *cattive* war der ewige Euphemismus, wenn sie zur Ehre ihres Landes nicht Räuber und Banditen sagen wollten. Hier hat mich wahrscheinlich nur meine armselige Figur gerettet. Ich wandelte gutes Mutes am Strande hin, las Muscheln und murmelte ein Liedchen von Anakreon, machte mit meinen Gedanken tausend Circumherumschweife und blieb bei der schönen Idee stehen, daß ich hier nun vermutlich in die geloischen Felder käme; da sah ich von weitem drei Reiter und zwar zu Pferde auf mich zu trottieren. Die Erscheinung eines Maulesels oder Esels ist mir in Sizilien immer lieber als eines Pferdes. Mir war etwas unreimisch, und ich nahm mir vor, so ernsthaft als möglich vor ihnen vorbeizugehen. Das litten sie aber nicht, ob sie es gleich auch mit ziemlichem Ernst taten. Sie waren alle drei mit Flinten bewaffnet; der Dolch versteht sich von selbst. Ich grüßte nicht ganz ohne Argwohn. Man rief mir Halt! und da ich tat, als ob ich es nicht gleich verstanden hätte, ritt einer mit Vehemenz auf mich zu, faßte mich beim Kragen und riß mich so heftig herum, daß das Schisma noch an meinem Rocke zu sehen ist. „Wer seid Ihr?" – „Ein Reisender." – „Wo wollt Ihr hin?" – „Nach Syrakus." – „Warum reitet Ihr nicht?" – „Es ist mir zu teuer; ich habe nicht Geld genug dazu." – Einer meiner Freunde in Rom hat mich in dem barocken Aufzuge gezeichnet, den ich damals machte, damit ich, wie er mir sagte, doch sagen könnte, ich habe mich in Rom malen lassen. Ich schicke Dir die Zeichnung zur Erbauung, und Du wirst hier wenigstens meine Eitelkeit nicht beschuldigen, daß sie sich ins beste Licht gesetzt hat. Man riß meinen Sack auf und fand darin freilich keine Herrlichkeiten, ein Hemde, zwei Bücher, ein Stück hartes Brot, ein Stückchen noch härteren Käse und einige Orangen. Man besah mich aufmerksam von der Ferse bis zum Scheitel.

„Ihr habt also kein Geld zum Reiten?“ – „Ich kann so viel nicht bezahlen.“ – Meine Figur und der Inhalt meines Sakkes schienen ihnen hierüber ein gleichlautendes Dokument zu sein. Man nahm das weiße Buch, in welches ich einige Bemerkungen geschrieben hatte, um die Reminiszenzen zu erhalten; man fragte, was es wäre, und durchblätterte es neugierig, und einer, der etwas Ansehen über die beiden andern zu haben schien, machte Miene, es einzustecken. Ich sagte etwas betroffen: „Aber das ist mein Tagebuch mit einigen Reisebemerkungen für meine Freunde.“ Der Mensch betrachtete mich in meiner Verlegenheit, besann sich einige Augenblicke, gab mir das Buch zurück und sagte zu dem andern: „Gib ihm Wein!“ Dieses hielt ich, und wohl mit Recht, für das Zeichen der Hospitalität und der Sicherheit. Ob ich gleich nicht lange vorher reichlich aus einem kleinen Felsenbache getrunken hatte, so machte ich doch keine Umstände, der ehrenvollen Gesellschaft Bescheid zu tun, so gut ich konnte, und trank aus der dargereichten engen Flasche. Diese Flaschen mit sehr engen Mündungen sind, wie Du vielleicht schon weißt, hier für das warme Klima sehr diätetisch eingerichtet. Man ist durchaus genötigt, sehr langsam zu trinken, weil man doch nicht mehr schlucken kann als herausläuft. Nun fragte man mich dieses und jenes, worauf ich so unbefangen als möglich antwortete. – „An wen seid Ihr in Syrakus empfohlen?“ – „An den Ritter Landolina.“ – „Den kenne ich“, sagte einer. – „Ihr seid also arm und wollt den Giro machen und geht zu Fuße?“ Ich bejahte das. Nun fragte man mich: „Versteht Ihr das Spiel?“ Ich hatte die Frage nicht einmal recht verstanden: da ich aber, außer ein wenig Schach, durchaus kein Spiel verstehe, konnte ich mit gutem Gewissen nein antworten. Diese Frage ist mir vorher und nachher in Sizilien oft getan worden, und die Erkundigung ist, ob man etwas vom Lotto verstehe, welches auch hier, Dank sei es der schlechten Regierung, eine allgemeine Seuche ist. Das gemeine Volk steht hier noch oft in dem Wahn, der Fremde als ein gescheiter Kerl müsse sogleich ausrechnen oder auszaubern können, welche Nummern gewinnen werden. Man wünschte mir gute Reise und ritt fort. Was war nun von den Leuten zu halten? Aus gewöhnlicher Vorsicht hatte ich die Uhr tief gesteckt: sie war also nicht zu sehen; mein Taschenbuch, in welchem ungefähr noch siebenundzwanzig Unzen in Gold liegen mochten, war inwendig in einer Tasche hoch unter dem linken Arm und wurde also nicht bemerkt. Die Leute hatten keine Uniform und durchaus keine Zeichen als Polizeireiter: übrigens waren sie für Sizilien sehr anständig gekleidet. Gewehr und Dolche trägt in Unteritalien zur Schande der Justiz und Polizei jedermann. Wenn sie ehrlich waren, so taten sie wenigstens alles mögliche es nicht zu scheinen: und das ist an der südlichen Küste von Sizilien fast ebenso schlecht, als wenn bei uns in feiner Gesellschaft ein abgefeimter Schurke gerade das Gegenteil tut. Ich denke immer, meine anscheinende Armseligkeit hat mich gerettet, und die Uhr und die Unzen hätten mir den Hals brechen können.

Vor Terra Nuova wurde ich wieder freundschaftlich angehalten. Die Leute hoben Getreide aus ihren unterirdischen Magazinen, wahrscheinlich, um es einzuschiffen. Ich fragte nach einem Gasthause. Man lud mich ein, mich dort ein wenig niederzusetzen und auszuruhen; ich war wirklich müde und tat es. Neugierigere Leute als in Sizilien habe ich nirgends gefunden; aber im ganzen fehlt es ihnen nicht an Gutherzigkeit. Was schlecht ist, kommt alles auf Rechnung der Regierung und Religionsverfassung. Man fragte mich sogar, ob ich eine Uhr trüge, und begriff wieder nicht, wie ich es nur wagen könnte, so zu reisen. Und doch bin ich überzeugt, das war immer noch die sicherste Art, da ich allein war.

In der Stadt im Wirtshause gab man mir ein Zimmer, worin kein Bett, kein Tisch und kein Stuhl war, und sagte dabei, ich würde in der ganzen Stadt kein besseres finden. Ich warf mich auf einen Haufen Haferspreu, die in einem

Winkel aufgeschüttet war, und schlief ein. Ein Stündchen mochte ich vielleicht geschlafen haben, und es war gegen Abend, da wurde ich geweckt. Mein Zimmer, wenn man das Loch so nennen kann, war voll Leute aller Art, einige stattlich gekleidet, andere in Lumpen. Vor mir stand ein Mann im Matrosenhabit, der eine förmliche lange Inquisition mit mir anhob. Er war ganz höflich, so viel Höflichkeit nämlich bei so einem Benehmen stattfinden kann, fragte erst italienisch, sprach dann etwas Tirolerdeutsch, da er hörte, daß ich ein Deutscher sei; dann französisch, dann englisch und endlich Latein. Die Anwesenden machten Ohren, Maul und Nase auf, um so viel als möglich zu kapieren. Man war geneigt, mich für einen Franzosen zu halten, fragte, ob ich der Republik gedient habe und so weiter: aber über ihre eigene Stimmung gegen die Franzosen gaben sie selbst nicht das geringste Merkzeichen. Der Mann im Matrosenkleide sagte, ich müßte Franzose sein, weil ich das Französische so gut spräche. Das konnte nur ihm so vorkommen, weil er es sehr schlecht sprach. Das Examen ward mir endlich sehr widerlich und lästig, so wie ein Bär am Pfahl zu stehen und mich auf diese Weise beschauen und vernehmen zu lassen; ich sagte also bestimmt: „Wenn ich verdächtig bin, mein Herr, so bringen Sie mich vor die Behörde, wo ich mich legitimieren werde; oder wenn Sie selbst von der Polizei sind, so sprechen Sie offen, damit ich mich danach benehmen kann. Erlauben Sie mir übrigens etwas Ruhe in einem öffentlichen Hause, wo ich bezahle; es ist warm und ich bin müde.“ Das sagte ich italienisch so laut und gut ich konnte, damit es alle verstehen möchten; einer der Herren bat mich höflich um Verzeihung, ohne weiter eine Erklärung zu geben; die Neugierigen verloren sich, und nach einigen Minuten war ich wieder allein auf meiner Haferspreu. Den Abend, nachdem ich bei einigen Seefischen sehr gut gefastet hatte, brachte man mir Heu, und ein gutmütiger Tabulettkrämer aus Katanien gab mir zur Decke einen großen Schafpelz, welcher mir lieber war als ein Bett, das man nicht haben konnte.

Den andern Morgen ging ich über den Fluß Gela und durch ein herrliches Tal nach Santa Maria di Niscemi hinauf. Dieses Tal mit den Partien an dem Flusse links und rechts hinauf machte vermutlich die Hauptgruppe der geloischen Felder aus. Wenn auch Gela nicht gerade da stand, wo jetzt Terra Nuova steht, so lag es doch gewiß nicht weit davon und höchst wahrscheinlich nur etwas weiter bergabwärts nach dem Flusse hin, wo noch jetzt einige alten Überreste von Gemäuern und Säulen zu sehen sein sollen. Das Tal ist auch noch jetzt in der äußersten Vernachlässigung sehr schön, und es läßt sich begreifen, daß es ehemals bei der Industrie der Griechen ein Zaubergarten mag gewesen sein. Hier in Niscemi ist es wahrscheinlich, wo vor mehreren Jahren ein merkwürdiger Erdfall geschehen ist, den Landolina beschrieben hat.

Von hier aus wollte ich nach Noto gehen und von dort nach Syrakus. Aber wenn man in Sizilien nicht bekannt ist und ohne Wegweiser reist, so bleibt man, wenn man nicht totgeschlagen wird, zwar immer in der Insel; aber man kommt nicht immer geraden Weges an den bestimmten Ort. Einige Meilen in der Nachbarschaft der Hauptstadt ausgenommen, kann man eigentlich gar nicht sagen, daß in Sizilien Wege sind. Es sind bloß Mauleseltriften, die sich oft so verlieren, daß man mit ganzer Aufmerksamkeit den Hufen nachspüren muß. Der König selbst kann in seinem Königreich nicht weiter als nach Montreal, Termini und einige Meilen nach Agrigent zu im Wagen gehen: will er weiter, so muß seine Majestät sich gefallen lassen, einen Gaul oder sicherer einen Maulesel zu besteigen. Das läßt er denn wohl bleiben, und deswegen geht es auch noch etwas schlechter als gewöhnlich anderwärts, wo es die Fürsten nur sehr selten tun. Man riet mir, von Santa Maria nach Caltagirone zu gehen; das tat ich als ein Wildfremder. Aber kaum war ich ein Stündchen gegangen, als ich in einen ziemlich großen Wald perennierender Eichen kam, wo ich alle Spur verlor, einige Stunden in Felsen und Bergschluchten herumlief, bis ich mich endlich nur mit Schwierigkeit wieder links orientierte, indem ich den Gesichtspunkt nach einer hohen Felsenspitze nahm. Hier fand ich vorzüglich schöne Weiden in den Tälern und große zahlreiche Herden. Um Caltagirone herum ist die Kultur noch am leidlichsten; man kann sie noch nicht gut nennen. Die Stadt, welche auf einer nicht unbeträchtlichen Höhe liegt, hat rund herum schöne angrenzende Täler, und es herrscht hier für Sizilien noch eine ziemliche Wohlhabenheit. Ich war nun auf einmal wieder beinahe mitten in der Insel. In der Stadt war auf dem Markte ein gewaltiger Lärm von Menschen; man aß und trank und handelte und zankte und sprach überall sehr hoch, als auf einmal das Allerheiligste vorbeigetragen wurde; schnell war alles still und stürzte nieder, und der ganze Markt, Schacherer und Fresser und Zänker, machte in dem Moment eine sonderbare Gruppe. Ich konnte aus meinem Fenster, bei einer Mahlzeit getrockneter Oliven, die hier mein Lieblingsgericht sind, unbemerkt und bequem alles sehen. Ein so gutes Wirtshaus hätte ich hier nicht gesucht; Zimmer, Bett, Tisch, alles war sehr gut und verhältnismäßig sehr billig.

Von hier aus wollte ich nach Syrakus und ging aufmerksam immer den Weg fort, den man mir bezeichnet hatte, und war, ehe ich mir's versah, durch eine sehr abwechselnde bunte Gegend, in Palagonia, dem Stammhause des seligen Patrons der Ungeheuer, barocken Andenkens. Wäre ich an seiner Stelle gewesen, ich wäre hier geblieben; denn Palagonia gefällt mir viel besser als die Nachbarschaft von Palermo, wo er das Tabernakel seiner ästhetischen Mißgeburten aufschlug. Wieland läßt den geächteten Diagoras in der Gegend von Tempe, aus Ärgernis über Götter und Menschen, ein ähnliches Spielwerk treiben; aber der Grieche tut es besser und genialischer als der Sizilianer. Palagonia liegt herrlich in einem Bergwinkel des Tales Enna.

Kommt man von Caltagirone herüber, so geht man zuletzt durch furchtbare Felsenschluchten und steigt einen Berg hinab, als ob es in die Hölle ginge; und es geht in ein Elysium. Schade, daß die exemplarische sizilianische Faulheit es nicht besser benutzt und genießt. Die Stadt ist traurig schmutzig. Über den Namen der Stadt habe ich nichts gehört und gelesen, welches freilich nicht viel sagen will, da ich sehr wenig höre und lese. Ich will annehmen, er sei entstanden aus Paliconia, weil nicht weit darauf rechts hinauf in den hohen Felsen der Naphthasee der Paliker liegt, von dem die Fabel so viel zu erzählen und die Naturgeschichte manches zu sagen hat. Wäre ich nicht allein gewesen oder hätte mehr Zeit oder stände mit meiner Börse nicht in so genauer Rechnung, so hätte ich ihn aufgesucht.

Von hier aus wollte ich nun nach Syrakus. Einer der überraschendsten Anblicke für mich war, als ich aus Palagonia heraustrat. Vor mir lag das ganze, große, schöne Tal Enna, das den Fablern billig so wert ist. Rechts und links griffen rund herum die hohen felsigen Bergketten, die es einschließen und von Noto und Mazzara trennen; und in dem Grunde gegenüber stand furchtbar der Ätna mit seinem beschneiten Haupte, von dessen Schädel die ewige lichte Rauchsäule in der reinen Luft emporstieg und sich langsam nach Westen zog. Ich hatte den Altvater wegen des dunkeln Wetters noch nicht gesehen, weder zu Lande noch auf dem Wasser. Nur auf der südlichen Küste in Agrigent, vor dem Tore des Schulgebäudes, zeigte man mir den Riesen in den fernen Wolken; aber mein Auge war nicht scharf genug, ihn deutlich zu erkennen. Jetzt stand er auf einmal ziemlich nahe in seiner ganzen furchtbaren Größe vor mir. Katanien lag von seinen Hügeln gedeckt; sonst hätte man es auch sehen können. Ich setzte mich unter einem alten Ölbaum, welcher der Athene Polias Ehre gemacht haben würde, auf die jungen wilden Hyazinthen nieder und genoß eine Viertelstunde eine der schönsten und herrlichsten Szenen der Natur. Das war wieder Belohnung, und ich dachte nicht weiter an die Schnapphähne und das Examen von Terra Nuova. Ich würde rechts hinaufgestiegen sein in die Berge, wo viele Höhlen der alten sikanischen Urbewohner in Felsen gehauen sein sollen; aber ich konnte dem Orientieren und der müßigen Neugierde in einer sehr wilden Gegend nicht so viel Zeit opfern. Ich verirrte mich abermals und kam, anstatt nach Syrakus, nach Lentini. Es war mir indessen nicht unlieb, die alte Stadt zu sehen, die zur Zeit der Griechen keine unbeträchtliche Rolle spielte. Sie ist in dem Mißkredit der schlechten Luft, weswegen auf einer größern Anhöhe Karl der Fünfte, deucht mir, Carlentini anlegte. Ich spürte nichts von der schlechten Luft; aber freilich kann man vom Ende des März keinen Schluß auf das Ende des Juli machen. Der See gibt der Gegend ein heiteres, lachendes Ansehen, und die Luft würde sich sehr bald sehr gesund machen lassen, wenn man nur fleißiger wäre. Um die Stadt herum ist alles ein wahrer Orangengarten, und Du kannst denken, daß ich mit den schönen Hesperiden nicht ganz enthaltsam war; da ich doch nun nicht hoffen durfte, Syrakusertrauben zu essen. Mir hat es gefallen in Lentini, und wenn die Leute daselbst krank werden, so sind sie wahrscheinlich selbst schuld daran, nach allem, was ich davon sehe. Ich war nun zweimal irregegangen und hielt es daher doch für besser, einen Mauleselführer zu nehmen. Er erschien, und wir machten bald den Handel, da ich nicht viel merkantilisches Talent habe und gewöhnlich gleich zuschlage. Nun wollte der Mensch die ganze Summe voraushaben: das fand ich etwas sonderbar und meinte, wenn er mir nicht traute, so müßten wir teilen, und ich würde ihm die Hälfte vorauszahlen. Damit war er durchaus nicht zufrieden; aber noch drolliger war sein Grund. Er meinte, wenn ich geplündert oder erschlagen würde, wie sollte er sodann zu seinem Gelde kommen? Das war mir zu toll; ich schickte ihn ärgerlich fort und ging mit meinem Schnappsack allein.

Von hier wollte ich endlich nach Syrakus; aber ich ging in

den Mauleseltriften der Bergschluchten und Höhen und Täler abermals irre und kam, anstatt durch Syrakus, nach Augusta. Das erste Stündchen Weg war schön und ziemlich gut bebaut; aber sodann waren einige Stunden nichts als Wildnis, wo rund umher Oleaster, fette Asphodelen und Kleebäume wuchsen. Eine starke Stunde vor Augusta fing die Kultur wieder an, und hier ist sie vielleicht am besten auf der ganzen Insel. Der Wein, den ich hier sah, wird ganz dicht am Boden alle Jahre weggeschnitten, und die einzige Rebe des Jahres gibt die Ernte. Das kann nun wohl nur hier in diesem Boden und unter diesem Himmel geschehen. Es ist ein eigenes Vergnügen, die Verschiedenheit des Weinbaues von Meißen bis nach Syrakus zu sehen; und wenn ich ein weingelehrter Mann wäre, hätte ich viel lernen können. Die Landzunge, auf welcher Augusta liegt, mit der Gegend einige Stunden umher, gehört zu dem üppigsten Boden der Insel. Vor der Stadt machte man Salz aus Seewasser, zu welcher Operation man einen großen Strich totes Erdreich brauchte. Nirgends habe ich so schwelgerische Vegetation gesehen als in dieser Gegend. Die Stadt ist ringsum vom Meere umgeben, und es führt nur eine ziemlich feste Brücke hinüber. Von der Landseite ist der Ort also gut genug verteidigt, und es würde eine förmliche Belagerung dazu gehören, ihn zu nehmen. Von der Seeseite scheint das nicht zu sein. Die wenigen Werke nach dem Wasser zu wollen nicht viel sagen. Die Stadt selbst ist nicht viel kleiner als die Insel Ortygia oder das heutige Syrakus. Ich wurde zu dem Stadthauptmanne geführt, der meinen Paß besah und mir ihn sogleich ohne Umstände mit vieler Höflichkeit zurückgab. Hier wurde ich, aus meinem Passe, Don Juan getauft, welchen Namen ich sodann auf dem übrigen Wege durch die ganze Insel bei allen Mauleseltreibern durch Überlieferung behielt. Der Gouverneur oder Stadthauptmann, was er sein mochte, denn ich habe mich um seinen Posten weiter nicht bekümmert, bewirtete mich mit dem berühmten syrakusischen Muskatensekt, den endlich dieser

Herr wohl gut haben muß, und mit englischem Ale und Biskuit. Das Ale war gut und das Biskuit besser; und über den Wein habe ich keine Stimme. Mir war er zu stark und zu süß. Ein Perückenmacher, der in dem Hause des Stadthauptmanns war, führte mich gerades Weges in sein eigenes, bewirtete mich ziemlich gut und ließ mich noch besser bezahlen. Dafür wurde ich aber so viel beexzellenzt, als ob ich der erste Ordensgeneral wäre, der den großen päpstlichen Ablaß auf hundert Jahre herumtrüge. Man erzählte mir, daß vor einigen Monaten ein Deutscher mit seiner Frau aus Malta durch Sturm hier einzulaufen genötigt worden sei und, da er keinen Paß gehabt, zwanzig Tage habe hierbleiben müssen, bis man Befehl von Palermo eingeholt habe. Solche Guignons können eintreten.

Um nicht noch einmal in den Bergen herumzuirren, nahm ich nun endlich einen Maulesel mit einem Führer hierher nach Syrakus. Ich hatte eine große Strecke Weges an dem Meerbusen wieder zurückzumachen. Solange ich mich in der Gegend von Augusta befand, war die Kultur ziemlich gut, aber sowie wir Syrakus näher kamen, ward es immer wüster und leerer. Der Ätna, der über die andern Berge hervorragte, rauchte in der schönen Morgenluft. Der Mauleseltreiberpatron hatte mir zum Führer einen kleinen Buben mitgegeben, der sich, sobald wir herauswaren, auf die Kruppe schwang, mir einen kleinen eisernen Stachel zum Sporn gab und so mit mir und dem Maulesel über die Felsen hintrabte. Diese Tiere hören auf nichts als diesen Stachel, der ihnen, statt aller übrigen Treibmittel, am Halse appliziert wird. Wenn es nicht recht gehen wollte, rief der kleine Mephistopheles hinter mir: „Pungite, Don Juan, sempre pungite." Siehst Du, so kurz und leicht ist die Weisheit der Mauleseltreiber und der Politiker. Das scheint das Schiboletchen aller Minister zu sein. Wie der Hals des Staats sich bei dem Stachel befindet, was kümmert das die Herren? Wenn es nur geht oder wenigstens schleicht. Mein kleiner Führer erzählte mir hier und da Geschichten von

Totschlägen, sowie wir an den Bergen hinritten. Rechts ließen wir die Stadt Melitta liegen, die auf einer Anhöhe des Hybla noch eine ziemlich angenehme Erscheinung macht. Sonst ist der Berg ziemlich kahl. Acht Millien von Syrakus frühstückte ich an der Feigenquelle, wo der Feigen sehr wenig, aber viel sehr schöne Ölbäume waren, fast der Halbinsel Thapsus gegenüber. Nun trifft man schon hier und da Trümmer, die zwar noch nicht in dem Bezirk der alten Stadt selbst, aber doch in ihrer Nähe liegen. Noch einige Millien weiter hin ritt ich den alten Weg durch die Mauer des Dionysius hinauf und befand mich nun in der ungeheuren Ruine, die jetzt eine Mischung von magern Pflanzungen, kahlen Felsen, Steinhaufen und elenden Häusern ist. Als ich in der Gegend der alten Neapolis zwischen den Felsengräbern war, dankte ich meinen Führer ab und spazierte nun zu Fuß weiter fort. Der Bube war gescheit genug, mir einen Gulden über den Akkord abzufordern. In Syrakus ging ich durch alle drei Tore der Festung als Spaziergänger, ohne daß man mir eine Silbe sagte: auch bin ich nicht weiter gefragt worden. Das war doch noch eine artige stillschweigende Anerkennung meiner Qualität. Den Spaziergänger läßt man gehen.

VON SYRAKUS NACH LEIPZIG

Auszug

Zürich

Nun erlaube mir noch, Dir fragmentarisch etwas über meinen Gang durch Italien im allgemeinen zu sagen. Du hast aus meiner Erzählung gesehen, daß es wirklich jetzt traurig dort aussieht, vielleicht trauriger, als es je war. Ich bin gewissenhaft gewesen, und jedes Wort ist Wahrheit, so weit man historische Wahrheit verbürgen kann. Daß Brydone in Sizilien gewesen ist, bezweifelt niemand; aber viele haben vieles gegen seine schönen Erzählungen. So viel weiß ich, daß in Sizilien selbst, und vorzüglich in Agrigent und Syrakus, man sehr übel mit ihm zufrieden ist; aber Barthels ist doch vielleicht zu strenge gegen ihn verfahren. Mehrere Rügen, die ich hier nicht aufzählen kann, haben ihre Richtigkeit, und sein Hauptfehler ist, daß er seiner poetischen Phantasie zu viel Spielraum gab. Die besten über die Insel von den Neuern sind wohl Barthels und Münter. Dorville habe ich fast durchaus sehr genau gefunden, so viel ich auf dem Fluge habe bemerken können.

Das ganze Königreich Neapel ist in der traurigsten Verfassung. Ein Kurier, der von Messina über Reggio nach Neapel gehen soll, hält den Weg immer für gefährlicher als einen Feldzug. Der Offizier, mit dem ich nach Rom reiste, war sechzehnmal geplündert worden und dankte es nur seiner völligen Resignation, daß er noch lebte. „Ich könnte sprechen“, sagte er, „aber dann dürfte ich keine Reise mehr machen oder ich wäre auf der ersten ein Mann des Todes.“ Alle Greuel, die wir von Paris während der Revolution gehört haben, sind noch Menschlichkeit gegen das, was Neapel aufzuweisen hat. Was die Demokraten in Paris einfach taten, haben die royalistischen Lazaronen und Kalabresen in Neapel zehnfach abscheulich sublimiert. Man hat im eigentlichen Sinne die Menschen lebendig gebraten, Stücke abgeschnitten und ihre Freunde gezwungen, davon zu essen, der andern schändlichen Abscheulichkeiten nicht zu erwähnen. Ein wahrhafter, durchaus rechtlicher Mann sagte mir, man sei mit einer Tasche voll abgeschnittener eingesalzener Nasen und Ohren zu ihm gekommen, habe aufgezählt, wer die Eigentümer derselben gewesen, und er habe seine ganze Standhaftigkeit und Klugheit nötig gehabt, nicht zu viel Mißbilligung zu zeigen, damit er nicht selbst unter die Opfer geriete. Das ist unter Ruffo geschehen, dessen Menschlichkeit sogar noch hier und da gerühmt wird. Die Geschichte der Patrioten von Sankt Elmo ist bekannt. Nelson und seine Dame, die Exgemahlin Hamiltons, ließen im Namen der Regierung die Kapitulation kassieren, und die Henker hatten volle Arbeit. Auf diese Weise kann man alles, was heilig ist, niederreißen. Man nennt den Namen des Admirals und noch mehr den Namen der Dame mit Abscheu und Verwünschung und bringt Data zur Belegung. In Kalabrien soll jetzt allgemeine Anarchie sein. Das ist begreiflich. Bildung ist nicht, und das bißchen Christentum ist, so wie es dort ist, mehr ein Fluch der Menschheit. Die Franzosen kamen und setzten in Revolution; die Halbwilden trauten und wurden verraten. Ruffo kam im Namen des Königs und versprach; die Betrogenen folgten und wüteten nun unter ihm bis zur Schande der menschlichen Natur in der Hauptstadt. Jetzt sagen sie, der König habe sie noch ärger betrogen als die Franzosen. Wer kann bestimmen, wie weit sie recht haben? Die Regierung des Dei kann kaum grausamer sein; schlechter ist sie nicht. Im ganzen Königreich und auf der Insel zusammen sind jetzt kaum fünfzehntausend Mann Truppen, diese haben einen schlechten Sold, und dieser schlechte Sold wird noch schlechter bezahlt. Du kannst die Folgen denken. Unzufriedenheit gilt für Jakobinismus, wie fast überall. Ich habe die meisten Städte des Reichs gesehen, und nach meinem Überschlage ist die Zahl der Truppen noch hoch angenommen. Die sogenannten Patrioten schreien über Verräterei der Franzosen und knirschen die Zähne über die Regierung. Von Mäßigung und Gerechtigkeit ist in Neapel kein Gedanke. „Mit fünftausend Franzosen will ich das ganze Reich wieder reformieren und behaupten", sagte mir ein eben nicht zelotischer Parteigänger. Die rechtlichsten Leute wurden gezwungen, der Revolution beizutreten, um sich zu retten, und wurden hernach wegen dieses Zwanges hingerichtet. Vorzüglich traf dieses Schicksal die Ärzte. Es wurden Beispiele mit Umständen erzählt, die Schauder erregen. Filangieri war zu seinem Glücke vorher gestorben. Die Regierung nimmt bei ihrer gänzlichen Vernachlässigung noch alle Maßregeln, die Gemüter noch mehr zu erbittern, ist saumselig, wo rechtliche Strenge nötig wäre, und grausam, wo weise Mäßigung frommen würde. In Sizilien treibt das Feudalsystem in den gräßlichsten Gestalten das Unheil fort, und obgleich mehr als die Hälfte der Insel wüste liegt, so würde doch kein Baron einen Fuß Land anders als nach den strengsten Lehngesetzen bearbeiten lassen. Die Folgen sind klar. Wie geachtet die Regierung und geliebt der Minister ist, davon habe ich selbst ein Beispielchen von den Lazaronen in Neapel gehört. Es kam ein Schiff von Palermo an mit etwas Ladung aus der Haushaltung des Königs. Unter anderm wurde ein großer, schöner Maulesel ausgeschifft; das neugierige Volk stand wie gewöhnlich gedrängt umher. „Kischt' è il primo minischtro", sagte ein Kerl aus dem Haufen, und die ganze Menge brach in ein lautes Gelächter aus. Ohne Zweifel ist der Minister nicht so schlecht, als ihn seine Feinde machen; aber er ist doch genug, um ein schlechter Minister zu sein. Das Fazit liegt am Tage: das Reich verarmt täglich mehr, und der Minister wird täglich reicher. An Manufakturen wird gar nicht gedacht: die Engländer und Deutschen versorgen alle Provinzen. In Neapel brauchte ich Strümpfe; die waren englisch; in Syrakus war nichts Einheimisches zu finden. Überall sind fremde Kaufleute, die mit fremden Artikeln handeln. Man sagt in Neapel auf allen Straßen ganz laut, der Minister verkaufe als Halbbrite die Nation an die Engländer. Man schreit über die öffentliche Armut und die öffentliche Verschwendung; man lebe von der Gnade der Franzosen und halte drei Höfe, in Palermo und Caserta und Wien. Einzelne erzählte Vorfälle sind empörend. Der König ist ein Liebhaber von schönen Weibern. Das mag er, andere sind es auch, ohne Könige zu sein. In der Revolution wurde eine Dame als Staatsverbrecherin mit ergriffen, und das Tribunal verurteilte sie zum Tode. Die vornehme, interessante Frau appellierte an den König, und ihre Freunde brachten es so weit, daß sie zur endlichen Entscheidung ihres Schicksals nach Palermo geschickt wurde. Der König lebte dort in ihrer Gesellschaft einige Zeit nach der Liebhaber Weise; endlich drangen die strengen Strafprediger an sein Gewissen: die Frau wurde nach Neapel zurückgeschickt und – hingerichtet. Sie erzählte das Ganze selbst vor ihrem Tode auf dem Blutgerüste. Das ist verhältnismäßig ebenso schlimm als die eingesalzenen Nasen und Ohren. Man hat mir Namen und Umstände und den ganzen Prozeß wiederholt genannt.

Die Kassen sind leer, die Offizianten müssen warten, und dabei soll man Jagdpartien geben, die über 50 000 neapolitanische Dukaten kosten. Der General Murat erhielt Geschenke, deren Wert sich auf 200 000 Taler belief. Ich weiß nicht, wer mehr Unwillen erregt, ob der König oder Murat? Jener handelt nicht als König, und dieser schlecht als Republikaner. Anders tat Fabricius. Die Räuber streifen aus einer Provinz in die andere und plündern und morden, ohne daß die Justiz weiter danach fragt. Man läßt die Leute so gut und so schlecht sein, als sie wollen; nun sind der Schlechten fast immer mehr als der Guten, zumal bei solchen Vernachlässigungen: so ist die Unordnung leicht erklärt. Die Beschaffenheit des Landes hilft dem Unfuge; die Berge bergen in ihren Schluchten und Winkeln die Bösewichter, gegen welche die Regierung keine Vorkehrungen trifft. Ich habe in dem ganzen Reiche keine einzige militärische Patrouille gesehen, aber Haufen Bewaffnete bis zu fünfundzwanzig. Diese sollen auch Polizei sein; aber sie tragen kein Abzeichen, sind von den Schurken nicht zu unterscheiden, und alle ehrlichen Leute fürchten sich vor ihnen.

Überhaupt habe ich in Neapel jetzt drei Parteien bemerkt, die Partei des Königs und der jetzigen Regierung, zu welcher alle Anhänger des Königs und des Ministers gehören; die Partei des Kronprinzen, von dem man sich ohne vielen Grund etwas Besseres verspricht; und die Partei der Malkontenten, die keine Hoffnung von Vater und Sohn haben und glauben, keine Veränderung könne schlimmer werden. Die letzte scheint die stärkste zu sein, weiß aber nun, da sie von den Franzosen gänzlich verlassen worden ist, in der Angst selbst nicht, wohin sie den Gesichtspunkt nehmen soll.

In Rom arbeitet man mit allen Kräften an der Wiederherstellung aller Zweige der Hierarchie und des Feudalsystems: Gerechtigkeit und Polizei werden schon folgen, so weit sie sich nämlich mit beiden vertragen können. Die Mönche glänzen von Fett und segnen ihren Heiland Bonaparte. Das Volk hungert und stirbt oder flucht und raubt, nachdem es mehr Energie oder mehr fromme Eselsgeduld hat. Es wird schon besser werden, so viel es das System leidet.

In Hetrurien weiß man sich vor Erstaunen über alle die Veränderungen zu Hause und auswärts noch nicht zu fassen. Die meisten, da die Menschen nun doch einmal beherrscht sein müssen, wünschen sich wieder das sanfte östreichische Joch, wie es unter Leopold war. Die Vernünftigen klagen leise oder auch wohl laut über die Anmaßlichkeit des römischen Hofes und die Schwachheit der Regierung, und die hitzigen Polypragmatiker hoffen auf eine Veränderung diesseits der Berge.

Die italische Republik windet sich, trotz den Eigenmächtigkeiten und Malversationen der Franzosen, ihrer Herren Nachbarn, nach und nach aus der tausendjährigen Lethargie. Hier war an einigen Orten viel vorgearbeitet; aber auch das alte Päpstliche erholt sich und wird etwas humaner. Das Päpstliche diesseits der Apenninen scheint indessen nie so tief gesunken zu sein als in der Nähe des Heiligtums. Weit von dem Segen war immer etwas besseres Gedeihen. Alles liegt hier noch im Werden und in der Krise. Die großen Städte klagen zwar über Verlust, aber das platte Land hebt sich doch merklich. Das läßt sich wieder sehr leicht erklären. In Italien scheinen überhaupt die Städte das Land verzehrt zu haben, welches wohl weder politisch noch kosmisch gut ist.

Die Franzosen im allgemeinen haben sich in Italien gut betragen, so wie man ihnen das nämliche Zeugnis auch wohl in Deutschland nicht versagen kann. Man erzählt Beispiele von Aufopferung und Edelmut, die dem humanen Zuhörer außerordentlich wohl tun und seine sympathetische Natur für den Gegensatz entschädigen, der sich zuweilen zeigt. Einzelne Generäle, Kommissäre und Offiziere machen oft grelle Ausnahmen. Unter den Generälen wird Murat als Erpresser und Plagegeist überall genannt, und mir deucht, der Augenschein bestätigt die Beschuldigung: er wird bei einem großen Aufwand reich. Ich habe eine ewige Regel, deren Richtigkeit ich mir nicht abstreiten lasse. Wer in dem Dienst des Staats reich wird, kann kein Mann von edelm Charakter sein. Jeder Staat besoldet seine Diener nur so, daß sie anständig leben und höchstens einen Sicherheitspfennig sparen können; aber zum Reichtum kann es auf eine ehrenvolle Weise durchaus keiner bringen. Es gibt nach meiner Meinung nur zwei rechtliche Wege zum Reichtum, nämlich Handel und Ökonomie, einige wenigen Glücksfälle ausgenommen. Ist der Staatsdiener zugleich

Handelsmann, so hört er eben dadurch auf, einem wichtigen Posten gut vorzustehen. Die Kommissäre haben einmal das unselige Privilegium, die Nationen zu betrügen, weil man ihnen unmöglich alles genau durchschauen kann, und die französischen sollen es sehr ausgedehnt gebraucht haben. Empörend ist es für mich gewesen, wenn ich hörte, daß viele französischen Offiziere frei durch alle Provinzen reisten, mit oder ohne Geschäft, sich nach ihrem Range für sich und ihre Begleitung eine Menge Pferde zahlen ließen und doch allein gingen und knickerisch nur zwei nahmen und das Geld für die übrigen einsäckelten. Manche arme Kommune, die kaum noch Brot hatte, mußte bei dergleichen Gelegenheiten exekutorisch ihren letzten Silberpfennig zusammenbringen, um den fremden, sogenannten republikanischen Wohltäter zu bezahlen. Das nenne ich Völkerbeglückung! Man muß bekennen, daß die Franzosen selbst über diese Schändlichkeit fluchten; aber sie geschah doch oft. Wo Murat als General kommandiert, fällt so etwas nicht auf; Moreau würde sich und seine Nation vor solchen Schandflecken zu retten wissen. So viel ich von den Franzosen in Italien gemeine Soldaten und Unteroffiziere gesehen habe, und ich bin manche Meile in ihrer Gesellschaft gegangen, habe ich sie alle gesittet, artig, bescheiden und sehr unterrichtet gefunden. Sie urteilten meistens mit Bündigkeit und Bestimmtheit und äußerten durchaus ein so feines Gefühl, daß es mir immer ein Vergnügen war, solche Gesellschaft zu treffen. Das alte vornehme Zotenreißen und Fluchen ist sehr selten geworden, und sie sprechen über militärische Dispositionen mit einer solchen Klugheit und zugleich mit einem solchen Subordinationsgeist, daß sich nur ein schlechter Offizier andere Soldaten wünschen könnte.

In Ansehung des Physischen ist ein Gang von Triest nach Syrakus und zurück an den Züricher See, wenn er auch nur flüchtig ist, mit vielen angenehmen Erscheinungen verbunden. Auf der Insel ist das lieblichste Gemisch des Reichtums aller Naturprodukte, so viel man ohne Anstrengung gewinnen kann, Orangen aller Art, Palmen, Karuben, Öl, Feigen, indische und gemeine, Kastanien, Wein, Weizen, Reis. Bei Neapel werden die indischen Feigen, die Karuben und Palmen schon selten; diesseits der Pontinen die Orangen; diesseits der Apenninen Öl und Feigen. Die südliche Seite des Berges, von Florenz aus, hat noch die herrlichsten Ölpflanzungen; beim Hinabsteigen nach Bologna findet man sie nicht mehr: alles sind Kastanienwälder. In der Lombardei ist der Trieb üppig an Wein und Getreide, aber alles ist schon mehr nördlich. Ein einziger Weinstock macht noch eine große Laube, und auf einem einzigen Maulbeerbaume hingen zuweilen sechs Mädchen, welche Blätter pflückten; aber ein Ölbaum ist schon eine Seltenheit. Die südlichen Seiten der Alpenberge geben durch ihre Lage hier und da noch Früchte des wärmeren Erdstrichs, und am Lago maggiore hat man noch Orangengärten, Olivenpflanzungen und sogar, obgleich nur spärlich, indische Feigen. Am Ticino hinauf trifft man noch Kastanien die Menge und sehr schöne und große Bäume, und bis Ayrolles wächst gutes Getreide. Dann hört nach und nach die Vegetation auf. An der Reuß diesseits kann man weit tiefer hinabgehen, ehe sie wieder anfängt. Sankt Ursel liegt vielleicht tiefer als Ayrolles, und man hat dort nichts von Getreide. Kastanien trifft man auf dieser Seite nicht mehr oder nur höchst selten, und der Nußbaum nimmt ihre Stelle ein. Weiter hinab ist alles vaterländisch.

… Paris

Gestern habe ich ihn auch endlich gesehen, den Korsen, der der großen Nation mit zehnfachem Wucher zurückgibt, was die große Nation seine kleine seit langer Zeit hatte empfinden lassen. Es war der vierzehnte Juli und ein großes Volksfest, wo der ganze Pomp der seligen Republik hinter ihm herzog. Früh hielt er große Parade auf dem Hofe der Tuilerien, wo alles Militär in Paris und einige Regimenter in der Nachbarschaft die Revue passierten. Ich hatte daher Gelegenheit, zugleich die schönsten Truppen von Frankreich zu sehen. Die Konsulargarde ist unstreitig ein Korps von den schönsten Männern, die man an einem Ort beisammen denken kann; nur kann ich mir in den französischen Soldaten, ich mag sie besehen wie ich will, immer noch nicht die Sieger von Europa vorstellen. Wir sind mehr durch den Geist ihrer Sache und ihren hohen Enthusiasmus als durch ihre Kriegskunst geschlagen worden. Die taktische Methode des Tiraillierens, die aber vielleicht nur der Überlegene an Anzahl brauchen kann, hat das ihrige auch getan. Von Bonaparte sollte ich wohl lieber schweigen, da ich nicht sein Verehrer bin. Einen solchen Mann sieht man auf zweihundert Meilen vielleicht besser als auf zehn Schritte. Es scheint aber in meinem Charakter zu liegen, Dir über ihn etwas zu sagen; und das will ich denn mit Offenheit tun. Ich bin keines Menschen Feind, sondern nur der Freund der Wahrheit, Freiheit und Gerechtigkeit. Neid und Herabsetzungssucht sind meiner Seele fremd; ich nehme immer nur die Sache. Ich bin dem Manne von seiner ersten Erscheinung an mit Aufmerksamkeit gefolgt und habe seinen Mut, seinen Scharfblick, seine militärische und politische Größe nie verkannt. Problematisch ist er mir in seinem Charakter immer gewesen und ist es jetzt mehr als jemals, wenn man ihn nicht geradezu verdammen soll. Bis auf den Tag von Marengo, wo ihn Desaix' Tod aus den republikanischen Grenzen heraushob, hat er als Republikaner im allgemeinen handeln müssen; seitdem hat er nichts mehr im Sinne eines Republikaners getan.

Als er aus Ägypten kam, trat er die Krise seines Charakters an. Wir wollen sehen, was er in Paris tut, dachte ich, und dann urteilen. Ich tadle ihn nicht, daß er das Direktorium stürzte; es war keine Regierung, die unter irgendeinem Titel die Billigung der Vernünftigen und Rechtschaffenen hätte erhalten können. Ich tadle ihn nicht, daß er so viel als möglich in der wichtigen Periode das Ruder des Staats für sich in die Hände zu bekommen suchte; es war in der Vehemenz der Faktionen vielleicht das einzige Mittel, diese Faktionen zu stillen. Aber nun fängt der Punkt an, wo sein eigenster Charakter hervorzutreten scheint. Seitdem hat er durchaus nichts mehr für die Republik getan, sondern alles für sich selbst, eben da er aufhören sollte, irgend etwas mehr für sich selbst zu tun, sondern alles für die Republik. Jeder Schritt, den er tat, war mit herrlich berechneter Klugheit vorwärts für ihn und für die Republik rückwärts. Land gewinnen heißt nicht die Republik befestigen. Die erste Konstitution zeigte zuerst den Geist, den er atmen würde. Sie wurde mit dem Bajonett gemacht, wie fast alle Konstitutionen. Es tat mir an diesem Tage wehe für Frankreich und für Bonaparte. Das Schicksal hatte ihm die Macht in die Hände gelegt, der größte Mann der Weltgeschichte zu werden; er hatte aber dazu nicht Erhabenheit genug, und setzte sich herab mit den übrigen Großen auf gleichen Fuß. Er ist größer als die Dionyse und Cromwelle; aber er ist es doch in ihrer Art und erwirbt sich ihren Ruhm. Daß er nicht sah, daß seine Konstitution die neue Republik zertrümmern und dem vollen Despotismus die Wege wieder bahnen würde, das läßt sich von seinem tiefen Blick nicht denken, und über seine Absichten mag ich nicht Richter sein. Ich habe wider das Konsulat nichts, nichts wider das erste Konsulat. Aber seine Macht war sogleich zu exorbitant, und die Dauer war nicht mehr republikanisch. Ich gebe zu, daß die Dauer der römischen Magistraturen von einem Jahre zu kurz war, zumal bei der Unbestimmtheit und Schlaffheit ihrer Gesetze de ambitu; aber die Dauer der neuen französischen von zehn Jahren war zu lang. Der letzte Stoß war, daß der alte Konsul wieder gewählt werden konnte. Ein Mann, der zehn Jahre lang eine fast grenzenlose Gewalt in den Händen gehabt hat, müßte ein Blödsinniger oder schon ein öffentlicher, verächtlicher Bösewicht sein, wenn er nicht Mittel finden sollte, sich wiederwählen zu lassen, und sodann nicht Mittel, die Wahl zum Vorteil seiner Kreaturen zu beherrschen. Kleine Bedienungen mögen und dürfen in einer Republik lebenslänglich sein; wenn es aber die großen sind, geht der Weg zur Despotie. Das lehrt die Geschichte. Ich hätte nicht geglaubt, daß es so schnell gehen würde; aber auch dieses zeigt den Charakter der Nation. Fast sollte man glauben, die Franzosen seien zur bestimmten Despotie gemacht, so kommen sie ihr überall entgegen. Sie haben während der ganzen Revolution viel republikanische Aufwallung, oft republikanischen Enthusiasmus, zuweilen republikanische Wut gezeigt, aber selten republikanischen Sinn und Geist und noch nie republikanische Vernunft. Nicht, als ob nicht hier und da einige Männer gewesen wären, die das letzte hatten; aber der Sturm verschlang sie. Es sind durch diese Staatsveränderung freilich Ideen in Umlauf gekommen und furchtbar bis zur Wut gepredigt worden, die man sich vorher nur sehr leise sagte und die so leicht nicht wieder zu vertilgen sein werden; aber die halbe oder falsche Aufklärung dieser Ideen und der Mißbrauch derselben geben den etwas gewitzigten Gegnern die Waffen selbst wieder in die Hände. Die Republik Frankreich trägt, so wie die römische, und zwar weit näher als jene, ihre Auflösung in sich, wenn man keine haltbarere Konstitution bauet, als bis jetzt geschehen. Mir tut das leid; ich habe vorher ganz ruhig dem Getümmel zugesehen und immer geglaubt und gehofft, daß aus dem wildgärenden Chaos endlich noch etwas Vernünftiges hervortauchen würde. Seitdem Bonaparte die Freiheit entschieden wieder zu Grabe zu tragen droht, ist mir's, als ob ich erst Republikaner geworden wäre. Ich bin nicht der Meinung, daß eine große Republik nicht dauern könne. Wir haben an der römischen das Gegenteil gesehen, die doch, trotz ihrer gerühmten Weisheit, schlecht genug organisiert war. Ich halte dafür, daß in einer wohlgeordneten Republik am meisten Menschenwürde, Menschenwert, allgemeine Gerechtigkeit und allgemeine Glückseligkeit möglich ist. Beweis und Vergleichung weiterzuführen, würde wenig frommen und hier nicht der Ort sein. Wo nicht der Knabe, der diesen Abend in der letzten Strohhütte geboren wurde, einst rechtlich die erste Magistratur seines Vaterlandes verwalten kann, ist es Unsinn, von einer vernünftigen Republik zu sprechen. Privilegien aller Art sind das Grab der Freiheit und Gerechtigkeit. Schon das Wort erklärt sich. Eine Ausnahme vom Gesetz ist eine Ungerechtigkeit, oder das Gesetz ist schlecht. In Deutschland hat man klüglich die Geistlichen und Gelehrten in etwas Teil an manchen Privilegien nehmen lassen, damit der Begriff nicht so leicht unbefangen auseinandergesetzt werde und die Beleuchtung Publizität gewinne. In Frankreich hat man zwar die Privilegien mit einem einzigen Machtstreit zertrümmert und glaubt nun genug getan zu haben. Aber sie werden sich schon wieder einschleichen und festsetzen, und man arbeitete schon selbst dadurch für sie, daß man auf der Gegenseite ohne Schonung stürmte und zu weit ging. „Die Republik der Fische ist durch die freie Fischerei zerstört", sagte der geistliche Herr ganz skoptisch in dem Postwagen; „und die freie Jagd gibt der Polizei genug zu tun; denn es macht allerhand Gesindel im Lande allerhand Jagd." Muß man denn bei Abstellung der Ungebühr unbedingt durchaus die Jagd freigeben? Oder ist dieses nur ein Rechtsbegriff? Sie kann nicht frei sein. In jedem wohlgeordneten Staate ist sie nur ein Recht der Eigentümer, und nur der Eigentümer kann die Befugnis haben, das Wild auf seinem Grundstücke zu töten, und hat den Prozeß gegen den Nachbar, der es zum Schaden seiner Nachbarn nicht tut. Das Lehnsystem ist in Frankreich abgeschafft. Es wird sich aber von selbst wieder machen, denn man hat keine Vorkehrungen dagegen getroffen. Nach meiner Überzeugung ist die Grundlage der Freiheit und Gerechtigkeit in einem Staate, daß der Staat durchaus nur reine Besitzungen gibt und sichert und dafür reine Pflichten fordert. Durch diesen Grundsatz allein werden die Rechtsverhältnisse vereinfacht und Beeinträchtigungen aller Art aufgehoben. Es entsteht daraus zwar notwendig ein Gesetz, das eine Einschränkung des Eigentumsrecht zu sein scheint; dieses ist aber nicht weiter, als insofern gar niemand ein Eigentumsrecht zum Nachteile des Staats haben kann und darf. Niemand darf nämlich die Erlaubnis haben, seine Grundstücke mit Lasten zu verkaufen oder auf immer zu vergeben, sondern muß sie durchaus rein veräußern. Nur durch dieses Gesetz wird der Rückkehr des Feudalsystems der Weg versperrt, werden alle Fronverhältnisse, alle Leistungen an Subordinierte, Emphyteusen, alle Erbpachtungen aufgehoben. Denn alles dieses ist der Weg zum Lehnsystem, und dieses ist der Weg zu Ungerechtigkeiten aller Art und zur Sklaverei. Wo es noch erlaubt ist, mit Lastklauseln Grundstücke umzutauschen, kann in die Länge keine wahre Freiheit und Gerechtigkeit bestehen. Dagegen sind wohl schwerlich gültige Einwendungen zu machen. Wenn jemand zu viele Grundstücke hat, daß er sie nicht durch sich und seine Familie verwalten oder durch Pächter besorgen und bestellen lassen kann, so hat er eben deswegen für den Staat in jeder Rücksicht schon zu viel; er ist ihm zu reich. Er mag dann verkaufen, aber rein verkaufen und ohne Bedingung, so teuer als er will. Intermediäre Lasten können nicht bleiben; der Bürger kann niemand Pflichten schuldig sein als dem Staate, und Bürger ist jeder, der nur einen Fuß Landes besitzt. In detrimentum rei publicae finden keine Besitzungen statt. Es versteht sich von selbst, daß dann alle Steuerkataster nach der Regeldetri gemacht werden, und die erste Realimmunität ist der erste Schritt zur Despotie. So lange unsere Staaten nicht nach diesen Grundsätzen gemacht werden, dürfen wir nicht allgemeine Gerechtigkeit, nicht allgemeines Interesse, nicht Festigkeit und Dauer erwarten. In Frankreich ist kein Gesetz, das den belasteten Verkauf der Grundstücke untersagte; die Folge ist vorauszusehen.

Die Errichtung der Ehrenlegion mit Anweisung auf Nationalgüter ist der erste beträchtliche Schritt zur Wiedereinführung des Lehnsystems; das ward allgemein gefühlt; aber niemand hat die Macht, dem Allmächtigen zu widerstehen, der den Bajonetten befiehlt. Die Bajonette sind, wie gewöhnlich, sehr fein mit ins Spiel gezogen, und die meisten Führer derselben nehmen sich nicht die Mühe, bis auf übermorgen vorwärts zu denken. Wo die Regierung militärisch wird, ist es um Freiheit und Gerechtigkeit getan. Rom fiel, sobald sie es ward. Die Geistlichkeit spricht wieder hoch und laut. Freilich wird sie nicht so schnell wieder zu der enormen Höhe steigen, wo sie vorher stand, so wenig wie der Adel. Aber das alte System wurde auch nicht in einem Tage gebaut. Ich erinnere mich, daß vor einiger Zeit ein Emigrant in Deutschland, der übrigens nicht schuld daran war, daß die Esel keine Hörner haben, sich höchlich freute, daß nun wenigstens ein Edelmann allein an der Spitze stehe; das übrige werde sich schon machen. Der Mann muß in seiner Unbefangenheit eine prophetische Seele gehabt haben. Es hat wirklich alles Ansehen sich zu machen. Man sagt, Caprara habe schon auf Wiederherstellung der Klöster angetragen, sei aber von Bonaparte zurückgewiesen worden. Bonaparte müßte nicht der kluge Mann sein, der er ist, wenn er ohne Not solche Sprünge machen wollte oder mehr gäbe, als er zu seinem Behufe muß. Es ist das Glück des Adels und der Geistlichkeit, daß sie, mit Modifikationen, in seine Zwecke gehören. Wenn's nottut, wird sich schon alles geben. Daß die Katholizität in Frankreich noch vielen Anhang, teils aus Überzeugung, teils aus Gemächlichkeit, teils aus Politik hat, beweist das Konkordat sehr deutlich. Man hat wirklich den Katholizismus zur Staatsreligion, daß heißt zur herrschenden, gemacht, und ich stehe nicht dafür, wenn es so fort geht, daß man in hundert Jahren das Bekehrungsgeschäft nicht wieder mit Dragonern treibt. Ich selbst wurde durch die Rolle, die Bonaparte dabei spielte, gar nicht überrascht; es war seine Konsequenz; er war bei der Osterzeremonie der nämliche, welcher er in Ägypten war, wo er sein Manifest anfing: „Im Namen des einzigen Gottes, der keinen Sohn hat!“ Er dachte: „mundus vult – ergo –“; aber das Sprichwort ist nicht wahr, und es wäre zu wünschen gewesen, daß er nicht so gedacht hätte. „Il est un peu singe, mais il est comme faut"; sagte der geistliche Herr im Postwagen. Wenn er Bonaparte dadurch richtig gezeichnet hat, so ist es zugleich ein gräßliches Verdammungsurteil für seine Nation. Nur die Zeit kann erleuchten. Der Mann ist von seiner Größe herabgestiegen. Es wird erzählt, er habe sogar die Fahnen weihen wollen, sei aber durch das Gemurmel der alten Grenadiere davon abgehalten worden, die doch anfingen, die Dose etwas zu stark zu finden. Ein Mann, der in Berlin und Petersburg entschieden republikanische Maßregeln nimmt, gilt dort mit Grund für widerrechtlich, und die Regierung verfährt gegen ihn nach den Gesetzen; das Gegenteil muß aus dem nämlichen Grunde seit zehn Jahren in Frankreich gelten: man müßte denn in der Berechnung etwas höher gehen, welches aber sodann jedem Revolutionär in utramque partem zustatten kommen würde.

Jetzt lebt er einsam und mißtrauisch, mehr als je ein Morgenländer. Friedrich versäumte selten eine Wachparade; der Konsul hält alle Monate nur eine einzige. Er erscheint selten und immer nur mit einer starken Wache und soll im Schauspiel in seiner Loge sogar Reverberes nach allen Seiten haben, die ihm alles zeigen, ohne daß ihn jemand sieht. Bei anderen liberalen Maßregeln könnte er als Fremdling wie eine wohltätige Gottheit unter der Nation herumwandeln, und sein Name würde in der Weltgeschichte die Größe aller anderen niederstrahlen. Nun wird er unter den Augusten oder wenigstens unter den Dionysen glänzen; dafür hat er auf den kleinlichen Ruhm eines Aristides Verzicht getan. Ich könnte weinen; es ist mir, als ob mir ein böser Geist meinen Himmel verdorben hätte. Ich wollte so gern einmal einen wahrhaft großen Mann rein verehren; das kann ich nun hier nicht.

ANMERKUNGEN

Mein Leben

Im Winter 1809/10 begann Seume im Gefühl seines nahenden Todes seine Selbstbiographie zu schreiben. Das unvollendete Manuskript schenkte er vor seiner Reise nach Teplitz im Mai 1810 seinem Arzt Dr. Braune als Entschädigung für dessen Dienste. 1813 gab Göschen die Autobiographie unter dem Titel „Mein Leben“ heraus.

1 *Veritatem sequi ...* – (lat.) Der Wahrheit treu sein und sie verehren, die Gerechtigkeit bewahren, gegen alle ebenso wohl gesinnt sein als handeln, nichts fürchten.

4 *Dezemforderungen* – Zehnten, eine Form der Abgaben, die die Gläubigen an den Pfarrer entrichten mußten.

5 *tractatum ...* – (lat.) Traktat über die heilige Dreieinigkeit.

Liebich – Das Kirchenbuch nennt Liebing als den Mädchennamen der Mutter.

Posern – Heute: Poserna, Kreis Weißenfels.

Appertinenz – Zubehör.

Sterne – Anspielung auf den Roman „Tristram Shandy“ des englischen Dichters Lawrence Sterne (1713–1768).

6 *Bakel* – Schulmeisterstock.

9 *Pelide* – Achilles, Sohn des Peleus, ein Held der griechischen Sage.

13 *Weißens Kunze mit dem Dintenfasse* – Kunz, ein junger Bauer aus Christian Felix Weißes komischer Oper „Die Jubelhochzeit“, warf dem Gerichtsverwalter das Tintenfaß ins Gesicht.

16 *ductum noch fructum* – Etwa: Weder Zucht noch Frucht.

ludimagister ... – (lat.) Schulmeister desjenigen Ortes, wo hernach der Sohn (unterrichtete).

19 *Orbilius* – Prügelpädagoge im alten Rom.

quantum satis – (lat.) bis es genug war.

Kallipyge – Die Schönhintrige; die Statue einer nach hinten blickenden Venus aus dem 3. Jahrhundert v. u. Z.

peremtorisch – unverzüglich.

Inkulpat – Der Beschuldigte.

21 *skoptisch* – spöttisch.

zeitige – derzeitige.

26 *Quidquid delirant reges ...* – (lat.) All diesen Wahnwitz der Fürsten muß büßen das Volk der Achäer (Horaz, Episteln I, 2, 14).
27 *Adiaphoron* – Gleichgültiges.
28 *sit reverentia pueris* – (lat.) Man habe Achtung vor den Kindern.
Eutrapelie – Gewandtheit im Scherzen, in treffenden Reden und im geselligen Verkehr.
29 *dux gregis ego* – (lat.) Anführer der Schar (war) ich.
Privettür – Toilettentür.
30 *auctor facinorum* – (lat.) Anstifter der Übeltaten.
32 *... aus dem Aristarch ein Orbilius werden* – aus einem strengen Kritiker sich in einen strengen Lehrer verwandeln.
Quisquilien – (lat.) Kleinigkeiten.
Pforte – Die berühmte Fürstenschule Schulpforta.
33 *Quidproquo* – (lat.) Verwechslung.
Ciceros Pflichten – Ciceros Buch „Über die Pflichten".
Lumina mundi – (lat.) Weltlichter.
34 *Ovid* – Publius Ovidius Naso (43 v. u. Z.–17 u. Z.), römischer Dichter, der die „Liebeskunst" und die „Metamorphosen" (Verwandlungsgeschichten) schrieb.
caetera quis nescit – (lat.) Und wer wüßte das übrige nicht? (Ovid, Amores I, 5, 25.)
in nova fert animus – (lat.) Mich treibt das Herz (Anfang der Metamorphosen des Ovid).
35 *Tabulat* – Getäfelter Boden.
36 *Adyton* – Das Allerheiligste.
Ödipus – Er löste der griechischen Sage nach das Rätsel der Sphinx und befreite seine Heimatstadt Theben.
37 *vel quasi* – (lat.) so z. B.
38 *Sex septemve horas ...* – (lat.) Sechs oder sieben Stunden geschlafen zu haben ist genug für Jüngling und Greis.
39 *Siegwart* – Rührseliger Roman, „Siegwart, eine Klostergeschichte", von Johann M. Miller, der 1776 erschien.
far niente – (ital.) das Nichtstun.
41 *Hagiograph* – Heiligenbiograph.
42 *Piaculum* – (lat.) Sünde.
43 *mucrone res agitur ...* – (lat.) Durch das Schwert wird die Sache betrieben, wo sie an das Fußvolk kommt.
Refraktarius – Ein Unverbesserlicher.
45 *epanorthotisch* – zur Besserung ermahnend.
Apophthegmen – Sinnsprüche.
47 *Anakreon* – Griechischer Lyriker um 550 v. u. Z.
48 *attische Biene* – Beiname des athenischen Geschichtsschreibers Xenophon (um 430 bis um 354 v. u. Z.).

48 *Solözismen* – Sprachschnitzer.

49 *... der zweite Michaelis* – Johann David Michaelis (1717–1791), berühmter Orientalist.
Schwa ... – Hebräische Konjugationsformen.

50 *sybaritisieren* – schlemmen; abgeleitet von der luxuriösen Lebensweise der Bewohner von Sybaris, einer um 700 v. u. Z. von Griechen begründeten Stadt in Süditalien.
Shaftesbury – Anthony Ashley Cooper Earl of Shaftesbury (1671–1713), englischer Philosoph der Aufklärung.
Bolingbroke – Lord Henry St. John Bolingbroke (1678–1751), englischer Philosoph der Aufklärung.

51 *die Wolfenbüttler Fragmente* – „Fragmente eines Unbekannten", unter diesem Titel veröffentlichte Lessing Thesen seines verstorbenen Freundes Reimarus, zu denen er „Gegensätze" schrieb, die die ersten 53 Paragraphen der „Erziehung des Menschengeschlechts" bilden.
Bayle – Pierre Bayle (1647–1706), französischer Philosoph der Aufklärung.
Zollikofer – Georg Joachim Zollikofer (1730–1788), Professor der Theologie und Prediger der reformierten Gemeinde in Leipzig.

52 *Pectus est ...* – (lat.) Die Gesinnung macht den Redner.

56 *contra principia negantem ...* – (lat.) Gegen den, der die Prinzipien verneint, hilft kein Diskutieren.

59 *der alte Betelkauer* – Anspielung auf Landgraf Friedrich II. von Hessen-Kassel.

61 *Entrepreneur* – (franz.) Unternehmer.

64 *... Paradiese* – Oberste Theatergalerie.
Heliogabal – Römischer Kaiser (regierte von 218 bis 222 u. Z.), berüchtigt durch seine Ausschweifungen.
Aristarchus – Aristarchos von Samothrake (217–145 v. u. Z.), griechischer Gelehrter; Leiter der alexandrinischen Bibliothek.

66 *Angustam amice pauperiem* – (lat.) Dürftige Armut bereitwillig zu ertragen (lerne ... der Jüngling). (Horaz, Oden III, 2, 1.)
You read latin ... – (engl.) „Du liest Latein, mein Junge?" – „Ja, Herr!" – „Und du verstehst es?" – „Ich denke." – „Sehr gut, das ist eine sehr gute Zerstreuung in deiner Lage!" – „Das finde ich auch, Herr, es ist in der Tat ein großer Trost für mich."

67 *Rochambeau ...* – Jean Baptiste Rochambeau (1725–1807).
Lafayette – Marie Jean Paul, Marquis de Lafayette (1757 bis 1834), Führer der französischen Hilfstruppen im amerikanischen Unabhängigkeitskrieg.

67 *Stys, Phlegethon und Kokytus* – Der griechischen Sage nach Flüsse der Unterwelt.
strong beer – (engl.) Starkbier.
69 *Perfer et obdura!!* – (lat.) Ertrage und harre aus!
70 *Phthiriase* – Läusekrankheit.
71 *Insequitur clamorque ...* – (lat.) Es begann das Schreien der Männer und das Knarren der Schiffstaue.
73 *It is a pity ...* – (engl.) „Es ist schade, mein Junge, daß du nicht bei uns bleibst, du würdest bald ein guter Seemann werden." – „Herzlich gerne wollte ich es, aber Sie sehen, daß es unmöglich ist." – „Das ist es, Gott sei mit dir!"
74 *qui docendo discit* – (lat.) der durch Lehren lernt.
78 *Hagedorn* – Friedrich von Hagedorn (1708–1754), deutscher anakreontischer Lyriker und Fabeldichter.
Hölty – Ludwig Heinrich Christoph Hölty (1748–1776), empfindsamer deutscher Lyriker, Mitglied des Hainbundes.
86 *au nom de dieu ...* – (franz.) Im Namen Gottes, des Vaters, des Sohnes und des Heiligen Geistes.
in die Verhältnisse der Letten und Esten treten – Zu Leibeigenen machen; Seume hat bei seinen Reisen nach Polen und Rußland immer wieder über die elenden Lebensverhältnisse der Letten und Esten geschrieben; seine „Elegie auf einem Feste zu Warschau" veröffentlichte er als Anhang zu einem Bericht „Die Letten" von Garlieb Merkel im Jahre 1796, um damit seine Zustimmung zu Merkels mutigem Buch kundzutun.
88 *periculum in mora* – (lat.) Gefahr ist im Verzuge.
Plutarch ... Hobbes – Plutarch (46–120 u. Z.), republikanisch gesinnter griechischer Schriftsteller, berühmt durch seine Lebensbeschreibungen griechischer und römischer Helden; Hobbes, Thomas (1588–1679), englischer Philosoph und Staatsmann, der das Verhalten der Menschen zueinander als einen „Krieg aller gegen alle" bezeichnete.
89 *verba valent ...* – (lat.) Worte gelten soviel wie Münzen.
Guignon – (franz.) Pech.
91 *Albion* – (von lat. albus: weiß) Hier: England.

Gedichte

Die Ausgabe der Gedichte wurde, als sie im Februar 1801 erschien, von der Wiener Zensur sogleich für Österreich verboten, aber in Deutschland freundlich aufgenommen, so daß 1804 die zweite und 1810 bereits die dritte Auflage verlegt werden konnten. Die Kritik bemerkte schon damals, daß viele Gedichte durch ihre übermäßige

Länge verlieren. Vieles ist „zwar dem Rezensenten aus der Seele geschrieben“, heißt es im „Leipziger Jahrbuch der neuesten Literatur“, „doch bekennt er, daß er alles das lieber nicht in Versen gelesen hätte“. Seume selbst weiß, daß „ihnen vielleicht zuviel Ehre geschieht, wenn man sie Gedichte nennt, aber ich konnte kein schicklicheres Wort für ihre Bezeichnung finden“. Es gelingt dem Autor, vor allem bei den philosophischen und politischen Gedichten, selten, die angemessene Form für seine Stoffe zu finden, er erzählt weitschweifig, mit überflüssigen Füllwörtern und abgegriffenen Reimen. Aus diesen Gründen wurde hier nur eine kleine Zahl Gedichte ausgewählt, deren Themen geeignet sind, das Bild der Persönlichkeit und der Zeit Seumes abzurunden. Sie werden in der Reihenfolge ihrer Entstehung mit der aufschlußreichen Vorrede zur zweiten Auflage gegeben.

95 *Veritatem sequi ...* – Vgl. die Anm. zu S. 1.

100 *Der Wilde* – „Diese Erzählung habe ich, als ich selbst in Amerika und in der dortigen Gegend war, als eine wahre Geschichte gehört. Sie interessierte mich durch ihre echte reine primitive Menschengüte, die so selten durch unsere höhere Kultur gewinnt. Ob man gleich ähnliche hat, so habe ich sie hier doch nicht unterdrücken wollen.“ (Anmerkung Seumes)

103 *Elegie auf einem Feste zu Warschau* – „Auch dieses Stück ... wurde in einer moralischen Gärung der Seele geschrieben, wo man freilich nicht für den reinen Wert und die Wahrheit jedes unwilligen Gefühls bürgen kann. Der General Igelström hatte in Warschau eine glänzende Gesellschaft, wo alles, was in der Residenz auf irgendeine Weise von Ansehen war, auf dringende Einladung sich einfand. Der König war zu seinem Schicksal nach Grodno gegangen. Es war der Tag, wo man dort in der Reichsversammlung die neue Teilung unterzeichnete, da die Argumente dazu, die Batterien, nicht weit von dem Tore des Palastes in Bereitschaft standen. In Warschau war alles bei Igelström, was der enthusiastische Friedrich Schulz[1] dort nur Schönes sah. Mein Gesicht ist kurz. Nachdem ich die verschiedenen Antlitze der Gäste durch mein Glas in den Spiegelwänden des Saales, so gut es sich mit Bescheidenheit tun ließ, gesehen hatte und mit Artigkeit hinter dem Stuhle einer Dame zu stehen in mir weder Neigung noch gehöriges Talent fand, warf ich mich in ein Seitenzimmer und beschäftigte mich mit meinem Taschenbuche. Was ich hier gebe, war der Inhalt dieser Stunden.“ (Anmerkung Seumes)

1 Schulz, Friedrich (1762–1798), Schriftsteller und Professor am Gymnasium zu Mietau, seit 1791 Abgeordneter im polnischen Reichstag.

103 *Si natura …* – (lat.) Wenn das Talent versagt, schafft die Entrüstung den Vers (aus den Satiren des Juvenal).

109 *Meister Bakel* – (von lat. baculum: Stock) Meister Rohrstock.
Donat – Donatius, lateinischer Grammatiker aus dem 4. Jahrhundert.
Vapulo – (lat.) Ich bekomme Prügel.
Typtomäh – (griech.) Ich bekomme Prügel.
Pastor Loci – (lat.) Ortspfarrer.
Huttern – Leonhard Hutter (1563–1616), orthodoxer lutherischer Theologe.
Höllenspinozisten – Anhänger der Lehre Spinozas.

110 *in dulci jubilo* – (lat.) mit großem Jubel.
Mi fili … – (lat.) Mein Sohn, durch diese Teufelswelt grassiert die Seuche, alles wird in den Abgrund stürzen. Man muß sich hüten, daß nicht die Vernunft, die jetzt so gerühmt wird, uns alle zugrunde richtet. Ein jeder, dem es im Kopf juckt, den unsinniger Übermut befällt, kommt mit Neuerungen. Aber wir hassen das gemeine Volk. Das gemeine Volk hassen wir.
Nasos Liebelei – Vgl. die erste Anm. zu S. 34.

111 *pyx käh lax* – (griech.) mit der Faust und mit dem Absatz, d. h. mit allen Mitteln.
Aphthoniansche Chrien – Aphthonius (Ende des 3. und Anfang des 4. Jahrhunderts u. Z.), berühmter Lehrer der Beredsamkeit, bekannt durch seine „Chria Aphthoniana“, Schulbücher der Beredsamkeit; „Chrie“ heißt ein nach bestimmtem Muster angefertigter Aufsatz.
Kal bis Hithpaël – (hebr.) Konjugationsformen der hebräischen Sprache.
tohuh vabohuh – (hebr.) das Wüste und Leere, wildes Durcheinander.
Pandekten – Sammlung von Rechtssprüchen.

112 *jus publicum* – (lat.) das öffentliche Recht.
Hic niger est … – (lat.) Hier ist ein Schwarzer, diesen, Söhne, fürchtet.

113 *Amsterdamer Böhnhas* – Handwerker, die ohne Meisterprüfung pfuschen.
Kahn sei Kahn – Nach dem lateinischen Sprichwort „Scapham scapham“, ein Kahn bleibt ein Kahn, d. h. ein Ding beim rechten Namen nennen.

114 *Duns* – Dummkopf, geistloser Gelehrter.
Emetikum – Brechmittel.

115 *Cerebrum* – Gehirn, Verstand.
Gaudium – Freude.

115 *Meister Rabner* – Gottlieb Wilhelm Rabener (1714–1771), deutscher Satiriker.

116 *Ephraimiten* – Schlechte Münzen mit geringem Wert, nach dem preußischen Münzpächter Ephraim genannt.
Apotheose – „In einem heißen Anlauf von Patriotismus war ich willens, ein recht gelehrtes politisches Werk über die Akzise zu schreiben; aber die Zeit gebrach, und die Lust verflog ... Die Einrichtung ist wirklich eine Schule des Betrugs und der Sittenverderbnis für viele; denn Zahlende sowohl als Einnehmende begehen fast notwendig täglich Sünden gegen die Verordnungen. Die Zahlenden suchen sich dem furchtbaren Druck zu entziehen, die Einnehmenden sich für ihre kärgliche Besoldung durch Nachsicht und daraus entspringenden Vorteil schadlos zu halten. Daraus entsteht ein commercium improbitatis[1], das dem Charakter des Volks durchaus nachteilig werden muß. Daß die Esculenta[2] und Potulenta[3] des gemeinen Mannes ohne alle Rücksicht so sehr beschwert werden, ist doch wahrlich wider alle Humanität und Popularität. Ein armer Bürger kauft sich einen Scheffel Korn auf dem Markte, den der einbringende Landmann schon verakziset hat; nunmehr muß der Käufer noch etwas Ansehnliches bezahlen, ehe er ihn in die Mühle fahren darf. So ist es mit allen Artikeln; und ein Neugieriger hat mich versichert, daß in Kursachsen ein Paar Schuhsohlen, wenn alles gesetzlich zugeht, elfmal verakziset werden müssen, ehe sie der Altreiß auf die Schuhe nähen kann. Wem fällt hier nicht des Römers Bonus lucri odor ex re qualibet[4] ein? Das Personale der Akzise in Sachsen kostet nach der Berechnung eines Mannes, dem ich Kenntnisse zutraue, monatlich gegen vierzigtausend Taler, ohne das Nefas[5]. Ob alles gesetzlich ist, weiß ich freilich nicht, denn der Gesetze sind so ungeheuer viele, und wir haben leider keine Sammlung zum Unterricht und zur Sicherheit des Bürgers; aber wahrhafte Leute haben mich versichert, daß von keinem Obstbaum in einem Garten eher gebrochen werden dürfe, bis der Visitator taxiert und also dezimiert hat, und daß kein Bürger einen Sack mit Kartoffeln von seinem Stückchen Feld vor dem Tore hereintragen darf, von dem er nicht bezahlt. Quae, qualis, quanta[6]! Es ist keine Floskel, sondern sehr oft recht

1 (lat.) unredlicher Handelsverkehr.
2 (lat.) Speisen.
3 (lat.) Getränke.
4 (lat.) Geld riecht immer gut, einerlei woher.
5 (lat.) Unrecht.
6 (lat.) Welche, wie beschaffene, wie große (Torheit)!

traurige Tatsache, daß ein Häusler das Schweinchen, das er sich mit vieler Mühe und Anstrengung aufgefüttert hat, nicht schlachten darf, weil er den Schlachtzettel nicht lösen kann. In der Verwirrung wird Zoll und Akzise fast immer in eine Rubrik gesetzt; und es heißt von fremden Weinen und allen fremden Luxusartikeln, sie geben Akzise, ebensowohl wie von Linsen und Erbsen, die zwanzig Schritte vor dem Tore erbauet werden ..." (Anmerkung Seumes)

116 *Infernale* – (lat. infernalis) das Höllische, das Teuflische.
Adramelech – Name eines assyrischen Gottes, dem Kinder geopfert wurden, einer der Teufel in Klopstocks „Messias".
Phalaris – Grausamer Herrscher von Agrigent, der ihm mißliebige Personen in einen glühenden eisernen Stier sperren ließ.
der Gallische Karl – König Karl IX. von Frankreich; während der Hochzeit seiner Schwester mit dem Hugenotten Heinrich von Navarra in der Bartholomäusnacht des Jahres 1572 ließ er die Anführer der Hugenotten ermorden.
Penetralen – Das Innere.

117 *dädalisch* – erfinderisch; abgeleitet von: Dädalus.

119 *Herostratus* – Ein Grieche, der 356 v. u. Z. den Artemis-Tempel in Ephesos anzündete, um berühmt zu werden.
qualibet ex re – (lat.) Einerlei wie, einerlei woher.

125 *Philipps Sohn* – Alexander der Große, Sohn Philipps von Makedonien, den Seume häufig als Beispiel eines Diktators nennt, oder der Habsburger Karl V., deutscher Kaiser, Sohn Philipps I.

126 *Golkondas Traum* – Felsenfestung in Vorderindien, in der der Landesschatz aufbewahrt wurde.

127 *Epaminondas* – Thebanischer Feldherr (gest. 362 v. u. Z.), besiegte bei Leuktra 371 die Spartaner.

Spaziergang nach Syrakus

Vom 6. Dezember 1801 bis 24. August 1802 unternahm Seume eine Fußwanderung nach Syrakus. Aus Briefen und Tagebuchnotizen entstand im Jahre 1802 sein Bericht über die italienische Reise, der im Jahre 1803 veröffentlicht wurde. Da es in dieser zweibändigen Ausgabe nicht möglich ist, beide Teile des „Spazierganges nach Syrakus" vollständig abzudrucken, werden hier der 1. Teil und die wichtigsten Abschnitte des 2. Teils, die Zusammenfassung der italienischen Eindrücke und der Aufenthalt in Paris, gegeben.

Erster Teil

Von Leipzig nach Syrakus

138 *Malversation* – Amtsunterschleif, Rechtsverdrehung.

141 *Pilica* – Das polnische Gebiet zwischen Pilica und Bug wurde bei der dritten polnischen Teilung im Oktober 1795 von Österreich annektiert.

Dietinen – Provinzialständeversammlung in Polen; Seume hatte eine Denkschrift des Generals Igelström zu redigieren, in der der General darlegte, wie die Dietinen möglichst vorteilhaft für Rußland zusammengesetzt werden könnten.

142 *Ostrazismus* – Scherbengericht.

143 *Epanorthose* – Belehrung, Ermunterung.

144 *Freund Schnorr* – Veit Hans Friedrich Schnorr von Carolsfeld (1764–1841), Maler und Freund Seumes, Vater des berühmten Malers Julius Schnorr von Carolsfeld.

145 *Guichards „Mémoires militaires“* – Carl Guichard (1724–1775), deutscher Militärschriftsteller, schrieb unter dem Namen Quintus Icilius militärische Erinnerungen.

146 *Großmanns alte „Sechs Schüsseln“* – Gustav Friedrich Wilhelm Großmann (1746–1796), Schauspieler und Verfasser bürgerlicher Schauspiele.

Kombabusierung – Wortbildung nach Wielands Verserzählung „Kombabus“, deren Held sich entmannt, weil er die Gemahlin seines Königs allein auf einer Reise begleiten muß und nicht in falschen Verdacht geraten will; danach: Verstümmelung.

147 *stande bene* – Gemeint ist stante pede: (lat.) stehenden Fußes, unverzüglich.

148 *Non omnia ...* – (lat.) Wir können alle nicht alles.

Iffland – August Wilhelm Iffland (1759–1814), Schauspieler und Theaterdirektor, Verfasser zahlreicher bürgerlicher Schauspiele.

Grassi – Josef Grassi (1758–1838), Maler und zeitweilig Direktor der Kunstakademie zu Dresden.

149 *Kościuszko* – Tadeusz Kościuszko (1746–1827), polnischer General, der 1794 den Aufstand der fortschrittlichen Adligen und Bürger Polens gegen die russische Herrschaft leitete.

150 *die Mengsische Sammlung* – Die von Anton Raphael Mengs zusammengestellte Sammlung von Gipsabgüssen antiker Bildwerke.

Küttner – Carl Gottlob Küttner (1755–1805), verfaßte ein viel benutztes Reisehandbuch, „Reise durch Deutschland, Dänemark, Schweden und einen Teil von Italien in den Jahren 1797, 1798, 1799", dessen Korrektur Seume im Auftrag des Verlegers Göschen besorgt hatte.

151 *Siegfried* – Johann Samuel Siegfried (1775–1840), Arzt in Pirna, schrieb das Drama „Siama und Galmori" (1801).

154 *Phthiriase* – Läusekrankheit.

Where there … – (engl.) Wo es einen Streit gibt, handelt es sich immer um eine Frau.

Legioner – Angehörige eines selbständigen Truppenkorps aus fremden Söldnern, Freiwilligen oder Überläufern.

155 *Grodschin* – Der Hradschin zu Prag.

Schwerin – Der preußische Feldmarschall Graf Schwerin, der in der Schlacht bei Prag 1757 fiel.

die Zeiten der Goldenen Bulle – Goldene Bulle heißt das Gesetz, in dem Kaiser Karl IV. 1356 den deutschen Kurfürsten die gesamte landesherrliche Gewalt überließ.

der gute Nepomuk – Das berühmte Bronzestandbild des Johann von Nepomuk.

157 *Daun* – Leopold Graf von Daun (1705–1766), österreichischer Feldmarschall.

Kunktator – Zauderer; Anspielung auf die Taktik des Zauderns und Ausweichens, durch die der römische Feldherr Fabius Maximus das Heer Hannibals schwächte.

159 *… aus der sechsten Bitte in die siebente getreten war* – Anspielung auf das „Vaterunser": „… und führe uns nicht in Versuchung, sondern erlöse uns von dem Übel!"

160 *conceptio immaculata* – (lat.) unbefleckte Empfängnis.

sponsa spiritus sancti – (lat.) Braut des Heiligen Geistes.

Sed quam … – (lat.) Aber wie erbärmlich diese kleinen Lebewesen quälen können, habe ich bei den Seeleuten erfahren.

162 *casum in terminis* – (lat.) ein mit dem vorliegenden übereinstimmender Rechtsfall.

163 *I must needs have …* – (engl.) Ich muß offenbar wie ein Schmuggler aussehen.

Dekalogus – Die Zehn Gebote Mose.

Pandekten – Sammlung von Rechtssprüchen.

Füger – Heinrich Friedrich Füger (1751–1818), Maler und Direktor der k. k. Kunstakademie und Bildergalerie zu Wien, schuf Kupferstiche für die Prachtausgabe des „Messias" von Klopstock.

164 *Lykomed* – Nach der griechischen Sage verbarg sich bei Lykomed, dem König der Doloper, Achilles in Weiberkleidern.

Gynäzeum – Griechisches Frauengemach.

166 *Expedi secures* – (lat.) Hol die Beile!

166 *Dezemvirn* – Zehnmännerkollegium, das im Jahre 451 v. u. Z. von den römischen Patriziern und 450 v. u. Z. auch von den Plebejern gewählt wurde, um die bis dahin nur mündlich überlieferten Gesetze aufzuschreiben; da die Gesetze auf 12 kupferne Tafeln geschrieben wurden, erhielten sie den Namen „Zwölftafelgesetze".

167 *Wielands Aristipp* – Wielands Roman „Aristipp und einige seiner Zeitgenossen" wurde bei Göschen unter Seumes Aufsicht verlegt und erschien von 1800 bis 1801.

David – Jacques Louis David (1748–1825), französischer Maler.

Vindobona ... – (lat.) „Wien", weil es guten Wein gibt, „Donau", weil sie Wolken gibt; Vindobona und Danubius sind die lateinischen Namen für Wien und Donau.

Harrach – Graf Karl Borromäus von Harrach (1761–1829), künstlerisch interessierter Jurist und Arzt in Wien.

168 *Retzer* – Joseph Friedrich Freiherr von Retzer (1754–1824), k. k. Hofkonzipist und Bücherzensor in Wien.

Ratschky – Joseph Franz von Ratschky (1757–1810), österreichischer Beamter und Schriftsteller.

das Trauerspiel „Regulus" – „Attilius Regulus", Trauerspiel von Heinrich Joseph von Collin (1772–1811); der römische Konsul Attilius Regulus geriet im Jahre 255 v. u. Z. während des ersten Punischen Krieges mit dem größten Teil seines Heeres in karthagische Gefangenschaft.

169 *Schikaneder* – Emanuel Johann Schikaneder (1751–1812), verfaßte zahlreiche Bühnenstücke, von denen „Die Zauberflöte" in der Vertonung Mozarts berühmt geworden ist; als Direktor des Theaters an der Wien bemühte er sich um ein volksverbundenes Theaterspiel.

172 *Doktor Gall* – Franz Josef Gall (1758–1828), Arzt, beschäftigte sich mit der Schädellehre und untersuchte den Zusammenhang zwischen dem Schädelbau und den Anlagen und Fähigkeiten des Menschen.

173 *Humes Buch* – David Hume (1711–1776), englischer Philosoph und Volkswirtschaftler, veröffentlichte seine national-ökonomischen Untersuchungen 1752 in dem Buch „Of Public Credit".

175 *Schariwari* – Charavari: Pluderhosen.

178 *argumenta ad hominem* – (lat.) handgreifliche Beweise.

Hüons Horn – Das Horn, das der Elfenkönig aus Wielands „Oberon" dem Ritter Hüon schenkt und das durch seine leisen Töne alle Hörer zum Tanzen zwingt.

180 *Gräz* – Graz.

182 *nomina male ominata* – (lat.) Name mit böser Vorbedeutung.
185 *platonische Jahre* – Ein Zeitraum von 26 000 Jahren.
187 *Weiße* – Christian Felix Weiße (1726–1804), Kreissteuereinnehmer in Leipzig, Freund Seumes, schrieb die Texte zu mehreren in seiner Zeit sehr erfolgreichen Operetten.
Guardasoni – Domenico Guardasoni (gest. 1806), italienischer Tenor in Dresden, später in Prag.
188 *Prolepse* – Vorwegnahme.
Pièce – (franz.) Zimmer.
189 *Laibach* – Heute: Ljubljana.
Drawa – Heute: Drau.
krainisch – Adjektiv zu Krain, Landschaft in Südost-Europa.
190 *Gannewitz* – Gonobitz.
Cilli – Heute: Celje.
192 *se substraverunt* – (lat.) Sie haben sich unterworfen.
193 *quantum satis* – (lat.) reichlich genug.
195 *Balltrakasserien* – Ballklatschereien.
197 *Adlersberg* – Adelsberg.
202 *Kantonierung* – Unterbringung von Soldaten außerhalb der Kaserne.
an die sechste Bitte erinnern – Die sechste Bitte des „Vaterunser“: „und führe uns nicht in Versuchung“.
203 *die trophonische Höhle* – Anspielung auf die sagenhafte Höhle des Gottes Trophonios in Böotien.
205 *Douane* – Zollamt.
Falkonettkugel – Leichte Geschützkugel.
206 *Tergeste* – Ältere Form des Namens Triest.
Winckelmann – Johann Joachim Winckelmann (1717–1768), Kunstphilosoph und Begründer der klassischen Archäologie.
Per varios casus ... – (lat.) Durch verschiedene Umstände und viele Gefahren gelangen wir nach Triest.
207 *„Teodore, Re di Corsica“* – (ital.) „Theodor, König von Korsika“, Oper von Giovanni Paisiello (1740–1816). Der westfälische Baron Theodor von Neuhof (1694–1756), ein politischer Abenteurer, wurde 1736 zum korsischen König gewählt, jedoch noch in demselben Jahr wieder vertrieben, da er im Kampf gegen die genuesische Herrschaft keinen Erfolg hatte.
208 *Virgil* – Publius Vergilius Maro (70–19 v. u. Z.), römischer Dichter; der Timavus ist ein unterirdischer Fluß im Karst nordwestlich von Duino.
209 *Palma Nuova* – Palmanova.
unsere braven Grassi ... – Anton Grassi (1755–1807), Wiener Bildhauer und Direktor der Kunstakademie, und sein Bruder Josef Grassi, vgl. die dritte Anm. zu S. 148.

209 *Bürger* – Anspielung auf das „Zechlied" Gottfried August Bürgers, das dieser nach lateinischen Versen des Archipoeta (12.Jahrhundert) schrieb; zu Seumes Zeit hielt man einen englischen Geistlichen für den Autor der lateinischen Verse.
210 *alla nave* – (ital.) zum Gasthof „Das Schiff".
211 *Ma Signore ...* – (ital.) Aber mein Herr, dieses Haus ist keine Herberge, hier gibt es nichts zu essen.
Felicissima notte – (ital.) Eine sehr gute Nacht.
212 *Charon* – Der griechischen Sage nach Fährmann in der Unterwelt.
213 *Signore è Francese ...* – (ital.) Der Herr ist Franzose, aber Sie wollen es nicht sagen! Das machen Sie gut.
215 *Taciturnität* – Schweigsamkeit.
Myops – Kurzsichtiger.
Tachygraph – Schnellschreiber.
216 *The Queen of England* – (engl.) Königin von England.
218 *Manca ancora ...* – (ital.) Es fehlen noch fünf Soldi, noch fünf Soldi.
Giudecca – Eine der Inseln, auf denen Venedig erbaut ist.
219 *Aphrodite Pandemos* – Griechische Göttin der käuflichen Liebe.
Impudenza – (ital.) Unverschämtheit.
senza vergogna – (ital.) schamlos.
220 *Canova* – Antonio Canova (1757–1822), italienischer klassizistischer Bildhauer; Hebe ist die griechische Göttin der Jugendschönheit.
veneres cupidinesque – (lat.) Liebesgöttinnen und Liebesgötter.
Amathusia – Beiname der Venus nach der Stadt Amathus auf Zypern.
222 *... die berühmten Pferde* – Die Quadriga, die Napoleon nach Paris verschleppte.
à jamais – (franz.) Für immer!
... Fest auf dem adriatischen Meere feierte – Nach alter Sitte wurde der Doge, der Fürst von Venedig, alljährlich mit dem Meer vermählt; das Schiff, auf dem diese Zeremonie vorgenommen wurde, hieß *Bucentaur.*
223 *Non son asino ferino ...* – (ital.) Bin kein wilder Esel, um Deutsch zu brüllen.
Mais pourtant ... – (franz.) Immerhin, mein Herr, ist es anzunehmen, daß jemand hier ist, der die Sprache Ihres Herrschers kennt.
sed non sine dis ... – (lat.) Nicht ohne Götter ist der Knabe mutig.
224 *... dem heiligen Antonius* – Die im 13.Jahrhundert erbaute Grabkirche des heiligen Antonius.

225 *Monument des Livius* – Titus Livius (59 v. u. Z.–17 u. Z.), römischer Geschichtsschreiber.
... dieses Andenken errichtet haben – Hier irrt Seume, die Inschrift stammt von einem freigelassenen Sklaven, der sich damit ein Denkmal setzen wollte.
Gratias tibi ... – (lat.) Wir wissen Ihnen Dank für Ihre Hochachtung unseres Landsmannes. Sie werden uns wie viele andere ein Zeugnis sein, daß unser Livius bei den Ausländern wirklich nach Verdienst geehrt wird. Leben Sie wohl, lieben Sie unseren Landsmann und bleiben Sie uns wohlgesinnt.
226 *rodomontadisch* – prahlerisch.
227 *Montefelice* – Monselice.
228 *das Zisalpinische* – Die Zisalpinische Republik, die Napoleon 1797 gründete.
Vous n'en avez pas ... – (franz.) „Sie brauchen es nicht. Sie kommen von der anderen Seite?" – „Ich komme aus Wien, und ich gehe nach Ferrarra und Ancona." – „Schadet nichts. Gehen Sie nur. Gute Reise!"
229 *Rhodanus* – Rhone.
230 *Aubergiste* – (franz.) Gastwirt.
231 *das ganze deutsche salzmannische Elend* – Anspielung auf einen zeitkritischen Roman von Christian Gotthelf Salzmann, „Karl von Karlsberg oder über das menschliche Elend", der 1783 bis 1786 erschien.
in concreto – (lat.) verdichtet, in Wirklichkeit.
232 *italienischer Rhein* – Der Reno.
233 *Republica Italiana* – Italienische Republik; Napoleon wandelte 1802 die Zisalpinische Republik in die italienische Republik um.
234 *Schätze Golkondas* – Eine indische Festung, in der der Landesschatz aufbewahrt wurde.
235 *der Ämilische Weg* – Die Landstraße von Arminium (Rimini) nach Placentia (Piacenza), die von Ämilius Lepidus 187 v. u. Z. erbaut wurde.
Prodrom – Vorläufer.
236 *in ... Pontificalibus* – (lat.) in der Amtstracht hoher geistlicher Würdenträger; hier scherzhaft für Seumes bescheidene Ausstattung.
Imolait – Einwohner der Stadt Imola.
On les a bien forcés ... – (franz.) „Man hat sie freilich mit dem Stoßen der Bajonette zum Ruhigsein gezwungen." – „Augenscheinlich." – „Das ist immer die beste Art, um das Volk zur Vernunft zu bringen." – „Aber ja, nachdem man andere Mittel versucht hat. Vorausgesetzt allemal, daß es sich um eine ver-

nünftige Sache handelt." – „Zweifeln Sie an der unsrigen?" – „Man kann darauf nicht mit ein paar Worten antworten."

237 *Quand on commence ...* – (franz.) Wenn man anfängt, muß man immer mit dem Anfang anfangen.

Iliacos ... – (lat.) Innerhalb und außerhalb der trojanischen Mauern wird falsch gehandelt.

Ne pourrai-je ... – (franz.) Kann ich nicht den Wirt sprechen?

Qu'est ce qu'il ... – (franz.) Was gibt es denn, meine Herren?

enrhumiert – verschnupft.

Niente, Signore – (ital.) Nichts, Herr.

Cittadino – (ital.) Bürger.

à qui mieux – (franz.) um die Wette.

239 *bien vous fasse* – (franz.) Wohl bekomme es Euch.

240 *Andate al diavolo* – (ital.) Gehen Sie zum Teufel.

... geschlafen haben mag – Anspielung auf Julius Cäsars Übergang über den Rubikon im Jahre 49 v. u. Z.

Arianer – Anhänger der Lehre des Arius, nach der Jesus nur gottähnlich und nicht gottgleich ist.

241 *Hasdrubal* – Im zweiten Punischen Kriege wurde Hasdrubal im Jahre 207 v. u. Z. am Mentaurus von den römischen Konsuln Livius Salinator und Claudius Nero geschlagen, als er seinem Bruder Hannibal zu Hilfe eilen wollte.

243 *Est-ce qu'il ...* – (franz.) „Ist es erlaubt, den Turm zu besteigen, um die Gegend anzuschauen?" – „Nein."

O Sancta! – (ital.) O heilige (Einfalt)!

244 *Perugino* – Eigentlich Pietro di Christoforo Vannuccini (1450 bis 1523), italienischer Maler; die Bilder stammen jedoch von Pellegrino Tibaldi (1527–1600), so daß Seumes Zweifel berechtigt waren.

245 *della buona mano ...* – (ital.) ein Trinkgeld.

247 *Vous avez ...* – (franz.) Sie haben freilich ein wenig das Aussehen eines Franzosen, und jeder Franzose ist in den Abruzzen unrettbar verloren. Es sind Barbaren ohne Mitleid.

On vous prendra ... – (franz.) „Man wird Sie als Franzosen gefangennehmen und Ihnen ohne Erbarmen die Kehle durchschneiden." – „Sehr gut oder vielmehr sehr scheußlich."

248 *das Häuschen im gelobten Lande* – Ein Backsteinhäuschen, das die Legende als Hütte der heiligen Maria bezeichnet, die Engel aus Nazareth nach Italien getragen haben sollen.

249 *... die neue Salbung des großen Demagogen* – Seume spielt auf das Konkordat an, das Übereinkommen zwischen Napoleon und dem Papst im Jahre 1801; danach übernahm die Regierung die Besoldung der Geistlichen und die Unterhaltung der Kirchen und wurde dafür von der Geistlichkeit unterstützt.

250 *Bruttier* – Bewohner von Bruttien, heute Kalabrien.
Lyäus – Sorgenlöser.
Volete andare ... – (ital.) Wollen Sie reiten, Herr?
251 *Io sono ...* – (ital.) Ich bin Fußgänger und will nicht auf einem Esel zu Pferd reiten.
253 *Thrasymen* – Trasimenischer See, der größte See Mittelitaliens, berühmt durch die Niederlage der Römer im zweiten Punischen Kriege 217 v. u. Z.
Hannibal – Karthagischer Feldherr (246–188 v. u. Z.), erbitterter Gegner der Römer.
Clitumnus – Clitumno, Nebenfluß des Tiber, mit Göttertempel an der Quelle.
Hippokrene – Roßquelle, einen den Musen heilige Quelle, da sie der Sage nach durch einen Hufschlag des Pegasos entstanden sein soll.
254 *quorum interesset* – (lat.) die es interessiert.
spoliieren – berauben.
Kosen – Hier nach dem alten Sprachgebrauch für: Plaudern.
255 *Küster Klimm zu Bergen* – Anspielung auf Ludwig Holbergs aufklärerisch-zeitkritische Utopie „Niels Klims unterirdische Reise“, deutsch 1741.
Hannibal caesis ... – (lat.) Hannibal schlug die Römer am Trasimenischen See, zog dann auf Rom zu, wurde nach schwerer Niederlage bei Spoleto zurückgeworfen und gab so dem Tor den Namen.
256 *Anachoret* – Einsiedler.
Jupiter Summanus – Nach Ovid eine wenig bekannte römische Gottheit.
Bravobande – Mörderbande.
257 *Sepia* – Tintenfisch oder Farbnuance.
Interamna – Alter Name für Terni.
Sankt Salvator – (lat.) Heiliger Erlöser.
258 *der große Mann* – Der römische Konsul Manius Curius Dentatus ließ einen Staudamm bauen, der Überschwemmungen der Nera verhinderte. So entstand der Fall des Velino (heute: Wasserfälle bei Terni).
260 *ponte rotto* – (ital.) zerstörte Brücke; gemeint ist eine unter Augustus erbaute Brücke.
Otricolaner – Bewohner der italienischen Gemeinde Otricola in der Provinz Terni.
261 *das alte Falerii der Falisker* – Falerii, heute Civita Castellana, war die Hauptstadt des alt-italischen Stammes der Falisker.
... unter den Rutenstreichen ... zurückgeschickt wurde – Als Camillus 394 v. u. Z. Falerii belagerte, führte ein verräterischer Leh-

rer alle Schulkinder zu den Römern, doch Camillus schickte die Kinder nach Falerii zurück und hieß sie den Verräter prügeln; begeistert von dem Gerechtigkeitssinn des Camillus ergaben sich ihm die Falisker.

262 *Cluver* – Philipp Cluver (1580–1622), deutscher Altertumsforscher und Geograph.

ampullae ... – (lat.) schwülstige und anderthalb Fuß lange Wörter.

263 *jus publicum* – (lat.) öffentliches Recht.

264 *Signore è tedesco* ... – (ital.) Der Herr ist Deutscher und geht nach Rom.

266 *Qualche cosa* ... – (ital.) Eine milde Gabe für die Wachmannschaft!

267 *Uhden* – Wilhelm Uhden (1763–1835), Jurist, zu dieser Zeit preußischer Geschäftsträger in Rom.

Fernow – Paul Ludwig Fernow (1763–1808), Schriftsteller und Ästhetiker, ab 1804 Bibliothekar der Herzogin Anna Amalia in Weimar.

Reinhart – Johann Christian Reinhart (1761–1847), Landschaftsmaler.

Gmelin – Friedrich Wilhelm Gmelin (1745–1820), Zeichner und Radierer.

Haec est ... – (lat.) „Dies ist die Sprache, die uns die Livius und Vergil hervorgebracht hat." – „Und die Tiberius und Nero."

269 *Pausanias* – Griechischer Schriftsteller, der um 180 u. Z. in seinem Buch „Rundreise durch Hellas" das nachklassische Griechenland schildert.

post varios casus – (lat.) nach mancherlei Zufällen.

270 *Alba Longa* – Die am Albanergebirge gelegene Mutterstadt Roms.

271 *Monument der Curiatier* – Der Historiker Titus Livius berichtet, daß der Krieg zwischen Rom und Alba durch den Kampf von drei Römern, den Horatiern, mit drei Albanern, den Curiatiern, zugunsten Roms entschieden wurde; dabei fielen die drei Curiatier und zwei der Horatier.

272 *Je m'appelle Prince* – (franz.) Ich heiße Prinz, aber ich bin keiner.

Bukoliker – Dichter von Hirtenliedern.

... *von Rom nach Brindisi gedenkt* – Siehe Horaz, Satire I, 5: Horaz berichtet, daß er in Aricia nur bescheidenes Nachtquartier hatte.

274 *tous les diables* – (franz.) alle Teufel.

Yorick – Pseudonym und Romangestalt des englischen Schriftstellers Lawrence Sterne (1713–1768).

274 *Hyperboreer* – Angehöriger eines sagenhaften Volkes aus dem hohen Norden.
276 *quovis modo* – (lat.) auf jede Weise.
Anxur – Alter Name für Terracina.
der heilige Thomas – Thomas von Aquino, der in der dortigen Dominikanerkirche gepredigt hat.
277 *Maritorne* – Unordentliches altes Weib, nach der Magd aus „Don Quichote".
278 *topsyturvi* – (engl.) durcheinander.
Sono cattive gente – (ital.) Es sind verdächtige Leute.
279 *Mola di Gaeta ...* – (ital.) Gaeta-Mühlen, die heutige Stadt Formia. Nach Vergils „Äneis" erhielt Gaeta seinen Namen von Cajeta, der Amme des Äneas, die dort begraben sein soll.
Schulz – Friedrich Schulz (1762–1798), Schauspieler und Publizist, der als Professor in Mitau 1791 in den polnischen Reichstag gewählt wurde.
... ließ sich ... den Lohn für seine Philippiken zahlen – Marcus Tullius Cicero wurde 43 v. u. Z. auf Veranlassung des Marcus Antonius, den er sich durch „Philippicae", Schmähreden, zum Feind gemacht hatte, ermordet; die Mörder wurden von einem Hauptmann angeführt, dem Cicero einmal durch seine Beredsamkeit das Leben gerettet hatte.
280 *„... den Gajus Marius zu morden?"* – Gajus Marius (156–86 v. u. Z.), besiegte die Kimbern und Teutonen, wurde aber dann selbst von Sulla geächtet; den kimbrischen Sklaven, der ihn töten sollte, schreckte er mit seiner Stimme zurück; er entfloh nach Afrika.
284 *Capitaine du jour* – (franz.) Hauptmann vom Dienst.
Mariohlen – (ital. mariolo) Gauner, Räuber.
atellanische Fabeln – Schauermärchen.
285 *Volete andare ...* – (ital.) „Wollen Sie im Wagen fahren, Herr?" – „Aber ja, ja, wenn es sofort losgeht." – „Im Augenblick, belieben Sie einzusteigen."
286 *Parthenope* – Alter Name für Neapel.
287 *Cicisbeat* – Der Cicisbeo war ein vom Ehemann geduldeter Hausfreund, der die Dame der Gesellschaft in der Öffentlichkeit begleitete.
288 *Kapelle des Heiligen ... wo er gewöhnlich schwitzen muß* – In der im Dom von Neapel befindlichen Kapelle des San Genaro, des im 4. Jahrhundert als Märtyrer gestorbenen Heiligen Januarius, wird dessen Blut aufbewahrt, das ein- bis zweimal jährlich flüssig wird.
289 *Quelles bêtises ...* – (franz.) Welche Dummheiten man uns zu verdauen gibt! Jeder nimmt sie nach seiner Art.

291 *am Grabe des Mantuaners* – Vergil wurde 70 v. u. Z. in Andes bei Mantua geboren.
Sanazar – Der Dichter Jacobo Sannazaro (1458–1530), dessen Haus früher an dem Ort der Kirche gestanden hatte.
Schlösser der Königin Johanna – Königin Johanna I. von Neapel (1414 bis 1435), Schülerin Petrarcas, die viermal verheiratet war; die Schlösser wurden jedoch erst im 17. Jahrhundert erbaut.
292 *Ritter Hamilton* – Der englische Gesandte in Neapel, Sir William Hamilton (1730–1803), heiratete Emma Harte, die Vertraute der Königin Karoline von Neapel und spätere Geliebte Nelsons.
293 *die Gärten des Pollio* – Vedius Pollio (gest. 15 v. u. Z.), der die Muränen in seinen Teichen mit dem Fleisch hineingeworfener Sklaven fütterte; der Berg Posillipo erhielt seinen Namen nach dem Landhaus Pausilypon (ohne Sorge) des Pollio.
Madonna della fortuna – (ital.) Madonna des Glücks.
A bitter change ... – (engl.) Eine bittere Veränderung, schlimmer für schlimm (vom Regen in die Traufe); aus den „Nachtgedanken" des englischen Dichters Edward Young.
294 *Kamaldulenser* – Angehörige eines geistlichen Ordens.
Herr Benkowitz – Karl Friedrich Benkowitz (1764–1807), Verfasser der „Reise von Glogau nach Sorent, über Breslau, Florenz, Rom und Neapel. Leipzig 1803/04".
296 *die attische Biene* – Vgl. die erste Anm. zu S. 48.
Trinakrien – Sizilien.
Tramontane – Nordwind.
297 *ein sybaritischer Wüstling* – Kaiser Tiberius (42 v. u. Z. bis 37 u. Z.), der an seinem Lebensende in Capri lebte; über seine Ausschweifungen und Grausamkeiten berichtet Sueton.
299 *in der Flora* – La Flora, ein berühmter, 1777 angelegter Garten.
Theokritus – Theokritos (um 305 v. u. Z.), spätgriechischer Hirtendichter, geboren in Syrakus.
Der Zyklop – Seume übersetzt Theokrits Gedicht „Der Zyklop", das an Theokrits Freund Nicias, einen Arzt aus Milet, gerichtet ist; Zyklopen sind der Sage nach einäugige Riesen.
302 *... von dem Tyrannen Dionysius* – Tyrann von Syrakus, besaß den Ehrgeiz, als Dichter zu gelten.
304 *die erycinische Göttin* – Die Venus, der auf dem Berge Eryx ein Tempel geweiht war.
305 *Hippophorben* – Pferdehirten.
... und sein Ohr – Das „Ohr des Dionysios", ein berühmtes Höhlengefängnis in der Antike, in dem mit Hilfe besonderer

Akustik Dionysius von Syrakus die Gefangenen belauscht haben soll.

306 *die Mutter des ehrsamen Mannes der Äneide* – Venus.
Fontana Fredda – (ital.) kalte Quelle.

309 *Ravonna* – Aragona.

310 *Io saggio tutto* … – (ital.) Ich bin sehr weise, Herr, ich kenne alle die Wunder.

311 *Emporium* – (lat.) Marktplatz.
Deisidämonie – Abergläubische Furcht vor den Göttern.
Juno Lucina – Eigentlich Juno Lacinia.
epanorthotisch – erbaulich.
Ferdinandus IV. Rex Restauravit – (lat.) König Ferdinand IV. hat dies wiederhergestellt.

312 *pro aris et focis* – (lat.) für Herd und Altar.
Kischt' è … – (sizilianische Mundart) Das ist der Tempel des heiligen Gregor, diese Madonna ist antik.
anathema sit – (lat.) sei verflucht.
κατ' … – (griech.) als Gegenteil schöner Menschlichkeit.
Si, si, Signore … – (ital.) Ja, ja, Herr, du sagst es gut, so ist die Sache.

313 *Non sono cosi* … – (ital.) Das sind keine so guten Lateiner wie wir.
Kischta nutte … – (ital. Mundart) Diese Nacht werde ich kommen.

315 *Siete tutti minchioni* … – (ital.) Ihr seid alle Dummköpfe, seid wie das Vieh.

316 *in jure canonico* … – (lat.) Im kirchlichen, bürgerlichen und öffentlichen Recht.
Achates – Nach dem Freund des Äneas, treuer Gefährte.

318 *c' est partout* … – (franz.) Das ist überall wie bei uns.
ἐκ τοῦ … – (griech.) Denn außerhalb der Kette der übrigen Berge liegt der Hügel.

319 *Sono cattive gente* – (ital.) Es sind verdächtige Leute.
unreimisch – Soviel wie: ungemütlich, unheimlich.

320 *Giro* – (ital.) Spaziergang.

324 … *des seligen Patrons der Ungeheuer* – Der durch seine sinn- und geschmacklosen Bauten berüchtigte Prinz von Pallagonien, siehe auch Goethe „Italienische Reise“, Abschnitt Sizilien.

328 *Ale* – Englisches Bier.
Guignons – (franz.) Unannehmlichkeiten.
Pungite … – (ital.) Stechen Sie, Herr Johann, immer stechen Sie.

Zweiter Teil

Von Syrakus nach Leipzig
(Auszug)

330 *Brydone* – Englischer Reiseschriftsteller, schrieb „Reisen durch Sizilien und Malta“, erschienen Leipzig 1774.
Königreich Neapel – Neapel wurde nach der Flucht seines Königs Ferdinand I., der zu den Gegnern des revolutionären Frankreich gehörte, von Franzosen besetzt, die das Königreich zur Parthenopeischen Republik erklärten. Durch einen Aufstand unter Führung Kardinal Ruffos wurde die Republik gestürzt, und ihre Anhänger wurden grausam ermordet. Nach dem Frieden mit Frankreich im Jahre 1801 kam König Ferdinand vorübergehend wieder an die Regierung.

331 *Dei* – Ehemaliger Titel des Herrschers von Algier.
332 *Kischt' è ...* – (sizilianische Mundart) Das ist der erste Minister.
333 *Fabricius* – Gaius Fabricius galt den Römern als Muster von Tugend und Vaterlandsliebe; er besiegte 282 v. u. Z. die Samniter und widerstand jedem Verrat.
335 *Polypragmatiker* – Vielgeschäftige.
337 *der vierzehnte Juli* – Am 14. Juli 1789 wurde die Bastille erstürmt.
338 *tiraillieren* – plänkeln.
Desaix – Louis Charles Antoine Desaix (1768–1800), französischer General, der Oberägypten unterwarf und in der Schlacht bei Marengo im Kampf gegen die Österreicher fiel.
339 *Gesetz de ambitu* – Gesetz über Amtserschleichung.
342 *Emphyteuse* – Eine Art der Erbpacht, Einsetzung in den Nießbrauch eines Grundstücks.
In detrimentum rei publicae – (lat.) Zum Schaden des Staats.
343 *Caprara* – Kardinal Caprara, Erzbischof von Mailand.
mundus vult – ergo – Das Sprichwort lautet: Mundus vult decipi – ergo decipiatur: (lat.) Die Welt will betrogen sein – also werde sie betrogen.
344 *Il est ...* – (franz.) Er ist ein bißchen affig, aber ohne Tadel.
in utramque partem – (lat.) zu beiden Teilen.
Reverberes – (franz.) Reflektoren.
Aristides – Ironisch gemeinte Anspielung auf den athenischen Staatsmann Aristides (um 480 v. u. Z.), der „der Gerechte“ genannt wurde.

INHALTSVERZEICHNIS